# HYPNOSE

# Lars Kepler

# *Hypnose*

Vertaald door Tineke Jorissen-Wedzinga

2010

DE BEZIGE BIJ

AMSTERDAM

Cargo is een imprint van uitgeverij De Bezige Bij, Amsterdam

Copyright © 2009 Lars Kepler
Copyright Nederlandse vertaling © 2010 Tineke Jorissen-Wedzinga via
Scandinavisch Vertaal- en Informatiebureau Nederland
Oorspronkelijke titel *Hypnotisören*
Oorspronkelijke uitgever Albert Bonniers Förlag, Stockholm, Zweden
De Nederlandse uitgave van dit boek kwam tot stand in samenwerking met
Bonnier Group Agency, Stockholm
Omslagontwerp Studio Jan de Boer
Omslagillustratie Daniel Regan / Arcangel
Auteursfoto Caroline Tibell / Scanpix
Vormgeving binnenwerk Peter Verwey, Heemstede
Druk Koninklijke Wöhrmann, Zutphen
ISBN 978 90 234 5672 8
NUR 305

www.uitgeverijcargo.nl

'Als vuur, net als vuur.' Dat waren de eerste woorden die de gehypnotiseerde jongen sprak. Hoewel hij levensbedreigende verwondingen had – honderden messteken in zijn gezicht, op zijn benen, zijn romp, in zijn rug, onder zijn voeten, in zijn nek en op zijn achterhoofd – had men hem onder diepe hypnose gebracht in een poging om door zíjn ogen te zien wat er was gebeurd.

'Ik probeer met mijn ogen te knipperen,' mompelde hij. 'Ik ga naar de keuken, maar er klopt iets niet, ik hoor een knetterend geluid tussen de stoelen en er verspreidt zich een vlammend rood vuur over de vloer.'

De politieassistent die hem tussen de andere lichamen in het rijtjeshuis had aangetroffen, dacht dat hij dood was. De jongen had veel bloed verloren, was in shock en kwam pas zeven uur later weer bij bewustzijn.

Hij was de enige getuige en commissaris Joona Linna meende dat hij misschien een goed signalement van de dader kon geven. Die was van plan geweest iedereen te doden en had daarom waarschijnlijk geen moeite gedaan om zijn gezicht tijdens de aanval te bedekken.

Maar als de overige omstandigheden niet zo uitzonderlijk waren geweest, was men niet eens op de gedachte gekomen om contact op te nemen met een hypnotiseur.

In de Griekse mythologie is de god Hypnos een jongeman met vleugels en papaverstengels in zijn hand. Zijn naam betekent 'slaap'. Hij is de tweelingbroer van de dood en de zoon van de nacht en de duisternis.

De term 'hypnose' werd in zijn huidige betekenis voor het eerst gebruikt in 1843 door de Schotse chirurg James Braid. Daarmee beschreef hij een op slaap lijkende toestand van scherpe opmerkzaamheid en tevens grote ontvankelijkheid.

Tegenwoordig is wetenschappelijk vastgesteld dat bijna alle mensen gehypnotiseerd kunnen worden, maar de meningen over de bruikbaarheid, betrouwbaarheid en het gevaar van hypnose variëren nog steeds. Deze ambivalentie wordt vermoedelijk veroorzaakt doordat hypnose door bedriegers, entertainers en inlichtingendiensten over de hele wereld is misbruikt.

Zuiver technisch gezien is het eenvoudig om iemand onder hypnose te brengen; het lastige is om het verloop te controleren, de cliënt te begeleiden en de resultaten te analyseren en daarmee om te gaan. Slechts door veel ervaring en talent is het mogelijk om daadwerkelijk diepe hypnose goed te laten verlopen. Wereldwijd kan men slechts spreken van een handjevol betrouwbare hypnose-experts met medische kennis.

# 1

## *De nacht van 7 op 8 december*

Erik Maria Bark wordt door de rinkelende telefoon abrupt opgeschrikt uit zijn droom. Voordat hij helemaal wakker is, hoort hij zichzelf glimlachend zeggen: 'Ballonen en serpentines.'

Zijn hart bonkt van het plotselinge ontwaken. Erik weet niet wat hij met zijn woorden bedoelt; hij heeft geen idee waar zijn droom over ging.

Om Simone niet wakker te maken, sluipt hij de slaapkamer uit en trekt voordat hij opneemt de deur achter zich dicht.

'Erik Maria Bark.'

Een commissaris genaamd Joona Linna vraagt of hij wakker genoeg is om belangrijke informatie tot zich te nemen. Terwijl hij naar de commissaris luistert, cirkelen zijn gedachten nog steeds in de donkere leegte van zijn droom.

'Ik heb gehoord dat u zeer bekwaam bent in de behandeling van acuut trauma,' zegt Joona Linna.

'Ja,' antwoordt Erik kort.

Terwijl hij naar de uiteenzetting luistert, neemt hij een pijnstiller. De commissaris legt uit dat hij een getuige moet verhoren. Een jongen van vijftien is getuige geweest van een dubbele moord. Het probleem is dat de jongen zwaargewond is. Zijn toestand is onstabiel, hij verkeert in shock en is buiten bewustzijn. Hij is die nacht van de afdeling Neurologie in het Huddinge-ziekenhuis overgebracht naar de afdeling Neurochirurgie van het Karolinska-universiteitsziekenhuis in Solna.

'Wie is de verantwoordelijke arts?' vraagt Erik.

'Daniëlla Richards.'

'Die is heel competent, en ik weet zeker dat zij dat uitstekend...'

'Ze heeft mij juist gevraagd u te bellen,' onderbreekt de commissaris hem. 'Ze heeft uw hulp nodig, en er is bovendien vrij veel haast bij.'

Erik keert terug naar de slaapkamer om zijn kleren te pakken. Er piept een streepje licht van een straatlantaarn onder de rolgordijnen door. Simone ligt op haar rug en kijkt hem met een vreemde, lege blik aan.

'Sorry dat ik je wakker heb gemaakt,' zegt hij zachtjes.

'Wie was dat?' vraagt ze.

'Iemand van de politie... een commissaris, ik heb niet verstaan hoe hij heette.'

'Wat is er aan de hand?'

'Ik moet naar het Karolinska,' antwoordt hij. 'Ze hebben hulp nodig met een jongen.'

'Hoe laat is het eigenlijk?'

Ze kijkt op de wekker en doet dan haar ogen dicht. Hij ziet dat haar sproetige schouders zijn bestreept door de vouwen van het laken.

'Ga maar weer slapen, Sixan,' fluistert hij.

Erik neemt zijn kleren mee naar de hal, doet de plafondlamp aan en kleedt zich snel aan. Achter hem flitst een glanzend stuk metaal. Erik keert zich om en ziet dat zijn zoon zijn schaatsen aan de klink van de voordeur heeft gehangen om ze niet te vergeten. Hoewel Erik haast heeft, loopt hij naar de kast, trekt de bak eruit en zoekt de schaatsbeschermers. Hij bevestigt ze om de scherpe bladen, legt vervolgens de schaatsen op de mat en verlaat het appartement.

Het is drie uur 's nachts, de nacht van maandag 7 op dinsdag 8 december, als Erik Maria Bark in zijn auto stapt. Het sneeuwt. De vlokken vallen traag uit de zwarte hemel omlaag. Het is volkomen windstil en de zware vlokken blijven slaperig op de lege straat liggen. Hij draait de contactsleutel om en de muziek rolt als zachte golven naar binnen: Miles Davis' 'Kind of Blue'.

Hij rijdt het korte stukje door de slapende stad, Luntmakargatan uit en via Sveavägen naar Norrtull. Achter de sneeuwval kun je het water van Brunnsviken vermoeden: een grote, donkere opening. Langzaam rijdt hij het ziekenhuisterrein op, tussen het onderbemande Astrid Lindgren-kinderziekenhuis en de kraaminrichting door, langs Radiologie en Psychiatrie. Hij parkeert op zijn gebruikelijke plek voor de neurochirurgische kliniek en stapt uit de auto. Het schijnsel van de straatlantaarns weerspiegelt in de ramen van het hoge complex. Op de bezoekersparkeerplaats staan slechts een paar auto's. Merels bewegen zich met ritselende vleugels in het duister tussen de bomen. Erik merkt op dat je het geruis van de snelweg op dit tijdstip niet hoort.

Hij steekt zijn pasje in de kaartlezer, toetst de zescijferige code in en loopt de foyer binnen, neemt de lift naar de vijfde verdieping en loopt de gang door. De tl-buizen aan het plafond schitteren op het blauwe linoleum als ijs in een greppel. Pas nu voelt hij hoe moe hij is na de plotselinge toestroom van adrenaline. Hij heeft zó goed geslapen – zijn slaap laat nog steeds een gelukkige nasmaak achter. Hij passeert een operatiekamer, loopt langs de deuren van de enorme drukkamer, groet een verpleegkundige en neemt in gedachten nog eenmaal door wat de commissaris hem door de telefoon heeft verteld: een jongen verliest bloed, heeft messteken over zijn hele lichaam, transpireert, wil niet blijven liggen, is rusteloos en heeft enorm veel dorst. Men doet een poging om met hem te praten, maar zijn toestand verergert snel. Hij raakt buiten bewustzijn en op datzelfde moment slaat zijn hart op hol. De verantwoordelijke arts, Daniëlla Richards, neemt de juiste beslissing om de recherche niet bij de patiënt toe te laten.

Er staan twee geüniformeerde politiemensen voor de deur van afdeling N18. Erik meent enige onrust op hun gezichten te bespeuren als hij dichterbij komt. Misschien zijn ze gewoon moe, denkt hij als hij voor hen blijft staan en zich legitimeert. Ze kijken snel naar zijn legitimatie en drukken vervolgens op de knop, zodat de deur zoemend openzwaait.

Erik gaat naar binnen, schudt Daniëlla Richards de hand en ziet het gespannen trekje rond haar mond, de onderdrukte spanning in haar bewegingen.

'Neem een kop koffie,' zegt ze.

'Hebben we daar tijd voor?' vraagt Erik.

'Ik heb de bloeding in de lever onder controle,' antwoordt ze.

Een man van rond de vijfenveertig, gekleed in een spijkerbroek en een zwart jasje, staat op de koffieautomaat te bonken. Zijn blonde haar zit in de war en zijn samengeperste lippen zien er ernstig uit. Erik bedenkt dat het wellicht de man van Daniëlla is, Magnus. Hij heeft hem nooit ontmoet, alleen de foto op haar kantoor gezien.

'Is dat je echtgenoot?' vraagt Erik met een beweging in zijn richting.

'Hè?'

Ze kijkt zowel geamuseerd als verbaasd.

'Ik dacht dat Magnus misschien was meegekomen.'

'Nee,' lacht ze.

'Zeker weten? Ik kan het hem vragen,' zegt Erik voor de grap, en hij loopt in de richting van de man.

Daniëlla's telefoon gaat en ze klapt het toestel lachend open.

'Erik, schei uit,' zegt ze voordat ze de telefoon tegen haar oor drukt en antwoordt. 'Met Daniëlla.'

Ze luistert, maar hoort niets.

'Hallo?'

Ze wacht een paar tellen en rondt vervolgens ironisch af met de Hawaïaanse groet 'aloha', waarna ze haar telefoon weer dichtklapt en achter Erik aan loopt.

Die is naar de blonde man toe gelopen. De koffieautomaat zoemt en dampt.

'Neem een bakje koffie,' zegt de man, en hij probeert het koffiebekertje in Eriks hand te duwen.

'Nee, bedankt.'

De man proeft van de koffie en glimlacht. Hij heeft kuiltjes in zijn wangen.

'Lekker,' zegt hij, en hij probeert Erik opnieuw het bekertje te overhandigen.

'Ik wil niet.'

De man neemt nog een paar slokjes terwijl hij Erik aankijkt.

'Zou ik jouw telefoon even mogen gebruiken?' vraagt hij opeens.

'Als je dat goedvindt. Ik heb die van mij in de auto laten liggen.'

'En nu wil je de mijne lenen?' vraagt Erik stijfjes.

De blonde man knikt en kijkt hem met lichte ogen aan, grijs als gepolijst graniet.

'Je kunt mijn telefoon weer gebruiken,' zegt Daniëlla.

'Bedankt.'

'Geen probleem.'

De blonde man pakt de telefoon aan, kijkt ernaar en priemt vervolgens zijn ogen in die van Daniëlla.

'Ik beloof dat je hem terugkrijgt,' zegt hij.

'Jij bent toch de enige die hem gebruikt,' antwoordt ze plagerig.

Hij lacht en trekt zich terug.

'Dat moet je man zijn,' zegt Erik.

Ze schudt glimlachend haar hoofd en ziet er opeens heel moe uit. Ze heeft in haar ogen gewreven en er zit wat zilvergrijze kohl op haar wang.

'Zal ik eens naar de patiënt kijken?' vraagt Erik.

'Graag,' zegt ze met een knikje.

'Nu ik hier toch ben,' haast hij zich te zeggen.

'Erik, ik wil heel graag jouw mening horen. Ik voel me onzeker.'

Zachtjes doet ze de zware deur open en hij loopt met haar mee de warme kamer naast de operatiekamer in. Er ligt een slanke jongen op een bed. Twee verpleegkundigen zijn bezig zijn wonden te verzorgen. Het gaat om honderden sneden en steekwonden, werkelijk overal op het lichaam: onder zijn voeten, op zijn borst en buik, in zijn nek, midden op zijn schedel, in zijn gezicht, op zijn handen.

Zijn hartslag is zwak, maar heel snel. Zijn lippen zijn grijs als aluminium; hij zweet en zijn ogen zijn stijf dichtgeknepen. Zijn neus ziet eruit alsof hij gebroken is. Een bloeding verspreidt zich als een donkere wolk onder zijn huid van zijn hals omlaag over zijn borst.

Erik merkt op dat de jongen, ondanks zijn verwondingen, een mooi gezicht heeft.

Daniëlla brengt zachtjes verslag uit van de ontwikkelingen – hoe de waarden die bij de jongen worden gemeten variëren – als ze plotseling zwijgt wanneer er wordt geklopt. Het is de blonde man weer. Hij zwaait naar hen door het ruitje in de deur.

Erik en Daniëlla kijken elkaar aan en gaan de onderzoekskamer uit. De blonde man staat weer bij de pruttelende koffieautomaat.

'Een grote cappuccino,' zegt hij tegen Erik. 'Die kun je wel gebruiken voordat je gaat praten met de politieman die de jongen heeft gevonden.'

Pas nu begrijpt Erik dat de blonde man de commissaris is die hem een klein uur geleden uit zijn bed heeft gebeld. Zijn Finse accent was door de telefoon niet zo duidelijk hoorbaar geweest, of Erik was gewoon te moe geweest om het te registreren.

'Waarom zou ik de politieman willen ontmoeten die de jongen heeft gevonden?' vraagt Erik.

'Om te begrijpen waarom ik hem moet verhoren…'

Joona zwijgt als Daniëlla's telefoon gaat. Hij haalt het toestel uit de zak van zijn colbert, negeert haar uitgestoken hand en kijkt snel op het display.

'Het is voor mij,' zegt Joona, en hij neemt op. 'Ja… Nee, ik wil hem hier hebben. Dat kan wel zijn, maar daar heb ik helemaal niets mee te maken.'

De commissaris glimlacht terwijl hij naar het bezwaar van zijn collega luistert.

'Maar ik heb iets bedacht,' brengt hij ertegen in.

De ander tettert iets.

'Ik doe het op míjn manier,' zegt Joona kalm, en vervolgens beëindigt hij het gesprek.

Hij geeft de telefoon terug aan Daniëlla en bedankt haar.

'Ik moet de patiënt ondervragen,' verklaart hij ernstig.

'Helaas,' zegt Erik. 'Ik ben dezelfde mening toegedaan als dokter Richards.'

'Wanneer kan hij met me praten?' vraagt Joona.

'Niet zolang hij in shock is.'

'Ik wist wel dat je dat zou zeggen,' zegt Joona rustig.

'Zijn toestand is nog steeds heel kritiek,' verklaart Daniëlla. 'Zijn longzakje is beschadigd, de dunne darm en de lever en…'

Er komt een man in een vuil politie-uniform binnen. Zijn blik is onrustig. Joona zwaait, loopt naar hem toe en geeft hem een hand.

Met gedempte stem zegt hij iets en de politieman wrijft over zijn lippen en kijkt naar de artsen. De commissaris herhaalt tegen de politieman dat het in orde is; ze moeten weten wat de toedracht was, dat kan van groot belang voor hen zijn.

'Goed,' zegt de politieman, en hij schraapt zachtjes zijn keel. 'We krijgen via de radio te horen dat een schoonmaker op een toilet van een sporthal in Tumba een dode man heeft aangetroffen. Wij zitten in de auto en zijn op Huddingevägen. We hoeven alleen Dalavägen maar in te rijden en dan een stukje richting het meer. Janne, mijn collega, gaat naar binnen terwijl ik met die schoonmaker praat. Eerst dachten we dat het een overdosis betrof, maar het werd me al snel duidelijk dat het om heel andere dingen ging. Janne komt de kleedkamer uit, spierwit, en wil mij eigenlijk niet binnenlaten. "Alleen een hele hoop bloed," zegt hij drie keer, en vervolgens gaat hij op de trap zitten en...'

De politieman zwijgt, neemt plaats op een stoel en staart met halfopen mond voor zich uit.

'Wil je doorgaan?' vraagt Joona.

'Ja... De ambulance komt ter plaatse, de dode wordt geïdentificeerd en ik krijg de taak om de familie in te lichten. We hebben weinig mensen, dus ik moet er alleen naartoe, want mijn chef zinspeelt erop dat ze Janne in die toestand niet wil laten gaan, en dat is ook logisch.'

Erik kijkt op zijn horloge.

'Je hebt tijd om hiernaar te luisteren,' zegt Joona tegen hem, met die bedaarde Finse klank in zijn stem.

'De overledene...' vervolgt de politieman met neergeslagen ogen. 'Hij is leraar op de middelbare school van Tumba en woont in die nieuwe wijk met rijtjeshuizen op de heuvel. Ik bel diverse keren aan. Er wordt niet opengedaan. Tja, ik weet niet waarom, maar ik loop om het hele blok heen en schijn met mijn zaklamp door een raam aan de achterkant naar binnen.'

De politieman zwijgt, zijn lippen trillen en hij begint met zijn nagel over de armleuning van de stoel te schrapen.

'Ga eens door, als je wilt,' spoort Joona hem aan.

'Moet dat? Ik... Ik...'

'Je trof de jongen, de moeder en een klein meisje van vijf jaar aan. De jongen was de enige die nog in leven was.'

'Hoewel ik dacht... Ik...'

Hij zwijgt; zijn gezicht is spierwit.

'Bedankt dat je bent gekomen, Erland,' zegt Joona.

De politieman knikt snel en staat op, strijkt verward met zijn hand over het vuile jack en loopt weg.

'Ze waren allemaal met messteken om het leven gebracht,' vervolgt Joona. 'Pure waanzin, ernstig toegetakeld. Ze waren geschopt, geslagen en gestoken, en dat kleine meisje... Zij was in tweeën gedeeld. Haar onderlichaam en haar benen lagen op de stoel voor de tv en...'

Hij zwijgt en kijkt even naar Erik voor hij verdergaat.

'Het lijkt erop dat de dader wist dat de vader in de sporthal was,' verklaart Joona. 'Er was gevoetbald, hij was scheidsrechter. De dader heeft gewacht tot de man alleen was voordat hij hem heeft vermoord en in stukken gesneden, beestachtig agressief. Daarna is hij naar het rijtjeshuis gereden om de anderen om het leven te brengen.'

'Is het in die volgorde gebeurd?' vraagt Erik.

'Volgens mij wel,' antwoordt de commissaris.

Erik voelt dat zijn hand beeft als hij over zijn lippen strijkt. Vader, moeder, zoon, dochter, denkt hij heel langzaam, en dan ontmoet hij Joona Linna's blik.

'De dader wilde een heel gezin uitroeien,' constateert Erik met zwakke stem.

Joona maakt een weifelend gebaar.

'Dat is het 'm juist... Er wordt nog één kind vermist, de oudste dochter. Een meisje van drieëntwintig. We kunnen haar niet vinden. Ze is niet in haar flat in Sundbyberg en niet bij haar vriend. Het zou kunnen dat de dader ook op háár uit is. Daarom willen we zo gauw dat maar enigszins mogelijk is de getuige verhoren.'

'Ik zal naar binnen gaan en hem uitvoerig onderzoeken,' zegt Erik.

'Bedankt,' antwoordt Joona met een knikje.

'Maar we kunnen het leven van de patiënt niet op het spel zetten door...'

'Ik begrijp het,' onderbreekt Joona hem. 'Alleen, hoe langer het duurt voor we meer weten, hoe meer tijd de dader heeft om dat oudste meisje op te sporen.'

'Misschien kunnen jullie onderzoek gaan doen op de plaats des onheils,' oppert Daniëlla.

'Dat onderzoek is uiteraard al in volle gang,' antwoordt hij.

'Ga erheen om te zorgen dat ze voortmaken,' zegt ze.

'Dat levert toch niets op,' zegt de commissaris.

'Hoe bedoel je?'

'We zullen op die plaatsen allerlei DNA aantreffen van honderden, misschien wel duizend mensen.'

Erik keert terug naar de patiënt. Hij staat voor het bed en kijkt naar het bleke, met wonden overdekte gezicht. De oppervlakkige ademhaling. De koude lippen. Erik spreekt zijn naam uit, en het gezicht van de jongen spant zich even en vertrekt pijnlijk.

'Josef,' herhaalt hij zachtjes. 'Mijn naam is Erik Maria Bark, ik ben arts en ik ga je onderzoeken. Knik maar als je begrijpt wat ik zeg.'

De jongen ligt volkomen stil. Zijn buik gaat met de korte ademhaling op en neer, maar toch is Erik ervan overtuigd dat de jongen zijn woorden heeft begrepen, maar dat hij vervolgens weer buiten bewustzijn is geraakt en dat het contact is verbroken.

Als Erik een halfuur later de kamer uit komt, kijken Daniëlla en de commissaris hem aan.

'Gaat hij het redden?' vraagt Joona.

'Het is te vroeg om daar antwoord op te geven, maar hij…'

'Die jongen is onze enige getuige,' onderbreekt de commissaris hem. 'Iemand heeft zijn vader, moeder en zusje gedood, en diezelfde persoon is naar alle waarschijnlijkheid op dit moment op weg naar zijn zus.'

'Dat is ons bekend,' zegt Daniëlla. 'Maar wij vinden dat de politie haar tijd er misschien beter aan zou kunnen besteden om haar op te sporen, in plaats van ons te storen.'

'Dat doen we ook, maar dat gaat te langzaam. We moeten met die jongen praten, want hij heeft vermoedelijk het gezicht van de dader gezien.'

'Het kan weken duren voordat hij kan worden verhoord,' zegt Erik. 'Ik bedoel, we kunnen hem niet gewoon even tot leven wekken en vertellen dat zijn hele familie is uitgemoord.'

'Maar onder hypnose?' vraagt Joona.

Het wordt stil. Erik denkt aan de sneeuw die over Brunnsviken viel toen hij hiernaartoe reed. Hoe de vlokken tussen de bomen door over het donkere water omlaag dwarrelden.

'Nee,' fluistert hij bij zichzelf.

'Zou hypnose niet werken?'

'Geen idee,' antwoordt Erik.

'Maar ik heb een goed geheugen voor gezichten,' zegt Joona met een grote grijns. 'Jij bent een beroemde hypnotiseur, jij zou…'

'Ik blufte maar wat,' onderbreekt Erik hem.

'Daar geloof ik niets van,' zegt Joona. 'En dit is een noodsituatie.'

Daniëlla begint te blozen en glimlacht naar de grond.

'Ik kan het niet,' zegt Erik.

'Ik ben toevallig degene die verantwoordelijk is voor de patiënt,' zegt Daniëlla met stemverheffing, 'en ik voel weinig voor hypnose.'

'Maar als het je nou niet gevaarlijk lijkt voor de patiënt?' vraagt Joona.

Erik begrijpt dat de commissaris hypnose al van het begin af aan als een mogelijkheid heeft gezien. Hij beseft dat het helemaal niet om een inval gaat. Joona Linna heeft hem alleen maar gevraagd naar het ziekenhuis te komen om hem ertoe over te halen de patiënt te hypnotiseren, en niet omdat hij expert is in de behandeling van acute shock en trauma.

'Ik heb mezelf beloofd om me nooit meer met hypnose bezig te houden,' zegt Erik.

'Oké, ik begrijp het,' zegt Joona. 'Ik had gehoord dat jij de beste was. Maar ja, ik moet je keuze respecteren.'

'Het spijt me,' zegt Erik.

Hij kijkt door het raampje naar de patiënt en wendt zich vervolgens tot Daniëlla.

'Heeft hij desmopressine gehad?'

'Nee, daar heb ik mee gewacht,' antwoordt ze.

'Waarom?'

'Vanwege het risico op trombo-embolische complicaties.'

'Ik heb die discussie gevolgd, maar ik geloof niet dat dat klopt. Ik geef mijn zoon voortdurend desmopressine,' zegt Erik.

Joona komt moeizaam uit zijn stoel overeind.

'Ik zou het op prijs stellen als je een andere hypnotiseur zou kunnen aanbevelen,' merkt hij op.

'We weten niet eens of de patiënt weer bij bewustzijn komt,' antwoordt Daniëlla.

'Maar ik ga ervan uit…'

'En hij moet toch wel bij bewustzijn zijn om te kunnen worden gehypnotiseerd,' zegt ze terwijl ze een beetje met haar mond trekt.

'Hij luisterde toen Erik tegen hem praatte,' zegt Joona.

'Dat geloof ik niet,' mompelt ze.

'Jawel, hij heeft me gehoord,' zegt Erik.

'We zouden zijn zus kunnen redden,' vervolgt Joona.

'Ik ga nu naar huis,' besluit Erik zachtjes. 'Geef de patiënt desmopressine en overweeg de drukkamer.'

Hij trekt zijn witte jas uit, loopt weg door de gang en stapt in de lift. Er lopen diverse mensen door de centrale hal. De deuren zijn van het slot en het is buiten wat lichter geworden. Nog terwijl de auto de parkeerplaats af rolt, reikt hij zijn hand uit naar het houten doosje dat in het handschoenenkastje ligt. Zonder zijn blik van de weg te nemen, peutert hij het dekseltje met de kleurige papegaai en de inboorling open, pakt drie tabletten en slikt ze snel door. Hij moet nu een paar uur slapen voordat hij Benjamin wakker moet maken voor zijn injectie.

# 2

## *Dinsdagochtend 8 december*

Commissaris Joona Linna bestelt bij Il Caffe op Bergsgatan een enorm broodje Parmezaanse kaas, bresaola en zongedroogde tomaten. Het is vroeg in de ochtend en de kleine cafetaria is net open: het meisje dat zijn bestelling opneemt heeft nog niet eens alle broden uit de zakken gehaald.

Nadat hij gisteravond laat de plaatsen delict in Tumba had geïnspecteerd, het overlevende slachtoffer in het Karolinska-ziekenhuis in Solna had bezocht en midden in de nacht met de artsen Daniëlla Richards en Erik Maria Bark had gesproken, was hij naar zijn flat in het stadsdeel Fredhäll gegaan en had hij drie uur geslapen.

Nu wacht Joona op zijn ontbijt. Hij kijkt door de beslagen ruit naar het Raadhuis en denkt aan de ondergrondse tunnel, de onderaardse gang tussen het enorme gebouw van de politie en het Raadhuis, die onder het park door loopt. Hij krijgt zijn creditcard terug, pakt een gigantische pen van de toonbank, tekent het bonnetje en verlaat de cafetaria.

De natte sneeuw valt in snel tempo uit de lucht als hij zich met het warme broodpakket in zijn ene hand en zijn sporttas met de floorballstick in zijn andere door Bergsgatan spoedt.

We worden vanavond ongetwijfeld ingemaakt, denkt Joona. We krijgen ervanlangs, precies zoals ze beloofd hebben.

Het floorballteam van de rijksrecherche verliest per definitie van de wijkteams, de verkeerspolitie, de waterpolitie, de ME, het arrestatieteam en van de veiligheidsdienst. Maar dat geeft hun een legitieme reden om achteraf samen troost te zoeken in de kroeg.

De enigen van wie we gewonnen hebben, zijn de jongens van het lab, denkt Joona.

Als hij langs het hoofdbureau van politie loopt, heeft hij er geen idee van dat er deze dinsdag weinig zal komen van floorballen en dat een kroegbezoek er ook niet in zit. Hij passeert de hoofdingang. Hij ziet dat er iemand een hakenkruis op het bord naar de raadzaal van de arrondissementsrechtbank heeft getekend. Hij loopt met grote passen door naar het huis van bewaring, de Kronobergs-gevangenis, dat in hetzelfde complex als het hoofdbureau van politie is gevestigd, en ziet het hoge hek geruisloos dichtgaan achter een auto. Sneeuwvlokken smelten op het grote raam van het wachthuisje. Joona loopt langs het zwembad van de politie en snijdt een stukje af over het gras langs de voorkant van het gigantische complex. De gevel heeft wel iets weg van donker koper: gepolijst, maar dan onder water, denkt hij. Er staan geen fietsen in de lange stalling bij de zaal voor de voorarrestonderhandelingen; de vlaggen hangen nat en slap langs beide masten. Joona loopt op een drafje tussen twee metalen paaltjes door en bereikt de hoge overkapping van matglas, stampt zijn schoenen af en loopt daarna door de hoofdingang van het Zweedse Korps Landelijke Politiediensten naar binnen.

In Zweden valt het politiewezen onder het ministerie van Justitie, maar het ministerie heeft niet de bevoegdheid om te beslissen hoe de wet moet worden toegepast. Het Zweedse Korps Landelijke Politiediensten is het centrale bestuurslichaam. Onder het Zweedse KLPD vallen de rijksrecherche, de veiligheidsdienst, de politieacademie en het gerechtelijk laboratorium.

De rijksrecherche is de enige centrale operatieve politie-eenheid in Zweden die verantwoordelijk is voor de bestrijding van de zware criminaliteit op nationaal en internationaal niveau. Hier is Joona Linna al negen jaar werkzaam als commissaris.

Joona loopt door de gang, zet bij het prikbord zijn muts af en laat zijn ogen snel over de papiertjes gaan met informatie over yoga, iemand die een camper wil verkopen, informatie van de bond en de gewijzigde tijden van de schietclub.

De vloer, die vrijdag nog is gedweild, is alweer ontzettend smerig. De deur van Benny Rubin staat op een kier. De zestigjarige man met de grijze snor en de gerimpelde, door zonnebrand aangetaste huid heeft een paar jaar voor de Palme-groep gewerkt, maar is nu betrokken bij de werkzaamheden rond de communicatiecentrale en de overgang naar het nieuwe radiosysteem Rakel. Hij zit met een sigaret achter zijn oor achter zijn computer angstwekkend langzaam te typen.

'Ik heb ogen in mijn achterhoofd,' zegt hij plotseling.

'Dat verklaart misschien waarom je zo slecht typt,' grapt Joona.

Hij merkt Benny's nieuwste vondst op: een reclameposter voor luchtvaartmaatschappij SAS: een jonge, tamelijk exotische vrouw in een minuscule bikini drinkt een fruitcocktail met een rietje. Benny was zo verbolgen geweest over het verbod op kalenders met pin-ups dat de meesten hadden gedacht dat hij ontslag zou nemen. In plaats daarvan houdt hij zich nu al jaren bezig met een zwijgend en koppig protest. Elke eerste werkdag van de maand hangt hij een nieuwe wandversiering op. Niemand heeft gezegd dat reclame voor luchtvaartmaatschappijen, foto's van ijsprinsessen met hun benen wijd, yoga-instructies of lingeriereclames van Hennes & Mauritz verboden zijn. Joona herinnert zich een affiche van atlete Gail Devers in een strak broekje, en een gewaagde lithografie van kunstenaar Egon Schiele met daarop een roodharige vrouw die wijdbeens zat, gekleed in een luchtige directoire.

Joona blijft staan om zijn assistente en collega Anja Larsson te begroeten. Ze zit met halfopen mond achter haar computer en haar kogelronde gezicht staat zo geconcentreerd dat hij ervoor kiest haar niet te storen. In plaats daarvan loopt hij verder naar zijn kamer, hangt zijn natte jas op, steekt de adventsster voor het raam aan en kijkt snel zijn postvak door: een schrijven over het arbeidsklimaat, een voorstel voor het gebruik van spaarlampen, een verzoek van het Openbaar Ministerie en de uitnodiging voor het kerstbuffet voor het personeel in openluchtmuseum annex dierentuin Skansen.

Joona verlaat zijn kantoor, loopt naar de vergaderkamer, gaat op zijn gebruikelijke plaats zitten, vouwt zijn ontbijtpakket open en begint te eten.

Op het grote whiteboard dat aan de lange wand hangt, staat: kleding, lichaamsbeschermingsuitrusting, wapens, traangas, communicatiemiddelen, voertuigen, overige technische hulpmiddelen, kanalen, stationssignalen, alternatieven voor toezicht, radiostilte, codes, verbindingstesten.

Petter Näslund blijft op de gang staan, lacht voldaan en hangt met zijn rug naar de vergaderkamer tegen de deurpost. Petter is een gespierde, kale man van rond de vijfendertig. Hij is commissaris met een speciale functie en is daardoor Joona's directe chef. Hij flirt al jarenlang met Magdalena Ronander, zonder aandacht voor haar gegeneerde blik en haar voortdurende pogingen om aan te sturen op een meer collegiale toon. Magdalena is sinds vier jaar inspecteur bij de afdeling Opsporing en is van plan haar rechtenstudie voor haar dertigste af te ronden.

Petter dempt zijn stem en vraagt Magdalena uit over haar keuze van dienstvuurwapen en hoe vaak zij 'van loop verwisselt wanneer de trekker te heet wordt'. Ze doet alsof ze zijn lompe dubbelzinnigheid niet opmerkt en vertelt dat ze de door haar afgevuurde schoten zorgvuldig bijhoudt.

'Maar jij houdt wel van grof geschut, toch?' vraagt Petter.

'Nee, hoor, ik werk met een Glock 17,' antwoordt ze, 'want daar kun je 9-millimeter patronen van het leger voor gebruiken.'

'Gebruik je geen Tsjechische…'

'Jawel, maar… maar ik heb liever de m39B,' zegt ze.

Ze lopen allebei de vergaderkamer in, gaan op hun plaats zitten en begroeten Joona.

'En de Glock is verkrijgbaar met automatische patroonuitwerper, naast het vizier,' zegt ze. 'De terugslag is aanzienlijk minder en je kunt veel sneller weer schieten.'

'Wat vindt Moem ervan?' vraagt Petter.

Joona glimlacht warm en zijn lichtgrijze ogen worden ijzig helder als hij met zijn zangerige Finse accent antwoord geeft: 'Dat dat niet uitmaakt, dat andere dingen veel belangrijker zijn.'

'Dus jij hoeft niet te kunnen schieten?' grijnst Petter.

'Joona is een goede schutter,' zegt Magdalena Ronander.

'Hij is overal goed in,' verzucht Petter.

Magdalena negeert Petter en richt zich in plaats daarvan tot Joona.

'Het grootste voordeel van de gecompenseerde Glock is dat de kruitdampen op het uiteinde van de loop in het donker niet te zien zijn.'

'Klopt helemaal,' antwoordt Joona zachtjes.

Ze kijkt vrolijk als ze haar zwartleren map openslaat en in haar papieren begint te bladeren.

Benny komt binnen, gaat zitten, kijkt iedereen aan, slaat hard met zijn hand op tafel en glimlacht vervolgens breed als Magdalena Ronander hem een geërgerde blik toewerpt.

'Ik heb die zaak in Tumba op me genomen,' zegt Joona.

'Welke zaak is dat?' vraagt Petter.

'Een heel gezin dat is doodgestoken,' antwoordt hij.

'Dat is geen zaak voor ons,' zegt Petter.

'Ik denk dat het weleens om een seriemoordenaar zou kunnen gaan, of in ieder geval...'

'Schei toch uit,' onderbreekt Benny hem. Hij kijkt Joona aan en slaat weer met zijn hand op tafel.

'Het was gewoon een afrekening,' vervolgt Petter. 'Een lening, speelschulden, gokken... Hij was immers een bekende op de drafbaan.'

'Gokverslaving,' bevestigt Benny.

'Hij leende geld van plaatselijke criminelen en heeft dat met de dood moeten bekopen,' besluit Petter.

Het wordt stil. Joona drinkt een paar slokken water, pikt wat kruimels van zijn broodje van tafel en stopt ze in zijn mond.

'Ik heb een bepaald gevoel over deze zaak,' zegt hij zacht.

'Dan moet je overplaatsing aanvragen,' zegt Petter met een glimlach. 'Dit is niet iets voor de rijksrecherche.'

'Volgens mij wel.'

'Je moet bij het wijkteam van Tumba gaan als je je met die zaak wilt bezighouden,' vindt Petter.

'Ik ben van plan die moorden te onderzoeken,' houdt Joona hardnekkig vol.

'Ik ben degene die daarover beslist,' antwoordt Petter.

Yngve Svensson komt binnen en gaat zitten. Zijn haar is met gel achterovergekamd. Hij heeft blauwgrijze kringen onder zijn ogen, rossige baardstoppels en draagt altijd een gekreukt zwart kostuum.

'*Yngwie*,' zegt Benny vrolijk.

Yngve Svensson is een van de meest vooraanstaande experts op het gebied van de georganiseerde misdaad in Zweden, is verantwoordelijk voor de sectie Analyse en maakt deel uit van de eenheid voor internationale politiesamenwerking.

'Yngve, wat vind jij van die zaak in Tumba?' vraagt Petter. 'Jij hebt daar toch net naar zitten kijken?'

'Ja, het lijkt een lokale aangelegenheid,' antwoordt hij. 'De schuldeiser gaat naar dat huis. De vader had om die tijd thuis moeten zijn, maar was ingevallen als scheidsrechter bij een voetbalwedstrijd. De schuldeiser is vermoedelijk aan de speed en de rohypnol, is labiel en gestrest, wordt ergens door geprovoceerd en valt dat gezin met een SWAT-mes aan om die vader te vinden. Ze vertellen ongetwijfeld waar hij is, maar de man flipt volkomen en steekt ze allemaal overhoop, waarna hij naar de sporthal vertrekt.'

Petter glimlacht spottend, drinkt een paar grote slokken water, laat achter zijn hand een boer, kijkt naar Joona en vraagt: 'Wat zeg je van die verklaring?'

'Als hij niet volkomen fout was, zou er iets in kunnen zitten,' antwoordt Joona.

'Wat is er fout aan?' vraagt Yngve strijdlustig.

'De moordenaar heeft eerst de man op het voetbalveld om het leven gebracht,' antwoordt Joona kalm. 'Daarna is hij naar het huis gegaan en heeft hij de rest van de familie gedood.'

'Dan kun je niet echt spreken van een afrekening,' zegt Magdalena Ronander.

'We moeten maar afwachten wat de sectie zegt,' mompelt Yngve.

'Daaruit zal blijken dat ik gelijk heb,' antwoordt Joona.

'Idioot,' zucht Yngve en hij stopt twee minizakjes *snus*, fijngemalen tabak, onder zijn lip.

'Joona, je krijgt deze zaak niet van me,' zegt Petter.

'Dat begrijp ik,' zucht hij, en hij staat op.

'Waar ga je heen? We zitten in vergadering,' zegt Petter.

'Ik moet met Carlos praten.'

'Niet hierover.'

'Jawel,' antwoordt Joona, en hij verlaat de kamer.

'Blijf hier!' roept Petter. 'Anders moet ik...'

Joona hoort niet waar hij mee dreigt. Hij trekt gewoon kalm de deur achter zich dicht, loopt de gang door en zegt Anja gedag, die hem met een vragend gezicht over haar computer heen aankijkt.

'Zit jij niet in vergadering?' vraagt ze.

'Jawel,' antwoordt hij, terwijl hij doorloopt naar de lift.

Op de vijfde verdieping zijn de vergaderruimte en het secretariaat van het Zweedse Korps Landelijke Politiediensten, en daar zit ook Carlos Eliasson, het hoofd van de rijksrecherche. Zijn deur staat op een kier, maar is zoals gewoonlijk meer dicht dan open.

'Kom binnen, kom binnen, kom binnen,' noodt Carlos.

Als Joona binnenkomt, trekt er een uitdrukking van zowel bezorgdheid als vreugde over Carlos' gezicht.

'Ik moet alleen even mijn kleintjes voeren,' zegt hij, en hij tikt op de rand van het aquarium.

Hij kijkt glimlachend naar de vissen die naar de oppervlakte zwemmen, en strooit vervolgens vissenvoer in het water.

'Dáár drijft een beetje,' fluistert hij.

Carlos duidt de richting aan voor het kleinste paradijsvisje, Nikita, keert zich vervolgens om en zegt vriendelijk: 'Moordzaken vraagt of jij naar die moord in Dalarna zou kunnen kijken.'

'Die lossen ze zelf wel op,' zegt Joona.

'Daar lijken ze niet zo van overtuigd – Tommy Kofoed was hier...'

'Maar ik heb toch geen tijd?' onderbreekt Joona hem.

Hij gaat tegenover Carlos zitten. Het ruikt lekker in de kamer, naar leer en hout. De zon valt speels binnen via het aquarium.

'Ik wil die zaak in Tumba doen,' zegt Joona zonder omhaal.

De bezorgdheid krijgt heel even de overhand op Carlos' gerimpelde, hartelijke gezicht.

'Petter Näslund belde me daarnet. Hij heeft gelijk, dit is geen zaak voor de rijksrecherche,' oppert hij voorzichtig.

'Volgens mij wel,' houdt Joona koppig vol.

'Alleen wanneer die afrekening verband houdt met de echte georganiseerde misdaad, Joona.'

'Het was geen afrekening.'

'O nee?'

'De moordenaar heeft eerst de man vermoord,' stelt Joona. 'Daarna is hij naar het huis gegaan om verder te gaan met de rest van de familie. Hij wilde dat hele gezin uitmoorden. Hij zal die volwassen dochter vinden en hij zal de jongen vinden – als die het tenminste overleeft.'

Carlos werpt een korte blik op zijn aquarium, alsof hij bang is dat de vissen iets onaangenaams te horen zullen krijgen.

'Aha,' zegt hij sceptisch. 'Hoe weet je dat?'

'Omdat de stappen in het bloed in het huis korter waren.'

'Hoe bedoel je?'

Joona buigt zich voorover en zegt zachtjes: 'Er waren natuurlijk overal voetafdrukken. Ik heb niets gemeten, maar ik had het idee dat de stappen in de kleedkamer, eh… tja, opgewekter waren, en de stappen in het huis vermoeider.'

'Het zal weer eens niet,' zegt Carlos afgemat. 'Nu maak je de boel weer ingewikkeld.'

'Maar ik heb wél gelijk,' antwoordt Joona.

Carlos schudt zijn hoofd. 'Ik geloof niet dat dat dit keer het geval is.'

'Zeker wel.'

Carlos wendt zich tot zijn vissen en zegt: 'Die Joona Linna is de meest eigenwijze figuur die ik ooit ben tegengekomen.'

'Maar wat gebeurt er als je terugkrabbelt als je weet dat je gelijk hebt?'

'Ik kan Petter niet zomaar passeren en jou die zaak geven alleen op basis van een gevoel,' verklaart Carlos.

'Dat kan best.'

'Iedereen denkt dat het om het incasseren van speelschulden ging.'

'Jij ook?' vraagt Joona.

'Ja, ik ook.'

'De voetstappen in de kleedkamer waren kwieker omdat de man eerst werd vermoord,' houdt Joona vol.

'Jij geeft ook nooit op, hè?' vraagt Carlos. 'Toch?'

Joona haalt glimlachend zijn schouders op.

'Ik kan beter maar meteen naar Forensische Geneeskunde bellen,' zegt Carlos morrend, terwijl hij de telefoon pakt.

'Die zullen zeggen dat ik gelijk heb,' antwoordt Joona met neergeslagen blik.

Joona Linna weet dat hij eigenwijs is en hij weet dat hij zijn eigenwijsheid nodig heeft om vooruit te komen. Het is misschien begonnen met Joona's vader, Yrjö Linna, die surveillerend politieman was in het district van Märsta. Hij bevond zich op de oude Uppsalaväg, een stuk ten noorden van het Löwenströmska-ziekenhuis, toen er bij de alarmcentrale een melding binnenkwam en ze hem naar Hammarbyvägen in Upplands Väsby stuurden. Een buurman had de politie gebeld en gezegd dat de kinderen van de Olssons er weer van langs kregen. Zweden was in 1976 het eerste land ter wereld dat lijfstraffen bij kinderen verbood, en de politie had van het Korps Landelijke Politiediensten de opdracht gekregen om streng toe te zien op handhaving van de nieuwe wet. Yrjö Linna reed met de surveillanceauto het woonerf op en bleef voor de deur staan wachten op zijn collega Jonny Andersen. Na een paar minuten riep hij zijn collega op. Jonny Andersen bleek in de rij te staan voor Mama's, de hotdogkraam, en zei dat hij vond dat een man soms best mocht laten zien wie de baas was. Yrjö Linna was een zwijgzaam iemand. Hij wist dat het reglement vereiste dat je bij een dergelijke actie met z'n tweeën moest zijn, maar drong niet aan. Hij zei niets, hoewel hij zich ervan bewust was dat hij recht had op ondersteuning. Hij wilde niet zeuren, wilde niet bang overkomen en kon niet langer wachten. Yrjö Linna nam de trap naar de derde verdieping en belde aan. Een meisje met bange ogen deed open. Hij vroeg haar in het trappenhuis te blijven wachten, maar ze schudde haar hoofd en rende het appartement in. Yrjö Linna liep achter haar aan en kwam in de woonkamer. Het meisje bonkte op de deur naar het balkon. Yrjö ontdekte dat er een jongetje buiten stond, slechts gekleed in zijn luier. Het ventje was vermoedelijk nog geen twee jaar oud. Yrjö rende meteen de kamer door om het kind binnen te laten en ontdekte de dronken man daarom pas te laat. Hij zat doodstil op de bank naast de deur, met zijn gezicht naar het balkon. Yrjö moest beide handen gebruiken om de knippen los te maken en de deurkruk omlaag te doen. Pas toen hij de klik van het jachtgeweer hoorde, bleef hij staan. Het schot werd afgevuurd, een cluster van zesendertig loodkogeltjes ging rechtstreeks zijn ruggengraat in en hij overleed bijna onmiddellijk.

De elfjarige Joona verhuisde samen met zijn moeder Ritva van het lichte appartement in het centrum van Märsta naar de driekamerflat van zijn tante in de Stockholmse wijk Fredhäll. Nadat hij de basisschool en de middelbare school op Kungsholmen had afgerond, schreef hij zich in voor de politieacademie. Hij moet nog vaak denken aan de vrienden in zijn groep, de wandelingen over de uitgestrekte gazons, de rust die voorafging aan de aspirantentijd en zijn eerste jaren als politieassistent. Joona Linna heeft zijn portie wel gehad; hij heeft het nodige papierwerk afgehandeld, bijdragen geleverd aan plannen voor gelijke behandeling en vakbondswerk, het verkeer omgeleid tijdens de Marathon van Stockholm en bij honderden auto-ongelukken, zich geschaamd wanneer voetbalhooligans vrouwelijke collega's met spreekkoren in de metro beledigden: 'Vuile politietrut, steek die wapenstok toch in je kut!' Hij heeft overleden junks met rottende zweren aangetroffen, een hartig woordje gesproken met kruimeldieven, ambulancepersoneel geholpen met kotsende dronkenlappen; gepraat met prostituees, trillend van de afkickverschijnselen, met mensen met aids, angstige personen; hij heeft honderden mannen ontmoet die hun vrouw en kinderen hadden mishandeld, altijd volgens hetzelfde patroon, dronken maar beheerst, met de radio keihard aan en de rolgordijnen omlaag; hij heeft snelheidsmaniakken en alcomobilisten aangehouden, wapens, drugs en zelfgestookte drank in beslag genomen. Toen hij een keer in de ziektewet zat met spit en buiten een wandelingetje maakte om niet helemaal stijf te worden, had hij bij de Klastorps-school een skinhead een moslimvrouw bij haar borsten zien pakken. Hij had de skinhead langs het water achternagezeten, het hele park door, langs Smedsudden, Västerbron op, over het water en het eiland Långholmen naar Södermalm, en had hem pas bij de verkeerslichten op Högalidsgatan te pakken gekregen.

Zonder welbewust plan om carrière te willen maken, heeft Joona Linna promotie gemaakt. Hij houdt van gekwalificeerde taken en hij geeft nooit op. Hij werkt nu negen jaar als commissaris bij de rijksrecherche op Kungsholmen. Hij heeft een kroontje en eikenbladeren op zijn rangonderscheidingsteken, maar het vierkante koord voor bijzondere taken ontbreekt. Hij is domweg niet geïnteresseerd in ook maar enige vorm van leiderschap en weigert toe te treden tot de landelijke afdeling Moordzaken.

Nu zit Joona Linna deze decembermorgen in de kamer van het hoofd van de rijksrecherche. Hij voelt nog geen vermoeidheid na de lange nacht in Tumba en het Karolinska-ziekenhuis wanneer hij naar Carlos Eliasson luistert, die met het plaatsvervangend hoofd Forensische Geneeskunde in Stockholm praat, patholoog-anatoom professor Nils 'de Naald' Åhlén.

'Nee, ik hoef alleen maar te weten wat de eerste plaats delict is,' zegt Carlos terwijl hij even luistert. 'Dat begrijp ik, dat begrijp ik... maar wat is jouw beoordeling tot nu toe? Hoe ziet het eruit?'

Joona leunt achterover tegen de rugleuning, krabt in zijn blonde, warrige haar en ziet het gezicht van het hoofd van de recherche steeds roder worden. Die luistert naar de monotone stem van de Naald, en in plaats van antwoord te geven, knikt hij alleen maar en hangt vervolgens op zonder gedag te zeggen.

'Ze... Ze...'

'Ze hebben geconstateerd dat de vader eerst om het leven is gebracht,' vult Joona in.

Carlos knikt.

'Wat heb ik je gezegd?' vraagt Joona grijnzend.

Carlos slaat zijn ogen neer en schraapt zijn keel.

'Oké, jij leidt het vooronderzoek,' zegt hij na een tijdje. 'De zaak in Tumba is van jou.'

'Bijna,' antwoordt Joona ernstig.

'Bijna?'

'Eerst wil ik één ding van je horen. Wie had er gelijk? Wie had er gelijk: jij of ik?'

'Jij!' roept Carlos. 'Wat heb je in godsnaam, Joona? Jij had gelijk – zoals gewoonlijk!'

Als hij opstaat verbergt Joona zijn lachje achter zijn hand.

'Nu moet ik mijn getuige verhoren, voor het te laat is.'

'Ga je die jongen verhoren?' vraagt Carlos.

'Ja.'

'Heb je met de officier van justitie gesproken?'

'Ik ben niet van plan om het vooronderzoek aan de officier van justitie te overhandigen voor ik een verdachte heb,' zegt Joona.

'Nee, dat bedoel ik ook niet,' zegt Carlos. 'Het lijkt me alleen verstandig om de officier van justitie erbij te betrekken als je met zo'n zwaargewonde jongen gaat praten.'

'Oké, daar heb je gelijk in. Ik bel Jens wel,' antwoordt Joona, en hij vertrekt.

# 3

## Dinsdagochtend 8 december

Na het gesprek met het hoofd van de rijksrecherche loopt Joona Linna naar zijn auto voor het korte ritje naar de afdeling Forensische Geneeskunde op het terrein van het Karolinska-instituut. Hij draait de contactsleutel om, schakelt en rijdt voorzichtig de parkeerplaats af.

Voordat hij hoofdofficier van justitie Jens Svanehjälm belt, moet hij goed nadenken over wat hij tot nu toe over de zaak in Tumba weet. De map met daarin zijn aantekeningen over het gestarte vooronderzoek ligt op de passagiersstoel. Hij rijdt naar Sankt Eriksplan en probeert zich te herinneren wat hij al aan het Openbaar Ministerie over het inleidende onderzoek van de plaats delict heeft gerapporteerd, en wat er in zijn aantekeningen stond over het nachtelijke gesprek met de sociale dienst.

Joona rijdt over de brug, ziet het bleke paleis Karlberg aan zijn linkerhand en herhaalt voor zichzelf wat de twee artsen hadden gezegd over het risico om een dusdanig gewonde patiënt te verhoren, en besluit om de laatste twaalf uur nogmaals door te nemen.

Karim Muhammed was als vluchteling uit Iran naar Zweden gekomen. Hij was journalist en werd gevangengenomen toen Ruhollah Khomeini terugkeerde naar Iran. Na acht jaar gevangenschap was hij erin geslaagd om over de grens naar Turkije te vluchten en daarna had hij verder weten te komen naar Duitsland en Trelleborg. Karim Muhammed werkt al bijna twee jaar voor Jasmin Jabir, eigenaar van handelsmaatschappij Johanssons Interieurverzorging, met als postadres Alice Tegnérs väg 9 in Tullinge.

Het bedrijf heeft van de gemeente Botkyrka de opdracht gekregen de Tullingebergs-school, de Vista-school, de Broängs-school, het Storvrets-bad, het Tumba-gymnasium, de sporthal van Tumba en de kleedkamers bij de sportvelden van Rödstuhage schoon te houden.

Karim Muhammed was gisteravond, op maandag 7 december, om 20.50 uur bij de sporthal van Tumba en de sportvelden van Rödstuhage gearriveerd. Dat was zijn laatste klus die avond. Hij zette zijn Volkswagen-bus op de parkeerplaats, niet ver van een rode Toyota. De schijnwerpers op de hoge vakwerkmasten rond het voetbalveld waren al uit, maar in de kleedkamer brandde nog licht. Hij maakte de achterdeur van de Volkswagen-bus open, deed de klep omlaag, klom erop en maakte de riemen van de kleinste schoonmaakkar los.

Toen hij bij het lage houten gebouw kwam en de deur van de herenkleedkamer van het slot wilde doen, merkte hij dat de deur niet was afgesloten. Hij klopte aan, kreeg geen antwoord en deed open. Pas toen hij de deur met een kunststof wig had opengezet, zag hij het bloed op de grond. Hij ging naar binnen, zag de dode man, keerde terug naar zijn auto en belde de politie.

De centrale kreeg contact met een surveillancewagen op Huddingevägen, niet ver van het pendeltreinstation van Tumba. De twee politieassistenten, Jan Eriksson en Erland Björkander, werden erop afgestuurd.

Terwijl Erland Björkander de verklaring van Karim Muhammed opnam, ging Jan Eriksson naar binnen. Eriksson meende een geluid van het slachtoffer te horen, dacht dat hij nog leefde en rende er daarom naartoe. Toen de politieassistent de man omdraaide, begreep hij dat dat onmogelijk was. Het lichaam was ernstig toegetakeld, de rechterarm ontbrak en zijn borst was dusdanig verwond dat het meer op een bak met een bloederig prutje leek. De ambulance arriveerde en vlak daarna kwam inspecteur van politie Lillemor Blom. Het slachtoffer werd zonder probleem geïdentificeerd als Anders Ek, leraar natuur- en scheikunde op het Tumba-gymnasium, getrouwd met Katja Ek, bibliothecaresse bij de Centrale Bibliotheek van Huddinge. Ze woonden in een rijtjeshuis op Gärdesvägen 8 met twee nog thuiswonende kinderen, Lisa en Josef.

Omdat het al zo laat was, had inspecteur van politie Lillemor Blom politieassistent Erland Björkander opdracht gegeven om de familie van het slachtoffer in te lichten, terwijl ze zelf het rapport van Jan Eriksson opnam en de plaats delict vakbekwaam afzette.

Erland Björkander arriveerde bij het rijtjeshuis in Tumba, parkeerde en belde aan. Toen er niet werd opengedaan, liep hij om het huizenblok heen naar de achterkant en scheen met een zaklamp naar binnen. Het eerste wat hij zag, was een grote plas bloed op de vaste vloerbedekking in de slaapkamer – langgerekte strepen, alsof er iemand door de deur was gesleept, en een kinderbrilletje op de drempel. Zonder om versterking te vragen forceerde Erland Björkander de terrasdeur en ging met getrokken wapen naar binnen. Hij doorzocht het huis, vond de drie slachtoffers, liet onmiddellijk politie en ambulance ter plaatse komen en merkte helemaal niet dat de jongen nog in leven was. De oproep van Erland Björkander werd per ongeluk op een kanaal uitgezonden dat in heel Groot-Stockholm te horen was.

Het was 22.10 uur toen Joona Linna in zijn auto op Drottningholmsvägen zat en de wanhopige oproep hoorde. Een politieassistent, ene Erland Björkander, riep dat de kinderen waren afgeslacht, dat hij alleen in het huis was, dat de moeder dood was, dat ze allemaal dood waren. Korte tijd later stond hij buiten en was hij aanzienlijk beheerster toen hij vertelde dat inspecteur van politie Lillemor Blom hem in zijn eentje naar het huis aan Gärdesvägen had gestuurd. Björkander zweeg abrupt, mompelde dat het het verkeerde kanaal was en verdween vervolgens.

Het werd stil in de auto van Joona Linna. De ruitenwissers zwiepten de waterdruppels van de ruit. Terwijl hij langzaam langs Kristineberg reed, moest hij aan zijn vader denken, die geen ondersteuning had gekregen.

Joona reed bij de Stefan-school naar de kant van de weg, geïrriteerd over het gebrek aan leiding daar in Tumba. Geen enkele politiefunctionaris zou een dergelijke taak in zijn eentje moeten uitvoeren. Joona zuchtte, haalde zijn telefoon tevoorschijn en vroeg of hij kon worden doorverbonden met Lillemor Blom.

Lillemor Blom was een jaargenoot van Joona van de Politie-academie. Na haar aspirantentijd was ze getrouwd met een collega van de afdeling Opsporing, Jerker Lindkvist. Twee jaar later kregen ze een zoon, die ze Dante noemden. Jerker had nooit zijn deel van het betaalde ouderschapsverlof opgenomen, hoewel dat wettelijk verplicht is. Zijn keuze was een financieel verlies voor het gezin en had Lillemors carrière vertraagd. Jerker had haar verlaten voor een jongere politieagente die net haar opleiding had afgerond, en Joona had gehoord dat hij zijn zoon zelfs niet eens om het weekend zag.

Joona stelde zich kort voor toen hij Lillemor aan de lijn kreeg. Hij sloeg de beleefdheidsfrasen over en vertelde vervolgens wat hij via de radio had gehoord.

'We hebben te weinig mensen, Joona,' zei ze. 'En mijn inschatting was eigenlijk…'

'Doet er niet toe,' onderbrak hij haar. 'Jouw inschatting was godgeklaagd.'

'Je wilt niet luisteren,' zei ze.

'Jawel, maar…'

'Luister dan!'

'Je mag Jerker niet eens alleen naar een plaats delict sturen,' ging Joona verder.

'Ben je klaar?'

Na een korte stilte legde Lillemor Blom uit dat assistent Erland Björkander alleen als taak had gekregen om de familie te informeren over het verlies en dat hij geheel uit eigen beweging het initiatief had genomen om de deur aan de achterkant van het rijtjeshuis te forceren. Joona zei daarop dat ze juist had gehandeld, bood diverse keren zijn excuses aan en vroeg toen voornamelijk uit beleefdheid wat er in Tumba was gebeurd.

Lillemor beschreef wat assistent Erland Björkander had gerapporteerd, over de messen en het bestek dat in het bloed op de keukenvloer had gelegen, de bril van het meisje, de bloedsporen, de handafdrukken en de lichamen, en de locatie van de lichaamsdelen in het huis. Ze vertelde vervolgens dat Anders Ek, van wie ze aannam dat hij het laatste slachtoffer was, bij de sociale overheids-instanties bekend was vanwege zijn gokverslaving.

Hij had een traject voor schuldsanering doorlopen, maar had tegelijkertijd geld geleend van een aantal zware criminelen in de gemeente. Nu was een van de schuldeisers verhaal komen halen bij de familie om hem te pakken te krijgen. Lillemor beschreef het lichaam van Anders Ek in de kleedkamer, dat gedeeltelijk in stukken was gesneden. Dat men het jachtmes en een afgesneden arm in de douche had aangetroffen. Ze vertelde wat ze wist over het gezin in het rijtjeshuis, en dat de zoon naar het Huddinge-ziekenhuis was afgevoerd. Ze herhaalde diverse malen dat ze een personeelstekort hadden, dat het onderzoek van de plaats delict moest wachten.

'Ik kom eraan,' zei Joona.

'Waarom?' vroeg ze verbaasd.

'Ik wil het zien.'

'Nu?'

'Ja, als dat kan,' antwoordde hij.

'Gezellig,' zei ze, op zo'n manier dat hij ging geloven dat ze dat ook meende.

Joona had niet onmiddellijk begrepen waardoor zijn belang-stelling was gewekt. Het ging niet in eerste instantie om de ernst van het misdrijf, maar om iets wat niet klopte, een discrepantie tussen de informatie die hij had gekregen en de conclusies die daaruit waren getrokken.

Pas nadat hij beide plaatsen delict had bezocht, de kleedka-mer van het sportcomplex en het rijtjeshuis aan Gärdesvägen 8 in Tumba, wist hij zeker dat er concrete aanwijzingen voor zijn vermoeden waren. Het ging uiteraard niet om bewijzen, maar zijn waarnemingen waren zo markant dat hij de zaak niet kon loslа-ten. Hij was ervan overtuigd dat de vader was vermoord voor-dat de rest van het gezin was aangevallen. Ten eerste waren de voetsporen in het bloed op de vloer van de kleedkamer krachtiger geweest – energieker – in vergelijking met de voetsporen in het rijtjeshuis, en ten tweede was de punt van het jachtmes dat in de douche van de sporthal lag afgebroken. Dat zou een verklaring kunnen zijn voor het bestek op de vloer in de keuken van het huis: de dader had gewoon naar een nieuw wapen gezocht.

Joona had een arts van het Huddinge-ziekenhuis verzocht mee te helpen als deskundige in afwachting van een schouwarts en technici van het landelijk forensisch laboratorium. Ze hadden een inleidend onderzoek gedaan in het rijtjeshuis en daarna had Joona met het gerechtelijk lab in Stockholm gesproken en een uitgebreide sectie aangevraagd.

Lillemor Blom stond bij een elektrakast naast een straatlantaarn te roken toen Joona het rijtjeshuis uit kwam. Hij was in lange tijd niet zo geschokt. Het grofste geweld was tegen het kleine meisje gericht geweest.

Er was inmiddels een technisch rechercheur onderweg. Joona stapte over het blauw-witte afzetlint dat het gebied afbakende en liep naar Lillemor toe.

Het waaide en het was donker. Er vielen af en toe droge, fragiele sneeuwvlokken in hun gezicht. Lillemor was een mooie vrouw met een doorleefd gezicht, dat nu werd getekend door vermoeidheidsrimpeltjes. Ze was zwaar, maar slordig opgemaakt. Joona had haar niettemin altijd knap gevonden, met haar rechte neus, hoge jukbeenderen en schuinstaande ogen.

'Zijn jullie al gestart met het vooronderzoek?' vroeg hij.

Ze schudde haar hoofd en blies rook uit.

'Dan zal ik daarmee beginnen,' zei hij.

'Dan ga ik nu naar huis, naar bed.'

'Dat klinkt goed,' glimlachte hij.

'Ga mee,' zei ze plagerig.

'Ik moet kijken of die jongen aanspreekbaar is.'

'O ja, ik heb het gerechtelijk laboratorium in Linköping gebeld, zodat ze met het Huddinge-ziekenhuis in contact kunnen komen.'

'Heel goed,' zei Joona.

Lillemor liet haar sigaret op de grond vallen en trapte de peuk uit.

'Wat heeft de rijksrecherche hier eigenlijk mee te maken?' vroeg ze met een blik in de richting van haar auto.

'Dat is de vraag,' mompelde Joona.

De reden achter de moorden had niets te maken met een poging om speelschulden te incasseren, dacht hij opnieuw. Het klopte gewoon niet. Iemand wilde een heel gezin uitroeien, maar de krachten en de motieven daarachter bleven nog verborgen.

Toen Joona weer in de auto zat, belde hij naar het Huddingeziekenhuis. Daar kreeg hij te horen dat de patiënt naar de afdeling Neurochirurgie van het Karolinska-ziekenhuis in Solna was gebracht. Ze zeiden dat zijn toestand was verslechterd een uur nadat de technische recherche uit Linköping erop had toegezien dat een arts biologisch materiaal van hem had veiliggesteld.

Midden in de nacht reed Joona terug naar Stockholm. Op Södertäljevägen belde hij naar de sociale dienst om met hen samen te werken bij de geplande verhoren in het kader van het vooronderzoek. Hij werd doorverbonden met de dienstdoende medewerkster Getuigenondersteuning, ene Susanne Granat, vertelde over de speciale omstandigheden en vroeg of hij mocht terugbellen als hij duidelijkheid had over de stabiliteit van de patiënt.

Joona bevond zich om 02.05 uur op de neurochirurgische intensive care van het Karolinska-ziekenhuis en kreeg een kwartier later gelegenheid om met de verantwoordelijke arts, Daniëlla Richards, te praten. Zij schatte dat ze de jongen wekenlang niet zouden kunnen verhoren – als hij zijn verwondingen überhaupt zou overleven.

'Hij is inmiddels in shock,' zei ze.

'Wat houdt dat in?'

'Hij heeft veel bloed verloren. Zijn hart probeert dat te compenseren en slaat op hol...'

'Hebben jullie die bloedingen onder controle?'

'Ik denk het wel. Ik hoop het. En hij krijgt voortdurend bloed toegediend. Maar door het zuurstoftekort in het lichaam kunnen de afvalproducten van de spijsvertering niet worden afgevoerd. Het bloed raakt steeds meer verzuurd en daardoor kunnen het hart, de longen, de lever en de nieren beschadigd worden.'

'Is hij bij bewustzijn?'

'Nee.'

'Ik zou met hem willen praten,' zei Joona. 'Kan dat op de een of andere manier?'

'De enige die het herstel van de jongen misschien zou kunnen versnellen, is Erik Maria Bark.'

'De hypnotiseur?' vroeg Joona.

Ze glimlachte breed en begon te blozen.

'Noem hem zo niet als je zijn hulp wilt,' zei ze toen. 'Hij is onze belangrijkste deskundige op het gebied van shock- en traumabehandeling.'

'Heb je er iets op tegen als ik hem vraag hierheen te komen?'

'Integendeel, ik heb er zelf ook aan zitten denken,' zei ze.

Joona zocht in zijn zakken naar zijn telefoon, besefte dat hij hem in zijn auto had laten liggen en vroeg of hij die van Daniëlla Richards even mocht gebruiken. Nadat hij Erik Maria Bark op de hoogte had gebracht, belde hij nogmaals Susanne Granat van de sociale dienst en legde uit dat hij hoopte snel met Josef Ek te kunnen praten. Susanne Granat vertelde daarop dat het gezin in hun bestand voorkwam, dat de vader gokverslaafd was en dat ze drie jaar geleden contact hadden gehad met de dochter.

'Met de dochter?' vroeg Joona sceptisch.

'De oudste dochter, Evelyn,' verklaarde Susanne.

# 4

## *Dinsdagochtend 8 december*

Erik Maria Bark is net thuis van zijn nachtelijke bezoek aan het Karolinska-ziekenhuis, waar hij commissaris Joona Linna heeft ontmoet. Erik had hem gemogen, hoewel de man had geprobeerd hem van zijn belofte om nooit meer te hypnotiseren af te brengen. Misschien had zijn volkomen open en oprechte ongerustheid over de oudste zus hem zo sympathiek gemaakt. Vermoedelijk was er op dit moment inderdaad iemand naar haar op zoek.

Erik gaat naar de slaapkamer en kijkt naar zijn echtgenote Simone, die in bed ligt. Hij is nu doodmoe; de tabletten zijn gaan werken. Zijn ogen prikken en zijn zwaar; de slaap is al onderweg. Het licht valt als een bekraste glasplaat over Simone heen. Er is bijna een hele nacht verstreken sinds hij van huis is gegaan om de gewonde jongen te onderzoeken. Simone heeft nu het hele bed in beslag genomen. Haar lichaam is zwaar. Het dekbed ligt aan haar voeten, haar nachthemd is opgekropen tot haar middel. Ze rust slap op haar buik, met kippenvel op haar armen en schouders. Erik legt het dekbed voorzichtig over haar heen. Ze brabbelt iets onverstaanbaars en rolt zich op. Hij gaat zitten en streelt haar enkel; hij ziet haar tenen reageren, ze bewegen zich een beetje.

'Ik ga even douchen,' zegt hij terwijl hij achteroverleunt.

'Hoe heette die politieman?' mompelt ze.

Maar voordat hij antwoord kan geven, bevindt hij zich in het stadspark Observatorielunden. Hij graaft in het zand op de speelplaats en vindt een gele steen, rond als een ei, groot als een pompoen. Hij krabt met zijn vinger en vermoedt een reliëf aan de zijkant. Het blijkt een gekartelde rij tanden. Als hij de zware steen omkeert, ziet hij dat het een schedel van een dinosaurus is.

'Lul!' roept Simone.

Hij schrikt op en begrijpt dat hij in slaap is gevallen en is gaan dromen. Hij is door de sterke tabletten midden in het gesprek in slaap gevallen. Hij probeert te glimlachen en ontmoet Simones kille blik.

'Sixan? Wat is er?'

'Is het weer begonnen?' vraagt ze.

'Wat?'

'"Wát?"' herhaalt ze geïrriteerd. 'Wie is Daniëlla?'

'Daniëlla?'

'Je had het beloofd, het was een belofte, Erik,' zegt ze verontwaardigd. 'Ik heb je vertrouwd, ik was zo stom om je inderdaad te vertrouwen…'

'Waar héb je het over?' onderbreekt hij haar. 'Daniëlla Richards is een collega bij het Karolinska. Wat is er met haar?'

'Lieg niet tegen me.'

'Dit is een beetje absurd,' zegt hij met een glimlach.

'Wat is daar zo leuk aan?' vraagt ze. 'Af en toe dacht ik… Ik heb zelfs gedacht dat ik zou kunnen vergeten wat er is gebeurd.'

Erik doezelt een paar seconden weg, maar hoort toch wat ze zegt.

'Het is misschien maar het best als we uit elkaar gaan,' fluistert Simone.

'Er is niets tussen Daniëlla en mij.'

'Het maakt ook eigenlijk niet uit,' antwoordt ze vermoeid.

'O, nee? Maakt het niet uit? Jij wilt scheiden om iets wat ik tien jaar geleden heb gedaan?'

'Iets?'

'Ik was dronken en…'

'Ik wil het niet horen. Ik weet alles. Ik… Verdomme! Ik wil die rol niet! Ik ben op zich niet jaloers, maar ik ben een loyaal iemand en eis loyaliteit terug.'

'Ik heb je vertrouwen nooit weer beschaamd en zal dat ook nooit weer…'

'Waarom laat je dat dan niet zien?' onderbreekt ze hem. 'Dat heb ik nodig.'

'Je moet me gewoon vertrouwen,' zegt hij.

41

'Ja,' zucht ze, en ze gaat de slaapkamer uit met haar kussen en dekbed onder haar arm.

Hij ademt zwaar – weet dat hij achter haar aan moet lopen, haar niet gewoon moet laten gaan. Hij zou haar terug moeten trekken naar het bed of op de grond naast de slaapbank in de logeerkamer moeten gaan liggen, maar de slaap is momenteel sterker. Hij heeft op dit moment niet genoeg kracht om weerstand te bieden. Hij laat zich op het bed vallen, voelt de dopamine uit de pillen in zijn lichaam rondzweven, voelt de weldadige ontspanning zich over zijn gezicht verspreiden, naar zijn tenen en zijn vingertoppen gaan. De zware, chemische slaap sluit zich als een met bloem bestoven wolk om zijn bewustzijn.

Twee uur later opent Erik langzaam zijn ogen in het bleke licht dat tegen de gordijnen drukt. Onmiddellijk flitsen de beelden van die nacht langs: de beschuldigingen van Simone en de jongen met de talloze zware messteken op zijn glimmende lichaam. De diepe wonden in zijn nek, hals en borstkas.

Erik denkt aan de commissaris, die er heilig van overtuigd leek dat de dader een heel gezin had willen uitmoorden. Eerst de vader, daarna de moeder, de zoon en de dochter.

De telefoon op het nachtkastje naast hem gaat.

Erik komt overeind, maar in plaats van op te nemen, trekt hij de gordijnen open en staart hij naar de gevel aan de overkant, wacht even en probeert zijn gedachten te ordenen. Het rondzwevende stof is in de ochtendzon duidelijk zichtbaar.

Simone is al vertrokken naar de galerie. Hij begrijpt haar reactie niet, waarom ze het over Daniëlla had gehad. Hij vraagt zich af of het misschien over iets heel anders ging. Die pillen wellicht. Hij is zich ervan bewust dat hij hard op weg is eraan verslaafd te raken. Maar hij moet slapen. Alle nachtdiensten in het ziekenhuis hebben zijn slaapritme verstoord. Zonder tabletten zou hij kapotgaan, denkt hij. Hij reikt naar de wekker, maar die valt met een klap op de grond.

De telefoon zwijgt, maar het duurt slechts heel even voor hij weer begint.

Hij overweegt om naar Benjamin te gaan en naast zijn zoon te gaan liggen, hem voorzichtig wakker te maken en te vragen of hij heeft gedroomd.

Erik pakt de telefoon van het nachtkastje en neemt op.

'Erik Maria Bark.'

'Hallo, met Daniëlla Richards.'

'Ben je nog steeds op Neurologie? Hoe laat is het eigenlijk?'

'Kwart over acht – ik begin een beetje moe te worden.'

'Ga naar huis.'

'Juist niet,' zegt Daniëlla geconcentreerd. 'Je moet terugkomen. De commissaris is op weg hiernaartoe. Hij lijkt er nog meer van overtuigd dat de dader op jacht is naar die oudere zus. Hij zegt dat hij met de jongen moet praten.'

Erik voelt plotseling een donker gewicht achter zijn ogen.

'Dat is geen goed idee, gezien...'

'Maar die zus,' onderbreekt ze hem. 'Ik voel dat ik de commissaris binnenkort groen licht moet geven om Josef te verhoren.'

'Als jij denkt dat de patiënt dat aankan,' zegt Erik.

'Dat aankan? Dat kan hij helemaal niet aan, het is veel te vroeg. Zijn toestand is... Hij zal te horen krijgen wat er met zijn familie is gebeurd zonder dat hij daarop is voorbereid, zonder dat hij een verdediging heeft kunnen opbouwen... Hij zou psychotisch kunnen worden, hij...'

'Het is aan jou om dat te beoordelen,' onderbreekt Erik haar.

'Ik wíl de politie helemaal niet toelaten, dat is de ene kant, maar ik kan ook niet doodleuk gaan zitten toekijken. Die zus is ongetwijfeld in gevaar,' zegt ze.

'Hoewel dat...'

'Er is een moordenaar naar haar op zoek,' onderbreekt Daniëlla hem met stemverheffing.

'Vermoedelijk.'

'Sorry, hoor, ik weet eigenlijk niet waarom dit me zo aangrijpt,' zegt ze. 'Misschien omdat het nog niet te laat is, misschien omdat er nog iets gedaan kan worden. Dat is meestal niet zo, maar deze keer zouden we een meisje kunnen redden voordat ze...'

'Wat wil je nou eigenlijk?' onderbreekt Erik haar.

'Je moet hierheen komen en doen waar je goed in bent.'

'Ik kan met de jongen praten over wat er is gebeurd als hij wat beter is.'

'Je moet hem komen hypnotiseren,' zegt ze plechtig.

'Nee, dát niet,' antwoordt hij.

'Het is de enige oplossing.'

'Ik kan het niet.'

'Maar er is niemand die net zo goed is als jij.'

'Ik heb niet eens toestemming om hypnose uit te voeren in het Karolinska.'

'Dat regel ik wel voordat je hier bent.'

'Maar ik heb beloofd om nooit iemand meer te hypnotiseren.'

'Kun je niet gewoon hierheen komen?'

Het wordt even stil, en daarna vraagt Erik: 'Is hij bij bewustzijn?'

'Bijna.'

Hij hoort zijn eigen ademhaling razen in de telefoon.

'Als je die jongen niet hypnotiseert, laat ik de politie bij hem toe.' Ze hangt op.

Erik blijft staan met de hoorn in zijn trillende hand. Het gewicht achter zijn ogen rolt naar zijn hersenen. Hij doet het nachtkastje open. Het houten doosje met de papegaai en de inboorling is er niet. Hij moet het in de auto hebben laten liggen.

De flat baadt in het zonlicht als hij door de kamers loopt om Benjamin wakker te maken.

De jongen slaapt met open mond. Zijn gezicht is bleek en ziet er afgemat uit, hoewel hij een hele nacht heeft geslapen.

'Benni?'

Benjamin doet zijn slaperige ogen open en kijkt hem aan alsof hij een volslagen vreemde is, waarna hij het glimlachje op zijn gezicht tovert dat Erik al herkent vanaf het moment dat zijn zoon werd geboren.

'Het is dinsdag – tijd om wakker te worden.'

Benjamin gaat gapend rechtop zitten, krabt op zijn hoofd en kijkt vervolgens op zijn telefoon, die hij om zijn nek heeft hangen. Dat is het eerste wat hij 's morgens doet: controleren of hij 's nachts geen berichten heeft gemist. Erik pakt de gele tas met de poema, met daarin het stollingspreparaat desmopressine, aluminiumacetotartraat, de steriele canules, de kompressen, chirurgisch tape, pijnstillers.

'Nu of bij het ontbijt?'

Benjamin haalt zijn schouders op.

'Maakt niet uit.'

Erik bet snel de smalle arm van zijn zoon, keert hem naar het licht dat door het raam naar binnen valt, voelt de zachtheid van de spier, tikt tegen de spuit en brengt voorzichtig de naald in. Terwijl de spuit langzaam wordt geleegd, zit Benjamin met zijn vrije hand op zijn mobiele telefoon te drukken.

'Shit, mijn batterij is bijna leeg,' zegt hij, waarna hij gaat liggen, terwijl Erik een kompres op zijn arm drukt om de bloeding te stelpen. Hij moet een hele tijd blijven zitten voordat hij het kompres met chirurgisch tape op Benjamins arm vastzet.

Behoedzaam buigt hij de benen van zijn zoon. Daarna traint hij zijn smalle kniegewrichten en sluit af met een massage van zijn voeten en tenen.

'Hoe voelt het?' vraagt hij terwijl hij zijn zoon voortdurend aankijkt.

Benjamin trekt een grimas.

'Net als anders,' zegt hij.

'Wil je een pijnstiller?'

Zijn zoon schudt zijn hoofd, en Erik moet plotseling denken aan de bewusteloze getuige, de jongen met de vele messteken. Misschien is de moordenaar op dit moment wel op zoek naar die volwassen dochter.

'Papa? Wat is er?' vraagt Benjamin voorzichtig.

Erik ontmoet zijn blik en zegt: 'Ik kan je met de auto naar school brengen als je dat wilt.'

'Waarom?'

Het verkeer in de spits komt langzaam vooruit. Benjamin zit naast zijn vader en laat zich door de schokkerige bewegingen van de auto langzaam in slaap wiegen. Hij gaapt breeduit en voelt nog steeds de behaaglijke warmte van de slaap in zijn lichaam. Hij bedenkt dat zijn vader haast heeft, maar dat hij toch de tijd neemt om hem naar school te brengen. Benjamin glimlacht bij zichzelf. Het is altijd hetzelfde, denkt hij. Als papa vreselijke dingen meemaakt in het ziekenhuis is hij altijd extra ongerust dat mij iets zal overkomen.

'Nu hebben we toch je schaatsen nog vergeten,' zegt Erik opeens.

'O ja.'

'We gaan terug.'

'Nee, dat hoeft niet. Het maakt niet uit,' zegt Benjamin.

Erik probeert van rijstrook te wisselen, maar wordt tegengehouden door een auto. Wanneer hij terug wil naar de andere baan, botst hij bijna tegen een vuilniswagen op.

'We kunnen nog best even keren en...'

'Laat die schaatsen toch, het kan me niet schelen,' zegt Benjamin met stemverheffing.

Erik kijkt hem verbaasd van opzij aan.

'Ik dacht dat je schaatsen leuk vond?'

Benjamin weet niet wat hij moet antwoorden. Hij heeft er een hekel aan om te worden verhoord; hij wil niet hoeven liegen.

'Niet dan?' vraagt Erik.

'Wat?'

'Hou je niet van schaatsen?'

'Waarom zou ik?' mompelt hij.

'We hebben pas nieuwe gekocht...'

'Tja, leuk, leuk...' onderbreekt Benjamin hem vermoeid.

'Zullen we ze niet even gaan halen thuis?'

Als antwoord zucht Benjamin alleen maar.

'Schaatsen is saai,' zegt Erik. 'Schaken en televisiespelletjes zijn saai. Wat vind je eigenlijk wél leuk?'

'Geen idee,' antwoordt zijn zoon.

'Niets?'

'Jawel.'

'Film kijken?'

'Soms.'

'Soms?' vraagt Erik met een glimlach.

'Ja,' antwoordt Benjamin.

'Jij kunt wel drie, vier films op een avond kijken,' zegt Erik opgewekt.

'Ja, én?'

'Nee, niets,' vervolgt Erik glimlachend. 'Daar is niets mis mee. Sommige mensen zouden zich misschien afvragen hoeveel films je per dag zou kijken als je echt dol op films zou zijn. Als je van film zou houden…'

'Hou op.'

'…dan zou je misschien twee beeldschermen hebben en voortdurend vooruit moeten spoelen om genoeg tijd te hebben.'

Benjamin vindt het fijn en moet lachen als zijn vader liefdevol met hem praat.

Opeens hoort hij een gedempte knal en hij ziet een lichtblauwe ster met rookkleurige uitlopers in de lucht.

'Gekke tijd voor vuurwerk,' zegt Benjamin.

'Hè?' zegt zijn vader.

'Kijk.' Benjamin wijst.

Er hangt een ster van rook in de lucht. Benjamin ziet om de een of andere reden Aida voor zich en voelt vlinders in zijn buik. Hij wordt helemaal warm vanbinnen. Vrijdag hadden ze bij Aida thuis, in de krappe woonkamer in Sundbyberg, dicht tegen elkaar aan op de bank naar de film *Elephant* zitten kijken, terwijl haar broertje op de grond met zijn Pokémon-kaarten aan het spelen was en in zichzelf had zitten praten.

Wanneer Erik de auto voor het schoolplein parkeert, ontdekt Benjamin haar opeens. Ze staat aan de andere kant van het hek op hem te wachten. Als ze hem in het vizier krijgt, zwaait ze. Benjamin pakt zijn tas en zegt gestrest: 'Dag, pap, bedankt voor de lift.'

'Ik hou van je,' zegt Erik zachtjes.

Benjamin knikt en trekt zich terug.

'Zullen we vanavond een film gaan kijken?' vraagt Erik.

'Weet ik niet,' antwoordt hij met neergeslagen blik.

'Is dat Aida?' vraagt zijn vader.

'Ja,' antwoordt Benjamin bijna onhoorbaar.

'Ik zou graag kennis met haar willen maken,' zegt Erik, en hij stapt uit.

'Waarom?'

Ze lopen naar Aida toe. Benjamin durft haar nauwelijks aan te kijken; hij voelt zich net een klein kind.

Ze mag niet denken dat hij wil dat zijn vader haar goedkeurt. Hij heeft maling aan wat zijn vader vindt. Aida kijkt zenuwachtig als ze dichterbij komen. Ze heeft een onzekere blik in haar ogen en kijkt nu eens naar hem en dan weer naar Erik. Voordat Benjamin iets kan zeggen, steekt Erik zijn hand uit en zegt: 'Hallo.'

Aida pakt afwachtend zijn hand. Benjamin merkt op dat zijn vader terugdeinst voor haar tatoeages; ze heeft een hakenkruis op haar hals getatoeëerd. Daarnaast zit een kleine davidsster. Haar ogen zijn zwart opgemaakt, haar haar zit in twee kinderlijke vlechtjes en ze is gekleed in een zwartleren jack en een wijde zwarte rok van tule.

'Ik ben Erik, de vader van Benjamin,' zegt Erik.

'Aida.'

Haar stem is licht en zwak. Benjamin begint te blozen en kijkt nerveus naar Aida en vervolgens naar de grond.

'Ben je nazi?' vraagt Erik.

'Jij?' vraagt ze op haar beurt.

'Nee.'

'Ik ook niet,' zegt ze, en ze kijkt hem heel even aan.

'Waarom heb je dan een…'

'Nergens om,' onderbreekt ze hem. 'Ik ben niets, ik ben alleen…'

Benjamin komt tussenbeide. Zijn hart klopt wild in zijn borst en hij geneert zich enorm voor zijn vader.

'Ze is een paar jaar geleden in bepaalde kringen verzeild geraakt,' zegt hij luid. 'Maar ze vond het rare lui en…'

'Je hoeft hem geen tekst en uitleg te geven,' kapt Aida hem geïrriteerd af.

Benjamin weet even niet wat hij moet zeggen.

'Ik… Ik vind het alleen maar moedig als iemand zijn fouten durft toe te geven,' zegt hij vervolgens.

'Ja, maar ik interpreteer het…' begint Erik, waarna hij vervolgt:

'Ik zie het als een gebrek aan inzicht als je ze niet weg laat halen.'

'Schei toch uit!' roept Benjamin. 'Jij weet helemaal niets van haar.'

Aida draait zich doodleuk om en loopt weg. Benjamin rent achter haar aan.

'Sorry!' roept hij hijgend. 'Mijn vader is zó gênant...'

'Heeft hij dan geen gelijk?' vraagt ze.

'Nee,' antwoordt Benjamin slap.

'Jawel, hij heeft misschien wel gelijk,' zegt ze. Ze glimlacht fijntjes en neemt zijn hand in de hare.

# 5

## Dinsdagochtend 8 december

De afdeling Forensische Geneeskunde is gevestigd in een rood-stenen gebouw aan Retzius väg 5, midden op de grote campus van het Karolinska-instituut, aan alle kanten omgeven door grote gebouwen. Joona Linna rijdt om het gesloten pand heen en zet zijn auto op de bezoekersparkeerplaats. Hij passeert een bevroren grasveldje en een stalen laad- en losplatform als hij naar de hoofd-ingang loopt.

Joona bedenkt dat het eigenlijk vreemd is dat 'obductie' is afge-leid van het Latijnse woord voor 'bedekken', 'verbergen' en 'ver-hullen', terwijl je eigenlijk het tegenovergestelde doet. Misschien wil je onderbewust simpelweg het einde benadrukken, omdat het lichaam na de obductie wordt gesloten en dat het inwendige ein-delijk weer wordt verborgen.

Nadat hij zich heeft gemeld bij de receptie, mag hij doorlopen naar Nils Åhlén, professor in de forensische geneeskunde, meestal 'de Naald' genoemd omdat hij zijn rapporten met zijn dokters-handschrift altijd zo onleesbaar ondertekent dat het op 'Naald' lijkt.

De kamer van de Naald is modern ingericht, met veel hoogglans wit en mat lichtgrijs. De inrichting is luxueus. Veel design. De wei-nige zitmeubels zijn gemaakt van geborsteld staal en hebben een strakke witleren zitting. Het licht boven het bureau is afkomstig van een grote hangende glasplaat.

De Naald schudt Joona zonder op te staan de hand. Hij draagt een witte coltrui onder zijn witte jas en een pilotenbril met een wit montuur. Zijn gezicht is gladgeschoren en smal, het grijze haar ge-millimeterd. Zijn lippen zijn bleek en zijn neus is lang en gedeukt.

'Goedemorgen,' lispelt hij.

Aan de muur hangt een verbleekte kleurenfoto van de Naald en enkele van zijn collega's: schouwartsen, en chemici, genetici en odontologen van het gerecht. Ze dragen allemaal een witte jas en kijken vrolijk. Ze staan om een paar donkere beenderen op een bank heen. De tekst onder de afbeelding geeft aan dat het gaat om de vondst uit een negende-eeuws graf bij de handelsplaats Birka op het eiland Björkö.

'Alweer een nieuwe foto,' zegt Joona.

'Ik moet wel foto's ophangen,' zegt de Naald misnoegd. 'In het oude pand van pathologie hing een schilderij van achttien vierkante meter.'

'Jeetje,' zegt Joona.

'Geschilderd door Peter Weiss.'

'De schrijver?'

De Naald knikt en de schittering van de bureaulamp weerkaatst in zijn pilotenbril.

'Ja, hij heeft in de jaren veertig het hele instituut geportretteerd. Een halfjaar werk, waar hij zeshonderd kronen voor kreeg, heb ik gehoord. Mijn vader staat tussen de pathologen op het schilderij, aan de buitenkant naast Bertil Falconer.'

De Naald houdt zijn hoofd scheef en keert terug naar zijn computer.

'Ik ben bezig met de sectierapporten van de Tumba-moorden,' zegt hij aarzelend.

'Ja?'

De Naald tuurt in Joona's richting en vervolgt: 'Carlos belde vanochtend. Hij heeft me zitten opjagen.'

Joona glimlacht.

'Ik weet het,' zegt hij.

De Naald zet zijn bril stevig op zijn neus.

'De tijdsbepaling van de sterfgevallen was blijkbaar belangrijk.'

'Ja, we moesten weten in welke volgorde...'

De Naald zoekt met getuite lippen in zijn computer.

'Het was nog een voorlopige inschatting, maar...'

'De man is als eerste overleden?'

'Precies… Ik ben alleen uitgegaan van de lichaamstemperatuur,' zegt hij terwijl hij op het computerscherm wijst. 'Erixon zei dat allebei de ruimten, de kleedkamer en het huis, dezelfde temperatuur hadden, dus concludeerde ik dat de man iets meer dan een uur vóór de twee anderen is overleden.'

'En denk je er nu anders over?'

De Naald schudt zijn hoofd en komt moeizaam overeind.

'Hernia,' zegt hij ter verklaring. Daarna gaat hij het kantoor uit en loopt de gang op.

Joona Linna loopt achter de Naald aan, die moeizaam naar de obductieafdeling strompelt.

'Dus de man is eerst overleden,' zegt Joona nogmaals wanneer hij hem heeft ingehaald.

'Geen twijfel mogelijk,' antwoordt de Naald kort, en hij trekt een grimas wanneer hij een stap zet. 'De man is een uur vóór de andere slachtoffers overleden.'

Ze passeren een donkere zaal met een vrijstaande obductietafel van roestvrij staal. Het lijkt net een aanrecht, maar dan met vierkante vlakken en verhoogde randen rondom. Ze gaan een koelere ruimte binnen, waar bij een temperatuur van vier graden de lichamen worden bewaard die bij forensische geneeskunde zijn onderzocht in laden. De Naald blijft staan, controleert het nummer, trekt een grote lade uit en ziet dat hij leeg is.

'Verdwenen,' lacht hij, en hij loopt een gang in waar een heleboel kleine wielsporen over de vloer lopen, opent een nieuwe deur en houdt die voor Joona open.

Ze blijven in een verlichte, witbetegelde ruimte staan met een grote wasbak tegen de muur. Er sijpelt water uit een knalgele sproeislang een afvoerput in. Op de lange, met plastic overtrokken obductietafel ligt een naakt en kleurloos lichaam, overdekt met honderden donkere wonden.

'Katja Ek,' constateert Joona.

Het gezicht van de dode vrouw straalt een opmerkelijke kalmte uit. Haar mond staat half open en haar ogen kijken rustig. Ze ziet eruit alsof ze naar mooie muziek luistert. Haar gezichtsuitdrukking is op geen enkele manier te rijmen met de lange snijwonden over haar voorhoofd en haar wangen. Joona laat zijn blik over het lichaam van Katja Ek gaan, waar op haar hals al een gemarmerde adertekening zichtbaar begint te worden.

'We hopen de inwendige sectie vanmiddag te kunnen doen.'

'Oké,' zucht Joona.

De andere deur gaat open en er komt een onzeker lachende jongeman binnen. Hij heeft diverse ringetjes in zijn wenkbrauwen en zijn zwartgeverfde haar hangt in een paardenstaart op de rug van zijn witte jas. De Naald steekt grijnzend zijn ene vuist in de lucht in een hardrockgroet, die de jongeman onmiddellijk beantwoordt.

'Dit is Joona Linna van de rijksrecherche,' verklaart de Naald. 'Hij behoort tot degenen die ons af en toe komen opzoeken.'

'Frippe,' zegt de jongeman, en hij geeft Joona een hand.

'Hij is zich aan het specialiseren in forensische geneeskunde,' verklaart de Naald.

Frippe trekt een paar latex handschoenen aan. Joona loopt met hem mee naar de obductietafel en merkt dat er een koude en onwelriekende lucht om de vrouw heen hangt.

'Zij heeft het minste geweld te verduren gekregen,' benadrukt de Naald. 'Ondanks al die snij- en steekwonden.'

Ze bekijken de dode vrouw. Het lichaam is bezaaid met grote en kleine wonden.

'Bovendien is ze in tegenstelling tot de andere twee niet verminkt of in stukken gesneden,' vervolgt hij. 'De directe doodsoorzaak is niet de snee in haar hals, maar deze; die gaat volgens de computertomografie rechtstreeks haar hart in.'

'Maar de bloedingen zijn op de foto's wat lastig te zien,' verklaart Frippe.

'We controleren dat natuurlijk nog als we haar openmaken,' zegt de Naald tegen Joona.

'Ze heeft weerstand geboden,' zegt Joona.

'Ik heb het idee dat ze zich eerst actief heeft verzet,' vervolgt de Naald, 'gezien de verwondingen op haar handpalmen. Maar dat ze later heeft geprobeerd te ontkomen en alleen heeft geprobeerd zichzelf te beschermen.'

De jonge arts kijkt de Naald aan.

'Kijk maar naar de verwondingen als haar armen gestrekt zijn,' zegt de Naald.

'Afweerletsel,' mompelt Joona.

'Exact.'

Joona buigt zich voorover en kijkt naar de bruingele vlekken die zichtbaar zijn in de open ogen van de vrouw.

'Kijk je naar de zonnen?'

'Ja…'

'Die zijn pas een paar uur na de dood zichtbaar. Soms kan het dagen duren,' zegt de Naald. 'Uiteindelijk worden ze pikzwart. Dat komt doordat de druk in het oog daalt.'

De Naald pakt een reflexhamer van een plank en spoort Frippe aan om te controleren of er nog sprake is van onwillekeurige spiersamentrekking. De jonge arts tikt midden op de biceps van de vrouw en voelt met zijn vingers op de spier naar samentrekkingen.

'Minimaal nu,' zegt hij tegen Joona.

'Dat houdt meestal na dertien uur op,' legt de Naald uit.

'De doden zijn helemaal niet dood,' zegt Joona, en hij schrikt op wanneer hij een spookachtige beweging in de slappe arm van Katja Ek vermoedt.

'*Mortui vivos docent*, de doden onderwijzen de levenden,' antwoordt de Naald, en hij glimlacht bij zichzelf wanneer Frippe en hij de vrouw op haar buik keren.

Hij wijst op de wazige roodbruine vlekken op haar billen en onderrug, boven de schouderbladen en de armen, en legt uit: 'Als het slachtoffer veel bloed heeft verloren, zijn de lijkvlekken zwak.'

'Dat is duidelijk,' zegt Joona.

'Bloed is zwaar, en als je doodgaat, is er geen inwendig druksysteem meer,' verklaart de Naald nader. 'Dat is misschien vanzelfsprekend, maar het bloed stroomt naar beneden en verzamelt zich gewoon op de laagste plaatsen. Het is meestal zichtbaar in de raakvlakken met de ondergrond.'

Hij drukt met zijn duim op een vlek op Katja's rechterkuit tot die bijna is verdwenen.

'Ja, je ziet het... Je kunt ze tot een etmaal na de dood wegdrukken.'

'Maar ik meende vlekken op haar heupbeen en borsten te zien,' zegt Joona aarzelend.

'Bravo,' prijst de Naald hem, en hij kijkt hem met een licht verbaasde glimlach aan. 'Ik had niet gedacht dat je die zou ontdekken.'

'Ze heeft dus op haar buik gelegen toen ze dood was voordat ze werd omgedraaid,' zegt Joona met zijn sterke Finse accent.

'Twee uur, zou ik denken.'

'Dus de dader is twee uur gebleven,' denkt Joona hardop na. 'Of hij, of iemand anders is naar de plaats van de moord teruggekeerd en heeft haar omgedraaid.'

De Naald haalt zijn schouders op.

'Ik ben nog lang niet klaar met mijn evaluatie.'

'Mag ik iets vragen? Het viel me op dat een van de verwondingen op de buik eruitzag als een keizersnee...'

'Een keizersnee,' glimlacht de Naald. 'Waarom niet? Zullen we eens kijken?'

De twee artsen keren het lichaam weer om.

'Dit bedoel je?'

De Naald wijst op een grote snijwond vanaf de navel vijftien centimeter omlaag.

'Ja,' antwoordt Joona.

'Ik heb nog niet elke verwonding kunnen onderzoeken.'

'*Vulnera incisa s scissa,*' zegt Frippe.

'Ja, het ziet eruit als een snijwond, zoals een normaal mens dat noemt,' zegt de Naald.

'En geen steekwond,' zegt Joona.

'Gezien de regelmatige streepvorm en het feit dat het huidoppervlak eromheen intact is...'

De Naald peutert met zijn vinger in de wond en Frippe buigt zich voorover om het te zien.

'Ja...'

'De wanden,' vervolgt de Naald, 'die zijn niet erg doordrenkt met bloed, maar...'

Plotseling doet hij er het zwijgen toe.

'Wat is er?' vraagt Joona.

De Naald kijkt hem met een wonderlijke blik aan.

'Deze snee is aangebracht ná haar dood,' zegt hij. Hij trekt zijn handschoenen uit. 'Ik moet op de computertomografie kijken,' gaat hij gestrest verder, en hij klapt de computer op de tafel bij de deur open. Hij klikt heen en weer tussen de driedimensionale beelden, stopt, gaat weer verder, wijzigt de hoek.

'Het lijkt erop dat die wond de baarmoeder in gaat,' fluistert hij. 'Hij lijkt de oude littekens te volgen.'

'Oude? Hoe bedoel je?' vraagt Joona.

'Heb je dat niet gezien?' glimlacht de Naald terwijl hij weer terugkeert naar het lichaam. 'Een acute incisie.' Hij wijst op de verticale wond.

Joona kijkt nog eens goed en ziet dat er langs de ene kant van de wond een dunne streng van oud, bleekroze littekenweefsel loopt van een genezen keizersnee van lang geleden.

'Maar ze was nu toch niet zwanger?' vraagt Joona.

'Nee,' lacht de Naald, en hij zet zijn pilotenbril weer goed op zijn neus.

'Hebben we te maken met een moordenaar met chirurgische vaardigheden?' vraagt Joona.

De Naald schudt zijn hoofd en Joona bedenkt dat iemand Katja Ek met grof geweld en met een enorme woede om het leven moet hebben gebracht. En twee uur later komt hij terug, keert haar op haar rug en snijdt haar oude keizersnede open.

'Kijk of de andere lichamen ook iets dergelijks vertonen.'

'Moeten we daar prioriteit aan geven?' vraagt de Naald.

'Ja, ik denk het wel.'

'Je aarzelt?'

'Nee.'

'Je wilt dus gewoon dat alles de hoogste prioriteit krijgt,' zegt de Naald.

'Ja, zo ongeveer,' glimlacht Joona, en hij loopt het vertrek uit.

Als hij op de parkeerplaats weer in zijn auto zit, krijgt hij het koud. Hij start, rijdt Retzius väg op, zet de verwarming in de auto hoger en toetst het nummer van hoofdofficier van justitie Jens Svanehjälm in.

'Svanehjälm.'

'Met Joona Linna.'

'Ik heb net met Carlos gesproken. Hij zei al dat je zou bellen.'

'Het is wat lastig te zeggen waar we hiermee te maken hebben,' zegt Joona.

'Zit je in de auto?'

'Ik ben net klaar bij Forensische Geneeskunde en was van plan om bij het ziekenhuis langs te gaan. Ik moet echt dat overlevende slachtoffer verhoren.'

'Carlos heeft de situatie aan me uitgelegd,' zegt Jens. 'We moeten haast maken. Heb je de DP-groep al aan het werk gezet?'

'Een daderprofiel is niet voldoende,' antwoordt Joona.

'Nee, dat weet ik. Ik denk er hetzelfde over als jij. Als we kans willen maken om die oudere zus te beschermen, moeten we met die jongen praten, zo simpel is het.'

Joona ziet opeens een stuk vuurwerk uiteenspatten, zonder ook maar enig geluid: een lichtblauwe ster, hoog boven de Stockholmse daken.

'Ik ben in contact met…' vervolgt hij, en hij schraapt zijn keel. 'Ik heb contact met Susanne Granat van de sociale dienst en ik ben van plan psychiater Erik Maria Bark mee te nemen. Hij is expert op het gebied van de behandeling van shock en trauma.'

'Dat is prima,' zegt Jens geruststellend.

'Dan ga ik nu meteen door naar Neurochirurgie.'

'Doe dat.'

# 6

## *De nacht van 7 op 8 december*

Om de een of andere reden is Simone al wakker voordat de telefoon op Eriks nachtkastje heel zachtjes rinkelt.

Erik mompelt iets over ballonnen en serpentines, pakt het telefoontoestel en haast zich de slaapkamer uit.

Hij doet de deur achter zich dicht voor hij het gesprek aanneemt. De stem die Simone door de muur hoort, komt gevoelig over, bijna teder. Na een tijdje sluipt Erik de slaapkamer weer in en ze vraagt wie dat was.

'Iemand van de politie… Een commissaris, ik heb niet verstaan hoe hij heette,' antwoordt Erik, en daarna zegt hij dat hij naar het Karolinska-ziekenhuis moet.

Simone kijkt op de wekker en sluit haar ogen.

'Ga maar weer slapen, Sixan,' fluistert hij, en hij gaat de kamer uit.

Haar nachthemd zit om haar lichaam gewikkeld en spant bij haar linkerborst. Ze trekt het goed, gaat op haar zij liggen en blijft vervolgens stil in bed naar Eriks bewegingen luisteren. Hij kleedt zich aan, rommelt wat in de kast in de hal, gebruikt de schoenlepel, gaat de flat uit en doet de deur achter zich op slot. Even later hoort ze de deur van de centrale entree achter hem dichtvallen.

Een hele tijd probeert ze om de slaap weer te vatten, maar dat lukt niet. Ze vond het gesprek niet klinken of Erik iemand van de politie aan de lijn had; daar klonk het te ontspannen voor. Misschien was hij alleen maar moe. Ze staat op, gaat naar de wc, eet wat yoghurt en gaat weer liggen. Ineens moet ze denken aan wat er tien jaar geleden is gebeurd en kan ze echt niet meer slapen. Ze blijft een halfuur liggen, gaat daarna rechtop zitten, knipt het bedlampje aan, pakt de telefoon, kijkt op het display en vindt het laatst binnengekomen gesprek. Ze beseft dat ze het lampje beter uit kan doen en weer kan gaan slapen, maar toch belt ze het nummer. De telefoon gaat drie keer over. Daarna wordt er opgenomen en hoort ze een vrouw een stukje bij de telefoon vandaan lachen.

'Erik, schei uit,' zegt de vrouw opgewekt, en daarna is haar stem vlakbij: 'Met Daniëlla. Hallo?'

Simone hoort dat de vrouw even wacht en daarna met een vermoeid vragende stem 'aloha' zegt, waarna ze de verbinding verbreekt. Simone blijft met de telefoon in haar hand zitten. Ze probeert te begrijpen waarom Erik had gezegd dat er iemand van de politie had gebeld. Ze wil een redelijke verklaring vinden, maar kan niet voorkomen dat haar gedachten teruggaan naar die keer tien jaar geleden toen ze opeens inzag dat Erik haar bedroog, dat hij haar recht in haar gezicht voorloog.

Dat was op dezelfde dag dat hij te kennen had gegeven dat hij voorgoed zou stoppen met hypnose.

Simone herinnert zich dat ze die dag voor de verandering eens niet in haar pasgeopende galerie was. Misschien was Benjamin thuis van school, of had ze vrij genomen. Maar die dag zat ze in elk geval aan de lichte keukentafel in hun rijtjeshuis in Järfälla de post door te nemen, toen haar oog op een lichtblauw envelopje viel, geadresseerd aan Erik. Als afzender stond er alleen een voornaam: Maja.

Er zijn van die momenten dat je met elke vezel in je lichaam weet dat er iets mis is. Misschien was haar angst voor verraad ontstaan nadat ze had gezien dat haar vader werd bedrogen. Hij, een man die tot zijn pensioen bij de politie had gewerkt en zelfs een medaille had gekregen voor buitengewoon speurwerk, had jaren nodig gehad om de steeds openlijker ontrouw van zijn vrouw te ontdekken.

Ze herinnert zich nog dat ze zich gewoon had verstopt op de avond dat haar ouders die verschrikkelijke ruzie hadden gekregen, die ermee was geëindigd dat haar moeder was vertrokken. De man met wie ze de laatste jaren iets had gehad, was een buurman, een aan drank verslaafde vutter die ooit een paar elpees met schlagers had opgenomen. Haar moeder was met hem naar een flat in Fuengirola aan de Spaanse Costa del Sol verhuisd.

Simone en haar vader hadden hun leven weer opgepakt, hadden hun kiezen op elkaar geklemd en geconstateerd dat hun gezinnetje altijd al uit hen tweeën had bestaan. Ze was opgegroeid en had dezelfde sproetige huid gekregen als haar moeder, dezelfde roodblonde krullen. Maar in tegenstelling tot haar moeder had Simone een lachende mond. Dat had een vriendin een keer tegen haar gezegd en dat vond ze wel mooi.

In haar jonge jaren had Simone kunstenaar willen worden, maar daar had ze van afgezien. Ze had niet goed gedurfd. Haar vader Kennet had haar overgehaald een vak te leren, zodat ze geen risico zou lopen. Het was een compromis geworden. Ze was kunstwetenschappen gaan studeren, had het onverwacht naar haar zin gehad tussen alle studenten en had diverse artikelen geschreven over de Zweedse kunstenaar Ola Billgren.

Op een universiteitsfeest had ze Erik ontmoet. Hij was naar haar toe gekomen en had haar gefeliciteerd. Hij had gedacht dat zij degene was die was gepromoveerd. Toen hij zijn vergissing had ontdekt, was hij rood aangelopen, had zijn excuses aangeboden en had willen vertrekken. Maar hij had iets. Hij was niet alleen lang en knap, maar had ook een behoedzame manier van doen, en Simone was met hem aan de praat geraakt. Hun gesprek was onmiddellijk interessant en leuk geworden, en ging maar door. Ze hadden de volgende dag alweer afgesproken en hadden Ingmar Bergmans *Fanny en Alexander* gezien in de bioscoop.

Simone was acht jaar met Erik getrouwd toen ze met trillende vingers de envelop met afzender 'Maja' had opengemaakt. Er waren tien foto's uit gevallen. Die waren niet door een professionele fotograaf gemaakt. Het waren wazige close-ups van een vrouwenborst, een mond en een naakte hals, een lichtgroen slipje en dik, zwart krullend haar. Op een van de foto's was Erik te zien geweest. Hij keek verbaasd en gelukkig. Maja was een knappe, piepjonge vrouw met donkere, volle wenkbrauwen. Ze had een grote, ernstige mond. Ze lag slechts gekleed in een slipje op een smal bed, haar zwarte haar in golven over haar grote, witte borsten. Ze keek vrolijk, blozend.

Simone vindt het moeilijk om zich weer voor de geest te halen hoe het voelde om bedrogen te worden. Dat alles is al een hele tijd alleen maar verdriet en een vreemd, leeg gevoel in haar maag, een neiging om de pijnlijke gedachten te ontwijken. Toch herinnert ze zich dat haar eerste gevoel verbazing was. Een schreeuwende, stomme verbazing over het feit dat ze zo voor de gek was gehouden door iemand die ze volkomen vertrouwde. Daarna was de schaamte gekomen, gevolgd door het wanhopige gevoel van tekort te schieten, opvlammende woede en eenzaamheid.

Simone ligt in bed terwijl de gedachten door haar hoofd spoken en allerlei pijnlijke kanten op vliegen. Het wordt langzaam licht boven de stad. Ze doezelt een paar minuten weg, totdat Erik terugkomt uit het Karolinska-ziekenhuis. Hij probeert zachtjes te doen, maar als hij op bed gaat zitten, wordt ze toch wakker. Erik zegt dat hij gaat douchen. Ze ziet aan hem dat hij weer een heleboel pillen heeft geslikt. Met kloppend hart vraagt ze hem hoe de politieman heette die die nacht heeft gebeld, maar hij geeft geen antwoord en ze ziet in dat hij midden in het gesprek in slaap is gevallen. Dan zegt Simone dat ze het nummer heeft gebeld, maar dat er niet werd opgenomen door een politieman, maar door een giechelende vrouw die Daniëlla heette. Erik is niet in staat wakker te blijven en valt weer in slaap. Ze begint tegen hem te schreeuwen, eist dat hij het haar vertelt, beschuldigt hem ervan dat hij alles verpest net nu ze weer een beetje vertrouwen in hem heeft gekregen.

Ze zit in bed naar hem te kijken. Hij lijkt haar verontwaardiging niet te begrijpen. Ze beseft dat ze geen leugens meer aankan. En daarna zegt ze de woorden die ze al vele malen heeft gedacht, maar die ook ver verwijderd voelen – pijnlijk en mislukt: 'Het is misschien maar het best als we uit elkaar gaan.'

Simone gaat met haar kussen en dekbed de slaapkamer uit, hoort het bed achter zich kraken en hoopt dat Erik achter haar aan zal komen, haar zal troosten en zal vertellen wat er is gebeurd. Maar hij blijft in bed, en ze sluit zich op in de logeerkamer en zit geruime tijd te huilen. Daarna snuit ze haar neus. Ze gaat op de slaapbank liggen en probeert te slapen, maar voorvoelt dat ze niet in staat is die ochtend te worden geconfronteerd met haar gezin. Ze gaat naar de badkamer, wast haar gezicht, poetst haar tanden, maakt zich op en kleedt zich aan. Ze ziet dat Benjamin nog slaapt, legt een briefje voor hem op tafel en verlaat de flat om ergens te gaan ontbijten voordat ze naar de galerie gaat.

Een hele tijd zit ze bij het koffietentje in Kungsträdgården te lezen terwijl ze haar broodje bij de koffie naar binnen werkt. Door het grote raam ziet ze een stuk of tien mensen bezig met de voorbereidingen voor een of ander evenement. Voor het grote podium staan roze tenten. Er worden dranghekken om een klein lanceerplatform gezet. Dan gaat er iets mis. Er vonkt iets en er vliegt een stuk vuurwerk de lucht in. De mannen vallen struikelend naar achteren en beginnen tegen elkaar te schreeuwen. De raket spat met een doorzichtig blauw schijnsel tegen de lichte hemel uiteen en de knal weerkaatst tussen de gevels.

# 7

## *Dinsdagochtend 8 december*

Twee verweerde mensen houden een grauwe foetus tegen zich aan. Kunstenaar Sim Shulman heeft oker, hematiet, magnesiumoxide en koolstof vermengd met dierlijk vet en de kleuren vervolgens over grote stenen platen uitgesmeerd. Zachte en liefdevolle streken. In plaats van een penseel heeft Shulman een stokje met een verkoolde punt gebruikt. Hij heeft de techniek afgekeken van de Franse en Spaanse Magdalénien-cultuur van zo'n vijftienduizend jaar geleden, toen de fantastische grotschilderingen van rennende buffels, spelende herten en dansende vogels hun hoogtepunt bereikten.

In plaats van dieren schildert Shulman mensen: warm, zwevend en bijna toevallig elkaar overlappend. Toen Simone zijn werk voor het eerst had gezien, had ze hem onmiddellijk een tentoonstelling in haar galerie aangeboden.

Shulmans dikke zwarte haar zit meestal in een paardenstaart. Zijn donkere, krachtige gelaatstrekken getuigen van zijn Irakees-Zweedse afkomst. Hij is opgegroeid in Tensta, waar zijn alleenstaande moeder Anita als verkoopster bij de ICA werkte.

Toen hij twaalf was, was hij lid van een criminele jeugdbende die aan vechtsport deed en loslopende jongelui beroofde van hun geld en sigaretten. Op een ochtend werd Sim aangetroffen op de achterbank van een geparkeerde auto. Hij had lijm gesnoven en was buiten bewustzijn. Zijn lichaamstemperatuur was gedaald en toen de ambulance uiteindelijk in Tensta arriveerde, was zijn hart ermee gestopt.

Sim Shulman overleefde het en mocht deelnemen aan een reclasseringsproject voor jongeren. Die maakten de basisschool af en leerden ondertussen een vak. Sim had gezegd dat hij kunstenaar wilde worden, zonder precies te weten wat dat inhield. De sociale dienst ging een samenwerkingsverband aan met de Cultuurschool en de Zweedse kunstenaar Keve Lindberg. Sim Shulman heeft Simone verteld over het gevoel dat hij had toen hij voor het eerst het atelier van Keve Lindberg binnenkwam. De grote, lichte ruimte rook naar terpentine en olieverf. Hij had tussen gigantische doeken met felle, schreeuwende gezichten gelopen. Ruim een jaar later was hij aangenomen op de kunstacademie als de jongste leerling tot dan toe, slechts zestien jaar oud.

'Nee, we zouden die stenen platen vrij laag moeten hangen,' zegt Simone tegen Ylva, haar assistente bij de galerie. 'De fotograaf kan ze indirect belichten. Dat staat mooi in de catalogus. We zouden ze gewoon op de grond kunnen zetten, tegen de muur laten leunen en het licht kunnen richten vanaf…'

'O nee, daar heb je die eikel weer,' onderbreekt Ylva haar.

Simone keert zich om en ziet een man aan de deur rukken. Ze herkent hem direct. Het is een kunstenaar genaamd Norén, die vindt dat de galerie een tentoonstelling van zijn aquarellen zou moeten organiseren. Hij klopt aan en roept enigszins geïrriteerd door het glas heen, voordat hij begrijpt dat de deur naar binnen toe opengaat.

De kleine, robuuste man komt binnen, kijkt om zich heen en loopt vervolgens hun kant op. Ylva zegt iets over een telefoontje en verdwijnt naar het kantoor.

'Aha, hier hebben we alleen een paar keurige dames,' grijnst hij. 'Zijn er geen kerels om mee te praten?'

'Waar gaat het over?' vraagt Simone droog.

Hij knikt in de richting van een van Shulmans werken.

'Dat is kunst, hè?'

'Ja,' antwoordt Simone.

'Jullie zijn gewoon oversekste wijven,' schampert hij. 'Jullie kunnen er gewoon geen genoeg van krijgen naar pikken in kutten te staren. Toch? Is dat niet waar het om gaat?'

'Nu wil ik dat u vertrekt,' zegt Simone.

'Ik laat me door jou de wet niet v…'

'Eruit!' onderbreekt ze hem.

'Krijg de kolere!' roept hij uit. Hij verlaat de galerie, keert zich buiten om, schreeuwt nog iets en grijpt in zijn kruis.

De assistente komt met een voorzichtig lachje het kantoor uit.

'Sorry, hoor, dat ik wegvluchtte, maar de vorige keer dat hij hier was, heeft hij me de stuipen op het lijf gejaagd,' zegt ze.

'We zouden eruit moeten zien als Shulman, hè?'

Simone glimlacht en wijst op het grote portret van de kunstenaar waarop hij poseert in een zwart ninjagewaad met een opgeheven zwaard boven zijn hoofd.

Ze lachen en besluiten net twee van die gewaden te kopen, wanneer de telefoon in Simones tas begint te zoemen.

'Galerie Simone Bark.'

'Goedemorgen, met Siv Sturesson van de administratie van school,' zegt een oudere vrouw aan de andere kant van de lijn.

'Goedemorgen,' zegt Simone aarzelend. 'Dag.'

'Ik bel om te vragen hoe het met Benjamin is.'

'Met Benjamin?'

'Hij is vandaag niet op school,' legt de vrouw uit, 'en hij heeft zich ook niet ziek gemeld. Dan nemen we altijd contact op met de ouders.'

'Weet u,' zegt Simone, 'ik zal even naar huis bellen om het te checken. Benjamin en mijn man Erik waren allebei nog thuis toen ik vanochtend wegging. Ik bel u zo terug.'

Ze klikt het gesprek weg en belt meteen naar huis. Het is niets voor Benjamin om zich te verslapen of om de regels aan zijn laars te lappen. Erik en zij zijn er zelfs weleens ongerust over of hun zoon misschien niet wat té plichtsgetrouw is.

Thuis neemt er niemand op. Erik zou vandaag toch moeten uitslapen. Een nieuwe angst maakt zich van haar meester, totdat ze bedenkt dat Erik vermoedelijk met open mond ligt te snurken, verdoofd door zijn slaaptabletten, terwijl Benjamin naar keiharde muziek luistert. Ze probeert Benjamins telefoon. Ook die wordt niet opgenomen. Ze spreekt een kort bericht in en probeert vervolgens Eriks mobiele telefoon, maar die staat natuurlijk niet aan.

'Ylva!' roept ze. 'Ik moet even naar huis, ik kom zo weer terug.'

De assistente steekt haar hoofd om de hoek van het kantoor, een dikke map in haar handen, glimlacht en zegt: 'Kusje!'

Maar Simone is te gestrest om ook een grapje te maken. Ze pakt haar tas, gooit haar jas over haar schouders en draaft naar de metro.

Er heerst een bepaalde stilte voor deuren van lege huizen. Al wanneer Simone de sleutel in het slot steekt, weet ze dat er niemand thuis is.

Zijn schaatsen liggen vergeten op de grond, maar Benjamins rugzak, schoenen en jack zijn verdwenen, evenals Eriks jas en schoenen. In de kamer van haar zoon ligt de poematas met medicijnen. Ze bedenkt dat dat hopelijk betekent dat Erik Benjamin zijn stollingspreparaat heeft gegeven.

Ze gaat op een stoel zitten, slaat haar handen voor haar gezicht en probeert alle beangstigende gedachten tegen te houden. Toch ziet ze voor zich dat Benjamin een bloedstolsel in zijn aderen krijgt van het medicijn, dat Erik om hulp roept, dat hij op dit moment lange trappen af rent met Benjamin in zijn armen.

Simone kan er niets aan doen dat ze ongerust is. Ze is altijd doodsbenauwd dat Benjamin tijdens de pauze een basketbal in zijn gezicht krijgt of dat er plotseling een spontane bloeding in zijn hoofd ontstaat: een donkere parel in zijn hersenen die steeds groter wordt en de kronkelingen in stroomt.

Een bijna ondraaglijk gevoel van schaamte overvalt haar als ze eraan denkt dat ze vroeger vaak haar geduld met Benjamin verloor omdat hij niet wilde lopen. Toen hij twee was, kroop hij nog steeds rond. Ze wisten niet dat hij hemofilie had en dat de bloedvaten in zijn gewrichten knapten als hij rechtop stond. Ze foeterde tegen hem als hij huilde. Zei tegen hem dat hij wel een baby leek als hij zo kroop. Benjamin probeerde te lopen en deed een paar stappen, maar de verschrikkelijke pijn dwong hem om weer te gaan liggen.

Nadat bij hem de diagnose Von Willebrand-syndroom was gesteld, was Erik degene geweest die voor Benjamin had gezorgd, niet zij. Erik was degene die Benjamins gewrichten behoedzaam heen en weer boog na de onbeweeglijkheid van de nacht, om zo het risico op inwendige bloedingen te verminderen. Erik gaf de gecompliceerde injecties, waarbij de spuit absoluut niet in het spierweefsel mocht dringen, maar alleen voorzichtig en langzaam onderhuids moest worden geleegd. Die methode was veel pijnlijker dan een gewone injectie. De eerste jaren zat Benjamin met zijn gezicht tegen de buik van zijn vader gedrukt en huilde hij zachtjes als de naald werd ingebracht. Tegenwoordig eet hij 's morgens gewoon door zonder te kijken; hij steekt alleen zijn arm naar Erik uit, die hem ontsmet, zijn injectie geeft en er een pleister op plakt.

Het stollingspreparaat dat moet helpen Benjamins bloed te doen stollen, is een stollingsfactor van menselijk plasma die Haemate heet. Dat klinkt als een Griekse wraakgodin, vindt Simone. Het is een akelig en onbevredigend medicijn, dat wordt geleverd in de vorm van een gevriesdroogd, geelkorrelig poeder dat moet worden opgelost en gemengd, op temperatuur gebracht en gedoseerd voordat het kan worden toegediend. Haemate verhoogt het risico op bloedstolsels echter aanzienlijk en ze hopen almaar dat er iets beters zal komen. Maar met Haemate, een hoge dosis desmopressine en een neusspray met cyklokapron die moet beschermen tegen bloedingen van het slijmvlies, is Benjamin relatief beschermd.

Ze herinnert zich nog goed het moment dat ze van de stollingsdienst in Malmö zijn geplastificeerde zogenoemde 'risicokaartjes' hadden gekregen met daarop een foto van Benjamin op zijn vierde verjaardag. Zijn lachende gezichtje onder de tekst: Ik lijd aan het Von Willebrand-syndroom. Als er iets met mij gebeurt, bel dan onmiddellijk de stollingsdienst: 040-33 10 10.

Simone kijkt in Benjamins kamer om zich heen en bedenkt dat het jammer is dat hij zijn Harry Potter-poster van de muur heeft gehaald en bijna al zijn speelgoed in een doos in de berging heeft gezet. Hij had haast gekregen om groot te worden toen hij Aida leerde kennen.

Simone blijft staan en bedenkt dat Benjamin nu misschien bij haar is.

Benjamin is pas veertien, Aida zeventien. Hij zegt dat ze alleen maar vrienden zijn, maar het is duidelijk dat ze zijn vriendinnetje is. Simone vraagt zich af of hij haar wel heeft durven vertellen dat hij hemofilie heeft. Weet ze dat de kleinste tik hem het leven kan kosten als hij zijn medicijnen niet heeft ingenomen?

Sinds Benjamin Aida heeft leren kennen, heeft hij altijd zijn mobiele telefoon aan een zwart koord met doodshoofden erop om zijn nek hangen. Ze sturen elkaar tot diep in de nacht berichtjes en Benjamin heeft zijn telefoon nog steeds om zijn nek als je hem 's morgens wakker maakt.

Simone zoekt voorzichtig tussen alle papieren en tijdschriften op Benjamins bureau, doet een la open, verplaatst een boek over de Tweede Wereldoorlog en vindt een papiertje met een zwarte afdruk van lippenstift en een telefoonnummer. Ze loopt snel naar de keuken, toetst het nummer in, wacht tot de signalen overgaan en gooit ondertussen een stinkend schuursponsje in de vuilniszak, als iemand plotseling de telefoon opneemt.

Ze hoort een zwakke, krassende stem en een zware ademhaling.

'Dag,' zegt Simone. 'Sorry dat ik misschien ongelegen bel. Met Simone Bark, de moeder van Benjamin. Ik vraag me af of...'

De stem, die van een vrouw lijkt te komen, sist dat ze geen Benjamin kent, dat ze vast het verkeerde nummer heeft gebeld.

'Momentje, alstublieft,' zegt Simone, en ze probeert rustig over te komen. 'Aida en mijn zoon gaan met elkaar om en ik vraag me af of u weet waar ze kunnen zijn, want ik ben op zoek naar Benjamin.'

'Ten... ten...'

'Ik kan het niet verstaan. Het spijt me, maar ik hoor niet goed wat u zegt.'

'Ten... sta.'

'Tensta? Is Aida in Tensta?'

'Ja, die verdomde tatoe...'

Simone meent op de achtergrond een zuurstofapparaat te horen dat langzaam een sissend, regelmatig geluid afgeeft.

'Wat probeert u te zeggen?' vraagt ze smekend.

De vrouw snauwt iets en verbreekt vervolgens de verbinding. Simone staart naar de telefoon met het plan de vrouw terug te bellen, als ze opeens begrijpt wat die heeft gezegd: iets over tatoeages in Tensta. Ze belt onmiddellijk inlichtingen en krijgt een adres van een tatoeageatelier in Tensta-Centrum, en de rillingen lopen over haar rug als ze voor zich ziet hoe Benjamin op dit moment wordt overgehaald om zich te laten tatoeëren en hoe zijn bloed begint te stromen zonder te kunnen stollen.

# 8

*Dinsdagochtend 8 december*

Op weg door de gang van het ziekenhuis, nadat hij Benjamin op school heeft afgezet, bedenkt Erik hoe stom het was om een opmerking te maken over de tatoeage in Aida's hals. Hij was in hun ogen nu natuurlijk alleen maar overgekomen als zelfingenomen en belerend.

Twee geüniformeerde politiemannen laten hem toe tot de afdeling. Voor de kamer waar Josef Ek ligt, staat de commissaris al te wachten. Als hij Erik ziet, glimlacht hij en zwaait hij als een klein kind door zijn hand open en dicht te doen.

Erik blijft staan en kijkt door het raampje van de deur bij de patiënt naar binnen. Er hangt een zak met bijna zwart bloed boven het bed. De toestand van de jongen is nog iets verder gestabiliseerd, maar er kunnen elk moment nieuwe bloedingen in zijn lever optreden.

Hij ligt op zijn rug in bed, zijn mond stijf gesloten. Zijn buik gaat met zijn ademhaling snel op en neer, zijn vingers schokken soms als tijdens de droomslaap.

Er is een nieuwe katheter in zijn andere elleboog ingebracht. De verpleegkundige is bezig een morfine-infuus voor te bereiden. De druppelsnelheid is wat verlaagd.

'Ik had gelijk toen ik zei dat de dader op dat sportterrein was begonnen,' zegt Joona. 'Hij heeft eerst de vader, Anders Ek, vermoord; daarna is hij naar het huis gegaan en heeft hij Lisa, het dochtertje, vermoord. Hij dacht dat hij de zoon vermoordde en heeft uiteindelijk de moeder, Katja, om het leven gebracht.'

'Heeft de patholoog dat bevestigd?'

'Ja,' antwoordt Joona.

'Ik begrijp het.'

'Dus als de dader de bedoeling had om een heel gezin uit te roeien,' vervolgt Joona, 'is alleen de volwassen dochter nog over, Evelyn.'

'Als hij er al niet achter is gekomen dat de jongen nog leeft,' zegt Erik.

'Inderdaad, maar hem kunnen we beschermen.'

'Ja.'

'We moeten de dader zien te vinden voor het te laat is,' zegt Joona. 'Ik moet horen wat die jongen weet.'

'Maar ik moet zorg dragen voor het welzijn van de patiënt.'

'Misschien is het het best voor hem als hij zijn zus niet verliest.'

'Dat heb ik ook bedacht. Ik zal uiteraard nog een keer naar de patiënt kijken,' belooft Erik. 'Maar ik ben er eigenlijk al van overtuigd dat het veel te vroeg is.'

'Oké,' antwoordt Joona.

Daniëlla komt binnenstuiven. Ze draagt een rode, getailleerde jas. Ze zegt dat ze haast heeft en een dossier moet afgeven.

'Ik denk dat de patiënt vrij snel,' zegt Erik tegen Joona, 'vermoedelijk binnen een paar uur, zo ver wakker zal worden dat je met hem kunt praten. Maar daarna... Je moet begrijpen: we hebben een langdurig therapeutisch proces voor de boeg. Een verhoor zou de toestand van de jongen kunnen verslechteren, zodat...'

'Erik, het maakt niet uit wat wij vinden,' onderbreekt Daniëlla hem. 'De officier van justitie heeft al een besluit genomen. Dat er buitengewone redenen zijn...'

Erik keert zich om en kijkt Joona vragend aan.

'Dus je hebt geen goedkeuring van ons nodig?' vraagt hij.

'Nee,' antwoordt Joona.

'Waar wacht je dan nog op?'

'Ik vind dat Josef al meer heeft geleden dan nodig is,' antwoordt Joona. 'Ik wil hem niet blootstellen aan iets wat hem kan schaden, maar ik moet ook zijn zus zien te vinden, voordat de moordenaar dat doet. En hij heeft vermoedelijk het gezicht van de dader gezien. Als jij me niet helpt de jongen te verhoren, doe ik het net als anders, maar ik doe het natuurlijk het liefst op de manier die de beste is.'

'Welke manier is dat?' vraagt Erik.

'Hypnose,' antwoordt Joona.

Erik kijkt hem aan en zegt daarna langzaam: 'Ik heb niet eens toestemming om mensen te hypnotiseren...'

'Ik heb met Annika gesproken,' zegt Daniëlla.

'Wat zei ze?' vraagt Erik. Hij moet lachen.

'Het is niet bepaald een populaire beslissing om hypnose toe te staan bij een instabiele patiënt, die bovendien minderjarig is, maar omdat ik verantwoordelijk voor hem ben heeft ze het aan mij overgelaten om de inschatting te maken.'

'Ik zou dit écht liever niet willen doen,' zegt Erik.

'Waarom niet?' vraagt Joona.

'Daar wil ik niet over praten, maar ik heb beloofd om nooit meer mensen te hypnotiseren. Dat was een besluit waar ik nog steeds volledig achter sta.'

'Maar is het in dit geval ook juist?' vraagt Joona.

'Dat weet ik niet.'

'Maak een uitzondering,' zegt Daniëlla.

'Hypnose dus,' zucht Erik.

'Ik wil dat je een poging doet zo gauw jij denkt dat de patiënt ook maar enigszins ontvankelijk is voor hypnose,' zegt Daniëlla.

'Het zou goed zijn als jij erbij was,' zegt Erik.

'Ik neem de beslissing over de hypnose,' verklaart ze. 'Op voorwaarde dat jij daarna de verantwoordelijkheid voor de patiënt overneemt.'

'Dus ik sta er nu alleen voor?'

Daniëlla kijkt hem met een vermoeid gezicht aan en zegt: 'Ik ben de hele nacht in touw geweest en heb Tindra beloofd om mee naar school te gaan. Ik wil me vanavond wel over dat conflict buigen, maar nu moet ik domweg naar huis om te slapen.'

Erik ziet haar door de gang vertrekken. Haar rode jas fladdert achter haar aan. Joona kijkt naar binnen bij de patiënt. Erik gaat naar de wc, doet de deur op slot, wast zijn gezicht, trekt een paar ongebleekte papieren handdoekjes uit de houder en veegt zijn voorhoofd en zijn wangen af. Hij pakt zijn telefoon en belt Simone, maar er neemt niemand op. Hij probeert het nummer thuis en luistert naar de signalen en de welkomstboodschap van de telefoonbeantwoorder. Als het piepje voor het inspreken gaat, weet hij niet meer wat hij moet zeggen:

'Sixan, ik… Je moet naar me luisteren. Ik weet niet wat jij denkt, maar er is niets gebeurd. Het kan je misschien niet schelen, maar ik beloof je dat ik een manier zal vinden om te bewijzen dat ik…'

Erik zwijgt, want hij weet dat zijn woorden geen betekenis meer hebben. Hij heeft tien jaar geleden tegen haar gelogen en is er nog steeds niet in geslaagd haar zijn liefde te bewijzen, niet op zo'n manier dat ze hem weer is gaan vertrouwen. Hij verbreekt de verbinding, verlaat het toilet en loopt naar de deur met de glazen ruit waardoor de commissaris naar binnen staat te turen.

'Wat is hypnose eigenlijk?' vraagt de commissaris na een tijdje.

'Daarbij gaat het alleen om een veranderde bewustzijnstoestand, die lijkt op suggestie en meditatie,' antwoordt Erik.

'Oké,' zegt Joona aarzelend.

'Als jij "hypnose" zegt, heb je het eigenlijk over heterohypnose, waarbij iemand een ander met een bepaald doel hypnotiseert.'

'Zoals?'

'Zoals het oproepen van negatieve hallucinaties.'

'Wat zijn dat?'

'Het komt het vaakst voor dat iemand de bewuste registratie van pijn blokkeert.'

'Maar die pijn is er nog wél.'

'Dat hang ervan af hoe je pijn definieert,' antwoordt Erik. 'De patiënt reageert uiteraard met fysiologische reacties op pijnprikkels, maar vóelt geen pijn. Je kunt onder klinische hypnose zelfs chirurgie uitvoeren.'

Joona noteert iets in zijn opschrijfboekje.

'Zuiver neurofysiologisch gezien,' gaat Erik verder, 'functioneren de hersenen onder hypnose op een heel speciale manier. Delen van de hersenen die we zelden gebruiken worden opeens geactiveerd. Iemand die onder hypnose is, is immers bijzonder ontspannen; het lijkt bijna of hij slaapt, maar als je een EEG afneemt, toont de hersenactiviteit iemand die wakker en opmerkzaam is.'

'De jongen doet zijn ogen af en toe open,' zegt Joona terwijl hij door het raam naar binnen kijkt.

'Dat heb ik gezien.'

'Wat gaat er nu gebeuren?' vraagt hij.

'Met de patiënt?'

'Ja, als je hem hypnotiseert.'

'Bij dynamische hypnose, dus in therapeutisch verband, splitst de patiënt zichzelf bijna altijd op in een observerende ik en een of meer ervarende en handelende ik-personen.'

'Hij ziet zichzelf dus als het ware op het toneel.'

'Ja.'

'Wat ga je tegen hem zeggen?'

'Ik moet allereerst zorgen dat hij zich veilig voelt. Hij heeft vreselijke dingen meegemaakt, dus ik leg eerst uit wat mijn bedoeling is en ga dan over op ontspannen. Ik zeg kalmerend tegen hem dat zijn oogleden steeds zwaarder worden, dat hij zijn ogen dicht wil doen en diep adem gaat halen door zijn neus. Ik loop het hele lichaam van boven naar beneden langs en ga dan weer terug.'

Erik wacht terwijl Joona schrijft.

'Daarna volgt de zogenoemde inductie,' zegt Erik. 'Ik stop een soort verborgen commando's in wat ik zeg en verzoek de patiënt om zich plaatsen en eenvoudige gebeurtenissen voor de geest te halen. Ik zeg dat hij een wandeling maakt door zijn gedachten, steeds verder terug, tot de behoefte om de situatie onder controle te houden bijna weg is. Het is een beetje alsof je een boek leest dat zo spannend wordt dat je je er niet meer van bewust bent dat je zit te lezen.'

'Ik begrijp het.'

'Als je de hand van de patiënt zo optilt en hem weer loslaat, moet de hand na de inductie omhoog blijven staan, cataleptisch,' legt Erik uit. 'Na de inductie tel ik terug en verdiep ik de hypnose nog verder. Ik tél meestal, maar anderen verzoeken de patiënt zich een grijsschaal voor te stellen om de grenzen van de gedachten los te maken. Wat er zuiver praktisch gebeurt, is eigenlijk alleen maar dat de angst of het kritische denken dat bepaalde herinneringen blokkeert buitenspel wordt gezet.'

'Denk je dat het gaat lukken om hem te hypnotiseren?'

'Als hij zich niet verzet.'

'Wat gebeurt er dán?' vraagt Joona. 'Wat gebeurt er als hij verzet biedt?'

Erik geeft geen antwoord. Hij slaat de jongen gade door het glas, probeert zijn gezichtsuitdrukking te doorgronden, na te gaan hoe ontvankelijk hij is.

'Het is moeilijk te zeggen wat eruit komt. De relevantie kan sterk variëren,' legt hij uit.

'Ik neem alles serieus. Ik ben niet uit op een getuigenverklaring. Ik hoef alleen een tip te hebben, een signalement, iets om op af te kunnen gaan.'

'Dus ik hoef alleen maar te zoeken naar wie hun dit heeft aangedaan?'

'Het liefst een naam, een plaats of een verband.'

'Ik heb geen idee hoe het zal gaan,' zegt Erik terwijl hij inademt.

Joona gaat met hem mee naar binnen. Hij neemt plaats op een stoel in de hoek, trekt zijn schoenen uit en leunt achterover. Erik dempt het licht, trekt een stalen kruk naar voren en gaat naast het bed zitten. Hij begint voorzichtig aan de jongen uit te leggen dat hij hem wil hypnotiseren om hem te helpen te begrijpen wat er de vorige dag is gebeurd.

'Josef, ik blijf hier de hele tijd bij je zitten,' zegt Erik kalm. 'Er is helemaal niets om bang voor te zijn. Je kunt je volkomen op je gemak voelen. Ik ben hier voor jou. Je zegt niets wat je niet wilt zeggen en je kunt de hypnose op elk gewenst moment beëindigen.'

Pas nu ziet Erik in hoe sterk hij naar dit proces heeft verlangd. Zijn hart hamert. Hij moet proberen zijn enthousiasme te bedwingen. Het verloop mag niet worden geforceerd of versneld. Het moet worden vervuld met rust, moet kunnen bezinken en in zijn eigen bedaarde tempo worden ondergaan.

Het is gemakkelijk om te zorgen dat de jongen zich helemaal ontspant: zijn lichaam bevindt zich al in rust en lijkt alleen maar naar meer te verlangen.

Wanneer Erik zijn mond opendoet en met de inductie begint, is het alsof hij helemaal nooit is gestopt met hypnotiseren. Zijn stem is vast, zakelijk en rustig; de woorden komen heel gemakkelijk; ze stromen over zijn lippen, verzadigd met monotone warmte en een verdovende, dalende toon.

Hij voelt onmiddellijk dat Josef heel ontvankelijk is. Het is alsof de jongen zich instinctief vastklampt aan de geborgenheid die Erik overbrengt. Zijn gewonde gezicht lijkt zwaarder te worden, zijn trekken worden gladgestreken en zijn mond wordt slapper.

'Josef, als je wilt... Denk aan een zomerdag,' zegt Erik. 'Het is fijn en aangenaam. Je ligt op de bodem van een houten bootje dat langzaam heen en weer dobbert. Het water klotst en je kijkt omhoog naar de wolkjes die zich aan de blauwe hemel voortbewegen.'

De jongen reageert zo goed op de inductie dat Erik zich afvraagt of hij het verloop niet enigszins moet afremmen. Hij weet dat ingrijpende gebeurtenissen de gevoeligheid voor hypnose vaak kunnen vergroten, dat de innerlijke stress als een omgekeerde motor kan werken. Er wordt dan onverwacht snel geremd en het toerental daalt pijlsnel tot nul.

'Ik tel nu terug en met elk getal dat je hoort, word je meer ontspannen. Je zult merken dat je heel rustig wordt en dat alles om je heen ontzettend fijn is. Ontspan je vanaf je tenen, je enkels, je kuiten. Er is niets wat je hindert; alles is heel kalm en rustig. Het enige waar je naar moet luisteren is mijn stem, de getallen die terugtellen. Nu ontspan je je nog meer; je wordt nog zwaarder, je ontspant je boven je knieën, langs je dijen, naar je liezen. Voel dat je tegelijkertijd naar beneden valt, zacht en aangenaam. Alles is rustig en stil, en helemaal ontspannen.'

Erik legt een hand op de schouder van de jongen. Zijn blik rust op Josefs buik en met elke uitademing noemt hij getallen in aflopende volgorde. Af en toe doorbreekt hij het logische patroon, maar hij gaat gestaag door met terugtellen. Erik krijgt een gevoel van een dromerige lichtheid en fysieke kracht terwijl het proces voortschrijdt. Hij telt en ziet zichzelf tegelijkertijd door volkomen licht en zuurstofrijk water zinken. Hij was het gevoel van een blauwe zee, de oceaan bijna vergeten. Glimlachend zakt hij langs een enorme rotsformatie het water in. Een continentaal breukvlak dat doorloopt naar enorme diepten. Het water glinstert van de kleine belletjes. Met een geluksgevoel in zijn lichaam dwarrelt hij gewichtloos langs de ruwe muur omlaag.

De jongen vertoont duidelijke tekenen van hypnotische rust. Zijn wangen en mond zijn helemaal slap. Erik heeft altijd gevonden dat de gezichten van zijn cliënten breder werden, platter. Minder mooi, maar kwetsbaar en zonder alle gemaaktheid.

Erik zakt dieper, steekt een arm uit en raakt de rotswand aan die langskomt. Het lichte water wisselt langzaam van kleur en wordt roze.

'Nu ben je diep ontspannen,' zegt Erik rustig. 'En alles is heel fijn.'

De ogen van de jongen glanzen achter de halfgesloten oogleden.

'Josef, ik wil dat je je probeert te herinneren wat er gisteren is gebeurd. Het begon als een heel gewone maandag, maar 's avonds kwam er iemand op bezoek.'

De jongen zwijgt.

'Nu ga je mij vertellen wat er gebeurt,' zegt Erik.

De jongen knikt nauwelijks zichtbaar.

'Je zit op je kamer, klopt dat? Luister je naar muziek?'

Hij geeft geen antwoord. Zijn mond beweegt zich vragend, zoekend.

'Je moeder was thuis toen je uit school kwam,' zegt Erik.

Josef knikt.

'Waarom? Weet je dat? Komt dat doordat Lisa koorts heeft?'

De jongen knikt en bevochtigt zijn mond.

'Wat doe je als je thuiskomt uit school, Josef?'

De jongen fluistert iets.

'Ik kan je niet horen,' zegt Erik. 'Ik wil dat je zo hard praat dat ik het kan verstaan.'

De lippen van de jongen bewegen zich en Erik buigt zich voorover.

'Als vuur, net als vuur,' mompelt hij. 'Ik probeer met mijn ogen te knipperen. Ik ga naar de keuken, maar er klopt iets niet. Ik hoor een knetterend geluid tussen de stoelen en er verspreidt zich een vlammend rood vuur over de vloer.'

'Waar komt dat vuur vandaan?' vraagt Erik.

'Dat weet ik niet meer. Er is daarvoor iets gebeurd…'

Hij zwijgt opnieuw.

'Ga nog een stukje verder terug, voordat dat vuur in de keuken is,' zegt Erik.

'Er is daar iemand,' zegt de jongen. 'Ik hoor dat er iemand op de deur klopt.'

'Op de buitendeur?'

'Ik weet het niet.'

Het gezicht van de jongen wordt opeens gespannen; hij jammert onrustig en ontbloot in een vreemde grimas een rij ondertanden.

'Rustig maar,' zegt Erik. 'Rustig maar, Josef. Je bent hier veilig, je bent rustig en voelt geen ongerustheid. Je kijkt alleen naar wat er gebeurt; je bent er zelf niet bij, je ziet het alleen aan op veilige afstand en het is beslist niet gevaarlijk.'

'De voeten zijn lichtblauw,' fluistert hij.

'Wat zei je?'

'Er wordt geklopt,' mompelt de jongen. 'Ik doe open, maar er is niemand, ik zie niemand. Maar het kloppen gaat door. Ik begrijp dat er iemand een geintje met me uithaalt.'

De patiënt ademt sneller, zijn buik gaat onregelmatig op en neer.

'Wat gebeurt er nu?' vraagt Erik.

'Ik ga naar de keuken en pak een boterham.'

'Eet je een boterham?'

'Maar dan wordt er weer geklopt. Het geluid komt uit de kamer van Lisa. De deur staat op een kier en ik zie dat haar prinsessenlamp aan is. Ik duw de deur met het mes voorzichtig open en kijk naar binnen. Lisa ligt in bed. Ze heeft haar bril op, maar haar ogen zijn dicht en ze ademt hijgend. Haar gezicht is spierwit. Haar armen en benen zijn helemaal stijf. Dan buigt ze haar hoofd naar achteren, zodat haar hals zich spant, en ze begint met haar voeten tegen het voeteneinde te schoppen. Ze schopt steeds sneller. Ik zeg dat ze daarmee moet stoppen, maar ze gaat maar door, steeds harder. Ik schreeuw tegen haar en het mes is al gaan steken. Mama komt binnenrennen en begint aan me te trekken. Ik keer me om en het mes gaat gewoon door. Ik haal nieuwe messen, ik ben bang om te stoppen, ik moet doorgaan, ik kan niet ophouden, mama kruipt door de keuken, de vloer is helemaal rood, ik moet de messen overal op uittesten: op mezelf, op de meubels, de muren; ik sla, steek, en dan word ik opeens moe en ga liggen. Ik weet niet wat er gebeurt. Ik heb overal pijn en ik heb dorst, maar ik kan me niet bewegen.'

Erik voelt dat hij samen met de jongen diep in het lichte water hangt. Hun benen bewegen zich zachtjes heen en weer en hij volgt de rotswand met zijn blik, steeds verder naar beneden. De wand stopt niet; het water wordt alleen maar donkerder en kleurt blauwgrijs en daarna verleidelijk zwart.

'Je had eerder...' zegt Erik, en hij hoort zijn eigen stem beven. 'Je had daarvoor je vader ontmoet.'

'Ja, bij het voetbalveld,' antwoordt Josef.

Hij zwijgt, kijkt vragend, staart met een slaperige blik voor zich uit.

Erik ziet dat zijn hartslag versnelt en begrijpt dat zijn bloeddruk tegelijkertijd daalt.

'Ik wil dat je dieper omlaag gaat,' zegt hij gedempt. 'Dat je je rustiger voelt, aangenamer en...'

'Mama niet?' vraagt de jongen met een zielig stemmetje.

'Josef, vertel... Heb je ook je grote zus gezien, Evelyn?'

Erik slaat Josefs gezicht gade, zich ervan bewust dat deze gok problemen kan geven – een barst in de hypnose als blijkt dat hij het mis heeft. Maar hij moet wel een scherpe wending maken, anders is er onvoldoende tijd. Hij moet de hypnose zo meteen afbreken, want de toestand van de patiënt dreigt weer kritiek te worden.

'Wat is er gebeurd toen je Evelyn zag?' vraagt hij.

'Ik had nooit naar haar toe moeten gaan.'

'Was dat gisteren?'

'Ze hield zich schuil in het vakantiehuis,' fluistert de jongen met een glimlach.

'Welk vakantiehuis?'

'Van tante Sonja,' zegt hij vermoeid.

'Beschrijf eens wat er in het huisje gebeurt.'

'Ik sta daar gewoon. Evelyn is niet blij, ik weet wat ze denkt,' mompelt hij. 'Ik ben niet meer dan een hond voor haar, ik ben niets waard…'

De tranen lopen over Josefs wangen, zijn mond beeft.

'Zegt Evelyn dat tegen je?'

'Ik wil niet, ik hoef niet, ik wil niet,' jammert Josef.

'Wat wil je niet?'

Zijn oogleden beginnen krampachtig te trillen.

'Wat gebeurt er nu, Josef?'

'Ze zegt dat ik moet bijten en bijten om mijn beloning te krijgen.'

'Wie moet je bijten?'

'Er is een foto daar in het huisje… een foto met een lijstje dat eruitziet als een vliegenzwam… papa en mama en Lisa staan erop, maar…'

Zijn lichaam is opeens gespannen. Zijn benen bewegen zich snel en loom; hij dreigt uit de zeer diepe hypnose te glijden. Erik stuurt het gesprek voorzichtig een andere kant op, kalmeert hem en tilt de patiënt een paar niveaus omhoog. Hij sluit zorgvuldig de deuren naar alle herinneringen aan die dag en alle herinneringen aan de hypnose. Er mag niets openstaan als hij het voorzichtige wekproces in gang zet.

Josef ligt glimlachend op bed als Erik bij hem weggaat. De commissaris staat op van zijn stoel in de hoek en loopt met hem mee naar buiten. Ze gaan naar de koffieautomaat.

'Ik ben onder de indruk,' zegt Joona zachtjes, terwijl hij zijn telefoon pakt.

Erik wordt bekropen door een desolaat gevoel, een voorgevoel dat er iets onherroepelijk mis is.

'Voordat je gaat bellen, wil ik één ding benadrukken,' zegt hij. 'De patiënt spreekt onder hypnose altijd de waarheid, maar het gaat natuurlijk alleen om zíjn waarheid. Hij praat alleen over wat hijzelf als waarheid ervaart. Hij beschrijft dus zijn eigen subjectieve herinneringen en niet…'

'Dat begrijp ik,' onderbreekt Joona hem.

'Ik heb schizofrene mensen gehypnotiseerd,' vervolgt Erik.

'Wat wil je nou eigenlijk zeggen?'

'Josef had het over zijn zus…'

'Ja, dat ze eiste dat hij zou bijten als een hond en zo,' zegt Joona. Hij toetst een nummer in en drukt de telefoon tegen zijn oor.

'Het is niet zeker dat zijn zus hem heeft gezegd dat hij dat moest doen,' stelt Erik.

'Maar het kán wel zo gegaan zijn,' zegt Joona, en hij steekt zijn hand op om Erik tot zwijgen te manen. 'Anja, pareltje…'

Door de telefoon is vaag een vriendelijke stem hoorbaar.

'Kun je iets voor me nakijken? Ja, inderdaad. Josef Ek heeft een tante die Sonja heet, en die heeft ergens een huis of een zomer-huisje, en… Ja, dat… Bedankt.'

Joona kijkt Erik aan.

'Sorry, je was nog niet uitgepraat.'

'Ik wilde alleen nog zeggen dat het ook niet zeker is dat Josef degene is die de hele familie de dood in heeft gejaagd.'

'Maar is het mogelijk dat hij zichzelf die verwondingen heeft toegebracht? Kan hij zichzelf zo hebben toegetakeld volgens jouw inschatting?'

'Eigenlijk niet, maar theoretisch wel,' antwoordt Erik.

'Dan denk ik eerlijk gezegd dat onze dader daarbinnen ligt,' zegt Joona.

'Dat denk ik ook.'

'Is hij in staat om te ontsnappen?'

'Nee,' antwoordt Erik met een glimlach.

Joona loopt in de richting van de gang.

'Ga je naar het huis van die tante?' vraagt Erik.

'Ja.'

'Ik kan meegaan,' zegt Erik terwijl hij ook in beweging komt. 'Zijn zus kan gewond zijn of zich in een acute shock bevinden.'

# 9

## *Dinsdag 8 december, lunchtijd*

Simone zit in de metrowagon door het raam naar buiten te kijken. Ze is nog steeds bezweet nadat ze van de lege flat naar het metrostation is gerend.

Nu staat de trein stil in Huvudsta.

Ze bedenkt dat ze eigenlijk een taxi had moeten nemen, maar probeert zichzelf voor te houden dat er niets is gebeurd; ze maakt zich immers altijd onnodig zorgen.

Ze kijkt weer naar haar telefoon en vraagt zich af of de vreemde vrouw met wie ze zonet heeft gesproken de moeder van Aida is en of zij gelijk had dat Aida in een tatoeageatelier in Tensta-Centrum is.

De deuren gaan dicht, maar vliegen onmiddellijk weer open. Verderop is geroep hoorbaar. Daarna sluiten de deuren opnieuw en komt de metro eindelijk in beweging.

Een man tegenover haar ritselt met kranten. Hij raapt alle katernen bijeen, spreidt ze op de zitting naast hem uit, lijkt iets te vergelijken en vouwt ze weer op. Via de spiegeling in het raam ziet ze dat hij af en toe naar haar zit te gluren. Ze overweegt ergens anders te gaan zitten, maar raakt van haar stuk als een piepje van haar telefoon aangeeft dat ze een sms'je heeft ontvangen. Het is van Ylva bij de galerie. Simone heeft geen puf om het te lezen. Ze had gehoopt dat het van Erik zou zijn. Ze weet niet hoeveel pogingen ze heeft gedaan, maar toch belt ze opnieuw naar zijn mobiele telefoon. Ze luistert naar de stomme tonen en naar het plotselinge doorschakelen naar de voicemail.

'Zeg!' zegt de man tegenover haar met een irritant sommerende stem.

Ze probeert te doen alsof ze hem niet hoort. Ze kijkt door het raam naar buiten, terwijl ze zogenaamd naar een berichtje op haar telefoon luistert.

'Hallo,' zegt de man.

Ze begrijpt dat hij niet van plan is het op te geven voordat hij haar aandacht heeft. Zoals zo veel mannen lijkt hij niet te begrijpen dat vrouwen een eigen leven hebben en eigen gedachten, en dat ze niet constant bereid zijn om naar hen te luisteren.

'Zeg, hoor je niet dat ik tegen je praat?' herhaalt de man.

Simone keert zich naar hem toe.

'Dat hoor ik heel goed,' zegt ze kalm.

'Waarom geef je dan geen antwoord?' vraagt hij.

'Dat doe ik nu toch?'

Hij knippert een paar keer met zijn ogen en dan komt het:

'Jij bent een vrouw? Toch?'

Simone slikt en bedenkt dat dit natuurlijk zo'n man is die haar wil dwingen haar naam en haar burgerlijke staat te noemen, en haar uiteindelijk zal provoceren om echt onaardig te worden.

'Je bent een vrouw?'

'Is dat het enige wat je wilt weten?' vraagt ze kort, en ze keert zich weer naar het raam.

Hij wisselt van plaats en gaat naast haar zitten.

'Hoor eens... Ik had een vrouw, en mijn vrouw, mijn vrouw...'

Simone voelt dat er een paar druppels speeksel op haar wang belanden.

'Ze was precies Elisabeth Taylor,' vervolgt hij. 'Weet je wie dat is?'

Hij schudt aan haar arm.

'Weet je wie Elisabeth Taylor is?'

'Ja,' zegt Simone ongeduldig. 'Natuurlijk weet ik dat.'

Hij leunt voldaan achterover.

'Ze had altijd nieuwe kerels,' jammert hij. 'Het moest steeds beter en duurder – ringen met diamanten, cadeautjes, kettingen.'

De trein mindert vaart en Simone moet eruit; ze zijn in Tensta. Ze staat op, maar de man gaat voor haar staan.

'Geef me een knuffel, ik wil alleen maar een knuffel.'

Ze verontschuldigt zich verbeten, duwt zijn arm weg en voelt een hand op haar billen. Op dat moment stopt de trein. De man verliest zijn evenwicht en belandt met een plof op de bank.

'Hoer!' roept hij haar achterna.

Ze rent het metrostation uit, over de door plexiglas overkapte brug de trap af. Buiten het winkelcentrum zitten drie aangeschoten mannen op een bankje met hese stemmen te oreren. Simone loopt snel door de hoofdingang naar binnen en probeert nogmaals Erik te bereiken op zijn mobiele telefoon.

Uit de drankwinkel komt een geur van verschaalde rode wijn uit kapotte flessen. Hijgend rent ze langs het raam van een restaurant. Ze ziet een saladebar met maïs uit een blikje, stukjes komkommer en verdorde slablaadjes. Midden op het plein van het overdekte winkelcentrum staat een groot bord met daarop de verschillende zaken die er zijn gevestigd. Ze kijkt tot ze vindt wat ze zoekt: Tensta Tattoo. Volgens de plattegrond moet de winkel helemaal aan het eind liggen, op de bovenste verdieping. Ze rent in de richting van de roltrappen, tussen moeders met zwangerschapsverlof, gearmde gepensioneerden en spijbelende tieners door.

Ze ziet voor zich hoe jongelui in een kring om een jongen heen staan die op de grond ligt, terwijl ze zichzelf naar voren dringt en begrijpt dat dat Benjamin is, dat zijn bloed niet wil stollen nadat er met de tatoeage is begonnen.

Ze loopt met grote passen de roltrap op. Op het moment dat ze de bovenste verdieping nadert, wordt haar blik getrokken door een merkwaardige beweging helemaal achteraan in een uitgestorven gedeelte van de verdieping. Het lijkt alsof er iemand over de reling hangt. Ze loopt die kant op en naarmate ze dichterbij komt, ziet ze duidelijker wat er aan de hand is: twee kinderen houden een derde kind over de reling. Een grote gestalte drentelt achter hen heen en weer en slaat met zijn armen om zich heen alsof hij het koud heeft.

De kinderen houden doodleuk het meisje vast, dat angstige gebaren maakt.

'Wat doen jullie nou?' roept Simone, terwijl ze naar hen toe loopt.

Ze durft niet naar hen toe te rennen, want ze is bang dat ze zullen schrikken en het meisje zullen laten vallen. Het is een val van minstens tien meter recht naar beneden, naar het plein op de begane grond.

De jongens hebben haar gezien en doen alsof ze het meisje loslaten. Simone slaakt een gil, maar ze houden het meisje toch vast en trekken haar vervolgens omhoog. Een van hen schenkt Simone een merkwaardig lachje, waarna ze wegrennen. Alleen de uit de kluiten gewassen jongen is blijven staan. Het meisje zit snikkend in elkaar gedoken naast de reling. Simone blijft met kloppend hart staan en buigt zich voorover.

'Hoe gaat het?'

Het meisje schudt alleen maar zwijgend haar hoofd.

'We moeten naar de bewaking gaan.'

Het meisje schudt opnieuw haar hoofd. Ze beeft over haar hele lichaam en kruipt als een bal tegen de reling in elkaar. Simone kijkt naar de grote, stevige knul, die hen alleen maar doodstil staat aan te staren. Hij is gekleed in een donker gewatteerd jack en draagt een zwarte zonnebril.

'Wie ben jij?' vraagt Simone hem.

In plaats van antwoord te geven, haalt hij een kaartspel uit zijn jaszak en begint te bladeren, te couperen en te schudden.

'Wie ben jij?' herhaalt Simone op luidere toon. 'Ben je bevriend met die jongens?'

Hij vertrekt geen spier.

'Waarom heb je niets gedaan? Ze hadden haar wel kunnen doden!'

Simone voelt de adrenaline door haar lichaam stromen, de snelle hartslag in haar slapen.

'Ik vroeg je iets! Waarom heb je niets gedaan?'

Ze staart hem strak aan. Hij geeft nog steeds geen antwoord.

'Idioot!' schreeuwt ze.

De jongen schuifelt langzaam weg. Als ze achter hem aan loopt om hem niet te laten ontkomen, struikelt hij en laat hij zijn kaartspel op de grond vallen. Hij praat in zichzelf en glipt de roltrap af.

Simone keert zich om om zich om het meisje te bekommeren,

maar ze is verdwenen. Simone rent terug langs de galerij, langs leegstaande winkelpanden, maar ze ziet het meisje niet, en ook de jongens zijn in geen velden of wegen meer te bekennen. Opeens ziet ze dat ze voor het tatoeageatelier staat. De etalage is bekleed met zwarte, gedeukte folie en er hangt een grote foto van de wolf Fenrir. Ze doet de deur open en gaat naar binnen. Er lijkt niemand aanwezig. De muren hangen vol foto's van tatoeages. Ze kijkt om zich heen en wil net weer naar buiten gaan als ze een lichte, angstige stem hoort vragen: 'Nicke? Waar ben je? Zeg eens iets.'

Er wordt een zwart gordijn opzij getrokken en er komt een meisje tevoorschijn met een mobiele telefoon tegen haar oor. Haar bovenlichaam is naakt. Er stromen een paar fijne druppeltjes bloed langs haar hals. Haar gezicht staat aandachtig en ongerust.

'Nicke,' zegt het meisje geconcentreerd in haar telefoon, 'wat is er gebeurd?'

Haar borsten zijn pukkelig, maar ze lijkt er niet bij stil te staan dat ze halfnaakt is.

'Mag ik even iets vragen?' zegt Simone.

Het meisje verlaat de winkel en zet het op een lopen. Simone loopt achter haar aan naar de deur, als ze iemand achter zich hoort.

'Aida?' roept een jongen met een bang stemmetje.

Ze keert zich om en ziet dat het Benjamin is.

'Waar is Nicke?' vraagt hij.

'Wie?'

'Aida's broer, hij is verstandelijk gehandicapt. Heb jij hem buiten gezien?'

'Nee, ik…'

'Hij is nogal fors, met een zwarte zonnebril.'

Simone loopt langzaam de winkel weer in en gaat op een stoel zitten.

Aida komt terug met haar broer. Hij blijft buiten staan, knikt met angstige ogen bij alles wat ze zegt en veegt vervolgens zijn neus af. Het meisje komt binnen. Ze bedekt met haar ene hand haar borsten, loopt zonder te kijken langs Simone en Benjamin heen en verdwijnt achter het gordijn. Simone ziet nog net dat haar

86

hals rood is; ze heeft een tatoeage van een donkerrode roos naast een kleine davidsster laten zetten.

'Wat is er aan de hand?' vraagt Benjamin.

'Ik zag een paar jongens, ze waren niet goed snik. Ze hielden een meisje over de reling. Aida's broer stond er gewoon bij en...'

'Heb je iets tegen ze gezegd?'

'Ze hielden ermee op toen ik eraan kwam, maar ik had het idee dat ze het gewoon lollig vonden.'

Benjamin kijkt bijzonder opgelaten. Hij begint te blozen, krijgt een onzekere blik in zijn ogen en kijkt zoekend rond alsof hij weg zou willen rennen.

'Ik vind het niet prettig dat je hier rondhangt,' zegt Simone.

'Ik mag doen wat ik wil,' antwoordt hij.

'Je bent te jong om...'

'Schei uit,' onderbreekt hij haar met gedempte stem.

'Hoezo? Was jij ook van plan een tatoeage te laten zetten?'

'Nee.'

'Ik vind het vreselijk, die tatoeages op je hals en in je gezicht...'

'Mama,' onderbreekt hij haar.

'Het is lelijk.'

'Aida hoort wat je zegt.'

'Maar ik vind...'

'Kun je niet gewoon weggaan?' vraagt Benjamin fel.

Ze kijkt hem aan, omdat ze die toon niet kent, maar ze beseft dat Erik en zij steeds vaker ook zo moeten klinken.

'Je gaat met mij mee naar huis,' zegt ze rustig.

'Ik kom als jij eerst naar buiten gaat.'

Simone gaat de winkel uit en ziet Nicke bij de donkere etalage staan, met zijn armen gekruist over zijn borst. Ze loopt naar hem toe, probeert vriendelijk te kijken en wijst op zijn Pokémon-kaarten.

'Iedereen houdt het meest van Pikachú,' zegt ze.

Hij knikt bij zichzelf.

'Maar ik vind zelf Mew veel leuker,' vervolgt ze.

'Mew leert dingen,' zegt hij voorzichtig.

'Sorry dat ik daarnet zo tegen je tekeerging.'

'Je kunt niets doen tegen Wailord. Niemand kan hem aan,' gaat hij verder.

'Is hij de grootste van allemaal?'

'Ja,' antwoordt de jongen ernstig.

Ze pakt een kaart op die hij heeft laten vallen.

'Wie is dit?'

Benjamin komt met glanzende ogen naar buiten.

'Arceus,' antwoordt Nicke, en hij legt de kaart bovenop.

'Hij ziet er aardig uit,' zegt Simone.

Nicke plooit zijn gezicht in een brede glimlach.

'We gaan,' merkt Benjamin zachtjes op.

'Daag,' zegt Simone met een glimlach.

'Doeientotziens,' antwoordt Nicke mechanisch.

Benjamin loopt zwijgend naast Simone voort.

'We nemen een taxi,' beslist ze als ze de ingang van de metro naderen. 'Ik ben die metro even zat.'

'Oké,' zegt Benjamin en hij draait zich al om.

'Wacht even,' zegt Simone.

Ze heeft een van de jongens ontdekt die het meisje bedreigden. Hij staat bij de tourniquets en lijkt ergens op te wachten. Ze voelt dat Benjamin haar probeert mee te trekken.

'Wat is er?' vraagt ze.

'Kom, we gaan. We zouden toch een taxi nemen?'

'Ik moet even met die jongen praten,' zegt ze.

'Mam, laat ze nou maar,' smeekt Benjamin.

Zijn gezicht is bleek en onrustig, en hij blijft staan als zij resoluut op de jongen af loopt.

Simone legt haar hand op de schouder van de jongen en draait hem naar zich toe. Hij is misschien pas dertien, maar in plaats van bang te worden of verbaasd te zijn, lacht hij haar gewoon in haar gezicht uit, alsof hij een val voor haar heeft gezet.

'Jij gaat met mij mee naar de bewaking,' zegt ze beslist.

'Wat moet je, kankerwijf?'

'Ik heb je wel gezien toen je…'

'Hou je bek!' roept de jongen. 'Hou je bek, anders krijg je een beurt.'

Simone is zo verbouwereerd dat ze niet weet wat ze moet zeggen. De jongen spuugt op de grond voor haar, springt over de tourniquet, en verdwijnt langzaam de gang naar de metro in.

Simone is ontzet. Ze loopt naar Benjamin toe.

'Wat zei hij?' vraagt hij.

'Niets,' antwoordt ze vermoeid.

Ze lopen naar de taxistandplaats en gaan op de achterbank van de voorste taxi zitten. Als ze uit Tensta wegrijden, zegt Simone dat de school heeft gebeld.

'Aida wilde dat ik meeging als ze een tatoeage liet veranderen,' zegt Benjamin zachtjes.

'Dat was lief van je.'

Ze rijden zonder iets te zeggen over Hjulstavägen, langs een roestig zijspoor op een dijk van bruin grind.

'Heb je tegen Nicke gezegd dat hij een idioot was?' vraagt Benjamin.

'Dat was verkeerd... Ik ben zélf een idioot.'

'Maar hoe kon je dat nou zeggen?'

'Ik maak ook weleens fouten, Benjamin,' zegt ze zachtjes.

Als ze op de Tranebergs-brug zijn, kijkt Simone omlaag naar Stora Essingen. Het water is nog niet dichtgevroren, maar lijkt traag en mat.

'Het ziet ernaar uit dat papa en ik gaan scheiden,' zegt ze.

'Hè... Waarom?'

'Het heeft niets met jou te maken.'

'Ik vroeg waarom.'

'Daar is geen goed antwoord op,' begint ze. 'Je vader... Hoe moet ik het uitleggen? Hij is de liefde van mijn leven, maar... desondanks kun je toch uit elkaar gaan. Dat kun je je niet voorstellen als je elkaar leert kennen, als je kinderen krijgt en... Het spijt me, ik zou hier niet over moeten praten. Ik wil alleen maar dat je begrijpt waarom ik zo uit mijn evenwicht ben. Maar het is nog niet zeker dat we gaan scheiden.'

'Ik wil er niets mee te maken hebben.'

'Sorry dat ik...'

'Schei dan uit!' snauwt hij.

# 10

## Dinsdagmiddag 8 december

Erik weet dat hij niet zal kunnen slapen, maar doet toch een poging. Hij is al de hele tijd klaarwakker, hoewel commissaris Joona Linna met een slakkengangetje over de 274 over het eiland Värmdö rijdt, op weg naar het huisje waar Evelyn Ek zich vermoedelijk bevindt.

Als ze de oude zagerij passeren, ratelt er los grind onder de auto. De nawerkingen van de codeïnecapsules maken Eriks ogen gevoelig en droog. Hij tuurt over een gebied met blokhutten en houten zomerhuisjes op postzegeltjesgrote gazonnetjes. De bomen staan er kaal bij in de steriele decemberkou. Het licht en de kleuren doen Erik denken aan de vroegere schoolreisjes. De geur van verrotting klopt, het aroma van paddenstoelen die uit de grond schieten. Zijn moeder had een parttimebaan als schoolverpleegkundige op de middelbare school van Sollentuna en was heilig overtuigd van het nut van frisse lucht. Zij was ook degene die had gewild dat hij Erik Maria zou heten. Die ongebruikelijke naam had ze gehoord tijdens een taalreis naar Wenen. Daar had ze het Burgtheater bezocht, waar ze *De vader* van Strindberg had gezien, met Klaus Maria Brandauer in de hoofdrol. Ze was zo gefascineerd geweest dat ze de naam van de acteur jaren had onthouden. Als kind had Erik altijd geprobeerd zijn tweede naam Maria te verdoezelen en als tiener had hij zich herkend in het liedje 'A Boy Named Sue' van Johnny Cash, dat in de San Quentingevangenis was opgenomen: *Some gal would giggle and I'd get red, and some guy 'd laugh and I'd bust his head, I tell ya, life ain't easy for a boy named Sue.*

Eriks vader, die bij de Zweedse centrale socialeverzekeringsinstantie werkte, was eigenlijk zijn hele leven maar in één ding geinteresseerd geweest. Hij was hobbygoochelaar en droeg vaak een zelfgenaaide mantel, een tweedehands rokkostuum en een soort inklapbare hoge hoed, die hij zijn *chapeau claque* noemde. Erik en zijn vrienden mochten op houten stoelen in de garage zitten, waar zijn vader een klein podium met geheime valluiken had gebouwd. De meeste trucs haalde hij uit de catalogus van *Bernandos Magic* in Bromölla: toverstafjes die ritselend uitklapten, biljartballen die zich vermenigvuldigden, een zee van fluweel met geheime vakken, en de glinsterende handguillotine. Tegenwoordig denkt Erik met warme gevoelens aan zijn vader terug – hoe hij met zijn voet de bandrecorder met Jean Michel Jarre aanzette terwijl hij boven een zwevend doodshoofd magische bewegingen maakte. Erik hoopt van harte dat zijn vader nooit heeft gemerkt dat hij zich schaamde toen hij ouder werd en achter zijn vaders rug met zijn ogen rolde tegen zijn vrienden.

Er bestaat eigenlijk geen diepe verklaring voor de vraag waarom Erik arts is geworden. Hij heeft nooit iets anders gewild, heeft zich nooit een ander leven voorgesteld. Hij herinnert zich alle regenachtige laatste schooldagen, de gehesen vlag en de zomerpsalmen. Hij had altijd de beste cijfers in alle vakken, en dat was iets wat zijn ouders ook vanzelfsprekend vonden. Zijn moeder had het er vaak over gehad dat de Zweden verwend waren omdat ze hun welvaartsstaat als iets vanzelfsprekends zagen, terwijl het hoogstwaarschijnlijk een klein historisch intermezzo was. Ze meende dat het systeem met gratis gezondheidszorg en tandheelkundige zorg, gratis kinderopvang en basisonderwijs, gratis middelbaar onderwijs en gratis universiteit elk moment zou kunnen verdwijnen. Maar nu konden doodgewone jongens en meisjes doorleren voor arts, architect of econoom. Aan alle universiteiten van het land, en zonder vermogen, studiebeurzen of aalmoezen.

Hij was er scherp van doordrongen dat hij heel bevoorrecht was. Het had hem een voorsprong en doelbewustheid gegeven, maar toen hij jong was misschien ook iets hooghartigs.

Hij kan zich nog goed herinneren hoe hij als achttienjarige in Sollentuna op de bank naar zijn diploma en zijn hoge cijfers had zitten staren, en daarna in de eenvoudige kamer om zich heen had gekeken. De boekenkasten met snuisterijen en souvenirs, de foto's in hun nieuwzilveren lijstjes: kiekjes van de belijdenis, bruiloft en vijftigste verjaardag van zijn ouders, gevolgd door een tiental foto's van hun enige zoon – van een stevige baby in een kanten jurkje tot een glimlachende jongeman in een pantalon met loeistrakke pijpen.

Zijn moeder was de kamer binnengekomen en had hem de inschrijfformulieren voor de studie geneeskunde gegeven. Ze had helemaal gelijk gehad, zoals altijd. Zo gauw hij zijn voet over de drempel van het Karolinska-instituut had gezet, had hij een gevoel gehad van thuiskomen. Toen hij zich ging specialiseren als psychiater, had hij begrepen dat het vak van arts beter bij hem zou passen dan hij eigenlijk wilde toegeven. Na achttien maanden coschappen, die nodig waren om zijn artsenbul te halen, was hij voor Artsen zonder Grenzen gaan werken. Hij was beland in Chisimayu, ten zuiden van Mogadishu in Somalië. Dat was een zware tijd geweest in een veldhospitaal waarvan de uitrusting bestond uit afgedankt Zweeds ziekenhuismateriaal, röntgenapparatuur uit de jaren zestig, medicijnen waarvan de houdbaarheidsdatum allang was verstreken, en roestige en vlekkerige bedden van opgedoekte of verbouwde ziekenhuisafdelingen. In Somalië had hij voor het eerst kennisgemaakt met ernstig getraumatiseerde mensen. Kinderen die geen zin meer hadden om te spelen en apathisch waren; jongelui die er emotieloos van getuigden dat ze gedwongen waren om verschrikkelijke misdrijven te plegen; vrouwen die zo slecht waren behandeld dat ze niet meer in staat waren om te praten, en die alleen maar ontwijkend glimlachten en hem geen moment aankeken. Hij had bedacht dat hij mensen wilde helpen die geestelijk en lichamelijk in de war waren door de schendingen waaraan ze waren blootgesteld, door de dingen die hen kwelden, ook al waren de veroorzakers daarvan al lang geleden vertrokken.

Erik keerde terug naar huis en doorliep in Stockholm de opleiding voor psychotherapeut. Maar pas toen hij zich was gaan specialiseren binnen de psychotraumatologie en de rampenpsychiatrie was hij in contact gekomen met verschillende theorieën over hypnose. Wat hem daarin aansprak was de snelheid – dat de psycholoog zo snel de oorsprong van het trauma kon naderen. Erik zag in dat die snelheid ontzettend belangrijk was als je met oorlogsslachtoffers of slachtoffers van natuurrampen te maken had.

Hij kreeg een basisopleiding hypnose via de European Society of Clinical Hypnosis, werd al snel lid van de Society for Clinical and Experimental Hypnosis, de European Board of Medical Hypnosis en de Zweedse vereniging voor klinische hypnose, en correspondeerde jarenlang met Karen Olness, de Amerikaanse kinderarts wier baanbrekende methode om chronisch zieke kinderen en kinderen met zware pijnen te hypnotiseren nog altijd veel indruk op hem maakt.

Erik had vijf jaar voor het Rode Kruis in Uganda gewerkt met getraumatiseerde mensen. In die periode was er überhaupt geen tijd om hypnose uit te proberen en te ontwikkelen. De situaties waren veel te overweldigend en acuut, en het ging er bijna altijd om dat er aan basisbehoeften werd voldaan. Hij had in die periode maar een keer of tien gebruikgemaakt van hypnose, en eigenlijk alleen maar in eenvoudige situaties: in plaats van pijnstillers bij overgevoeligheid of als eerste blokkering van fobische fixaties. Tijdens zijn laatste jaar in Uganda was hij op een keer op een meisje gestuit dat opgesloten zat in een kamer omdat ze niet ophield met schreeuwen. De katholieke nonnen die als verpleegkundigen werkten, verklaarden dat ze kruipend uit de sloppenwijk ten noorden van Mbale naar het ziekenhuis was gekomen. Ze dachten dat ze tot het Bagisu-volk behoorde, omdat ze Lugisu sprak. Ze had nog niet één nacht geslapen. In plaats daarvan riep ze onafgebroken dat ze een vreselijke demon met vuur in haar ogen was.

Erik had de nonnen gevraagd de deur van de kamer van het meisje open te zetten. Zo gauw hij haar ontmoette, zag hij dat ze ernstige uitdrogingsverschijnselen vertoonde. Toen hij haar probeerde te laten drinken, schreeuwde ze het uit, alsof de aanblik van water brandde als vuur. Ze rolde schreeuwend over de grond. Hij besloot te proberen hypnose toe te passen om haar te kalmeren. Een non, zuster Marion, vertaalde zijn woorden in het Bukusu, dat het meisje zou moeten verstaan, en toen ze eenmaal was begonnen te luisteren, was het heel eenvoudig geweest om haar onder hypnose te brengen.

In slechts een uur had het meisje haar hele psychische trauma in kaart kunnen brengen. Er was even ten noorden van de sloppenwijk, op Mbale-Soroti Road, een tankwagen uit Jinja van de weg geraakt. Het zware voertuig was gekanteld en had aan de zijkant van de weg een diepe greppel getrokken. Uit een gat in de grote tank stroomde zuivere benzine. Het meisje was naar huis gerend, had daar haar oom aangetroffen en hem verteld over de benzine die gewoon in de aarde verdween. De oom was er met twee lege jerrycans heen gerend. Er waren al diverse andere mensen aanwezig toen het meisje haar oom bij de tankwagen had ingehaald. Ze vulden emmers met benzine. Het stonk enorm, de zon scheen en de lucht was warm. De oom van het meisje zwaaide naar haar. Ze pakte de eerste jerrycan aan en begon hem naar huis te slepen. Hij was loodzwaar. Ze bleef staan om de jerrycan op haar hoofd te zetten en zag een vrouw met een blauwe hoofddoek bij de tankwagen met benzine staan. Ze was op haar knieën bezig kleine glazen flessen te vullen. Even verderop op de weg in de richting van de stad zag het meisje een man in een geel camouflageoverhemd aan komen lopen. Hij had een sigaret in zijn hand. Toen hij een trekje nam, zag ze de gloed van de as.

Erik kan zich nog duidelijk voor de geest halen hoe het meisje eruit had gezien toen ze haar verhaal deed. Haar stem was dik en dof, en de tranen stroomden over haar wangen toen ze vertelde dat ze het vuur van de sigaret met haar ogen had gevangen en naar de vrouw met de hoofddoek had verplaatst. Het vuur zat in haar ogen, had ze gezegd. Want toen ze zich weer omkeerde en naar de vrouw keek, had zij vlam gevat. Eerst de blauwe hoofddoek, en daarna was ze helemaal in vlammen gehuld. Opeens was er een soort storm van vuur rond de tankwagen geweest. Het meisje had het op een lopen gezet en had achter zich niets anders gehoord dan geschreeuw.

Na de hypnose hadden Erik en zuster Marion een hele tijd met het meisje zitten praten over wat ze onder hypnose had verteld. Ze hadden haar keer op keer verzekerd dat het de stinkende benzinedampen waren die vlam hadden gevat. De sigaret van de man had de tankauto via de lucht in brand gestoken; zij had daar helemaal geen schuld aan gehad.

Nog maar een maand na de gebeurtenis met het meisje was Erik teruggekeerd naar Stockholm, waar hij bij de Onderzoeksraad voor de Geneeskunde subsidie had aangevraagd om zich bij het Karolinska-instituut serieus in hypnose en traumabehandeling te kunnen verdiepen. Dat was vlak nadat hij Simone had leren kennen. Hij weet nog goed hoe hij haar op een groot feest op de universiteit had ontmoet. Ze was uitgelaten, blozend en sprankelend. Hij had eerst haar rossige krullen opgemerkt. Daarna had hij haar gezicht gezien. Haar voorhoofd was gewelfd en blank, haar mooie, lichte huid was bezaaid met lichtbruine sproeten. Ze zag eruit als een engeltje op een poëzieplaatje: klein en slank. Hij weet nog precies wat ze die avond aanhad: ze droeg een groene, getailleerde zijden blouse, een zwarte lange broek en hoge, donkere pumps. Ze had lichtroze lippenstift op en haar ogen straalden heldergroen.

Ze waren al een jaar later getrouwd en hadden vrij snel geprobeerd zwanger te raken. Dat bleek moeizaam te gaan; Simone kreeg vier miskramen achter elkaar. Erik herinnert zich er één in het bijzonder. Simone was in de zestiende week toen het misging: een meisjesfoetus. Precies twee jaar na die miskraam was Benjamin geboren.

Erik tuurt door de voorruit en hoort zonder te luisteren Joona's gedempte gesprek over de politieradio met de collega's die op weg zijn naar Värmdö.

'Ik moest ergens aan denken,' zegt Erik.

'Ja.'

'Ik heb gezegd dat Josef Ek niet uit het ziekenhuis kan ontsnappen, maar ik bedoel: als hij zichzelf al die messteken heeft kunnen toebrengen, moet je daar misschien niet al te zeker van zijn.'

'Dat heb ik ook bedacht,' antwoordt Joona.

'Oké.'

'Ik heb al een van mijn mannen voor de deur geposteerd.'

'Het is vermoedelijk volkomen onnodig,' zegt Erik.

'Ja.'

Onder een hoogspanningsmast stoppen langs de kant van de weg drie auto's achter elkaar. Vier politiemensen staan in het witte licht te praten; ze trekken kogelvrije vesten aan en wijzen op een kaart. Het zonlicht weerkaatst in het glas van een oude kas.

Joona gaat weer op de bestuurdersplaats zitten en neemt koele lucht mee naar binnen. Hij wacht tot de anderen in hun auto's hebben plaatsgenomen en trommelt in gedachten met zijn ene hand op het stuur.

Uit de politieradio klinken plotseling snelle, korte tonen, en daarna volgt een hevig gekraak, dat opeens wordt doorbroken. Joona wisselt van kanaal, test of alle groepen met elkaar in verbinding staan en wisselt met elk een paar woorden, waarna hij de contactsleutel omdraait.

De auto's rijden verder langs een bruine akker, een berkenbos en een grote, verroeste silo.

'Jij blijft in de auto wachten als we aankomen,' zegt Joona zachtjes.

'Ja,' antwoordt Erik.

Er vliegen een paar kraaien op van de rijbaan, die wegfladderen.

'Is hypnose gevaarlijk?' vraagt Joona.

'Hoe bedoel je?'

'Jij was een van de besten ter wereld, maar je bent ermee gestopt.'

'Mensen kunnen goede redenen hebben om dingen verborgen te houden,' antwoordt Erik.

'Uiteraard, maar...'

'En die redenen zijn bij hypnose bijzonder lastig in te schatten.'

Joona kijkt hem sceptisch aan.

'Waarom geloof ik niet dat dat de reden is dat je bent gestopt?'

'Ik wil er niet over praten,' zegt Erik.

De weg is omzoomd door boomstammen, die flikkeren in het licht dat ertussendoor komt. Het bos wordt dieper en donkerder. Het grind ratelt onder de auto. Ze draaien een smalle bosweg in, passeren een paar vakantiehuisjes en blijven staan. Ver weg tussen de bomen ziet Joona een bruin houten huis op een donkere open plek.

'Ik reken erop dat je hier blijft,' zegt hij tegen Erik als hij de auto uit stapt.

Terwijl Joona naar de inrit loopt, waar de andere politiemensen al staan te wachten, moet Erik weer aan de gehypnotiseerde jongen denken, Josef. De woorden die almaar over zijn lippen stroomden. Een jonge jongen die zijn beestachtige agressie met afstandelijke scherpzinnigheid beschreef. Hij moet de herinnering heel duidelijk voor ogen hebben gehad: de koortskrampen van zijn kleine zusje, zijn opwellende woede, de keuze van de messen, de euforie van het de grens passeren. Aan het eind van de hypnose was de beschrijving van Josef verwarrend geworden en was het lastiger geweest om te begrijpen wat hij had gezien. Of zijn oudere zus Evelyn hem inderdaad had gedwongen die moorden te plegen.

Joona verzamelt de vier politiemensen om zich heen. Zonder het te veel op de spits te drijven beschrijft hij de ernst van de situatie en geeft hij instructies voor het gebruik van vuurwapens: dat het eventuele gerichte vuur onder alle omstandigheden op de benen moet worden gericht. Hij omzeilt de termen van zijn opleiding op het gebied van bijzondere politietactiek en verklaart in plaats daarvan dat ze hoogstwaarschijnlijk op een volkomen ongevaarlijk iemand zullen stuiten.

'Ik wil iedereen verzoeken voorzichtig te werk te gaan om het meisje niet aan het schrikken te maken,' zegt Joona. 'Ze is misschien bang, mogelijk is ze gewond, maar jullie mogen tegelijkertijd geen moment uit het oog verliezen dat het om een gevaarlijk iemand kan gaan.'

Hij stuurt een patrouille van drie personen om het huis heen, vraagt hun de moestuin niet te vertrappen en om buiten te blijven. Ze moeten de achterkant op veilige afstand naderen.

Ze lopen de bosweg af. Een van hen blijft staan en stopt wat fijngemalen tabak onder zijn lip. De chocoladebruine gevel van het huis bestaat uit horizontale, elkaar overlappende panelen. De kozijnen zijn wit geschilderd en de buitendeur is zwart. Er hangen roze gordijnen voor de ramen. Er komt geen rook uit de schoorsteen. Op de veranda staan een bezem en een gele plastic emmer met grote dennenappels.

Joona ziet dat de politiepatrouille zich op enige afstand en met getrokken wapens rond het huis verspreidt. Er kraakt een tak. Hij hoort ver weg het weerkaatsende gehamer van een specht. Joona volgt de verplaatsing van de politiemensen met zijn blik en nadert zelf langzaam het huis. Hij probeert door de roze gordijnstof heen iets te zien. Hij geeft een teken aan politieassistente Kristina Andersson, een jonge vrouw met een spits gezicht, om op het pad te blijven staan. Ze heeft rode wangen en knikt, zonder het huis uit het oog te verliezen. Ze trekt rustig en geconcentreerd haar dienstpistool en doet een paar stappen opzij.

Het huis is verlaten, denkt Joona terwijl hij de veranda nadert. De planken kraken licht onder zijn gewicht. Hij kijkt naar het gordijn of er plotselinge luchtbewegingen zijn als hij op de deur klopt. Er gebeurt niets. Hij wacht even en verstrakt vervolgens; hij dacht dat hij iets hoorde en speurt rond in het bos naast het huis, achter het struikgewas en de stammen. Hij trekt zijn pistool, een zware Smith & Wesson – die heeft hij liever dan het standaardwapen van het merk Sig Sauer –, ontgrendelt het en controleert de patronen in het magazijn. Opeens ritselt er iets aan de bosrand en springt er een ree met snelle, hoekige bewegingen tussen de bomen door. Kristina Andersson glimlacht gespannen terug als hij naar haar kijkt. Hij wijst op het raam, loopt er voorzichtig naartoe en kijkt langs het gordijn naar binnen.

In het donker ziet hij een rotan tafeltje met een ruwe glasplaat en een lichtbruine bank met ribfluwelen bekleding. Over de rugleuning van een rode houten stoel hangen twee katoenen slipjes te drogen. In de pantry staan diverse pakken snelkookmacaroni, potjes pesto, conservenblikken en een zak appels. Er glimt wat bestek op de grond voor de gootsteen en onder de keukentafel. Joona keert terug naar de veranda, geeft Kristina Andersson een teken dat hij naar binnen wil, doet vervolgens de deur open, gaat de vuurlinie uit, krijgt groen licht van Kristina Andersson, kijkt naar binnen en stapt vervolgens over de drempel.

Erik zit in de auto en kan alleen op afstand vermoeden wat er gebeurt. Hij ziet Joona Linna het bruine huis in gaan, gevolgd door iemand anders van de politie. Even later is hij weer op de veranda. Drie politiemannen komen om het huis heen lopen en blijven voor hem staan. Ze staan te praten, kijken op een kaart, wijzen naar de weg en de andere huisjes. Joona lijkt een van hen iets in het huis te willen laten zien. Ze gaan allemaal mee naar binnen en de laatste doet de deur achter zich dicht, zodat de warmte niet zal ontsnappen.

Plotseling ziet Erik iemand tussen de bomen staan, op de plek waar de grond afloopt in de richting van het moeras. Het is een slanke vrouw met een geweer in haar hand, een jachtgeweer. De glimmende dubbele loop sleept over de grond als ze koers zet in de richting van het huis. Erik ziet de loop zacht tegen bosbessen- en vossenbessenstruiken en het mos stuiten.

De politiemensen hebben de vrouw niet gezien en zij kan hen ook niet zien. Erik belt Joona's mobiele nummer. De telefoon gaat in de auto over – het toestel ligt op de bestuurdersstoel naast hem.

De vrouw loopt doodgemoedereerd tussen de bomen door, het geweer losjes in haar hand. Erik begrijpt dat er een gevaarlijke situatie kan ontstaan als de politie en de vrouw elkaar verrassen. Hij stapt de auto uit, rent naar de oprijlaan en loopt daarna langzaam verder.

Hij roept: 'Hallo.'

De vrouw blijft staan en kijkt in zijn richting.

'Frisjes vandaag,' zegt hij zachtjes.

'Hè?'

'Het is koud in de schaduw,' zegt hij, luider.

'Ja,' antwoordt ze.

'Ben je nieuw hier?' vraagt hij terwijl hij in haar richting loopt.

'Nee, ik logeer in het huis van mijn tante.'

'Is Sonja jouw tante?'

'Ja,' zegt ze met een glimlach.

Erik komt naar haar toe.

'Waar jaag je op?'

'Haas,' antwoordt ze zachtjes.

'Mag ik je geweer eens zien?'

Ze vergrendelt het geweer en geeft het hem. De punt van haar neus is rood. Er hangen droge dennennaalden in haar zandkleurige haar.

'Evelyn,' zegt hij rustig, 'er zijn een paar politiemensen hier die met je willen praten.'

Ze kijkt bezorgd, doet een stap naar achteren.

'Als je even tijd hebt,' zegt hij met een glimlach.

Ze knikt voorzichtig en Erik roept in de richting van het huis. Joona komt naar buiten, met een geïrriteerde trek op zijn gezicht, al klaar om hem terug te sturen naar de auto. Als hij de vrouw in het oog krijgt, verstijft hij een fractie van een seconde.

'Dit is Evelyn,' zegt Erik terwijl hij hem het geweer overhandigt.

'Hallo,' zegt Joona.

Haar gezicht verbleekt. Het lijkt alsof ze elk moment kan flauwvallen.

'Ik moet even met je praten,' verklaart Joona ernstig.

'Nee,' fluistert ze.

'Kom binnen.'

'Ik wil niet.'

'Wil je niet naar binnen?'

Evelyn wendt zich tot Erik.

'Moet dat?' vraagt ze met trillende mond.

'Nee,' antwoordt hij. 'Dat mag je zelf beslissen.'

'Zou je alsjeblieft mee naar binnen willen gaan?' vraagt Joona.

Ze schudt haar hoofd, maar loopt toch achter hem aan.

'Ik wacht buiten,' zegt Erik.

Hij loopt een stukje over de oprijlaan. Het grind is bedekt met naalden en bruine dennenappels. Door de muren van het huis hoort hij Evelyn schreeuwen. Eén schreeuw, eenzaam en wanhopig. Een uitdrukking van onbegrijpelijk verlies. Hij herkent die schreeuw maar al te goed uit zijn tijd in Uganda.

Evelyn zit op de ribfluwelen bank met haar handen tussen haar dijen geklemd. Haar gezicht is asgrauw. Joona heeft verteld wat haar familie is overkomen. Het fotolijstje in de vorm van een vliegenzwam ligt op de grond. Haar vader en moeder zitten op iets wat eruitziet als een schommelbank. Ze hebben hun jongste dochter tussen zich in. De ouders knijpen hun ogen dicht in het felle zonlicht, terwijl het brilletje van het meisje wit weerkaatst.

'Gecondoleerd,' zegt Joona gedempt.

Haar kin trilt.

'Denk je dat je ons zou kunnen helpen te begrijpen wat er is gebeurd?' vraagt hij.

De stoel kraakt onder Joona's gewicht. Hij wacht even voor hij verdergaat: 'Waar bevond jij je op maandag 7 december?'

Ze schudt haar hoofd.

'Gisteren,' preciseert hij.

'Ik was hier,' zegt ze zacht.

'In het huisje?'

Ze kijkt hem aan.

'Ja.'

'Ben je helemaal niet naar buiten geweest?'

'Nee.'

'Je hebt alleen maar hier gezeten?'

Ze maakt een gebaar naar het bed en de studieboeken politicologie.

'Ben je aan het studeren?'

'Ja.'

'Dus je bent gisteren het huis niet uit geweest?'

'Nee.'

'Is er iemand die dat kan bevestigen?'

'Hè?'

'Is er gisteren iemand hier bij je geweest?' vraagt Joona.

'Nee.'

'Heb je enig idee wie je familie dit kan hebben aangedaan?'

Ze schudt haar hoofd.

'Is er iemand die jullie heeft bedreigd?'

Ze lijkt hem niet te horen.

'Evelyn?'

'Hè? Wat zei u?'

Haar vingers zijn stevig tussen haar benen geklemd.

'Is er iemand die jouw familie heeft bedreigd? Hebben jullie vijanden?'

'Nee.'

'Weet je dat je vader grote schulden had?'

Ze schudt haar hoofd.

'Dat was helaas wel het geval,' zegt Joona. 'Je vader leende geld van criminele personen.'

'O.'

'Kan het een van deze mensen zijn geweest die…'

'Nee,' onderbreekt ze hem.

'Waarom niet?'

'Jullie begrijpen er niets van,' zegt ze op luidere toon.

'Wát begrijpen wij niet?'

'Jullie begrijpen helemaal niets.'

'Als je ons vertelt w…'

'Dat gaat niet!' roept ze uit.

Ze is zo overstuur dat ze begint te huilen, plompverloren en zonder haar gezicht te bedekken. Kristina Andersson loopt naar haar toe en slaat haar armen om haar heen, en na een tijdje kalmeert Evelyn enigszins. Ze zit doodstil met de armen van de politievrouw om zich heen terwijl er nog een paar huilkrampen door haar lichaam trekken.

'Ach, meisje,' fluistert Kristina Andersson troostend.

Ze houdt Evelyn tegen zich aan en aait haar over haar hoofd. Opeens geeft Kristina een schreeuw en duwt ze haar hard van zich af, zodat ze op de grond valt.

'Verdomme, ze heeft me gebeten… Ze heeft me keihard gebeten.'

Ze kijkt ontsteld naar haar bebloede vingers. Er stroomt bloed uit een wond op haar hals.

Evelyn zit op de grond. Ze verbergt een verward lachje achter haar hand. Haar ogen rollen naar achteren en ze zakt bewusteloos in elkaar.

# 11

## *Dinsdagavond 8 december*

Benjamin heeft zich opgesloten op zijn kamer. Simone zit met haar ogen gesloten aan de keukentafel naar de radio te luisteren. Het is een live-uitzending vanuit de Berwald-hal. Ze probeert zich een leven als alleenstaande voor te stellen. Dat zou niet veel verschillen van het leven dat ik nu heb, denkt ze ironisch. Ik zou misschien naar concerten, toneel en galeries gaan, zoals alle eenzame vrouwen.

Ze treft een fles maltwhisky aan in de kast en schenkt een bodempje in. Ze doet er een paar druppels water bij: een lichtgele vloeistof in een zwaar glas. De buitendeur gaat open, terwijl de warme klanken van een cellosuite van Bach de keuken vullen. Het is een zachte en verdrietige melodie. Erik staat in de deuropening naar haar te kijken, zijn gezicht is grauw van vermoeidheid.

'Dat ziet er goed uit,' zegt hij.

'Dat noemen ze whisky,' zegt ze, terwijl ze hem het glas geeft.

Ze schenkt voor zichzelf een nieuw glas in en vervolgens staan ze tegenover elkaar formeel te proosten.

'Heb je een zware dag gehad?' vraagt ze zachtjes.

'Behoorlijk,' antwoordt hij met een zwak glimlachje.

Hij ziet er opeens afgemat uit. Zijn trekken hebben iets ondefinieerbaars, als een dun laagje stof.

'Waar luister je naar?' vraagt hij.

'Zal ik het uitzetten?'

'Nee, waarom? Het is mooi.'

Erik drinkt het glas leeg, reikt het haar aan en ze vult het bij.

'Dus Benjamin heeft geen tatoeage laten zetten?' vraagt hij.

'Heb je het hele drama op de voicemail gevolgd?'

'Nu net, op weg naar huis. Ik had daar eerder nog geen tijd voor ge…'

'Nee,' onderbreekt ze hem, en ze moet denken aan de vrouw die opnam toen ze belde.

'Goed dat jij Benjamin hebt opgehaald,' zegt Erik.

Ze knikt en bedenkt hoe alle gevoelens met elkaar zijn verweven, dat geen enkele relatie losstaat en afgebakend is, dat alles door alles wordt doorkruist.

Ze drinken opnieuw, en opeens krijgt ze in de gaten dat Erik naar haar staat te glimlachen. Ze heeft altijd al een zwak gehad voor die scheve glimlach. Ze bedenkt dat ze nu graag met hem zou willen vrijen, zonder praten, zonder complicaties. Op een dag staan we er hoe dan ook alleen voor, zegt ze tegen zichzelf.

'Ik weet niets,' zegt ze kort. 'Of liever gezegd… Ik weet dat ik je niet vertrouw.'

'Waarom zeg je…'

'Ik heb het gevoel dat we alles kwijt zijn,' zegt ze. 'Jij slaapt alleen maar of je bent op je werk, of waar je dan ook bent. Ik had dingen willen doen – reizen, samen zijn.'

Hij zet zijn glas neer en doet een stap in haar richting.

'Kan dat dan niet meer?' vraagt hij snel.

'Zeg dat nou niet,' fluistert ze.

'Waarom niet?'

Hij glimlacht, aait haar over haar wang en wordt serieus. Opeens kussen ze elkaar. Simone voelt dat haar hele lichaam hiernaar heeft verlangd: naar kussen.

'Papa, weet jij waar…'

Benjamin zwijgt als hij de keuken binnenkomt en hen ziet.

'Jullie zijn gestoord,' zegt hij zuchtend terwijl hij de keuken weer uit loopt.

'Benjamin!' roept Simone hem na.

Hij komt terug.

'Je had beloofd eten te halen,' zegt ze.

'Heb jij dan gebeld?'

'Het is over vijf minuten klaar,' zegt ze, en ze geeft hem haar portemonnee. 'Je weet waar die Thai zit, toch?'

'Nee,' zucht hij.

'Meteen weer naar huis komen, hè?' zegt ze.

'Hou op.'

'Luister naar je moeder,' zegt Erik.

'Ik ga alleen eten halen op de hoek. Er gebeurt heus niets,' zegt hij, en hij loopt naar de hal.

Simone en Erik glimlachen naar elkaar. Ze horen de buitendeur dichtslaan en vervolgens het snelle loopje de trap af.

Erik haalt drie drinkglazen uit de kast, stopt, pakt Simones hand en drukt hem tegen zijn wang.

'Zullen we naar de slaapkamer gaan?' vraagt ze.

Hij kijkt gegeneerd blij. Precies op dat moment gaat de telefoon.

'Laat toch gaan,' zegt hij.

'Het kan Benjamin zijn,' antwoordt ze, en ze drukt de telefoon tegen haar oor. 'Met Simone.'

Ze hoort niets, alleen een tikje, misschien als van een rits die opengaat.

'Hallo?'

Ze zet de telefoon terug in de houder.

'Was er niemand?' vraagt Erik.

Simone bedenkt dat hij er bezorgd uitziet. Hij loopt naar het raam en kijkt naar beneden. Ze hoort in gedachten opnieuw de vrouw die opnam toen ze het nummer belde waarop Erik vanochtend was gebeld. 'Erik, schei uit,' had ze lachend gezegd. Schei uit waarméé? Onder haar kleren tasten, aan haar borsten zuigen, haar rok optillen?

'Bel Benjamin,' zegt Erik op gespannen toon.

'Waarom zou ik…'

Ze neemt de telefoon op op het moment dat hij overgaat.

'Hallo?' zegt ze.

Wanneer er niets wordt gezegd, breekt ze het gesprek af en belt ze Benjamins nummer.

'Het is in gesprek.'

'Ik kan Benjamin niet zien,' zegt Erik.

'Moet ik achter hem aan gaan?'

'Misschien.'

'Hij zal het me niet in dank afnemen,' grijnst ze.

'Ik ga wel,' zegt Erik, en hij loopt naar de hal.

Op het moment dat hij zijn jack van het hangertje haalt, gaat de deur open en komt Benjamin binnen. Erik hangt zijn jas weer terug en pakt de dampende plastic zak met de bakjes eten aan.

Ze gaan op de bank zitten; er is een aardige film op tv. Ze eten rechtstreeks uit de verpakking. Benjamin moet lachen om een grappige dialoog. Ze kijken elkaar voldaan aan. Het is net als toen hij klein was en moest schateren om de kinderprogramma's. Erik legt zijn hand op Simones knie en zij legt haar hand op de zijne en omklemt teder zijn vingers.

De acteur Bruce Willis ligt op zijn knieën het bloed van zijn mond te vegen.

De telefoon gaat opnieuw. Erik zet zijn eten neer en komt overeind. Hij loopt naar de hal en neemt zo rustig mogelijk op.

'Erik Maria Bark.'

Hij hoort niets, alleen een licht tikkend geluid.

'Nu is het genoeg,' zegt hij boos.

'Erik?'

Het is Daniëlla's stem.

'Erik, ben jij dat?' vraagt ze.

'We zitten te eten.'

Hij hoort haar snel ademen.

'Wat moest hij?' vraagt ze.

'Wie?'

'Josef,' zegt ze.

'Josef Ek?' vraagt Erik.

'Heeft hij niets gezegd?' herhaalt Daniëlla.

'Wanneer?'

'Daarnet... aan de telefoon.'

Erik kijkt door de deur naar de woonkamer en ziet Simone en Benjamin voor de tv zitten. Hij denkt aan het gezin in Tumba. Het kleine meisje, de moeder en de vader. De gruwelijke razernij achter die daad.

'Waarom denk je dat hij mij heeft gebeld?' vraagt Erik.

Daniëlla schraapt haar keel.

'Hij moet de verpleegkundige ervan hebben overtuigd dat hij een telefoon moest hebben. Ik heb net met de centrale gesproken. Ze hebben hem naar jou doorverbonden.'

'Weet je dat zeker?' vraagt Erik.

'Josef schreeuwde het uit toen ik binnenkwam. Hij had zijn infuus losgetrokken. Ik heb hem Alprazolam gegeven, maar voordat hij in slaap viel, zei hij een heleboel dingen over jou.'

'Wat dan? Wat zei hij?'

Erik hoort Daniëlla slikken en haar stem klinkt dodelijk vermoeid als ze antwoordt: 'Dat je had geneukt met zijn hersenen, dat je zijn zus met rust moest laten als je niet het loodje wilde leggen. Dat heeft hij diverse keren gezegd: dat je erop kon rekenen dat je het loodje zou leggen.'

# 12

## Dinsdagavond 8 december

Het is drie uur geleden dat Joona Evelyn naar de Kronobergs-gevangenis heeft gebracht. Ze was in een kleine cel met kale muren en horizontale tralies voor het beslagen raam beland. Het stonk er naar braaksel uit de roestvrij stalen wastafel in de hoek. Evelyn was naast het bed met de groene plastic matras blijven staan en had hem met een vragende blik aangekeken toen hij haar daar had achtergelaten.

Wanneer iemand in Zweden is opgepakt, heeft de officier van justitie maximaal twaalf uur de tijd om te beslissen of hij diegene aanhoudt of op vrije voeten stelt. Wanneer hij beslist tot aanhouding, heeft hij tot twaalf uur 's middags op de derde dag de gelegenheid om bij de rechtbank een verzoek tot inhechtenisneming in te dienen. Doet hij dat niet, dan moet de betreffende persoon op vrije voeten worden gesteld. Als hij inhechtenisneming eist, is dat vanwege verdenking op goede gronden of met grote waarschijnlijkheid – een hogere graad van verdenking.

Joona is nu terug in de gang van het huis van bewaring, met het witte, glimmende linoleum. Hij loopt langs de saaie rijen erwtgroene deuren van de cellen. Hij ziet zichzelf voorbijflitsen, weerspiegeld in metalen platen met handgrepen en sloten. Voor elke deur staan witte thermoskannen. Rode bordjes markeren de kasten met brandblussers. Een schoonmaakkar met een witte zak voor wasgoed en een groene voor vuilnis staat verlaten bij de receptie.

Joona blijft staan en wisselt enkele woorden met een sociaal-maatschappelijk werker van IM, Individuele Mensenhulp, en vervolgt zijn weg naar de vrouwenafdeling.

Buiten een van de vijf verhoorkamers van de gevangenis staat Jens Svanehjälm, hoofdofficier van justitie van de regio Stockholm. Hij ziet eruit als amper twintig, maar is in werkelijkheid veertig. Zijn blik heeft iets jongensachtigs, zijn wangen hebben iets kinderlijks. Je zou kunnen denken dat hij nooit iets ergs heeft meegemaakt.

'Evelyn Ek,' zegt Jens aarzelend. 'Is zij degene die haar broer heeft gedwongen de familie te vermoorden?'

'Dat is wat Josef zei toen…'

'Maar niets van wat Josef Ek onder hypnose heeft gezegd kan worden gebruikt,' onderbreekt Jens hem. 'Dat is in strijd met het recht om te zwijgen en het recht om zichzelf niet te belasten.'

'Dat begrijp ik, hoewel het geen verhoor was. Hij was geen verdachte,' antwoordt Joona.

Jens kijkt op zijn mobiele telefoon terwijl hij opmerkt: 'Dat het gesprek betrekking heeft op de zaak die het vooronderzoek betreft, is al voldoende om het als verhoor te beschouwen.'

'Daar ben ik me van bewust, maar ik had een andere prioriteit,' zegt Joona.

'Dat vermoedde ik al,' antwoordt Jens met een glimlach.

Hij zwijgt en gluurt naar Joona, alsof hij ergens op staat te wachten.

'Ik kom er vrij snel achter wat er is gebeurd,' zegt Joona.

'Dat klinkt goed,' zegt Jens tevreden. 'Want het enige wat ik te horen kreeg toen ik de zaak van Anita Niedel overnam, was dat als Joona Linna zegt dat hij vrij snel achter de waarheid zal komen, dat ook zo is.'

'We hebben een paar keer met elkaar in de clinch gelegen.'

'Ze zei iets in die richting.'

'Zullen we naar binnen gaan?' vraagt Joona.

'Jij leidt het verhoor, maar…'

Jens Svanehjälm krabt in zijn oor en moppert dat hij het wel heeft gehad met alle concepten, samenvattingen van verhoren en onduidelijkheden; dat hij er klaar mee is.

'Ik heb altijd dialoogverhoren, als het maar even kan,' antwoordt Joona.

'Als je het opneemt op de band, geloof ik niet dat we een getuige nodig hebben. Niet op dit moment,' is Jens van mening.

'Daar was ik ook van uitgegaan.'

'We horen Evelyn Ek alleen ter informatie,' benadrukt Jens.

'Wil je dat ik haar laat weten dat ze wordt verdacht van een misdrijf?' vraagt Joona.

'Dat moet je zelf weten, maar de klok tikt door. Je hebt niet zo veel tijd meer.'

Joona klopt op de deur en gaat de troosteloze verhoorkamer binnen, waar de jaloezieën voor de van tralies voorziene ramen zijn neergelaten. Evelyn Ek zit met gespannen schouders op een stoel. Haar gezicht is gesloten, haar kaken zijn verbeten. Ze staart naar het tafelblad en heeft haar armen voor haar borst gekruist.

'Hallo, Evelyn.'

Met bange ogen kijkt ze op. Joona gaat op de stoel tegenover haar zitten. Net als haar broer is ze knap. Haar trekken zijn niet opzienbarend, maar wel symmetrisch. Ze heeft lichtbruin haar en een intelligente blik. Joona begrijpt dat ze een gezicht heeft dat in eerste instantie misschien onbeduidend lijkt, maar dat steeds mooier wordt naarmate je er vaker naar kijkt.

'Ik wil even met je praten,' zegt hij. 'Zou dat kunnen?'

Ze haalt haar schouders op.

'Wanneer heb je Josef voor het laatst gezien?'

'Geen idee.'

'Gisteren?'

'Nee,' antwoordt ze met een verbaasde glimlach.

'Hoeveel dagen geleden?'

'Hoezo?'

'Ik wil weten wanneer je Josef voor het laatst hebt gezien,' zegt Joona.

'Jeetje, dat is heel lang terug.'

'Heeft hij je in het huisje opgezocht?'

'Nee.'

'Nooit? Heeft hij je nooit in het huisje opgezocht?'

Ze haalt vaag haar schouders op.

'Nee.'

'Maar hij weet wel van het bestaan ervan, toch?'

Ze knikt.

'Hij is er als kind geweest,' antwoordt ze, en ze kijkt hem met haar zachte bruine ogen geruime tijd aan.

'Wanneer was dat?'

'Geen idee... ik was toen een jaar of tien. We hadden het huisje een zomer geleend van tante Sonja, toen zij in Griekenland was.'

'En Josef is er sindsdien niet meer geweest?'

Evelyns blik vliegt opeens over de muur achter Joona.

'Dat geloof ik niet,' zegt ze.

'Hoe lang zit jij al in het huisje van je tante?'

'Ik ben er vlak na het begin van het studiejaar naartoe verhuisd.'

'In augustus.'

'Ja.'

'Dus je woont daar al sinds augustus. Dat zijn vier maanden. In een klein huisje op Värmdö. Waarom?'

Opnieuw dwaalt haar blik af; ze richt zich op iets achter Joona's hoofd.

'Om rustig te kunnen studeren,' zegt ze.

'Vier maanden?'

Ze gaat langzaam verzitten, slaat haar benen over elkaar en krabt aan haar voorhoofd.

'Ik heb rust nodig,' zucht ze.

'Wie stoort je?'

'Niemand.'

'Waarom heb je dan rust nodig?'

Ze glimlacht zwak en vreugdeloos.

'Ik hou van het bos.'

'Wat studeer je?'

'Politicologie.'

'En je leeft van je studiebeurs?'

'Ja.'

'Waar doe je boodschappen?'

'Ik fiets naar Saltarö.'

'Is dat niet ver?'

Evelyn haalt haar schouders op.

'Best wel.'

'Heb je daar iemand gezien die je kent?'

'Nee.'

Hij kijkt naar Evelyns gladde, jonge voorhoofd.

'Josef heb je daar niet gezien?'

'Nee.'

'Evelyn, luister naar me,' zegt Joona op een nieuwe, serieuze toon. 'Je broer Josef heeft gezegd dat hij je vader, je moeder en je zusje heeft vermoord.'

Evelyn staart omlaag naar de tafel. Haar wimpers trillen. Haar bleke gezicht wordt lichtrood.

'Hij is pas vijftien,' gaat Joona verder. Hij kijkt naar haar dunne handen en het geborstelde, glanzende haar dat over haar fragiele schouders valt.

'Waarom denk je dat hij zegt dat hij zijn familie heeft vermoord?'

'Hoezo?' vraagt ze, terwijl ze opkijkt.

'Het lijkt erop dat jij denkt dat hij de waarheid spreekt,' zegt hij.

'O ja?'

'Je keek niet erg verbaasd toen ik zei dat hij de moorden had bekend,' zegt Joona. 'Wás je verbaasd?'

'Ja.'

Ze zit volkomen stil op haar stoel, vanbinnen bevroren en uitgeput. Op haar gladde voorhoofd is een smalle frons ontstaan. Ze kijkt dodelijk vermoeid. Haar lippen bewegen zich alsof ze bidt of in zichzelf fluistert.

'Is hij opgesloten?' vraagt ze opeens met een dun, bang stemmetje.

'Wie?'

Ze kijkt hem niet aan wanneer ze antwoord geeft, maar zegt toonloos tegen de tafel: 'Josef. Hebben jullie hem opgesloten?'

'Ben je bang voor hem?'

'Nee.'

'Ik dacht dat je misschien een geweer had omdat je bang voor hem was.'

'Ik jaag,' antwoordt ze, terwijl ze hem aankijkt.

Hij vindt dat ze iets eigenaardigs heeft, iets wat hij nog niet begrijpt. Ze vertoont niet de gebruikelijke reactie: schuld, woede of haat. Eerder iets wat doet denken aan een gigantische weerstand. Hij kan er de vinger niet op leggen. Het is een verdedigingsmechanisme of een beschermingsbarrière die hij nooit eerder is tegengekomen.

'Haas?' vraagt hij.

'Ja.'

'Is dat lekker vlees?'

'Niet bepaald.'

'Hoe smaakt het?'

'Zoet.'

Joona ziet weer voor zich hoe ze in de kille lucht voor het huisje had gestaan. Hij probeert zich voor de geest te halen wat er toen gebeurde.

Erik Maria Bark had haar geweer vastgehouden. Het had over zijn arm gelegen en was vergrendeld. Evelyn had hem met halfdichtgeknepen ogen tegen de zon in aangekeken. Slank en lang, met haar zandbruine haar in een hoge, dikke paardenstaart. Ze droeg een zilverkleurig donsvest en een laag uitgesneden spijkerbroek; haar sportschoenen waren vochtig. Hij zag de naaldbomen achter haar, het mos op de grond, de bessenstruiken en de vertrapte vliegenzwam.

Opeens ontdekt Joona een lacune in de woorden van Evelyn. Die had hij al eerder opgemerkt, maar daarna was hij hem weer kwijtgeraakt. Nu is die barst opnieuw duidelijk zichtbaar. Toen hij in het huisje van haar tante met Evelyn had zitten praten, had ze doodstil op de ribfluwelen bank gezeten met haar handen tussen haar dijen geklemd. Op de grond aan haar voeten had een foto gelegen in een lijstje in de vorm van een vliegenzwam. Op de foto had het kleine zusje van Evelyn gestaan. Ze zat tussen haar ouders in en het zonlicht schitterde in haar grote bril.

Haar zusje moet op die foto een jaar of vier, misschien al vijf zijn geweest, bedenkt Joona. Hij is, met andere woorden, niet meer dan een jaar oud.

Evelyn beweerde dat Josef al jaren niet in het huisje was geweest, maar Josef had de foto tijdens de hypnose beschreven.

Er kunnen natuurlijk meer afdrukken zijn in andere vliegenzwamlijstjes, denkt Joona. Het zou zelfs kunnen dat juist deze foto op verscheidene plaatsen is geweest. En Josef kan ook in het huisje zijn geweest zonder dat Evelyn het weet.

Maar, zegt hij tegen zichzelf, het kan ook een hiaat zijn in het verhaal van Evelyn. Dat is absoluut niet onmogelijk.

'Evelyn,' zegt Joona, 'ik heb een vraag over iets wat je net hebt gezegd.'

Er wordt op de deur van de verhoorkamer geklopt. Evelyn wordt bang en krimpt in elkaar. Joona staat op en doet open. Het is hoofdofficier Jens Svanehjälm, die hem verzoekt mee naar buiten te komen.

'Ik laat haar gaan,' zegt Jens. 'Dit is onzin. We hebben helemaal niets. Een ongeldig verhoor met haar broer van vijftien die suggereert dat zij...'

Jens zwijgt als hij Joona's blik ontmoet.

'Je hebt iets gevonden,' zegt hij. 'Klopt dat?'

'Dat doet er niet toe,' antwoordt Joona zachtjes.

'Liegt ze?'

'Ik weet het niet. Misschien...'

Jens strijkt over zijn kin en denkt na.

'Geef haar een broodje en een kop thee,' zegt hij ten slotte. 'Je krijgt een uur voordat ik beslis of we haar zullen aanhouden of niet.'

'Het is niet gezegd dat dat ergens toe leidt.'

'Maar wil je een poging doen?'


Joona zet een plastic bekertje met Engelse thee en een kartonnen bordje met een broodje voor Evelyn neer en gaat weer op de stoel zitten.

'Ik dacht dat je misschien wel trek had,' zegt hij.

'Bedankt,' antwoordt ze, en ze kijkt even wat vrolijker.

Haar hand trilt als ze het broodje opeet en de kruimels van tafel oppikt.

'Evelyn, in het huisje van je tante is een foto die in een lijst zit die eruitziet als een paddenstoel.'

Evelyn knikt en vertelt: 'Dat lijstje heeft ze in Mora gekocht. Ze vond dat het wel bij het huisje paste en…' Ze zwijgt weer en blaast in haar thee.

'Hebben jullie meer lijstjes die er zo uitzien?'

'Nee,' zegt ze met een glimlach.

'Heeft die foto altijd in het huisje gestaan?'

'Waar bent u mee bezig?' vraagt ze zwakjes.

'Niets. Alleen heeft Josef het over die foto. Hij moet hem hebben gezien, dus ik dacht dat je misschien iets vergeten was.'

'Nee.'

'Dat was het enige,' zegt Joona. Hij staat op.

'Gaat u weg?'

'Evelyn, ik vertrouw je,' zegt Joona ernstig.

'Iedereen lijkt te denken dat ik erbij betrokken ben.'

'Maar dat is niet zo – toch?'

Ze schudt haar hoofd.

'Niet op die manier,' zegt Joona.

Ze veegt snel een paar tranen van haar wangen.

'Josef is één keer naar het huisje gekomen. Hij had een taxi genomen en had een taart bij zich,' zegt ze met een gebroken stem.

'Op je verjaardag?'

'Hij… Hij was zelf jarig.'

'Wanneer was dat?' vraagt Joona.

'Op 1 november.'

'Dus ongeveer een maand geleden,' zegt Joona. 'Wat is er gebeurd?'

'Niets,' antwoordt ze. 'Hij overviel me.'

'Had hij niet gezegd dat hij zou komen?'

'We hadden geen contact.'

'Waarom niet?'

'Ik wilde alleen zijn.'

'Wie wisten er allemaal dat jij in dat huisje logeerde?'

'Niemand, behalve Sorab, mijn vriend… Nou ja, hij heeft het uitgemaakt. Maar we zijn nog goede vrienden. Hij helpt me, zegt tegen iedereen dat ik bij hem woon, neemt op als mijn moeder belt en…'

'Waarom?'

'Ik wil met rust gelaten worden.'

'Is Josef vaker langsgekomen?'

'Nee.'

'Dit is belangrijk, Evelyn.'

'Hij is niet vaker geweest,' antwoordt ze.

'Waarom heb je hierover gelogen?'

'Ik weet het niet,' fluistert ze.

'Waarover heb je nog meer gelogen?'

# 13

## *Woensdagmiddag 9 december*

Erik loopt tussen de verlichte vitrines op de sieradenafdeling van het warenhuis NK. Een vrouw in het zwart staat zachtjes met een klant te praten. Ze trekt een la open en legt een paar sieraden op een met fluweel bekleed blad. Erik blijft voor een vitrine staan en kijkt naar een ketting van Georg Jensen. Zware, rond geslepen driehoekjes die als een kroonblad verbonden zijn en een gesloten krans vormen. Het gepolijste sterlingzilver heeft een diepe glans als van platina. Erik bedenkt hoe mooi de ketting tegen Simones smalle hals zou liggen.

Wanneer de verkoopster het sieraad in donkerrood kerstpapier pakt, begint de telefoon in Eriks zak te zoemen; het resoneert tegen het houten doosje met de inboorling en de papegaai. Hij weet de telefoon uit zijn zak te wurmen en neemt op zonder het nummer op het display te checken.

'Erik Maria Bark.'

Hij hoort een vreemd gekraak en ver weg het geluid van kerstliedjes.

'Hallo,' zegt hij.

Dan hoort hij een heel zwakke stem vragen: 'Met Erik?'

'Ja, dat ben ik,' zegt hij.

'Ik vraag me af...'

Erik vindt opeens dat het klinkt alsof er iemand op de achtergrond zit te giechelen.

'Met wie spreek ik?' vraagt hij scherp.

'Wacht even, doktertje. Ik wil alleen iets vragen,' zegt de stem, die nu duidelijk de spot met hem drijft.

Erik wil net het gesprek afbreken wanneer de stem in de telefoon opeens brult: 'Hypnotiseer me! Ik wil...'

Met een ruk haalt Erik de telefoon weg van zijn oor. Hij drukt het gesprek weg en probeert te zien door wie hij gebeld is, maar het is een onderdrukt nummer. Een piepje geeft aan dat hij een sms'je heeft ontvangen. Ook dat is afkomstig van een onderdrukt nummer. Hij opent het en leest: *Kun jij een lijk hypnotiseren?*

Verward pakt Erik het kerstcadeautje aan – het zit in een klein, zwart-wit zakje – en loopt de afdeling af. Bij de uitgang naar Hamngatan ontmoet hij de blik van een vrouw in een zwarte, flodderige lange jas. Ze staat onder de hangende, drie verdiepingen hoge kerstboom en kijkt Erik aan. Hij heeft haar nooit eerder gezien, maar haar blik is onmiskenbaar vijandig.

Met zijn ene hand peutert hij het dekseltje van het houten doosje in zijn jaszak los, pakt een capsule Codeisan, steekt hem in zijn mond en slikt hem door.

Hij gaat naar buiten, de kou in. Mensen verdringen zich voor de kerstetalages, waar de kaboutertjes ronddansen in een snoeplandschap. Een toffee met een grote mond zingt een kerstliedje. Een hele groep peuters met gele bodywarmers over dikke skipakken kijkt zwijgend naar al het moois.

Zijn telefoon gaat opnieuw, maar dit keer controleert hij het nummer voordat hij opneemt. Hij ziet dat het een Stockholms nummer is en zegt afwachtend: 'Erik Maria Bark.'

'Goedemiddag, met Britt Sundström. Ik werk voor Amnesty International.'

'Dag,' zegt hij benieuwd.

'Ik zou willen weten of uw cliënt de mogelijkheid heeft gehad om nee te zeggen tegen de hypnose.'

'Pardon?' vraagt Erik terwijl hij in de etalage een grote slak met een slee met kerstcadeautjes ziet slepen. Zijn hart begint te bonken en hij proeft maagzuur.

'Het KUBARK, het handboek van de CIA voor spoorloze marteling, behandelt hypnose als een van de...'

'De verantwoordelijke arts heeft de inschatting gemaakt...'

'Dus u heeft geen eigen verantwoordelijkheid, bedoelt u?'

'Ik geloof niet dat ik hier iets op hoef te zeggen,' bitst hij.

'Er is al aangifte tegen u gedaan bij de politie,' meldt ze kort.

'O,' zegt hij lamlendig en hij breekt vervolgens het gesprek af.

Langzaam loopt hij in de richting van Sergels torg, ziet de glanzende glazen toren en het gebouw van Kulturhuset. Er is kerstmarkt en hij hoort een trompettist 'Stille nacht' spelen. Hij slaat rechts af Sveavägen in en blijft voor de Seven-Eleven-buurtsuper staan om de koppen van de avondkranten te lezen:

KIND ONDER HYPNOSE ERTOE GEBRACHT
MOORD OP HELE FAMILIE
TE BEKENNEN

SCHANDALIGE HYPNOSE
ERIK MARIA BARK
RISKEERT LEVEN JONGEN

Erik voelt het kloppen in zijn slapen toenemen. Hij loopt snel door, kijkt niemand aan. Hij komt langs de plek waar Olof Palme is vermoord. Er liggen drie rode rozen op de smerige gedenkplaat. Erik hoort dat iemand hem naroept en duikt gauw een exclusieve hifizaak in. De vermoeidheid, die net nog voelde als een roes, heeft nu plaatsgemaakt voor een koortsachtige mengeling van nervositeit en vertwijfeling. Zijn handen trillen wanneer hij nog een tablet van de sterke pijnstiller Codeisan neemt. Zijn maag schrijnt wanneer de capsule oplost en het poeder door zijn slijmvliezen wordt opgenomen.

Op de radio is een discussie gaande over de vraag in hoeverre hypnose als behandelingsvorm verboden zou moeten worden. Een man vertelt dat hij een keer werd gehypnotiseerd om te geloven dat hij Bob Dylan was.

'Ik wist natuurlijk dat het niet waar was,' zegt hij lijzig. 'Toch werd ik als het ware gedwongen om te zeggen wat ik zei. Ik wist dat ik gehypnotiseerd was, zag mijn vriend daar zitten wachten, en toch dacht ik dat ik Dylan was. Ik sprak Engels, ik kon niet anders. Ik had wel ik weet niet wat kunnen bekennen.'

De minister van Justitie zegt met een Zuid-Zweeds accent: 'Bij het gebruik van hypnose als verhoormethode is er zonder twijfel sprake van een zogenoemd "krenkingsdelict".'

'Dus Erik Maria Bark heeft de wet overtreden?' vraagt de journalist scherp.

'Daar moet het Openbaar Ministerie zich over buigen...'

Erik verlaat de zaak, slaat een zijstraat in en loopt verder via Luntmakargatan.

Het zweet loopt van zijn rug als hij voor de ingang van Luntmakargatan 73 staat. Hij toetst de code in en gaat naar binnen. Omstandig zoekt hij naar zijn sleutels terwijl de lift naar boven zoeft. Eenmaal binnen doet hij de deur achter zich op slot, loopt wankelend naar de woonkamer, probeert zijn kleren uit te trekken, maar valt telkens naar rechts.

Hij zet de tv aan en ziet de voorzitter van de Zweedse vereniging voor hypnose in een televisiestudio zitten. Erik kent hem heel goed, hij heeft veel collega's gedupeerd zien worden door de hoogmoed en streberij van de man.

'We hebben Bark tien jaar geleden geroyeerd en hij is niet meer welkom,' zegt de voorzitter beleefd glimlachend.

'Is dit schadelijk voor de reputatie van serieuze hypnose?'

'Al onze leden houden zich aan strikte ethische regels,' deelt hij op hooghartige toon mede. 'En verder heeft Zweden wetten tegen kwakzalverij.'

Erik kleedt zich met lompe bewegingen uit, gaat op de bank zitten, rust even, maar doet zijn ogen weer open als hij op tv een fluitje en kinderstemmen hoort. Op een zonnig schoolplein staat Benjamin. Zijn wenkbrauwen zijn gefronst, het puntje van zijn neus is rood, net als zijn oren, zijn schouders zijn opgetrokken en hij ziet eruit of hij het koud heeft.

'Heeft je vader je weleens gehypnotiseerd?' vraagt de verslaggever.

'Hè? Eh... nee, natuurlijk niet...'

'Hoe weet je dat?' onderbreekt de verslaggever hem. 'Als hij je heeft gehypnotiseerd, is het toch niet zeker dat je er nog iets van zou weten?'

'Nee, dat is waar,' grijnst Benjamin, verrast door de opdringerigheid van de journalist.

'Hoe zou je het vinden als zou blijken dat hij dat had gedaan?'

'Ik weet het niet,' zegt Benjamin met beginnende rode wangen.

Erik loopt naar de tv en zet hem uit, strompelt naar de slaapkamer, gaat op bed zitten, trekt zijn broek uit en legt het houten doosje met de papegaai in de la van het nachtkastje.

Hij wil niet denken aan het verlangen dat hij voelde toen hij Josef Ek hypnotiseerde, toen hij met hem meeging de diepte van de zee in, toen ze samen bijna gewichtloos langs de kale rots vielen.

Erik gaat liggen, reikt naar het glas water op het nachtkastje, maar slaapt al voordat hij een slok heeft kunnen nemen.

Hij wordt wakker en denkt in een halfsluimerende toestand aan zijn eigen vader, toen hij optrad op een kinderpartijtje, in het geprepareerde rokkostuum, terwijl het zweet van zijn wangen gutste. Hij maakte figuren van ballonnen en toverde kleurrijke bloemen van veren uit een holle wandelstok. Toen hij oud was en van zijn huis in Sollentuna naar een bejaardentehuis was verhuisd, had hij gehoord over Eriks werk met hypnosetherapie en had hij gewild dat ze samen een nummer in elkaar zouden zetten: hij als de gentlemandief en Erik als podiumhypnotiseur, die de mensen zou laten zingen als Elvis en Zarah Leander.

Plotseling is hij klaarwakker. Hij ziet Benjamin voor zich; hij heeft het koud en staat op het schoolplein voor zijn klasgenoten, leraren, de tv-camera en de glimlachende verslaggever.

Erik gaat rechtop zitten, voelt het branden in zijn maag, pakt de telefoon van het nachtkastje en belt Simone.

'Galerie Simone Bark,' zegt ze.

'Hoi, met mij,' zegt Erik.

'Wacht heel even.'

Hij hoort haar over de houten vloer lopen en de deur van het kantoor achter zich dichtdoen.

'Wat is er aan de hand?' vraagt ze. 'Benjamin belde en...'

'De media zijn op stoom gekomen en...'

'Ik bedoel,' onderbreekt ze hem, 'wat heb je gedaan?'

'De arts die verantwoordelijk is voor de patiënt heeft me gevraagd de patiënt te hypnotiseren.'

'Maar een misdrijf bekennen onder hypnose is…'

'Luister naar me,' zegt hij. 'Kun je dat?'

'Ja.'

'Het was geen verhoor,' begint Erik.

'Het doet er niet toe hoe ze het noemen…'

Ze zwijgt. Hij hoort haar ademhaling.

'Sorry,' zegt ze zacht.

'Het was geen verhoor. De politie wilde een signalement hebben, wat dan ook, want ze dachten dat het leven van een meisje van die informatie afhing, en de arts die op dat moment verantwoordelijk was voor de patiënt, meende dat er nauwelijks risico was voor zijn gezondheid.'

'Maar…'

'We dachten dat hij een slachtoffer was en hebben alleen geprobeerd zijn zus te redden.'

Hij zwijgt en hoort Simone ademen.

'Wat heb je teweeggebracht, mannetje?' zegt ze vervolgens.

'Het komt goed.'

'O ja?'

Erik gaat naar de keuken, lost een Treo comp-bruistablet op en spoelt het maagzweermedicijn met de zoete vloeistof weg.

# 14

## *Donderdagavond 10 december*

Joona kijkt uit over de donkere lege gang. Het is avond, het is bijna acht uur en hij is nog de enige op de afdeling. Voor alle ramen hangen adventssterren en de elektrische vensterbankverlichting geeft een zacht, dubbel schijnsel door de weerspiegeling in het zwarte glas. Anja heeft een schaal kerstsnoepjes op zijn bureau gezet en terwijl hij zijn opmerkingen op het verslag van het verhoor van Evelyn schrijft, eet hij er veel te veel van.

Nadat de eerste leugens van Evelyn waren ontmaskerd, had de officier van justitie het besluit genomen haar aan te houden. Hij had haar laten weten dat ze werd verdacht van betrokkenheid bij de moorden en dat ze het recht had om een advocaat in de arm te nemen. Vanwege het voorarrest had het vooronderzoek drie dagen respijt voordat het formele besluit ten aanzien van de inhechtenisneming moest worden genomen. Ofwel ze zouden tegen die tijd zulke goede redenen hebben om haar te verdenken dat de rechtbank het toch in elk geval waarschijnlijk zou achten dat ze schuldig was, ofwel ze zou op vrije voeten worden gesteld.

Joona weet heel goed dat Evelyns leugen helemaal niet hoeft te betekenen dat ze schuldig is aan een misdrijf, maar het geeft hem drie etmalen om te onderzoeken wat ze verbergt en waarom.

Hij print het verslag uit, legt het in het bakje voor uitgaande post voor de officier van justitie en zorgt ervoor dat zijn pistool in de wapenkast naar behoren achter slot en grendel zit. Daarna loopt hij het hoofdbureau van politie uit en stapt in zijn auto.

Bij Fridhemsplan hoort Joona zijn telefoon gaan, maar om de een of andere reden kan hij hem niet uit zijn jas krijgen. Het toestel valt door een gat in zijn zak in de voering. Het verkeerslicht springt op groen en de auto's achter hem beginnen te toeteren. Hij rijdt de bushalte voor het restaurant van de Hare Krishna-beweging op, schudt de telefoon uit zijn zak en belt terug.

'Met Joona Linna – je had me net gebeld.'

'Ja, wat goed dat je meteen terugbelt,' zegt politieassistent Ronny Alfredsson. 'We weten niet goed wat we moeten doen.'

'Hebben jullie met die vriend van Evelyn gesproken, Sorab Ramadani?'

'Dat is niet zo goed gelukt.'

'Hebben jullie het op zijn werk geprobeerd?'

'Dat is het niet,' zegt Ronny. 'Hij is hier, in zijn flat, maar hij wil niet opendoen, hij wil niet met ons praten. Hij roept dat we moeten ophoepelen, dat we de buren storen en dat we hem treiteren omdat hij moslim is.'

'Wat hebben jullie tegen hem gezegd?'

'Helemaal niets. Alleen dat we zijn hulp ergens bij nodig hebben. We hebben precies gedaan wat jij zei.'

'Ik begrijp het,' zegt Joona.

'Mogen we de deur forceren?'

'Ik kom naar jullie toe. Laat hem zolang maar even met rust.'

'Zullen we in de auto voor de deur blijven wachten?'

'Ja, graag.'

Joona zet zijn richtingaanwijzer aan, keert en rijdt langs de wolkenkrabber van het dagblad *Dagens Nyheter* Västerbron op. Alle ramen en lichtjes van de stad stralen in het donker. De hemel vormt een grijs, wazig gewelf.

Hij moet weer aan het onderzoek van de plaats delict denken. Er is iets geks met het patroon dat ontstaat. Sommige omstandigheden lijken simpelweg niet met elkaar te rijmen. Bij het rode licht op Heleneborgsgatan maakt Joona van de gelegenheid gebruik om de map open te slaan die op de passagiersstoel ligt. Hij bladert snel de foto's van de sporthal door. Drie douches zonder tussenschotten. Het flitslicht van de camera weerkaatst op de witte tegels. Op een van de foto's is een vloerwisser met een houten steel zichtbaar, tegen de muur geleund. De rubberen strip onderaan is omgeven door een grote plas bloed, water en vuil, haren, pleisters en een fles doucheschuim.

Bij het putje ligt een hele arm. Het ontblote kogelgewricht wordt omringd door kraakbeen en afgescheurd spierweefsel. Het jachtmes met de afgebroken punt ligt in de douche.

De Naald had de punt gevonden met behulp van computertomografie; hij zat vast in het bekkenbot van Anders Ek.

Het ernstig toegetakelde lichaam ligt op de vloer tussen de houten bank en de gedeukte kunststof kasten. Aan een haakje hangt een rood trainingsjack. Er zit overal bloed: op de grond, de deuren, de banken.

Joona trommelt op het stuur terwijl hij wacht tot het licht op groen springt. Hij bedenkt dat de technische recherche grote hoeveelheden sporen, vingerafdrukken, vezels en haren heeft veiliggesteld. Het betreft een heleboel DNA, van honderden personen, maar nog niets wat in verband kan worden gebracht met Josef Ek. Veel van het DNA dat is verzameld, was vervuild en de profielen waren zo complex dat de analyse bij het gerechtelijk laboratorium werd bemoeilijkt.

Hij had de technische recherche gevraagd zich te concentreren op het zoeken naar bloed van de vader op Josef Ek. Het vele bloed op Josefs lichaam van de ándere plaats delict is niet van belang. Iedereen in het rijtjeshuis zat onder elkaars bloed. Dat Josef bloed van zijn zusje op zijn lichaam had, was niet gekker dan dat zij bloed op zich had van hem. Maar als ze bloed van de vader op Josef kunnen vinden, of sporen van Josef in de kleedkamer, dan kan hij aan beide plaatsen delict worden gelinkt. Het is voldoende als ze hem in verband kunnen brengen met de kleedkamer om een aanklacht tegen hem te kunnen indienen.

Al in het Huddinge-ziekenhuis had een arts genaamd Sigrid Krans instructies gekregen van het forensisch lab in Linköping – dat alle DNA-analyses in Zweden uitvoert – om alle biologische sporen op Josef veilig te stellen.

Bij het Högalids-park belt Joona de zwaarlijvige Erixon. Hij is de verantwoordelijke technisch rechercheur bij het onderzoek van de plaatsen delict in Tumba.

'Schei uit,' zegt een zware stem als de telefoon wordt opgenomen.

'Erixon?' vraagt Joona. 'Erixon? Leef je nog?'

'Ik slaap,' komt het vermoeide antwoord.

'Sorry.'

'Nee, maar ik ben wel op weg naar huis.'

'Hebben jullie sporen van Josef gevonden in de kleedkamer?' vraagt Joona.

'Nee.'

'Natuurlijk wel.'

'Nee,' antwoordt Erixon.

'Volgens mij heb je wat over het hoofd gezien.'

'Je hebt het mis,' zegt hij langzaam.

'Heb je onze vrienden in Linköping onder druk gezet?' vraagt Joona.

'Met mijn volle gewicht,' antwoordt hij.

'En?'

'Ze hebben geen DNA van de vader op Josef aangetroffen.'

'Hen geloof ik ook niet,' zegt Joona. 'Hij zat verdomme onder het...'

'Geen druppel,' onderbreekt Erixon hem.

'Dat klopt niet.'

'Ze klonken in elk geval ontzettend voldaan toen ze dat zeiden.'

'Het Forensisch Instituut?'

'Hmm. Nee, zelfs geen microdruppeltje. Niets.'

'Nee... zo'n pech kunnen we toch niet hebben?'

'Blijkbaar wel.'

'Nee.'

'Je moet je op dat punt gewonnen geven,' zegt Erixon.

'Oké.'

Ze breken het gesprek af en Joona bedenkt dat iets wat een raadsel kan lijken soms alleen maar wordt veroorzaakt door toeval. De dader lijkt op beide plaatsen hetzelfde te hebben gedaan: de onbezonnen messteken en de agressieve pogingen de lichamen in stukken te snijden. Het is daarom heel vreemd dat als Josef de dader is, ze geen bloed van de vader op Josef hebben aangetroffen.

Hij moet dusdanig onder het bloed hebben gezeten dat hij de aandacht moet hebben getrokken, bedenkt Joona, en hij belt Erixon weer terug.

'Ja?'

'Ik moest ergens aan denken.'

'Na twintig seconden?'

'Hebben jullie de kleedkamer van de dames ook onderzocht?'

'Daar is niemand geweest. De deur zat op slot.'

'Het slachtoffer had vermoedelijk de sleutels op zak.'

'Maar…'

'Check de afvoerput in de douche,' zegt Joona.

Nadat hij om Tantolunden heen is gereden, rijdt Joona een voetpad op en parkeert voor de flats die uitkijken op het park. Hij vraagt zich af waar de wachtende politieauto staat, controleert het adres en bedenkt dat Ronny en zijn collega misschien bij de verkeerde deur hebben aangebeld. Hij grijnst. Dat zou de onwil verklaren van Sorab om hen binnen te laten, aangezien hij in dat geval niet eens Sorab heet.

Het is een frisse avond. Hij loopt snel in de richting van de centrale ingang en moet denken aan Josefs beschrijving van de gebeurtenissen in het rijtjeshuis tijdens zijn hypnose. Als dat klopt met de manier waarop de moorden daadwerkelijk zijn gepleegd, doet Josef niets om het misdrijf in de tussentijd te verhullen; hij beschermt zichzelf niet. Hij denkt niet aan de gevolgen; het maakt hem niet uit dat hij gewoon helemaal onder het bloed komt te zitten.

Joona bedenkt dat Josef Ek tijdens de hypnose misschien alleen maar zijn gevoel heeft beschreven, een verward en woedend tumult, terwijl hij zuiver fysiek ter plaatse zeer gecontroleerd was, methodisch te werk ging, volledig bedekkende regenkleding droeg en in de kleedkamer van de dames heeft gedoucht voordat hij naar het rijtjeshuis ging.

Hij moet met Daniëlla Richards praten. Hij moet weten wanneer zij denkt dat Josef Ek voldoende zal zijn hersteld om te worden verhoord.

Joona gaat door de centrale ingang naar binnen en pakt zijn

telefoon. Zijn gezicht wordt weerspiegeld in de zwarte velden van het schaakbordpatroon op de tegelmuur: zijn lichte, ijzige gezicht, zijn serieuze blik en zijn blonde, verfomfaaide haar. Wanneer hij voor de lift staat, belt hij Ronny opnieuw, maar er wordt niet opgenomen. Misschien hebben ze een laatste poging gedaan en zijn ze alsnog door Sorab binnengelaten. Joona neemt de lift naar de zesde verdieping, wacht tot een moeder met een kinderwagen die naar beneden wil in de lift zit, gaat daarna naar de deur van Sorab en belt aan.

Hij wacht even, klopt, wacht een paar seconden, doet daarna met zijn hand de klep van de brievenbus omhoog en roept: 'Sorab? Mijn naam is Joona Linna. Ik ben van de politie, recherche.'

Hij hoort binnen een geluid, alsof er iemand tegen de deur geleund stond, maar nu snel wegloopt.

'Jij was de enige die wist waar Evelyn zat,' vervolgt hij.

'Ik heb niets gedaan,' zegt een man met een donkere stem vanuit de flat.

'Maar je vertelde dat…'

'Ik weet niets,' roept hij uit.

'Oké, oké,' zegt Joona. 'Maar ik wil dat je de deur openmaakt, me aankijkt en zegt dat je niets weet.'

'Ga weg.'

'Doe open.'

'Verdomme, kunnen jullie me niet gewoon met rust laten? Ik heb hier niets mee te maken. Ik wil er niet bij betrokken worden.'

Zijn stem klinkt angstig. Hij zwijgt, ademt, slaat ergens op met zijn hand.

'Evelyn maakt het goed,' zegt Joona.

Hij hoort een ritselend geluid.

'Ik dacht…'

Hij zwijgt.

'We moeten met je praten.'

'Is het waar dat er niets met Evelyn is gebeurd?'

'Doe open.'

'Nee! Dat zeg ik toch?'

'Het zou goed zijn als je mee kon komen.'

Het is even stil.

'Is hij hier vaker geweest?' vraagt Joona opeens.

'Wie?'

'Josef?'

'Wie is dat?'

'De broer van Evelyn.'

'Hij is hier niet geweest,' zegt Sorab.

'Wie is er dan wel geweest?'

'Ben je doof of zo? Ik ben niet van plan om met je te praten.'

'Wie is er hier geweest?'

'Ik heb niet gezegd dat er hier iemand is geweest, toch? Je probeert me er gewoon in te luizen.'

'Nee, dat probeer ik helemaal niet.'

Het wordt opnieuw stil. Daarna is er achter de deur een hartverscheurend gesnik te horen.

'Is ze dood?' vraagt Sorab. 'Is Evelyn dood?'

'Waarom vraag je dat?'

'Ik wil niet met je praten.'

Joona hoort het geluid van voetstappen die de flat in lopen en daarna een deur die wordt dichtgeknald. Vervolgens wordt er keiharde muziek opgezet. Joona neemt de trap in plaats van de lift. Onderweg naar beneden bedenkt hij dat iemand Sorab dusdanig bang heeft gemaakt dat hij heeft verteld waar Evelyn zich schuilhield.

Joona komt buiten in de kille lucht en ziet dat er twee mannen met jacks van Pro Gym bij zijn auto staan te wachten. Wanneer ze hem horen aankomen, draaien ze zich om. De ene gaat op de motorkap zitten met een telefoon tegen zijn oor. Joona maakt een snelle inschatting. Ze zijn allebei in de dertig. Degene die op de motorkap zit, heeft zich helemaal kaalgeschoren, terwijl de ander een kapsel van een schooljongen heeft. Joona schat dat de man met het jongenskapsel meer dan honderd kilo weegt. Misschien doet hij aan aikido, karate of kickboksen. Vermoedelijk slikt hij groeihormonen, bedenkt Joona. De ander heeft wellicht een mes, maar vermoedelijk geen handvuurwapen.

Er ligt een dun laagje sneeuw op het gras.

Joona buigt af, alsof hij de mannen niet heeft opgemerkt, en loopt in de richting van het verlichte voetpad.

'Hé, ouwe!' roept de ene.

Joona doet alsof hij het niet hoort en loopt naar een trap bij een straatlantaarn met een groene prullenbak.

'Moet je je auto niet hebben?'

Joona blijft staan en werpt snel een blik omhoog naar de gevel. Hij begrijpt dat de man op de motorkap met Sorab zit te bellen en dat die vanuit zijn raam naar hen kijkt.

De grootste van het stel komt voorzichtig dichterbij, Joona keert zich om en loopt hem tegemoet.

'Ik ben van de politie,' zegt hij.

'En ik ben een geitenneuker,' zegt de man.

Joona haalt snel zijn telefoon tevoorschijn en belt opnieuw naar Ronny. In de zak van de man met het jongenskapsel gaat het deuntje 'Sweet Home Alabama'. Hij trekt een brede grijns, haalt Ronny's telefoon uit zijn zak en neemt op.

'De smeris hier.'

'Wat is er aan de hand?' vraagt Joona.

'Je moet Sorab met rust laten – hij wil niet praten.'

'Denken jullie dat jullie hem helpen door…'

'Dit is een waarschuwing,' onderbreekt de man hem. 'Ik heb schijt aan jou. Je moet oprotten.'

Joona begrijpt dat de situatie gevaarlijk kan worden, beseft dat zijn pistool in de wapenkast op zijn kamer op het hoofdbureau ligt en kijkt om zich heen naar iets wat dienst kan doen als wapen.

'Waar zijn mijn collega's?' vraagt hij op rustige toon.

'Heb je me gehoord? Je moet Sorab met rust laten.'

De man tegenover hem strijkt vlug over zijn jongenskapsel, begint sneller te ademen, gaat met de zijkant van zijn lichaam naar hem toe staan, komt iets dichterbij en tilt de hak van zijn achterste voet een paar centimeter van de grond.

'In mijn jonge jaren heb ik veel getraind,' zegt Joona. 'En als je in de aanval gaat, zal ik me verdedigen en jullie grijpen.'

'We trillen van angst,' zegt de man op de auto.

Joona houdt zijn blik gericht op de man met het jongenskapsel.

'Je bent van plan me tegen mijn benen te trappen,' zegt Joona.

'Omdat je weet dat je te lomp bent om hoger te mikken.'

'Idioot,' mompelt de man.

Joona loopt een stukje naar rechts om de linie te openen.

'Als je ervoor kiest om te schoppen,' vervolgt Joona, 'zal ik niet terugdeinzen zoals je gewend bent, maar in de aanval gaan, tegen je andere knieholte. En als je naar achteren valt, tref ik je precies met deze elleboog.'

'Jezus, wat een uitslover!' zegt de man op de auto.

'Ja,' grijnst de andere.

'En als je je tong uitsteekt, bijt je hem af,' zegt Joona.

De man met het jongenskapsel zwaait heen en weer, en als zijn trap komt, is die langzamer dan verwacht. Joona heeft al een eerste stap gezet wanneer het heupdraaien begint. En voordat de man zijn been uitsteekt en zijn doel raakt, trapt Joona zo hard als hij kan in de knieholte van het been waar de man met het jongenskapsel met zijn volle gewicht op steunt. Hij heeft al een slechte balans en valt naar achteren op hetzelfde moment dat Joona ronddraait en hem met zijn elleboog raakt in zijn nek.

# 15

## *Vrijdagochtend 11 december*

Het is pas halfzes in de ochtend als er ergens in de flat iets begint te tikken. Simone hoort het geluid als een onderdeel van een frustrerende droom, waarin ze verschillende schelpen en porseleinen deksels moet optillen. Ze begrijpt de regels, maar doet het toch fout. Een jongen tikt op de tafel en wijst dat ze verkeerd heeft gekozen. Simone draait zich om in haar slaap en kreunt, doet haar ogen open en is meteen klaarwakker.

Er tikt iets of iemand in het appartement. Ze probeert het geluid in het donker te lokaliseren en blijft doodstil liggen luisteren, maar het tikken is opgehouden.

Naast zich hoort ze Erik zachtjes snurken. De buizen tikken. De wind staat op de ramen.

Simone bedenkt nog net dat ze het geluid in haar slaap moet hebben uitvergroot, als het tikken plotseling weer begint. Er is iemand in de flat. Erik heeft pillen geslikt en slaapt als een blok. Het geluid van een auto beneden op straat is door het raam heen hoorbaar. Eriks gesnurk wordt minder als ze haar hand op zijn arm legt. Hij keert zich puffend om in zijn slaap. Ze staat zo zachtjes mogelijk op en glipt door de slaapkamerdeur, die half openstaat, naar de hal.

Iemand heeft het licht in de keuken aangedaan. Als ze door de hal sluipt, ziet ze een schijnsel in de lucht hangen als van een blauwe gaswolk. Ze ziet het lampje van de koelkast branden. De koelkast en de vriezer staan wijd open. Het druppelt vanuit de vriezer, er is water op de vloer gestroomd. De druppels van de ontdooide etenswaren vallen met een tikkend geluid op de kunststof plint.

Simone voelt hoe koud het in de keuken is. Het ruikt naar sigarettenrook.

Ze kijkt in de hal.

Dan ontdekt ze dat de voordeur wijd openstaat.

Ze loopt snel naar de kamer van Benjamin, maar die ligt rustig te slapen. Ze blijft even naar zijn regelmatige ademhaling luisteren.

Als ze de voordeur wil dichtdoen, staat haar hart bijna stil van schrik. Er staat iemand in de deuropening. Hij knikt naar haar en reikt haar een voorwerp aan. Het duurt een paar tellen voor ze begrijpt dat het de krantenjongen is; hij wil haar de ochtendkrant geven. Ze bedankt hem, pakt de krant aan, en als ze eindelijk de deur dicht en op slot doet, merkt ze dat ze trilt over haar hele lichaam.

Ze doet alle lampen aan en doorzoekt het hele appartement. Er lijkt niets te ontbreken.

Simone ligt op haar knieën het water van de vloer op te dweilen als Erik binnenkomt. Hij haalt een handdoek, gooit hem op de grond en begint met zijn voet te dweilen.

'Ik heb zeker geslaapwandeld,' zegt hij.

'Nee,' zegt ze vermoeid.

'De koelkast is klassiek – ik had zeker trek.'

'Dit is niet leuk. Ik slaap heel licht. Ik… Ik word al wakker als jij je omdraait in bed of stopt met snurken. Ik word wakker als Benjamin naar de wc gaat. Ik hoor het als…'

'Dan ben jíj zeker aan het slaapwandelen geweest.'

'Leg mij dan eens uit waarom de voordeur openstond, of waarom…'

Ze zwijgt; ze weet niet of ze het moet vertellen of niet.

'Ik rook duidelijk een sigarettenlucht hier in de keuken,' zegt ze uiteindelijk.

Erik moet lachen en Simone krijgt rode wangen van woede.

'Waarom geloof je niet dat er iemand binnen is geweest?' vraagt ze geïrriteerd. 'Na alle shit die er over jou in de kranten heeft gestaan is het toch niet zo gek dat er een of andere gestoorde binnendringt en…'

'Schei nou toch uit,' onderbreekt hij haar. 'Dat is niet logisch, Sixan. Wie zou er nou in godsnaam bij ons binnenkomen, de koelkast en de vriezer openzetten, een sigaretje roken en dan gewoon weer weggaan?'

Simone gooit de handdoek op de grond.

'Ik weet het niet, Erik! Ik weet het niet, maar íemand heeft dat gedaan!'

'Kalmeer eens een beetje,' zegt Erik prikkelbaar.

'Moet jij zeggen!'

'Mag ik even zeggen wat ik denk? Ik bedoel, een beetje sigarettenrook is niet zo gek. Vermoedelijk heeft een van de buren bij de afzuigkap staan roken. De hele flat heeft een gemeenschappelijke ventilatiekoker. Of er heeft iemand zonder erbij na te denken op de trap gerookt...'

'Je hoeft niet zo neerbuigend te doen!' snauwt Simone hem toe.

'Jezus, Sixan, maak er nou geen prestigekwestie van. Ik denk dat het allemaal wel losloopt en dat we straks vanzelf een natuurlijke verklaring krijgen.'

'Toen ik wakker werd voelde ik dat er iemand in onze flat was,' zegt ze zacht.

Hij zucht en loopt de keuken uit. Simone kijkt naar de vuile handdoek waarmee ze de vloer rond de koelkast heeft drooggemaakt.

Benjamin komt binnen en gaat op zijn vaste plaats zitten.

'Goeiemorgen,' zegt ze.

Hij zucht en laat zijn hoofd hangen in zijn handen.

'Waarom liegen papa en jij overal over?'

'Dat doen we helemaal niet,' antwoordt ze.

'Wel waar.'

'Vind jij van wél?'

Hij geeft geen antwoord.

'Denk je aan wat ik zei in de taxi toen we uit...'

'Ik denk aan een heleboel dingen!' zegt hij luid.

'Je hoeft niet zo tegen me te schreeuwen.'

'Vergeet dat ik wat heb gezegd,' zegt hij zuchtend.

'Ik weet niet hoe het zal gaan met papa en mij. Het is niet zo eenvoudig,' zegt ze. 'Je hebt vast gelijk dat we alleen onszelf maar voor de gek houden, maar dat is nog niet hetzelfde als liegen.'

'Nu heb je het gezegd,' zegt hij zachtjes.

'Zijn er nog meer dingen waar je aan zit te denken?'

'Er zijn geen foto's van mij toen ik klein was.'

'Natuurlijk wel,' antwoordt ze met een glimlach.

'Toen ik pas geboren was,' zegt hij.

'Je weet dat ik daarvoor een aantal miskramen had gehad… Toen jij werd geboren waren we zo blij dat we helemaal zijn vergeten om foto's te maken. Maar ik weet nog precies hoe je eruitzag toen je net was geboren: je gekreukte oortjes en…'

'Hou op!' schreeuwt Benjamin, en hij gaat naar zijn kamer.

Erik komt de keuken in en laat een Treo comp in een glas water vallen.

'Wat is er met Benjamin?' vraagt hij.

'Ik weet het niet,' fluistert ze.

Erik drinkt de vloeistof boven de gootsteen op.

'Hij vindt dat wij overal over liegen,' zegt ze.

'Dat vinden alle pubers.'

Erik laat zacht een boertje.

'Ik heb per ongeluk laten vallen dat we uit elkaar gaan,' vertelt ze.

'Hoe kun je nou zoiets stoms doen?' vraagt hij scherp.

'Ik zei alleen wat ik op dat moment voelde.'

'Maar je kunt toch verdomme niet alleen maar aan jezelf denken?'

'Dat doe ik ook niet. Ik ben niet degene die naar bed gaat met stagiaires, ik…'

'Hou je mond!' roept hij uit.

'Ik slik niet allerlei pillen om…'

'Je weet helemaal niets!'

'Ik weet dat je sterke pijnstillers slikt.'

'Wat heb jij daarmee te maken?'

'Heb je ergens pijn, Erik? Je moet het zeggen als je…'

'Ik ben arts, en ik geloof dat ik beter in staat ben om dat te beoordelen dan…'

'Mij kun je niet voor de gek houden,' onderbreekt ze hem.

'Hoe bedoel je?'

'Je bent verslaafd, Erik. We vrijen niet meer met elkaar omdat jij een hele hoop sterke tabletten slikt, die...'

'Misschien wíl ik wel helemaal niet met je vrijen,' zegt hij. 'Waarom zou ik daar zin in hebben als jij voortdurend zo ontevreden met me bent?'

'Dan gaan we uit elkaar,' zegt ze.

'Goed,' antwoordt hij.

Ze kan hem niet aankijken, loopt langzaam de keuken uit, voelt dat alles in haar lichaam zich spant en dat haar keel pijn doet. De tranen springen haar in de ogen.

Benjamin heeft de deur naar zijn kamer dichtgedaan en zulke harde muziek opgezet dat de muren staan te trillen. Simone sluit zich op in de badkamer, doet het licht uit en laat haar tranen de vrije loop.

'Godverdomme!' schreeuwt Erik vanuit de hal, waarna de voordeur opengaat en weer dichtknalt.

# 16

## *Vrijdagochtend 11 december*

Nog voor zeven uur 's morgens kreeg Joona Linna een telefoontje van dokter Daniëlla Richards. Ze verklaarde dat Josef naar haar oordeel nu een kort verhoor aan zou kunnen, ook al lag hij nog steeds in de kamer naast de operatiekamer.

Wanneer Joona in de auto stapt om naar het ziekenhuis te rijden, voelt hij een doffe pijn in zijn elleboog. Hij denkt aan de vorige avond – hoe het blauwe zwaailicht van de surveillancewagens over de gevel van de flat bij Tantolunden, waar Sorab Ramadani woonde, had geschenen. De uit de kluiten gewassen man met het jongenskapsel had bloed gespuugd toen hij op de achterbank van de surveillancewagen was gepoot en had vaag iets gemompeld over zijn tong. Ronny Alfredsson en zijn collega Peter Jysk waren teruggevonden in de schuilkelder van de flat. Ze waren bedreigd met een mes en waren opgesloten; daarna waren de mannen met hun politieauto naar de andere flat gereden en hadden hem op de bezoekersparkeerplaats achtergelaten.

Joona was teruggekeerd naar de flat, had bij Sorab aangebeld en gezegd dat zijn bodyguards waren opgepakt en dat de deur van zijn flat geforceerd zou worden als hij niet onmiddellijk opendeed.

Sorab liet hem binnen, vroeg hem plaats te nemen op de blauwe leren bank, zette kamillethee en verontschuldigde zich voor zijn vrienden.

Hij was een bleke man met een paardenstaart. Hij was bang, keek voortdurend om zich heen, bood opnieuw zijn excuses aan voor wat er was gebeurd, maar gaf als verklaring dat hij de laatste tijd veel problemen had gehad.

'Dat is de reden,' zei hij zachtjes, 'dat ik lijfwachten in de arm heb genomen.'

'Wat waren dat voor problemen?' vroeg Joona terwijl hij van de hete thee nipte.

'Er is iemand die het op mij heeft voorzien.'

Sorab stond op en keek door het raam naar buiten.

'Wie?' vroeg Joona.

Met zijn rug naar hem toe zei Sorab vlak dat hij daar niet over wilde praten.

'Ik hóef toch niet te praten?' zei hij. 'Heb ik niet het recht om te zwijgen?'

'Jazeker,' gaf Joona toe.

Sorab haalde zijn schouders op.

'Nou dan.'

'Maar ik wil graag dat je met me praat,' had Joona geprobeerd. 'Ik kan je misschien helpen. Heb je daar al aan gedacht?'

'Schei toch uit,' had Sorab naar het raam gekeerd gezegd.

'Is het de broer van Evelyn?'

'Nee,' had hij kortaf gezegd.

'Is Josef Ek niet hier geweest?'

'Hij is haar broer niet.'

'Wie is hij dan wel?'

'Geen idee, maar hij is niet haar broer. Hij is iets anders.'

Na die woorden was Sorab weer nerveus geworden. Hij had over voetbal gepraat, het Duitse elftal, en had niet echt antwoord meer gegeven op vragen. Joona vroeg zich af wat Josef tegen Sorab had gezegd, wat hij had gedaan, hoe hij hem zo bang had kunnen maken dat Sorab had verteld waar Evelyn zich bevond.

Joona rijdt het ziekenhuisterrein op, parkeert voor de neurologische kliniek, stapt uit zijn auto, gaat door de grote hoofdingang naar binnen, neemt de lift naar de vijfde verdieping, loopt de gang door, groet de politieman die de wacht houdt en gaat daarna de kamer van Josef binnen. Er staat een vrouw op van de stoel naast het bed om zich voor te stellen.

'Lisbet Carlén,' zegt ze. 'Ik ben ambtenaar maatschappelijke ondersteuning en ik ben Josefs getuigenondersteuning tijdens de verhoren.'

'Mooi,' zegt Joona, en hij schudt haar de hand.

Ze kijkt hem aan met een blik die hij om de een of andere reden sympathiek vindt.

'Bent u de ondervrager?' vraagt ze belangstellend.

'Ja. Neem me niet kwalijk. Mijn naam is Joona Linna en ik ben van de rijksrecherche. Ik heb met een collega van u gesproken.'

De Bülau-drainage, een pomp die met een buisje aan Josefs gepuncteerde longzakje zit, maakt met zekere regelmaat een borrelend geluid. De drainage herstelt de onderdruk, die momenteel niet op natuurlijke wijze aanwezig is, zodat zijn long tijdens het genezingsproces kan blijven functioneren.

Lisbet Carlén merkt zachtjes op dat de dokter heeft gezegd dat Josef doodstil moet blijven liggen vanwege het risico van nieuwe bloedingen in de lever.

'Ik zal zijn gezondheid niet op het spel zetten,' verklaart Joona, terwijl hij de cassetterecorder op het tafeltje vlak naast Josefs gezicht zet.

Hij maakt een vragend gebaar naar Lisbet Carlén, die knikt. Hij start de opname, beschrijft de verhoorsituatie, zegt dat Josef Ek ter informatie wordt gehoord en dat het vrijdag 11 december 08.15 uur 's morgens is. Daarna verklaart hij welke personen in de kamer aanwezig zijn.

'Hallo,' zegt Joona.

Josef kijkt hem met lome ogen aan.

'Mijn naam is Joona... Ik ben commissaris bij de recherche.'

Josef doet zijn ogen dicht.

'Hoe voel je je?'

De ambtenaar maatschappelijke ondersteuning kijkt door het raam naar buiten.

'Kun je wel slapen met dat borrelende apparaat?' vraagt hij met een glimlach.

Josef knikt vagelijk.

'Weet je waarom ik hier ben?'

Josef doet zijn ogen open en schudt langzaam zijn hoofd. Joona wacht en kijkt naar zijn gezicht.

'Er is een ongeluk gebeurd,' zegt Josef. 'Met ons gezin.'

'Heeft niemand je verteld wat er is gebeurd?' vraagt Joona.

'Misschien een beetje,' zegt hij zwakjes.

'Hij weigert psychologen en maatschappelijk werkers te zien,' zegt de ambtenaar maatschappelijke ondersteuning van de sociale dienst.

Joona beseft hoe anders Josefs stem had geklonken tijdens de hypnose. Nu is zijn stem plotseling broos, bijna niet te verstaan en voortdurend vragend.

'Ik denk dat je wel weet wat er is gebeurd.'

'Je hoeft geen antwoord te geven,' zegt Lisbet Carlén snel.

'Je bent nu vijftien,' gaat Joona verder.

'Ja.'

'Wat heb je op je verjaardag gedaan?'

'Weet ik niet meer,' zegt Josef met een glimlach.

'Heb je cadeautjes gekregen?'

'Ik heb tv gekeken,' antwoordt Josef.

'Ben je naar Evelyn gegaan?' vraagt Joona neutraal.

'Ja.'

'Naar haar flat?'

'Ja.'

'Was ze daar?'

'Ja.'

Stilte.

'Nee, ze was er niet,' zegt Josef dan aarzelend.

'Waar was ze dan?'

'In het huisje,' antwoordt hij.

'Is dat een mooi huisje?'

'Niet mooi... maar wel gezellig.'

'Vond ze het leuk dat je kwam?'

'Wie?'

'Evelyn.'

Stilte.

'Had je iets bij je?'

'Een taart.'

'Een taart? Was hij lekker?'

Hij knikt.

'Vond Evelyn hem lekker?' vervolgt Joona.

'Voor haar is alleen het beste goed genoeg,' zegt hij.

'Heb je een cadeautje van haar gekregen?'

'Nee.'

'Maar misschien heeft ze voor je gezongen...'

'Ze wilde me mijn cadeautje niet geven,' zegt hij gekwetst.

'Zei ze dat?'

'Ja,' antwoordt hij snel.

'Waarom?'

Stilte.

'Was ze boos op je?' vraagt Joona.

Hij knikt.

'Wilde ze dat je iets zou doen wat je niet kon?' vervolgt Joona kalm.

'Nee, ze...'

Josef fluistert het vervolg.

'Ik kan je niet verstaan, Josef.'

Hij blijft fluisteren. Joona komt dichterbij, probeert te verstaan wat hij zegt en buigt zich over hem heen.

'Die klootzak!' toetert Josef in zijn oor.

Joona deinst achteruit, loopt om het bed heen, strijkt over zijn oor en probeert te glimlachen, maar Josefs gezicht is asgrauw als hij sist: 'Ik zal die verdomde hypnotiseur vinden en hem de strot afbijten! Ik zal hem achternazitten, hem en zijn...'

De ambtenaar maatschappelijke ondersteuning haast zich naar het bed en probeert de opname te stoppen.

'Josef! Je hebt het recht om te zwijgen als...'

'Wilt u zich er niet mee bemoeien?' verzoekt Joona.

Ze kijkt hem geschrokken aan en zegt trillend: 'Vóór het verhoor begon, had u hem moeten informeren...'

'Nee, u heeft het mis. Er zijn geen wetten voor zulke dingen,' zegt Joona op luide toon. 'Hij heeft het recht om te zwijgen, dat klopt, maar ik ben niet verplicht om hem op dat recht te wijzen.'

'Neem mij in dat geval niet kwalijk.'

'Het is wel goed,' mompelt Joona en hij wendt zich weer tot Josef. 'Waarom ben je boos op de hypnotiseur?'

'Ik hoef geen antwoord te geven op jouw vragen,' zegt Josef en hij probeert op de ambtenaar maatschappelijke ondersteuning te wijzen.

# 17

## *Vrijdagochtend 11 december*

Erik rent de trap af, de centrale ingang uit. Op Sveavägen blijft hij staan. Hij voelt het klamme zweet op zijn rug afkoelen. Hij is misselijk van angst en begrijpt niet hoe hij zo stom heeft kunnen zijn om Simone van zich af te stoten omdat hij zich gekrenkt voelt. Hij loopt langzaam in de richting van Odenplan en gaat voor de bibliotheek op een bankje zitten. Het is koud. Even verderop ligt een man onder een dikke stapel dekens te slapen.

Erik staat op en loopt weer richting huis. Hij koopt brood bij de steenovenbakkerij en een *latte macchiato* voor Simone. Hij haast zich terug en beent met grote stappen de trap op. De deur zit op slot. Hij pakt zijn sleutels, doet open en begrijpt onmiddellijk dat er niemand thuis is. Erik neemt zich vast voor Simone te bewijzen dat ze op hem kan vertrouwen. Hoe lang dat ook zal duren, hij zal haar er weer van overtuigen. Hij staat bij het aanrecht, drinkt de koffie op, voelt zich misselijk en zoekt een capsule Losec.

Het is even over negenen 's morgens. Zijn dienst bij het ziekenhuis begint pas over een paar uur. Hij neemt een boek mee en kruipt in bed. Maar in plaats van te lezen, denkt hij aan Josef Ek. Hij vraagt zich af of commissaris Joona Linna hem aan het praten zal krijgen.

De flat is stil, verlaten.

Het medicijn verspreidt een rustig gevoel in zijn maag.

Niets van wat onder hypnose wordt gezegd kan worden gebruikt als bewijs, maar Erik weet dat Josef de waarheid heeft gesproken, dat hij degene is die het gezin om het leven heeft gebracht, ook al is het motief onduidelijk en is het niet helder op welke manier hij door zijn zus meent te zijn gestuurd.

Erik sluit zijn ogen en probeert zich het rijtjeshuis en het gezin voor te stellen. Evelyn moet al vroeg hebben gevoeld dat haar broer gevaarlijk was. Ze heeft door de jaren heen geleerd te leven met zijn gebrek aan controle over zijn impulsen. Ze heeft altijd haar eigen wil afgewogen tegen het risico van een woede-uitbarsting. Josef was een jongen die vocht, die op zijn kop kreeg, maar toch vocht. Als oudere zus had ze geen concrete bescherming. De familie heeft van dag tot dag geprobeerd om te gaan met Josefs gewelddadigheid, maar heeft de ernst er niet van ingezien. Zijn ouders dachten misschien dat zijn agressieve gedrag wellicht gewoon werd veroorzaakt doordat hij een jongen was. Het zou kunnen dat ze de schuld op zich namen omdat ze hem gewelddadige computerspelletjes hadden laten spelen, naar enge films hadden laten kijken.

Evelyn was zo snel mogelijk het huis uit gegaan, had een baantje gezocht en een eigen flatje geregeld, maar was zich om de een of andere reden steeds bewuster geworden van de ernst van de situatie, en plotseling was ze zo bang geworden dat ze zich in het huisje van haar tante had verschanst, met een geweer om zich te beschermen.

Had Josef haar bedreigd?

Erik probeert zich de angst van Evelyn voor te stellen, 's nachts, in het huisje, in het donker, met het geladen geweer naast haar bed.

Hij denkt aan het telefoontje van Joona Linna nadat Linna haar had verhoord. Wat was er gebeurd toen Josef met een taart naar haar toe was gekomen? Wat had hij tegen haar gezegd? Wat voelde ze? Was ze pas tóen bang geworden en had ze een geweer aangeschaft? Had ze na zijn bezoek met de angst geleefd dat hij haar zou doden?

Erik denkt aan Evelyn. Hij ziet haar voor zich, zoals ze daar bij het huisje kwam aanlopen: een jonge vrouw in een zilverkleurige donzen bodywarmer, een grijze gebreide trui, een versleten spijkerbroek en op sportschoenen. Ze loopt langzaam tussen de bomen, haar paardenstaart wipt op en neer. Haar gezicht is onbeschermd, kinderlijk. Ze houdt het jachtgeweer losjes in haar hand.

Het sleept over de grond, stuitert zacht over de bessenstruiken en het mos. De zon sijpelt tussen de takken van de dennenbomen door.

Plotseling begrijpt Erik iets essentieels: als Evelyn bang was, als ze een geweer had om zich tegen Josef te verdedigen, zou ze het anders hebben vastgehouden, het niet achter zich aan hebben gesleept toen ze het huis naderde.

Erik herinnert zich dat ze natte knieën had gehad, dat er donkere, modderige vlekken op haar spijkerbroek hadden gezeten.

Ze was met het geweer het bos in gegaan om zich van kant te maken, denkt hij.

Ze had op haar knieën op het mos gezeten met de loop van het geweer in haar mond, maar had zich bedacht omdat ze niet durfde.

Toen hij haar aan de bosrand zag, met het geweer dat door de bosbessen en de vossenbessen sleepte, was ze op weg terug geweest naar het huisje, terug naar het alternatief dat ze had willen ontvluchten.

Erik pakt de telefoon en toetst het nummer in van Joona's mobiele telefoon.

'Met Joona Linna.'

'Hallo, met Erik Maria Bark.'

'Erik? Ik had je willen bellen, maar het is zo ontzettend druk...'

'Maakt niet uit,' zegt Erik. 'Ik heb...'

'Luister eens,' onderbreekt Joona hem, 'het spijt me enorm van die mediahype. Ik beloof je dat ik het lek zal opsporen zo gauw het hier wat rustiger is.'

'Dat maakt niet uit.'

'Ik voel me schuldig omdat ik je heb overgehaald om...'

'Daar heb ik zelf voor gekozen. Ik geef niemand de schuld.'

'Persoonlijk – wat ik natuurlijk helemaal niet mag zeggen – ben ik nog steeds van mening dat het goed was om Josef te hypnotiseren. We weten nog niets, maar het heeft wellicht het leven van Evelyn gered.'

'Daar bel ik juist over,' zegt Erik.

'Wat dan?'

'Ik heb iets bedacht. Heb je even?'

Erik hoort Joona iets verplaatsen. Het klinkt alsof hij een stoel bijtrekt en gaat zitten.

'Ja,' zegt hij rustig. 'Ik heb tijd.'

'Toen we op Värmdö waren, bij het huisje van die tante…' begint Erik. 'Ik zat in de auto en zag opeens een vrouw tussen de bomen aankomen. Ze had een geweer in haar hand. Op de een of andere manier begreep ik dat het Evelyn was, en ik bedacht dat er een gevaarlijke situatie zou kunnen ontstaan als ze door de politie zou worden verrast.'

'Ja, ze had door het raam kunnen schieten,' zegt Joona. 'Als ze had gedacht dat het Josef was.'

'Thuis moest ik weer aan Evelyn denken,' vervolgt Erik. 'Ik zag haar tussen de bomen. Ze liep langzaam in de richting van het huisje en hield het geweer met één hand vast; de loop sleepte over de grond.'

'Ja?'

'Draag je een geweer op die manier als je bang bent om te worden vermoord?'

'Nee,' antwoordt Joona.

'Ik denk dat ze het bos in was gegaan om zelfmoord te plegen,' zegt Erik. 'De knieën van haar spijkerbroek waren nat. Ze had vermoedelijk op haar knieën in het vochtige mos gezeten met het geweer op haar voorhoofd of borst gericht, maar heeft zich toen bedacht omdat ze niet durfde. Zo zie ik het.'

Erik zwijgt. Hij hoort Joona zwaar ademen in de hoorn. Beneden op straat begint een autoalarm te loeien.

'Bedankt,' zegt Joona zacht. 'Ik zal met haar gaan praten.'

# 18

## *Vrijdagmiddag 11 december*

Het verhoor van Evelyn vindt plaats in een kantoor van de penitentiaire inrichting. Om de trieste ruimte wat huiselijker te maken, heeft iemand een rood koekblik met peperkoekjes op het bureau gezet en elektrische kaarsjes van IKEA voor het raam. Evelyn en haar getuigenondersteuning zitten al te wachten als Joona komt en de bandopname start.

'Ik besef dat mijn vragen moeilijk kunnen zijn, Evelyn,' zegt hij zachtjes terwijl hij haar even aankijkt, 'maar het zou fijn zijn als je ze toch zo goed mogelijk zou willen beantwoorden.'

Evelyn geeft geen antwoord en kijkt omlaag naar haar knie.

'Want ik geloof niet dat het in je voordeel is om te zwijgen,' vervolgt hij vriendelijk.

Ze reageert niet en blijft stug naar haar knie staren. De getuigenondersteuning, een man van middelbare leeftijd met schaduwen van baardgroei over zijn gezicht, kijkt Joona uitdrukkingsloos aan.

'Zal ik beginnen, Evelyn?'

Ze schudt haar hoofd. Hij wacht. Na een tijdje brengt ze haar hoofd omhoog en kijkt hem aan.

'Je bent met het geweer het bos in gegaan om je van het leven te beroven – nietwaar?'

'Ja,' fluistert ze.

'Ik ben blij dat je dat niet hebt gedaan.'

'Ik niet.'

'Had je dat wel vaker geprobeerd?'

'Ja.'

'Vóór die keer?'

Ze knikt.

'Maar niet voordat Josef met die taart kwam?'

'Nee.'

'Wat zei hij?'

'Daar wil ik niet aan denken.'

'Waaraan? Aan wat hij zei?'

Evelyn gaat rechtop zitten en haar mond wordt een smalle streep.

'Ik kan het me niet meer herinneren,' zegt ze bijna geluidloos. 'Het was vast niets bijzonders.'

'Je was van plan jezelf dood te schieten, Evelyn,' brengt Joona haar in herinnering.

Ze staat op, loopt naar het raam, doet de kaarsjes uit en weer aan, keert terug naar de stoel en gaat met haar armen gekruist over haar borst weer zitten.

'Kunnen jullie me niet gewoon met rust laten?'

'Wil je dat? Wil je dat echt?'

Ze knikt zonder hem aan te kijken.

'Wil je even pauze nemen?' vraagt de getuigenondersteuning.

'Ik weet niet wat er met Josef is,' zegt Evelyn zacht. 'Er is iets mis in zijn hoofd. Het is altijd al… Toen hij klein was, sloeg hij – te hard, te gevaarlijk. Hij maakte al mijn spullen kapot, ik mocht niets hebben.'

Haar lippen trillen.

'Toen hij acht was, wilde hij verkering met mij. Dat klinkt misschien niet zo heftig, maar voor mij… Ik wilde niet, maar hij eiste dat we zouden zoenen… Ik was bang voor hem. Hij deed rare dingen. Hij sloop 's nachts naar mijn kamer en dan beet hij me tot bloedens toe. Ik begon terug te slaan, ik was nog steeds sterker.'

Ze veegt de tranen van haar wangen.

'Daarna pakte hij Buster als ik niet deed wat hij zei. Het werd steeds erger. Hij wilde naar mijn borsten kijken, wilde met me in bad… Hij heeft mijn hond doodgemaakt en hem van een viaduct gegooid.'

Ze gaat staan en loopt rusteloos naar het raam.

'Josef was misschien twaalf toen hij…'

Haar stem breekt en ze kreunt zachtjes bij zichzelf voordat ze verdergaat.

'Hij vroeg of ik zijn piemel in mijn mond wilde nemen. Ik zei dat hij een viezerik was. Daarna ging hij naar Lisa en sloeg hij haar, ze was toen pas twee...'

Evelyn huilt, maar komt tot bedaren.

'Ik moest toekijken als hij zich aftrok, diverse keren per dag... Hij sloeg Lisa als ik weigerde – hij zei dat hij haar zou vermoorden. Al vrij snel, misschien een paar maanden later, begon hij te eisen dat we zouden neuken. Hij zei dat elke dag, bedreigde me... maar ik had mijn antwoord klaar. Ik zei dat hij minderjarig was, dat dat verboden was, dat ik niet iets kon doen wat niet mocht.'

Ze veegt de tranen van haar wangen.

'Ik dacht dat het vanzelf wel over zou gaan. Ik ging het huis uit, er ging een jaar voorbij, maar toen begon hij me te bellen; hij zei dat hij binnenkort vijftien werd. Toen ben ik me gaan verstoppen. Ik... Ik snap niet hoe hij erachter is gekomen dat ik in het huisje was. Ik...'

Ze huilt met open mond, open en bloot.

'O, god...'

'Dus hij dreigde,' zegt Joona. 'Hij dreigde de hele familie te doden als hij niet...'

'Dat heeft hij niet gezegd!' roept ze uit. 'Hij zei dat hij met papa zou beginnen... Het is mijn schuld, alles... Ik wil alleen maar dood...'

Ze zakt op de grond in elkaar en kruipt tegen de muur.

# 19

## *Vrijdagmiddag 11 december*

Joona zit op zijn kamer en staart naar zijn handpalmen. Zijn ene hand heeft nog steeds de telefoon vast. Toen hij Jens Svanehjälm op de hoogte had gebracht van Evelyns plotselinge ommekeer, had Jens zwijgend zitten luisteren en af en toe diep gezucht terwijl Joona verslag deed van het buitengewoon wrede motief achter het misdrijf.

'Eerlijk gezegd, Joona,' had hij daarna gezegd, 'is het helaas wat te magertjes, want Josef heeft op zijn beurt die zus weer aangewezen. Ik bedoel, wat we nodig hebben, is een bekentenis of technisch bewijs.'

Joona kijkt in zijn kamer om zich heen, wrijft met zijn hand over zijn gezicht, belt daarna Josefs arts, Daniëlla Richards, en spreekt een geschikte tijd af om verder te gaan met het verhoor, wanneer de verdachte niet zo veel pijnstillers toegediend heeft gekregen.

'Hij moet helder zijn,' zegt Joona.

'Je zou om vijf uur kunnen komen,' zegt Daniëlla.

'Vanmiddag?'

'Hij krijgt pas om zes uur een nieuwe dosis morfine. Dat komt beter uit met het avondeten.'

Joona kijkt op zijn horloge. Het is halfdrie 's middags.

'Dat komt mij goed uit,' zegt hij.

Vervolgens belt hij Lisbet Carlén, Josefs ondersteuningspersoon, en vertelt hij haar over de afspraak.

Hij gaat naar de kantine, pakt een appel van de fruitschaal, en als hij terugkomt zit Erixon, de verantwoordelijke technisch rechercheur van het onderzoek van de plaats delict in Tumba, op zijn plaats, met zijn lichaam tegen het bureau geperst. Hij is rood aangelopen, zwaait met een slap handje en zit te puffen.

'Als je die appel in mijn mond duwt, kan ik met de kerst zo op tafel,' zegt hij.

'Schei uit,' antwoordt Joona, en hij neemt een hap.

'Dat verdien ik,' zegt Erixon. 'Sinds die Thaise tent op de hoek open is, ben ik elf kilo aangekomen.'

'Ze hebben goed eten.'

'Ja, dat kun je gerust zeggen!'

'Hoe is het afgelopen met de kleedkamer van de dames?' vraagt Joona.

Erixon steekt afwerend een mollige hand op.

'Je mag niet zeggen "Wat heb ik je gezegd?", maar…'

Joona trekt een brede grijns.

'We zullen afwachten,' zegt hij diplomatiek.

'Oké,' zucht Erixon, terwijl hij het zweet van zijn wangen wist. 'Er zaten haren van Josef Ek in het putje en er zat bloed van de vader, Anders Ek, in de voegen op de vloer.'

'Wat heb ik je gezegd?' zegt Joona stralend.

Erixon lacht en houdt zijn keel vast, alsof hij denkt dat daarin iets kapot zou kunnen gaan.

In de lift omlaag naar de foyer van het KLPD belt Joona Jens Svanehjälm weer op.

'Goed dat je belt,' zegt Jens. 'Ze zitten me achter de vodden vanwege dat gedoe met die hypnose. Ze vinden dat we het vooronderzoek tegen Josef moeten seponeren, dat dat alleen maar geld gaat kosten en…'

'Geef me één seconde,' onderbreekt Joona hem.

'Maar ik heb al besloten om…'

'Jens?'

'Ja,' antwoordt hij.

'We hebben technisch bewijs,' zegt Joona ernstig. 'Josef Ek kan in verband worden gebracht met de eerste plaats delict en met het bloed van zijn vader.'

Hoofdofficier van justitie Jens Svanehjälm ademt zwaar in de telefoon en zegt daarna beheerst: 'Joona, dat was op het nippertje.'

'Dat is voldoende,' antwoordt hij.

'Ja.'

Ze willen net ophangen als Joona zegt: 'Ik had toch gezegd dat ik gelijk had?'

'Hè?'

'Had ik gelijk of niet?'

Het wordt stil aan de andere kant. Daarna zegt Jens langzaam en op schoolmeestertoon: 'Ja, Joona, je had gelijk.'

Ze breken het gesprek af en de glimlach verdwijnt van het gezicht van de commissaris. Hij loopt langs de glazen wand naar de tuin en kijkt weer op zijn horloge. Over een halfuur moet hij bij Nordiska museet, het cultuurhistorisch museum, op Djurgården zijn.

Joona loopt de trappen van het museum op en beent vervolgens door de lange, lege gangen. Hij passeert honderden verlichte vitrines zonder ze een blik waardig te keuren. Hij kijkt niet naar de gebruiksvoorwerpen, de schatten en het kunsthandwerk; hij besteedt geen aandacht aan de tentoonstellingen, klederdrachten en grote foto's.

De bewaker heeft al een stoel bij de zwak verlichte vitrine gezet. Zonder iets te zeggen gaat Joona net zo zitten als anders om de Samische bruidskroon te bekijken. De kroon verwijdt zich broos en teer, en vormt dan een volmaakte cirkel. De punten doen denken aan een bloemkelk of een paar handen die met gestrekte vingers zijn samengevoegd. Joona verplaatst langzaam zijn hoofd, zodat het licht zich ook langzaam beweegt. De bruidskroon is gevlochten van plantenwortels die met de hand zijn samengebonden. Het materiaal is opgegraven uit de aarde en glanst als huid, als goud.

Deze keer blijft Joona maar een uur voor de vitrine zitten voordat hij opstaat, naar de bewaker knikt en langzaam het museum uit loopt. De natte sneeuw op straat is een zwarte brij geworden en onder de brug naar Djurgården ruikt het naar diesel van een boot. Hij wandelt langzaam naar Strandvägen als zijn telefoon gaat. Het is de Naald, de gerechtsarts.

'Mooi dat ik je te pakken krijg,' constateert hij kort als Joona opneemt.

'Is de sectie klaar?'

'Zo goed als, zo goed als.'

Joona ziet een jonge vader op het trottoir die telkens de kinderwagen achteroverduwt om zijn kind aan het lachen te krijgen. Een vrouw staat stil voor een raam van een appartement naar buiten te kijken. Als hij haar blik ontmoet, doet ze meteen een stap naar achteren.

'Heb je iets onverwachts gevonden?' vraagt Joona.

'Ja, ik weet het niet...'

'Maar?'

'Nou ja, dat met die snee in haar buik, natuurlijk.'

'Ja?'

Hij hoort de Naald ademhalen en een kletterend geluid op de achtergrond.

'Ik liet mijn pen vallen,' zegt de Naald, en Joona hoort iets ritselen in de hoorn.

'Die lichamen hebben enorm veel geweld te verduren gekregen,' zegt de Naald ernstig als hij weer aan de lijn is. 'Vooral dat meisje.'

'Dat heb ik begrepen,' zegt Joona zachtjes.

'En veel van die verwondingen zijn zinloos, ze zijn gewoon voor de lol aangebracht. Het is afschuwelijk.'

'Ja,' zegt Joona, en hij bedenkt hoe het eruitzag toen hij ter plaatse kwam.

De geschokte politieman, het gevoel van chaos in de lucht. De lichamen daarbinnen. Hij herinnert zich nog goed Lillemor Bloms lijkbleke wangen toen ze met trillende handen buiten had staan roken. Hij herinnert zich hoe het bloed tegen de ramen zat, dat het zelfs langs het glas van de verandadeuren aan de achterkant naar beneden was gesijpeld.

'Heb je duidelijkheid gekregen over die snede in de buik van de vrouw?'

De Naald zucht.

'Ja, het is zoals we dachten. De incisie is ongeveer twee uur nadat de dood is ingetreden aangebracht. Iemand heeft haar lichaam omgedraaid en een scherp mes in de oude keizersnede gestoken.'

Hij bladert in zijn papieren.

'Maar onze dader weet niet zoveel van de *sectio caesarea* af. Bij Katja Ek was er sprake van een spoedkeizersnee die verticaal van de navel omlaag liep.'

'Ja?'

De Naald puft.

'Je snijdt de baarmoeder altijd in de breedte in, ook al is de snee door de buik verticaal.'

'Maar dat wist Josef niet?' vraagt Joona.

'Nee,' zegt de Naald. 'Hij heeft alleen de buik opengemaakt, zonder te begrijpen dat een keizersnee altijd uit twee ingrepen bestaat: één door de buik en één door de baarmoeder.'

'Zijn er nog andere dingen die ik meteen zou moeten weten?'

'Misschien dat hij ongewoon lang met die lichamen bezig is geweest, dat hij nooit ophield, dat het nooit genoeg was. Hoewel hij steeds verder vermoeid moet raken, krijgt hij er geen genoeg van. Zijn woede neemt niet af.'

Er valt een korte stilte. Joona loopt over Strandvägen. Hij moet weer aan het laatste verhoor met Evelyn denken.

'Ik wilde alleen dat met die keizersnee bevestigen,' zegt de Naald na een tijdje. 'Dat de snijwond in de buik van de vrouw na haar dood is aangebracht, circa twee uur daarna, en dat de baarmoeder verticaal is opengemaakt.'

'Bedankt, Nålén,' zegt Joona.

'Je krijgt het hele sectierapport morgen.'

Wanneer Joona de verbinding heeft verbroken, bedenkt hij weer hoe vreselijk het moet zijn geweest om naast Josef Ek te moeten opgroeien. Hoe onbeschermd Evelyn zich moet hebben gevoeld, om over haar zusje nog maar te zwijgen.

Joona probeert zich te herinneren wat Evelyn over de keizersnee van haar moeder had gezegd.

Hij ziet weer voor zich hoe Evelyn op de grond tegen de muur van de verhoorkamer zat terwijl ze vertelde over Josefs bijna pathologische jaloezie op zijn kleine zusje.

'Er is iets mis in zijn hoofd,' had ze gefluisterd. 'Altijd al. Ik weet nog toen hij geboren werd. Mama was ontzettend ziek. Ik weet niet wat het was, maar ze moesten een spoedkeizersnee uitvoeren.'

Evelyn had haar hoofd geschud en haar lippen naar binnen gezogen voordat ze had gevraagd: 'Weet u wat een spoedkeizersnee is?'

'Ja, zo ongeveer,' had hij gezegd.

'Soms... Soms ontstaan er complicaties als je op die manier een kind baart.'

Evelyn had hem verlegen aangekeken.

'Bedoel je zuurstoftekort en zo?' had Joona gevraagd.

Ze schudde haar hoofd en veegde de tranen van haar wangen.

'Ik bedoel psychische problemen bij de moeder. Een vrouw die een zware bevalling heeft en plotseling wordt verdoofd vanwege een keizersnee, kan er problemen mee krijgen om zich aan haar kind te hechten.'

'Kreeg je moeder een postnatale depressie?'

'Niet echt,' had Evelyn met een zware, dikke stem geantwoord. 'Ze raakte in een psychose toen ze was bevallen van Josef. Dat hebben ze in het ziekenhuis niet opgemerkt; ze lieten haar gewoon met hem naar huis gaan. Maar ik had het meteen in de gaten. Alles was mis. Ik moest voor Josef zorgen. Ik was pas acht, maar ze bekommerde zich niet om hem. Ze raakte hem niet aan, ze lag alleen maar in bed te huilen.'

Evelyn had Joona aangekeken en gefluisterd: 'Mijn moeder zei dat hij niet van haar was, dat haar kind was overleden. En uiteindelijk moest ze worden opgenomen.'

Ze had bij zichzelf geglimlacht toen ze zei: 'Mijn moeder kwam na ongeveer een jaar terug. Ze deed alsof alles weer normaal was, maar eigenlijk bleef ze hem ontkennen.'

'Dus jij denkt dat je moeder helemaal niet beter was?' vroeg Joona voorzichtig.

'Jawel, want toen ze Lisa kreeg was alles anders. Mama was dolblij met haar. Ze deed alles voor haar.'

'En jij mocht voor Josef zorgen.'

'Hij begon te zeggen dat mama hem écht had moeten baren. Voor hem was de verklaring voor het onrecht dat Lisa "uit haar kut" was geboren, maar hij niet. Dat zei hij voortdurend: dat hij uit mama's kut had moeten komen en niet…'

Evelyn viel stil. Ze wendde haar gezicht af en Joona zag haar opgetrokken, gespannen schouders zonder ze te durven aanraken.

# 20

## *Vrijdagavond 11 december*

Het is voor de verandering eens niet doodstil op de intensive care van het Karolinska-universiteitsziekenhuis als Joona komt aanlopen. Het ruikt over de hele afdeling naar eten en er staat een kar met roestvrij stalen pannen, borden, glazen en bestek voor de conversatiekamer. Iemand heeft daarbinnen de tv aangezet en Joona hoort het gerammel van serviesgoed.

Hij denkt aan Josef, die het oude litteken van de keizersnee op de buik van zijn moeder had opengesneden – zijn eigen doorgang naar het leven. De doorgang die hem tevens had veroordeeld tot moederloosheid, die had gemaakt dat zijn moeder zich nooit aan hem zou hechten.

Josef had al vroeg gemerkt dat hij anders was dan de andere kinderen; hij was eenzaam. De enige die hem liefde en zorg had gegeven, was Evelyn. Hij had niet geaccepteerd dat hij door haar werd afgewezen. Het kleinste teken van afstand had hem wanhopig en razend gemaakt, en hij was zijn woede steeds meer op het geliefde kleine zusje gaan koelen.

Joona knikt naar Sunesson, die voor de deur naar de kamer van Josef Ek staat. Vervolgens kijkt hij bij de jongen naar binnen, naar zijn gezicht. De urinezak van de katheter is halfvol en een zwaar infuus vlak naast het bed voorziet Josef van vocht en bloedplasma. Zijn voeten steken onder de lichtblauwe deken uit. Zijn voetzolen zijn smerig, er zijn haren en vuil aan de chirurgische tape blijven plakken dat over de hechtingen zit. De tv staat aan, maar hij lijkt er niet naar te kijken.

De ambtenaar maatschappelijke ondersteuning, Lisbet Carlén, is al aanwezig. Ze heeft hem nog niet opgemerkt en staat voor het raam een haarspeld vast te steken.

Josef heeft een nieuwe bloeding van een wond. Er stroomt bloed langs zijn arm, het druppelt op de grond. Een oudere verpleegkundige staat over Josef heen gebogen, maakt het kompres los en tapet de randen van de wond weer aan elkaar, wast het bloed weg en gaat daarna de kamer uit.

'Pardon,' zegt Joona, en hij loopt de verpleegkundige achterna de gang op.

'Ja?'

'Hoe voelt hij zich? Hoe gaat het eigenlijk met hem?'

'Dat moet u aan zijn verantwoordelijke arts vragen,' antwoordt de vrouw, en ze loopt weer door.

'Dat ga ik ook doen,' glimlacht Joona terwijl hij achter haar aan rent. 'Maar ik... Ik zou hem iets willen laten zien dat... Kan ik hem erheen rijden – ik bedoel, in een rolstoel...?'

De verpleegkundige schudt haar hoofd en blijft abrupt staan.

'De patiënt mag absoluut niet worden vervoerd,' zegt ze streng. 'Wat een idioterie. Hij heeft ontzettend veel pijn en kan zich helemaal niet bewegen. Hij zou nieuwe bloedingen kunnen krijgen als hij rechtop ging zitten.'

Joona keert terug naar de kamer van Josef Ek. Hij loopt zonder iets te zeggen naar de jongen toe, pakt de afstandsbediening, doet de tv uit, zet de cassetterecorder aan, ratelt de tijd en de datum op, evenals de namen van de aanwezigen in de kamer, en gaat vervolgens op de bezoekersstoel zitten. Josef slaat vermoeid zijn ogen op en kijkt hem met milde desinteresse aan. De Bülau-drainage die aan zijn borstkas zit gekoppeld om de druk in zijn gepuncteerde longzakje te herstellen, maakt een vrij aangenaam, zacht borrelend geluid.

'Je wordt hier vast binnenkort ontslagen,' zegt Joona.

'Dat zou mooi zijn,' antwoordt Josef zwak.

'Maar je komt wel in voorlopige hechtenis.'

'Lisbet heeft gezegd dat de officier van justitie niet bereid is om iets te doen,' zegt hij met een blik op de ambtenaar maatschappelijke ondersteuning.

'Dat was voordat we een getuige hadden.'

Josef doet voorzichtig zijn ogen dicht.

'Wie?'

'Wij tweeën hebben vrij lang met elkaar gesproken,' zegt Joona. 'Maar misschien wil je iets veranderen aan wat je hebt gezegd, of wil je nog iets toevoegen.'

'Evelyn,' fluistert hij.

'Je komt voorlopig niet buiten.'

'Je liegt.'

'Nee, Josef, ik spreek de waarheid. Ga daar maar van uit. Er zal meteen een verzoek tot inhechtenisneming worden ingediend. Je hebt nu recht op een juridisch vertegenwoordiger.'

Josef probeert zijn hand op te steken, maar dat lukt niet.

'Jullie hebben haar gehypnotiseerd,' zegt hij glimlachend.

'Nee.'

'Het is mijn woord tegen het hare,' zegt hij.

'Niet helemaal,' zegt Joona, en hij kijkt naar het knappe, bleke gezicht van de jongen. 'We hebben ook technisch bewijs.'

Josef klemt zijn kaken op elkaar.

'Ik heb geen tijd om hier te zitten, maar als je me nog iets wilt vertellen, kan ik nog wel even blijven,' zegt Joona vriendelijk.

Hij laat een halve minuut voorbijgaan, trommelt op de armleuning, staat op, neemt de cassetterecorder mee, en met een kort knikje naar de ambtenaar maatschappelijke ondersteuning verlaat hij de kamer.

In de auto buiten bedenkt Joona dat hij Josef had moeten confronteren met het verhaal van Evelyn, om zijn reactie te zien. Josef Ek is zo overmoedig dat hij misschien wel zou bekennen, als hij maar voldoende geprovoceerd zou worden.

Hij overweegt even om terug te keren, maar doet dat toch maar niet, om niet te laat te komen voor het etentje bij Disa.

Het is donker en mistig als hij zijn auto bij het roomwitte pand op Lützengatan parkeert. Hij heeft het bij wijze van uitzondering koud als hij naar de centrale entree loopt en naar het ijzige gras op Karlaplan kijkt en naar de zwarte takken van de bomen.

Hij probeert zich Josef voor de geest te halen zoals hij daar in bed lag, maar het enige wat hij voor zich ziet, is dat borrelende en ratelende drainageapparaat. Toch heeft hij het gevoel dat hij iets belangrijks heeft gezien zonder het te begrijpen.

Het gevoel dat er iets niet klopt blijft smeulen als hij de lift naar het appartement van Disa neemt en aanbelt. Er wordt niet opengedaan. Joona hoort dat er iemand in het trappenhuis boven hem is. Er zit iemand met tussenpozen te zuchten of stilletjes te huilen.

Disa doet met een verwilderd gezicht open, slechts gekleed in een bh en een panty.

'Ik had erop gerekend dat je te laat zou zijn,' legt ze uit.

'Daarom ben ik ook iets te vroeg,' zegt Joona terwijl hij haar licht op haar wang kust.

'Kun je misschien binnenkomen en de deur achter je dichtdoen, voordat alle buren me halfnaakt zien?'

In de gezellige hal ruikt het heerlijk naar eten. De franje van een roze lamp aait over Joona's kruin.

'Ik heb zeetong met krieltjes gemaakt,' zegt Disa.

'En gesmolten boter?'

'En paddenstoelen, peterselie en kalfsfond.'

'Lekker.'

De flat is behoorlijk oud, maar op zich heel mooi. Het is slechts een tweekamerwoning, maar de kamers hebben een hoog plafond. Ook hebben ze grote ramen, die op Karlaplan uitkijken, met teakhouten kozijnen, een plafond van gelakte houten panelen en een mooie, glanzende houten vloer.

Joona loopt met Disa mee naar haar slaapkamer. Hij blijft staan, probeert te begrijpen wat hij bij Josef heeft gezien. Op het onopgemaakte bed ligt Disa's laptop. Hij staat aan; ze heeft boeken en losse vellen papier om zich heen verspreid.

Hij gaat in de fauteuil zitten en wacht tot ze klaar is met aankleden. Ze gaat zonder iets te zeggen met haar rug naar hem toe staan, zodat hij de rits van haar jurk dicht kan trekken, een strakke japon van eenvoudige snit.

Joona kijkt in een opengeslagen boek en ziet een grote zwartwitfoto van een grafveld. De archeologen, gehuld in kleding uit de jaren veertig, staan iets verder weg op de foto en knijpen hun ogen dicht naar de fotograaf. Het lijkt alsof ze net zijn begonnen met uitgraven; ze hebben het oppervlak met een stuk of vijftig vlaggetjes gemarkeerd.

'Dat zijn graven,' zegt ze zachtjes. 'Die vlaggetjes geven de plaats ervan aan. De man die die plek heeft uitgegraven, heet Hannes Müller. Hij is een tijdje geleden overleden, maar is zeker honderd geworden. Hij was nog de hele tijd op het instituut. Hij zag eruit als een lieve oude schildpad…'

Ze staat voor de hoge spiegel, vlecht haar haar in twee dunne vlechten, keert zich vervolgens om en kijkt hem aan.

'Hoe zie ik eruit?'

'Je bent mooi,' zegt Joona vriendelijk.

'Ja,' antwoordt ze neerslachtig. 'Hoe is het met je moeder?'

Joona vangt haar hand.

'Goed,' fluistert hij. 'Je moest de groeten hebben.'

'Wat lief. Wat zei ze?'

'Dat je je niet om mij moest bekommeren.'

'Nee,' antwoordt Disa somber. 'Daar heeft ze natuurlijk gelijk in.'

Ze strijkt langzaam met haar vingers door zijn dikke, verwarde haar. Dan kijkt ze hem met een plotseling glimlachje aan, loopt daarna naar de computer, doet hem uit en zet hem op de ladekast.

'Wist jij dat je volgens de voorchristelijke wet zuigelingen niet als volwaardige mensen mag beschouwen voordat ze aan de borst zijn gelegd? Het was in de tijd tussen de bevalling en de eerste borstvoeding zelfs toegestaan om zuigelingen in het bos achter te laten.'

'Je werd dus mens door de keuzen van anderen,' zegt Joona langzaam.

'Is dat niet altijd zo?'

Ze doet de garderobekast open, pakt een schoenendoos en haalt daar een paar donkerbruine sandaaltjes met zachte riempjes en smalle, gestreepte hakjes van verschillende houtsoorten uit.

'Nieuw?' vraagt Joona.

'Sergio Rossi. Die heb ik mezelf cadeau gedaan vanwege dat romantische werk van mij,' zegt ze. 'Ik kruip de hele dag door een modderige akker.'

'Ben je nog steeds in Sigtuna?'

'Ja.'

'Wat hebben jullie eigenlijk gevonden?'

'Dat vertel ik je tijdens het eten.'

Hij wijst op haar sandaaltjes.

'Heel mooi,' zegt hij terwijl hij opstaat.

Disa keert zich met een wrang lachje om.

'Het spijt me, Joona,' zegt ze over haar schouder, 'maar ik geloof niet dat ze in jouw maat worden gemaakt.'

Hij blijft opeens staan.

'Wacht,' zegt hij, en hij zoekt steun tegen de muur.

Disa kijkt hem vragend aan.

'Dat was een grapje,' zegt ze.

'Nee, het waren zijn voeten...'

Joona loopt langs haar heen naar de hal, haalt zijn telefoon uit zijn jas, belt de meldkamer en zegt resoluut dat Sunesson in het ziekenhuis onmiddellijk versterking nodig heeft.

'Wat is er gebeurd?' vraagt Disa.

'Zijn voeten. Die waren helemaal smerig,' zegt Joona. 'Ze zeggen dat hij zich niet kan bewegen, maar hij is uit bed geweest. Hij is op geweest en heeft rondgelopen.'

Hij toetst het nummer van Sunesson in, en wanneer er niemand opneemt, trekt hij zijn jack aan, fluistert: 'Sorry', loopt de flat uit en rent de trap af.


Ongeveer op hetzelfde moment dat Joona bij Disa aanbelt, gaat Josef Ek in zijn ziekenhuisbed overeind zitten.

De afgelopen nacht had hij geprobeerd of hij kon lopen: hij was op de grond gegleden, maar had eerst een hele tijd met zijn handen op het voeteneinde stil moeten staan. De pijn van de vele wonden had aangevoeld alsof er kokende olie over hem heen werd gegooid en door de steken in zijn beschadigde lever was het hem even zwart voor de ogen geworden. Maar hij kon lopen. Hij had de slangen van het infuus en de Bülau-drainage wat uitgerekt, gecontroleerd wat er in de kast met ziekenhuismateriaal lag en was daarna weer gaan liggen.

Het is nu een halfuur geleden dat het nachtpersoneel binnen is geweest. De gang is bijna uitgestorven. Josef trekt langzaam het infuus uit zijn pols, voelt de zuiging in het buisje als het zijn lichaam verlaat. Er sijpelt wat bloed op zijn knie.

Het doet niet bijzonder veel pijn als hij uit bed komt. Hij schuifelt naar de kast met ziekenhuismateriaal, vindt kompressen, scalpels, wegwerpspuiten en zwachtels. Hij stopt een paar spuiten in de wijde, slappe zak van zijn ziekenhuisjasje. Met trillende handen maakt hij de verpakking van een scalpel open en snijdt de drainageslang door. Er stroomt slijmerig bloed uit en zijn linkerlong klapt langzaam in elkaar. Het doet pijn achter zijn ene schouderblad. Hij moet een beetje hoesten, maar merkt eigenlijk niets van de verandering – de verminderde longcapaciteit.

Opeens hoort hij stappen op de gang: rubberzolen op het linoleum. Josef gaat met het scalpel in zijn hand bij de deur staan, kijkt door het raampje en wacht af.

De verpleegkundige blijft staan en maakt een praatje met de politieman die de wacht houdt. Josef hoort ze ergens om lachen.

'Ik ben gestopt met roken,' antwoordt ze.

'Als je een nicotinepleister hebt, zeg ik daar geen nee tegen,' vervolgt de politieman.

'Daar ben ik ook mee gestopt,' zegt ze. 'Maar ga maar even naar de tuin, ik ben hier nog wel even bezig.'

'Vijf minuten,' zegt de politieman vrolijk.

Hij loopt met rammelende sleutels weg. De verpleegkundige bladert wat in haar papieren en komt vervolgens de kamer binnen. Ze kijkt eigenlijk alleen maar verbaasd. Ze krijgt lachrimpeltjes in haar ooghoeken als het lemmet van het scalpel in haar hals dringt. Josef is zwakker dan hij had gedacht; hij moet haar diverse malen toesteken. Zijn lichaam spant zich en gloeit van de plotselinge bewegingen.

De verpleegkundige valt niet meteen, maar probeert zich aan hem vast te klampen. Ze glijden samen op de grond. Haar lichaam is helemaal bezweet en dampend warm. Hij probeert overeind te komen, maar glijdt uit over haar haar, dat in een wijde blonde bos uiteen is gevallen. Wanneer hij het scalpel uit haar hals trekt, maakt ze een piepend geluid. Ze begint te trekken met haar benen, en Josef blijft even naar haar staan kijken voordat hij naar de gang loopt. Haar jurk is omhooggeschoven en hij kan duidelijk haar roze slipje onder haar panty zien.

Hij loopt de gang door. Zijn lever doet nu ontzettend pijn. Hij houdt rechts aan, komt schone kleren tegen op een kar en trekt gauw iets anders aan. Een gezette vrouw zwaait een vloermop heen en weer over het glimmende linoleum. Ze luistert via een koptelefoon naar muziek. Josef komt dichterbij, gaat achter haar staan en pakt een wegwerpspuit. Hij zwaait er een paar keer mee achter haar rug door de lucht, maar stopt telkens voordat de punt haar raakt. Ze merkt er niets van. Hij steekt de spuit weer in zijn zak, duwt de vrouw met zijn hand opzij en loopt langs haar heen. Ze valt bijna voorover en vloekt in het Spaans. Josef blijft abrupt staan en keert zich om.

'Wat zei je?' vraagt hij.

Ze zet haar koptelefoon af en kijkt Josef vragend aan.

'Zei je iets?' vraagt hij.

Ze schudt snel haar hoofd en gaat door met haar werk. Hij blijft een tijdje naar haar staan kijken en loopt vervolgens door naar de lift, drukt op het knopje en wacht.

# 21

## *Vrijdagavond 11 december*

Joona Linna scheurt over Valhallavägen langs het stadion waar in 1912 de Olympische Zomerspelen zijn gehouden. Hij wisselt van rijstrook, rijdt via de rechterbaan om een grote Mercedes heen en ziet de roodstenen gevel van het Sophia-huis flikkeren tussen de bomen. Zijn banden denderen over een grote metalen plaat. Hij trapt het gas in om een blauwe lijnbus voor te zijn, die net bij de halte weg wil rijden. De bus toetert verontwaardigd als hij ervoor kruipt. Grijs water spat over de geparkeerde auto's en de stoep vlak na de Technische Hogeschool.

Joona rijdt bij Norrtull door rood, passeert restaurant Stallmästaregården en weet op het korte stukje van Uppsalavägen – voordat de afrit schuin onder de snelweg in de richting van het Karolinska afbuigt – een snelheid van bijna 180 kilometer per uur te bereiken.

Als hij naast de hoofdingang parkeert, ziet hij diverse politieauto's staan. Hun blauwe zwaailicht nog aan, als spookachtige wiekslagen over de bruine gevel van het ziekenhuis. Een groep journalisten staat om een paar verpleegkundigen heen, die voor de hoofdingang staan te bibberen. Ze kijken stuk voor stuk bang en sommigen huilen openlijk voor de camera's.

Joona wil naar binnen gaan, maar wordt onmiddellijk tegengehouden door een jonge politieman die staat te trappelen – van de adrenaline of van opwinding.

'Wegwezen!' zegt de politieman, terwijl hij hem wegduwt.

Joona kijkt in een paar lichtblauwe, stomme ogen. Hij haalt de hand van de politieman van zijn borst en zegt kalm: 'Rijksrecherche.'

De politieman kijkt bijzonder argwanend.

'Legitimatie, graag.'

'Joona, haast je, het is hier verderop.'

Carlos Eliasson, het hoofd van de rijksrecherche, staat in het vaalbleke licht bij de receptie naar hem te zwaaien. Door het raam ziet hij Sunesson met een verkreukeld gezicht op een bankje zitten huilen. Er gaat een jongere collega naast hem zitten, die een arm om zijn schouders legt.

Joona laat zijn legitimatie zien en de politieman schuift korzelig op. Grote delen van de ingang en de centrale hal zijn afgezet met politielint. Buiten flitsen de camera's van de pers en binnen is de technische recherche aan het fotograferen.

Carlos voert het commando en is verantwoordelijk voor de overkoepelende strategische leiding én voor de operatieve, tactische leiding. Hij geeft snelle aanwijzingen aan de coördinator van de plaats delict en wendt zich vervolgens tot Joona.

'Hebben jullie hem?' vraagt Joona.

'Getuigen zeggen dat hij steunend op een rollator de hal uit is gelopen,' zegt Carlos gestrest. 'Die rollator staat beneden bij de bushalte.'

Hij kijkt op zijn blocnote.

'Er hebben twee bussen het terrein verlaten, zeven taxi's en het gehandicapten- en ouderenvervoer… naar schatting een stuk of tien personenauto's en maar één ambulance.'

'Zijn de uitritten afgezet?'

'Daar is het te laat voor.'

Er wordt een geüniformeerde politieman gewenkt.

'De bussen zijn opgespoord – dat heeft niets opgeleverd,' zegt hij.

'En de taxi's?' vraagt Carlos.

'We zijn klaar met Taxi Stockholm en Taxi Kurir, maar…'

De politieman maakt een verdwaald gebaar in de lucht, alsof hij niet meer weet wat hij wilde zeggen.

'Is er contact geweest met Erik Maria Bark?' vraagt Joona.

'We hebben hem meteen gebeld. Hij nam niet op, maar we proberen hem te pakken te krijgen.'

166

Joona vloekt.

'Hij moet bescherming krijgen.'

'Rolle!' roept Carlos. 'Heb je Bark al gesproken?'

'Ik heb het net nog geprobeerd,' antwoordt Roland Svensson.

'Bel hem nog een keer,' antwoordt Joona.

'Ik moet met Omar bij de verbindingseenheid praten,' zegt Carlos terwijl hij om zich heen kijkt. 'Er moet een landelijk opsporingsbevel uit.'

'Wat wil je dat ik doe?'

'Blijf hier in de buurt, kijk of ik iets over het hoofd heb gezien,' zegt Carlos en hij roept Mikael Verner bij zich, een van de technisch rechercheurs van Moordzaken.

'Laat commissaris Linna weten wat jullie tot nu toe hebben gevonden,' beveelt hij.

Verner kijkt Joona uitdrukkingsloos aan en zegt met nasale stem: 'Een dode verpleegkundige... Diverse getuigen hebben de verdachte met een rollator naar buiten zien lopen.'

'Laat zien,' zegt Joona.

Ze lopen samen de brandtrap op, omdat de liften en schachten nog niet volledig zijn doorzocht.

Joona bekijkt de roodgevlekte sporen die de blote voeten van Josef Ek op weg naar de uitgang hebben achtergelaten. Het ruikt naar elektriciteit en dood. Een bloederige handafdruk op de muur ongeveer ter hoogte van waar de etenskar daarnet nog stond, geeft aan dat hij is gestruikeld of steun heeft moeten zoeken. Op het metaal van de liftdeur ziet Joona bloed en iets wat op een vetveeg van een voorhoofd en de punt van een neus lijkt.

Ze lopen verder de gang door en blijven in de deuropening van de kamer staan, waar hijzelf een uur geleden Josef nog heeft getroffen. Een bijna zwarte plas bloed breidt zich uit rond het stoffelijk overschot op de grond.

'Ze was verpleegkundige,' zegt Verner verbeten. 'Ann-Katrin Eriksson.'

Joona ziet het stroblonde haar van de overledene en een paar ogen zonder leven. Haar verpleegstersuniform is opgetrokken over haar heupen. Het lijkt wel alsof de moordenaar heeft geprobeerd haar jurk omhoog te trekken, denkt hij.

'Het moordwapen is waarschijnlijk een scalpel,' zegt Verner droog.

Joona moppert iets, haalt zijn telefoon tevoorschijn en belt naar de Kronobergs-gevangenis.

Een slaperige mannenstem antwoordt iets wat Joona niet kan verstaan.

'Joona Linna hier,' zegt hij snel. 'Ik wil weten of Evelyn Ek daar nog is.'

'Hè?'

Joona herhaalt bits: 'Zit Evelyn Ek nog bij jullie?'

'Dat moet je de wachtcommandant vragen,' antwoordt de stem zuur.

'Kun je hem dan alsjeblieft even halen?'

'Momentje,' zegt de man, en hij legt de telefoon neer.

Joona hoort hem weglopen en een deur die piept. Daarna een woordenwisseling en iets wat lawaai maakt. Hij kijkt op zijn horloge. Hij is al tien minuten in het ziekenhuis.

Joona neemt met de telefoon tegen zijn oor de trap terug naar de hoofdingang.

'Met Jan Persson,' zegt een joviale stem.

'Joona Linna, rijksrecherche. Ik wil weten hoe het met Evelyn Ek is,' zegt hij kort.

'Evelyn Ek?' vraagt Jan Persson. 'O ja, zij. We hebben haar laten gaan. Dat was niet zo eenvoudig. Ze weigerde te vertrekken, ze wilde hier blijven.'

'Is ze op vrije voeten gesteld?'

'Nee, nee, de officier van justitie was hier. Ze zit in...'

Joona hoort Jan Persson ergens in bladeren.

'Ze zit in een van onze beschermde appartementen.'

'Mooi,' zegt hij. 'Zet een paar politiemensen bij haar voor de deur. Hoor je wat ik zeg?'

'Wij zijn niet gek, hoor,' zegt Jan Persson beledigd.

Joona rondt het gesprek af en loopt naar Carlos, die met een laptop op schoot op een stoel zit. Er staat een vrouw naast hem op het scherm te wijzen.

Omar bij de verbindingseenheid herhaalt het codewoord 'Echo' op zijn communicatieradio. Dat is de benaming die wordt gebruikt wanneer er bij een actie hondeneenheden worden ingezet. Joona vermoedt dat ze de meeste auto's momenteel wel hebben nagetrokken, maar zonder resultaat.

Joona zwaait naar Carlos, maar slaagt er niet in zijn aandacht te trekken, laat het zitten en loopt in plaats daarvan door een van de kleinere glazen deuren naar buiten. Het is donker en koud. De rollator staat bij de verlaten bushalte. Joona kijkt om zich heen. Hij besteedt geen aandacht aan de mensen die het werk van de politie vanaf de andere kant van de afzetting staan te bekijken; hij let niet op de blauwe zwaailichten en de haastige verplaatsingen van de politiemensen; hij negeert de flitsende camera's van de journalisten en laat zijn blik in plaats daarvan over de parkeerplaats gaan, langs de donkere gevels en tussen de verschillende gebouwen van het ziekenhuiscomplex door.

Joona komt in beweging, verhoogt zijn tempo, stapt over het fladderende afzetlint heen, wringt zich tussen de groep nieuwsgierigen door en kijkt in de richting van de Noordelijke Begraafplaats. Hij loopt naar Solna Kyrkoväg, langs het hek en probeert tussen de zwarte silhouetten van de bomen en de stenen iets te onderscheiden. Een netwerk van min of meer verlichte paden breidt zich uit over het zestig hectare grote gebied, met verstrooivelden, bloemperken, een crematorium en dertigduizend graven.

Joona passeert het poortwachtershuis, versnelt zijn pas, ziet de lichte obelisk van Alfred Nobel en loopt langs de grote grafkapel.

Opeens is het doodstil. Het lawaai bij de ingang van het ziekenhuis is niet meer te horen. De takken van de naakte bomen ruisen en zijn eigen stappen weerkaatsen zwak tussen de grafstenen en de kruizen. Verderop dendert een groot voertuig over de snelweg. Er is geritsel te horen tussen de dorre bladeren onder een struik. Hier en daar branden graflichtjes in hun beslagen glazen potjes.

Joona loopt naar de oostelijke rand van de begraafplaats, het deel dat langs de oprit naar de snelweg ligt, en ziet plotseling in het donker iemand tussen de hoge grafstenen in de richting van het kantoor lopen. Het is misschien vierhonderd meter verderop.

Hij blijft staan en probeert zijn blik te verscherpen. De gedaante heeft een hoekige, voorovergebogen manier van lopen. Joona rent tussen graftombes, beplanting, flakkerende kaarsjes en stenen engeltjes door. Hij ziet de smalle gestalte snel over het bevroren gras tussen de bomen lopen. Zijn witte kleren fladderen om hem heen.

'Josef,' roept Joona. 'Blijf staan!'

De jongen schiet achter een groot familiegraf met een gietijzeren hek en aangeharkt grind. Joona trekt zijn wapen, ontgrendelt het snel, rent naar opzij, krijgt de jongen in het vizier, roept naar hem dat hij moet blijven staan en richt op zijn rechterdij. Plotseling staat er een oude vrouw in de weg. Ze had over een graf gebogen gestaan en is opeens overeind gekomen. Haar gezicht bevindt zich midden in de vuurlinie. Er trekt een scheut van angst door Joona's maag. Josef verdwijnt achter een heg van cipressen. Joona laat zijn wapen zakken en rent hem achterna. Hij hoort de vrouw jammeren dat ze alleen maar een kaarsje op het graf van Ingrid Bergman wilde aansteken. Zonder haar aan te kijken roept hij dat het hier een politieaangelegenheid betreft. Hij kijkt in het donker om zich heen. Josef is tussen de bomen en de stenen verdwenen. De schaarse lantaarnpalen verlichten slechts kleine gedeeltes: een groene bank of een paar meter van een grindpad. Joona haalt zijn telefoon tevoorschijn, belt de verbindingseenheid en vraagt om onmiddellijke versterking. Het is een gevaarlijke situatie; hij heeft een hele eenheid nodig, minstens vijf groepen en een helikopter. Hij rent een talud op, springt over een laag hek en blijft staan. Ver weg is hondengeblaf te horen. Er knerpt iets op een grindpad verderop en Joona rent in die richting. Hij ziet iemand tussen de grafstenen kruipen, volgt hem met zijn blik, probeert dichterbij te komen, een vuurlinie te vinden zo gauw hij erin slaagt degene te identificeren. Zwarte vogels fladderen op. Ergens valt een vuilnisbak om. Opeens ziet hij Josef gebukt achter een bruine bevroren heg rennen. Het is glad, Joona glijdt een helling af en belandt tussen een stellage met gieters en puntvormige vazen. Wanneer hij weer boven is, ziet hij Josef niet meer. Zijn hart klopt in zijn slapen. Hij voelt dat hij een schram op zijn rug heeft. Zijn handen zijn koud en stijf. Hij steekt het grindpad over en kijkt om zich heen. Een eind verderop, achter het kantoorgebouw, staat een auto met het embleem van de stad Stockholm op het portier. De auto zwenkt langzaam rond, de rode achterlichten verdwijnen en de koplampen schijnen flakkerend over de bomen. Opeens staat Josef in het licht. Hij loopt wankelend over het smalle pad. Zijn hoofd hangt vermoeid naar voren; hij hinkt. Joona rent zo hard hij kan. De auto is gestopt, het portier gaat open en er stapt een man met een baard uit.

'Politie!' roept Joona.

Maar ze horen hem niet.

Hij schiet eenmaal in de lucht, en de man met de baard kijkt zijn kant op. Josef nadert de man met het scalpel in zijn hand. Daarna voltrekt alles zich binnen een paar seconden. Joona heeft geen enkele kans om op tijd te komen. Hij gebruikt een grafsteen als steunpunt, de afstand bedraagt meer dan driehonderd meter, zes keer zo lang als de banen bij precisieschieten. Het vizier wiebelt voor Joona's ogen. Het is lastig te zien; hij knippert en tuurt ingespannen. De grijs-witte gestalte wordt smaller en donkerder. Een tak van een boom zwaait telkens door de vuurlinie. De man met de baard heeft zich weer naar Josef omgedraaid en doet een stap naar achteren. Joona probeert het vizier zo te houden en haalt de trekker over. Het schot gaat af en de terugslag plant zich door zijn elleboog en schouder voort. De kruitspatten branden op zijn onderkoelde hand. De kogel verdwijnt spoorloos tussen de bomen. De echo van de knal sterft weg. Joona richt opnieuw en ziet Josef de bebaarde man met het mes in zijn buik steken. Er stroomt bloed uit. Joona schiet, de kogel fladdert door Josefs kleren, hij wankelt en laat het mes los, voelt aan zijn rug, loopt naar de auto en gaat erin zitten. Joona rent naar voren om op tijd bij de weg te zijn, maar Josef heeft de auto al gestart. Hij rijdt dwars over de benen van de man met de baard heen en trapt vervolgens het gas in. Wanneer Joona begrijpt dat hij de weg niet op tijd zal bereiken, blijft hij staan en richt hij het pistool op de voorband, schiet – en schiet raak. De auto slingert heen en weer, maar rijdt toch verder, meerdert vaart en verdwijnt in de richting van de oprit van de snelweg. Joona steekt zijn pistool in de holster, pakt zijn telefoon en rapporteert de stand van zaken aan de verbindingseenheid; hij zegt dat hij met Omar wil praten en herhaalt dat hij een helikopter nodig heeft.

De man met de baard leeft nog, een straal donker bloed gutst tussen zijn vingers door uit de wond in zijn buik, en zijn benen zien eruit of ze zijn gebroken.

'Het was nog maar een jongen,' zegt hij geschrokken. 'Het was nog maar een jongen.'

'De ambulance is onderweg,' zegt Joona, en hij hoort eindelijk een helikopter boven de begraafplaats: het ratelende geluid van de rotorbladen.

Het is al laat als Joona op zijn kamer in het hoofdbureau van politie de telefoon pakt, Disa's nummer intoetst en wacht tot de signalen overgaan.

'Laat me met rust,' antwoordt ze lijzig.

'Lag je te slapen?' vraagt Joona.

'Ja, natuurlijk.'

Het is even stil.

'Was het eten lekker?'

'Mm-mm.'

'Je begrijpt wel dat ik...'

Hij valt stil, hoort dat ze gaapt en rechtop gaat zitten.

'Alles in orde met jou?' vraagt ze zachtjes.

Joona kijkt naar zijn handen. Hoewel hij ze zorgvuldig heeft gewassen, vindt hij dat zijn vingers nog steeds een beetje naar bloed ruiken. Hij had op zijn knieën de grootste wond op de buik van de man wiens auto door Josef Ek was gestolen bij elkaar gehouden. De gewonde was de hele tijd volledig bij bewustzijn geweest; hij had bijna enthousiast over zijn zoon liggen praten, die net eindexamen had gedaan en nu voor het eerst helemaal alleen naar Noord-Turkije zou gaan om zijn opa en oma op te zoeken. De man had Joona aangekeken, had diens handen op zijn buik gezien en verbaasd geconstateerd dat hij helemaal geen pijn had.

'Is dat niet gek?' had hij gevraagd, terwijl hij Joona met de glunderende, heldere blik van een kind had aangekeken.

Joona had geprobeerd rustig te praten. Hij had de man uitgelegd dat de endorfinen ervoor zorgden dat hij op dit moment geen pijn had. Zijn lichaam was zo geschokt dat het het zenuwstelsel een verdere belasting wilde besparen.

De man had gezwegen en daarna kalm gevraagd: 'Is dit wat je voelt als je doodgaat?'

Hij had bijna geprobeerd naar Joona te glimlachen toen hij vervolgde: 'Doet dat helemaal geen pijn?'

Joona had zijn mond opengedaan om antwoord te geven, maar op dat moment was de ambulance gekomen en had Joona gevoeld dat iemand voorzichtig zijn handen van de buik van de man had gehaald en hem een paar meter naar opzij had geleid, terwijl het ambulancepersoneel de man op een brancard tilde.

'Joona?' vraagt Disa opnieuw. 'Hoe is het?'

'Met mij is alles goed,' zegt hij.

Hij hoort dat ze zich beweegt; het klinkt alsof ze water drinkt.

'Wil je een herkansing?' vraagt ze vervolgens.

'Heel graag.'

'Hoewel ik je helemaal niets kan schelen,' zegt ze hard.

'Je weet dat dat niet waar is,' antwoordt hij, en hij hoort plotseling hoe ontzettend vermoeid zijn stem klinkt.

'Sorry,' zegt Disa. 'Ik ben blij dat je ongedeerd bent.'

Ze beëindigen het gesprek.

Joona blijft even stil zitten luisteren naar de suizende stilte in het hoofdbureau. Daarna staat hij op, neemt zijn wapen uit de holster, die aan de binnenkant van de deur hangt, haalt het uit elkaar, en begint langzaam elk onderdeel schoon te maken en in te vetten. Hij zet het pistool weer in elkaar, loopt naar de wapenkast en bergt het op achter slot en grendel. De bloedlucht is verdwenen. In plaats daarvan ruiken zijn handen nu sterk naar wapenvet. Hij gaat zitten om een rapport te schrijven voor Petter Näslund, zijn directe chef, over waarom hij het noodzakelijk en gerechtvaardigd achtte om zijn dienstwapen te gebruiken.

# 22

## *Vrijdagavond 11 december*

Erik kijkt toe terwijl de drie pizza's worden gebakken en vraagt om wat extra salami op Simones pizza. Zijn telefoon gaat en hij kijkt op het display. Als hij het nummer niet herkent, stopt hij de telefoon terug in zijn zak. Het is vermoedelijk weer een of andere journalist. Hij heeft op dit moment geen fut meer voor nog meer verslaggevers. Als hij met de grote warme dozen naar huis loopt, bedenkt hij dat hij met Simone moet praten, dat hij moet uitleggen dat hij boos werd omdat hij onschuldig is, dat het niet is zoals zij denkt, dat hij haar niet nogmaals in de steek heeft gelaten, dat hij van haar houdt. Hij blijft voor de bloemenzaak staan, aarzelt, maar gaat toch naar binnen. Er hangt een geur van verzadigde zoetheid in de winkel. Het raam naar de straat is beslagen. Hij besluit een boeket rode rozen te kopen als zijn telefoon weer gaat. Het is Simone.

'Hallo?'

'Waar ben je ergens?' vraagt ze.

'Ik ben onderweg.'

'We zijn uitgehongerd.'

'Mooi.'

Hij loopt snel terug naar huis, gaat de centrale entree binnen en blijft vervolgens staan wachten op de lift. Door de gele geslepen ruiten van de portiekdeur ziet de wereld buiten er sprookjesachtig en betoverd uit. Hij zet snel de pizzadozen op de grond, klapt de klep van de stortkoker open en gooit het boeket rozen erin.

In de lift heeft hij spijt. Hij bedenkt dat ze er misschien toch blij mee was geweest en het helemaal niet zou hebben opgevat als een poging om er gemakkelijk van af te komen, om een confrontatie te vermijden.

Hij belt aan. Benjamin doet open en pakt de pizzadozen van hem over. Erik trekt zijn jas uit, gaat naar de badkamer en wast zijn handen. Hij pakt een strip met citroengele tabletjes, drukt er snel drie uit, slikt ze zonder water door en gaat terug naar de keuken.

'We zijn vast begonnen,' zegt Simone.

Erik kijkt naar de waterglazen op tafel en mompelt iets over geheelonthouders, terwijl hij twee wijnglazen pakt.

'Mooi,' zegt Simone wanneer hij een fles opentrekt.

'We moeten praten,' zegt hij.

Eriks mobiele telefoon gaat. Ze kijken elkaar aan.

'Wil er iemand opnemen?' vraagt Simone.

'Ik praat vanavond niet met nog meer journalisten,' verklaart Erik.

Ze snijdt haar pizza in stukken, neemt een hap en zegt: 'Laat toch gaan.'

Erik schenkt wijn in. Simone knikt glimlachend.

'O ja,' zegt ze opeens. 'Het is nu bijna verdwenen, maar het rook naar sigaretten toen ik thuiskwam.'

'Heb jij een vriend die rookt?' vraagt Erik.

'Nee,' antwoordt Benjamin.

'Rookt Aida?'

Benjamin geeft geen antwoord. Hij eet snel, maar stopt opeens, legt zijn bestek neer en kijkt omlaag naar de tafel.

'Wat is er, knul?' vraagt Erik voorzichtig. 'Waar zit je aan te denken?'

'Niets.'

'Je weet dat je ons alles kunt vertellen, hè?'

'O ja?'

'Vind jij dan van niet?'

'Jij begrijpt het niet,' kapt hij hem af.

'Leg het me dan eens uit,' vraagt Erik met een glimlach.

'Nee.'

Ze eten in stilte. Benjamin staart naar de muur.

'Lekkere salami,' zegt Simone zachtjes.

Ze veegt de lippenstift van haar glas.

'Jammer dat we ermee gestopt zijn om samen te koken,' vervolgt ze tegen Erik.

'Wanneer zouden we dat in godsnaam moeten doen?' verdedigt hij zich.

'Hou op met dat geruzie!' roept Benjamin uit.

Hij drinkt water en kijkt door het raam naar buiten naar de donkere stad. Erik eet bijna niets, maar vult zijn glas twee keer bij.

'Heb je dinsdag je injectie gehad?' vraagt Simone.

'Heeft papa die ooit overgeslagen?'

Benjamin staat op en zet zijn bord op het aanrecht.

'Bedankt voor het eten.'

'Ik ben gisteren naar dat leren jack wezen kijken waar je voor aan het sparen bent,' zegt Simone. 'Ik heb bedacht dat ik zou kunnen bijleggen wat je nog te kort komt.'

Benjamin begint te glunderen, loopt naar haar toe en slaat zijn armen om haar heen. Ze houdt hem stevig vast, maar laat los zo gauw ze voelt dat hij weg wil. Hij gaat naar zijn kamer.

Erik breekt een korst af en steekt hem in zijn mond. Hij heeft donkere kringen onder zijn ogen en de groeven rond zijn mond zijn dieper geworden. Zijn voorhoofd heeft een geteisterd of gespannen trekje.

De telefoon gaat weer. Trillend schuift hij over tafel.

Erik kijkt naar het display en schudt zijn hoofd.

'Geen bekende,' zegt hij alleen maar.

'Heb je er genoeg van een Bekende Zweed te zijn?' vraagt Simone zacht.

'Ik heb vandaag maar twee verslaggevers te woord gestaan,' zegt hij met een flauwe glimlach. 'Maar dat was meer dan genoeg.'

'Wat moesten ze?'

'Het was dat blad, *Café*, of hoe het ook heet.'

'Dat met die pin-ups op de cover?'

'Altijd een of andere meid die verbaasd kijkt dat ze wordt gefotografeerd met alleen een slipje aan met de Engelse vlag erop.'

Ze glimlacht naar hem.

'Wat wilden ze?'

Erik schraapt zijn keel en zegt droog: 'Ze vroegen me of je vrouwen kunt hypnotiseren zodat ze seks willen en dat soort dingen.'

'Echt waar?'

'Ja.'

'En dat andere gesprek?' vraagt ze. 'De *Playboy*?'

'Het nieuws,' antwoordt hij. 'Ze wilden weten hoe ik tegen de aangifte bij de parlementaire ombudsman aan kijk.'

'Vervelend.'

Zuchtend wrijft Erik in zijn ogen. Het lijkt alsof hij een decimeter is gekrompen.

'Zonder die hypnose,' zegt hij langzaam, 'zou Josef Ek zijn zus misschien hebben vermoord zo gauw hij uit het ziekenhuis zou worden uitgeschreven.'

'Toch had je het niet moeten doen,' brengt Simone er voorzichtig tegen in.

'Nee, ik weet het,' antwoordt hij zachtjes, terwijl hij zijn glas betast. 'Ik heb spijt dat ik...'

Hij zwijgt, en Simone krijgt plotseling zin om hem aan te raken, hem te omhelzen. Maar toch blijft ze zitten waar ze zit. Ze kijkt hem aan en vraagt: 'Hoe zullen we het doen?'

'Het doen?'

'Met ons. We hebben dingen gezegd – dat we uit elkaar zullen gaan. Ik weet niet meer wat ik aan je heb, Erik.'

Hij wrijft verwoed in zijn ogen.

'Ik begrijp dat je me niet vertrouwt,' zegt hij, en hij zwijgt weer.

Ze kijkt hem aan, ontmoet zijn vermoeide, glanzende blik, ziet zijn afgematte gezicht, zijn grijze, sprietige haar, en bedenkt dat er een tijd was dat ze het bijna altijd leuk hadden samen.

'Ik ben niet degene die je wilt,' vervolgt hij.

'Schei uit,' zegt ze.

'Wat nou?'

'Jij zegt dat ik ontevreden met je ben, maar jij bent degene die mij bedriegt, die vindt dat ík tekortschiet.'

'Simone, ik...'

Hij raakt haar hand aan, maar ze trekt hem terug. Zijn blik is donker en ze ziet dat hij pillen heeft geslikt.

'Ik moet slapen,' zegt Simone, en ze staat op.

Erik loopt met een asgrauw gezicht en vermoeide ogen achter haar aan. Op weg naar de badkamer voelt ze zorgvuldig aan de buitendeur.

'Ga jij maar in de logeerkamer liggen,' zegt ze.

Hij knikt, kijkt onverschillig, bijna verdoofd, en gaat zonder iets te zeggen zijn dekbed en kussen halen.

Midden in de nacht wordt Simone wakker van een plotselinge prik in haar bovenarm. Ze ligt op haar buik, rolt op haar zij en voelt aan haar arm. De spier jeukt en voelt gespannen. Het is aardedonker in de slaapkamer.

'Erik?' fluistert ze, maar ze bedenkt ineens dat hij in de logeerkamer ligt.

Ze draait zich om naar de deuropening en ziet een schaduw verdwijnen. De parketvloer kraakt onder het gewicht van een mens. Ze bedenkt dat Erik zeker is opgestaan om iets te halen, maar beseft dan dat hij diep in slaap zou moeten zijn vanwege zijn slaaptabletten. Ze knipt het bedlampje aan, keert haar arm naar het licht en ziet een piepklein druppeltje bloed uit een roze stipje op haar huid komen. Ze is zeker gestoken.

Ze hoort zacht gebonk in de hal. Simone doet het lampje weer uit en komt op slappe benen overeind. Terwijl ze naar de woonkamer loopt, masseert ze haar pijnlijke arm. Ze heeft een droge mond en haar benen zijn warm en stijf. Er fluistert iemand in de hal – zacht gelach, kirrend. Dat klinkt helemaal niet als Erik. De rillingen lopen Simone over de rug. De buitendeur staat wijd open. Het is donker in het trappenhuis. Er komt koele lucht binnen. Uit de kamer van Benjamin komen geluiden: een licht gejammer.

'Mama?'

Benjamin lijkt bang; hij durft niet te roepen.

'Au,' kermt hij. Zachtjes en hees begint hij te huilen.

Via de spiegel in de gang ziet Simone dat er iemand over Benjamins bed gebogen staat met een spuit in zijn hand. De gedachten vliegen door haar hoofd. Ze probeert te begrijpen wat er gebeurt, wat ze ziet.

'Benjamin?' zegt ze met angstige stem. 'Wat doen jullie? Mag ik binnenkomen?'

Ze schraapt haar keel, komt een stap dichterbij, en opeens laten haar benen haar in de steek. Ze houdt zich vast aan de buffetkast, maar kan niet overeind blijven staan. Ze valt op de grond, botst met haar hoofd tegen de muur en voelt een brandende pijn in haar hoofd.

Ze probeert omhoog te komen, maar kan zich niet meer bewegen; ze heeft geen contact met haar benen, geen gevoel in haar onderlichaam. Ze heeft een vreemd gevoel in haar borst en haar ademhaling wordt zwaarder. Haar gezichtsvermogen verdwijnt een paar seconden en keert daarna troebel terug.

Iemand trekt Benjamin aan zijn benen over de vloer. Zijn pyjamajasje glijdt omhoog, zijn armen bewegen zich langzaam, verward. Hij probeert zich vast te houden aan de deurpost, maar is te zwak. Zijn hoofd stuitert op de drempel. Benjamin kijkt Simone in de ogen. Hij is verstijfd van schrik. Zijn mond beweegt, maar hij kan geen woord uitbrengen. Ze reikt naar zijn hand, maar mist hem. Ze probeert erachteraan te kruipen, maar dat gaat niet; haar ogen rollen naar achteren, ze kan niets onderscheiden. Ze knippert en ziet in korte fragmenten dat Benjamin door de hal wordt gesleept, het trappenhuis in. De deur wordt voorzichtig dichtgedaan. Simone probeert om hulp te roepen, maar ze kan niets uitbrengen. Haar ogen vallen dicht. Ze ademt langzaam en zwaar, en krijgt onvoldoende lucht binnen.

Alles wordt zwart.

# 23

## *Zaterdagochtend 12 december*

Simones mond voelt aan of hij vol glassplinters zit. Wanneer ze ademhaalt, doet dat ontzettend veel pijn. Ze probeert met haar tong haar verhemelte te voelen, maar die is onbeweeglijk gezwollen. Ze probeert te kijken, maar haar oogleden komen eerst maar een heel klein beetje omhoog. Ze kan niet begrijpen wat ze ziet. Langzaam worden zwevende lampen, metaal en gordijnen zichtbaar.

Erik zit op een stoel naast haar en houdt haar hand vast. Zijn ogen staan hol en vermoeid. Simone probeert te praten, maar haar keel voelt ontstoken aan.

'Waar is Benjamin?'

Erik schrikt op.

'Wat zei je?' vraagt hij.

'Benjamin,' fluistert ze. 'Waar is hij?'

Erik doet zijn ogen dicht en zijn mond staat gespannen. Hij slikt en kijkt haar aan.

'Wat heb je gedaan?' vraagt hij zachtjes. 'Je lag op de vloer, Sixan, daar heb ik je aangetroffen. Je had bijna geen hartslag en als ik je niet had gevonden…'

Hij wrijft over zijn lippen en vraagt tussen zijn vingers door: 'Wat heb je gedaan?'

Ze heeft moeite met ademhalen. Ze moet meerdere keren slikken. Ze begrijpt dat haar maag is leeggepompt, maar weet niet wat ze moet zeggen. Tijd om uit te leggen dat ze niet heeft geprobeerd zelfmoord te plegen heeft ze niet. Het is onbelangrijk wat hij denkt. Op dit moment. Wanneer ze haar hoofd probeert te schudden, wordt ze misselijk.

'Waar is hij?' fluistert ze. 'Is hij weg?'

'Hoe bedoel je?'

De tranen rollen over haar wangen.

'Is hij weg?' herhaalt ze.

'Jij lag in de hal, lieveling. Benjamin was al vertrokken toen ik opstond. Hadden jullie ruzie gehad?'

Ze probeert opnieuw haar hoofd te schudden, maar heeft daar de kracht niet voor.

'Er was iemand in onze flat... Die heeft hem meegenomen,' zegt ze zwak.

'Wie?'

Ze huilt klaaglijk.

'Benjamin?' vraagt Erik. 'Wat is er met Benjamin?'

'O, god,' mompelt ze.

'Wat is er met Benjamin?' schreeuwt Erik bijna.

'Iemand heeft hem meegenomen,' zegt ze.

Erik ziet er bang uit. Hij kijkt om zich heen, wrijft met trillende handen over zijn lippen en gaat op zijn knieën naast haar zitten.

'Vertel wat er is gebeurd,' zegt hij geconcentreerd. 'Simone, wat is er gebeurd?'

'Ik zag dat iemand Benjamin door de hal sleepte,' zegt ze bijna geluidloos.

'Hoezo "sleepte", wat bedoel je?'

'Ik werd vannacht wakker van een prik in mijn arm. Ik heb een injectie gekregen, iemand heeft me...'

'Waar? Waar heb je die injectie gekregen?'

'Geloof je me niet?'

Ze probeert de mouw van haar ziekenhuisjasje op te rollen. Hij helpt haar en vindt een rood plekje midden op haar bovenarm. Als hij met zijn vingertoppen de zwelling rond de prik betast, trekt alle kleur uit zijn gezicht weg.

'Iemand heeft Benjamin meegenomen,' zegt ze. 'Ik kon het niet tegenhouden...'

'We moeten erachter zien te komen wat jij gekregen hebt,' zegt hij, en hij drukt op de alarmknop.

'Dat doet er niet toe, dat kan me niet schelen. Je moet Benjamin zien te vinden.'

'Dat zal ik ook doen,' antwoordt hij kort.

Er komt een verpleegkundige binnen. Ze krijgt beknopte instructies voor de bloedproef en loopt gehaast weer naar buiten. Erik wendt zich opnieuw tot Simone:

'Wat is er gebeurd? Weet je zeker dat Benjamin door iemand door de hal werd gesleept?'

'Ja,' antwoordt ze vertwijfeld.

'Maar je hebt niet gezien wie het was?'

'Hij trok Benjamin aan zijn benen door de hal en door de deur naar buiten. Ik lag op de grond... Ik kon me niet bewegen.'

De tranen lopen weer over haar wangen. Hij slaat zijn armen om haar heen en ze huilt tegen zijn borst, vermoeid en jammerend; ze schokt helemaal. Als ze enigszins is gekalmeerd, duwt ze hem zachtjes van zich af.

'Erik,' zegt ze, 'je moet Benjamin vinden.'

'Ja,' antwoordt hij, en hij gaat de kamer uit.

De verpleegkundige klopt op de deur en komt binnen. Simone doet haar ogen dicht, zodat ze niet hoeft te zien hoe de zuster vier buisjes met bloed vult.

Erik loopt naar zijn kamer in het ziekenhuis terwijl hij denkt aan de ambulancerit van die ochtend, toen hij Simone levenloos op de grond had aangetroffen, bijna zonder hartslag. De snelle rit door de lichte stad, het spitsverkeer dat opzij ging, de stoepen op. Het leegpompen van haar maag, de efficiency van de vrouwelijke arts, haar kalme snelheid. Het toedienen van zuurstof en het donkere scherm met de onregelmatige hartslag.

Erik zet op de gang zijn telefoon aan, blijft staan en luistert alle nieuwe berichten af. Gisteren had een politieman, ene Roland Svensson, hem viermaal gebeld om hem politiebescherming aan te bieden. Er was geen berichtje van Benjamin of van iemand anders die met zijn verdwijning te maken had.

Hij belt Aida en voelt een ijzige golf van paniek als ze met haar lichte stem angstig zegt dat ze geen idee heeft waar Benjamin zou kunnen zijn.

'Kan hij weer naar die zaak in Tensta zijn gegaan?'

'Nee,' antwoordt ze.

Erik belt David, Benjamins vriend sinds zijn kindertijd. Davids moeder neemt op.

Als ze zegt dat ze Benjamin al dagen niet heeft gezien, breekt hij het gesprek gewoon midden in haar ongeruste woordenstroom af.

Hij toetst het nummer in van het lab om hun analyse te horen, maar ze kunnen nog niets zeggen; Simones bloed is net binnen.

'Ik blijf aan de telefoon wachten,' zegt hij.

Hij hoort hen werken, en na een tijdje komt dokter Valdes aan de lijn en zegt krakend:

'Hallo, Erik. Het lijkt op Rapifen of iets dergelijks, met alfentanil.'

'Alfentanil? Dat verdovingsmiddel?'

'Iemand heeft een ziekenhuis of een dierenarts beroofd. Wij gebruiken het niet zoveel, want het is ontzettend verslavend. Maar het lijkt erop dat je vrouw veel geluk heeft gehad.'

'Hoezo dan?' vraagt Erik.

'Ze leeft nog.'

Erik gaat terug naar de kamer van Simone om haar naar de details van de ontvoering te vragen, om alles nog een keer door te nemen, maar ziet dat ze in slaap is gevallen. Haar lippen zitten vol wondjes en zijn gebarsten na het leegpompen van haar maag.

De telefoon in zijn zak gaat en hij loopt voordat hij opneemt snel naar de gang.

'Ja?'

'Met Linnea van de receptie. Je hebt bezoek.'

Het duurt een paar tellen voordat Erik begrijpt dat de vrouw doelt op de receptie van het ziekenhuis, bij Neurologie, en dat degene die aan het woord is Linnea Åkesson is, die al vier jaar bij de receptie werkt.

'Dokter Bark?' vraagt ze voorzichtig.

'Heb ik bezoek? Wie dan?'

'Joona Linna,' antwoordt ze.

'Oké, vraag hem naar de kantine te komen. Daar wacht ik hem op.'

Erik verbreekt de verbinding en blijft vervolgens op de gang staan terwijl de gedachten door zijn hoofd razen. Hij denkt aan de berichten op zijn voicemail – dat Roland Svensson van de politie telkens weer had gebeld om hem politiebescherming aan te bieden. Wat is er gebeurd? Heeft iemand mij bedreigd, vraagt Erik zich af, en daarna krijgt hij een ijzig gevoel wanneer hij beseft hoe ongewoon het is dat een commissaris van de recherche als Joona Linna hem persoonlijk komt opzoeken in plaats van te bellen.

Erik gaat naar de kantine, blijft voor de plastic stolpen over de verschillende soorten broodbeleg staan, ruikt de zoete geur van het gesneden brood. Hij wordt er misselijk van. Zijn handen trillen wanneer hij water in een glas vol krassen schenkt.

Joona is op weg hiernaartoe, denkt hij, om te vertellen dat ze het lichaam van Benjamin hebben gevonden. Daarom komt hij persoonlijk hierheen. Hij vraagt me natuurlijk straks te gaan zitten en vertelt dan dat Benjamin dood is. Erik wil die gedachte niet denken, maar zij is toch aanwezig. Hij gelooft er niet in, weigert erin te geloven, maar zij keert voortdurend terug. Zijn brein toont steeds sneller huiveringwekkende beelden van het lichaam van Benjamin in een sloot langs de snelweg, in zwarte vuilniszakken in een bos, aangespoeld op een modderig strand.

'Koffie?'

'Pardon?'

'Zal ik je inschenken?'

Een jonge vrouw met glanzend blond haar staat bij het koffiezetapparaat en houdt de gevulde kan omhoog. De verse koffie dampt. Ze kijkt hem vragend aan. Hij begrijpt dat hij een lege koffiebeker in zijn hand heeft, schudt alleen maar zijn hoofd en ziet tegelijkertijd Joona Linna binnenkomen.

'We gaan zitten,' zegt Joona.

Hij kijkt bezwaard en ontwijkend.

'Oké,' zegt Erik na een tijdje geluidloos.

Ze nemen plaats aan de middelste tafel met daarop papieren tafelkleedjes en zoutvaatjes. Joona krabt aan zijn ene wenkbrauw en fluistert iets.

'Pardon?' vraagt Erik.

Joona schraapt zachtjes zijn keel en zegt daarna: 'We hebben geprobeerd je te pakken te krijgen.'

'Ik heb gisteren de telefoon niet opgenomen,' zegt Erik slap.

'Erik, het spijt me dat ik je moet laten weten dat…'

Joona zwijgt even, kijkt hem met een granietgrijze blik aan en deelt dan mede: 'Josef Ek is ontsnapt uit het ziekenhuis.'

'Hè?'

'Je hebt recht op politiebescherming.'

Eriks lippen beginnen te trillen en zijn ogen vullen zich met tranen.

'Is dat wat je wilde zeggen – dat Josef is ontsnapt?'

'Ja.'

Erik is zo opgelucht dat hij het liefst op de grond zou willen gaan liggen en alleen maar zou willen slapen. Hij veegt snel de tranen uit zijn ogen.

'Wanneer is hij ontsnapt?'

'Gisteravond… Hij heeft een verpleegkundige gedood en een man zeer ernstig verwond,' zegt Joona moeizaam.

Erik knikt een paar keer en snel telt hij één en één bij elkaar op.

'Hij is vannacht naar ons toe gekomen en heeft Benjamin ontvoerd,' zegt hij.

'Wat zeg je nou?'

'Hij heeft Benjamin meegenomen.'

'Heb je hem gezien?'

'Ik niet, maar Simone…'

'Wat is er gebeurd?'

'Simone is geïnjecteerd met een sterk verdovingsmiddel,' zegt Erik langzaam. 'Ik heb net de uitslag binnen. Het is een preparaat dat alfentanil heet en dat bij grote chirurgische ingrepen wordt gebruikt.'

'Maar gaat het goed met haar?'

'Ze redt het wel.'

Joona knikt en noteert de naam van het geneesmiddel.

'Zegt Simone dat Josef Benjamin heeft meegenomen?'

'Ze heeft geen gezicht gezien.'

'Ik begrijp het.'

'Denk je dat jullie Josef kunnen vinden?' vraagt Erik.

'Vast wel, reken daar maar op. Er is een landelijk opsporings-bevel uitgegaan,' antwoordt Joona. 'Hij is zwaargewond. Hij komt niet ver.'

'Maar jullie hebben geen spoor?'

Joona werpt hem een bikkelharde blik toe.

'Ik denk dat we hem gauw te pakken hebben.'

'Mooi.'

'Waar was jij toen hij bij jullie thuis was?'

'Ik sliep in de logeerkamer,' verklaart Erik. 'Ik had een slaapta-blet ingenomen en heb niets gehoord.'

'Dus toen hij bij jullie was, kon hij alleen Simone in de slaapka-mer zien liggen?'

'Vermoedelijk.'

'Maar er klopt iets niet,' zegt Joona.

'Je ziet de logeerkamer gemakkelijk over het hoofd. Die ziet er meer uit als een garderobekast, en als de deur van de wc openstaat, zie je de deur van de logeerkamer niet eens.'

'Dat is het niet,' zegt hij. 'Ik bedoel dat dat niets voor Josef is… Hij geeft mensen geen spuitje, hij gedraagt zich veel agressiever.'

'Het komt op ons anders behoorlijk agressief over,' zegt Erik.

'Hoe bedoel je?'

'Hij weet misschien voortdurend wat hij aan het doen is, ik be-doel, jullie hebben in het rijtjeshuis ook geen bloed van de vader op Josef aangetroffen.'

'Nee, maar…'

'Dat duidt erop dat hij systematisch te werk gaat, koelbloedig. Stel dat hij zich op mij wil wreken door Benjamin te ontvoeren?'

Het wordt stil. Vanuit zijn ooghoek ziet Erik dat de blonde vrouw bij het koffiezetapparaat aan haar kopje staat te nippen, terwijl ze uitkijkt over de ziekenhuisgebouwen.

Joona slaat zijn blik neer, daarna kijkt hij Erik aan en zegt hij oprecht, op zijn vriendelijke, gevoelige Finse toon: 'Het spijt me echt, Erik.'

Nadat Erik voor de cafetaria afscheid heeft genomen van Joona, loopt hij naar zijn kantoor, dat in het ziekenhuis tevens de kamer is waar hij slaapt. Hij kan niet geloven dat Benjamin is ontvoerd. Het is gewoon onvoorstelbaar, te absurd dat een vreemdeling bij hen zou hebben ingebroken en zijn zoon door de hal zou hebben gesleept, het trappenhuis in, de straat op en dan verder ergens naartoe.

Het klopt gewoon niet.

Zijn zoon kan niet zijn meegenomen door Josef Ek. Dat bestaat niet. Hij weigert zich dat voor te stellen. Het is onmogelijk.

Met het gevoel dat alles om hem heen zo langzamerhand ongrijpbaar wordt, gaat hij achter zijn aftandse bureau zitten en belt hij telkens weer dezelfde mensen, alsof hij aan de nuances in hun stem zou kunnen horen of ze een belangrijk detail over het hoofd hebben gezien, of ze liegen of informatie achterhouden. Hij voelt zich hysterisch als hij Aida drie keer achter elkaar belt. De eerste keer vraagt hij of zij weet of Benjamin plannen had voor het weekend. De tweede keer belt hij om te vragen of ze telefoonnummers heeft van anderen dan zijn vrienden, want hij weet niet langer met wie Benjamin op school omgaat. De derde keer vraagt hij of Benjamin en zij ruzie hebben gehad en geeft hij haar vervolgens alle telefoonnummers waarop ze hem kan bereiken, inclusief het nummer van het ziekenhuis en Simones mobiele nummer.

Hij belt nogmaals naar David, die bevestigt dat hij Benjamin sinds de lessen van de dag ervoor niet heeft gezien. Dan belt hij de politie. Hij vraagt wat er gebeurt, of ze al verder komen. Daarna belt Erik alle ziekenhuizen in de regio Stockholm. Hij belt Benjamins gsm voor de tiende keer, maar die staat uit. En hij belt Joona en eist met stemverheffing dat de politie de zoektocht intensiveert, dat Joona meer middelen moet inzetten en hij vraagt hem te doen wat hij kan.

Erik gaat naar de kamer waar Simone ligt, maar blijft op de gang staan. Hij ziet de muren ronddraaien, voelt iets om zich heen zich verdichten. Zijn hersenen vechten om het te begrijpen. Diep vanbinnen hoort hij almaar de mantra: 'Ik zal Benjamin vinden, ik zal Benjamin vinden.'

Erik staat door het raampje in de deur naar zijn echtgenote te kijken. Ze is wakker, maar haar gezicht staat vermoeid en verward; haar lippen zijn bleek en de donkere kringen onder haar ogen hebben zich verdiept. Haar rossige haar zit door de war van het zweet. Ze draait aan haar ring, duwt hem omhoog naar het kootje. Erik haalt zijn hand door zijn haar, en als hij over zijn kin strijkt, merkt hij hoe scherp zijn baardstoppels zijn. Simone kijkt hem door het glas heen aan, maar vertrekt geen spier.

Erik loopt naar binnen en gaat moeizaam naast haar zitten. Ze kijkt hem aan en slaat vervolgens haar ogen neer. Hij ziet dat ze haar lippen tuit en een pijnlijk gezicht trekt. Er wellen een paar grote tranen op in haar ogen en haar neus wordt rood van het huilen.

'Benjamin probeerde me vast te pakken, hij stak zijn hand uit naar de mijne,' fluistert ze. 'Maar ik lag daar maar, ik kon me niet verroeren.'

Eriks stem is zwak als hij zegt: 'Ik heb net te horen gekregen dat Josef Ek is ontsnapt. Gisteravond.'

'Ik heb het koud,' fluistert ze.

Ze slaat zijn hand weg als hij probeert de lichtblauwe ziekenhuisdeken over haar heen te leggen.

'Het is jóuw schuld,' zegt ze. 'Jij wilde zó graag weer hypnotiseren dat je…'

'Hou op, Simone. Het is niet míjn schuld. Ik heb geprobeerd iemand het leven te redden. Het is mijn werk om…'

'En je zoon? Telt hij dan niet?' roept ze uit.

Wanneer Erik haar probeert aan te raken, duwt ze hem weer weg.

'Ik ga mijn vader bellen,' zegt ze met trillende stem. 'Hij zal me helpen Benjamin te vinden.'

'Ik wil absoluut niet dat je hem belt,' zegt Erik.

'Ik wist wel dat je dat zou zeggen, maar je kunt de boom in. Het enige wat ik wil, is dat Benjamin terugkomt.'

'Ik zal hem vinden, Sixan.'

'Waarom geloof ik je niet?'

'De politie doet wat ze kan en jouw vader is…'

'De politie? De politie heeft die gek laten gaan,' sputtert ze verontwaardigd. 'Of niet soms? Die doen heus niets om Benjamin te vinden.'

'Josef is een seriemoordenaar. De politie zal hem vinden, zeker, maar ik ben ook niet gek. Ik weet ook wel dat Benjamin onbelangrijk voor hen is; Benjamin kan hun niets schelen, niet écht, niet zoals hij ons kan schelen, niet zoals…'

'Dat zeg ik toch?' kapt ze hem geïrriteerd af.

'Joona Linna heeft uitgelegd dat…'

'Het is allemaal zijn fout, hij heeft je aan het hypnotiseren gebracht.'

Erik schudt zijn hoofd.

'Daar heb ik zelf voor gekozen.'

'Papa zou er alles aan doen,' zegt ze zachtjes.

'Ik wil dat jij en ik samen elk klein detail doornemen. We moeten nadenken, we hebben rust nodig om…'

'Wat kunnen we in godsnaam doen?' schreeuwt ze.

Het wordt stil. Erik hoort dat iemand in de kamer ernaast de tv aanzet.

Simone ligt met haar gezicht afgewend in bed.

'We moeten nadenken,' zegt Erik zachtjes. 'Ik weet niet zeker of Josef Ek…'

'Jij spoort gewoon niet!' snauwt ze.

Simone probeert overeind te komen, maar dat lukt niet.

'Mag ik nog één ding zeggen?'

'Ik ga een pistool kopen en dan zal ik hem vinden,' zegt ze.

'De buitendeur was twee nachten achter elkaar open, maar…'

'Dat zei ik toch?' onderbreekt ze hem. 'Ik heb toch gezegd dat er iemand binnen is geweest? Maar jij geloofde me niet, je gelooft me nooit. Had je me maar geloofd, dan zou…'

'Luister nou even,' soebat Erik. 'Josef Ek lag die eerste nacht in het ziekenhuis. Hij kan niet degene zijn geweest die bij ons binnen is geweest en de koelkast heeft opengezet.'

Maar ze luistert niet naar hem; ze probeert alleen op te staan. Ze kreunt woedend en slaagt erin naar de smalle kast te lopen waar haar kleren hangen. Erik staat erbij zonder haar te helpen. Hij kijkt toe terwijl ze zich bibberend aankleedt en hoort haar zachtjes in zichzelf vloeken.

# 24

## *Zaterdagavond 12 december*

Het is al avond wanneer Erik er eindelijk in slaagt Simone uitge-schreven te krijgen uit het ziekenhuis. In de flat is het één grote chaos. Er ligt beddengoed in de hal, de lampen branden, de kraan in de badkamer loopt, schoenen liggen lukraak op de mat in de hal, de telefoon is op de parketvloer gesmeten met de batterijen ernaast.

Erik en Simone kijken om zich heen met het beklemmende, onaangename gevoel dat er iets in het huis voor altijd voor hen verloren is. De voorwerpen zijn vreemd geworden en hebben hun betekenis verloren.

Simone zet een stoel overeind, gaat zitten en begint haar laarzen uit te trekken. Erik draait de kraan in de badkamer dicht en gaat daarna naar Benjamins kamer. Hij kijkt op het roodgeschilderde bureaublad. De schoolboeken die bij de computer liggen, over-trokken met grijs kaftpapier. Op het prikbord hangt een foto van hemzelf uit zijn tijd in Uganda, lachend en bruinverbrand, met zijn handen in de zakken van zijn witte jas. Erik raakt Benjamins spijkerbroek even aan, die samen met zijn zwarte trui over de stoel hangt.

Hij keert terug naar de woonkamer en ziet Simone met de te-lefoon in haar hand staan. Ze drukt de batterijen terug en begint een nummer in te toetsen.

'Wie ga je bellen?'

'Mijn vader,' zegt ze.

'Kun je daar even mee wachten?'

Ze laat hem de telefoon uit haar handen pakken.

'Wat wil je zeggen?' vraagt ze moe.

'Ik kan het op dit moment niet aan om Kennet te zien, niet nu, niet…'

Hij zwijgt, legt de telefoon op tafel en wrijft over zijn gezicht, waarna hij opnieuw begint: 'Kun je respecteren dat ik niet alles wat ik heb in je vaders handen wil leggen?'

'Kun je respecteren dat…'

'Hou daarmee op,' onderbreekt hij haar.

Ze kijkt hem gekwetst aan.

'Sixan, ik kan mijn gedachten nu moeilijk op een rijtje krijgen. Ik weet het niet, ik kan het wel uitschreeuwen of zoiets… Ik kan het nu niet aan om je vader in de buurt te hebben.'

'Ben je klaar?' zegt ze, en ze steekt haar hand uit om de telefoon terug te krijgen.

'Het gaat om ons kind,' zegt hij.

Ze knikt.

'Laat het dan ook om hém gaan,' vervolgt hij. 'Ik wil dat jij en ik naar Benjamin gaan zoeken… samen met de politie, zoals het hoort.'

'Ik heb mijn vader nodig,' zegt ze.

'Ik heb jou nodig.'

'Daar geloof ik geen steek van,' antwoordt ze.

'Waarom geloof je niet…'

'Omdat jij alleen maar over mij wilt beslissen,' onderbreekt ze hem.

Erik loopt een rondje, blijft staan.

'Je vader is met pensioen. Hij kan niets doen.'

'Hij heeft contacten,' zegt ze.

'Dat dénkt hij. Hij dénkt dat hij contacten heeft. Hij dénkt dat hij nog steeds commissaris is, maar hij is gewoon een gepensioneerde.'

'Je weet niet…'

'Benjamin is geen hobby,' kapt Erik haar af.

'Het kan me geen bal schelen wat jij zegt.'

Ze kijkt naar de telefoon.

'Ik kan hier niet blijven als hij komt.'

'Doe niet zo vervelend,' fluistert ze.

'Jij wilt alleen maar dat hij hier komt en jou vertelt dat ik het fout heb gedaan, dat het allemaal mijn schuld is, net zoals toen we ontdekten waar Benjamin aan leed. Alles is de schuld van Erik. Ik bedoel, ik begrijp best dat dat makkelijk voor je is, maar voor mij is het…'

'Klets niet.'

'Als hij hier komt, ben ik vertrokken.'

'Dat is dan jammer,' zegt ze verbeten.

Zijn schouders zakken omlaag. Ze staat half van hem afgewend als ze het nummer intoetst.

'Doe het niet,' smeekt Erik.

Ze kijkt hem niet aan. Hij weet dat hij niet kan blijven. Hij kan onmogelijk blijven als Kennet komt. Hij kijkt om zich heen. Er is niets wat hij mee wil nemen. Hij hoort de signalen in de stilte overgaan en ziet de schaduw van Simones wimpers op haar wang.

'Bekijk het dan maar,' zegt hij, en hij gaat naar de hal.

Terwijl Erik zijn schoenen aantrekt, hoort hij Simone met haar vader praten. Ze vraagt hem met tranen in haar stem zo snel mogelijk te komen. Erik pakt zijn jas van het hangertje, gaat het appartement uit en doet de deur achter zich dicht. Hij loopt naar beneden, blijft staan, bedenkt dat hij terug moet lopen om nog iets te zeggen, haar duidelijk moet maken dat het niet eerlijk is, dat dit ook zíjn huis is, zíjn zoon, zíjn leven.

'Verdomme!' zegt hij zachtjes, terwijl hij de centrale hal uit loopt, de donkere straat op.


Simone staat voor het raam aan de straatkant en ziet vaag haar eigen gezicht als een doorzichtige schaduw in het donker. Als ze haar vader zijn oude Nissan Primera dubbel ziet parkeren, moet ze haar tranen bedwingen. Ze staat al in de hal als hij aanbelt, doet open met de veiligheidsketting erop, sluit de deur weer, haalt de ketting eraf en probeert te glimlachen.

'Papa,' zegt ze terwijl de tranen over haar wangen lopen.

Kennet omhelst haar, en als ze de welbekende geur van leer en tabak van zijn leren jack ruikt, wordt ze een paar seconden teruggevoerd naar haar kindertijd.

'Ik ben er nu, meisje,' zegt Kennet.

Hij gaat op de stoel in de hal zitten en neemt haar op schoot.

'Is Erik niet thuis?' vraagt hij.

'We zijn uit elkaar,' fluistert ze.

'Ach, hemel,' probeert Kennet.

Hij vist een zakdoek uit zijn zak. Ze glijdt van zijn knie en snuit diverse keren haar neus. Dan hangt hij zijn jas op een haak, merkt op dat Benjamins jack onaangeroerd is, dat zijn schoenen in het schoenenrek staan en dat zijn rugzak tegen de muur naast de voordeur geleund staat.

Hij pakt zijn dochter bij haar schouders, veegt de tranen onder haar ogen voorzichtig weg met zijn duim en leidt haar vervolgens de keuken in. Daar plant hij haar op een stoel, pakt een filterzakje en het blik koffie en zet het koffiezetapparaat aan.

'Nu moet je me alles vertellen,' zegt hij kalm terwijl hij bekers neerzet. 'Begin maar bij het begin.'

En Simone vertelt uitvoerig over de eerste nacht, toen ze wakker was geworden doordat er iemand in de flat was. Dat ze in de keuken sigarettenrook had geroken, dat de voordeur gewoon openstond, en over het wazige licht dat uit de koelkast en de vriezer kwam.

'En Erik?' vraagt Kennet sommerend. 'Wat deed Erik?'

Ze aarzelt voordat ze haar vader aankijkt en zegt: 'Hij geloofde me niet... Hij zei dat een van ons aan het slaapwandelen moest zijn geweest.'

'Shit,' zegt Kennet.

Simone voelt haar gezicht weer vertrekken. Kennet schenkt koffie in, noteert iets op een papiertje en vraagt haar door te gaan.

Ze vertelt over het prikje in haar arm waardoor ze de nacht erna wakker was geworden, dat ze was opgestaan en gekke geluiden uit de kamer van Benjamin had gehoord.

'Wat voor geluiden?' vraagt Kennet.

'Gekir,' zegt ze aarzelend. 'Of gemompel. Ik weet het niet.'

'En toen?'

'Ik vroeg of ik binnen mocht komen. Toen zag ik dat er daar iemand was, iemand die over Benjamin heen gebogen stond en...'

'Ja?'

'Toen gleden mijn benen onder me vandaan. Ik werd helemaal stijf en viel op de grond. Ik kon daar alleen maar liggen. Ik lag in de hal en zag dat Benjamin naar buiten werd gesleept… O god, zijn gezicht, hij was zo bang! Hij riep me en probeerde me vast te pakken. Maar ik kon me niet meer bewegen.'

Ze zit stil voor zich uit te staren.

'Kun je je nog meer herinneren?'

'Sorry?'

'Hoe zag hij eruit – degene die binnen was?'

'Ik weet het niet.'

'Heb je iets gezien?'

'Hij bewoog zich vreemd, met gebogen rug, alsof hij pijn had.'

Kennet maakt aantekeningen.

'Denk na,' spoort hij haar aan.

'Het was donker, papa.'

'En Erik?' vraagt Kennet. 'Wat deed hij?'

'Hij sliep.'

'Sliep?'

Ze knikt.

'Hij slikt de laatste jaren vrij veel slaappillen,' zegt ze. 'Hij lag in de logeerkamer en heeft niets gehoord.'

Kennet kijkt haar vol verachting aan en Simone kan er opeens enig begrip voor opbrengen dat Erik is weggegaan.

'Wat zijn dat voor tabletten?' vraagt Kennet. 'Weet je hoe ze heten?'

Ze pakt haar vaders handen beet en zegt: 'Papa, Erik is niet degene die hier wordt beschuldigd.'

Hij trekt zijn handen terug.

'Geweld tegenover kinderen wordt bijna uitsluitend gebruikt door iemand binnen de familie.'

'Dat weet ik, maar…'

'Nu kijken we naar de feiten,' onderbreekt Kennet haar kalm. 'De dader heeft klaarblijkelijk medische kennis en toegang tot medicijnen.'

Ze knikt.

'Heb je Erik niet in de logeerkamer zien liggen?'

'De deur was dicht.'

'Maar je hebt hem niet gezien, toch? En je weet niet of hij slaappillen had ingenomen.'

'Nee,' moet ze toegeven.

'Ik kijk alleen naar wat we weten, Sixan,' zegt hij. 'We weten dat jij hem niet hebt zien slapen. Misschien lag hij inderdaad in de logeerkamer, maar dat weten we niet zeker.'

Kennet staat op en pakt brood uit de kast en beleg uit de koelkast. Hij smeert een boterham met kaas voor Simone en geeft die aan haar.

Na een tijdje schraapt hij zijn keel en vraagt: 'Waarom doet Erik de deur voor Josef open?'

Ze staart hem aan.

'Hoe bedoel je?'

'Als hij dat zou doen – wat zou hij daar dan voor reden voor hebben?'

'Ik vind dit een dom gesprek.'

'Waarom?'

'Erik is gek op Benjamin.'

'Ja, maar misschien is er iets misgegaan. Misschien wilde Erik alleen met Josef praten, wilde hij Josef ertoe bewegen de politie te bellen of…'

'Papa, hou op,' smeekt ze haar vader.

'We moeten die vragen stellen om Benjamin te vinden.'

Ze knikt, met het gevoel dat haar gezicht aan flarden is gescheurd, en zegt daarna nauwelijks verstaanbaar: 'Erik dacht misschien dat er iemand anders voor de deur stond.'

'Wie dan?'

'Volgens mij heeft hij iets met ene Daniëlla,' zegt ze zonder haar vader aan te kijken.

# 25

## *Zondagochtend 13 december, de feestdag van Sint-Lucia*

Simone wordt om vijf uur 's morgens wakker. Kennet heeft haar zeker op een gegeven moment naar bed gedragen en haar ingestopt. Vanuit een ijdele hoop loopt ze rechtstreeks naar de kamer van Benjamin, maar dat gevoel is in één klap verdwenen als ze op de drempel blijft staan.

De kamer is verlaten.

Ze huilt niet, maar bedenkt dat de smaak van verdriet en angst alles heeft aangetast, als een druppel melk die helder water troebel maakt. Ze probeert haar gedachten te sturen – durft niet aan Benjamin te denken, niet écht. Ze durft de angst niet toe te laten.

Het licht in de keuken brandt.

De tafel is bezaaid met papiertjes. De politieradio staat op het aanrecht. Het apparaat maakt een zoemend en ruisend geluid. Kennet staat even volkomen stil in de lucht te staren, en strijkt daarna een paar keer over zijn kin.

'Mooi dat je wat hebt geslapen,' zegt hij.

Ze schudt haar hoofd.

'Sixan?'

'Ja,' mompelt ze, terwijl ze naar de kraan loopt, het kommetje van haar handen laat vollopen met koud water en haar gezicht ermee besprenkelt. Wanneer ze zich met de keukenhanddoek afdroogt, ziet ze haar spiegelbeeld in het raam. Het is nog donker buiten, maar het wordt al bijna licht; er hangt een zilverkleurig waas van winterkou en decemberduisternis over de stad.

Kennet schrijft iets op een papiertje, verplaatst een velletje en noteert iets op een schrijfblok. Ze gaat op de stoel tegenover haar vader zitten en probeert te begrijpen waar Josef Benjamin naartoe kan hebben gebracht, hoe hij hun flat binnen kon komen en waarom hij juist Benjamin heeft meegenomen en niet iemand anders.

'Zoon van geluk,' fluistert ze.

'Wat zei je?' vraagt Kennet.

'Nee, niets…'

Ze zat eraan te denken dat 'zoon van geluk' de Hebreeuwse betekenis van Benjamin is. Rachel, in het Oude Testament, was de echtgenote van Jakob. Hij moest veertien jaar werken om met haar te mogen trouwen. Rachel kreeg twee zonen: Jozef, die de dromen van de farao kon uitleggen, en Benjamin, de zoon van geluk.

Simones gezicht vertrekt van het ingehouden verdriet. Zonder iets te zeggen buigt Kennet zich voorover en omklemt haar schouders.

'We vinden hem wel,' zegt hij.

Ze knikt.

'Ik kreeg deze stapel vlak voordat jij wakker werd,' zegt hij, en hij klopt op een map die op tafel ligt.

'Wat zijn dat voor papieren?'

'Ach, je weet wel, van het rijtjeshuis in Tumba waar Josef Ek… Dit is het rapport van het onderzoek van de plaats delict.'

'Ben jij niet met pensioen?'

Hij glimlacht en schuift de map naar haar toe. Ze slaat hem open en leest het systematische onderzoek van vingerafdrukken, handafdrukken, sporen van lichamen die zijn versleept, haren, huidschilfers onder nagels, beschadigingen aan lemmeten, ruggenmerg op een paar pantoffels, bloed op de tv, bloed op de rijstpapieren lamp, op het kleed, de gordijnen. Er glijden foto's uit een plastic map. Simone probeert het niet te zien, maar haar brein weet toch een huiveringwekkende kamer te registreren: dagelijkse voorwerpen – boekenkasten, een stereomeubel – zijn bedekt met zwart bloed.

Een vloer met verminkte lichamen en lichaamsdelen.

Ze staat op, loopt naar de gootsteen en probeert over te geven.

'Sorry,' zegt Kennet. 'Ik had er even niet aan gedacht… Soms vergeet ik dat niet iedereen bij de politie zit.'

Ze sluit haar ogen en denkt aan Benjamins bange gezicht en aan een donkere kamer met gestold bloed op de grond. Ze leunt voorover en geeft over. Strengen slijm en gal bedekken koffiekopjes en lepels. Wanneer ze haar mond spoelt en haar hartslag als een hoge toon in haar oren hoort, wordt ze bang dat ze volkomen hysterisch dreigt te worden.

Ze houdt zich aan het aanrecht vast en probeert rustig te ademen, concentreert zich en kijkt naar Kennet.

'Dat geeft niet,' zegt ze zachtjes. 'Ik kan het alleen niet met Benjamin in verband brengen.'

Kennet gaat een deken halen, slaat die om haar heen en zet haar voorzichtig weer op haar stoel.

'Als Josef Ek Benjamin heeft ontvoerd, dan wil hij iets, nietwaar, want hij is nog nooit op deze manier te werk gegaan...'

'Ik weet niet of ik dit aankan,' fluistert ze.

'Ik wil alleen even zeggen dat ik denk dat Josef Ek op zoek was naar Erik,' vervolgt Kennet. 'Maar toen hij hem niet kon vinden, heeft hij in plaats daarvan Benjamin meegenomen.'

'Dan is hij in leven – toch?'

'Uiteraard,' zegt Kennet. 'We moeten er alleen achter zien te komen waar hij hem heeft verstopt, waar Benjamin is.'

'Overal, hij kan overal zijn.'

'Juist niet,' zegt Kennet.

Ze kijkt hem aan.

'Meestal is het gewoon bij iemand thuis, of in een zomerhuisje.'

'Maar dit ís toch bij hem thuis?' zegt ze met stemverheffing, terwijl ze met haar vinger op het plastic mapje met foto's tikt.

Kennet veegt de broodkruimels van tafel.

'Dutroux,' zegt hij zachtjes.

'Hè?' zegt Simone.

'Dutroux – herinner je je Dutroux nog?'

'Geen idee...'

Kennet vertelt op zijn zakelijke manier over de pedofiel Marc Dutroux, die zes Belgische meisjes had ontvoerd en gemarteld. Julie Lejeune en Mélissa Russo waren omgekomen van honger en dorst toen Dutroux een korte gevangenisstraf uitzat wegens auto-diefstal. Eefje Lambrecks en An Marchal werden levend in de tuin begraven.

'Dutroux had een huis in Charleroi,' vervolgt hij. 'Hij had in de kelder een ruimte gebouwd met een geheime deur van twee-honderd kilo ervoor. Je kon door kloppen niet horen of er loze ruimte was. De enige manier om de ruimte te vinden was door het huis te meten; het had vanbinnen en vanbuiten verschillende afmetingen. Sabine Dardenne en Laetitia Delhez werden levend teruggevonden.'

Simone probeert op te staan. Ze voelt haar hart vreemd, stoterig kloppen. Ze bedenkt dat er mannen zijn die een dringende be-hoefte hebben om mensen in te metselen, die rustig worden door hun angst beneden in het donker, door te weten dat ze achter stille muren om hulp roepen.

'Benjamin heeft zijn medicijn nodig,' fluistert ze.

Simone ziet haar vader naar de telefoon lopen. Hij toetst een nummer in, wacht even en zegt daarna gehaast: 'Charley? Zeg, ik moet iets weten over Josef Ek. Nee, het gaat om zijn huis, het rij-tjeshuis.'

Het wordt even stil. Daarna hoort Simone iemand met een ruwe, lage stem praten.

'Ja,' zegt Kennet. 'Ik begrijp dat jullie dat hebben onderzocht. Ik heb wat in het onderzoek van de plaats delict zitten bladeren.'

De ander praat verder. Simone doet haar ogen dicht en luistert naar het gezoem van de politieradio, dat opgaat in het doffe geluid in de telefoonstem. Het lijkt wel of er een hommel in zit.

'Maar hebben jullie het huis niet opgemeten?' hoort ze haar va-der vragen. 'Nee, dat is logisch, maar...'

Ze doet haar ogen open en voelt plotseling een korte adrenali-negolf haar slaperigheid overspoelen.

'Ja, dat zou mooi zijn... Kun je een koerier sturen met die te-kening?' vraagt Kennet. 'En alle papieren van de bouwvergunning die... Ja, hetzelfde adres. Ja... Hartstikke bedankt.'

Hij rondt het gesprek af en gaat daarna door het zwarte raam naar buiten staan kijken.

'Kan Benjamin daar zijn?' vraagt ze. 'Zou dat kunnen? Papa?'

'Dat gaan we nou juist onderzoeken.'

'Kom op dan,' zegt ze ongeduldig.

'Charley laat de tekeningen hier bezorgen,' zegt hij.

'Wat nou tekeningen? Wat kunnen mij die tekeningen schelen, papa? Waar wacht je nog op? We gaan ernaartoe, ik breek elk klein...'

'Dat lijkt me een slecht plan,' onderbreekt hij haar. 'Ik bedoel... Er is haast bij, maar ik denk niet dat we tijd winnen door naar het huis te gaan en alle muren af te breken.'

'Maar we moeten toch wát doen, papa.'

'Het heeft daar de laatste dagen gekrioeld van de politiemensen,' verklaart hij. 'Als er een geheime ruimte is, dan hadden ze die al wel gevonden, ook al hebben ze niet specifiek naar Benjamin gezocht.'

'Maar...'

'Ik moet die tekeningen bestuderen. Kijken waar je een geheime ruimte zou kunnen bouwen, naar afmetingen kijken die ik kan vergelijken met maten die we krijgen als we het huis ter plaatse gaan opmeten.'

'Maar als er geen ruimte is – waar is hij dan?'

'Het gezin had een zomerhuis buiten Bollnäs, dat ze deelden met de broers van die vader... Ik heb daar een vriend en die heeft beloofd te gaan kijken. Hij kende het gebied waar de familie Ek dat huis had vrij goed. Het ligt in een ouder gedeelte van een recreatiegebied met vakantiehuisjes.'

Kennet kijkt op zijn horloge en toetst een nummer in.

'Ha, Svante, met Kennet. Ik vroeg me af...'

'Ik ben daar nu,' onderbreekt zijn vriend hem.

'Waar?'

'In dat huis,' zegt Svante.

'Je zou alleen maar even kijken.'

'Ik werd binnengelaten door de nieuwe eigenaren, Sjölin, die...'

Er praat iemand op de achtergrond.

'Ze heten Sjödin,' verbetert hij zichzelf. 'Zij hebben dit huis nu iets meer dan een jaar.'

'Heel erg bedankt!'

Kennet verbreekt de verbinding. Er trekt een brede frons over zijn voorhoofd.

'En dat andere zomerhuisje?' vraagt Simone. 'Dat huisje waar die zus zat?'

'De politie is daar geweest – diverse malen –, maar jij en ik zouden erheen kunnen rijden om ook een kijkje te nemen.'

In gedachten verzonken doen ze er het zwijgen toe, met in zichzelf gekeerde blikken. De brievenbus kleppert; de verlate ochtendkrant wordt naar binnen gepropt en ploft op de mat. Ze verroeren zich geen van beiden. Er klepperen nog een paar brievenbussen wat lager in het pand en daarna horen ze de deur van de centrale entree open- en dichtgaan.

Kennet zet opeens de politieradio harder. Er is een oproep uitgegaan. Iemand geeft antwoord, vraagt informatie. Woorden over en weer, kort en bondig. Simone vangt iets op over een vrouw die geschreeuw heeft gehoord in het appartement van de buren. Er wordt een auto heen gestuurd. Op de achtergrond zit iemand te lachen en begint een lange redenering over waarom zijn volwassen broertje nog steeds thuis woont en zijn moeder elke ochtend zijn boterhammen smeert. Kennet zet het volume weer lager.

'Ik ga koffie zetten,' zegt Simone.

Kennet pakt een atlas van Stockholm en omstreken uit zijn legergroene tas. Hij haalt de kandelaars van tafel en zet ze voor het raam, waarna hij de atlas openslaat. Simone staat achter hem en bekijkt het ingewikkelde netwerk van wegen, treinen en busverbindingen die elkaar in rode, blauwe, groene en gele lijnen kruisen, bossen en geometrische voorstellingen van voorsteden.

Kennets vinger volgt een gele weg ten zuiden van Stockholm, langs Älvsjö, Huddinge en Tullinge omlaag tot aan Tumba. Samen inspecteren ze de pagina met Tumba en Salem. Het is een vale kaart van een oude stationsbuurt die bij het pendeltreinstation een nieuw centrum heeft gekregen. Ze kunnen het geconstrueerde naoorlogse comfort met flats en winkels, een kerk, een bank en een drankwinkel aan de afbeelding aflezen. Rond de kern vertakken zich blokken met rijtjeshuizen en villawijken. Er liggen een paar strogele akkers even ten noorden van de bebouwing, die na een tiental kilometers plaatsmaken voor bossen en meren.

Kennet volgt de straatnamen in de woonwijk met rijtjeshuizen en omcirkelt een punt tussen de rechthoekjes, die als ribben parallel naast elkaar liggen.

'Waar blijft die koerier?' moppert Kennet.

Simone schenkt twee bekers koffie in en zet de doos met suikerklontjes voor haar vader neer.

'Hoe kon hij binnenkomen?' vraagt Simone.

'Josef Ek? Tja… Of hij had een sleutel, óf iemand heeft de deur voor hem opengedaan.'

'Kun je hem niet met een loper openmaken?'

'Dit slot niet, dat is te lastig. Het is in dat geval veel makkelijker om de deur open te breken.'

'Zullen we in Benjamins computer kijken?'

'Dat hadden we al moeten doen. Net dacht ik daaraan, maar het is me weer ontschoten. Ik begin een beetje moe te worden,' zegt Kennet.

Simone constateert dat hij er oud uitziet. Ze heeft nooit eerder over zijn leeftijd nagedacht. Hij kijkt haar met een verdrietig gezicht aan.

'Probeer wat te slapen, dan check ik die computer,' zegt ze.

'Nee, bespaar me.'

Wanneer Simone en Kennet naar Benjamins kamer gaan, voelt het alsof die nooit bewoond is geweest. Benjamin lijkt opeens ontzettend ver weg.

Simone wordt misselijk van angst en moet een paar keer slikken. In de keuken staat de politieradio te kraken en te piepen. Hierbinnen in het donker wacht de dood als de zwarte afwezige – een gevoel dat ze nooit meer kwijt zal raken.

Ze zet de computer aan. Het scherm knippert, de lampjes gaan ratelend branden, de ventilator begint te zoemen en de harde schijf stoot commando's uit. Wanneer ze het welkomstmelodietje van het besturingssysteem hoort, is het alsof er iets van Benjamin terugkeert.

Ze trekken ieder een stoel bij het bureau en gaan zitten. Ze klikt op het fotootje van Benjamins gezicht om in te loggen. Kennet kijkt haar met een spijkerharde blik aan.

'Nu gaan we langzaam en methodisch te werk, meisje,' zegt hij. 'We beginnen met de mail en…'

Kennet zwijgt wanneer de computer een password vraagt om verder te gaan.

'Probeer zijn naam,' zegt Kennet.

Ze typt 'Benjamin', maar de toegang wordt geweigerd. Ze typt 'Aida', keert de namen om, plakt ze aan elkaar. Typt 'Bark', 'Benjamin Bark', bloost als ze 'Simone' en 'Sixan' probeert, test 'Erik', probeert de namen van de artiesten naar wie Benjamin luistert: Sexsmith, Ane Brun, Rory Gallagher, Lennon, Townes Van Zandt, Bob Dylan.

'Het lukt niet,' zegt Kennet. 'We moeten iemand vinden die kan zorgen dat we in die pc komen.'

Ze probeert nog een paar filmtitels en regisseurs over wie Benjamin het weleens heeft, maar geeft het na een tijdje op. Het is onmogelijk.

'We hadden die tekeningen nu toch wel moeten hebben,' zegt Kennet. 'Ik bel Charley om te horen wat er aan de hand is.'

Ze schrikken allebei op als er op de voordeur wordt geklopt. Simone blijft in de gang staan en kijkt met bonzend hart naar Kennet, wanneer hij de hal in loopt en het slot omdraait.

De decembermorgen is licht als zand. Het is een paar graden boven nul als Kennet en Simone de wijk van Tumba in rijden waar Josef Ek is geboren en opgegroeid, en waar hij op vijftienjarige leeftijd bijna zijn hele familie heeft afgeslacht. Het huis ziet eruit als de andere huizen in de straat: netjes en bescheiden. Als er geen blauw-wit afzetlint was gespannen, zou je niet zeggen dat dit huis een paar dagen geleden het toneel was geweest van twee van de gruwelijkste en koelbloedigste moorden uit de Zweedse geschiedenis.

Er staat een fiets met steunwieltjes tegen de zandbak aan de voorkant. Het afzetlint is aan de ene kant losgeraakt, weggewaaid en in de brievenbus ertegenover vast blijven zitten. Kennet stopt niet, maar rijdt langzaam langs het huis. Simone tuurt naar de ramen. Het ziet er volkomen verlaten uit. Het hele blok lijkt donker. Ze rijden door tot de keerlus, keren en naderen de plaats delict opnieuw, als Simones telefoon opeens gaat.

Ze neemt snel op met een 'Hallo' en luistert. 'Is er iets gebeurd?' vraagt ze.

Kennet stopt. Hij laat de motor lopen, maar draait daarna de contactsleutel om, trekt de handrem aan en stapt uit. Uit de grote bagageruimte haalt hij een koevoet, een meetlint en een zaklamp. Hij hoort Simone zeggen dat ze het gesprek moet afronden, waarna hij de achterklep dichtgooit.

'Wat denk je?' roept Simone in de telefoon.

Kennet hoort haar door de ramen heen en ziet haar verontwaardigde gezicht als ze met de tekeningen in haar hand uitstapt. Ze lopen zonder iets te zeggen samen naar het witte hek in de lage omheining. Kennet peutert de sleutel van de deur uit een envelop, loopt naar voren en maakt de deur open. Voordat hij naar binnen gaat, keert hij zich om naar Simone, geeft haar een kort knikje en ziet haar verbeten gezicht.

Zo gauw ze in de hal komen, komt hun een misselijkmakende geur van geronnen bloed tegemoet. Simone voelt even paniek in haar borst opfladderen. Het is een verrotte, zoete stank die doet denken aan uitwerpselen. Ze gluurt naar Kennet. Hij lijkt niet bang en is alleen geconcentreerd, weloverwogen in zijn bewegingen. Ze lopen langs de woonkamer en Simone vermoedt daar de bloederige muur, de overweldigende chaos, de angst die van de grond opstijgt, en het bloed op de spekstenen kachel.

Er klinkt een vreemd gekraak ergens in het huis. Kennet blijft abrupt staan, haalt voorzichtig zijn voormalige dienstpistool tevoorschijn, ontgrendelt het en controleert of er een patroon in het magazijn zit.

Ze horen het gekraak opnieuw: een slingerend, zwaar geluid. Het klinkt niet als voetstappen – meer als iemand die langzaam kruipt.

# 26

*Zondagmorgen 13 december,*
*de feestdag van Sint-Lucia*

Erik wordt wakker in het smalle bed in zijn kamer in het ziekenhuis. Het is midden in de nacht. Hij kijkt op zijn telefoon hoe laat het is: bijna drie uur. Hij neemt een nieuwe tablet en ligt vervolgens een tijdje onder de deken te bibberen tot de pil begint te werken en hem weer hult in duisternis.

Als hij een paar uur later opnieuw wakker wordt, heeft hij vreselijke hoofdpijn. Hij neemt een pijnstiller, gaat bij het raam staan en laat zijn blik langs de donkere gevel met honderden ramen glijden. De lucht is wit, maar alle ramen zijn nog steeds donker. Erik buigt zich naar voren, voelt het koele glas tegen de punt van zijn neus en ziet zijn eigen gezicht in het raam.

Hij legt zijn telefoon op het bureau en kleedt zich daarna uit. De kleine douchecabine ruikt naar plastic en desinfecteermiddel. Het warme water stroomt over zijn hoofd en nek, en klettert tegen het plexiglas.

Als hij zich afdroogt, veegt hij wat wasem van de spiegel, bevochtigt zijn gezicht en brengt scheerschuim aan. Het komt ook in zijn neusgaten, en hij niest het schuim weg. De spiegel beslaat tijdens het scheren telkens weer.

Hij bedenkt dat Simone heeft gezegd dat de deur de avond voordat Josef Ek uit het ziekenhuis ontsnapte óók al open had gestaan. Ze was wakker geworden en was opgestaan om hem dicht te doen. Maar die keer kan het Josef Ek niet zijn geweest. Hoe valt dit te rijmen? Erik probeert te begrijpen wat er die nacht is gebeurd. Er zijn te veel onbeantwoorde vragen. Hoe was Josef erin geslaagd binnen te komen? Misschien had hij gewoon net zo lang op de deur geklopt tot Benjamin wakker was geworden en had open-gedaan. Erik stelt zich voor hoe de twee jongens in het zwakke licht van het trappenhuis naar elkaar staan te kijken. Benjamin is op blote voeten, zijn haar staat alle kanten op. Hij staat in zijn kinderachtige pyjama met zijn ogen te knipperen en staart ver-moeid naar de wat oudere jongen. Je zou kunnen zeggen dat ze op elkaar lijken, maar Josef heeft zijn ouders en zijn jongere zusje vermoord; hij heeft zojuist een verpleegkundige in het ziekenhuis om het leven gebracht en een man op de Noordelijke Begraaf-plaats ernstig verwond.

'Nee,' zegt Erik hardop. 'Ik geloof dit niet. Het klopt niet.'

Wie zou er binnen kunnen komen, voor wie zou Benjamin de deur openmaken, aan wie zou Simone of Benjamin een sleutel ge-ven? Benjamin had misschien gedacht dat Aida zou komen. Mis-schien was zij het ook wel geweest. Erik houdt zichzelf voor dat hij overal aan moet denken. Misschien had Josef een handlanger die hem hielp met de deur, en misschien was Josef inderdaad van plan geweest die eerste nacht ook te komen, maar had hij niet kunnen ontsnappen. En was de deur daarom open geweest, omdat dat zo was afgesproken.

Erik scheert zich verder, poetst zijn tanden, pakt de telefoon van tafel en belt daarna Joona op.

'Goedemorgen, Erik,' zegt een hese stem met een Fins accent in de hoorn.

Joona moet Eriks nummer op het display hebben herkend.

'Heb ik je uit bed gebeld?'

'Nee.'

'Sorry dat ik weer bel, maar…'

Erik hoest.

'Is er iets gebeurd?' vraagt Joona.

'Hebben jullie Josef niet gevonden?'

'We moeten met Simone praten. Alles fatsoenlijk doornemen.'

'Ook al denk jij niet dat Benjamin door Josef is meegenomen?'

'Nee, dat geloof ik niet,' antwoordt Joona. 'Maar ik weet het niet zeker. Ik wil het appartement bekijken en een buurtonderzoek doen om te proberen getuigen te vinden.'

'Zal ik Simone vragen of ze je wil bellen?'

'Dat hoeft niet.'

Er valt een druppel water uit de roestvrij stalen mengkraan. Hij belandt met een kort, afgekapt geluidje in de wastafel.

'Ik vind nog steeds dat je politiebescherming zou moeten accepteren,' zegt Joona daarna.

'Ik ben alleen hier in het Karolinska en ik kan me niet voorstellen dat Josef vrijwillig terugkomt.'

'Maar Simone?'

'Dat moet je haar maar vragen. Het zou kunnen dat ze van gedachten is veranderd,' zegt Erik. 'Hoewel ze al een beschermer heeft.'

'Ja, inderdaad, ik heb het gehoord,' zegt Joona opgewekt. 'Ik kan me maar moeilijk voorstellen hoe het is om Kennet Sträng als schoonvader te hebben.'

'Ik ook,' antwoordt Erik.

'Dat begrijp ik,' lacht Joona. Daarna zwijgt hij.

'Heeft Josef donderdag ook geprobeerd te ontsnappen?' vraagt Erik.

'Nee, volgens mij niet. Er is niets wat daarop wijst,' antwoordt Joona. 'Hoezo?'

'Iemand heeft de voordeur de nacht ervoor ook opengezet, net als afgelopen nacht.'

'Ik weet vrij zeker dat Josefs ontsnapping een reactie is op het nieuws dat hij in hechtenis zou worden genomen, en dat heeft hij vrijdagavond pas te horen gekregen,' zegt Joona langzaam.

Erik schudt zijn hoofd en wrijft met zijn duim over zijn lippen. Het behang in de natte cel doet hem denken aan grijs laminaat.

'Dit klopt niet,' zucht hij.

'Heb jij gezien dat de deur openstond?' vraagt Joona.

'Nee, Sixan... Simone is opgestaan.'

'Kan ze reden hebben om te liegen?'

'Dat is niet in mijn hoofd opgekomen.'

'Je hoeft niet meteen antwoord te geven.'

Erik kijkt in de spiegel. Hij ziet zijn ogen en test de gedachte voor de tweede keer: stel dat Josef een handlanger had die de avond vóór de kidnapping iets had voorbereid, die misschien gewoon was gestuurd om te testen of de gekopieerde sleutel paste. Die handlanger moest zich er alleen van vergewissen dat de sleutel het deed, maar ging zijn boekje te buiten en is naar binnen gegaan. Hij kon het niet laten om wat rond te sluipen en naar het slapende gezin te kijken. De situatie gaf hem een oppermachtig gevoel van controle. Hij kreeg zin om een grap met hen uit te halen en liet de koelkast en de vriezer openstaan. Misschien heeft hij alles aan Josef verteld, heeft hij zijn bezoek beschreven, hoe de kamers eruitzagen, wie waar sliep.

Dat zou verklaren waarom Josef mij niet heeft gevonden, bedenkt Erik. Want de eerste nacht sliep ik op mijn gewone plek naast Simone.

'Zat Evelyn woensdag in hechtenis?' vraagt Erik.

'Ja.'

'De hele dag en de hele nacht?'

'Ja.'

'Is ze daar nog steeds?'

'Ze is alleen van de Kronobergs-gevangenis overgeplaatst naar een van de appartementen,' zegt hij. 'Maar ze heeft dubbele bewaking.'

'Heeft ze met iemand contact gehad?'

'Je weet dat je de politie haar werk moet laten doen,' zegt Joona.

'Ik doe alleen maar waar ík goed in ben,' antwoordt Erik zacht. 'Ik wil met Evelyn praten.'

'Wat wil je haar vragen?'

'Of Josef vrienden heeft, iemand die hem zou kunnen helpen.'

'Dat kan ik haar vragen.'

'Misschien weet zij met wie Josef zou kunnen samenwerken. Misschien kent ze zijn vrienden, weet ze waar ze wonen.'

'Je weet heel goed dat ik je geen privéonderzoek kan laten doen, Erik. Hoewel ik daar persoonlijk niet zo'n moeite mee zou hebben, maar...'

'Kan ik niet met je meegaan als je met haar gaat praten?' vraagt Erik. 'Ik werk al jaren met getraumatiseerde personen en...'

Het wordt even stil.

'Kom over een uur maar naar de ingang van het KLPD,' zegt Joona dan.

'Ik kan er over twintig minuten zijn,' zegt Erik.

'Oké, over twintig minuten,' zegt Joona, en hij beëindigt het gesprek.

Eriks hoofd is volkomen leeg als hij naar zijn bureau loopt en de bovenste la opentrekt. Tussen pennen, gummetjes en paperclips liggen diverse soorten strips met pillen. Hij drukt drie verschillende tabletten uit in zijn hand en slikt ze door.

Hij bedenkt dat hij Daniëlla moet vertellen dat hij geen tijd heeft om bij het ochtendoverleg te zijn, maar vergeet dat vervolgens weer. Hij gaat zijn kamer uit en haast zich naar de kantine. Zonder te gaan zitten drinkt hij voor het aquarium een kop koffie, volgt een school neontetra's met zijn blik – hun zoektocht rond een plastic wrak –, rolt vervolgens een broodje in een paar papieren servetjes en stopt dat in zijn zak.

In de lift omlaag naar de uitgang ziet hij zichzelf in de spiegel: zijn glimmende ogen, zijn verdrietige gezicht, dat bijna afwezig lijkt. Hij kijkt naar zichzelf en denkt aan de zuiging in je maag als je van grote hoogte naar beneden valt, een zuigkracht die bijna seksueel is en die tevens sterke associaties oproept met hulpeloosheid. Hij heeft bijna geen kracht meer over, maar de pillen houden hem op de been en tillen hem naar een licht niveau met scherpe contouren. Hij kan nog wel even functioneren, meent hij. Hij stort nog niet in. Het enige wat hij moet doen, is lang genoeg wachten met instorten tot hij zijn zoon heeft teruggevonden. Daarna kan iedereen de boom in.

Terwijl hij naar de afspraak met Joona en Evelyn rijdt, probeert hij te bedenken wat hij de afgelopen week allemaal heeft gedaan en waar hij is geweest. Hij beseft al snel dat zijn sleutels op veel plaatsen gekopieerd kunnen zijn. Donderdag had zijn jas met de sleutels in de zak in een restaurant op Södermalm gehangen, zonder enig toezicht. Zijn jas heeft op de stoel op zijn kantoor in het ziekenhuis gelegen, aan een haak in de personeelskantine gehangen en is op diverse andere plaatsen geweest. Hetzelfde geldt natuurlijk ook voor de sleutels van Benjamin en Simone.

Wanneer hij zich langs de wegwerkzaamheden bij Fridhemsplan wurmt, vist hij zijn telefoon uit zijn jaszak en toetst het nummer van Simone in.

'Hallo?' zegt ze als ze gejaagd opneemt.

'Met mij.'

'Is er iets gebeurd?' vraagt ze.

Hij hoort een dreun op de achtergrond, als van een machine, en daarna is het opeens stil.

'Ik wilde alleen zeggen dat jullie zijn computer moeten checken, niet alleen zijn mail, maar alle activiteit – wat hij heeft gedownload, welke sites hij heeft bezocht, tijdelijke mappen, of hij heeft gechat en…'

'Uiteraard,' onderbreekt ze hem.

'Ik zal je verder niet storen.'

'We zijn nog niet met de computer begonnen,' zegt ze.

'Het password is Dumbledore.'

'Dat weet ik.'

Hij slaat af naar Polhemsgatan en vervolgens naar Kungsholmsgatan, rijdt langs het hoofdbureau van politie en ziet het gebouw van gedaante veranderen: de vlakke, koperkleurige gevel, de betonnen aanbouw en ten slotte het hoge, oorspronkelijke gebouw van geel pleisterwerk.

'Ik moet ophangen,' zegt ze.

'Simone,' zegt Erik, 'heb je tegen mij de waarheid gesproken?'

'Hoe bedoel je?'

'Over wat er is gebeurd – dat de deur de nacht ervoor ook open was, dat je iemand hebt gezien die Benjamin door de gang heeft gesleept…'

'Wat denk je?' schreeuwt ze en ze breekt het gesprek af.

Erik heeft geen puf meer om naar een lege parkeerplaats te zoeken. Een boete is totaal niet van belang; die hoort thuis in een ander leven. Zonder erbij na te denken parkeert hij met gierende banden vlak voor het hoofdbureau. Hij komt bij de grote trap aan de kant van het Raadhuis tot stilstand. Het dimlicht van de auto verlicht een mooie, oude houten deur die lang geleden buiten gebruik is gesteld. Er staat in fraai bewerkte, ouderwetse houten letters DETECTIVEAFDELING op.

Hij verlaat de auto en loopt snel om het pand heen, de helling naar Kungsholmsgatan op in de richting van het park en de hoofdingang van het Zweedse Korps Landelijke Politiediensten. Hij ziet een vader lopen met drie kinderen. Ze hebben Lucia-jurkjes aan over hun skipakken. De lange witte jurken spannen over hun dikke kleren. De kinderen hebben lichtkroontjes op hun mutsen en een van hen houdt een elektrisch kaarsje in haar gehandschoende handje. Erik moet er opeens aan denken dat Benjamin het vroeger heerlijk vond om te worden gedragen, hij slingerde zich helemaal om je heen en zei dan: 'Dlagen papa, jij bent gloot en stelk.'

De ingang van het KLPD is een hoge, stralende glazen kubus. Voor de in staal gevatte klapdeuren staat een metalen stellage met een codelezer voor toegangspasjes. Erik is buiten adem als hij op de zwarte rubber mat in de sluis voor wéér een deur met code- en kaartlezer blijft staan. Recht voor hem in de glazen wand van de lichte hal bevinden zich twee grote draaideuren met nieuwe codesloten. Erik loopt over de witte marmeren vloer naar de receptie aan de linkerkant. Er zit een man achter de open houten balie te bellen.

Erik meldt zich en zegt voor wie hij komt. De receptionist knikt even, toetst iets in op zijn computer en pakt daarna de telefoon weer op.

'Met de receptie,' zegt hij zachtjes. 'Je hebt bezoek van Erik Maria Bark.'

De man luistert en wendt zich vervolgens tot Erik.

'Hij komt er zo aan,' verklaart hij vriendelijk.

'Bedankt.'

Erik neemt plaats op een lage bank zonder rugleuning en met een zwarte, krakende leren zitting. Hij kijkt naar een groen kunstwerk van glas, waarna zijn blik naar de stilstaande draaideuren glijdt. Achter de grote glazen wand is een nieuwe glazen gang zichtbaar die bijna twintig meter door een open binnentuin naar het volgende pand leidt. Opeens ziet Erik Joona Linna langs de zitgroep aan de rechterkant lopen. Hij drukt op een knop op de muur en loopt door een van de draaideuren naar buiten. Hij gooit een bananenschil in een aluminium prullenbak, zwaait naar de man achter de receptie en komt dan op Erik af.

Terwijl ze naar de beschermde woning van Evelyn Ek op Hantverkargatan lopen, probeert Joona samen te vatten wat er tijdens de verhoren met haar naar voren is gekomen: ze heeft bevestigd dat ze met het geweer het bos in was gegaan om zelfmoord te plegen. Josef heeft haar jarenlang gedwongen tot seksuele diensten. Hij mishandelde hun zusje Lisa als Evelyn hem niet ter wille was. Toen hij ging eisen dat hij met haar naar bed wilde, wist Evelyn daar onderuit te komen door te beweren dat dat verboden was omdat hij nog geen vijftien was. Toen die verjaardag naderde, verborg Evelyn zich in het zomerhuisje van haar tante op Värmdö. Josef ging naar haar op zoek, is naar haar voormalige vriend Sorab Ramadani gegaan, en heeft hem op de een of andere manier weten te ontfutselen waar Evelyn zich schuilhield. Op zijn verjaardag kwam Josef zijn zus in het zomerhuisje opzoeken, en toen zij weigerde met hem naar bed te gaan, zei hij tegen haar dat ze wist wat er zou gebeuren en dat het allemaal haar schuld was.

'Zoals het er nu uitziet, heeft Josef in elk geval de moord op zijn vader gepland,' zegt Joona. 'Waarom hij uitgerekend die dag heeft gekozen weten we niet, maar dat kwam misschien door de gelegenheid, dat zijn vader ergens alleen zou zijn op een plaats buiten het huis. Afgelopen maandag heeft Josef Ek een stel kleren, twee paar schoenbeschermers, handdoeken, het jachtmes van zijn vader, een fles met benzine en lucifers in een sporttas gedaan, en is vervolgens naar het sportterrein van Rödstuhage gefietst. Toen hij zijn vader had omgebracht en hem in stukken had gesneden, haalde hij de sleutels uit zijn vaders zak, ging naar de kleedkamer van de dames, douchte en verkleedde zich, deed de deur weer op slot, stak de tas met de bebloede kleren op een speelplaats in brand en fietste vervolgens weer naar huis.'

'En wat er daarna is gebeurd, in het rijtjeshuis, was dat ongeveer zoals hij het tijdens de hypnose heeft beschreven?' vraagt Erik.

'Niet ongevéér, maar exact, lijkt het wel,' zegt Joona. Hij schraapt zijn keel. 'Maar we weten niet waarom hij plotseling ook tegen zijn zusje en zijn moeder in de aanval is gegaan.'

Hij kijkt Erik met een doffe blik aan en voegt eraan toe: 'Misschien had hij gewoon het gevoel dat hij nog niet klaar was, dat Evelyn nog niet genoeg was gestraft.'

Vlak voor de kerk blijft Joona voor een grote deur staan. Hij pakt zijn telefoon, toetst een nummer in en zegt dat ze er zijn. Hij toetst de code van de deur in, doet open en laat Erik binnen in een eenvoudig trappenhuis met gestippelde muren.

Er staan twee politiemensen voor de lift te wachten als ze op de derde verdieping komen. Joona geeft hun een hand en maakt daarna een veiligheidsdeur zonder brievenbus open. Voordat hij de deur helemaal openzwaait, klopt hij even.

'Mogen we binnenkomen?' vraagt Joona door de kier.

'Jullie hebben hem niet gevonden, hè?'

Evelyn staat in het tegenlicht en haar gezicht en haar trekken zijn daardoor niet goed te onderscheiden. Erik en Joona zien alleen een donkere vlek met door de zon belicht haar.

'Nee,' antwoordt Joona.

Evelyn loopt naar de deur, laat hen binnen en doet de deur daarna snel op slot. Ze controleert het slot en als ze zich weer naar hen toe keert, ziet Erik dat ze heel snel ademt.

'Dit is een beschermde woning. Je hebt politiebewaking,' zegt Joona. 'Niemand mag gegevens over jou verstrekken of opzoeken; dat heeft de officier van justitie bepaald. Je bent nu veilig, Evelyn.'

'Misschien zolang ik hierbinnen blijf,' zegt ze, 'maar ik moet ooit een keer weer naar buiten, en Josef is heel goed in wachten.'

Ze loopt naar het raam, kijkt naar buiten en gaat daarna op de bank zitten.

'Waar kan Josef zich verstoppen?' vraagt Joona.

'Jullie denken dat ik iets weet.'

'Is dat ook zo?' vraagt Erik.

'Gaat u mij hypnotiseren?'

'Nee,' zegt hij met een verraste glimlach.

Ze heeft zich niet opgemaakt en haar ogen zien er kwetsbaar en onbeschermd uit als ze hem in zich opneemt.

'Dat mag best, als u dat wilt,' zegt ze, waarna ze snel haar ogen neerslaat.

Het appartement bestaat uit een slaapkamer met een breed bed, twee fauteuils, een tv, een badkamer met douchecabine en een keuken met een eethoek. De ramen zijn voorzien van kogelvrij glas en alle muren zijn in een rustige kleur geel geschilderd.

Erik kijkt om zich heen en loopt achter haar aan naar de keuken.

'Best leuk,' zegt hij.

Evelyn haalt haar schouders op. Ze draagt een rode trui en een verbleekte spijkerbroek. Haar haar is opgestoken in een slordige paardenstaart.

'Ik krijg vandaag wat eigen spulletjes,' zegt ze.

'Mooi,' zegt Erik. 'Het voelt altijd beter als…'

'Beter? Weet u waardoor ik me beter zou voelen?'

'Ik werk al jaren met…'

'Sorry, maar dat kan me geen bal schelen,' onderbreekt ze hem. 'Ik heb gezegd dat ik niet met psychologen en maatschappelijk werkers wil praten.'

'Ik ben hier niet in die hoedanigheid.'

'Waarom dan wél?'

'Om te proberen Josef te vinden.'

Ze keert zich naar hem om en zegt kort: 'Hij is hier niet.'

Zonder te weten waarom besluit Erik om niets over Benjamin te zeggen.

'Luister eens, Evelyn,' zegt hij kalm. 'Ik heb je hulp nodig om na te gaan met wie Josef zoal omging.'

Ze kijkt hem waterig, bijna koortsachtig aan.

'Oké,' antwoordt ze, en ze trekt een beetje met haar mond.

'Heeft hij een vriendin?'

Haar ogen worden donker en haar lippen spannen zich.

'Buiten mij, bedoelt u?'

'Ja.'

Na een tijdje schudt ze haar hoofd.

'Met wie gaat hij om?'

'Met niemand.'

'Klasgenoten?'

Ze haalt haar schouders op.

'Hij heeft volgens mij nog nooit vrienden gehad.'

'Als hij ergens hulp bij nodig zou hebben, naar wie zou hij dan toe gaan?'

'Ik weet het niet… Soms staat hij met de alcoholisten op het bankje achter de drankwinkel te praten.'

'Weet je wie dat zijn, hoe ze heten?'

'Een van hen heeft een tatoeage op zijn hand.'

'Hoe ziet die eruit?'

'Dat weet ik niet precies… Een vis, geloof ik.'

Ze staat op en loopt weer naar het raam. Erik kijkt haar na. Het daglicht valt over haar jonge gezicht en maakt haar kwetsbaar. Hij ziet de blauwe slagader op haar lange, smalle hals kloppen.

'Kan hij bij een van hen logeren, denk je?'

Ze haalt haar schouders op.

'Ja…'

'Denk je dat ook?'

'Nee.'

'Wat denk je dan?'

'Ik denk dat hij mij vindt voordat ik hem vind.'

Hij kijkt haar aan terwijl ze met haar voorhoofd tegen het glas geleund staat en vraagt zich af of hij zal proberen haar nog wat verder onder druk te zetten. Haar vlakke stem en haar gebrek aan vertrouwen zeggen hem dat zij als enige bepaalde dingen over haar broer weet.

'Evelyn? Wat wil Josef?'

'Daar kan ik niet over praten.'

'Wil hij mij vermoorden?'

'Geen idee.'

'Wat denk je?'

Ze haalt adem, en haar stem is hees en vermoeid als ze zegt: 'Als hij vindt dat u tussen hem en mij in staat, als hij jaloers is, zal hij dat doen.'

'Wat?'

'U vermoorden.'

'Proberen, bedoel je?'

Evelyn likt langs haar lippen, keert zich naar hem toe en slaat vervolgens haar ogen neer. Erik wil zijn vraag herhalen, maar kan geen woord uitbrengen.

Plotseling wordt er op de deur geklopt. Evelyn kijkt naar Joona en naar Erik. Ze ziet er bang uit en sluipt achterwaarts de keuken in.

Er wordt nogmaals geklopt. Joona loopt naar de deur, kijkt door het spionnetje naar buiten en doet daarna open. Er komen twee politiemannen de hal binnen. De ene heeft een verhuisdoos in zijn armen.

'Volgens mij hebben we alles wat op de lijst stond meegenomen,' zegt hij. 'Waar wil je de spullen hebben?'

'Maakt niet uit,' zegt Evelyn futloos terwijl ze de keuken uit komt.

'Mag ik een krabbeltje?'

Hij geeft haar een afleverbon, die ze ondertekent. Joona sluit de deur weer af nadat ze zijn vertrokken en Evelyn loopt er meteen naartoe om te controleren of hij wel goed dichtzit. Ze keert zich daarna weer naar hen om.

'Ik had om een paar spullen van thuis gevraagd, die...'

'Ja, dat heb je verteld.'

Evelyn gaat op haar hurken zitten, trekt de bruine tape van de doos los en vouwt de flappen opzij. Ze pakt een zilverkleurige spaarpot in de vorm van een konijn en een ingelijst schilderijtje van een beschermengel, maar blijft opeens midden in een beweging steken.

'Mijn fotoalbum,' zegt ze, en Erik ziet dat haar lippen beginnen te trillen.

'Evelyn?'

'Daar had ik niet om gevraagd. Ik heb niets gezegd over...'

Ze slaat de eerste pagina open met een grote foto van haarzelf van school. Ze lijkt een jaar of veertien. Ze draagt een beugel en glimlacht verlegen. Haar huid is glanzend en ze heeft kort haar.

Evelyn slaat de bladzijde om en er valt een opgevouwen papiertje uit het album. Ze pakt het op van de grond, keert het om en als ze het leest wordt haar gezicht vuurrood.

'Hij is thuis,' fluistert ze, en ze overhandigt hun de brief.

Erik strijkt het papier glad en Joona en hij lezen:

Je bent mijn eigendom, je bent alleen van mij, ik maak de anderen dood, het is jouw schuld, ik vermoord die kuttige hypnotiseur en daar ga jij mij mee helpen, ja, je moet me laten zien waar hij woont, waar jullie altijd neuken en feestvieren, en dan zal ik hem doodmaken en jij gaat toekijken als ik hem vermoord, en daarna moet je je kut met een heleboel zeep wassen en dan ga ik je honderd keer neuken, want dan staan we quitte en beginnen we gewoon opnieuw, alleen wij tweetjes.

Evelyn doet de luxaflex omlaag en blijft daarna met haar armen om haar lichaam geslagen staan. Erik legt de brief op tafel en komt overeind. Josef is in het rijtjeshuis, denkt hij snel. Dat moet wel. Als hij het fotoalbum met de brief in de verhuisdoos heeft kunnen stoppen, moet hij daar zijn.

'Josef is weer terug in het rijtjeshuis,' zegt Erik na een tijdje.

'Waar zou hij anders wonen?' antwoordt ze zachtjes.

Joona staat al met de telefoon in de keuken met de dienstdoende commissaris bij de meldkamer te praten.

'Evelyn, begrijp jij hoe Josef zich schuil heeft kunnen houden voor de politie?' vraagt Erik. 'Ze zijn de boel daar nu al bijna een week lang aan het onderzoeken.'

'De kelder,' antwoordt Evelyn terwijl ze opkijkt.

'Wat is er met de kelder?'

'Daar is een vreemde kamer.'

'Hij is beneden in de kelder,' roept Erik naar de keuken.

Joona hoort via de telefoon het langzame geratel van een toetsenbord.

'De verdachte bevindt zich vermoedelijk in de kelder,' zegt Joona.

'Wacht even,' zegt de dienstdoende commissaris aan de andere kant van de lijn. 'Ik moet…'

'Er is haast bij,' onderbreekt Joona hem.

Na een korte pauze zegt de dienstdoende man doodkalm: 'Er

is twee minuten geleden een alarm uitgegaan met betrekking tot hetzelfde adres.'

'Wat zeg je me nou? Gärdesvägen 8 in Tumba?' vraagt Joona.

'Ja,' antwoordt hij. 'De buren belden net dat er iemand in het huis was.'

# 27

## Zondagmorgen 13 december, de feestdag van Sint-Lucia

Kennet Sträng blijft staan luisteren voordat hij langzaam naar de trap loopt. Hij houdt het pistool vlak langs zijn lichaam op de grond gericht. Vanuit de keuken valt daglicht de gang binnen. Simone loopt achter haar vader aan en vindt dat het huis van het vermoorde gezin doet denken aan het huis waar Erik en zij woonden toen Benjamin nog klein was.

Het kraakt ergens – in de vloer of diep in de muren.

'Is dat Josef?' fluistert Simone.

Door de zaklamp, de tekeningen en de koevoet lijken haar handen wel verdoofd. Het inbraakgereedschap is zo zwaar dat ze het bijna niet kan dragen.

Het is doodstil in het huis. De geluiden die ze even daarvoor hadden gehoord, het kloppen en de gedempte knallen, zijn opgehouden.

Kennet gebaart kort met zijn hoofd. Hij wil dat ze naar de kelder gaan. Simone knikt terug, hoewel elke spier in haar lichaam het haar afraadt.

Op grond van de tekeningen is de beste plek voor een schuilplaats zonder twijfel de kelder. Kennet heeft het met een pen op de tekeningen aangegeven: dat de muur bij de ruimte van de oude olieketel kan worden doorgebroken en een bijna onzichtbare kamer zou kunnen vormen. De tweede ruimte die Kennet op de tekening van het huis heeft aangegeven, is die vlak onder het dak, boven de zolder.

Naast de grenen trap naar de bovenverdieping is een smalle, deurloze opening. De scharnierhaakjes van een kinderhekje zitten nog in de muur. De ijzeren trap naar de kelder lijkt wel zelfgemaakt, de lasnaden zijn grof en log en de treden zijn bekleed met dik grijs vilt.

Wanneer Kennet op het lichtknopje drukt, gebeurt er niets. Hij drukt nogmaals, maar de lamp is kapot.

'Blijf hier staan,' zegt hij zacht.

Simone voelt een schok van angst door zich heen gaan. Er stroomt een zware, stoffige lucht naar boven, die haar doet denken aan grote voertuigen.

'Geef me de zaklamp eens,' zegt hij, en hij steekt zijn hand uit.

Ze geeft hem de lamp. Hij glimlacht kort, knipt hem aan en loopt voorzichtig naar beneden.

'Hallo?' roept Kennet. 'Josef? Ik moet met je praten.'

Er komt geen geluid uit de kelder. Geen gestommel, geen ademhaling.

Simone klemt haar vingers om de koevoet en wacht af.

Het schijnsel van de zaklamp verlicht bijna alleen de muren en het plafond boven de trap. De duisternis van de kelder blijft compact. Kennet loopt verder naar beneden, het licht wordt opgevangen door afzonderlijke voorwerpen: een witte plastic zak, een reflecterende strip op een oude kinderwagen, het glas van een ingelijste filmposter.

'Ik denk dat ik je kan helpen,' zegt Kennet, zachter.

Hij is nu beneden en schijnt eerst snel met de zaklamp om zich heen om zich ervan te vergewissen dat er niemand uit een schuilplaats op hem af komt rennen. De smalle lichtkegel glijdt over vloeren en muren, danst over voorwerpen en werpt zwaaiende schaduwen om zich heen. Daarna begint Kennet opnieuw; hij doorzoekt de ruimte rustig en systematisch.

Simone loopt langzaam de trap af. De treden maken een dof geluid onder haar gewicht.

'Er is hier niemand,' zegt Kennet.

'Maar wat hoorden we? Er was iets,' zegt ze.

Door een vuil kelderraampje vlak onder het plafond sijpelt wat daglicht binnen. Hun ogen raken aan het zwakke licht gewend. De kelder staat vol fietsen in diverse maten, een kinderwagen, sleetjes, ski's en een broodbakmachine, kerstversiering, rollen behang en een trap met witte verfspatten. Op een kartonnen doos heeft iemand met een dikke viltstift STRIPS JOSEF geschreven.

Ze hoort getik boven zich en Simone kijkt omhoog naar de trap en vervolgens naar haar vader. Hij lijkt het geluid niet te horen. Hij loopt langzaam naar een deur aan de andere kant van de ruimte. Simone stoot tegen een hobbelpaard aan. Kennet doet de deur open en kijkt naar binnen. Het blijkt een washok te zijn, met een aftandse wasmachine, een droger en een ouderwetse mangel. Naast een aardwarmtepomp hangt een vuil gordijn voor een grote kast.

'Niemand,' zegt hij terwijl hij zich omkeert naar Simone.

Ze kijkt hem aan en ziet tegelijkertijd het smerige gordijn achter hem. Het hangt volkomen stil, maar is toch aanwezig.

'Simone?'

Er zit een vochtplek op de stof, een klein ovaaltje, als van een mond.

'Laat de tekening eens zien,' zegt Kennet.

Simone meent te bespeuren dat het vochtige ovaaltje opeens naar binnen bolt.

'Papa,' fluistert ze.

'Ja,' antwoordt hij. Hij leunt tegen de deurpost, stopt zijn pistool terug in de schouderholster en krabt op zijn hoofd.

Opnieuw kraakt er iets. Ze keert zich om en ziet dat het hobbelpaard nog steeds beweegt.

'Wat is er, Sixan?'

Kennet komt naar haar toe, pakt de tekening uit haar handen, legt hem op een opgerolde matras, schijnt erop met de zaklamp en draait hem rond.

Hij kijkt op, richt zijn blik weer op de tekening en loopt naar een stenen muur waar een gedemonteerd stapelbed staat, met daarnaast een garderobekast met knalgele reddingsvesten. Op een gereedschapsbord hangen beitels, verschillende zagen en lijmklemmen. De ruimte naast de hamer is leeg, de grote bijl ontbreekt.

Kennet neemt de muur en het plafond taxerend op, buigt zich voorover en klopt op de muur achter het bed.

'Wat is er?' vraagt Simone.

'Deze muur moet minstens tien jaar oud zijn.'

'Zit er iets achter?'

'Ja, een vrij grote ruimte,' antwoordt hij.

'Hoe kom je erin?'

Kennet schijnt weer met de zaklamp op de muur en op de vloer bij het gedemonteerde bed. Overal zijn schaduwen te zien.

'Schijn daar nog eens,' zegt Simone.

Ze wijst op de grond naast de garderobekast. Er heeft diverse keren iets in een boog over de betonvloer geschraapt.

'Achter de kast,' zegt ze.

'Hou jij de zaklamp vast,' zegt hij terwijl hij zijn pistool weer tevoorschijn haalt.

Plotseling horen ze iets achter de garderobekast. Het klinkt alsof daarachter iemand zich voorzichtig beweegt. Het zijn duidelijke bewegingen, maar heel langzaam.

Simone voelt haar hartslag versnellen. Er is daar iemand, denkt ze. O, god. Ze zou 'Benjamin!' willen roepen, maar durft niet.

Kennet maakt een afwerend gebaar dat ze naar achteren moet gaan. Ze wil iets zeggen, wanneer de gespannen stilte opeens wordt verscheurd. Op de verdieping boven hen is een enorme knal hoorbaar van versplinterend hout. Simone laat de zaklamp op de grond vallen en het wordt donker. Ze horen snelle stappen boven zich. Het plafond dreunt, verblindende lichtkegels zwaaien als hoge golven in het rond en komen de ijzeren trap af, de kelder in.

'Ga op de grond liggen!' roept een man hysterisch. 'Op de grond!'

Simone staat als versteend, verblind als een nachtdier voor een aanstormende auto op de snelweg.

'Ga liggen!' roept Kennet.

'Hou je bek!' schreeuwt iemand.

'Dekking!'

Simone begrijpt niet dat de man haar bedoelt, maar dan krijgt ze een stevige trap in haar buik en wordt tegen de betonnen vloer gedrukt.

'Op de grond, zei ik!'

Ze probeert lucht te krijgen, hoest en snakt naar adem. De kelder wordt gevuld met fel licht. Ze worden door zwarte gedaanten de smalle keldertrap op getrokken. Haar handen zijn achter haar rug gebonden. Ze heeft moeite met lopen; ze glijdt uit en valt met haar wang tegen de scherpe metalen leuning.

Ze probeert haar hoofd te draaien, maar iemand houdt haar vast, ademt gejaagd en drukt haar met harde hand tegen de muur naast de ingang naar de kelder.

Een paar gedaanten fixeren haar met hun blik, lijkt het. Ze knippert tegen het daglicht, kan moeilijk iets zien. Flarden van een gesprek even verderop bereiken haar en ze herkent haar vaders bondige en dwingende stem. Die doet haar denken aan de geur van koffie op vroege ochtenden, wanneer ze naar school moest terwijl het nieuws op de radio aanstond.

Ze begrijpt nu pas dat het rijtjeshuis is bestormd door de politie. Misschien dat een van de buren het licht van Kennets zaklamp heeft gezien en de alarmcentrale heeft gebeld.

Een politieman van rond de vijfentwintig, met rimpels en blauwe kringen onder zijn ogen, kijkt haar gespannen aan. Hij heeft een kaalgeschoren hoofd en zijn schedel heeft een vrij plompe, bultige vorm. Hij wrijft diverse keren met zijn hand over zijn lippen.

'Hoe heet je?' vraagt hij kil.

'Simone Bark,' zegt ze met een stem die ze nog steeds niet helemaal in bedwang heeft. 'Ik ben hier met mijn vader, die…'

'Ik vroeg hoe je heette,' onderbreekt de man haar met stemverheffing.

'Kalm aan, Ragnar,' maant een collega hem.

'Je bent een verdomde parasiet,' vervolgt hij tegen Simone. 'Zo denk ik over mensen die het spannend vinden om naar bloed te kijken.'

Hij haalt minachtend zijn neus op en wendt zich af. Ze hoort nog steeds haar vaders stem. Hij praat op normale toonhoogte, maar klinkt heel vermoeid.

Ze ziet een van de politiemensen weglopen met zijn portefeuille.

'Neem ons niet kwalijk,' zegt Simone tegen een politievrouw, 'we hoorden iemand beneden in...'

'Bek houden!' onderbreekt de vrouw haar.

'Mijn zoon is...'

'Hou je bek, zei ik. Tape haar, ze moet worden getapet.'

Simone ziet hoe de politieman die haar voor parasiet heeft uitgemaakt een brede rol tape opzoekt, maar zijn bezigheden staakt wanneer de voordeur opengaat en een lange, blonde man met een scherpe grijze blik door de gang komt aanlopen.

'Joona Linna, rijksrecherche,' stelt hij zich voor met een sterk Fins accent. 'Wat hebben jullie?'

'Twee verdachten,' antwoordt de politievrouw.

Joona kijkt naar Kennet en Simone.

'Ik neem het over,' zegt hij. 'Dit is een misverstand.'

Er verschijnen een paar kuiltjes in Joona's wangen als hij de politiemensen gebiedt de verdachten los te laten. De politievrouw loopt naar Kennet toe en maakt zijn handboeien los, verontschuldigt zich en wisselt vervolgens met rode oren een paar woorden met hem.

De politieman met het kaalgeschoren hoofd staat voor Simone en staart haar aan.

'Laat haar los,' zegt Joona.

'Ze hebben hevig verzet geboden en ik heb mijn duim bezeerd,' zegt hij.

'Ben je van plan hen op te pakken?' vraagt Joona.

'Ja.'

'Kennet Sträng en zijn dochter?'

'Het kan me niet schelen wie het zijn,' zegt de agressieve politieman.

'Ragnar,' zegt de politievrouw kalmerend, 'hij is een collega.'

'Het is verboden om plaatsen delict te betreden, en ik zweer...'

'Kalm nou maar,' onderbreekt Joona hem beslist.

'Maar heb ik het mis?' vraagt hij.

Kennet is naar voren gekomen, maar zegt niets.

'Heb ik het mis?' herhaalt Ragnar.

'Daar hebben we het later wel over,' antwoordt Joona.

'Waarom niet nu?'

Joona gaat zachter praten en zegt kortaf: 'Voor je eigen bestwil.'

De politievrouw loopt weer naar Kennet toe, kucht en zegt:

'Het spijt ons – u krijgt morgen een taart.'

'Het is wel goed,' zegt Kennet terwijl hij Simone overeind helpt.

'De kelder,' zegt ze bijna geluidloos.

'Daar zal ik voor zorgen,' zegt Kennet, en hij wendt zich tot Joona. 'Er zitten een of meer personen in een geheime ruimte in de kelder achter de garderobekast met reddingsvesten.'

'Luister goed,' roept Joona tegen de anderen. 'We hebben reden om aan te nemen dat de verdachte zich in de kelder bevindt. Ik heb bij deze inval de operatieve leiding. Wees voorzichtig. Er kan een gijzelingssituatie ontstaan, en in dat geval voer ik de onderhandelingen. De verdachte is een gevaarlijk persoon, maar jullie moeten je wapen in eerste instantie op de benen richten.'

Joona leent een kogelvrij vest, waar hij zich snel in wurmt. Daarna stuurt hij twee politiemensen naar de achterkant van het huis en verzamelt hij een arrestatieteam om zich heen. Ze luisteren naar zijn snelle aanwijzingen en verdwijnen daarna samen met hem door de opening naar de kelder. De metalen trap dreunt onder hun gewicht.

Kennet heeft zijn armen om Simone heen geslagen. Ze is zo bang dat ze helemaal staat te trillen. Hij fluistert dat alles goed komt. Het enige wat Simone wil, is de stem van haar zoon uit de kelder horen. Ze bidt dat ze nu, ieder moment, zijn stem zal horen.

Na een tijdje komt Joona terug met het kogelvrije vest in zijn hand.

'Hij is ontkomen,' zegt hij gesloten.

'Benjamin. Waar is Benjamin?' vraagt Simone.

'Niet hier,' antwoordt Joona.

'Maar die kamer…'

Simone loopt naar de trap. Kennet probeert haar tegen te houden, maar ze trekt haar hand los, wurmt zich langs Joona heen en rent de metalen trap af. Het is nu licht in de kelder, als op een stralende zomerdag. Drie schijnwerpers op een statief vullen de ruimte met licht. De schilderstrap is verplaatst en staat onder het open kelderraampje. De garderobekast met reddingsvesten is opzij geschoven en een politieman bewaakt de deuropening naar de geheime kamer. Simone loopt langzaam in zijn richting. Ze hoort dat haar vader achter haar iets zegt, maar begrijpt de woorden niet.

'Ik moet,' zegt ze zwakjes.

De politieman brengt een hand omhoog en schudt zijn hoofd.

'Ik kan u helaas niet binnenlaten,' zegt hij.

'Mijn zoon...'

Ze voelt de armen van haar vader om zich heen, maar probeert los te komen.

'Hij is hier niet, Simone.'

'Laat me los!'

Ze loopt door en ziet een kamer met een matras op de grond, stapels oude stripbladen, lege chipszakken, lichtblauwe schoenbeschermers, conservenblikken en pakken cornflakes. En een grote, glanzende bijl.

# 28

## *Zondagmiddag 13 december, de feestdag van Sint-Lucia*

Simone zit in de auto op de terugweg uit Tumba en hoort Kennet praten over het gebrek aan coördinatie bij de politie. Ze geeft geen antwoord, laat hem zeuren en kijkt door het raampje naar buiten. Ze ziet alle gezinnen die zich daar buiten voortbewegen. Moeders die ergens naartoe onderweg zijn met kleine kinderen in skipakken, die brabbelen met hun speen in hun mond. Een paar kinderen proberen op hun step door de vieze sneeuwbrij vooruit te komen. Ze hebben allemaal dezelfde rugzakken. Een stel meiden met Lucia-glitters in hun haar eet iets uit een zak en moet ergens vreselijk om lachen.

Er is nu meer dan een etmaal verstreken sinds Benjamin bij ons is weggeroofd, van zijn bed is gelicht en uit zijn eigen huis is gesleept, denkt ze terwijl ze naar haar handen op haar schoot kijkt. De rode lijnen van de handboeien zijn nog duidelijk zichtbaar.

Niets duidt erop dat Josef Ek bij Benjamins verdwijning betrokken is. Er waren geen sporen van Benjamin in de geheime kamer, alleen van Josef. Naar alle waarschijnlijkheid had Josef in die geheime kamer gezeten toen haar vader en zij naar de kelder waren gegaan.

Simone stelt zich voor hoe hij in elkaar gedoken naar hen moet hebben liggen luisteren, moet hebben ingezien dat ze zijn schuilplaats hadden ontdekt en vervolgens zo zachtjes mogelijk de bijl moet hebben gepakt. Toen vervolgens het tumult ontstond – op het moment dat de politie naar beneden stormde en Kennet en haar naar boven sleepte – had Josef van de gelegenheid gebruikgemaakt en de kast opzij geschoven, de ladder tegen het kelderraampje gezet en was hij naar buiten geklommen.

Hij was ontkomen, heeft de politie voor de gek gehouden en is nog steeds op vrije voeten. Er is een landelijk opsporingsbevel uitgegaan, maar Josef Ek kan Benjamin niet hebben gekidnapt. Dat zijn gewoon twee dingen die ongeveer op hetzelfde moment hebben plaatsgevonden, zoals Erik al tegen haar had proberen te zeggen.

'Kom je?' vraagt Kennet.

Ze kijkt op en beseft dat het koud is geworden. Kennet moet nog een paar keer tegen haar zeggen dat ze uit de auto moet stappen en mee moet komen, voordat ze begrijpt dat ze op Luntmakargatan zijn.

Ze doet de voordeur van het slot en ziet Benjamins jas in de hal hangen. Haar hart maakt een sprongetje en even denkt ze dat hij thuis is, waarna ze zich weer herinnert dat hij in zijn pyjama naar buiten is gesleept.

Haar vaders gezicht is asgrauw. Hij zegt dat hij gaat douchen en verdwijnt naar de badkamer.

Simone leunt tegen de muur in de hal, doet haar ogen dicht en denkt: als ik Benjamin maar terugkrijg, zal ik alles vergeten wat er deze dagen is gebeurd en nog zal gebeuren. Ik zal er nooit over praten, ik zal op niemand boos zijn, er nooit aan denken en alleen maar dankbaar zijn.

Ze hoort dat Kennet in de badkamer de kraan opendraait.

Ze trekt zuchtend haar schoenen uit, laat haar jack op de grond vallen en gaat in de slaapkamer op bed zitten. Ze kan zich opeens niet meer herinneren wat ze daar te zoeken had, of ze misschien alleen iets wilde pakken of dat ze even wilde gaan liggen. Ze voelt de koelte van de lakens tegen haar handpalm en ziet Eriks kreukelige pyjamabroek onder het kussen vandaan steken.

Op het moment dat de douche stopt, weet ze weer wat ze wilde doen: ze had een handdoek voor haar vader willen halen en vervolgens in Benjamins computer willen kijken of ze daar iets kon vinden wat verband zou kunnen houden met zijn ontvoering. Ze staat op, haalt een grijs badlaken uit de kast en keert terug naar de gang. De badkamerdeur gaat open en Kennet komt naar buiten, helemaal aangekleed.

'Hier is een handdoek,' zegt ze.

'Ik heb die paarse genomen.'

Zijn haar is nog vochtig en hij ruikt naar lavendel. Ze begrijpt dat hij de goedkope zeep in het handpompje op de wastafel heeft gebruikt.

'Heb je je haar met zeep gewassen?' vraagt ze.

'Het rook lekker,' antwoordt hij.

'Er is shampoo, papa.'

'Dat is één pot nat.'

'Oké,' zegt ze grijnzend, en ze besluit maar niet aan haar vader uit te leggen waar de paarse handdoek voor wordt gebruikt.

'Ik ga koffie zetten,' zegt hij, en hij loopt naar de keuken.

Simone legt het grijze badlaken op de buffetkast en loopt naar Benjamins kamer, zet de computer aan en gaat op de stoel zitten. Alles in de kamer is nog hetzelfde: het beddengoed ligt nog op de grond, het glas water ligt nog omver.

Het welkomstmelodietje van het besturingssysteem weerklinkt. Simone legt haar hand op de muis, wacht een paar tellen en klikt dan op het fotootje van Benjamins gezicht om in te loggen.

De computer vraagt om een gebruikersnaam en een password. Simone toetst 'Benjamin' in, haalt adem en typt daarna 'Dumbledore'.

Het beeldscherm flikkert even – net een oog dat eerst dicht- en dan weer opengaat.

Ze is ingelogd!

De bureaubladachtergrond van de computer bestaat uit een foto van een hert op een open plek in het bos. Er ligt een betoverend mistig licht over de plantengroei. Het schuwe dier lijkt op dit moment volkomen op zijn gemak.

Hoewel Simone weet dat ze inbreuk maakt op Benjamins privacy, is het alsof iets van hem plotseling weer heel dichtbij is.

'Je bent een genie,' hoort ze haar vader achter haar rug zeggen.

'Nee.'

Kennet legt een hand op haar schouder en ze opent het e-mailprogramma.

'Hoe ver zullen we terugkijken?' vraagt ze.

'We nemen alles door.'

Ze scrolt in de map inkomende post en opent mailtje na mailtje.

Een klasgenoot heeft een vraag over een inzamelingsactie.

Een gezamenlijk werkstuk wordt afgehandeld.

Iemand beweert dat Benjamin veertig miljoen euro heeft gewonnen in een Spaanse loterij.

Kennet loopt weg en komt terug met twee bekers.

'Koffie is de lekkerste drank van de hele wereld,' zegt hij terwijl hij gaat zitten. 'Hoe heb je die computer in godsnaam aan de praat gekregen?'

Ze haalt haar schouders op en drinkt van haar koffie.

'Ik moet Kalle Jeppson bellen en zeggen dat we zijn geploeter niet meer nodig hebben.'

Ze bladert verder en opent een mailtje van Aida. Ze beschrijft op geestige wijze de plot van een slechte film en zegt dat Arnold Schwarzenegger een Shrek is die een lobotomie heeft ondergaan.

Weekbrieven van school.

De bank die waarschuwt voor het verstrekken van privégegevens.

Facebook, Facebook, Facebook, Facebook, Facebook.

Simone gaat naar Benjamins Facebook-account. Honderden aanvragen hebben betrekking op de groep 'hypno monkey'.

Alle bijdragen gaan over Erik – verschillende spottende theorieën over dat Benjamin is gehypnotiseerd en dat hij daarom zo'n watje is. Bewijzen dat Erik het hele Zweedse volk heeft gehypnotiseerd. Iemand die schadevergoeding eist omdat Erik zijn pik heeft gehypnotiseerd.

Er is een link naar een filmpje op YouTube. Simone klikt de link aan en krijgt een kort filmpje voorgeschoteld met de titel Asshole. Een onderzoeker die vertelt hoe serieuze hypnose in zijn werk gaat, terwijl de beelden Erik tonen die zich langs een paar mensen heen wringt. Hij duwt een oude vrouw met een rollator bijna omver, die achter zijn rug haar middelvinger naar hem omhoogsteekt.

Simone gaat terug naar Benjamins inbox en vindt een kort mailtje van Aida waarvan haar nekharen overeind gaan staan. Het zijn maar weinig woorden, maar de angst slaat haar om het hart. Haar handpalmen zijn plotseling vochtig. Ze keert zich om en vangt Kennets aandacht.

'Moet je dit eens lezen, papa.'

Ze draait het scherm, zodat hij het mailtje van Aida kan lezen: *Nicke zegt dat Wailord boos is dat hij zijn mond tegen je heeft opengedaan. Dit kan echt gevaarlijk zijn, Benjamin.*

'Nicke is Aida's broertje,' zegt Simone.

'En Wailord?' vraagt Kennet, terwijl hij diep ademhaalt. 'Zegt dat jou iets?'

Simone schudt haar hoofd. De plotselinge angst is onversneden gekrompen tot een donkere bal, die nu in haar lichaam heen en weer rolt. Wat weet ze eigenlijk over het leven van haar zoon?

'Ik geloof dat het de naam van een Pokémon-figuur is,' zegt ze langzaam. 'Aida's broer, Nicke, had het over Wailord.'

Simone gaat naar de map met verzonden berichten en vindt Benjamins geschokte antwoord: *Nicke moet binnenblijven. Laat hem niet naar de zee gaan. Als Wailord echt boos is, krijgt een van ons problemen. We hadden meteen naar de politie moeten gaan. Volgens mij is het te gevaarlijk om dat nu nog te doen.*

'Godsamme,' zegt Kennet.

'Ik weet niet of dit echt is of dat het onderdeel is van een spel.'

'Het klinkt niet als een spelletje.'

'Nee.'

Kennet blaast zijn adem uit en krabt aan zijn buik.

'Die Aida en Nicke,' zegt hij langzaam, 'wat zijn dat eigenlijk voor types?'

Simone kijkt naar haar vader en vraagt zich af wat ze zal antwoorden. Hij zou iemand als Aida nooit begrijpen. Een in het zwart gekleed, zwaar opgemaakt meisje met piercings en tatoeages, met een eigenaardige thuissituatie.

'Aida is Benjamins vriendin,' zegt Simone. 'En Nicke is haar broer. Er moet ergens een foto van haar en Benjamin zijn.'

Ze haalt Benjamins portemonnee en zoekt de foto van Aida. Benjamin staat met zijn arm om haar schouders. Zij ziet er enigszins opgelaten uit, maar hij lacht vrolijk in de camera.

'Maar wat zijn het voor mensen…' houdt Kennet vol, terwijl hij naar Aida's zwaar opgemaakte gezicht op de foto kijkt.

'Wat zijn het voor mensen' antwoordt ze zachtjes. 'Dat weet ik niet precies. Ik weet alleen dat Benjamin erg gek op haar is. En dat zij voor haar broertje lijkt te zorgen. Ik geloof dat hij verstandelijk gehandicapt is.'

'Agressief?'

Ze schudt haar hoofd.

'Volgens mij niet,' zegt ze.

Ze denkt na en vertelt vervolgens: 'Hun moeder lijkt ziek. Ik heb het idee dat ze longemfyseem heeft, maar daar weet ik verder niets van.'

Kennet legt zijn armen kruiselings over zijn borst. Hij leunt achterover en staart naar het plafond. Daarna gaat hij weer rechtop zitten en zegt ernstig: 'Wailord is een stripfiguur, hè?'

'Een Pokémon,' antwoordt ze.

'Hoor je dat allemaal te weten?'

'Als je kinderen van een bepaalde leeftijd hebt, weet je dat – of je het nou wilt of niet,' antwoordt ze.

Kennet kijkt haar volkomen uitdrukkingsloos aan.

'Pokémon,' herhaalt Simone. 'Dat is een soort spel.'

'Een spel?'

'Weet je niet meer dat Benjamin zich daar ook mee bezighield toen hij jonger was? Hij spaarde die kaarten en zat dan te zeuren over de verschillende krachten, dat ze veranderden.'

Kennet schudt zijn hoofd.

'Hij is er zeker twee jaar mee bezig geweest,' zegt ze.

'Maar nu niet meer?'

'Hij is er nu een beetje te groot voor,' antwoordt ze.

'Ik heb jou nog met poppen zien spelen toen je terugkwam van paardrijkamp.'

'Ja, wie weet, misschien speelt hij er ook nog stiekem mee,' zegt ze.

'Wat is de bedoeling van dat Pokémon?'

'Hoe moet ik dat uitleggen? Het heeft met dieren te maken, maar het zijn geen echte dieren. Ze zijn geconstrueerd, zien eruit als insecten of robots – ik weet niet precies. Sommige zien er heel lief uit, andere zijn echte griezels. Het komt oorspronkelijk uit Japan en is ergens in de jaren negentig ontstaan, en het is een hele industrie geworden. Die figuren zijn zogenoemde zakmonsters, *pocketmonsters*. Degene die speelt heeft ze in zijn zak. Het is allemaal nogal stompzinnig. Je speelt dus tegen andere spelers door je verschillende Pokémons tegen elkaar te laten vechten. Zeer gewelddadig, uiteraard. Het doel is in elk geval om er zoveel mogelijk te overwinnen, want dan krijg je geld... de speler krijgt geld. De Pokémon-figuur krijgt punten.'

'En degene met de meeste punten wint,' zegt Kennet.

'Dat weet ik eigenlijk niet. Er lijkt nooit een eind aan te komen.'

'Is het ook een computerspel?'

'Het is álles. Dat is waarschijnlijk ook de reden dat het zo groot is geworden. Het is er als tv-programma, als ruilkaartspel, er zijn knuffelbeesten, snoep, tv-spelletjes, computerspelletjes, Nintendo – je kunt het zo gek niet verzinnen.'

'Ik weet niet of ik er nou wel zoveel wijzer van ben geworden,' zegt hij.

'Nee,' zegt ze aarzelend.

Haar vader kijkt haar aan.

'Waar denk je aan?'

'Ik besefte net dat dat ook precies de bedoeling is: dat volwassenen erbuiten blijven,' zegt ze. 'De kinderen worden met rust gelaten. Ze worden met rust gelaten omdat wij geen grip hebben op de Pokémon-wereld. Het is te veel, te groot.'

'Denk je dat Benjamin weer met dat spel begonnen is?' vraagt Kennet.

'Nee, niet op dezelfde manier. Dit... Dit moet iets anders zijn,' antwoordt ze, terwijl ze op het scherm wijst.

'Jij denkt dat Wailord écht iemand is?' zegt hij vragend.

'Ja.'

'Die niets met Pokémon te maken heeft?'

'Ik weet niet... Het broertje van Aida, Nicke, had het tegen mij over Wailord alsof het om een Pokémon ging, maar misschien is dat gewoon zijn manier van praten. Ik bedoel, het wordt allemaal anders als Benjamin schrijft: *Laat Nicke niet naar de zee gaan.*'

'Welke zee?' vraagt Kennet.

'Precies. Er is hier helemaal geen zee, die is er alleen maar in het spel.'

'Maar het klinkt wel of Benjamin die dreiging serieus neemt,' zegt Kennet. 'Of die echt is, toch?'

Ze knikt.

'Die zee is nep, maar de dreiging is echt.'

'We moeten die Wailord zien te vinden.'

'Het zou een Lunar kunnen zijn,' zegt ze aarzelend.

Hij kijkt haar grijnzend aan en merkt op: 'Ik begin nu te begrijpen waarom het tijd was om met pensioen te gaan.'

'Lunar is een identiteit op een chatsite,' verklaart Simone, en ze gaat dichter bij de computer zitten. 'Ik zal eens zoeken op "Wailord".'

Het resultaat is 85.000 hits. Kennet gaat naar de keuken en ze hoort dat hij de politieradio harder zet. Het gekraak en gezoem vermengt zich met stemmen.

Ze kijkt vluchtig de ene na de andere pagina met Japans Pokémon-materiaal door. *Wailord is the largest of all identified Pokémon up to now. This giant Pokémon swims in the open sea, eating massive amounts of food at once, with its enormous mouth.*

'Daar hebben we de zee,' zegt Kennet zachtjes, terwijl hij over haar schouder meeleest.

Ze had hem niet horen terugkomen.

De tekst beschrijft hoe Wailord op zijn buit jaagt: hij maakt een gigantische sprong, komt midden in een school vissen terecht en zwemt dan met zijn bek vol vis gewoon door. Het is afschuwelijk, leest Simone, om te zien hoe Wailord zijn buit in één keer doorslikt.

Ze preciseert haar zoekopdracht tot alleen pagina's in het Zweeds en gaat naar een forum waar ze een uitwisseling vindt:

'Hallo, hoe krijg je een Wailord?'

'Om een Wailord te krijgen, kun je het best een Wailmer op zee vangen.'

'Oké, maar waar ergens op zee?'

'Bijna overal, als je de Super Rod maar gebruikt.'

'Kun je iets vinden?' vraagt Kennet.

'Dit kan tijd kosten.'

'Neem alle mail door, kijk in de prullenbak, probeer die Wailord op te sporen.'

Ze kijkt op en ziet dat Kennet zijn leren jack aanheeft.

'Wat ga je doen?'

'Ik ga weg.'

'Weg? Naar huis?'

'Ik moet met Nicke en Aida praten.'

'Zal ik meegaan?' vraagt ze.

Kennet schudt zijn hoofd.

'Het is beter als jij de computer doorneemt.'

Kennet probeert te glimlachen als ze met hem meeloopt naar de hal. Hij ziet er ontzettend moe uit. Ze omhelst hem voordat hij weggaat, doet de deur achter hem op slot en hoort hem op het liftknopje drukken. De machinerie is in werking. Plotseling herinnert ze zich dat ze als kind een keer een hele dag in de hal naar de deur had staan kijken in afwachting van haar vaders thuiskomst. Ze was misschien negen jaar en had beseft dat haar moeder van plan was bij hen weg te gaan. Ze durfde er niet op te vertrouwen dat haar vader zou blijven.

Als Simone in de keuken komt, ziet ze dat Kennet een broodkrans heeft aangesneden, maar hem niet weer in de verpakking heeft teruggestopt. Ook staat het koffiezetapparaat aan, met donker bezinksel op de bodem van de kan.

De geur van verbrande koffie vermengt zich met het paniekerige gevoel dat ze vermoedelijk de laatste restanten van de gelukkige periode uit haar leven achter zich heeft gelaten. Dat haar leven is opgedeeld in twee delen. Het eerste, gelukkige bedrijf is net afgelopen. Ze durft niet te denken aan wat ze nog voor zich heeft.

Simone loopt naar haar handtas en pakt haar mobiele telefoon. Zoals verwacht heeft Ylva diverse keren gebeld vanuit de galerie. Shulman staat ook bij de gemiste oproepen. Simone roept zijn nummer op en drukt op 'Bellen', maar bedenkt zich voor het eerste signaal overgaat. Ze legt haar telefoon weg en keert terug naar de computer op Benjamins kamer.

Het is donker buiten, zo donker als het in december kan zijn. Zo te zien waait het behoorlijk. De hangende straatlantaarns zwiepen heen en weer. In het licht zie je natte sneeuw vallen.

Simone vindt een verwijderd mailtje van Aida met de tekst: *Ik heb medelijden met je dat je in een huis van leugens woont.* Aan het mailtje hangt een groot attachment. Simone voelt haar hartslag zelfs in haar slapen als ze de cursor op de bijlage richt. Net als ze een programma moet kiezen om de file te openen, wordt er voorzichtig op de voordeur geklopt. Het klinkt meer als gekrab. Ze houdt haar adem in, hoort opnieuw geklop en staat op. Haar benen voelen slap aan als ze door de lange gang loopt die naar de hal en de voordeur leidt.

# 29

## *Zondagmiddag 13 december, de feestdag van Sint-Lucia*

Kennet zit in de auto voor de flat in Solna waar Aida woont en denkt na over de eigenaardige dreigingen die ze in Benjamins computer hebben aangetroffen: '*Nicke zegt dat Wailord boos is dat hij zijn mond tegen je heeft opengedaan.*' '*Laat Nicke niet naar de zee gaan.*' Hij bedenkt hoe vaak hij in zijn leven angst heeft gezien en gehoord. Hij weet hoe het voelt. Niemand is zonder angst, denkt hij.

De flat waar Aida woont is vrij klein en slechts drie verdiepingen hoog. Het ziet er onverwacht idyllisch uit, ouderwets en betrouwbaar. Hij kijkt naar de foto die hij van Simone heeft gekregen. Een meisje met piercings en zwartomrande ogen. Hij vraagt zich af waarom het hem zo veel moeite kost om zich haar in deze flat voor te stellen, aan de keukentafel, in een kamer waar paardenposters zijn vervangen door affiches van Marilyn Manson.

Kennet wil net uit de auto stappen om naar het terras te sluipen dat volgens hem bij het betreffende appartement hoort, maar houdt in als hij een stevige gedaante in het oog krijgt die op de stoep achter de flats heen en weer drentelt.

Opeens gaat de portiekdeur open. Aida komt naar buiten. Ze lijkt haast te hebben. Ze kijkt over haar schouder en haalt een pakje sigaretten uit haar tas, wurmt met haar lippen een sigaret uit het pakje, steekt hem aan en loopt rokend verder zonder vaart te minderen. Kennet stapt uit de auto en loopt achter haar aan in de richting van het metrostation. Hij is van plan haar aan te spreken als hij weet waarnaar ze op weg is. Er dendert een bus langs en ergens begint een hond te blaffen. Kennet ziet opeens dat de grote gestalte die achter de flat liep nu op Aida afstormt. Ze moet hem hebben gehoord, want ze keert zich om. Hij komt naar haar toe gerend. Ze kijkt vrolijk en lacht met haar hele gezicht: haar zwart opgemaakte ogen staan opeens heel kinderlijk. De gedaante springt met twee voeten tegelijk voor haar. Ze geeft hem een tikje op zijn wang en hij reageert door haar te omhelzen. Ze kussen het puntje van elkaars neus en daarna zwaait Aida hem gedag. Kennet komt dichterbij en bedenkt dat de grote jongen haar broer moet zijn. Hij staat Aida doodstil na te kijken, zwaait nog even en keert zich vervolgens om. Kennet ziet het gezicht van de jongen: zacht en open. Hij loenst met zijn ene oog. Kennet blijft onder een lantaarnpaal op hem staan wachten. De jongen komt met grote, zware stappen dichterbij.

'Hallo, Nicke,' zegt Kennet.

Nicke blijft staan en kijkt hem angstig aan. Er zit een belletje speeksel in zijn beide mondhoeken.

'Mag niet,' zegt hij zachtjes en afwachtend.

'Ik heet Kennet en ik ben politieman. Of liever gezegd: ik ben nu een beetje te oud en ben met pensioen. Maar dat verandert niets aan het feit dat ik nog steeds politieman ben.'

De jongen glimlacht vragend.

'Heb je dan een pistool?'

Kennet schudt zijn hoofd.

'Nee,' liegt hij. 'En ik heb ook geen politieauto.'

De jongen wordt serieus.

'Hebben ze die afgepakt toen je oud werd?'

Kennet knikt.

'Ja.'

'Ben je hier om de dieven te vangen?' vraagt Nicke.

'Welke dieven?'

Nicke trekt aan zijn rits.

'Soms pakken ze dingen van me af,' zegt hij, terwijl hij op de grond stampt.

'Wie doet dat?'

Nicke kijkt hem ongeduldig aan en antwoordt: 'De dieven.'

'Ja, dat is logisch.'

'Mijn muts, mijn horloge, een mooie steen met een glimmende rand.'

'Ben je bang voor iemand?'

Hij schudt zijn hoofd.

'Dus ze zijn allemaal lief hier?' vraagt Kennet aarzelend.

De jongen hijgt bij zichzelf en kijkt Aida na.

'Mijn zus is op zoek naar het ergste monster.'

Kennet knikt in de richting van de kiosk bij de metro.

'Wil je een flesje fris?'

De jongen loopt met hem mee en vertelt: 'Ik werk op zaterdag in de bibliotheek. Ik hang de jassen van de mensen in de garderobe en dan krijgen ze een papiertje met een nummertje erop – duizend verschillende nummers.'

'Goh, wat knap,' zegt Kennet, en hij bestelt twee flesjes Coca-Cola.

Nicke kijkt hem voldaan aan en vraagt om een extra rietje. Daarna drinkt hij, laat een boer, drinkt en boert opnieuw.

'Wat bedoelde je met wat je zei over je zus?' vraagt Kennet op luchtige toon.

Nicke fronst zijn voorhoofd.

'Die jongen, Aida's vriend. Benjamin. Nicke heeft hem vandaag niet gezien. Maar hij was laatst heel boos, héél boos. Aida moest huilen.'

'Was Benjamin boos?'

Nicke kijkt Kennet verbaasd aan.

'Benjamin is niet boos, hij is lief. Aida wordt blij en lacht.'

Kennet kijkt de grote jongen aan.

'Wie was er dan boos, Nicke? Wie was er boos?'

Nicke kijkt opeens ongerust. Hij kijkt naar het flesje en zoekt ergens naar.

'Ik mag geen dingen aannemen…'

'Dat is voor één keertje vast niet erg,' zegt Kennet. 'Wie was er boos?'

Nicke krabt aan zijn hals en veegt het schuim uit zijn mondhoeken.

'Wailord – hij heeft zó'n grote bek.'

Nicke gebaart met zijn armen.

'Wailord?'

'Hij is slecht.'

'Waar ging Aida heen, Nicke?'

De wangen van de jongen trillen als hij zegt: 'Ze kan Benjamin niet vinden, dat is niet goed.'

'Maar waar zou ze nu naartoe?'

Het huilen staat Nicke nader dan het lachen als hij zijn hoofd schudt.

'Ojojoj, je mag niet met meneren praten die je niet kent…'

'Hoor eens, Nicke, ik ben geen gewone meneer,' zegt Kennet. Hij haalt zijn portefeuille tevoorschijn en zoekt een foto van zichzelf in politie-uniform.

Nicke bekijkt de foto uitvoerig. Daarna zegt hij ernstig: 'Aida gaat nu naar Wailord. Ze is bang dat hij Benjamin heeft gebeten. Wailord heeft zó'n grote bek.'

Nicke wijst weer met zijn armen en Kennet probeert heel rustig te klinken als hij vraagt:

'Weet jij waar Wailord woont?'

'Ik mag niet naar de zee gaan. Ik mag er niet eens in de buurt komen.'

'Hoe kom je bij de zee?'

'Met de bus.'

Nicke friemelt aan iets in zijn zak en fluistert in zichzelf.

'Wailord heeft een keer een geintje met me uitgehaald toen ik moest betalen,' zegt Nicke, en hij probeert te glimlachen. 'Hij maakte maar een grapje. Ze hielden me voor de gek en ik moest iets eten wat je niet mag eten.'

Kennet wacht. Nicke begint te blozen en wijst op zijn rits. Hij heeft vieze nagels.

'Wat moest je dan eten?' vraagt Kennet zachtjes.

De wangen van de jongen beginnen weer te trillen.

'Ik wilde niet,' antwoordt hij, en er biggelen een paar grote tranen over zijn stevige wangen.

Kennet klopt Nicke bemoedigend op zijn schouder en zegt welbewust kalm en standvastig: 'Dat klinkt alsof Wailord heel gemeen is.'

'Gemeen.'

Kennet merkt op dat Nicke iets in zijn zak heeft waar hij voortdurend aan zit te friemelen.

'Ik ben politieman, dat weet je, en ik zeg dat er niemand gemeen tegen jou mag zijn.'

'Jij bent te oud.'

'Maar ik ben sterk.'

Nicke kijkt al vrolijker.

'Mag ik nog een cola?'

'Als je dat wilt.'

'Ja, graag.'

'Wat heb je daar in je zak?' vraagt Kennet. Hij doet zijn best onverschillig te klinken.

Nicke grijnst.

'Dat is een geheimpje,' zegt hij.

'O,' zegt Kennet, en hij vraagt niet verder.

Nicke hapt onmiddellijk toe: 'Wil je het niet weten?'

'Je hoeft het me niet te vertellen als je geen zin hebt, Nicke.'

'Ojojoj,' zegt hij. 'Je kunt je niet voorstellen wat het is.'

'Ik denk dat het niets bijzonders is.'

Nicke haalt zijn hand uit zijn zak.

'Ik zal je zeggen wat het is.'

Hij doet zijn vuist open.

'Dat is mijn kracht.'

Er ligt wat aarde in zijn hand. Kennet kijkt de jongen vragend aan, maar die lacht alleen maar.

'Ik ben een grond-Pokémon,' zegt hij, met zichzelf ingenomen.

'Een grond-Pokémon,' herhaalt Kennet.

Nicke sluit zijn hand weer om de aarde en stopt alles weer in zijn zak.

'Weet je wat ik voor krachten heb?'

Kennet schudt zijn hoofd en ziet een man met een taps toelopend hoofd langs de donkere, vochtige gevel aan de overkant van de straat lopen. Het lijkt of hij iets zoekt; hij heeft een stok in zijn hand waarmee hij in de grond prikt. Kennet bedenkt opeens dat de man misschien door de ramen op de begane grond naar binnen probeert te gluren. Hij zou erheen moeten gaan om te vragen waar hij mee bezig is. Maar Nicke heeft zijn hand op zijn arm gelegd.

'Weet je wat ik voor krachten heb?' herhaalt de jongen.

Kennet maakt met tegenzin zijn blik van de man los. Nicke begint op zijn vingers te tellen terwijl hij vervolgt: 'Ik ben goed tegen alle elektrische Pokémons, vuur-Pokémons, giftige Pokémons, steen-Pokémons en staal-Pokémons. Die kunnen mij niet verslaan. Daar ben ik veilig. Maar vliegende Pokémons, gras-Pokémons en insect-Pokémons kan ik niet aan.'

'O nee?' vraagt Kennet verstrooid, en hij ziet de man stilstaan bij een raam. Hij lijkt ergens naar te zoeken, maar eigenlijk buigt hij zich voorover naar het raam.

'Luister je wel?' vraagt Nicke bezorgd.

Kennet probeert monter naar hem te glimlachen. Maar als hij weer in de richting van het raam kijkt, is de man verdwenen. Kennet tuurt naar het raam op de begane grond van de flat, maar kan niet zien of het openstaat.

'Ik kan niet tegen water,' verklaart Nicke verdrietig. 'Water is het ergst. Ik kan niet tegen water, ik ben heel erg bang voor water.'

Kennet haalt Nickes hand voorzichtig van zijn arm.

'Wacht heel even,' zegt hij, en hij doet een paar stappen in de richting van het raam.

'Hoe laat is het?' vraagt Nicke.

'Hoe laat het is? Kwart voor zes.'

'Dan moet ik weg. Hij wordt boos als ik te laat ben.'

'Wie wordt er boos? Je vader?'

Nicke begint te lachen.

'Ik heb toch geen papa!'

'Je moeder, bedoel ik.'

'Nee, Ariados wordt boos. Hij komt dingen halen.'

Nicke kijkt Kennet aarzelend aan. Daarna slaat hij zijn ogen neer en vraagt: 'Heb je wat geld voor me? Want als ik te weinig bij me heb, moet hij me straffen.'

'Wacht even,' zegt Kennet, die nu echt is gaan luisteren naar wat Nicke zegt. 'Wil Wailord geld van je hebben?'

Ze lopen samen weg bij de kiosk en Kennet herhaalt zijn vraag: 'Wil Wailord geld van je hebben?'

'Ben je niet goed bij je hoofd? Wailord? Die zou me opslokken... Maar... Maar de anderen, die kunnen naar hem toe zwemmen.'

Nicke kijkt over zijn schouder. Kennet herhaalt: 'Wie wil er dan geld van je hebben?'

'Ariados, dat zeg ik toch?' antwoordt de jongen ongeduldig. 'Heb jij geld? Ik kan iets doen als ik geld krijg. Ik kan je wat kracht geven...'

'Dat hoeft niet,' zegt Kennet, en hij pakt zijn portefeuille. 'Is twintig kronen genoeg?'

Nicke lacht opgetogen, stopt het briefje in zijn zak en rent zonder gedag te zeggen weg.

Kennet blijft even staan en probeert te begrijpen wat de jongen heeft gezegd. Hij kan het niet helemaal volgen, maar loopt toch achter hem aan. Als hij de hoek om komt, ziet hij Nicke voor het stoplicht staan wachten. Het licht springt op groen en Nicke haast zich naar de overkant. Het lijkt alsof hij op weg is naar de bibliotheek aan het vierkante plein. Kennet steekt ook over, volgt hem en blijft bij een geldautomaat staan wachten. Nicke is weer blijven staan. Hij begint ongeduldig om de fontein voor de bibliotheek heen te drentelen. De plek is slecht verlicht, maar Kennet kan toch zien dat Nicke de hele tijd aan de aarde in zijn broekzak voelt.

Opeens loopt er een jonge jongen dwars door de aangeplante bosjes naast de tandheelkundige kliniek het plein op. Hij loopt naar Nicke toe, blijft voor hem staan en zegt iets. Nicke gaat onmiddellijk op de grond liggen en geeft hem het geld. De jongen telt het geld en geeft Nicke daarna een klopje op zijn hoofd. Dan pakt hij Nicke opeens bij de kraag van zijn jack, sleept hem naar de rand van de fontein en duwt hem met zijn gezicht onder water. Kennet maakt aanstalten om erheen te rennen, maar dwingt zichzelf stil te blijven staan. Hij is hier om Benjamin te zoeken. Hij mag de jongen, die misschien Wailord is of die hem naar Wailord kan leiden, niet wegjagen. Kennet staat met gespannen, opeengeklemde kaken te kijken en telt de seconden voordat hij moet toeschieten. Nicke trapt en schopt met zijn benen, en Kennet ziet de onverklaarbare kalmte op het gezicht van de andere jongen als hij loslaat. Nicke zit op de grond naast de fontein te hoesten en te proesten. De jongen geeft Nicke een laatste klopje op zijn schouder en maakt daarna aanstalten om te vertrekken.

Kennet haast zich achter de jongen aan, door de bosjes en via een modderig heuveltje met gras naar een voetpad. Hij volgt hem naar een blok met hoge flats tot aan een portiek. Hij versnelt zijn pas en kan nog net de deur tegenhouden voor hij dichtvalt. Kennet haalt de lift eveneens en ziet dat het knopje voor de zesde verdieping brandt. Hij gaat er ook op de zesde uit, treuzelt even, doet alsof hij iets zoekt in zijn zakken en ziet de jongen naar een deur lopen en een sleutel pakken.

'Zeg, knul,' zegt Kennet.

De jongen reageert niet en Kennet loopt naar hem toe, pakt hem bij zijn jas en draait hem rond.

'Hé, ouwe, laat me los!' zegt de jongen terwijl hij hem in de ogen kijkt.

'Weet je niet dat het verboden is om mensen af te persen?'

Kennet kijkt in een paar ontwijkende, verrassend kalme ogen.

'Je achternaam is Johansson,' zegt Kennet nadat hij op de deur heeft gekeken.

'Ja,' grijnst hij. 'En wie ben jij?'

'Kennet Sträng, commissaris bij de recherche.'

De jongen kijkt hem recht aan, zonder één spoortje angst.

'Hoeveel geld heb je Nicke afgetroggeld?'

'Ik neem geen geld aan, soms krijg ik geld, maar ik pak niets af. Iedereen is blij, niemand is verdrietig.'

'Ik ben van plan om met je ouders te gaan praten.'

'O.'

'Is dat nodig?'

'Liever niet,' zegt de jongen lollig.

Kennet belt aan en na een tijdje wordt er door een dikke, zonverbrande vrouw opengedaan.

'Dag,' zegt Kennet. 'Ik ben recherchecommissaris, en ik ben bang dat uw zoon in moeilijkheden is geraakt.'

'Mijn zoon? Ik heb geen kinderen,' zegt ze.

Kennet ziet dat de jongen staat te grijnzen.

'Kent u deze jongen niet?'

'Mag ik uw politiepenning zien?' verzoekt de dikke vrouw.

'Deze jongen is…'

'Hij heeft helemaal geen penning,' onderbreekt de jongen.

'Jawel, zeker wel,' liegt Kennet.

'Hij is niet van de politie,' lacht de jongen, terwijl hij zijn portemonnee pakt. 'Hier is mijn busabonnement, ik ben meer politieman dan…'

Kennet grist de portemonnee naar zich toe.

'Geef hier.'

'Ik wil alleen even kijken,' antwoordt Kennet.

'Hij zei dat hij mijn pik wilde kussen,' zegt de jongen.

'Ik bel de politie,' antwoordt de vrouw met bange stem.

Kennet drukt op het knopje van de lift. De vrouw kijkt om zich heen en begint op de andere deuren in het trappenhuis te bonzen.

'Hij heeft me geld gegeven,' zegt de jongen tegen haar, 'maar ik wilde niet met hem mee.'

De liftdeuren glijden open. Een buurvrouw doet haar voordeur open met de veiligheidsketting erop.

'Je laat Nicke in het vervolg met rust,' zegt Kennet zachtjes.

'Hij is van mij,' antwoordt de jongen.

De vrouw roept om de politie. Kennet stapt in de lift, drukt op het groene knopje en ziet de deuren dichtgaan. Het zweet gutst van zijn rug. Hij begrijpt dat de jongen moet hebben gemerkt dat hij vanaf de fontein werd achtervolgd. Hij had hem er gewoon ingeluisd en was ergens een portiek in gelopen, naar een wildvreemde deur. De lift gaat langzaam omlaag; het lampje knippert, de staalkabels bovenin dreunen. Kennet kijkt in de portemonnee van de jongen: bijna duizend kronen, een bonuskaart van een videotheek, een busabonnement en een verkreukt blauw visitekaartje met de tekst: *De Zee, Louddsvägen 18.*

# 30

## *Zondagmiddag 13 december,*
## *de feestdag van Sint-Lucia*

Op het dak van de snackbar is een gigantische hotdog met een lachende mond gemonteerd, die met zijn ene gehandschoende hand zichzelf voorziet van ketchup en met de andere zijn duim opsteekt. Erik bestelt een hamburgerschotel met patates frites, gaat op een van de barkrukken aan het smalle blad bij het raam zitten en kijkt door de beslagen ruit naar buiten. Aan de overkant van de straat zit een slotenmaker die zelfs een kerstetalage heeft ingericht, met kniehoge Kerstmannen die lachend bij verschillende brandkasten, sloten en sleutels staan.

Erik maakt het blikje mineraalwater open, neemt een slok en belt vervolgens naar huis. Hij hoort zijn eigen stem op het antwoordapparaat, die hem aanspoort een bericht achter te laten. Hij verbreekt de verbinding en belt Simones mobiele telefoon. Ze neemt niet op en als de voicemail piept, zegt hij: 'Hoi, Simone... Ik wilde alleen even zeggen dat je politiebescherming zou moeten accepteren. Josef Ek schijnt woedend op mij te zijn... Dat was het.'

Zijn maag verkrampt als hij een hap van de hamburger neemt. Hij is opeens doodmoe. Hij spietst een hard frietje aan zijn plastic vorkje en denkt aan het gezicht van Joona toen hij de brief van Josef aan Evelyn had gelezen: alsof de temperatuur omlaag ging. Zijn lichtgrijze ogen waren ijzig koud geworden, maar heel alert.

Joona had vier uur geleden gebeld en verteld dat Josef hun weer te slim af was geweest. Hij was in de kelder geweest, maar was gevlucht. Niets wees erop dat Benjamin daar ook was geweest. Integendeel, de voorlopige DNA-resultaten hadden aangetoond dat Josef zich de hele tijd alleen in het kamertje had bevonden.

Erik probeert zich het gezicht van Evelyn voor de geest te halen en haar exacte woorden toen ze opeens had begrepen dat Josef naar het rijtjeshuis was teruggekeerd. Hij gelooft niet dat Evelyn expres niets over de geheime kamer had verteld; ze had er gewoon niet aan gedacht. Pas toen ze begreep dat Josef was teruggekeerd en zich in het huis had verstopt, had ze aan de geheime kamer gedacht.

Josef Ek wil mij iets aandoen, denkt Erik. Hij is jaloers en hij haat me, hij beeldt zich in dat Evelyn en ik een seksuele relatie hebben en wil wraak nemen. Maar hij weet niet waar ik woon. In zijn brief eist hij dat Evelyn hem dat gaat vertellen. *Je moet me laten zien waar hij woont*, schreef hij.

'Hij weet niet waar ik woon,' fluistert Erik. 'En als Josef niet weet waar ik woon, is hij niet degene die bij ons is binnengedrongen en Benjamin naar buiten heeft gesleept.'

Erik eet nog wat van zijn hamburger, veegt zijn handen af aan zijn servet en doet een nieuwe poging om Simone te pakken te krijgen. Ze moet weten dat Benjamin niet door Josef Ek is meegenomen. Dat is op zich wel een opluchting, hoewel hij nu weer van voren af aan moet beginnen. Erik pakt een papiertje, schrijft *Aida* op, maar bedenkt zich en verfrommelt het. Simone moet zich gewoon méér herinneren, zegt hij tegen zichzelf; zij moet iets hebben gezien.

Ze was door Joona Linna ondervraagd, maar had zich niet meer kunnen herinneren dan wat ze al had verteld. Ze waren veel te veel op Josef gericht geweest, op de samenloop van omstandigheden dat hij was ontsnapt voordat Benjamin werd gekidnapt. Nu voelt dat bijna merkwaardig. Het klopt niet eens, dat heeft hij steeds al gezegd. De eerste keer dat er iemand was binnengedrongen, was immers geweest voordat Josef was ontsnapt. Hij is een seriemoordenaar, hij heeft de smaak van het doden te pakken gekregen. Iemand ontvoeren past niet in zijn patroon. De enige die hij wil ontvoeren, is Evelyn. Hij is volkomen op haar gefixeerd, zij is zijn motivatie bij alles.

Zijn telefoon gaat en hij legt de hamburger neer, veegt zijn handen weer af en neemt zonder op het display te kijken op.

'Erik Maria Bark.'

Het knettert, maar hij hoort ook een dof gedreun.

'Hallo?' zegt Erik met stemverheffing.

Opeens hoort hij een zwak stemmetje: 'Papa?'

Het sist wanneer het frituurmandje in de hete olie wordt gedompeld.

'Benjamin?'

Op de bakplaat wordt een hamburger gekeerd. Uit de telefoon komt een donderend geluid.

'Wacht, ik versta je niet goed.'

Erik dringt zich langs de nieuwe gasten naar buiten, naar de parkeerplaats. De sneeuw dwarrelt langs de gele straatverlichting.

'Benjamin!'

'Kun je me horen?' vraagt Benjamin heel dichtbij.

'Waar ben je? Zeg waar je bent!'

'Ik weet het niet, papa. Ik snap er niets van, ik lig in een auto en die rijdt maar door…'

'Door wie ben je meegenomen?'

'Ik ben hier wakker geworden. Ik heb niets gezien, ik heb dorst…'

'Ben je gewond?'

'Papa…' huilt hij.

'Ik ben hier, Benjamin.'

'Wat gebeurt er?'

Hij klinkt klein en bang.

'Ik zal je vinden,' zegt Erik. 'Weet je waar je heen gaat?'

'Net toen ik wakker werd, hoorde ik een stem, als door dikke stof heen. Hoe was het ook alweer? Het was iets over… een huis, geloof ik…'

'Wat nog meer? Wat voor huis?'

'Nee, geen huis… een spookslot.'

'Waar?'

'Nu stoppen we, papa. De auto staat stil, ik hoor iemand lopen,' zegt Benjamin verstijfd van angst. 'Ik kan niet meer praten.'

Erik hoort vreemde, rommelende geluiden. Er kraakt iets, en dan schreeuwt Benjamin plotseling. Zijn stem is opgewonden en schel. Hij klinkt ontzettend bang als hij roept: 'Laat me met rust, ik wil niet, alsjeblieft! Ik beloof dat…'

Het wordt stil; de verbinding is verbroken.

Droge sneeuwvlokken dwarrelen over de parkeerplaats voor de snackbar. Erik kijkt naar zijn telefoon, maar durft hem niet te gebruiken. Hij wil niet riskeren dat hij een nieuw gesprek van Benjamin blokkeert. Hij wacht bij zijn auto en hoopt dat Benjamin terugbelt. Hij probeert zich het gesprek woordelijk te herinneren, maar raakt telkens de draad kwijt. Benjamins angst echoot met snelle stootjes door zijn hoofd. Hij beseft dat hij dit aan Simone moet vertellen.

Een stroom van rode achterlichten slingert zich in noordelijke richting en splitst zich als een slangentong naar rechts naar de universiteit en de E18, en naar links naar het Karolinska-ziekenhuis en de E4. Duizenden auto's in een traag stromende spits. Erik beseft dat hij zijn handschoenen en zijn muts naast de hamburger in de snackbar heeft laten liggen, maar dat kan hem niets schelen.

Als hij in de auto gaat zitten, trillen zijn handen zo erg dat hij de sleutel niet in het contactslot krijgt. Hij moet twee handen gebruiken. De rijbaan glimt grijs van de natte sneeuw als hij in het donker achteruitrijdt en op Valhallavägen links afslaat.

Erik parkeert op Döbelnsgatan, loopt met grote passen naar Luntmakargatan en voelt zich een vreemde als hij door de centrale entree naar binnen gaat en de trap op loopt. Hij belt aan, wacht, hoort stappen en het klikkende geluid als het metalen plaatje voor het spionnetje opzij wordt geschoven. Hij hoort dat de deur van binnen uit van het slot wordt gedaan. Even later doet Erik de deur open en loopt de donkere hal in. Simone is achteruitgelopen en staat iets verderop met haar armen gekruist over haar borst. Ze draagt een spijkerbroek en haar blauwe gebreide trui, en kijkt verbeten.

'Je nam de telefoon niet op,' zegt Erik.

'Ik heb gezien dat je hebt gebeld,' zegt ze zacht. 'Is er iets belangrijks?'

'Ja.'

Haar gezicht breekt open en alle angst die ze zo zorgvuldig heeft geprobeerd te camoufleren komt naar buiten. Ze houdt een hand voor haar mond en staart hem aan.

'Benjamin heeft me een halfuur geleden gebeld.'

'Godzijdank…'

Simone komt dichterbij.

'Waar is hij?' vraagt ze gejaagd.

'Ik weet het niet. Hij wist het zelf ook niet, hij wist niets…'

'Wat zei hij dan?'

'Dat hij in een auto lag.'

'Was hij gewond?'

'Dat geloof ik niet.'

'Maar wat…'

'Wacht,' onderbreekt Erik haar. 'Ik moet een telefoon hebben, misschien is het gesprek te traceren.'

'Wie ga je bellen?'

'De politie,' antwoordt hij. 'Ik heb een contactpersoon, die…'

'Ik bel mijn vader – dat gaat sneller,' onderbreekt Simone hem.

Ze pakt de telefoon en hij gaat in het donker op de lage bank in de hal zitten, terwijl hij voelt dat zijn gezicht verhit raakt door de warmte.

'Lag je te slapen?' vraagt Simone. 'Papa, ik moet… Erik is hier, hij heeft met Benjamin gesproken. Je moet het gesprek natrekken. Dat weet ik niet. Nee, ik heb niet… Praat jij maar met hem…'

Erik staat op en zwaait afwerend als ze naar hem toe komt, maar pakt toch de telefoon aan en drukt hem tegen zijn oor.

'Hallo.'

'Vertel eens wat er is gebeurd, Erik,' zegt Kennet.

'Ik wilde de politie bellen, maar Simone zei dat jij het gesprek sneller kon opsporen.'

'Daar zou ze weleens gelijk in kunnen hebben.'

'Benjamin belde me een halfuur geleden. Hij wist niets, niet waar hij was of wie hem had ontvoerd. Hij wist eigenlijk alleen maar dat hij in een auto lag… Terwijl we aan het praten waren, stopte de auto. Benjamin zei dat hij iemand hoorde lopen en toen riep hij iets, en daarna werd het stil.'

Erik hoort ingehouden gehuil van Simone.

'Belde hij met zijn eigen telefoon?' vraagt Kennet.

'Ja.'

'Want die stond uit… Die heb ik eergisteren al geprobeerd te lokaliseren. Je weet wel, telefoons geven signalen af aan het dichtstbijzijnde basisstation, ook al worden ze niet gebruikt.'

Erik luistert zwijgend, terwijl Kennet snel uitlegt dat telecombedrijven wettelijk verplicht zijn de politie te helpen wanneer de minimumstraf voor het misdrijf dat wordt onderzocht minstens twee jaar gevangenisstraf bedraagt.

'Wat kunnen ze vinden?' vraagt Erik.

'De nauwkeurigheid varieert. Het hangt af van de stations en de centrales, maar met een beetje geluk hebben we binnenkort een plaatsaanduiding binnen een straal van honderd meter.'

'Schiet op. Je moet opschieten.'

Erik rondt het gesprek af, blijft staan met de telefoon in zijn hand en geeft hem vervolgens aan Simone.

'Wat is er met je wang?' vraagt hij.

'Hè? O, niets,' antwoordt ze.

Vermoeid en kwetsbaar kijken ze elkaar aan.

'Wil je niet even verder komen, Erik?' vraagt ze.

Hij knikt, blijft even staan, trekt daarna zijn schoenen uit en gaat naar binnen. Hij ziet de computer in Benjamins kamer aanstaan en loopt erheen.

'Heb je nog wat gevonden?'

Simone blijft in de deuropening staan.

'Een paar mailtjes tussen Benjamin en Aida,' zegt ze. 'Het lijkt alsof ze zich bedreigd voelen.'

'Door wie dan?'

'Dat weten we niet. Papa is ermee bezig.'

Erik gaat achter de computer zitten.

'Benjamin leeft,' zegt hij zacht, en hij kijkt haar langdurig aan.

'Ja.'

'Josef Ek lijkt er niets mee te maken te hebben.'

'Dat zei je op de voicemail: dat hij niet weet waar we wonen,' zegt ze. 'Maar hij heeft hiernaartoe gebeld, toch? Dan kan hij best…'

'Dat is wat anders,' zegt hij.

'O ja?'

'De centrale heeft het gesprek hiernaartoe doorverbonden,' verklaart hij. 'Ik heb hun gevraagd dat te doen als het belangrijk is. Hij heeft ons telefoonnummer niet, en ook geen adres.'

'Maar iemand heeft Benjamin meegenomen en hem in een auto gestopt...'

Ze doet er het zwijgen toe.

Erik leest het mailtje van Aida waarin ze zegt het jammer te vinden dat Benjamin in een huis vol leugens woont, en daarna opent hij de foto die ze had bijgevoegd: een kleurenfoto van een geelgroen, ruig stuk gras, die 's nachts met flits is genomen. Het gras lijkt uit te lopen in een lage heg. Achter de droge heg kun je de achterkant van een bruinhouten hek vermoeden. Aan de buitenkant van het felle witte schijnsel is een groene kunststof mand voor bladeren te zien en iets wat een aardappelveld zou kunnen zijn.

Erik speurt de hele foto af, probeert te begrijpen wat het eigenlijke onderwerp ervan is, of er ergens een egel of een spitsmuis zit die hij nog niet heeft ontdekt. Hij probeert in het donker achter het schijnsel van de flits te kijken – of er iemand te zien is, een gezicht –, maar kan niets vinden.

'Wat een vreemde foto,' fluistert Simone.

'Aida heeft misschien gewoon het verkeerde plaatje meegestuurd,' zegt Erik.

'Dat zou verklaren waarom Benjamin het mailtje heeft gewist.'

'We moeten hier met Aida over praten, en...'

'Het stollingspreparaat!' jammert Simone opeens.

'Ik weet het...'

'Heb jij hem dat dinsdag gegeven?'

Voordat hij kan antwoorden, loopt ze de kamer uit en door de gang naar de keuken. Hij gaat achter haar aan. In de keuken staat ze voor het raam en snuit haar neus in een stuk keukenpapier. Erik steekt zijn hand uit om haar een bemoedigend klopje te geven, maar ze trekt zich terug. Hij weet precies wanneer Benjamin zijn laatste injectie heeft gehad. De injectie met het stollingspreparaat, dat hem beschermt tegen spontane hersenbloedingen, dat voorkomt dat hij doodbloedt, misschien gewoon door een snelle beweging.

'Ik heb hem dinsdagochtend om tien over negen zijn injectie gegeven. Hij zou gaan schaatsen, maar is in plaats daarvan met Aida naar Tensta gegaan.'

Ze knikt en fluistert: 'Vandaag is het zondag. Hij zou morgen of overmorgen een nieuwe injectie moeten hebben.'

'Maar we hebben nog een paar dagen voor er echt iets aan de hand is,' zegt Erik kalmerend.

Hij kijkt haar aan – haar vermoeide gezicht, haar mooie trekken, haar sproeten. Haar laag uitgesneden spijkerbroek, het randje van haar gele slipje langs de tailleband. Hij zou hier willen blijven, gewoon blijven; hij zou samen met haar willen slapen – eigenlijk zou hij met haar willen vrijen, maar hij weet dat het daar nog te vroeg voor is – te vroeg om het zelfs maar te proberen, te vroeg om te gaan verlangen.

'Ik moet weg,' mompelt hij.

Ze knikt.

Ze kijken elkaar aan.

'Bel me als Kennet het gesprek heeft getraceerd.'

'Waar ga je heen?' vraagt ze.

'Ik moet werken.'

'Slaap je op kantoor?'

'Dat is het meest praktisch.'

'Je kunt ook hier slapen,' zegt ze.

Hij is verbaasd en weet opeens niet wat hij moet zeggen. Maar dat korte moment van stilte is voldoende voor haar om zijn reactie verkeerd te interpreteren, namelijk als een aarzeling.

'Het was niet bedoeld als uitnodiging,' zegt ze snel. 'Haal je maar niets in je hoofd.'

'Jij ook niet,' antwoordt hij.

'Ben je naar Daniëlla verhuisd?'

'Nee.'

'We zijn al uit elkaar,' zegt ze met stemverheffing. 'Dus je hoeft niet tegen me te liegen.'

'Oké.'

'Wat oké?'

'Ik ben bij Daniëlla ingetrokken,' liegt hij.

'Mooi,' fluistert ze.

'Ja.'

'Ik ben niet van plan om te vragen of ze jong en knap is, en…'

'Dat is ze anders wel,' onderbreekt Erik haar.

Hij gaat naar de hal, trekt zijn schoenen aan, verlaat het appartement en doet de deur dicht. Voordat hij naar beneden gaat, wacht hij tot hij haar de deur op slot hoort doen en de veiligheidsketting erop hoort schuiven.

# 31

## *Maandagochtend 14 december*

Simone wordt wakker van de telefoon. De gordijnen zijn open en de slaapkamer baadt in winters zonlicht. Ze bedenkt dat het misschien Erik is en kan wel janken als ze beseft dat hij niet zal bellen, dat hij vanochtend misschien naast Daniëlla wakker wordt en dat zij nu helemaal alleen is.

Ze pakt de telefoon van het nachtkastje en neemt op.

'Ja?'

'Simone? Met Ylva. Ik probeer je al dagenlang te pakken te krijgen.'

Ylva klinkt gestrest. Het is al tien uur.

'Ik heb andere dingen aan mijn hoofd,' zegt Simone strak.

'Hebben ze hem nog niet gevonden?'

'Nee,' antwoordt Simone.

Er valt een stilte. Buiten glijden een paar schaduwen voorbij en Simone ziet het dak aan de overkant van kleur veranderen. Mannen in knalgele werkkleding zijn bezig afgebladderd plaatwerk te verwijderen.

'Sorry,' zegt Ylva. 'Dan zal ik je niet verder storen.'

'Wat is er aan de hand?'

'De accountant komt morgen weer langs. Er klopt iets niet, maar ik kan niet denken als Norén hier zo loopt te bonken.'

'Bonken?'

Ylva maakt een geluid dat niet te omschrijven valt.

'Hij kwam met een rubber hamer binnen en beweerde dat hij moderne kunst aan het maken was,' verklaart Ylva met vermoeide stem. 'Hij zegt dat hij gestopt is met aquarelleren, dat hij in plaats daarvan op zoek is naar de niches in de kunst.'

'Dat mag hij dan mooi ergens anders gaan doen.'

'Hij heeft de schaal van Peter Dahl stukgeslagen.'

'Heb je de politie gebeld?'

'Ja, ze zijn hier geweest, maar Norén leuterde alleen maar over zijn artistieke vrijheid. Ze hebben hem gezegd dat hij moet ophoepelen, dus nu staat hij hier buiten te bonken.'

Simone gaat overeind zitten en bekijkt zichzelf in de rookkleurige spiegel van de grote kleerkast. Ze ziet er mager en moe uit. Ze heeft het gevoel dat haar gezicht in stukken is geslagen, die vervolgens weer aan elkaar zijn gezet.

'En Shulman?' vraagt Simone. 'Hoe gaat het met zijn tentoonstelling?'

Ylva klinkt enthousiast.

'Hij zegt dat hij met jou moet praten.'

'Ik zal hem bellen.'

'Er is iets met het licht dat hij jou wil laten zien.'

Ze dempt haar stem als ze vervolgt: 'Ik heb natuurlijk geen idee hoe het tussen jou en Erik gaat, maar...'

'We zijn uit elkaar,' zegt Simone kort.

'Want ik denk echt...' Ylva zwijgt.

'Wat denk je?' vraagt Simone geduldig.

'Volgens mij is Shulman verliefd op je.'

Simone ziet zichzelf in de spiegel en voelt opeens vlinders in haar buik.

'Dan moet ik maar die kant op komen,' zegt ze.

'Zou dat kunnen?'

'Ik moet alleen even een telefoontje plegen.'

'Godzijdank.'

'Geef me een uur of zo.'

Simone hangt op en blijft dan even op de rand van het bed zitten. Benjamin leeft, dat is het belangrijkste. Hij leeft – en er zijn al een paar dagen verstreken sinds hij werd gekidnapt. Dat is een heel goed teken. Dat betekent dat degene die hem heeft ontvoerd niet in eerste instantie van plan is hem te doden. Hij heeft andere plannen en zal wellicht losgeld eisen. Ze maakt snel een ruwe schatting van haar bezittingen. Wat heeft ze eigenlijk?

De flat, de auto, wat kunst. De galerie natuurlijk. Ze kan geld lenen. Dat zal wel lukken. Ze is niet rijk, maar haar vader kan zijn zomerhuis en zijn flat verkopen. Dan trekken ze met z'n allen in een huurflatje, waar dan ook. Dat gaat prima, als ze Benjamin maar weer terugkrijgt, als ze haar jongen maar weer in haar armen kan sluiten.

Simone belt haar vader, maar hij neemt niet op. Ze spreekt een kort bericht in dat ze naar de galerie gaat. Daarna neemt ze een snelle douche, poetst haar tanden, kleedt zich aan en vertrekt zonder het licht uit te doen.

Het is koud buiten; het waait en het is een paar graden onder nul. De duisternis van de decembermorgen zit vol doofheid en slaperigheid – een grafstemming. Een hond rent met zijn riem achter zich aan door de plassen.

Zo gauw ze bij de galerie komt, ziet ze Ylva al door het raam kijken. Norén is in geen velden of wegen te bekennen, maar op de grond vlak tegen de muur ligt een krant opgevouwen tot een driekantige steek. De serie schilderijen die Shulman heeft geschilderd, geven een groenachtig licht af. Glanzende, aquariumgroene olieverfschilderijen. Ze gaat naar binnen en Ylva komt meteen naar haar toe om haar te omhelzen. Simone merkt op dat ze vergeten is haar haar bij te verven; de grijze uitgroei begint bij de middenscheiding zichtbaar te worden. Maar haar gezicht is glad en mooi opgemaakt, haar mond zoals altijd donkerrood. Ze draagt een grijze broekrok met bijbehorend jasje, een zwart-wit gestreepte panty en plompe bruine schoenen.

'Wat wordt het mooi, zeg,' zegt Simone terwijl ze om zich heen kijkt. 'Je hebt fantastisch werk gedaan.'

'Dank je,' fluistert Ylva.

Simone loopt naar de schilderijen toe.

'Ik heb ze zo nog niet gezien, zoals ze bedoeld zijn,' zegt ze. 'Ik heb ze alleen afzonderlijk gezien.'

Ze doet nog een stap naar voren en merkt op: 'Het lijkt wel of ze naar opzij uitvloeien.'

Ze loopt door naar de tweede zaal. Daar staan de keien met Shulmans grotschilderingen op houten stellages.

'Hij wil hier olielampen,' zegt Ylva. 'Ik heb gezegd dat dat niet kan. Mensen willen zien wat ze kopen.'

'Nee, dat willen ze níet.'

Ylva lacht.

'Dus Shulman krijgt zijn zin?'

'Ja,' antwoordt Simone. 'Hij krijgt zijn zin.'

'Dat mag je hem zelf gaan vertellen.'

'Hoezo?' vraagt Simone.

'Hij is op kantoor.'

'Shulman?'

'Hij moest een paar telefoontjes plegen, zei hij.'

Simone kijkt in de richting van het kantoor en Ylva kucht even, waarna ze zegt: 'Ik ga een broodje halen…'

'Nu al?'

'Ik dacht…' zegt Ylva met neergeslagen blik.

'Doe maar,' spoort Simone haar aan.

Ze is zo bezorgd en verdrietig dat ze even moet blijven staan om haar tranen weg te vegen voordat ze op de deur klopt en naar binnen gaat. Shulman zit op de stoel achter het bureau op een potlood te sabbelen.

'Hoe gaat het?' vraagt hij.

'Niet zo best.'

'Dat had ik al begrepen.'

Er valt een stilte. Simone kijkt naar de grond. Ze voelt zich opeens kwetsbaar, alsof ze tot de meest broze materie is afgeslepen. Haar lippen trillen als ze zegt:

'Benjamin leeft nog. We weten niet waar hij is of door wie hij is ontvoerd, maar hij leeft.'

'Dat is goed nieuws,' zegt Shulman zacht.

'Verdomme,' fluistert ze, en ze keert zich om en strijkt met trillende handen de tranen uit haar gezicht.

Shulman streelt haar zacht over haar haar. Ze deinst terug voor zijn aanraking zonder te weten waarom. Eigenlijk wil ze dat hij doorgaat. Zijn hand valt omlaag. Ze kijken elkaar aan. Hij is gekleed in zijn zwarte, zachte kostuum. Er piept een capuchon over de kraag van zijn jasje.

'Je hebt je ninjapak aan,' zegt ze, en ze moet ongewild lachen.

'*Shinobi*, het echte woord voor *ninja*, heeft twee betekenissen,' zegt hij. 'Het betekent "verborgen persoon", maar ook "iemand die volhoudt".'

'Volhoudt?'

'Volhouden is misschien wel de moeilijkste kunst die er bestaat.'

'Dat lukt niet in je eentje. Mij niet in elk geval.'

'Niemand is alleen.'

'Ik hou dit niet vol,' fluistert Simone. 'Ik ga eraan onderdoor. Ik moet ophouden met piekeren, maar ik kan nergens heen. Ik loop maar te malen. Gebeurde er maar wat. Ik zou mezelf een klap voor mijn kop kunnen geven of met jou het bed in kunnen duiken, alleen maar om die paniek weg te krijgen...'

Ze stopt abrupt.

'Dat...' probeert ze te zeggen. 'Dat klonk volkomen... Het spijt me, Sim.'

'Wat kies je in dat geval: met mij het bed in duiken of jezelf een klap voor je kop geven?' vraagt hij lachend.

'Geen van beide,' haast ze zich te zeggen.

Dan hoort ze hoe dat klinkt en probeert het glad te strijken: 'Ik bedoel niet... Ik zou graag...'

Ze zwijgt opnieuw en voelt haar hart als een bezetene tekeergaan.

'Wat?' vraagt hij.

Ze kijkt hem aan.

'Ik ben mezelf niet. Daarom doe ik zo raar,' zegt ze alleen maar. 'Ik voel me ontzettend onnozel.'

Ze slaat haar ogen neer, voelt dat ze rood aanloopt en schraapt haar keel.

'Ik moet...'

'Wacht,' zegt hij, en hij haalt een glazen pot uit zijn tas.

In de pot klimmen dingen rond die eruitzien als dikke, donkere vlinders. Er komt een klikkend geluid vanachter het glas, dat beslagen lijkt.

'Sim?'

'Ik wil je alleen iets fantastisch laten zien.'

Hij houdt haar de pot voor. Ze bekijkt de bruine lichaampjes, het poeder van de vleugels dat tegen het glas zit gesmeerd, de restanten van de poppen. De vlinders stoten met hun gelede poten met kleefklauwtjes tegen het glas; hun roltongen glijden koortsachtig over elkaars vleugels en voelsprieten.

'Toen ik klein was, dacht ik altijd dat ze mooi waren,' zegt ze. 'Maar dat was voordat ik ze echt goed had bekeken.'

'Ze zijn niet mooi, ze zijn wreed,' zegt Shulman met een glimlach. Daarna wordt hij serieus. 'Volgens mij komt dat door de gedaanteverwisseling die ze ondergaan.'

Ze raakt de pot aan en beroert even licht zijn handen, die de pot vasthouden.

'Ontstaat die wreedheid door hun metamorfose?'

'Misschien,' antwoordt hij.

Ze kijken elkaar aan en zijn niet langer gefocust op het gesprek.

'Rampen veranderen ons,' zegt ze aarzelend.

Hij streelt haar handen.

'Dat moet het zijn.'

'Maar ik wil niet wreed worden,' fluistert ze.

Ze staan vlak bij elkaar. Shulman zet voorzichtig de pot op het bureau.

'Zeg…' zegt hij, en hij buigt zich voorover en kust haar even kort op haar mond.

Ze staat onvast op haar benen, haar knieën knikken. Ze geniet van zijn zachte stem en de warmte van zijn lichaam. De geur uit zijn zachte colbert, een aangename geur van slaap en beddengoed, van fijne kruiden. Als zijn hand over haar wang en rond haar nek glijdt, lijkt het alsof ze is vergeten hoe de heerlijke soepelheid van een streling aanvoelt. Shulman kijkt haar met een glimlach in zijn ogen aan. Ze is niet langer van plan weg te rennen. Ze weet dat dat misschien alleen maar een manier is om de angst die in haar borst hamert even kwijt te raken, maar dat moet dan maar, zegt ze tegen zichzelf. Ze wil alleen maar dat dit doorgaat; ze wil gewoon al het vreselijke even vergeten. Zijn lippen naderen die van haar, en deze keer beantwoordt ze zijn kus. Haar ademhaling versnelt en ze ademt nu door haar neus. Ze voelt zijn handen op haar rug, haar onderrug, haar heupen. Ze wordt overvallen door erotische gevoelens, haar onderlichaam brandt: een plotseling en blind verlangen om hem te ontvangen. Ze wordt bang voor de kracht van haar lust, doet een stap naar achteren en hoopt dat hij niet ziet hoe opgewonden ze is geworden. Ze wrijft over haar lippen en schraapt haar keel, terwijl ze zich afwendt en snel probeert haar kleren te fatsoeneren.

'Er kan iemand komen,' probeert ze te zeggen.

'Wat doen we?' vraagt Shulman, en ze hoort een trilling in zijn stem.

Zonder antwoord te geven komt ze een stap dichterbij en kust hem opnieuw. Ze heeft geen gedachten meer. Ze tast naar de huid onder zijn kleren en voelt zijn warme handen op haar lijf. Hij streelt haar over haar rug, zijn handen zoeken hun weg onder haar kleren, in haar slipje, en als hij voelt hoe nat ze is, kreunt hij en duwt hij zijn stijve penis tegen haar schaambeen. Ze wil dat ze hier met elkaar vrijen, staand tegen de muur, tegen het bureau, op de grond, alsof niets anders ertoe doet – als ze haar angst maar een paar minuten kwijtraakt. Haar hart klopt wild en haar benen trillen. Ze duwt hem tegen de muur en wanneer hij haar benen uiteenperst om in haar te dringen, fluistert ze alleen maar dat hij zich moet haasten. Op dat moment gaat de deurbel. Er komt iemand de galerie binnen. De parketvloer kraakt en ze laten elkaar los.

'We gaan naar mijn huis,' fluistert hij.

Ze knikt en voelt dat ze knalrode wangen heeft. Hij veegt over zijn lippen en loopt het kantoor uit. Zij blijft staan, wacht even en leunt op het bureau. Ze trilt over haar hele lichaam. Ze brengt haar kleren in orde en als ze de galerie in komt, staat Shulman al bij de buitendeur.

'Eet smakelijk,' zegt Ylva.

Simone heeft spijt als ze zwijgend in de taxi naar Mariagränd zitten. Ik bel mijn vader, denkt ze, en dan zeg ik dat ik weg moet. Alleen de gedachte al aan waar ze mee bezig is, maakt haar misselijk van schuldbesef, paniek en opwinding.

Als ze de smalle trap op zijn gelopen, op de vijfde verdieping zijn beland en hij bezig is de deur open te maken, begint ze in haar tas naar haar telefoon te zoeken.

'Ik moet alleen mijn vader even bellen,' zegt ze ontwijkend.

Hij geeft geen antwoord, loopt voor haar uit de terracottakleurige hal in en verdwijnt naar de gang.

Ze blijft met haar jas aan in de donkere hal om zich heen staan kijken. De wanden zijn bedekt met foto's en onder het plafond is een nis aangebracht met opgezette vogels. Shulman komt terug voordat ze het nummer van Kennet heeft kunnen oproepen.

'Simone,' fluistert hij. 'Wil je niet binnenkomen?'

Ze schudt haar hoofd.

'Ook niet heel even?' vraagt hij.

'Oké.'

Ze houdt haar jas aan als ze met hem meeloopt naar de woonkamer.

'We zijn volwassen mensen, we kunnen doen wat we willen,' zegt hij, en hij schenkt voor hen allebei een glas cognac in.

Ze proosten en drinken.

'Dat is precies wat ik nodig had,' zegt ze zachtjes.

De ene muur bestaat helemaal uit ramen. Ze loopt ernaartoe en kijkt uit over de koperen daken van Södermalm en de donkere achterkant van een lichtreclame die een tube tandpasta voorstelt.

Shulman komt naar haar toe, gaat achter haar staan en legt zijn armen om haar heen.

'Heb je wel door dat ik gek op je ben?' fluistert hij. 'Al vanaf het eerste moment.'

'Sim, ik weet gewoon niet… Ik weet niet waar ik mee bezig ben,' zegt Simone hees.

'Moet dat dan?' vraagt Shulman lachend, en hij maakt aanstalten om haar mee te tronen naar de slaapkamer.

Ze gaat mee alsof ze dit al die tijd al heeft geweten. Ze heeft geweten dat Shulman en zij ooit in bed zouden belanden. Dat wil ze ook, en het enige wat haar daar tot nu toe van heeft weerhouden, is dat ze niet wilde zijn zoals haar moeder, zoals Erik – een leugenaar met geheimzinnige telefoontjes en sms'jes. Ze heeft altijd gedacht dat ze geen verrader is, dat een remming haar weerhoudt van overspel, maar ze heeft op dit moment absoluut niet het gevoel dat ze iemand verraadt. Shulmans slaapkamer is donker, de muren zijn bedekt met iets wat eruitziet als diepblauwe zijde, dezelfde stof die in lange banen voor de ramen hangt. Het korte, schuinvallende midwinterlicht dringt als een zwakkere duisternis door de stof.

Ze maakt met trillende handen haar jas los en gooit hem op de grond. Shulman kleedt zich helemaal uit en Simone ziet zijn gespierde, ronde schouders. Zijn hele lichaam is bedekt met donker haar. Er loopt een streng dikker, krullend haar van zijn schaamstreek tot zijn navel.

Hij kijkt haar met zijn donkere, zachte ogen rustig aan. Ze begint zich uit te kleden, maar wordt opeens overvallen door een duizelingwekkende eenzaamheid, zoals ze daar in zijn blikveld staat. Hij ziet het en slaat zijn ogen neer, komt dichterbij, buigt zich voorover en gaat op zijn knieën zitten. Ze ziet zijn haar over zijn schouders vallen. Hij volgt met zijn vinger een lijn van haar navel omlaag over haar heupbeen. Ze probeert te glimlachen, maar dat lukt niet best.

Hij duwt haar zachtjes omlaag op de rand van het bed en begint haar slipje omlaag te trekken. Ze tilt haar billen op, houdt haar benen bij elkaar en voelt dat haar broekje omlaag valt en om haar ene voet blijft hangen. Ze buigt zich achterover, doet haar ogen dicht, laat hem haar dijen uiteen spreiden, voelt zijn warme kussen op haar buik, op haar heupen en haar liezen. Ze hijgt en trekt haar vingers door zijn dikke, lange haar. Ze wil dat Shulman in haar komt, verlangt daar hevig naar, wil niets liever dan dat. Liefdessappen stromen door haar lichaam, een opeenhoping van hitsigheid trekt zuigend en prikkelend via haar liezen naar haar schoot. Hij gaat op haar liggen. Ze spreidt haar benen en hoort zichzelf zuchten als hij in haar komt. Hij fluistert iets wat ze niet kan verstaan. Ze trekt hem naar zich toe en als ze zijn volle gewicht op zich voelt, is het alsof ze wordt ondergedompeld in een warm, kabbelend bad van vergetelheid.

# 32

## *Maandagmiddag 14 december*

Het is ijzig koud en de lucht is strakblauw. Mensen bewegen zich in zichzelf gekeerd. Vermoeide kinderen zijn op weg van school naar huis. Kennet blijft voor de Seven-Eleven-winkel op de hoek staan. Ze adverteren met een aanbieding voor koffie en een Lucia-broodje. Hij loopt naar binnen en gaat in de rij staan. Op dat moment klinkt zijn telefoon. Hij ziet op het display dat het Simone is, drukt op de knop met het groene telefoonhoorntje en neemt het gesprek aan.

'Ben je niet thuis, Sixan?'

'Ik moest naar de galerie. En toen moest ik even een boodsch…'

Ze zwijgt abrupt.

'Ik heb net je berichtje gehoord, papa.'

'Heb je geslapen? Je klinkt…'

'Eh… ja, ik heb wat geslapen.'

'Mooi,' zegt Kennet.

Hij kijkt in de vermoeide ogen van de verkoopster en wijst op het bord met de aanbieding.

'Hebben ze het gesprek van Benjamin getraceerd?' vraagt Simone.

'Ik heb nog geen antwoord. Op z'n vroegst vanavond, zeiden ze. Ik was net van plan ze te bellen.'

De verkoopster kijkt Kennet aan omdat hij moet kiezen welk Lucia-broodje hij wil hebben, en hij wijst snel het broodje aan dat er volgens hem het grootst uitziet. Ze stopt het in een zakje, pakt zijn verkreukelde briefje van twintig kronen aan en gebaart naar de koffieautomaat en de bekertjes. Hij knikt, loopt langs de toonbank met de ronddraaiende worsten en wurmt een bekertje van de stapel, terwijl hij ondertussen met Simone praat.

'Heb je Nicke gisteren nog gesproken?' vraagt ze.

'Een lieve jongen.'

Kennet drukt op het symbool voor zwarte koffie.

'Ben je iets te weten gekomen over Wailord?'

'Vrij veel.'

'Wat dan?'

'Wacht heel even,' zegt Kennet.

Hij pakt het dampende koffiebekertje onder het apparaat vandaan, drukt er een dekseltje op en loopt vervolgens met de koffie en het zakje met het koffiebroodje naar een van de ronde kunststof tafeltjes.

'Ben je er nog?' vraagt hij terwijl hij op een wiebelig stoeltje gaat zitten.

'Ja.'

'Ik heb het idee dat het om een paar jongens gaat die Nicke geld afhandig maken en zeggen dat ze Pokémon-figuren zijn.'

Kennet ziet een man met verward haar achter een moderne kinderwagen lopen. Een forse peuter in een roze skipak ligt met een vermoeide glimlach op een speen te sabbelen.

'Heeft dat iets met Benjamin te maken?'

'Die Pokémon-jongens? Ik weet het niet. Hij heeft misschien geprobeerd ze te laten ophouden,' zegt Kennet.

'We moeten met Aida praten,' zegt Simone verbeten.

'Na school, had ik gedacht.'

'Wat zullen we nu doen?'

'Ik heb een adres,' zegt Kennet.

'Van?'

'De Zee.'

'De zee?' vraagt Simone.

'Dat is het enige wat ik weet.'

Kennet neemt met getuite lippen een slok koffie. Hij breekt een stuk van het Lucia-broodje en stopt het snel in zijn mond.

'Waar ligt de zee?'

'Bij de vrijhaven,' zegt Kennet kauwend, 'op Loudden.'

'Mag ik mee?'

'Ben je klaar?'

'Over tien minuten.'

'Ik moet de auto even halen. Die staat verderop bij het ziekenhuis.'

'Bel als je er bent; dan kom ik naar beneden.'

'Oké. Doei.'

Hij neemt het bekertje en de rest van het broodje mee en loopt de winkel uit. De lucht is droog en fris. Een paar schoolkinderen lopen hand in hand. Een fietser steekt schuin de kruising over en laveert tussen de auto's door. Kennet blijft voor de zebra staan en drukt op het knopje voor het voetgangerslicht. Hij heeft het gevoel dat hij iets belangrijks is vergeten; dat hij iets essentieels heeft gezien, maar het niet goed tot zich heeft laten doordringen. Het verkeer dendert langs. In de verte is een voertuig van een van de hulpdiensten hoorbaar. Hij neemt een slok koffie door de opening in het plastic dekseltje en kijkt naar een vrouw die aan de overkant staat met een bibberende hond aan een riem. Er rijdt een vrachtwagen vlak voor Kennet langs en de grond trilt van het grote gewicht. Hij hoort een kakelend lachje en kan nog net denken dat dat gemaakt klinkt, voordat hij een harde por in zijn rug krijgt. Hij moet een paar stappen de rijweg op doen om zijn evenwicht niet te verliezen, keert zich om en ziet een tienjarig meisje hem met grote ogen aanstaren. Hij bedenkt nog net dat zij hem geduwd moet hebben, want er is niemand anders in de buurt. Op hetzelfde moment hoort hij de gierende remmen van een auto en voelt hij een onbegrijpelijke kracht tegen zich aan komen. Zijn benen worden onder hem vandaan geslagen. Er knakt iets in zijn nek en meteen is zijn lichaam alleen maar zacht en ver weg, en bevindt het zich in een vrije val en een plotselinge duisternis.

# 33

## *Maandagmiddag 14 december*

Erik Maria Bark zit op zijn kamer achter zijn bureau. Er schijnt een mager zonnetje, dat vanuit de lege binnentuin van het ziekenhuis zijn weg naar binnen zoekt. In een plastic bakje met deksel zitten de restanten van een salade. Er staat een tweeliterfles Coca-Cola naast de bureaulamp met de roze lampenkap. Hij zit naar de uitgeprinte foto te kijken die Aida naar Benjamin had gestuurd: in het donker vormt het felle flitslicht een lichte ruimte met het ruige gras, de heg en de achterkant van het hek. Hoewel hij met zijn neus op de foto zit, kan hij onmogelijk begrijpen wat die eigenlijk wil laten zien, wat het onderwerp is. Hij houdt de foto vlak voor zijn gezicht en probeert te zien of er iets in de kunststof tuinmand ligt.

Erik bedenkt dat hij Simone moet bellen om haar te vragen dat mailtje woordelijk voor te lezen, zodat hij precies weet wat Aida aan Benjamin heeft geschreven en wat Benjamin heeft geantwoord, maar houdt zichzelf vervolgens voor dat Simone hem misschien niet te woord wil staan. Hij begrijpt niet waarom hij zo gemeen was om te zeggen dat hij een verhouding met Daniëlla had. Misschien was dat alleen maar omdat hij ernaar verlangde om door Simone te worden vergeven en omdat ze hem toch al zo gauw wantrouwt.

Opeens hoort hij in gedachten Benjamins stem weer toen hij belde vanuit de bagageruimte van die auto. Hoe hij zich probeerde groot te houden, niet bang probeerde te klinken. Erik neemt een roze capsule Citodon uit het houten doosje en spoelt die met wat koude koffie weg. Zijn hand trilt zo dat het hem moeite kost om het kopje weer op het schoteltje te zetten.

Benjamin moet ontzettend bang zijn geweest, denkt Erik, zo opgesloten in het donker in een auto. Hij wilde mijn stem horen, wist niets, wist niet wie hem had meegenomen, niet waar hij naartoe op weg was. Hoe lang kan het duren voordat Kennet het gesprek heeft getraceerd? Erik voelt ergernis dat hij die opdracht uit handen heeft gegeven, maar bedenkt dat als zijn schoonvader Benjamin kan vinden, de rest er niet toe doet.

Hij legt zijn hand op de hoorn. Hij moet de politie bellen, denkt hij, en ze achter de vodden zitten. Hij moet horen hoe ver ze inmiddels zijn, of ze het gesprek al hebben getraceerd, of ze al een verdachte hebben. Als hij belt en uitlegt waar het om gaat, wordt hij verkeerd doorverbonden en moet hij opnieuw bellen. Hij hoopt dat hij Joona Linna aan de lijn krijgt, maar hij wordt doorverbonden met een politieassistent, ene Fredrik Stensund. Die bevestigt dat hij degene is die zich bezighoudt met het vooronderzoek naar de verdwijning van Benjamin Bark. De politieassistent is een en al begrip en zegt dat hij zelf ook kinderen in de tienerleeftijd heeft.

'Je bent de hele nacht ongerust als ze uit zijn. Je weet dat je ze los moet laten, maar…'

'Benjamin is niet aan het feesten,' zegt Erik terwijl hij zijn woorden kracht bijzet.

'Nee, wij beschikken inderdaad over bepaalde gegevens die weerspreken…'

'Hij is gekidnapt,' onderbreekt Erik hem.

'Ik begrijp hoe dit voor u moet voelen, maar…'

'De zoektocht naar Benjamin heeft niet de hoogste prioriteit,' vult Erik in.

Het wordt even stil. De politieassistent haalt een paar keer diep adem voor hij vervolgt: 'Ik neem wat u zegt serieus en kan u beloven dat we ons best doen.'

'Zorg dan dat dat gesprek wordt getraceerd,' zegt Erik.

'Daar zijn we mee bezig,' antwoordt Stensund op strakkere toon.

'Alstublieft,' zegt Erik slapjes.

Hij blijft met de telefoon in zijn hand zitten. Ze moeten het gesprek lokaliseren, denkt hij. We moeten een plaats hebben, een cirkel op een kaart, een richting. Dat is het enige wat we hebben waar we op af kunnen gaan. Het enige wat Benjamin had kunnen vertellen, was dat hij een stem had gehoord.

Als onder een deken, denkt Erik, maar hij weet niet of hij het zich goed herinnert. Had Benjamin echt gezegd dat hij een stem had gehoord, een gedempte stem? Misschien was het alleen wat gemompel, een geluid dat aan een stem deed denken, maar geen woorden, geen betekenis. Erik strijkt over zijn lippen, kijkt naar de foto en vraagt zich af of er wellicht iets in het hoge gras ligt, maar ziet niets. Als hij vervolgens achteroverleunt en zijn ogen sluit, blijft het beeld hangen: de heg en het bruine hek glimmen roze, de geelgroene heuvel is donkerblauw en verandert langzaam van kleur. Als een stuk stof tegen een nachthemel, denkt Erik, en op dat moment ziet hij in dat Benjamin iets heeft gezegd over een huis, een spookslot.

Hij doet zijn ogen open en staat op. De gedempte stem had iets gezegd over een spookslot. Erik begrijpt niet hoe hij dat heeft kunnen vergeten. Dat had Benjamin immers gezegd voordat de auto stopte.

Terwijl hij zijn jas aantrekt, probeert hij zich te herinneren waar hij een spookslot heeft gezien. Er zijn er niet zoveel. Hij herinnert zich er een dat hij ergens heeft gezien ten noorden van Stockholm, in de buurt van Rosersberg. Hij denkt snel na: de kerk van Ed, Runby, door de allee, over de heuvelrug, langs de commune omlaag naar het Mälarmeer. Voordat je bij het voorhistorische stenen graf in de vorm van een schip bent, bij de burcht van Runsa, ligt het gebouw aan de linkerkant, aan het water. Een soort gecomprimeerd houten slot, met torens, veranda's en schitterend houtsnijwerk.

Erik gaat zijn kamer uit, loopt snel door de gang, probeert zich het uitstapje te herinneren en weet nog dat Benjamin erbij was. Ze waren naar het stenen graf wezen kijken, een van de grootste Vikinggraven van Zweden. Ze hadden midden in de ellips van grote grijze stenen in het groene gras gestaan. Het was in de nazomer geweest en het was heel warm. Erik kan zich nog de stilstaande lucht en de vlinders boven het grind op de parkeerplaats herinneren toen ze weer in de warme auto waren gestapt en met de raampjes omlaag waren weggereden.

In de lift naar de garage herinnert Erik zich dat hij na een paar kilometer langs de kant van de weg was gestopt, naar het spookslot had gewezen en Benjamin voor de grap had gevraagd of hij daar zou willen wonen.

'Waar?'

'In dat spookslot,' had hij gezegd, maar hij weet niet meer wat Benjamin had geantwoord.

De zon gaat onder, het schuinvallende licht weerkaatst in het ijs op de plassen bij de bezoekersparkeerplaats van Neurologie. Het grind op het asfalt knarst onder zijn banden als hij naar de hoofdingang rijdt.

Erik ziet natuurlijk wel in dat het heel onwaarschijnlijk zou zijn als Benjamin juist dát spookslot zou bedoelen, maar het is niet onmogelijk. Hij neemt de E4 in noordelijke richting, terwijl het afnemende licht de wereld wazig maakt. Hij knippert met zijn ogen om beter te zien. Pas als de blauwe nuances zichtbaar worden, begrijpen zijn hersenen dat het schemert.

Een halfuur later nadert hij het spookslot. Hij heeft vier keer geprobeerd Kennet te pakken te krijgen om te horen of hij er al in is geslaagd het gesprek van Benjamin te traceren, maar er neemt niemand op en Erik heeft ook geen bericht ingesproken.

De lucht boven het grote meer is nog zwak te zien, maar het bos is aardedonker. Hij rijdt langzaam over het smalle weggetje naar het dorpje dat geleidelijk aan rond het water is ontstaan. De koplampen van de auto belichten nieuwe, vrijstaande panden, huizen van rond de vorige eeuwwisseling en kleine vakantiehuisjes, weerkaatsen in een paar ramen en glijden over een oprit waar een driewielertje staat. Hij mindert langzaam vaart en ziet het spookslot zich aftekenen achter een hoge heg. Erik passeert nog een paar huizen en parkeert daarna langs de kant van de weg. Hij stapt uit en loopt een stukje terug, opent het hek van een vrijstaand huis van donker steen en loopt er over het gazon omheen. Het touw van een vlag zwiept tegen de vlaggenmast. Erik stapt over het hek naar het volgende perceel; hij passeert een zwembad dat is afgedekt met krakend plastic. De grote ramen van het lage huis aan het water zijn zwart. Het plaveisel is bedekt met donkere bladeren. Erik versnelt zijn pas, ziet het spookslot aan de andere kant van de sparrenheg en wringt zich erdoorheen.

Dit erf is méér beschermd tegen inkijk dan de andere, denkt hij.

Op de weg rijdt een auto langs. Het licht van de koplampen verlicht een paar bomen en Erik denkt aan de opmerkelijke foto van Aida: het gele gras en de struiken. Hij nadert het grote houten huis. Het lijkt alsof er in een van de kamers een blauw vuur brandt.

Het spookslot heeft hoge, rijkversierde ramen met een overhangend dak dat eruitziet als kantwerk. Het uitzicht op het meer moet fantastisch zijn, denkt hij. Een hogere, zeskantige toren bij de ene vleugel en twee erkers met een torendak versterken de indruk dat dit een houten miniatuurslot is. De wandpanelen zijn aan de basis horizontaal, maar de lijn wordt doorbroken door valse panelen die een meerdimensionale indruk geven. De deur is omlijst door fraai houtsnijwerk: houten pilaren en een mooi, puntig afdak.

Als Erik bij het raam komt, ziet hij dat het blauwe licht afkomstig is van een televisie. Iemand zit naar kunstrijden te kijken. De camera's volgen de schaatsers, hun pirouettes, sprongen en snelle slagen. Het blauwe licht flikkert over de muren. Er zit een dikke man in een grijze joggingbroek op de bank. Hij duwt zijn bril omhoog op zijn neus en leunt weer achterover. Hij lijkt alleen in de kamer te zijn; er staat maar één kopje op tafel. Erik probeert bij de aangrenzende kamer naar binnen te kijken. Hij hoort vaag iets ratelen aan de andere kant van het glas. Erik loopt verder naar het volgende raam en kijkt in een slaapkamer met een onopgemaakt bed en een gesloten deur naar binnen. Op het nachtkastje liggen verfrommelde zakdoekjes naast een glas water. Er hangt een kaart van Australië aan de muur. Het lekt op de metalen raamdorpel. Erik volgt de buitenmuur naar het volgende raam. De gordijnen zijn dicht. Hij kan er niet tussendoor gluren, maar hoort het ratelende geluid opnieuw, in combinatie met een soort klikken.

Hij loopt verder, rondt de zeskantige toren, en kijkt daarna naar binnen bij een eetzaal met donker meubilair en een glimmende houten vloer. Iets zegt hem dat deze ruimte zelden wordt gebruikt. Voor een vitrinekast ligt een zwart voorwerp op de grond. Een hoes van een gitaar, denkt hij. Weer een ratelend geluid. Erik buigt zich voorover naar het glas, schermt de weerspiegeling van de grijze lucht met zijn handen af en ziet een grote hond op zich af- stormen. De hond vliegt tegen het raam op en gaat vervolgens op zijn achterpoten tegen het glas staan blaffen. Erik deinst achteruit, struikelt over een bloempot, loopt snel om het huis heen en blijft met kloppend hart staan wachten.

De hond bedaart na een tijdje. De buitenverlichting gaat aan en vervolgens weer uit.

Erik begrijpt niet wat hij hier doet. Hij voelt zich ontzettend eenzaam. Hij begrijpt dat hij het best kan terugkeren naar zijn kamer in het Karolinska-ziekenhuis en gaat op weg naar de voor- kant van het spookslot en de oprit.

Wanneer hij de hoek om komt, ziet hij in het schijnsel van de hoofdingang iemand staan. De dikke man staat op de trap, in een donzen jack. Hij kijkt onmiddellijk doodsbang als hij Erik ziet. Misschien had hij een stel ondeugende kinderen verwacht, of een eland of zo.

'Hallo,' zegt Erik.

'Dit is privébezit!' roept de man met schelle stem.

De hond begint achter de gesloten buitendeur te blaffen. Erik komt dichterbij en ziet dat er een gele sportwagen op de oprit staat. Hij heeft slechts twee zitplaatsen en de bagageruimte is dui- delijk te klein om een mens in te verbergen.

'Is dat uw Porsche?' vraagt Erik.

'Ja, dat klopt.'

'Hebt u nog meer auto's?'

'Waarom wilt u dat weten?'

'Mijn zoon is verdwenen,' antwoordt Erik ernstig.

'Ik heb niet meer auto's,' zegt de man. 'Oké?'

Erik noteert het kenteken.

'Kunt u dan nu weggaan?'

'Ja,' antwoordt Erik, en hij wandelt in de richting van het hek.

Hij blijft een tijdje in het donker op de weg naar het spookslot staan kijken voordat hij terugloopt naar zijn auto. Hij pakt het houten doosje met de papegaai en de inboorling, schudt een paar tabletjes in zijn handpalm, telt ze met zijn duim – ronde en gladde – en slikt ze vervolgens door.

Na een korte aarzeling belt hij het nummer van Simone, en hij hoort de signalen overgaan. Hij bedenkt dat ze vast bij Kennet thuis broodjes salami met augurk zit te eten. De signalen blijven overgaan in de stilte. Erik stelt zich de flat aan Luntmakargatan in het donker voor: de hal met de jassen, het wandlampje, de keuken met de lange, smalle eiken tafel, de stoelen. De post ligt op de mat, een stapel kranten, rekeningen, glanzende reclamefolders. Als het piepje komt, spreekt hij geen bericht in. Hij verbreekt de verbinding, draait de contactsleutel om, keert en rijdt richting Stockholm.

Er is niemand naar wie hij toe kan, bedenkt hij, en hij ziet daar tevens de ironie van in. Hij heeft zich jarenlang gewijd aan onderzoek naar groepsdynamiek en collectieve psychotherapie, maar is nu zelf opeens geïsoleerd en eenzaam. Er is niemand tot wie hij zich kan wenden, niemand met wie hij zou willen praten. Toch was het juist de kracht van het collectieve geweest die hem had voortgedreven in zijn vak. Hij had geprobeerd te begrijpen waarom mensen die een oorlog hebben overleefd veel gemakkelijker hun trauma's kunnen verwerken dan mensen die in hun eentje eenzelfde soort inbreuk op hun privacy hebben meegemaakt. Hij had willen weten hoe het kwam dat de individuen in een groep die collectief was gemarteld daar beter uit kwamen dan mensen alleen. Wat heeft die gemeenschap dat ons heelt, had hij zich afgevraagd. Is het weerspiegeling, kanalisatie, normalisatie, of is het gewoon solidariteit?

Als hij eenmaal in het gele licht op de snelweg rijdt, belt hij het nummer van Joona. Hij hangt na vijf keer overgaan op en probeert Joona's mobiele nummer.

'Met Joona,' klinkt het in gedachten verzonken.

'Hallo, met Erik. Hebben jullie Josef Ek nog niet gevonden?'

'Nee,' zucht Joona.

'Hij lijkt volstrekt eigen patronen te volgen.'

'Ik heb het al eerder gezegd, en ik blijf het zeggen, Erik: je zou bescherming moeten accepteren.'

'Ik heb andere prioriteiten.'

'Ik weet het.'

Het wordt even stil.

'Heeft Benjamin niet meer gebeld?' vraagt Joona in zijn verdrietig klinkende Zweeds met Finse tongval.

'Nee.'

Erik hoort een stem op de achtergrond – misschien van de tv.

'Kennet zou het gesprek traceren, maar hij…'

'Ik heb het gehoord, maar zoiets kost tijd,' zegt Joona. 'Er moet een technicus naar die centrales worden gestuurd, naar dát basisstation.'

'Maar dan weten ze in elk geval om welk station het gaat.'

'Volgens mij kan de operator dat meteen achterhalen,' antwoordt Joona.

'Zou jij daarachter kunnen komen? Het basisstation?'

Het wordt even stil. Daarna klinkt Joona's neutrale stem: 'Waarom praat je niet met Kennet?'

'Ik krijg hem niet te pakken.'

Joona zucht zachtjes.

'Ik zal het checken, maar hoop nou maar niet te veel…'

'Hoe bedoel je?'

'Het gaat vermoedelijk om een basisstation in Stockholm, en daar heb je weinig aan voordat een technicus de positie heeft gepreciseerd.'

Erik hoort dat hij ergens mee bezig is; het klinkt alsof hij een deksel van een glazen potje schroeft.

'Ik maak even wat groene thee voor mijn moeder,' zegt Joona kort.

Er gaat een kraan open en even later weer dicht.

Erik houdt zijn adem een seconde in. Hij weet dat Joona de ontsnapping van Josef Ek de hoogste prioriteit moet geven, dat de zaak met Benjamin niet iets unieks is voor de politie. Een puber die van huis is verdwenen, staat kilometers af van het werk waar de rijksrecherche zich normaliter mee bezighoudt. Maar hij móet het vragen, hij kan gewoon niet anders.

'Joona,' zegt Erik, 'ik zou graag willen dat jij de zaak van Benjamins ontvoering op je neemt. Dat zou ik echt heel graag willen, het zou veel beter voelen.'

Hij zwijgt. Zijn kaken doen pijn, hij heeft ze zonder dat hij zich daarvan bewust was hard op elkaar geklemd.

'Jij en ik weten allebei,' vervolgt Erik, 'dat het geen normale verdwijning is. Iemand heeft Simone en Benjamin geïnjecteerd met een verdovend middel voor chirurgie. Ik weet dat je de zoektocht naar Josef Ek de hoogste prioriteit moet geven en ik begrijp best dat Benjamin jouw zaak niet meer is nu de koppeling naar Josef is verdwenen, maar misschien is er iets veel ergers gebeurd...'

Hij zwijgt, te geschokt om door te kunnen gaan.

'Ik heb je over Benjamins ziekte verteld,' weet hij nog uit te brengen. 'Over twee dagen is zijn bloed niet meer beschermd door het stollingspreparaat. En over een week zullen zijn bloedvaten zo zijn belast dat hij misschien verlamd raakt of krijgt hij een hersenbloeding of een bloeding in zijn longen wanneer hij alleen maar even hoest.'

'Hij moet gevonden worden,' zegt Joona.

'Kun jij me helpen?'

Eriks verzoek hangt weerloos in de lucht. Het is niet van belang. Hij zou graag op zijn knieën vallen en om hulp smeken. De hand waarmee hij de telefoon vasthoudt is vochtig en glibberig van het zweet.

'Ik kan niet zomaar een vooronderzoek van de Stockholmse politie overnemen,' zegt Joona.

'De beste man heet Fredrik Stensund. Hij klinkt aardig, maar hij komt zijn warme kantoor niet uit.'

'Ze weten heus wel wat ze doen.'

'Lieg niet tegen me,' zegt Erik zacht.

'Ik geloof niet dat ik die zaak kan overnemen,' zegt Joona bedrukt. 'Daar valt weinig aan te doen. Maar ik wil graag proberen je te helpen. Je moet er goed over nadenken wie Benjamin kan hebben ontvoerd. Het kan iemand zijn die jou gewoon in het vi-

zier kreeg toen je voorpaginanieuws was. Maar het kan ook iemand zijn die je kent. Als je geen verdachte dader hebt, heb je ook
geen zaak – niets. Je moet nadenken, je leven doorspitten, telkens
weer – iedereen die je kent, iedereen die Simone kent, iedereen die
Benjamin kent. Buren, familie, collega's, patiënten, concurrenten,
vrienden. Is er iemand die je heeft bedreigd, die Benjamin heeft
bedreigd? Probeer je dat te herinneren. Het kan in een opwelling
zijn gebeurd, maar het kan ook al jaren gepland zijn. Denk heel
goed na, Erik. En neem dan contact met me op.'

Erik doet zijn mond al open om Joona nogmaals te vragen de
zaak op zich te nemen, maar hij kan niets meer zeggen omdat hij
een klik hoort. Daar zit hij dan, in de auto, met brandende ogen
naar het voortrazende verkeer op de snelweg te kijken.

# 34

## *De nacht van 14 op 15 december*

Het is koud en donker in zijn kamer. Erik schopt zijn schoenen uit en ruikt de geur van vochtig groen op zijn jas wanneer hij die uittrekt. Huiverend kookt hij water op zijn kookplaat, maakt een kop thee, neemt twee sterke pijnstillers en gaat vervolgens aan zijn bureau zitten. Alleen de lamp op het bureau brandt. Hij kijkt rechtstreeks in het zwarte glas, waar hij zichzelf als een schaduw naast het spiegelbeeld van de lichtkegel ziet zitten. Wie haat mij, vraagt hij zich af. Wie is er jaloers op mij, wie wil mij straffen, mij alles wat ik heb afnemen, het leven ontnemen, dat wat in mij leeft? Wie wil mij kapotmaken?

Erik staat op, doet de plafondlamp aan, begint te ijsberen, blijft staan, reikt naar de telefoon en gooit daarbij een plastic bekertje met water op het bureau om. Een stroompje zoekt langzaam zijn weg naar een medisch tijdschrift, *Läkartidningen*. Zonder zijn gedachten te kunnen ordenen, toetst hij Simones mobiele nummer in, meldt kort dat hij weer in Benjamins computer zou willen kijken en zwijgt vervolgens, niet in staat nog meer te zeggen.

'Sorry,' mompelt hij dan zachtjes, en hij smijt de telefoon op het bureau.

De lift dreunt op de gang. Hij hoort het gepling van de deuren die openglijden en daarna het geluid van iemand die een piepend ziekenhuisbed langs zijn deur duwt.

De pillen beginnen hun werk te doen en hij voelt de rust zich als warme melk door zijn lichaam verspreiden – een herinnering, een innerlijke beweging, een zuiging in zijn maag, dwars door zijn lichaam heen. Alsof hij van grote hoogte naar beneden valt. Eerst door koele en heldere lucht, daarna in warm en zuurstofrijk water.

'Kom op,' zegt hij tegen zichzelf.

Iemand heeft Benjamin ontvoerd, iemand heeft mij dit aangedaan. Er moet ergens in mijn geheugen iets te vinden zijn, een opening, denkt hij.

'Ik zal je vinden,' fluistert hij.

Erik kijkt naar de natte pagina's van het medisch tijdschrift. Op een van de foto's staat de nieuwe chef van het Karolinska-instituut over een bureau geleund. Haar gezicht is wazig en donker van het water. Wanneer Erik probeert het blad weg te halen, merkt hij dat het aan het bureau zit vastgeplakt. Het advertentiegedeelte van de achterpagina zit er nog, half kapotgetrokken letters over de Global Health Conference. Hij gaat zitten en begint de restanten van het papier met zijn duimnagel los te krabben, maar blijft midden in zijn beweging steken en kijkt naar de lettercombinatie: e v A.

Er komt een trage golf uit zijn geheugen rollen vol spiegelingen en facetten, en daarna een volkomen helder beeld van een vrouw die iets weigert terug te geven dat ze heeft gestolen. Hij weet dat ze Eva heet. Haar mond is gespannen, het schuim staat op haar smalle lippen. Ze schreeuwt hem woedend toe: 'Jíj bent degene die neemt! Jij neemt alleen maar! Wat zou jij ervan zeggen als ik dingen van jóu zou afpakken? Hoe denk je dat dat voelt?' Ze verbergt haar gezicht in haar handen en zegt dat ze hem haat; ze herhaalt het telkens weer, misschien wel honderd keer, voordat ze bedaart. Haar wangen zijn spierwit, haar ogen roodomrand. Nietbegrijpend en uitgeput kijkt ze hem aan. Hij herinnert zich haar, hij bedenkt dat hij zich haar nog goed herinnert.

Eva Blau, denkt hij. Hij wist dat hij een fout beging toen hij haar als cliënte aannam, dat wist hij al vanaf het begin.

Het is inmiddels jaren geleden. Dat was in de tijd dat hij hypnose gebruikte als sterk en werkzaam onderdeel van de therapie. Eva Blau. De naam komt van de andere kant van de tijd. Voordat hij was gestopt met hypnotiseren. Voordat hij had beloofd dat nooit weer te doen.

Hij had in die tijd zo sterk in hypnose geloofd. Hij had in zijn onderzoek immers gezien dat als de cliënten ten overstaan van elkaar werden gehypnotiseerd, de verboden inbreuk, het misdrijf en het gevoel van schending minder diep wortelden dan bij cliënten die niet als groep werden gehypnotiseerd. Wat hun was aangedaan zou moeilijker te ontkennen zijn en makkelijker te helen. De schuld zou worden gedeeld, de identiteit van de dader en de identiteit van het slachtoffer zouden in elkaar overvloeien. Mensen zouden zichzelf niet langer de schuld geven van wat er was gebeurd als ze zich in een ruimte bevonden waar alle anderen hetzelfde hadden meegemaakt.

Waarom was Eva Blau zijn cliënte geworden? Hij herinnert zich even niet waar haar leed betrekking op had gehad. Hij kwam zo veel afschuwelijke lotgevallen tegen. Er kwamen mensen bij hem met een verwoest verleden. Vaak waren ze agressief en altijd bang, dwangmatig en paranoïde. Niet zelden hadden ze een geschiedenis van verminkingen en zelfmoordpogingen. Velen kwamen bij hem terwijl ze op de rand van een psychotische, schizofrene toestand balanceerden. Ze waren systematisch mishandeld, gefolterd en met de dood bedreigd; ze hadden hun kinderen verloren, waren het slachtoffer geworden van incest of verkrachting, waren getuige geweest van verschrikkingen of hadden daaraan deel moeten nemen.

Wat had ze ook alweer gestolen, vraagt Erik zich af. Ik had haar beschuldigd van diefstal, maar wat had ze gestolen?

Hij kan het zich niet meer herinneren, staat op, loopt een stukje door de kamer, blijft staan en doet zijn ogen dicht. Er was nóg iets gebeurd, maar wat? Had het met Benjamin te maken? Hij had een keer tegen Eva Blau gezegd dat hij een andere therapiegroep voor haar kon zoeken. Waarom weet hij niet meer wat er was gebeurd? Was ze hem gaan bedreigen?

Het enige wat hij uit zijn geheugen kan oproepen, is een vrij vroege ontmoeting hier op kantoor: Eva Blau had al haar haar afgeschoren en alleen haar ogen opgemaakt. Ze had op de bank gezeten, haar blouse losgeknoopt en hem zakelijk haar witte borsten getoond.

'Je bent bij mij thuis geweest,' had hij gezegd.

'Jíj bent bij míj thuis geweest,' had ze geantwoord.

'Eva, jij hebt vertéld over je huis,' was hij verdergegaan. 'Ergens inbreken is iets anders.'

'Ik heb niet ingebroken.'

'Je hebt een raam ingeslagen.'

'De steen heeft het raam stukgeslagen,' had ze gezegd.

De sleutel zit in het slot van de archiefkast en de houten latjes van het rolluik geven soepel mee als Erik de klep omlaag duwt en begint te zoeken. Hier ergens, denkt hij. Ik weet dat hier iets over Eva Blau te vinden is.

Wanneer een van zijn cliënten om de een of andere reden anders reageert dan verwacht, als hij of zij ontspoort en niet het geijkte patroon van zijn of haar toestand volgt, bewaart hij het materiaal over die cliënt altijd in deze kast tot hij de afwijkingen begrijpt.

Dat materiaal kan een aantekening zijn, een observatie of een vergeten voorwerp. Hij schuift papieren opzij, schrijfblokken, memoblaadjes en bonnetjes met aantekeningen. Verbleekte foto's in een plastic mapje, een externe harde schijf, een paar dagboeken uit de tijd dat hij geloofde in volledige openheid tussen cliënt en arts, een tekening die een getraumatiseerd kind op een nacht heeft gemaakt.

Diverse cassettebandjes en videobanden van lezingen bij het Karolinska-instituut. Een boek van Herman Broch vol geheugensteuntjes. Eriks handen komen tot stilstand. Hij heeft een merkwaardig gevoel in zijn vingertoppen. Er is een VHS-band met een papiertje en een bruin elastiek eromheen. Op de rug van de cassette staat alleen: ERIK MARIA BARK, BAND 14. Hij trekt het papier los, schijnt erop met de lamp en herkent zijn eigen handschrift: HET SPOOKSLOT.

Er lopen ijskoude rillingen over zijn rug en langs zijn armen. Zijn nekharen gaan rechtovereind staan en hij hoort zijn horloge tikken. Zijn hoofd bonkt, zijn brein draait op volle toeren. Hij gaat zitten, kijkt opnieuw naar de band, pakt met trillende handen de telefoon van het bureau, belt de conciërge en vraagt of hij een videorecorder op zijn kamer kan krijgen. Hij loopt met lood in zijn schoenen weer naar het raam, kantelt de lamellen van de luxaflex en staart vervolgens naar het vochtige sneeuwdek van de binnentuin. Zware sneeuwvlokken dwarrelen langzaam en schuin door de lucht en landen op zijn raam, verliezen hun kleur en smelten door de warmte van het glas. Hij houdt zichzelf voor dat het vermoedelijk alleen maar toeval is, een merkwaardige samenloop van omstandigheden, maar begrijpt ook dat sommige puzzelstukjes waarschijnlijk in elkaar zullen passen.

Het spookslot – die twee woorden op een papiertje hebben genoeg kracht om hem terug te leiden naar het verleden. Naar de tijd toen hij zich nog bezighield met hypnose. Hij weet het: hij moet tegen zijn wil naar een donker raam lopen om te proberen te zien wat er zich achter de weerspiegelingen verbergt, de reflecties die zijn gecreëerd door alle tijd die is verstreken.

De conciërge klopt zachtjes aan. Erik doet open, bevestigt de bestelling en rolt daarna de stellage met de tv en de videorecorder naar binnen.

Hij duwt de cassette erin, doet de plafondlamp uit en gaat zitten.

'Dit was ik bijna vergeten,' zegt hij tegen zichzelf, en hij richt de afstandsbediening op het apparaat.

Het beeld flikkert en het geluid kraakt en ruist een tijdje. Daarna hoort hij zijn eigen stem via de luidspreker van de tv. Hij klinkt verkouden als hij zonder enthousiasme de plaats, datum en tijd opdreunt en afsluit met: 'We hebben een korte pauze gehad, maar bevinden ons nog steeds in een posthypnotische toestand.'

Er zijn meer dan tien jaar verstreken, denkt hij, en hij ziet hoe het statief van de camera omhooggaat. Het beeld trilt en komt tot stilstand. De lens wordt vervolgens op een halve cirkel met stoelen gericht. Daarna wordt hijzelf voor de camera zichtbaar. Hij begint de stoelen goed te zetten. Zijn tien jaar jongere lichaam heeft een bepaalde lichtheid; er is een veerkracht in zijn tred die hij nu niet meer bezit, weet hij. Op de video-opname is zijn haar niet grijs en zijn de diepe groeven in zijn voorhoofd en zijn wangen verdwenen.

Loom komen de cliënten naar voren en gaan zitten. Sommigen praten zacht met elkaar. Een van hen lacht. De kwaliteit van de videoband is slecht. De gezichten van de patiënten zijn lastig te onderscheiden; ze zien er korrelig en onscherp uit.

Erik slikt een paar keer en hoort zichzelf met een blikkerige stem zeggen dat het tijd is om verder te gaan met de sessie. Sommigen zitten een beetje te keuvelen, anderen wachten zwijgend af. Een stoel kraakt. Hij ziet zichzelf tegen de muur staan. Hij maakt een paar aantekeningen op een blok. Opeens wordt er op de deur geklopt. Eva Blau komt binnen. Ze is gestrest. Erik ziet rode vlekken op haar hals en wangen, en hij ziet dat hij haar jas aanpakt, hem ophangt, haar naar de groep brengt, haar kort voorstelt en welkom heet. De anderen knikken stijfjes, fluisteren misschien hallo, sommigen besteden geen aandacht aan haar en staren naar de grond.

Erik herinnert zich de sfeer in de zaal: de groep was beïnvloed door het eerste hypnosemoment van voor de pauze en was gestoord doordat er een nieuw iemand bij kwam. De anderen hadden elkaar al leren kennen en waren zich gaan identificeren met elkaars verhalen.

De groep bestond uit maximaal acht personen en het doel van de therapie was om onder hypnose ieders verleden te onderzoeken en het pijnpunt te naderen. De hypnose vond altijd plaats ten overstaan van de groep en samen met de groep. Het idee was dat iedereen op die manier méér dan getuige van elkaars ervaringen zou worden. Men zou via hypnotische openheid de pijn delen en samen kunnen rouwen, zoals bij collectieve catastrofen.

Eva Blau gaat op de lege stoel zitten, kijkt even rechtstreeks in de camera, en haar gezicht krijgt iets scherps en vijandigs.

Dit is de vrouw die tien jaar geleden bij hem had ingebroken, denkt hij. Maar wat had ze meegenomen en wat had ze nog meer gedaan?

Erik ziet zichzelf aan het tweede deel van de sessie beginnen met een terugblik op de eerste sessie, die hij vervolgt met vrije, speelse associaties. Dat was een manier om ze zich meer op hun gemak te laten voelen, te voelen dat er een zekere luchtigheid mogelijk was, ondanks de donkere, afgronddiepe onderstromen in alles wat ze zeiden en deden. Hij gaat voor de groep staan.

'We beginnen met gedachten en associaties over het eerste deel,' zegt hij. 'Is er iemand die daar iets over wil zeggen?'

'Verwarrend,' zegt een jonge, stevig gebouwde vrouw met veel make-up.

Sibel, denkt Erik. Ze heette Sibel.

'Frustrerend,' gaat Jussi in zijn Norrlandse dialect verder. 'Ik kon net mijn ogen opendoen en me op mijn kop krabben, en toen was het alweer voorbij.'

'Wat voelde je?' vraagt Erik hem.

'Haar,' antwoordt hij grijnzend.

'Haar?' vraagt Sibel gniffelend.

'Toen ik me op mijn kop krabde,' verklaart Jussi.

Sommigen lachen om het grapje. In Jussi's sombere gezicht is iets van een vage vreugde te zien.

'Waar associeer je haar mee?' gaat Erik verder. 'Charlotte?'

'Geen idee,' zegt ze. 'Haar? Misschien een baard... nee.'

'Een hippie, een hippie op een chopper,' vervolgt Pierre glimlachend. 'Hij zit zó, kauwt op Juicyfruit en glijdt...'

Eva staat opeens met veel kabaal op. Ze protesteert tegen de oefening.

'Wat een kinderachtig gedoe,' zegt ze.

'Waarom vind je dat?' vraagt Erik.

Eva geeft geen antwoord, maar gaat weer zitten.

'Pierre, wil je doorgaan?' vraagt Erik.

Hij schudt zijn hoofd, kruist zijn wijsvingers in Eva's richting en doet alsof hij zich tegen haar beschermt.

Pierre fluistert samenzweerderig. Jussi steekt zijn hand naar Eva op en zegt iets in het Norrlands.

Erik meent te verstaan wat hij zegt en tast naar de afstandsbediening, maar die valt op de grond en de batterijen rollen eruit.

'Dit is niet normaal,' fluistert hij bij zichzelf, en hij hurkt neer.

Hij drukt met trillende handen op de terugspoeltoets van de videorecorder en zet vervolgens het geluid harder als de band weer begint te lopen.

'Wat een kinderachtig gedoe,' zegt Eva Blau.

'Waarom vind je dat?' vraagt Erik, en als ze geen antwoord geeft, wendt hij zich tot Pierre en vraagt of hij wil doorgaan met zijn associatie.

Die schudt zijn hoofd en kruist zijn wijsvingers in Eva's richting.

'Ze hebben Dennis Hopper neergeschoten omdat hij hippie was,' fluistert hij.

Sibel giechelt en gluurt naar Erik. Jussi kucht en steekt zijn hand op naar Eva.

'In het spookslot heb je geen last van dat kinderachtige gedoe van ons,' zegt hij in zijn zware Norrlandse dialect.

Iedereen zwijgt. Eva draait zich om naar Jussi. Het ziet er even naar uit dat ze agressief wil reageren, maar om de een of andere reden ziet ze daarvan af, misschien is het de ernst in zijn stem, de kalmte in zijn blik.

Het spookslot, dondert het in Eriks hoofd. Tegelijkertijd hoort hij zichzelf de principes van de procedure voor de hypnose uitleggen: dat ze altijd beginnen met gemeenschappelijke ontspanningsoefeningen voordat hij ertoe overgaat één of een paar van hen te hypnotiseren.

'En soms,' vervolgt Erik tegen Eva, 'als ik voel dat het werkt, probeer ik de hele groep onder diepe hypnose te brengen.'

Erik bedenkt hoe bekend de situatie is, en toch is die ontzettend ver weg. Het is iets uit een heel andere tijd, voordat hij afstand had genomen van hypnose. Hij ziet zichzelf de stoel naar voren trekken, voor de halve cirkel met mensen gaan zitten, tegen hen praten. Hij verzoekt hun hun ogen dicht te doen en achterover te leunen. Na een tijdje spoort hij iedereen aan om goed op zijn stoel te gaan zitten, maar nog steeds de ogen gesloten te houden. Hij staat op, praat met hen over de ontspanning, loopt achter hen langs, gaat na hoe rustig iedereen afzonderlijk is. Hun gezichten worden zachter en slapper, zich steeds minder bewust, steeds meer vervreemd van veinzerij en koketterie.

Erik ziet dat hij achter Eva Blau blijft staan en een zware hand op haar schouder legt. Hij krijgt een tintelend gevoel in zijn maag als hij zichzelf met de hypnose hoort beginnen. Zacht gaat hij over tot een steile inductie, volkomen overtuigd van zijn eigen bekwaamheid, zich weldadig bewust van zijn speciale vermogen.

'Je bent tien jaar, Eva,' zegt hij. 'Je bent tien jaar. Dit is een goede dag. Je bent blij. Waarom ben je blij?'

'Omdat de man in de plassen ronddanst en spettert,' zegt ze met een bijna onbeweeglijk gezicht.

'Wie is er aan het dansen?'

'Wie?' herhaalt ze. 'Gene Kelly, zegt mama.'

'Aha, zit je naar *Singin' in the Rain* te kijken?'

'Mama kijkt.'

'Jij niet?'

'Jawel.'

'En ben je vrolijk?'

Ze knikt langzaam.

'Wat gebeurt er?'

Eva doet haar mond dicht en kijkt opeens omlaag.

'Eva?'

'Ik heb een dikke buik,' zegt ze bijna geluidloos.

'Je buik?'

'Ik zie dat hij heel dik is,' zegt ze, en de tranen beginnen over haar wangen te biggelen.

'Het spookslot,' fluistert Jussi. 'Het spookslot.'

'Eva, je moet naar míj luisteren,' vervolgt Erik. 'Je kunt alle anderen hier in de zaal wel horen, maar je moet alleen maar op mijn stem reageren.'

'Oké.'

'Weet je waarom je een dikke buik hebt?' vraagt Erik.

Haar gezicht is gesloten, afgewend. Ze zit ergens aan te denken, een herinnering.

'Ik weet het niet.'

'Jawel, volgens mij weet je het best,' zegt Erik zachtjes. 'Maar we doen het in je eigen tempo, Eva. Je hoeft daar nu niet aan te denken. Wil je weer televisiekijken? Ik ga met je mee. Iedereen hier gaat met je mee, helemaal, wat er ook gebeurt. Dat is een belofte. Dat beloven we en daar kun je op vertrouwen.'

'Ik wil het spookslot in,' fluistert ze.

Erik zit op zijn bed in zijn kamer in het ziekenhuis. Hij voelt dat hij zich datgene herinnert wat hij was vergeten, wat hij had verdrongen.

Hij veegt over zijn mond, kijkt naar het flikkerende beeld en mompelt: 'Doe de deur open.'

Hij hoort zichzelf getallen opnoemen waardoor Eva nog dieper in de hypnose verzinkt. Hij legt uit dat het bijna zover is, dat ze bijna moet doen wat hij zegt, zonder er eerst bij na te denken; ze moet gewoon accepteren dat zijn stem haar de weg wijst. Ze schudt zachtjes haar hoofd en hij gaat door met terugtellen, laat zwaar en verdovend de getallen steeds lager worden.

De beeldkwaliteit wordt snel slechter. Eva kijkt met troebele ogen op, likt langs haar lippen en fluistert: 'Ik zie dat ze een mens meenemen. Ze lopen er gewoon naartoe en nemen iemand...'

'Wie neemt er iemand mee?' vraagt hij.

Haar ademhaling wordt onregelmatig.

'Een man met een paardenstaart,' kreunt ze. 'Hij hangt het klei-ne...'

De band knettert en het beeld verdwijnt.

Erik spoelt versneld door naar het eind, maar het beeld komt niet terug. De halve band is vernield – gewist.

Hij blijft voor de zwarte beeldbuis zitten. Hij ziet zichzelf in de diepe, donkere weerspiegeling. Op hetzelfde moment ziet hij zijn tien jaar oudere gezicht en het gezicht van degene die hij toen was. Hij kijkt naar de videocassette – band 14 –, naar het elastiek en het papier met de tekst HET SPOOKSLOT.

# 35

## *Dinsdagochtend 15 december*

Voordat de liftdeuren dichtgaan, drukt Erik meer dan tien keer op het knopje. Hij weet dat het daardoor niet sneller gaat, maar hij kan het niet laten. De woorden van Benjamin vanuit het donker van de auto worden in zijn gedachten vermengd met diverse eigenaardige flarden van herinneringen die de videoband heeft opgediept. Hij hoort opnieuw de zwakke stem van Eva Blau zeggen dat een man met een paardenstaart een mens had meegenomen. Maar haar mond had iets leugenachtigs, iets waardoor haar lippen naar binnen werden getrokken.

De liftschacht maakt bovenin een hoop lawaai terwijl de liftkooi suizend omlaag gaat.

'Het spookslot,' zegt hij en hij wenst keer op keer dat het slechts een samenloop van omstandigheden is, dat de verdwijning van Benjamin niets met zijn eigen verleden te maken heeft. De lift stopt en de deuren gaan open. Hij haast zich door de parkeergarage naar het krappe trappenhuis. Twee verdiepingen lager maakt hij een stalen deur open en loopt hij door de witte ondergrondse gang naar een beveiligde deur en houdt de knop van de deurtelefoon langdurig ingedrukt, tot er iemand met tegenzin antwoord geeft. Hij buigt zich naar voren en zegt in de microfoon waarvoor hij komt. Hier is niemand welkom, denkt hij. In het magazijn liggen alle patiëntendossiers opgeslagen, al het wetenschappelijk onderzoek, alle experimenten, verantwoorde testen, de gegevens over softenon en dubieuze gezondheidsonderzoeken. Op de planken staan duizenden ordners met het resultaat van de geheime monsternemingen van hiv-verdachte gevallen uit de jaren tachtig, de gedwongen sterilisaties ten tijde van de Zweedse sterilisatiepolitiek van eind jaren 1930, het experiment op de gebitten van zwakzinnigen, toen de Zweedse tandheelkundige hervorming moest worden gesanctioneerd. Kinderen in kindertehuizen, verstandelijk gehandicapten en ouden van dagen moesten een hoeveelheid suiker in hun mond houden tot hun tanden werden weggevreten.

De deur zoeft open en Erik gaat naar binnen. Het licht is er onverwacht warm. De verlichting heeft iets wat het magazijn gezellig maakt. Het is bepaald geen raamloos gat diep onder de grond.

Uit het hok van de bewaker klinkt operamuziek: kabbelende coloraturen van een mezzosopraan. Erik vermant zich, probeert rustig te kijken en trekt zijn gezicht in een glimlach voordat hij naar de bewaking toe loopt.

Een niet al te grote man met een strohoed op staat met zijn rug naar hem toe de planten water te geven.

'Hé, Kurt.'

De man keert zich om en zegt dan blij verrast: 'Erik Maria Bark, lang niet gezien. Hoe is het?'

Erik weet niet goed wat hij moet zeggen.

'Ik weet het niet,' antwoordt hij naar waarheid. 'Er gebeuren nogal wat vervelende dingen in de familie op dit moment.'

'Aha, ja, tja…'

'Mooie planten,' zegt Erik, om niet meer vragen te krijgen.

'Driekleurige viooltjes. Daar ben ik gek op. Conny beweerde dat er hierbeneden niets zou kunnen bloeien. "O nee? Kan er hier niets bloeien?" vroeg ik toen. "Moet jij eens opletten!"'

'Precies,' antwoordt Erik.

'Ik heb overal kwartslampen geïnstalleerd.'

'Wauw.'

'Ja, het is hier net een solarium,' grapt hij, en hij pakt een tube zonnebrandcrème.

'Zo lang kan ik helaas niet blijven.'

'Doe een beetje op je neus,' zegt Kurt. Hij drukt een kloddertje uit de tube en wrijft dat op het puntje van Eriks neus.

'Bedankt, maar…'

Kurt dempt zijn stem en fluistert met pretoogjes: 'Soms loop ik hier alleen in mijn onderbroek. Maar dat mag je tegen niemand zeggen, hoor.'

Erik glimlacht naar hem en voelt de inspanning op zijn gezicht. Het wordt stil en Kurt kijkt hem aan.

'Jaren geleden,' begint Erik, 'heb ik mijn hypnosesessies opgenomen.'

'Hoe lang geleden?'

'Ongeveer tien jaar, het is een serie vhs-banden, die...'

'vhs?'

'Ja, dat was toen al hopeloos ouderwets,' vervolgt Erik.

'Alle videobanden zijn gedigitaliseerd.'

'Mooi.'

'Die zitten in het computerarchief.'

'Hoe kom ik daarin?'

Kurt glimlacht en Erik ziet zijn tanden wit afsteken tegen zijn gebruinde gezicht.

'Daar kan ik je mee helpen.'

Ze lopen samen naar de vier computers die in een nis bij de stellingen staan.

Kurt toetst snel zijn password in en bladert in de mappen met overgezette opnamen.

'Staan de banden op jouw naam?' vraagt hij.

'Ja, dat lijkt me wel,' zegt Erik.

'Nee,' zegt Kurt aarzelend. 'Ik zoek wel op "hypnose".'

Hij toetst het woord in en geeft een nieuwe zoekopdracht.

'Nu komt er wat. Kijk zelf maar.'

Geen van de hits heeft betrekking op Eriks documentatie van de therapie. Het enige wat op hem slaat uit die tijd zijn documenten over aanvragen en toegekende gelden. Hij typt het woord 'spookslot' in en geeft een nieuwe zoekopdracht. Hij probeert de naam 'Eva Blau', ook al stonden de leden van zijn groep niet als patiënten van het ziekenhuis ingeschreven.

'Er is niets te vinden,' zegt hij vermoeid.

'Ja, er is veel gedoe geweest met dat overzetten,' zegt Kurt. 'Er is veel materiaal verloren gegaan. Alle Betamax en...'

'Wie heeft die banden overgezet?'

Kurt keert zich naar hem toe en haalt spijtig zijn schouders op: 'Conny en ik.'

'Maar de oorspronkelijke banden, zijn die nog ergens?' probeert Erik.

'Het spijt me, maar ik heb echt geen flauw idee.'

'Denk je dat Conny iets weet?'

'Nee.'

'Kun je hem niet bellen om het te vragen?'

'Hij zit in Simrishamn.'

Erik wendt zich af, wrijft over zijn lippen en probeert rustig na te denken.

'Ik weet dat er vrij veel per ongeluk is vernietigd,' zegt Kurt.

Erik staart hem aan.

'Het is uniek onderzoeksmateriaal,' zegt hij mat.

'Ik zeg je toch dat het me spijt?'

'Weet ik. Ik bedoelde ook niet…'

Kurt knijpt een bruin blaadje van een bloem.

'Je bent toch gestopt met hypnose?' zegt hij.

'Jawel, maar ik zou nu willen kijken naar…'

Erik doet er het zwijgen toe. Hij heeft geen puf meer. Het enige wat hij wil, is teruggaan naar zijn kamer, een tablet nemen en slapen.

'We hebben hierbeneden altijd al problemen met de techniek gehad,' vervolgt Kurt. 'Maar elke keer dat we daarop wijzen, zeggen ze dat we moeten doen wat we kunnen. "Het zij zo," zeiden ze een keer toen we per ongeluk lobotomieonderzoek van een heel decennium hadden gewist. Oude opnamen, 16 millimeter, die in de jaren tachtig op video waren overgezet, maar die het computertijdperk niet hebben gehaald.'

# 36

## *Dinsdagochtend 15 december*

's Morgens vroeg ligt de grote schaduw van het Raadhuis over de gevel van het hoofdbureau van politie. Alleen de hoogste, centrale toren baadt in het zonlicht. In de uren na zonsopgang wordt het hoofdbureau steeds verder ontkleed door de zon en is het uiteindelijk stralend geel. Het koperen dak glanst, het mooie smeedwerk met de ingebouwde dakgoten en de kleine korfjes van koper, waardoor de neerslag omlaag stroomt de afvoerpijpen in, is bedekt met glinsterende condensdruppels. Overdag blijft het licht op de gevel gericht terwijl de schaduwen van de bomen als de wijzers van de klok meedraaien, en pas een paar uur voor de avondschemering kleurt de gevel weer grijs.

Carlos Eliasson staat bij zijn aquarium door het raam naar buiten te kijken als Joona op zijn deur klopt en meteen ook binnenkomt.

Carlos schrikt op en keert zich om. Als hij Joona ziet, krijgt zijn gezicht zoals gewoonlijk een uitdrukking die op twee verschillende manieren te interpreteren is. Hij heet hem met een mengeling van gêne, vreugde en tegenzin welkom, gebaart naar de bezoekersstoel en merkt dat hij nog steeds het potje vissenvoer vast heeft.

'Ik zag net dat het had gesneeuwd,' zegt hij vaag, en hij zet het potje zorgvuldig naast het aquarium.

Joona gaat zitten en kijkt door het raam naar buiten. Er ligt een dun, droog laagje sneeuw over het Kronobergspark.

'Wie weet krijgen we een witte kerst,' zegt Carlos met een voorzichtige glimlach. Hij neemt aan de andere kant van het bureau plaats. 'In Skåne, waar ik ben opgegroeid, hadden we nooit een witte kerst. Het zag er altijd hetzelfde uit. Een grijs licht over de velden...'

Carlos zwijgt abrupt.

'Maar ik neem aan dat je niet hier bent gekomen voor een praatje over het weer,' zegt hij dan nors.

'Niet direct.'

Joona kijkt hem kalm aan en leunt achterover als hij vervolgt: 'Ik wil de zaak met de verdwenen zoon van Erik Maria Bark overnemen.'

'Nee,' antwoordt Carlos abrupt.

'Ik ben wel degene die ermee is begonnen...'

'Nee, Joona. Je mocht de zaak volgen zolang die was gekoppeld aan Josef Ek.'

'Dat is hij nog steeds,' antwoordt Joona eigenwijs.

Carlos staat op, loopt ongeduldig heen en weer en wendt zich dan tot Joona met de woorden: 'Onze richtlijnen zijn overduidelijk. We hebben de middelen niet om...'

'Ik denk dat de kidnapping sterk samenhangt met de hypnose van Josef Ek.'

'Hoe bedoel je?' vraagt Carlos geïrriteerd.

'Dat het geen toeval is dat de zoon van Erik Maria Bark maar een week na de hypnose is verdwenen.'

Carlos gaat weer zitten en hij is plotseling minder zeker van zijn zaak als hij zijn best doet te volharden: 'Een knul die is weggelopen, is niets voor de rijksrecherche. Dat kan gewoon niet.'

'Hij ís niet weggelopen,' zegt Joona kort.

Carlos werpt snel een blik op zijn vissen, buigt zich voorover en zegt zachtjes: 'Alleen maar omdat jij een slecht geweten hebt, Joona, kan ik je niet...'

'Dan vraag ik overplaatsing aan,' zegt Joona, terwijl hij overeind komt.

'Naar?'

'Naar de eenheid die die zaak behandelt.'

'Wat ben je weer koppig,' zegt Carlos en hij krabt verontwaardigd op zijn kruin.

'Maar ík krijg wel gelijk,' glimlacht Joona.

'Mijn god,' verzucht Carlos. Hij kijkt naar zijn vissen en schudt bezorgd zijn hoofd.

Joona is al op weg naar de deur.

'Wacht!' roept hij.

Joona blijft staan en keert zich om. Hij trekt vragend zijn wenkbrauwen naar Carlos op.

'We spreken het zo af: jij neemt die zaak niet over, maar je krijgt een week om de verdwijning van die jongen te onderzoeken.'

'Mooi.'

'Dus nu hoef je niet te zeggen "Wat heb ik je gezegd?"'

'Oké.'

Joona neemt de lift omlaag naar zijn eigen verdieping. Hij groet Anja, die naar hem zwaait zonder haar blik van het computerscherm af te wenden, en passeert de kamer van Petter Näslund, waar de radio aanstaat. Een sportjournalist becommentarieert met gekunstelde energie de biatlon voor dames. Joona loopt terug naar Anja.

'Geen tijd,' zegt ze zonder hem aan te kijken.

'Jawel, dat heb je best,' zegt hij rustig.

'Ik ben met iets heel belangrijks bezig.'

Joona probeert over haar schouder mee te kijken.

'Waarmee dan?' vraagt hij.

'Nergens mee.'

'Wat is dat voor iets?'

Ze zucht.

'Een veiling. Ik ben momenteel de hoogste bieder, maar een of andere gek drijft de prijs telkens op.'

'Veiling?'

'Ik spaar Lisa Larsson-poppetjes,' antwoordt ze kort.

'Van die dikke kindjes van klei?'

'Dat is kunst, maar daar heb jij toch geen verstand van.'

Ze kijkt op het scherm.

'Het is bijna voorbij. Als er nu maar niemand boven gaat zitten, dan…'

'Ik heb je hulp nodig,' houdt Joona vol. 'Iets wat met je werk te maken heeft. Het is vrij belangrijk, eigenlijk.'

'Wacht, wacht, wacht.'

Ze steekt afwerend haar hand naar hem op.

'Ja, ik heb ze! Ze zijn van mij! Ik heb Amalia en Emma.'

Ze sluit snel de website.

'Oké, Joona, ouwe Fin, waar heb je hulp bij nodig?'

'Je moet die telecomboys achter de vodden zitten en zorgen dat ik de gegevens over het gesprek krijg dat Benjamin Bark zondag heeft gevoerd. Ik wil precies weten waarvandaan hij belde. Binnen vijf minuten.'

'Jeetje, wat heb jij een lekker humeur vandaag,' verzucht Anja.

'Drie minuten,' stelt Joona bij. 'Die internetveiling kost je twee minuten.'

'Hoepel op,' zegt ze zacht als hij de kamer uit loopt.

Hij gaat naar zijn kantoor, doet de deur dicht, bladert zijn post door en leest een ansichtkaart van Disa. Ze zit in Londen en zegt dat ze hem mist. Disa weet dat hij een hekel heeft aan chimpansees die aan het golfen zijn of die zich in wc-papier hebben gewikkeld, dus ze slaagt er altijd in kaarten met dat onderwerp te vinden. Joona aarzelt of hij de ansicht zal omkeren of hem gewoon zal weggooien, maar is natuurlijk te nieuwsgierig. Hij draait de kaart om en huivert van ongenoegen: een buldog met een ringbaard, een zeemanspet en een pijp in zijn bek. Hij glimlacht om de moeite die Disa zich heeft getroost en prikt de kaart op zijn prikbord als de telefoon gaat.

'Ja?' zegt hij.

'Ik heb antwoord,' zegt Anja.

'Dat is snel,' zegt Joona.

'Ze zeiden dat ze technische problemen hadden gehad, maar dat ze commissaris Kennet Sträng een uur geleden al hadden gebeld en hadden verteld dat het basisstation in Gävle lag.'

'In Gävle,' herhaalt hij.

'Ze zijn nog niet helemaal klaar, zeiden ze. Over één of twee dagen, in elk geval deze week, zullen ze precies kunnen zeggen waar Benjamin zich bevond toen hij belde.'

'Je had wel even naar mijn kamer kunnen komen om dat te vertellen, die is maar vier meter van...'

'Ik ben je dienstmeid niet, toch?'

'Nee.'

Joona schrijft 'Gävle' op de lege pagina van de blocnote die voor hem ligt en pakt daarna zijn telefoon weer.

'Erik Maria Bark.' Erik neemt onmiddellijk op.

'Met Joona.'

'Hoe gaat het? Weet je al iets?'

'Ik heb net een globale positie van het gesprek gekregen.'

'Waar is hij?'

'Het enige wat we tot dusver weten, is dat het basisstation in Gävle ligt.'

'Gävle?'

'Een stuk ten noorden van de rivier Dalälven…'

'Ik weet wel waar Gävle ligt, ik begrijp alleen niet… Ik bedoel…'

Joona hoort Erik rondscharrelen op zijn kamer.

'We krijgen deze week een nadere locatie, hebben ze gezegd,' zegt Joona.

'Wanneer?'

'Morgen, hoopten ze.'

Hij hoort dat Erik gaat zitten.

'En neem jij dan die zaak?' vraagt Erik met gespannen stem.

'Ik neem die zaak, Erik,' zegt Joona bondig. 'Ik zál Benjamin vinden.'

Erik schraapt zijn keel en als zijn stem weer standvastig is, zegt hij snel: 'Ik heb diep nagedacht over de vraag wie dit kan hebben gedaan, en ik heb een naam die je moet opsporen. Ze was een cliente van me, Eva Blau.'

'Blau? Op z'n Duits?'

'Ja.'

'Heeft ze je bedreigd?'

'Dat is wat lastig uit te leggen.'

'We zoeken haar meteen op in het systeem.'

Het wordt stil.

'Ik wil jou en Simone graag zo snel mogelijk ontmoeten,' zegt Joona vervolgens.

'O?'

'Er is nooit een reconstructie van de ontvoering gedaan, hè?'

'Reconstructie?'

'We moeten onderzoeken wie de kidnapper van Benjamin mogelijk gezien kunnen hebben. Zijn jullie over een halfuur thuis?'

'Ik bel Simone wel,' zegt Erik. 'We wachten daar op je.'

'Afgesproken.'

'Joona?' vraagt Erik.

'Ja?'

'Ik weet dat het altijd een kwestie van uren is, wil je de dader te pakken krijgen. Dat het eerste etmaal telt,' zegt Erik zachtjes. 'En nu zijn er al...'

'Geloof je niet dat we hem zullen vinden?'

'Het is... Ik weet het niet,' fluistert Erik.

'Ik heb het nooit mis,' antwoordt Joona zachtjes, maar met een zekere scherpte in zijn stem. 'En ik denk dat we hem vinden.'

Joona hangt op. Daarna pakt hij het briefje met de naam 'Eva Blau' en loopt weer naar Anja toe.

Het ruikt sterk naar sinaasappel op haar kamer. Er staat een schaal met verschillende soorten citrusvruchten naast de computer met het roze toetsenbord. Aan de ene wand hangt een grote, glimmende poster met daarop een gespierde Anja die de vlinderslag zwemt tijdens de Olympische Spelen.

Joona glimlacht en merkt op: 'Ik was in dienst safetyman; ik moest tien kilometer kunnen zwemmen met een seinvlag in mijn hand. Maar vlinderslag, dat heb ik nooit gekund.'

'Energieverspilling, dat is het.'

'Ik vind het mooi – je ziet eruit als een zwemmende zeemeermin,' zegt Joona.

Anja's stem klinkt enigszins trots als ze het probeert uit te leggen: 'Bij de coördinatie komt nogal veel kijken. Het gaat om een tegenritme en... Ach, wat maakt het ook uit?'

Ze rekt zich voldaan uit en raakt met haar flinke boezem bijna Joona, die bij haar bureau staat.

'Ja,' zegt hij, en hij pakt het papiertje. 'Nu wil ik dat je iemand voor me opzoekt.'

Anja's glimlach bekoelt.

'Ja, ik vermoedde al dat je iets van me wilde, Joona. Het begon wat té gezellig te worden. Ik heb je met die telefoonmast geholpen en toen kwam je binnen met die brede, innemende glimlach van je. Ik zou bijna denken dat je me wilde uitnodigen voor een etentje of zo, dus…'

'Dat gebeurt ook wel, Anja. Te zijner tijd.'

Ze schudt haar hoofd en pakt het papiertje uit Joona's hand.

'Een persoon. Is er haast bij?'

'Bloedspoed, Anja.'

'Waarom sta je hier dan nog te flirten?'

'Ik dacht dat jij dat leuk vond…'

'Eva Blau,' zegt Anja nadenkend.

'Het is helemaal niet zeker dat dat haar echte naam is.'

Anja bijt bezorgd op haar lip.

'Een verzonnen naam,' zegt ze. 'Daar hebben we niet veel aan. Heb je niets anders? Geen adres of zo?'

'Nee, geen adres. Het enige wat ik weet is dat ze tien jaar geleden cliënte was bij Erik Maria Bark in het Karolinska-instituut, vermoedelijk slechts een paar maanden. Maar je moet ook alle bestanden checken, niet alleen de gewone registers, maar alle andere. Staat er een Eva Blau ingeschreven aan de universiteit? Als ze een auto heeft gekocht, is ze bekend bij de Zweedse Rijksdienst voor het Wegverkeer. Heeft ze een keer een visum aangevraagd, heeft ze een lenerspas bij een bibliotheek… verenigingen, de AA – ik wil dat je ook naar beschermde identiteiten kijkt, slachtoffers van misdrijven…'

'Ja, ja, ga maar gauw,' zegt Anja 'dan kan ik tenminste aan het werk.'

Joona zet het luisterboek uit van Per Myrberg die met zijn speciale mix van kalmte en intensiteit *Misdaad en straf* van Fjodor Dostojevski voorleest. Hij parkeert zijn auto bij Lao Wai, het vegetarische Aziatische restaurant waar Disa al een tijdje met hem naartoe wil. Hij werpt een blik naar binnen en staat versteld van de spartaanse schoonheid van het met houten meubels ingerichte interieur in de eetgelegenheid.

Als hij aanbelt bij Simone, is Erik er al. Ze begroeten elkaar en Joona legt in het kort uit wat hij van plan is.

'We gaan de kidnapping reconstrueren, voorzover dat gaat. De enige van ons die er echt bij was toen het gebeurde, was jij, Simone.'

Ze knikt verbeten.

'Dus jij moet jezelf spelen. Ik ben de dader, en jij Erik, jij bent Benjamin.'

'Oké,' zegt Erik.

Joona kijkt op zijn horloge.

'Simone, hoe laat denk je dat de inbraak plaatsvond?'

Ze schraapt haar keel en zegt: 'Ik weet het niet zeker, maar de krant was er nog niet… dus het was voor vijven. Ik heb om twee uur wat water gedronken… Toen heb ik een tijdje wakker gelegen… Dus ergens tussen halfdrie en vijf.'

'Goed, dan zet ik mijn horloge op halfvier; dan hebben we een gemiddelde tijd,' zegt Joona. 'Ik maak de deur open en sluip naar Simone, die in bed ligt. Ik doe alsof ik haar een injectie geef en daarna ga ik naar Benjamin – dat ben jij, Erik – en daar injecteer ik jou en ik sleep je de kamer uit. Ik sleep je over de grond de hal in en door de buitendeur naar buiten. Jij bent zwaarder dan je zoon, dus dat moeten we qua tijd met een paar minuten compenseren. Simone, probeer je op precies dezelfde manier te bewegen als toen. Ga op hetzelfde moment in dezelfde houding liggen. Ik wil weten wat je zag, exact wat je kon zien of wat je alleen maar kon vermoeden.'

Met een bleek gezicht knikt Simone.

'Bedankt,' fluistert ze. 'Bedankt dat je dit doet.'

Joona kijkt haar met zijn ijsgrijze ogen aan als hij zegt: 'We zullen Benjamin vinden.'

Simone wrijft snel met haar hand over haar voorhoofd. 'Ik ga naar de slaapkamer,' zegt ze schor en ze ziet Joona met de sleutels in zijn hand naar buiten lopen.

Ze ligt in de slaapkamer onder het dekbed als Joona binnenkomt. Hij loopt snel naar haar toe; hij rent niet, maar is wel doelbewust. Het kietelt als hij haar arm omhoogtrekt en doet of hij haar injecteert. Op het moment dat ze Joona's blik ontmoet terwijl hij over haar heen gebogen staat, herinnert ze zich dat ze wakker werd van een duidelijk prikje in haar arm, dat ze iemand snel de deur uit zag glippen naar de hal. Alleen al door de herinnering krijgt ze een onaangenaam gevoel in haar arm op de plaats waar ze is gestoken. Als Joona's brede rug verdwijnt, gaat ze rechtop zitten, wrijft over haar elleboog en komt langzaam uit bed. Ze komt de hal in, tuurt naar binnen in Benjamins kamer en ziet Joona over het bed gebogen staan. En plotseling zegt ze gewoon de woorden, alsof ze door haar geheugen echoden: 'Wat doen jullie? Mag ik binnenkomen?'

Ze loopt aarzelend in de richting van de buffetkast. Haar lichaam herinnert zich hoe het alle kracht verloor en op de grond viel. Haar benen vouwen zich dubbel en ze herinnert zich tegelijkertijd dat ze steeds dieper en dieper in een zwart gat viel, dat alleen maar werd doorsneden door steeds kortere lichtstraaltjes. Ze zit half tegen de muur gezakt en ziet Joona Erik aan zijn voeten wegslepen. Haar geheugen speelt het onbegrijpelijke af: hoe Benjamin zich aan de deurpost probeerde vast te klampen, hoe zijn hoofd op de drempel stuiterde en hoe hij met steeds zwakkere bewegingen naar haar hand greep.

Wanneer Erik langs Simone heen wordt gesleept en hun blikken elkaar kruisen, is het alsof er heel even een gedaante van mist of nevel in de hal staat. Ze ziet Joona's gezicht van onderaf. Het vervaagt weer en een glimp van de dader flitst door haar bewustzijn. Een overschaduwd gezicht en de gele hand om Benjamins enkel. Simones hart hamert als ze Joona Erik het trappenhuis in hoort slepen en hij de deur achter zich dichtdoet.

Er hangt onbehagen in de flat. Simone kan het gevoel niet van zich afzetten dat ze opnieuw is verdoofd. Haar ledematen voelen verstijfd aan als ze opstaat en wacht tot Erik en Joona terugkomen.

Wanneer Joona Erik over de gekraste marmeren vloer van de verdieping trekt, kijkt hij tegelijkertijd om zich heen. Hij onderzoekt alle hoeken en hoogten om naar plaatsen te zoeken waar getuigen kunnen hebben gestaan. Hij probeert te begrijpen hoe ver hij naar beneden kan kijken en bedenkt dat er misschien iemand vijf treden lager gestaan heeft, vlak langs de spil van de trap, en hem op dat moment had kunnen zien. Hij loopt verder naar de lift. Hij heeft zich voorbereid en de deur opengezet. Als hij zich vooroverbuigt, ziet hij zijn gezicht in het glimmende beslag van de deur en daarna in de wand erachter. Joona sleept Erik de vloer van de lift op. Tussen het frame van de liftkooi ziet hij de deur rechts, de brievenbus en het messing naamplaatje, maar aan de andere kant ziet hij alleen maar een muur. De plafondlamp op de overloop wordt overschaduwd door de deurpost. Verder in de kooi richt Joona zijn blik op de grote spiegel. Hij buigt en strekt zich, maar ziet niets. Het raam op de trap is voortdurend onzichtbaar. Hij ziet niets nieuws als hij over zijn schouder kijkt.

Maar opeens ontdekt hij iets onverwachts. In een bepaalde hoek kan hij via de kleinere, schuin afgestelde spiegel rechtstreeks in het oplichtende spionnetje van het appartement kijken, waarop het uitzicht voortdurend belemmerd leek. Hij sluit de liftdeur en merkt op dat hij door de glazen ruit nog steeds via de liftspiegels in het spionnetje kan kijken. Als er iemand achter de deur zou staan en door het spionnetje naar buiten zou kijken, bedenkt hij, zou diegene mijn gezicht goed kunnen zien. Maar als hij zijn hoofd maar vijf centimeter in een andere richting verplaatst, verdwijnt dat zicht onmiddellijk.

Als ze beneden zijn, komt Erik overeind en kijkt Joona op zijn horloge.

'Acht minuten,' zegt hij.

Ze gaan terug naar de flat. Simone staat in de hal. Het is te zien dat ze net heeft gehuild.

'Hij droeg huishoudhandschoenen,' zegt ze. 'Gele huishoudhandschoenen.'

'Weet je dat zeker?' vraagt Erik.

'Ja.'

'Dan heeft het weinig zin om naar vingerafdrukken te zoeken,' zegt Joona.

'Wat moeten we doen?' vraagt ze.

'De politie heeft al een buurtonderzoek gedaan,' zegt Erik somber, terwijl Simone vuil en stof van zijn rug klopt.

Joona haalt een papier tevoorschijn.

'Ja, ik heb hier de lijst met wie ze hebben gesproken. Ze hebben zich uiteraard geconcentreerd op deze verdieping en de appartementen eronder. Ze hebben vijf bewoners nog niet gesproken en eentje die…'

Hij bestudeert het papier en ziet dat de naam van de bewoner van de flat schuin achter de lift is doorgestreept. Dat was de deur die hij via beide spiegels had gezien.

'Eén flat is helemaal doorgestreept,' zegt Joona. 'Het appartement dat aan de andere kant van de lift ligt.'

'Die mensen waren met vakantie,' zegt Simone. 'Dat zijn ze nog steeds. Zes weken naar Thailand.'

Joona kijkt hen ernstig aan.

'Tijd voor een praatje,' zegt hij kort.

Er staat ROSENLUND op de deur die via de spiegels volledig zicht bood in de lift. Het appartement waar de politiemensen die het buurtonderzoek hadden uitgevoerd zich niet druk om hadden gemaakt, omdat het aan het zicht onttrokken was en er niemand thuis was.

Joona buigt zich voorover en kijkt door de brievenbus naar binnen. Hij ziet geen post of reclame op de deurmat liggen. Opeens hoort hij een zwak geluid ergens vanuit de flat. Vanuit een aangrenzende kamer komt een kat de hal in lopen. Het dier blijft abrupt staan en kijkt afwachtend naar Joona, die de klep van de brievenbus omhooghoudt.

'Niemand laat een kat zes weken alleen,' zegt Joona langzaam bij zichzelf.

De kat luistert met een waakzame houding.

'Je ziet er niet ondervoed uit,' zegt Joona tegen het dier.

De kat gaapt opeens uitvoerig, springt op een stoel in de hal en rolt zich op tot een bal.

De eerste met wie Joona wil praten, is de echtgenoot van Alice Franzén. Zij was alleen thuis toen de politie de eerste keer aanbelde. Het echtpaar Franzén woont op dezelfde verdieping als Simone en Erik, in het appartement tegenover de lift.

Joona belt aan en wacht. Hij herinnert zich even dat hij als kind langs de deuren ging met een kartonnen doos met meibloemen

– de bloemetjes die op 1 mei worden gedragen – en ook dat hij een keer met een kartonnen spaarpot had gecollecteerd voor het ontwikkelingswerk van de kerk. Hij voelt nu weer hoe het was om als vreemde bij iemand anders naar binnen te gluren, de onwil in de ogen van degene die de deur opendoet.

Hij belt nogmaals. Een vrouw van in de dertig doet open. Ze kijkt hem met een afwachtende en gereserveerde houding aan, die hem doet denken aan de kat in de lege flat.

'Ja?'

'Mijn naam is Joona Linna,' zegt hij, en hij toont zijn legitimatie. 'Ik zou graag met uw man willen praten.'

Ze werpt een snelle blik over haar schouder en zegt dan: 'Ik wil eerst weten waar het over gaat. Hij heeft het nogal druk.'

'Het gaat om de nacht van vrijdag 11 op zaterdag 12 december.'

'Maar daar hebben jullie al naar gevraagd,' zegt de vrouw geïrriteerd.

Joona kijkt snel op het papier in zijn hand.

'Er staat hier dat de politie ú heeft ondervraagd, maar niet uw man.'

De vrouw zucht chagrijnig.

'Ik weet niet of hij tijd heeft,' zegt ze.

Joona glimlacht.

'Het duurt maar een paar minuutjes, dat beloof ik.'

De vrouw haalt haar schouders op en roept vervolgens naar binnen: 'Tobias! De politie is hier!'

Na een tijdje komt er een man met een handdoek om zijn middel aanlopen. Zijn huid lijkt te gloeien en hij is behoorlijk bruin verbrand.

'Dag,' zegt hij tegen Joona. 'Ik lag onder de zonnebank…'

'Lekker,' zegt Joona.

'Nee,' antwoordt Tobias Franzén. 'Er ontbreekt een enzym in mijn lever. Ik ben veroordeeld tot twee uur zonnen per dag.'

'Dan is het iets anders,' zegt Joona droog.

'U wilde iets vragen.'

'Ik wil weten of u iets ongebruikelijks hebt gezien of gehoord in de nacht van vrijdag 11 op zaterdag 12 december.'

Tobias krabt aan zijn borst. Er ontstaan witte afdrukken van zijn vingers op zijn zonverbrande huid.

'Even denken... Dat was toen, ja. Het spijt me, maar ik kan me niets bijzonders herinneren. Ik weet het echt niet.'

'Oké, bedankt,' zegt Joona met een hoofdknikje.

Tobias steekt zijn hand uit naar de deurkruk om de deur dicht te doen.

'Nog één ding.'

Joona knikt naar het lege appartement.

'Die familie, Rosenlund,' begint hij.

'Heel aardige mensen,' zegt Tobias rillend, maar met een glimlach. 'Ik heb ze al een tijdje niet gezien...'

'Nee, ze zijn op reis. Weet u of ze een hulp in de huishouding hebben of zo?'

Tobias schudt zijn hoofd. Hij is bleek geworden onder zijn zonnebrand en heeft het nu duidelijk koud.

'Helaas, ik heb geen idee.'

'Bedankt,' zegt Joona, en hij ziet Tobias Franzén zijn voordeur dichtdoen.

Hij gaat naar de volgende naam op zijn lijst: Jarl Hammar, op de verdieping onder Erik en Simone. Een gepensioneerde die niet thuis was toen de politie aanbelde.

Jarl Hammar is een magere man die duidelijk aan de ziekte van Parkinson lijdt. Hij is stijf gekleed in een vest en een sjaaltje.

'Recherche,' herhaalt Hammar met een hese, bijna onhoorbare stem, en hij laat zijn blik – troebel van de staar – over Joona heen glijden. 'Wat wil de recherche van mij?'

'Ik wil u alleen een vraag stellen,' zegt Joona. 'Hebt u in de nacht van 11 op 12 december mogelijk iets ongebruikelijks hier in het pand of op straat gezien?'

Jarl Hammar houdt zijn hoofd schuin en sluit zijn ogen. Even later doet hij ze weer open en schudt hij zijn hoofd.

'Ik slik medicijnen,' zegt hij. 'Daardoor slaap ik heel diep.'

Joona ontwaart een vrouw achter Jarl Hammar.

'En uw vrouw?' vraagt hij. 'Zou ik even met haar mogen praten?'

Jarl Hammar schenkt hem een scheef lachje.

'Mijn echtgenote Solveig was een fantastische vrouw. Maar zij is er helaas niet meer. Ze is bijna dertig jaar geleden overleden.'

De magere man keert zich om en wijst met zijn trillende arm naar de donkere gedaante verderop in de flat: 'Dat is Anabella. Ze helpt me met schoonmaken en dergelijke. Helaas spreekt ze geen Zweeds, maar verder is er ongetwijfeld niets op haar aan te merken.'

De vrouw komt het licht in als ze haar naam hoort noemen. Anabella ziet eruit of ze uit Peru komt; ze is in de twintig, heeft pokdalige wangen, draagt haar haar in een slordige knot en is zeer klein van stuk.

'Anabella,' zegt Joona vriendelijk. '*Soy comisario de policia*, Joona Linna.'

'*Buenos dias*,' antwoordt ze lispelend, en ze kijkt hem met haar zwarte ogen aan.

'*Tu limpias más departamentos aqui? En este edificio?*'

Ze knikt en geeft hem gelijk: ze maakt inderdaad ook andere appartementen hier in de flat schoon.

'*Qué otros?*' vraagt Joona. Welke andere?

'*Espera un momento*,' zegt Anabella, en ze denkt even na voordat ze op haar vingers begint af te tellen: '*El piso de Lagerberg, Franzén, Gerdman, Rosenlund, el piso de Johansson también.*'

'Rosenlund,' zegt Joona. 'Rosenlund *es la familia con un gato, no es verdad?*'

Anabella knikt glimlachend. Zij maakt het appartement met de kat schoon.

'*Y muchos flores*,' voegt ze eraan toe.

'Veel planten,' zegt Joona, en hij ziet haar knikken.

Joona vraagt serieus of ze vier nachten eerder iets bijzonders heeft opgemerkt, de nacht dat Benjamin verdween: '*Notabas alguna cosa especial hace cuatros dias? De noche…*'

Anabella's gezicht verstrakt.

'*No*,' zegt ze snel, en ze probeert zich weer in de flat van Jarl Hammar terug te trekken.

'*De verdad*,' zegt Joona snel. '*Espero que digas la verdad, Anabella.*' Ik verwacht dat je de waarheid spreekt.

Hij herhaalt dat het heel belangrijk is, dat het om een kind gaat dat is verdwenen.

Jarl Hammar, die de hele tijd heeft staan luisteren, zegt met zijn beverige, hese stem terwijl hij een paar trillende handen opsteekt: 'U moet aardig zijn tegen Anabella. Ze is een heel flink meisje.'

'Ze moet me vertellen wat ze heeft gezien,' verklaart Joona verbeten, en hij wendt zich weer tot Anabella met de woorden: *'La verdad, por favor.'*

Jarl Hammar kijkt hulpeloos als er een paar grote tranen uit Anabella's donkere, glimmende ogen vallen.

*'Perdón,'* fluistert ze. *'Perdón, señor.'*

'Niet huilen, Anabella,' zegt Jarl Hammar, en hij wenkt Joona binnen. 'Kom, ze kan toch niet in het trappenhuis gaan staan huilen?'

Ze gaan naar binnen en nemen alle drie plaats aan Jarl Hammars glimmende eettafel. Hij zet een blik peperkoekjes neer terwijl Anabella zachtjes vertelt dat ze geen woonruimte heeft, dat ze al drie maanden dakloos is, maar dat ze erin geslaagd is zich in de trappenhuizen en de bergingen te verstoppen van de mensen bij wie ze schoonmaakt. Toen ze de sleutels van de flat van de Rosenlunds kreeg om voor de planten en de kat te zorgen, kon ze zich eindelijk weer eens goed wassen en veilig slapen. Ze herhaalt keer op keer dat ze niets heeft meegenomen, dat ze geen dief is, dat ze geen eten heeft gepakt, niets heeft aangeraakt en niet in de bedden van de Rosenlunds slaapt, maar op het kleed in de keuken.

Daarna kijkt Anabella Joona ernstig aan en zegt dat ze heel licht slaapt, al sinds ze klein was en voor haar broertjes en zusjes moest zorgen. De nacht van vrijdag op zaterdag had ze een geluid in het trappenhuis gehoord en was ze bang geworden, had haar bezittingen bij elkaar gezocht, was naar de buitendeur geslopen en had door het spionnetje naar buiten gekeken.

'De liftdeur stond open,' zegt ze, maar ze zag niets. Opeens had ze een geluid gehoord: zuchten en langzame stappen, als van een oud, zwaar iemand.

'Maar geen stemmen?'

Ze schudt haar hoofd.

'*Sombras.*'

Anabella probeert te beschrijven dat ze schaduwen over de grond heeft zien bewegen.

Joona knikt en vraagt: 'Wat heb je in de spiegel gezien? *Qué viste en el espejo?*'

'In de spiegel?'

'Je kon in de lift kijken, Anabella,' zegt Joona.

Anabella denkt na en zegt daarna langzaam dat ze een gele hand heeft gezien.

'En toen,' voegt ze eraan toe, 'zag ik na een hele tijd haar gezicht.'

'Was het een vrouw?'

'*Sí, una mujer.*' Ja, het was een vrouw.

Anabella verklaart dat de vrouw een muts droeg die een schaduw over haar gezicht wierp, maar dat ze even haar wang en mond had gezien.

'*Sin duda era una mujer,*' herhaalt Anabella. Het was zonder twijfel een vrouw.

'Welke leeftijd?'

Ze schudt haar hoofd. Ze weet het niet.

'Net zo jong als jij?'

'*Tal vez.*' Misschien.

'Iets ouder?' vraagt Joona.

Ze knikt, maar zegt vervolgens dat ze het niet weet, dat ze de vrouw maar een fractie van een seconde heeft gezien en dat haar gezicht eigenlijk was verborgen.

'*Y la boca de la señora?*' wijst Joona. Hoe zag de mond van de vrouw eruit?

'Vrolijk.'

'Keek ze blij?'

'*Sí. Contenta.*'

Joona slaagt er niet in een signalement te krijgen. Hij vraagt naar details, stelt de vragen in net iets andere bewoordingen, komt met voorstellen, maar het is duidelijk dat Anabella alles heeft beschreven wat ze heeft gezien. Hij bedankt haar en Jarl Hammar voor hun hulp.

Op weg naar boven belt Joona nog even naar Anja. Ze neemt meteen op.

'Anja Larsson, rijksrecherche.'

'Anja, heb je nog iets gevonden over Eva Blau?'

'Ik ben ermee bezig, maar jij houdt me met je telefoontjes steeds van mijn werk.'

'Het spijt me, maar er is haast bij.'

'Weet ik, weet ik. Maar op dit moment heb ik nog niets voor je.'

'Oké, bel me zo gauw…'

'Hou op met dat geneuzel,' onderbreekt ze hem, en ze hangt op.

# 37

Erik zit naast Joona in de auto in zijn papieren bekertje met koffie te blazen. Ze rijden langs de universiteit en het Natuurhistorisch Museum. Aan de overkant van de weg, tegen het water van Brunnsviken aan, glinsteren de kassen in de vallende duisternis.

'Ben je zeker van die naam – Eva Blau?' vraagt Joona.

'Ja.'

'Er is niets te vinden – niet in de telefoongids; ze heeft geen strafblad, ze komt niet voor in het centrale strafregister, het verdachtenregister of het wapenregister; er is niets bij de belastingdienst, het bevolkingsregister of bij de Rijksdienst voor het Wegverkeer. Ik heb alle bestanden van Gedeputeerde Staten, de provincies, de Kerk, de centrale socialeverzekeringsinstantie en de Immigratie-en Naturalisatiedienst laten checken. Er bestaat geen Eva Blau in Zweden en die is er ook nooit geweest.'

'Ik had haar als cliënte,' houdt Erik vol.

'Dan moet ze anders heten.'

'Ik weet toch verdomme wel hoe mijn…'

Hij doet er het zwijgen toe want er flitst iets langs – een vaag vermoeden van dat ze misschien een andere naam had, maar het verdwijnt vervolgens weer.

'Wat wilde je zeggen?' vraagt Joona.

'Ik zal in mijn papieren kijken. Misschien werd ze alleen Eva Blau genóemd.'

De witte winterhemel is laag en compact. Het ziet eruit alsof het elk moment kan gaan sneeuwen.

Erik drinkt van zijn koffie en proeft de zoetheid die wordt gevolgd door bitterheid, die blijft hangen. Joona slaat af naar een villawijk in Täby. Ze rijden langzaam langs de huizen, langs ijzige tuinen met naakte fruitbomen en kleine overdekte zwembaden, serres met rotanmeubels, trampolines met sneeuw, gekleurde kerstverlichting in de cipressen, blauwe sleetjes en geparkeerde auto's.

'Waar gaan we eigenlijk naartoe?' vraagt Erik opeens.

Er dwarrelen ronde sneeuwvlokjes door de lucht, die zich verzamelen op de motorkap en de ruitenwissers.

'We zijn er bijna.'

'Bijna wáár?'

'Ik heb een paar andere mensen met de achternaam Blau gevonden,' antwoordt Joona glimlachend.

Hij stopt voor een vrijstaande garage, maar laat de motor stationair draaien. Midden op het gazon staat een twee meter hoge Winnie de Poeh van plastic. De rode verf van zijn truitje is afgebladderd. Verder is er geen speelgoed in de tuin te zien. Een pad van onregelmatige tegels van leisteen leidt naar het grote geelhouten huis.

'Hier woont Liselott Blau,' zegt Joona.

'Wie is dat?'

'Geen idee, maar zij weet misschien iets over Eva.'

Joona ziet Eriks aarzeling en zegt: 'Dat is het enige wat we op dit moment kunnen doen.'

Erik schudt zijn hoofd.

'Het is lang geleden en ik denk nooit aan die tijd – toen ik me bezighield met hypnose.' Hij ontmoet Joona's ijsgrijze ogen en vervolgt: 'Dit heeft misschien niets met Eva Blau te maken.'

'Heb je goed nagedacht?'

'Volgens mij wel,' antwoordt Erik aarzelend, en hij staart naar zijn koffiebekertje.

'Echt goed?'

'Misschien niet.'

'Weet je of Eva Blau gevaarlijk was?' vraagt Joona.

Erik kijkt door het raampje en ziet dat iemand Winnie de Poeh met een viltstift snijtanden en gemene wenkbrauwen heeft gegeven. Hij drinkt van zijn koffie en herinnert zich opeens de dag dat hij de naam Eva Blau voor het eerst had gehoord.

Nu herinnert hij het zich weer.

Het was halfnegen 's morgens. De zon scheen recht door de stoffige ramen naar binnen. Ik had nachtdienst gehad en op kantoor geslapen, bedenkt hij.

## Tien jaar geleden

Het was halfnegen 's morgens. De zon scheen recht door de stoffige ramen naar binnen. Ik had op kantoor geslapen na mijn nachtdienst, voelde me moe, maar pakte toch mijn sporttas in. Lasse Ohlson had onze badmintonwedstrijden een paar weken uitgesteld. Hij had het te druk gehad; hij reisde constant heen en weer tussen het ziekenhuis van Oslo en het Karolinska-ziekenhuis, gaf lezingen in Londen en zou zitting nemen in het bestuur, maar eergisteren had hij gebeld en gevraagd of ik er klaar voor was.

'Ja, wat dacht je?' had ik geantwoord.

'Bereid je er maar op voor dat je wordt ingemaakt,' had hij zonder de gebruikelijke kwiekheid in zijn stem gezegd.

Ik goot het laatste restje koffie door de gootsteen, bracht mijn kopje naar de personeelspantry, rende de trap af, pakte mijn fiets en racete naar de sporthal. Lasse Ohlson was al in de koude kleedkamer toen ik binnenkwam. Hij keek me bijna bang aan, keerde zich om en hees zich in zijn korte broek.

'Je krijgt er zo ontzettend van langs dat je een week niet kunt zitten,' zei hij terwijl hij me weer aankeek.

Zijn hand trilde toen hij zijn kastje afsloot.

'Je hebt veel te doen gehad,' zei ik.

'Hè? Ja, inderdaad, het is erg...'

Hij zweeg en ging vermoeid op de bank zitten.

'Alles goed met je?' vroeg ik.

'Absoluut,' antwoordde hij. 'En met jou?'

'Ik moet vrijdag bij het bestuur komen.'

'O ja, het geld voor je projecten is op, hè? Het is ook altijd hetzelfde liedje.'

'Maar ik maak me geen zorgen,' zei ik. 'Ik bedoel, volgens mij gaat het goed. Er zit schot in mijn onderzoek, het gaat vooruit, de resultaten zijn veelbelovend.'

'Ik ken Frank Paulsson in het bestuur,' zei hij terwijl hij opstond.

'O ja? Hoe dan?'

'We hebben samen in dienst gezeten, helemaal in het noorden, in Boden. Hij is scherp en vrij open.'

'Mooi,' zei ik zachtjes.

We gingen de kleedkamer uit en Lasse pakte me bij mijn arm.

'Zal ik hem bellen en gewoon zeggen dat ze geld in jou moeten investeren?'

'Kan dat dan zomaar?' vroeg ik.

'Het mag vast niet, maar *so what*?'

'Dan kun je dat maar beter niet doen,' zei ik met een glimlach.

'Maar je moet toch verder kunnen met je onderzoek?'

'Dat komt wel goed.'

'Niemand die het hoeft te weten.'

Ik keek hem aan en zei aarzelend: 'Maar het is misschien niet zo slim.'

'Ik bel Frank Paulsson vanavond.'

Ik knikte en hij gaf me glimlachend een zacht klopje op mijn rug.

Toen we in de grote hal kwamen, met zijn echo's en piepende schoenen, vroeg Lars opeens: 'Zou jij een patiënte van me willen overnemen?'

'Hoezo dat?'

'Ik heb gewoon niet genoeg tijd voor haar,' antwoordde hij.

'Ik zit helaas vol,' zei ik.

'Oké.'

Ik begon te stretchen in afwachting tot baan 5 vrij zou komen. Lars ijsbeerde wat rond, streek door zijn haar en kuchte.

'Eva Blau zou vermoedelijk goed in jouw groep passen,' zei hij. 'Want ze zit hopeloos verstrikt in een trauma. Dat idee heb ik tenminste, want ik dring gewoon niet tot haar door. Dat is me nog niet één keer gelukt.'

'Ik geef je graag advies als je...'

'Advies?' onderbrak hij me, en hij dempte zijn stem. 'Ik heb het helemaal gehad met haar.'

'Is er iets gebeurd?' vroeg ik.

'Nee, nee, alleen… Ik dacht dat ze heel ziek was – fysiek dus.'

'Maar was dat niet zo?' vroeg ik.

Hij glimlachte gespannen en nam me in zich op.

'Kun je niet gewoon zeggen dat je haar overneemt?' vroeg hij.

'Ik zal erover denken,' antwoordde ik.

'We hebben het er later vandaag nog wel over,' zei hij snel.

Lasse jogde een beetje op de plaats waar hij stond, bleef stilstaan, keek ongerust naar de ingang van de hal, nam iedereen die binnenkwam in zich op en leunde vervolgens tegen de muur.

'Ik weet het niet, Erik, maar het zou heel fijn zijn als jij naar Eva zou kunnen kijken. Ik zou…'

Hij zweeg en keek naar de baan waar twee jonge vrouwen – vermoedelijk studenten geneeskunde – nog een paar minuten te gaan hadden. Toen een van hen struikelde en een simpel dropshot miste, snoof hij minachtend en fluisterde: 'Stomme koe.'

Ik keek op mijn horloge en rolde met mijn schouders. Lasse stond op zijn nagels te bijten. Ik zag zweetplekken onder zijn armen. Zijn gezicht was ouder geworden, magerder. Er riep iemand iets buiten de hal en hij schrok op en keek in de richting van de deuren.

De vrouwen zochten hun spullen bij elkaar en gingen al kletsend de baan af.

'Nu zijn wij aan de beurt,' zei ik, en ik liep naar de baan.

'Erik, heb ik je ooit eerder gevraagd om een patiënt over te nemen?'

'Nee, maar ik heb het al zo druk!'

'Als ik jouw nachtdiensten overneem,' zei hij snel terwijl hij me aankeek.

'Dat zijn er nogal wat,' antwoordde ik vragend.

'Ik weet het, maar ik dacht: jij hebt een gezin en je moet thuis zijn,' zei hij.

'Is ze gevaarlijk?'

'Hoe bedoel je?' vroeg hij met een onzeker lachje, en hij begon aan zijn racket te peuteren.

'Eva Blau? Schat je haar zo in?'

Hij keek weer in de richting van de deur.

'Ik weet niet wat ik moet zeggen,' zei hij zachtjes.

'Heeft ze je bedreigd?'

'Ik bedoel… al dit soort patiënten kunnen gevaarlijk zijn, dat is wat lastig vast te stellen. Maar ik ben er zeker van dat je haar aankunt.'

'Vast wel,' zei ik.

'Neem je haar? Zeg dat je haar neemt, Erik. Ja?'

'Ja,' antwoordde ik.

Hij bloosde, keerde zich om en liep naar de baseline. Opeens sijpelde er wat bloed langs de binnenkant van zijn dij. Hij veegde het met zijn hand weg en keek me aan. Toen hij begreep dat ik het bloed had gezien, mompelde hij dat hij problemen had met zijn lies. Hij verontschuldigde zich en verliet hinkend de baan.

Ik was twee dagen later net weer op mijn spreekkamer toen er werd geklopt. Toen ik opendeed, stond Lasse Ohlson op de gang, een paar meter bij een vrouw in een witte regenjas vandaan. Ze keek erg bezorgd en had een rode neus, alsof ze verkouden was. Haar gezicht was smal en spits, en ze was zwaar opgemaakt met blauwe en rode oogschaduw.

'Dit is Erik Maria Bark,' zei Lasse. 'Een uitstekende arts, beter dan ik ooit kan worden.'

'Jullie zijn vroeg,' zei ik.

'Komt het uit?' vroeg hij gestrest.

Ik knikte en vroeg hun binnen te komen.

'Erik, dat red ik niet,' antwoordde hij zachtjes.

'Maar het zou goed zijn als je erbij was.'

'Ik weet het, maar ik moet ervandoor,' zei hij. 'Je kunt me altijd bellen, al is het midden in de nacht.'

Hij snelde weg en Eva Blau liep met mij mee naar binnen, deed de deur achter zich dicht en keek me vervolgens aan.

'Is deze van jou?' vroeg ze opeens vrijpostig, en ze hield een porseleinen olifant op haar trillende handpalm.

'Nee, die is niet van mij,' antwoordde ik.

'Maar ik zag dat je ernaar keek,' zei ze op spottende toon. 'Je wilde hem hebben, toch?'

Ik haalde diep adem en vroeg: 'Waarom denk je dat ik hem wil hebben?'

'Wil je dat dan niet?'

'Nee.'

'Wil je dit dan?' vroeg ze, en ze trok haar jurk op.

Ze had geen onderbroek aan en haar schaamhaar was weggeschoren.

'Eva, laat dat,' zei ik.

'Oké,' zei ze met lippen die trilden van de zenuwen.

Ze was veel te dicht bij me gaan staan. Haar kleren roken sterk naar vanille.

'Zullen we gaan zitten?' vroeg ik neutraal.

'Op elkaar?'

'Je kunt op de bank zitten,' zei ik.

'Op de bank?'

'Ja.'

'Dat zou kunnen,' zei ze, en ze gooide haar regenjas op de grond, liep naar het bureau en ging op mijn stoel zitten.

'Wil je wat over jezelf vertellen?' vroeg ik.

'Zoals?'

Ik vroeg me af of ze iemand was die zich gemakkelijk zou laten hypnotiseren of dat ze weerstand zou bieden, zou proberen gereserveerd en op afstand te blijven.

'Ik ben je vijand niet,' verklaarde ik rustig.

'O nee?'

Ze trok een la van het bureau open.

'Laat dat,' zei ik.

Ze negeerde me en rommelde wat tussen mijn papieren. Ik liep naar haar toe, haalde haar hand uit de la, deed die weer dicht en zei beslist: 'Dat mag niet. Ik heb je gevraagd dat te laten.'

Ze keek me opstandig aan en deed de lade opnieuw open. Zonder mij met haar blik los te laten, trok ze er een stapel papier uit en smeet die op de grond.

'Hou daarmee op!' zei ik luid.

Haar lippen begonnen te trillen en haar ogen vulden zich met tranen.

'Je haat me,' fluisterde ze. 'Ik wist het wel, ik wist dat je mij zou haten. Iedereen haat me.'

Ze klonk opeens bang.

'Eva,' zei ik voorzichtig. 'Het geeft niet. Ga zitten, je kunt mijn stoel nemen als je wilt, of op de bank gaan zitten.'

Ze knikte, stond op en liep naar de bank. Toen keerde ze zich plotseling om en vroeg zachtjes: 'Mag ik je tong aanraken?'

'Nee, dat mag je niet. Ga nu zitten,' zei ik.

Ze ging eindelijk zitten, maar begon meteen onrustig heen en weer te draaien.

Ik merkte dat ze iets in haar hand had.

'Wat heb je daar?' vroeg ik.

Ze verstopte snel haar hand achter haar rug.

'Kom maar kijken als je durft,' zei ze op een toon waaruit angstige vijandigheid sprak.

Ik voelde een paar korte golven van ongeduld opkomen, maar dwong mezelf volkomen kalm te klinken toen ik vroeg: 'Wil je vertellen waarom je hier bij me bent?'

Ze schudde haar hoofd.

'Wat denk je?' vroeg ik.

Ze vertrok haar gezicht.

'Omdat ik zei dat ik kanker had,' fluisterde ze.

'Was je bang dat je kanker zou hebben?'

'Ik dacht dat hij wilde dat ik dat zou hebben,' zei ze.

'Lasse Ohlson?'

'Ze hebben me aan mijn hoofd geopereerd, een paar keer. Onder verdoving. En terwijl ik verdoofd was, hebben ze me verkracht.'

Haar blik ontmoette de mijne en ze glimlachte kort.

'Dus nu ben ik zwanger én gelobotomeerd.'

'Wat bedoel je?'

'Dat dat goed is, want ik verlang naar kinderen, een zoon, een jongen die aan mijn borsten zuigt.'

'Eva,' zei ik. 'Waarom denk je dat je hier bent?'

Ze haalde haar hand achter haar rug vandaan en deed haar gebalde vuist open. Hij was leeg, ze keerde hem een paar keer om.

'Wil je mijn kut onderzoeken?' fluisterde ze.

Het leek me beter iemand te gaan halen. Eva Blau stond snel op.

'Sorry,' zei ze. 'Het spijt me, ik ben alleen maar bang dat je mij gaat haten. Alsjeblieft, haat me niet. Ik wil blijven, ik heb hulp nodig.'

'Eva, kalmeer. Ik probeer een gesprek met je te voeren. Het is de bedoeling dat je deel gaat uitmaken van mijn hypnosegroep, dat weet je, dat heeft Lars je ook uitgelegd. Hij zei dat je daar positief tegenover stond, dat je dat wilde.'

Ze knikte, stak haar hand uit en gooide mijn koffiekopje om, dat op de grond belandde.

'Sorry,' zei ze opnieuw.

Toen Eva Blau was vertrokken, raapte ik alle papieren van de grond en ging aan mijn bureau zitten. Het regende buiten, een korte, lichte regen, en ik bedacht dat Benjamin vandaag een uitstapje had met de crèche en dat Simone en ik allebei vergeten waren om hem zijn regenbroek mee te geven, die gewassen was.

Nu viel het heldere water van de regen over de straten, de voetpaden en de speelplaatsen.

Ik vroeg me af of ik de crèche moest bellen om ze te vragen of Benjamin binnen kon blijven. Elk uitstapje maakte me angstig. Ik vond het zelfs al vervelend dat hij door allerlei gangen moest lopen en twee trappen af moest om in de eetzaal te komen. Ik zag al helemaal voor me dat hij door enthousiaste kinderen opzij werd geduwd en een zware deur tegen zich aan zou krijgen, dat hij over alle schoenen struikelde die bij de kapstokken over elkaar heen lagen. Ik geef hem zijn spuiten, bedacht ik. Het medicijn waardoor Benjamin niet langer doodbloedt van een klein wondje, maar hij is nog steeds veel kwetsbaarder dan andere kinderen.

Ik herinner me het zonlicht van de volgende ochtend, hoe het door de donkergrijze gordijnen heen kwam. Simone lag naast me te slapen, naakt. Haar mond was halfopen, haar haar zat in de war, haar schouders en borsten waren bedekt met lichte sproetjes. Ze kreeg opeens kippenvel op haar arm. Ik trok het dekbed over haar heen. Benjamin hoestte licht. Ik had niet gemerkt dat hij hier was. Hij sloop 's nachts soms naar ons toe als hij nachtmerries had en ging dan op de matras op de grond liggen. Ik lag dan altijd in een oncomfortabele houding om zijn hand vast te houden tot hij weer in slaap viel.

Ik zag dat het zes uur was, ging op mijn zij liggen, deed mijn ogen dicht en bedacht dat het fijn zou zijn om te mogen uitslapen.

'Papa?' fluisterde Benjamin na een tijdje opeens.

'Ga nog even slapen,' zei ik zachtjes.

Maar hij ging rechtop zitten, keek mij aan en zei met zijn lichte, heldere stem: 'Papa, jij lag vannacht op mama.'

'O,' zei ik, en ik voelde dat Simone wakker werd.

'Ja, je lag onder het dekbed op haar te schommelen,' ging hij verder.

'Wat gek,' probeerde ik op een luchtig toontje te zeggen.

'Mm-mm.'

Simone gniffelde en verstopte haar hoofd onder het kussen.

'Misschien droomde ik iets,' zei ik zweverig.

Simone lag nu onder het kussen te schudden van het lachen.

'Droomde je dat je schommelde?'

'Nou ja…'

Simone keek me met een brede glimlach aan en zei met beheerste stem:

'Geef eens antwoord. Droomde je dat je lag te schommelen?'

'Papa?'

'Ik denk het wel.'

'Maar,' ging Simone lachend verder, 'waarom deed je dat? Waarom lag je op mij toen je...'

'Nu gaan we ontbijten,' onderbrak ik.

Ik zag dat Benjamin een grimas trok toen hij opstond. De ochtenden waren altijd het ergst; dan hadden zijn gewrichten urenlang in dezelfde houding gelegen en ontstonden er vaak spontane bloedingen.

'Hoe gaat-ie?'

Benjamin leunde tegen de muur.

'Wacht maar, mannetje, dan zal ik je masseren,' zei ik.

Benjamin zuchtte toen hij op bed ging liggen en liet mij voorzichtig zijn gewrichten buigen en strekken.

'Ik wil geen prik,' zei hij verdrietig.

'Vandaag niet, Benjamin, overmorgen.'

'Ik wil niet, papa.'

'Denk aan Lasse, die heeft diabetes,' zei ik. 'Hij krijgt elke dag prikken.'

'David hoeft geen prikken,' klaagde Benjamin.

'Maar die heeft misschien iets anders wat hij moeilijk vindt.'

Het werd stil.

'Zijn vader is dood,' fluisterde Benjamin.

'Ja,' zei ik. Ik was inmiddels klaar met zijn armen en handen.

'Dank je wel, papa,' zei Benjamin, en hij kwam voorzichtig overeind.

'Jongen van me.'

Ik omhelsde zijn smalle lijfje, maar moest me zoals gewoonlijk inhouden om hem niet stevig tegen me aan te drukken.

'Mag ik naar *Pokémon* kijken?' vroeg hij.

'Vraag maar aan mama,' antwoordde ik, en ik hoorde Simone uit de keuken 'Lafaard!' roepen.

Na het ontbijt ging ik in de werkkamer achter Simones bureau zitten, pakte de telefoon en toetste het nummer van Lasse Ohlson in. Zijn secretaresse Jennie Lagercrantz nam op. Ze werkte al minstens twintig jaar voor hem. We babbelden wat. Ik vertelde dat ik voor het eerst in drie weken had uitgeslapen en vroeg toen of ik Lasse even kon spreken.

'Momentje,' zei ze.

Ik wilde hem vragen om niets over mij tegen Frank Paulsson in het bestuur te zeggen, als het nog niet te laat was.

Ik hoorde een klikje in de hoorn en na een paar tellen zei de secretaresse weer: 'Lars kan momenteel niemand te woord staan.'

'Zeg maar dat ik het ben.'

'Dat heb ik al gedaan,' zei ze stijfjes.

Ik hing zonder iets te zeggen op, sloot mijn ogen en begreep dat er iets niet pluis was, dat ik er misschien in was gestonken en dat Eva Blau vermoedelijk lastiger of gevaarlijker was dan Lasse Ohlson had verteld.

'Het moet toch lukken,' fluisterde ik bij mezelf.

Maar toen bedacht ik dat de hypnosegroep misschien uit evenwicht zou raken. Ik had een vrij kleine groep mensen samengesteld, mannen en vrouwen, met volkomen verschillende problemen, ziektegeschiedenissen en achtergronden. Ik had er niet over nagedacht of ze gemakkelijk te hypnotiseren zouden zijn of niet. Wat ik tot stand wilde brengen was communicatie, contact binnen de groep, zodat ze hun relatie tot zichzelf en tot anderen zouden ontwikkelen. Velen droegen een grote schuldenlast met zich mee die hen ervan weerhield om contacten te leggen en sociaal te functioneren. Velen gaven zichzelf er de schuld van dat ze waren verkracht of mishandeld. Ze hadden de controle over hun leven en ook vaak alle vertrouwen in de wereld verloren.

Tijdens de laatste sessie was de groep een stap verder gegaan. We hadden zoals gewoonlijk zitten praten voordat ik een poging deed om Marek Semiovic onder diepe hypnose te brengen. Het was eerder met hem niet zo gemakkelijk geweest. Hij was niet gefocust en had zich de hele tijd verzet. Ik voelde dat ik niet de juiste ingang had gevonden, dat we nog geen plaats hadden gevonden om te beginnen.

'Een huis? Een voetbalveld? Een bos?' stelde ik voor.

'Ik weet het niet,' antwoordde Marek zoals gewoonlijk.

'Maar we moeten toch ergens beginnen,' zei ik.

'Maar waar?'

'Als je nu eens een plaats in gedachten neemt waar je wel naar terug móet om te begrijpen wie je nu bent,' zei ik.

'Het platteland van Zenica,' zei Marek neutraal. 'Zeni kodobojski.'

'Oké, goed,' antwoordde ik, en ik maakte een aantekening. 'Weet je wat daar is gebeurd?'

'Alles... álles is daar gebeurd, in een grote bouwval van donker hout, een soort slot, een huis van een grootgrondbezitter, met schuine daken en torentjes en veranda's...'

Nu was de hypnosegroep geconcentreerd geraakt. Iedereen zat te luisteren en begreep dat Marek opeens zomaar een aantal innerlijke sluizen had opengezet.

'Ik zat in een fauteuil, geloof ik,' zei Marek aarzelend. 'Of op een paar kussens. Ik zat in elk geval Marlboro te roken, terwijl... Er moeten wel honderden meisjes en vrouwen uit mijn geboortestad zijn langsgekomen.'

'Langsgekomen?'

'In een paar weken tijd... Ze kwamen door de hoofdingang naar binnen en werden via de grote trap naar boven gebracht, naar de slaapkamers.'

'Is het een bordeel?' vroeg Jussi in zijn sterke Norrlands.

'Ik weet niet wat er daar gebeurde. Ik weet bijna niets,' antwoordde Marek zacht.

'Heb je de kamers op de bovenverdieping nooit gezien?' vroeg ik.

Hij wreef over zijn gezicht en haalde diep adem.

'Ik herinner me nog wel iets,' begon hij. 'Ik kom een klein kamertje binnen en zie een lerares die ik in de bovenbouw had. Ze ligt vastgebonden op een bed, naakt en met blauwe plekken op haar heupen en dijen.'

'Wat gebeurt er?'

'Ik sta precies aan de binnenkant van de deur, met een soort houten stok in mijn hand en... Nu weet ik het niet meer.'

'Probeer het,' zei ik rustig.

'Het is weg.'

'Weet je het zeker?'

'Ik kan niet meer.'

'Oké, dat hoeft ook niet. Dit is voldoende,' zei ik.

'Wacht even,' zei hij, en vervolgens zweeg hij geruime tijd.

Hij zuchtte, wreef over zijn gezicht en ging staan.

'Marek?'

'Ik herinner me niets,' zei hij met schelle stem.

Ik maakte een paar aantekeningen en voelde dat Marek naar me zat te kijken.

'Ik herinner het me niet, maar alles is in dat verdomde huis gebeurd,' zei hij.

Ik keek hem aan en knikte.

'Alles van mij – mijn ik – zit in dat houten huis.'

'Het spookslot,' zei Lydia vanaf haar plaats naast hem.

'Precies, het was een spookslot,' zei hij met een verdrietig lachje.

Ik keek weer op mijn horloge. Binnen niet al te lange tijd zou ik bij de ziekenhuisstaf moeten verschijnen om mijn onderzoek te presenteren. Ik moest nieuwe middelen zien te vinden, anders zou ik mijn onderzoek en de therapie moeten afbouwen. Ik had nog geen tijd gehad om zenuwachtig te worden. Ik liep naar de wastafel en waste mijn gezicht, stond mezelf een tijdje in de spiegel te bekijken en probeerde te glimlachen voordat ik de badkamer uit ging. Toen ik de deur van mijn kantoor afsloot, zag ik een jonge vrouw op de gang aan komen lopen. Ze bleef vlak bij me staan.

'Erik Maria Bark?'

Ze had dik, donker haar in een knot in haar nek, en toen ze naar me glimlachte, kreeg ze diepe kuiltjes in haar wangen. Ze droeg een witte jas en was volgens de legitimatie op haar borst coassistente.

Ze stak haar hand uit om zich voor te stellen. 'Maja Swartling,' zei ze. 'Ik ben een van uw grootste bewonderaars.'

'Hoe dat zo?' vroeg ik grijnzend.

Ze keek vrolijk en rook naar hyacinten.

'Ik wil meedoen aan waar u mee bezig bent,' zei ze onomwonden.

'Aan mijn werk?'

Ze knikte en begon opeens te blozen.

'Dat zou ik echt heel graag willen,' zei ze. 'Het is zo ontzettend spannend.'

'Sorry dat ik je enthousiasme misschien niet helemaal deel, maar ik weet niet eens of er nog wel meer onderzoek komt,' verklaarde ik.

'Hoezo?'

'Er is nog maar geld tot het eind van het jaar.'

Ik dacht aan de bespreking van zo meteen en probeerde het haar vriendelijk uit te leggen: 'Het is fantastisch dat je je voor mijn werk interesseert, ik wil er graag met je over praten. Maar ik heb nu een belangrijke bespreking, die…'

Maja deed een stap opzij.

'Neem me niet kwalijk,' zei ze. 'Het spijt me.'

'We kunnen praten op weg naar de lift,' zei ik glimlachend.

Ze leek met de situatie verlegen. Ze kleurde weer rood en kwam naast me lopen.

'Denkt u dat het lastig wordt om nieuwe onderzoeksgelden los te peuteren?' vroeg ze ongerust.

Over een paar minuten zou ik de ziekenhuisstaf ontmoeten. De gebruikelijke gang van zaken was dat je dan iets vertelde over je onderzoek – resultaten, doelen en een tijdsplanning – om nieuwe middelen los te krijgen, maar voor mij was dat altijd lastig, omdat ik wist dat ik op problemen zou stuiten vanwege de vele vooroordelen rond hypnose.

'Het probleem is dat de meesten nog steeds van mening zijn dat hypnose iets vaags is, en door dat stigma is het lastig om onvolledige resultaten te presenteren.'

'Maar als je al uw rapporten leest, zie je ontzettend mooie patronen, ook al is het nog te vroeg om iets te publiceren.'

'Heb je al mijn rapporten dan gelezen?' vroeg ik sceptisch.

'Het was niet weinig,' antwoordde ze droogjes.

We bleven voor de liftdeuren staan.

'Wat vind je van mijn ideeën over engrammen?' testte ik haar.

'U denkt aan het stuk over die patiënt met hersenletsel?'

'Ja,' zei ik, en ik probeerde niet te laten merken dat ik verrast was.

'Interessant,' zei ze. 'Dat u ingaat tegen de theorieën over hoe het geheugen over de hersenen is verspreid.'

'Heb jij daar ideeën over?'

'Ja, ik vind dat u het synapsonderzoek zou moeten verdiepen en u op de amygdala zou moeten concentreren.'

'Ik ben onder de indruk,' zei ik, en ik drukte het liftknopje in.

'U móet onderzoeksgeld krijgen.'

'Ik weet het,' antwoordde ik.

'Wat gebeurt er als ze nee zeggen?'

'Dan krijg ik hopelijk de tijd om de therapie af te bouwen en de cliënten te helpen een andere vorm van behandeling te zoeken.'

'En het onderzoek?'

Ik haalde mijn schouders op.

'Dan ga ik misschien naar een andere universiteit, als iemand me tenminste wil hebben.'

'Hebt u vijanden in het bestuur?' vroeg ze.

'Dat geloof ik niet.'

Ze bracht haar hand omhoog en legde hem voorzichtig op mijn arm terwijl ze verontschuldigend glimlachte. Haar wangen werden nóg roder.

'U krijgt geld, want uw werk is baanbrekend. Daar kunnen ze de ogen niet voor sluiten,' zei ze terwijl ze me diep in de mijne keek. 'En als ze dat hier niet zien, ga ik met u mee naar welke universiteit dan ook.'

Ik vroeg me opeens af of ze met me stond te flirten. Haar onderdanigheid had iets, haar zachte, hese stem. Ik keek snel op haar naambadge om zeker te zijn van haar naam: MAJA SWARTLING, COASSISTENTE.

'Maja...'

'U mag me niet wegsturen,' fluisterde ze met getuite lippen, 'Erik Maria Bark.'

'We hebben het er nog wel over,' zei ik toen de liftdeuren opengleden.

Maja Swartling glimlachte, zodat de kuiltjes in haar wangen zichtbaar werden. Ze vouwde haar handen onder haar kin, boog diep en zei mild en gevat: 'Sawadee.'

Toen ik in de lift naar boven stond, op weg naar de directeur, moest ik in mezelf lachen om de Thaise groet. De lift plingde en ik stapte uit. Hoewel de deur openstond, klopte ik aan voordat ik naar binnen ging. Annika Lorentzon zat door het panoramavenster naar buiten te kijken; het bood een schitterend en weids uitzicht over de Noordelijke Begraafplaats en het Haga-park. Op haar gezicht was geen spoortje te zien van de twee flessen wijn die ze naar verluidt elke avond naar binnen klokte om te kunnen slapen. De bloedvaten lagen gelijkmatig onder haar huid van een vijftigjarige verborgen. Ze had weliswaar een oppervlakkig netwerk van rimpeltjes onder haar ogen en op haar voorhoofd, en haar ooit zo fraaie hals en kinlijn – die haar vele jaren geleden bij een Miss Sweden-verkiezing een tweede plaats hadden opgeleverd – hadden een mooi patina gekregen.

Simone zou me hiervoor de les hebben gelezen, bedacht ik. Zij zou onmiddellijk hebben gezegd dat dat een mannelijke heerserstechniek is om een hoger geplaatste vrouw te denigreren door aanmerkingen te hebben op haar uiterlijk. Niemand had het over de drinkgewoonten van mannelijke chefs, niemand zou op het idee komen om te zeggen dat een manager van het mannelijk geslacht géén strak gezicht meer had.

Ik groette de directeur en ging naast haar zitten.

'Deftig,' zei ik.

Annika Lorentzon glimlachte ingetogen naar me. Ze was zongebruind en slank, en had dun, overmatig geblondeerd haar. Ze rook niet naar parfum, eerder naar reinheid: er hing een zwakke geur van exclusieve zeep om haar heen.

'Wil je?' vroeg ze, en ze maakte een gebaar naar een paar flessen mineraalwater.

Ik schudde mijn hoofd en begon me af te vragen waar de anderen bleven. Het bestuur had er nu toch wel moeten zijn, want het was al vijf minuten na de afgesproken tijd.

Annika stond op en het was alsof ze mijn gedachten had gelezen, want ze zei: 'Ze komen, hoor, Erik. Maar het is vandaag saunadag, snap je?'

Ze lachte scheef en vervolgde: 'Dat is een manier om mij te weren bij hun bespreking. Slim, hè?'

Op dat moment ging de deur open en kwamen er vijf mannen met hoogrode gezichten binnen. Hun pakken waren vochtig bij de kraag van nat haar en natte nekken, en ze dampten van de warmte en de aftershave. Ze beëindigden hun gesprekken zonder veel haast.

'Hoewel mijn onderzoek geld gaat kosten,' hoorde ik Ronny Johansson zeggen.

'Dat is duidelijk,' antwoordde Svein Holstein opgelaten.

'Alleen al het feit dat Bjarne zat te neuzelen dat ze een beetje wilden bezuinigen, dat die kommaneukers het onderzoeksbudget over de hele linie wilden inkrimpen.'

'Dat heb ik ook gehoord, maar dat is niets om je druk om te maken,' zei Holstein zacht.

De gesprekken stierven weg toen ze eenmaal binnen waren.

Svein Holstein gaf mij een stevige hand.

Ronny Johansson, de vertegenwoordiger van de farmaceutische industrie in het bestuur, zwaaide alleen een beetje afgemat en ging zitten, terwijl de politicus van de provincie, Peder Mälarstedt, me ook de hand schudde. Hij glimlachte een beetje hijgend en ik zag dat hij nog steeds transpireerde. Het zweet droop gewoon van zijn voorhoofd.

'Ben jij een zweter?' vroeg hij mij grijnzend. 'Mijn vrouw haat dat, maar volgens mij is het nuttig. Natuurlijk is dat nuttig.'

Frank Paulsson keek me amper aan; hij knikte slechts kort en bleef aan de andere kant van de kamer. Omdat iedereen door bleef kletsen, klapte Annika zachtjes in haar handen en spoorde het bestuur aan om plaats te nemen aan de vergadertafel. Ze hadden dorst na hun saunabezoek en maakten meteen de flessen mineraalwater open die midden op de grote felgele plastic tafel stonden.

Ik bleef een tijdje stil naar hen zitten kijken, deze mensen die mijn hele onderzoek konden maken of breken. Dat was opmerkelijk. Ik keek naar het bestuur en moest tegelijkertijd aan mijn cliëntengroep denken. Charlottes tragisch mooie gezicht; Jussi's zware, verdrietige lichaam; Mareks stoppelige kruin en scherpe, bange blik; Pierres bleke weekheid; Lydia met haar rinkelende sieraden en naar wierook ruikende kleding; Sibel met haar pruiken, en dan de hyperneurotische Eva Blau. Mijn cliënten waren een soort geheime spiegelbeelden van deze welgestelde, geborgen heren in pak.

De leden van het bestuur gingen rechtop zitten, fluisterden

en zaten te draaien op hun stoelen. Een van hen rammelde met muntjes in zijn broekzak. Een ander verstopte zich door te verzinken in zijn agenda. Annika keek op, glimlachte mild en zei daarna: 'Erik, ga je gang.'

'Mijn methode…' begon ik. 'Mijn methode is gebaseerd op de behandeling van psychische trauma's met behulp van hypnotische groepstherapie.'

'Dat hadden we al begrepen,' zuchtte Ronny Johansson.

Ik probeerde een presentatie te geven van wat ik tot nu toe had gedaan. Mijn toehoorders luisterden afwezig toe. Sommigen zaten me aan te kijken, anderen keken omlaag naar de tafel.

'Ik moet er helaas vandoor,' zei Rainer Milch na een tijdje, en hij stond op.

Hij schudde een paar van de heren de hand en verliet vervolgens de kamer.

'Jullie hebben het materiaal van tevoren gekregen,' ging ik verder. 'Het is vrij omvangrijk, dat weet ik, maar ik kon het niet inkorten.'

'Waarom niet?' vroeg Peder Mälarstedt.

'Omdat het nog wat te vroeg is om conclusies te trekken,' verklaarde ik.

'Maar als we twee jaar verder kijken?' vroeg hij.

'Moeilijk te zeggen, maar ik zie wel patronen,' antwoordde ik, hoewel ik wist dat ik daar niet te veel op in moest gaan.

'Patronen? Wat voor patronen?'

'Wil je niet vertellen waar je op hoopt?' vroeg Annika Lorentzon glimlachend.

'Ik hoop de mentale belemmeringen die tijdens de hypnose aanwezig blijven in kaart te kunnen brengen, hoe de hersenen tijdens diepe ontspanning telkens nieuwe methoden bedenken om de persoon in kwestie te beschermen tegen wat hem of haar bang maakt. Ik bedoel dus – en dit is ontzettend spannend – dat wanneer je een trauma nadert, de kern, datgene wat écht gevaarlijk is… Wanneer de verdrongen herinnering in de hypnose eindelijk naar de oppervlakte komt, dan begint de persoon in kwestie om zich heen te grijpen in een laatste poging het geheim te beschermen en dan – ben ik gaan vermoeden – betrekt hij materiaal uit zijn dromen in de herinneringen alleen om het niet te hoeven zien.'

'Om de situatie niet te hoeven zien?' vroeg Ronny Johansson, plotseling nieuwsgierig.

'Ja. Of liever: nee... om de dáder niet te hoeven zien,' antwoordde ik. 'De cliënt vervangt de dader door wat dan ook, vaak door een dier.'

Het werd stil aan tafel.

Ik zag dat Annika Lorentzon, bij wie ik tot nu toe voornamelijk plaatsvervangende schaamte had opgeroepen, stil bij zichzelf zat te glimlachen.

'Zou dat kunnen?' vroeg Ronny Johansson bijna fluisterend.

'Hoe duidelijk is dat patroon?' vroeg Mälarstedt.

'Duidelijk, maar niet vastgesteld,' antwoordde ik.

'Lopen er internationaal soortgelijke onderzoeken?' vroeg Mälarstedt.

'Nee,' antwoordde Ronny Johansson abrupt.

'Maar wat ik wil weten...' zei Holstein. 'Als het daar stopt, wat is dan jouw inschatting? Zal de cliënt tijdens de hypnose telkens nieuwe beschermingsmechanismen blijven vinden?'

'Kun je wel verder komen?' vroeg Mälarstedt.

Ik begon het warm te krijgen, ik schraapte mijn keel en antwoordde: 'Ik denk dat je met diepere hypnose ónder die beelden kunt komen.'

'Maar de cliënten?'

'Daar zat ik ook aan te denken,' zei Mälarstedt tegen Lorentzon.

'Het is natuurlijk allemaal erg aantrekkelijk,' vond Holstein. 'Maar ik wil garanties... Geen psychosen, geen zelfmoorden.'

'Ja, maar...'

'Kun je dat beloven?' onderbrak hij me.

Frank Paulsson zat alleen maar aan het etiket van de fles mineraalwater te peuteren. Holstein zag er vermoeid uit en keek op zijn horloge.

'De cliënten helpen heeft mijn hoogste prioriteit,' zei ik.

'En het onderzoek?'

'Dat is…'

Ik schraapte even mijn keel.

'Dat is hoe dan ook een bijproduct,' zei ik zachtjes. 'Zo moet ik het toch wel zien.'

Een paar mannen rond de bestuurstafel wisselden blikken.

'Goed geantwoord,' zei Frank Paulsson opeens. 'Ik geef Erik Maria Bark mijn volledige steun.'

'Ik ben nog steeds niet gerust op de cliënten,' zei Holstein.

'Alles staat hierin,' zei Frank Paulsson, en hij wees op het compendium. 'Hij heeft hierover geschreven, de ontwikkeling van de cliënten. Het ziet er meer dan veelbelovend uit.'

'Het enige is dat deze therapie zo ongebruikelijk is, zo gedurfd, dat we zeker moeten weten dat we haar kunnen verdedigen als er iets misgaat.'

'Er kan eigenlijk niets misgaan,' zei ik, en ik voelde een rilling over mijn rug lopen.

'Erik, het is vrijdag, iedereen wil graag naar huis,' zei Annika Lorentzon. 'Ik denk dat je ervan uit kunt gaan dat je weer geld voor je onderzoek krijgt.'

De anderen knikten instemmend en Ronny Johansson leunde achterover en begon te applaudisseren.

Toen ik thuiskwam stond Simone in onze ruime keuken. Ze zette de tafel vol met etenswaren uit vier tassen: asperges, verse marjolein, kip, citroen en pandanrijst. Toen ze mij zag, barstte ze in lachen uit.

'Wat is er?' vroeg ik.

Ze schudde haar hoofd en zei met een brede glimlach: 'Je zou jezelf eens moeten zien.'

'Wat dan?'

'Je ziet eruit als een kind op pakjesavond.'

'Is het zo duidelijk?'

'Benjamin!' riep ze.

Benjamin kwam met zijn medicijnenetui in zijn hand de keuken binnen. Simone trok een uitgestreken gezicht en wees op mij.

'Kijk,' zei ze. 'Hoe ziet papa eruit?'

Benjamin ontmoette mijn blik, en ik zag dat hij begon te lachen.

'Je kijkt vrolijk, papa.'

'Dat ben ik ook, mannetje. Ik ben heel blij.'

'Hebben ze de medicijnen gevonden?' vroeg hij.

'Hè?'

'Zodat ik weer beter word? Dat ik nooit meer prikken hoef?' zei hij.

Ik tilde hem op, omhelsde hem, en legde uit dat ze dat medicijn nog niet gevonden hadden, maar dat ik hoopte dat het binnenkort zou gebeuren, dat ik niets liever wilde dan dat.

'Oké,' zei hij.

Ik zette hem weer op de grond en zag dat Simone in gepeins verzonken was.

Benjamin trok aan mijn broekspijp.

'Maar wat is er dan?' vroeg hij.

Ik begreep hem niet.

'Waarom ben je zo blij, papa?'

'O, ik heb geld gekregen,' antwoordde ik droog. 'Geld voor mijn onderzoek.'

'David zegt dat jij tovert.'

'Ik tover niet, ik hypnotiseer en probeer daardoor mensen te helpen die verdrietig en bang zijn.'

'Kunstenaars?' vroeg hij.

Ik moest lachen, en Simone keek verbaasd.

'Waarom zeg je dat?' vroeg ze.

'Jij zei aan de telefoon dat die bang zijn, mama.'

'Echt waar?'

'Ja, ik heb het zelf gehoord.'

'Inderdaad, dat heb ik vandaag gezegd, dat klopt. Dat ging erover dat kunstenaars bang en zenuwachtig zijn als ze hun schilderijen laten zien,' legde ze uit.

'Hoe was die ruimte bij het Berzelii-park trouwens?' vroeg ik.

'Arsenalsgatan.'

'Ben je daar vandaag nog wezen kijken?'

Simone knikte langzaam.

'Hij was prima,' zei ze. 'Ik ga morgen het contract tekenen.'

'Waarom heb je dat niet eerder gezegd? Gefeliciteerd, Sixan!'

Ze lachte.

'Ik weet al precies wat mijn eerste expositie wordt,' zei ze. 'Een jonge vrouw die de Hogeschool voor de Kunsten in Bergen heeft gedaan. Ze is echt fantastisch en maakt grote...'

Ze onderbrak zichzelf toen er werd gebeld. Ze probeerde door het keukenraam te zien wie het was, waarna ze naar de hal ging en opendeed. Ik liep achter haar aan en zag haar door de donkere hal in de deuropening staan, die gevuld werd door het daglicht. Toen ik bij de deur kwam, stond ze naar buiten te kijken.

'Wie was dat?' vroeg ik.

'Niemand. Er was hier niemand,' zei ze.

Ik keek over de struiken naar de straat.

'Wat is dat?' vroeg ze opeens.

Op de trap voor de deur lag een stok met een handvat aan het ene en een houten schijfje aan het andere uiteinde.

'Wat gek,' zei ik en ik raapte het oude strafwerktuig op.

'Maar wat is het in godsnaam?'

'Een plak, volgens mij. Dat gebruikten ze vroeger als tuchtmiddel voor kinderen, om hen op school af te ranselen.'

Het was tijd voor een nieuwe sessie met de hypnosegroep. Over tien minuten zouden ze hier zijn. De zes vaste deelnemers en de nieuwe vrouw, Eva Blau. Als ik mijn witte jas aantrok voelde ik altijd een korte, duizelingwekkende opgeruimdheid, een dramatische aanwezigheid. Het was alsof ik op weg was naar een podium, het licht van de schijnwerpers in. Dat gevoel had niets met ijdelheid te maken, maar met de uiterst aangename ervaring om geconcentreerde expertise te kunnen overbrengen.

Ik pakte mijn blok en las de aantekeningen van de vorige sessie van een week geleden door, toen Marek Semiovic over het grote houten huis op het platteland in het kanton Zenica-Dobojs had verteld.

Ik had Marek Semiovic daarna in een diepere hypnose gekregen dan ooit tevoren. Hij had rustig en zakelijk een kamer in de kelder beschreven met een betonnen vloer, waar hij zijn vrienden en verre familieleden stroomstoten had moeten toedienen. Maar hij had zich opeens afgewend, was een andere koers gaan varen, had mijn aanwijzingen niet opgevolgd en had zich uit eigen beweging een weg naar boven gezocht, uit de hypnose. Ik wist dat het zaak was om met kleine stapjes verder te gaan. Daarom besloot ik Marek vandaag met rust te laten. Charlotte zou beginnen en daarna zou ik misschien een eerste poging doen met de nieuwe vrouw, Eva Blau.

De hypnoseruimte moest een neutrale, rustgevende indruk wekken. De gordijnen waren van een onbestemde gelige kleur, de vloer was grijs, de meubels waren eenvoudig, maar comfortabel – stoelen en tafels van berken: licht hout met bruine sproetjes. Onder een van de stoelen lag een vergeten blauwe schoenbeschermer. De muren waren leeg, op een paar lithografieën in onbestemde kleuren na.

Ik schikte de stoelen in een halve cirkel en zette het statief van de videocamera zo ver mogelijk weg.

Het onderzoek maakte me enthousiast; ik was razend nieuwsgierig naar wat er zichtbaar zou worden, maar raakte er ook steeds meer van overtuigd dat deze nieuwe vorm van therapie beter was dan therapieën die ik eerder had gegeven. De groep was bij de behandeling van trauma's heel belangrijk. Het isolement van de eenzaamheid werd daardoor een gemeenschappelijk helingsproces.

Ik zette de camera op het statief, sloot het snoer aan, schoof er een nieuwe band in, stelde de witbalans in, zoomde in op een stoelleuning, stelde de scherpte in en zoomde vervolgens weer uit. Ondertussen kwam een van mijn cliënten het vertrek binnen. Het was Sibel. Ik nam aan dat ze al een paar uur buiten het ziekenhuis had zitten wachten tot de ruimte openging en de sessie zou beginnen. Ze ging op een van de stoelen zitten en begon vreemde, slikkende en klokkende geluiden te maken. Met een ontevreden glimlach zette ze de grote pruik met blonde krullen goed die ze tijdens onze ontmoetingen meestal droeg, en vervolgens zuchtte ze van inspanning.

Charlotte Cederskiöld arriveerde, gekleed in een donkerblauwe trenchcoat met een brede, strak aangetrokken ceintuur om haar smalle taille. Toen ze haar muts afzette, viel haar dichte kastanjebruine haar voor haar gezicht. Ze was zoals gewoonlijk ontzettend verdrietig en knap.

Ik liep naar het raam, zette het open en voelde het frisse, zachte voorjaarsbriesje op mijn gezicht.

Toen ik me weer omdraaide, was ook Jussi Persson binnengekomen.

'Dokter,' zei hij in zijn rustige Norrlands.

We schudden elkaar de hand en daarna ging hij Sibel gedag zeggen. Hij klopte op zijn bierbuik en zei iets waarvan ze moest blozen en giechelen. Ze zaten zachtjes te keuvelen terwijl de rest van de groep arriveerde: Lydia, Pierre en Marek, en zoals gewoonlijk waren zij iets te laat.

Ik bleef stil staan wachten tot ze er klaar voor waren. Het waren allemaal mensen die één ding gemeen hadden: ze hadden traumatiserende inbreuken op hun privacy te verwerken gekregen. Die hadden een dusdanige verwoesting in hun psyche aangericht dat ze, om zich staande te houden, de inbreuk voor zichzelf verborgen hielden. Niemand van hen begreep precies wat hun was overkomen: ze waren zich er alleen van bewust dat het vreselijke uit het verleden hun leven kapot had gemaakt.

Want het verleden is niet dood. Het verleden is zelfs niet eens verleden tijd, citeerde ik de schrijver William Faulkner altijd. Daar bedoelde ik mee dat elk klein dingetje dat een mens is overkomen hem of haar naar het heden vergezelt. Elke ervaring beïnvloedt elke keuze – en als het om traumatische ervaringen ging, nam het verleden bijna alle ruimte in het heden in beslag.

Ik hypnotiseerde meestal de hele groep tegelijk en koos elke keer één of een paar van hen uit met wie ik verder ging dan met de anderen. Op die manier konden we telkens het gebeuren op twee niveaus bespreken: het niveau van de hypnosesuggestie en het niveau van het bewustzijn.

Ik had iets in de hypnose ontdekt. Eerst was het alleen een vermoeden en later groeide het uit tot een steeds duidelijker patroon. Het was een ontdekking die uiteraard moest worden bewezen. Ik was me ervan bewust dat ik misschien te veel van mijn stelling uitging dat de dader van het beslissende trauma tijdens diepe hypnose nooit optreedt als zichzelf. De situatie komt wel naar boven drijven en het beangstigende verloop kan worden bekeken, maar de dader houdt zich schuil.

Iedereen zat inmiddels op zijn plaats, maar Eva Blau, mijn nieuwe cliënte, was er nog niet. De groep was onrustig als altijd.

Charlotte Cederskiöld zat steevast het verst weg. Ze had haar jas uitgetrokken en was zoals gewoonlijk elegant gekleed. Ze droeg een eenvoudige grijze twinset met een breed, schitterend parelsnoer om haar tengere hals. Verder had ze een donkerblauwe plissérok aan en een donkere, dikke panty. Ze droeg glanzend gepoetste, lage schoenen. Toen onze blikken elkaar kruisten, glimlachte ze voorzichtig naar me. Toen Charlotte bij mij in de groep kwam, had ze vijftien keer geprobeerd zelfmoord te plegen. De laatste keer had ze zich met het jachtgeweer van haar man door het hoofd geschoten, midden in de woonkamer van hun vrijstaande huis op Djursholm. Het geweer was uit haar hand gegleden en ze was haar ene oor en een klein stukje van haar wang kwijtgeraakt. Daar was nu niets meer van te zien: ze had een paar kostbare cosmetische operaties ondergaan en een ander kapsel genomen: een gladde, volle pagecoupe, die haar oorprothese en haar gehoorapparaat verborg.

Als ik Charlotte haar hoofd scheef zag houden en beleefd en respectvol naar de verhalen van de anderen zag luisteren, sloeg de schrik me altijd om het hart. Een mooie vrouw op leeftijd. Aantrekkelijk, hoewel ze ook iets heel gebrokens had. Ik was me ervan bewust dat ik niet in staat was me neutraal op te stellen tegenover de afgrond die ik in haar binnenste vermoedde.

'Zit je lekker, Charlotte?' vroeg ik.

Ze knikte en antwoordde met haar duidelijke, milde stem: 'Ik zit prima.'

'Vandaag gaan we Charlottes innerlijke kamers onderzoeken,' verklaarde ik.

'Mijn spookslot,' zei ze met een glimlach.

'Precies.'

Marek grijnsde vreugdeloos en ongeduldig naar me toen onze blikken elkaar kruisten. Hij was de hele ochtend in de sportschool geweest, hij was helemaal opgeladen. Ik keek op mijn horloge. Het was tijd om te beginnen; we konden niet langer op Eva Blau wachten.

'Ik stel voor dat we van start gaan,' zei ik.

Sibel stond vlug op en stopte een stukje kauwgom in een papieren servetje, dat ze weggooide. Ze keek me schuw aan en zei: 'Ik ben er klaar voor, dokter.'

De ontspanning werd gevolgd door de zware, warme ladder van de inductie, het oplossen van de wil en van grenzen. Ik bracht hen langzaam in een diepere trance, riep het beeld op van een natte houten trap, waarover ik ze langzaam omlaag leidde.

Ik begon die speciale energie tussen ons te voelen, een eigenaardige warmte tussen mij en de anderen. Mijn stem was eerst luid en duidelijk, maar daalde langzaam. Jussi leek onrustig. Hij humde en trok soms agressief met zijn mond. Mijn stem stuurde de cliënten en mijn ogen zagen hun lichamen op de stoel neerdalen, hun gezichten platter worden en die eigenaardige, grove uitdrukking aannemen die gehypnotiseerde mensen altijd hadden.

Ik bewoog me achter hen, voelde even aan hun schouders, stuurde hen individueel voortdurend bij, en telde stap voor stap terug.

Jussi fluisterde iets bij zichzelf.

De mond van Marek Semiovic stond open en er liep een sliertje speeksel uit.

Pierre zag er magerder en weker uit dan ooit tevoren. Lydia's armen hingen slap langs de leuningen van haar stoel.

'Loop verder de trap af,' zei ik zacht.

Ik had niet aan het bestuur verteld dat de hypnotiseur zelf ook in een soort trance raakt. In mijn ogen was dat onvermijdelijk en goed.

Ik had nooit begrepen waarom mijn eigen trance, die altijd parallel liep aan de hypnose van de cliënten, zich onder water afspeelde. Maar ik hield van het waterbeeld, het was duidelijk en aangenaam, en ik was eraan gewend geraakt dat ik de nuances van het verloop aan dat beeld kon aflezen.

Terwijl ik wegzakte in een zee, zagen mijn cliënten natuurlijk heel andere dingen. Zij verzonken in hun eigen herinneringen, in hun verleden, belandden in de kamers van hun kindertijd, op plaatsen uit hun jeugd, in het zomerhuis van hun ouders of in de garage van hun buurmeisje. Zij wisten niet dat ze zich voor mij tegelijkertijd diep onder water bevonden en langzaam langs een reusachtige koraalformatie, diepzeetrog of de ruwe wand van een continentaal breukvlak omlaag zakten.

In mijn gedachten zonken we nu samen door borrelend water.

Ik wilde deze keer proberen iedereen vrij diep mee te nemen in de hypnose. Mijn stem noemde getallen en sprak over behaaglijke ontspanning, terwijl het water in mijn oren bulderde.

'Ik wil dat jullie nog dieper zinken, nog een klein stukje,' zei ik. 'Ga verder naar beneden, maar nu langzamer… langzamer. Jullie mogen bijna stoppen, heel zachtjes en rustig… iets dieper, nog iets… en nu blijven we staan.'

De hele groep stond in een halve cirkel tegenover me op een zanderige zeebodem, vlak en uitgestrekt als een gigantische vloer. Het water was licht en bleekgroen van kleur. Het zand liep in regelmatige golfjes onder onze voeten. Roze kwallen zweefden glanzend boven onze hoofden. Platvissen deden af en toe zandwolken opwaaien en stoven vervolgens weg.

'We zijn nu allemaal heel diep beneden,' zei ik.

Ze deden hun ogen open en keken mij recht in de ogen.

'Charlotte, vandaag ben jij aan de beurt om te beginnen,' vervolgde ik. 'Wat zie je? Waar bevind je je?'

Haar mond bewoog zich geluidloos.

'Er is niets gevaarlijks,' zei ik. 'We zijn voortdurend bij je, achter je.'

'Ik weet het,' zei ze monotoon.

Haar ogen waren niet open en niet dicht. Ze tuurden als bij een slaapwandelaar leeg en afwezig voor zich uit.

'Je staat buiten voor de deur,' zei ik. 'Wil je naar binnen?'

Ze knikte en haar haar bewoog zich over haar hoofd met de stroming van het water.

'Doe dat dan nu,' zei ik.

'Ja.'

'Wat zie je?' vervolgde ik.

'Ik weet het niet.'

'Ben je naar binnen gegaan?' vroeg ik, met het gevoel dat ik te veel haast had.

'Ja.'

'Maar je ziet niets?'

'Jawel.'

'Is er iets geks?'

'Ik weet het niet. Ik geloof niet…'

'Beschrijf het maar,' zei ik vlug.

Ze schudde haar hoofd. Kleine luchtbelletjes maakten zich los uit haar haar en stegen glinsterend naar de oppervlakte. Ik begreep dat ik het eigenlijk fout deed, dat ik geen luisterend oor had, dat ik haar niet leidde, maar haar voor me uit probeerde te duwen, en toch kon ik het niet nalaten om te zeggen: 'Je bent terug in het huis van je opa.'

'Ja,' antwoordde ze zacht.

'Je staat al binnen en loopt verder door.'

'Ik wil niet.'

'Eén stapje maar.'

'Misschien niet nú,' fluisterde ze.

'Je brengt je hoofd omhoog en kijkt.'

'Ik wil niet.'

Haar onderlip trilde.

'Zie je iets geks?' vroeg ik. 'Iets wat daar niet zou moeten zijn?'

Er verscheen een brede frons op haar voorhoofd, en ik begreep opeens dat ze zo meteen los zou laten en uit de hypnose zou worden gerukt. Dat kon gevaarlijk zijn; het zou helemaal niet goed zijn. Als het te snel ging zou ze misschien in een diepe depressie raken. Er stegen grote bubbels op uit haar mond, als een glanzende ketting. Haar gezicht glom en er stroomden blauwgroene golven over haar voorhoofd.

'Je hoeft niet, Charlotte, je hoeft niet te kijken,' zei ik kalmerend. 'Je kunt de tuindeuren opendoen en naar buiten gaan als je wilt.'

Ze beefde over haar hele lichaam, en ik begreep dat het te laat was.

'Rustig maar,' fluisterde ik, en ik stak een hand uit om haar bemoedigende klopjes te geven.

Haar lippen waren krijtwit en haar ogen waren opengesperd.

'Charlotte, we keren samen voorzichtig terug naar de oppervlakte,' zei ik.

Haar voeten trapten een grote zandwolk uiteen toen ze naar boven dreef.

'Wacht!' zei ik krachteloos.

Marek keek me aan en probeerde iets te roepen.

'We zijn al op weg naar boven en ik tel tot tien,' vervolgde ik terwijl we snel naar de oppervlakte stegen. 'En als ik tot tien heb geteld, doen jullie je ogen open en dan voelen jullie je goed en…'

Charlotte hapte naar adem, stond wankelend op, fatsoeneerde haar kleren en keek mij vragend aan.

'We nemen een korte pauze,' zei ik.

Sibel kwam langzaam overeind en ging naar buiten om te roken. Pierre liep achter haar aan. Jussi bleef zwaar en slap op zijn stoel zitten. Ze waren geen van allen helemaal wakker. Ze waren te snel naar boven gekomen. Maar omdat we straks weer zouden terugkeren, leek het me beter om de groep op dit troebele bewustzijnsniveau te houden. Ik bleef op mijn stoel zitten, wreef over mijn gezicht en zat net een paar aantekeningen te maken, toen Marek Semiovic naar me toe kwam.

'Goed gedaan,' zei hij met een droog glimlachje.

'Het ging niet helemaal zoals gepland,' antwoordde ik.

'Ik vond het leuk,' zei hij.

Lydia kwam met haar rinkelende sieraden dichterbij. Haar hennakleurige haar gloeide als koperdraad toen ze dwars door een zonnestraal liep.

'Hoezo?' vroeg ik. 'Wat was er dan zo leuk?'

'Dat u die proletenhoer op haar plaats hebt gezet.'

'Wat zeg jij nou?' vroeg Lydia.

'Ik heb het niet over jou, ik praat…'

'Je moet niet zeggen dat Charlotte een hoer is, want dat is niet waar,' zei Lydia vriendelijk. 'Toch, Marek?'

'Oké.'

'Weet je wat een hoer doet?'

'Ja.'

'Hoer zijn,' ging ze glimlachend verder, 'en dat hoeft helemaal niet slecht te zijn. Het is een keuze die je maakt en het gaat daarbij om *shakti*, om vrouwelijke energie, vrouwelijke macht.'

'Precies, hoeren willen macht hebben,' zei hij gejaagd. 'Je hoeft echt geen medelijden met ze te hebben.'

Ik liep een stukje bij hen vandaan en keek in mijn aantekeningen, maar bleef wel naar hun gesprek luisteren.

'Sommigen zijn niet in staat hun chakra's in evenwicht te krijgen,' zei Lydia ingetogen. 'En die voelen zich natuurlijk niet best.'

Marek Semiovic ging zitten. Hij keek onrustig, likte langs zijn lippen en keek Lydia aan.

'Er zijn dingen gebeurd in het spookslot,' zei hij zacht. 'Ik weet het, maar...'

Hij zweeg en klemde zijn kiezen op elkaar, zodat zijn kaakspieren zich bewogen.

'Er is eigenlijk niets wat fout is,' zei ze, en ze pakte zijn hand.

'Waarom kan ik me niets herinneren?'

Sibel en Pierre kwamen weer binnen. Iedereen was nu zwijgzaam en kalm. Charlotte zag er erg broos uit. Ze hield haar smalle armen gekruist over haar borsten, met haar handen op haar schouders.

Ik schoof een nieuwe band in de videocamera, noemde de tijd en de datum op, en verklaarde vervolgens dat iedereen zich nog in een posthypnotische toestand bevond. Ik keek in de zoeker, bracht het statief iets omhoog en richtte de camera opnieuw. Vervolgens zette ik de stoelen weer goed en vroeg de cliënten opnieuw plaats te nemen.

'Kom maar weer zitten. Het is tijd om verder te gaan,' zei ik.

Opeens werd er geklopt en kwam Eva Blau binnen. Ik zag dat ze erg gespannen was en liep naar haar toe.

'Welkom,' zei ik.

'Echt waar?' vroeg ze.

'Ja,' antwoordde ik.

Ze liep rood aan toen ik haar jas aanpakte en hem ophing. Ik nam haar mee naar de groep en trok een nieuwe stoel in de halve cirkel.

'Eva Blau was hiervoor patiënte van dokter Ohlson, maar komt vanaf nu bij onze groep. We moeten allemaal ons best doen om te zorgen dat ze zich welkom voelt.'

Sibel knikte afgemeten, Charlotte glimlachte vriendelijk en de anderen begroetten haar schuchter. Marek deed alsof hij haar überhaupt niet zag.

Eva Blau ging op de lege stoel zitten en klemde haar handen tussen haar dijen. Ik liep terug naar mijn eigen stoel en leidde het tweede deel voorzichtig in met de woorden: 'Ga lekker zitten, met je voeten op de vloer en je handen op je schoot. Het eerste deel ging niet helemaal zoals ik me had voorgesteld.'

'Het spijt me,' zei Charlotte.

'Niemand hoeft zich te verontschuldigen, zeker jij niet, en ik hoop dat je dat begrijpt.'

Eva Blau keek me onafgebroken aan.

'We beginnen met gedachten en associaties over het eerste deel,' zei ik. 'Is er iemand die daar iets over wil zeggen?'

'Verwarrend,' zei Sibel.

'Frustrerend,' zei Jussi. 'Ik kon net mijn ogen opendoen en me op mijn kop krabben, en toen was het alweer voorbij.'

'Wat voelde je?' vroeg ik hem.

'Haar,' antwoordde hij grijnzend.

'Haar?' vroeg Sibel gniffelend.

'Toen ik me op mijn kop krabde,' verklaarde Jussi.

Sommigen lachten om het grapje.

'Waar associeer je haar mee,' zei ik glimlachend. 'Charlotte?'

'Geen idee,' zei ze met een glimlach. 'Haar? Misschien een baard… Nee.'

Pierre onderbrak haar met zijn lichte stem: 'Een hippie, een hippie op een chopper,' zei hij lachend. 'Hij zit zó, kauwt op Juicyfruit en glijdt…'

Opeens stond Eva zo abrupt op dat haar stoel achteroverviel.

'Wat een kinderachtig gedoe,' zei ze verontwaardigd, wijzend naar Pierre.

Diens glimlach stierf langzaam weg.

'Waarom vind je dat?' vroeg ik.

Eva gaf geen antwoord. Ze keek me alleen aan voor ze mokkend weer ging zitten.

'Pierre, wil je doorgaan?' vroeg ik rustig.

Hij schudde zijn hoofd, kruiste zijn wijsvingers in Eva's richting en deed alsof hij zich tegen haar beschermde.

'Ze hebben Dennis Hopper neergeschoten omdat hij hippie was,' fluisterde hij samenzweerderig.

Sibel giechelde nog harder en keek mij verwachtingsvol aan.

Jussi stak zijn hand op en wendde zich tot Eva Blau.

'In het spookslot heb je geen last van dat kinderachtige gedoe van ons,' zei hij met zijn zware Norrlandse dialect.

Het werd doodstil. Ik bedacht dat Eva niet kon weten wat het spookslot voor onze groep betekende, maar liet het even zo.

Eva Blau draaide zich om naar Jussi. Het leek alsof ze hem iets wilde toeroepen, maar hij keek haar zo kalm en ernstig aan dat ze ervan afzag en weer rechtop ging zitten.

'Eva, we beginnen met ontspanningsoefeningen, de ademhaling, en daarna hypnotiseer ik jullie een voor een of twee aan twee,' legde ik uit. 'Iedereen doet uiteraard voortdurend mee, ongeacht op welk bewustzijnsniveau hij zich bevindt.'

Er trok een scheef, ironisch lachje over Eva's gezicht.

'En soms,' vervolgde ik. 'Als ik voel dat het werkt, probeer ik de hele groep onder diepe hypnose te brengen.'

Ik trok mijn stoel bij en vroeg hun hun ogen te sluiten en achterover te leunen.

'Je voeten moeten stevig op de grond staan, met je handen op je schoot.'

Terwijl ik hen voorzichtig dieper in de ontspanning bracht, bedacht ik dat ik eigenlijk zou moeten beginnen met de geheime kamers van Eva Blau te onderzoeken. Het was belangrijk dat zij vrij snel een bijdrage zou leveren om in de groep te worden opgenomen. Ik telde terug en luisterde naar de ademhaling van mijn cliënten, bracht hen in lichte hypnose en liet hen vervolgens net onder de zilverkleurige waterspiegel hangen.

'Eva, nu richt ik me alleen tot jou,' zei ik kalm. 'Je moet me vertrouwen. Ik zorg voor je tijdens de hypnose, er kan niets gebeuren. Ontspan je en voel je veilig, luister naar mijn stem en volg die. Volg de woorden steeds spontaan, zonder ze op voorhand in twijfel te trekken. Je moet je ín de woordenstroom bevinden, niet ervoor en niet erachter, maar er de hele tijd middenin…'

We zonken door grauw water en vingen een glimp op van de rest van de groep, die met hun kruinen tegen de kabbelende waterspiegel hing. Wij daalden langs een stevig touw – een tros met zwaaiende restanten zeewier – af naar de donkere diepte.

In werkelijkheid stond ik achter de stoel van Eva Blau, met mijn ene hand op haar schouder. Ik praatte rustig en telde terug. Er kwam een rooklucht uit haar haar. Ze zat achterovergeleund, haar gezicht was ontspannen.

In mijn eigen trance was het water vóór haar nu eens bruin en dan weer grijs. Haar gezicht lag in de schaduw. Haar mond was stijf gesloten en er was een scherpe plooi zichtbaar tussen haar wenkbrauwen, maar haar blik was volkomen zwart. Ik vroeg me af waar ik mee zou beginnen. Eigenlijk wist ik heel weinig over haar. Het dossier van Lasse Ohlson bevatte bijna niets over haar achtergrond. Ik zou alles zelf moeten uitzoeken en besloot een voorzichtige ingang te proberen. Vaak waren rust en vreugde de kortste weg naar het moeilijkste gedeelte.

'Je bent tien jaar, Eva,' zei ik, en ik liep om de stoelen heen om haar van voren te kunnen zien.

Haar borstkas ging amper op en neer. Ze ademde heel rustig en zachtjes, diep vanuit haar middenrif.

'Je bent tien jaar. Dit is een goede dag. Je bent blij. Waarom ben je blij?'

Eva tuitte heel schattig haar mond, glimlachte een beetje en zei: 'Omdat de man in de plassen ronddanst en spettert.'

'Wie is er aan het dansen?' vroeg ik.

'Wie?'

Ze zweeg heel even.

'Gene Kelly, zegt mama.'

'Aha,' zei ik. 'Zit je naar *Singin' in the Rain* te kijken?'

'Mama kijkt.'

'Jij niet?' vroeg ik.

'Jawel,' glimlachte ze terwijl ze haar ogen half dichtkneep.

'En ben je vrolijk?'

Eva Blau knikte langzaam.

'Wat gebeurt er?'

Ik zag haar hoofd langzaam naar haar borstkas zakken. Opeens trok er een eigenaardig uitdrukking over haar lippen.

'Ik heb een dikke buik,' zei ze zachtjes.

'Je buik?'

'Ik zie dat hij heel dik is,' zei ze met plotselinge tranen in haar stem.

Jussi zat hoorbaar naast haar te ademen. Vanuit mijn ooghoek merkte ik dat hij zijn lippen bewoog.

'Het spookslot,' fluisterde hij in zijn lichte hypnose. 'Het spookslot.'

'Eva, je moet naar míj luisteren,' zei ik. 'Je kunt alle anderen hier in de zaal wel horen, maar je moet alleen maar op míjn stem reageren. Let niet op wat de anderen zeggen, je let alleen op míjn stem.'

'Oké,' zei ze met een voldaan gezicht.

'Weet je waarom je een dikke buik hebt?' vroeg ik.

Ze gaf geen antwoord. Ik keek haar recht aan. Haar gezicht stond ernstig en bezorgd, en haar blik was afgewend omdat ze opging in een gedachte, een herinnering. Opeens leek het alsof ze een glimlach probeerde tegen te houden.

'Ik weet het niet,' antwoordde ze.

'Jawel, volgens mij weet je het best,' zei ik. 'Maar we doen het in je eigen tempo, Eva. Je hoeft daar nu niet aan te denken. Wil je weer televisiekijken? Ik ga met je mee. Iedereen hier gaat met je mee, helemaal, wat er ook gebeurt; dat is een belofte. Dat hebben we beloofd en daar kun je op vertrouwen.'

'Ik wil het spookslot in,' fluisterde ze.

Ik bedacht dat er iets niet klopte terwijl ik terugtelde en het beeld opriep van de trap die voortdurend naar beneden leidde. Zelf werd ik omhuld door water op lichaamstemperatuur toen ik langzaam langs de rots viel, steeds dieper en dieper.

Eva Blau keek op, bevochtigde haar lippen, zoog haar wangen een beetje naar binnen en fluisterde vervolgens: 'Ik zie dat ze een mens meenemen. Ze lopen er gewoon naartoe en nemen iemand mee.'

'Wie neemt er iemand mee?' vroeg ik.

Ze begon onregelmatig te ademen. Haar gezicht werd donkerder. Er stroomde troebel bruin water voor haar langs.

'Een man met een paardenstaart. Hij hangt het kleine mensje aan het plafond,' jammerde ze.

Ik zag dat ze haar ene hand stevig om de tros met golvend zeewier hield. Haar benen bewogen zich langzaam trappelend op en neer.

Ik was in één klap uit de hypnose. Ik wist dat Eva Blau blufte: ze wás niet onder hypnose gebracht. Ik begreep niet hoe ik dat kon weten, maar ik was zeker van mijn zaak. Ze had zich verdedigd tegen mijn woorden en de suggestie geblokkeerd. Mijn brein fluisterde ijskoud: ze liegt, ze is totaal niet gehypnotiseerd.

Ik zag haar hevig heen en weer bewegen op haar stoel.

'De man trekt steeds maar aan dat kleine mensje. Hij trekt te hard…'

Opeens ontmoette de blik van Eva Blau de mijne en werd het stil. Haar mond plooide zich in een brede grijns.

'Was ik goed?' vroeg ze me.

Ik gaf geen antwoord. Ik stond daar maar, zag haar overeind komen, haar jas van het haakje pakken en daarna rustig de kamer uit gaan.

Ik schreef: 'HET SPOOKSLOT' op een vel papier, vouwde dat om videoband nummer 14 en deed er een elastiekje omheen. Maar in plaats van de cassette zoals anders te archiveren, nam ik hem mee naar mijn kamer.

Ik wilde de leugen van Eva Blau en mijn eigen reactie analyseren, maar al op de gang zag ik in wat er mis was gegaan: Eva was zich bewust geweest van haar gezicht; ze had geprobeerd innemend te zijn en had niet dat lome, onbevangen gezicht dat gehypnotiseerden altijd hebben. Mensen die onder hypnose zijn kunnen glimlachen, alleen is dat dan wel een slaperige, slappe glimlach.

Toen ik bij mijn kantoor kwam, stond de jonge studente geneeskunde voor mijn deur te wachten. Ik was zelf verbaasd dat ik me nog herinnerde hoe ze heette: Maja Swartling.

We begroetten elkaar en nog voor ik de deur open had kunnen maken, zei ze snel: 'Neem me niet kwalijk dat ik zo opdringerig ben, maar ik baseer een gedeelte van mijn proefschrift op uw onderzoek, en niet alleen ík, ook mijn promotor wil graag dat u daarbij betrokken bent. Het is misschien wat ongebruikelijk dat ik nu al met mijn proefschrift bezig ben, maar...'

Ze keek me ernstig aan.

'Ik begrijp het,' zei ik.

'Hebt u tijd voor een paar vragen?' vroeg ze uiteindelijk. 'Zou ik een paar vragen mogen stellen?'

Ze leek opeens net een klein meisje: klaarwakker maar onzeker. Haar ogen waren heel donker; ze glommen zwart tegen haar ongewoon lichte huid. Haar glanzende haar was in een ouderwets kapsel gevlochten, maar het stond haar goed.

'Mag dat?' vroeg ze vriendelijk. 'U weet niet half hoe ik kan zeuren.'

Ik merkte dat ik naar haar stond te grijnzen. Ze had iets fris en lichts, en zonder dat ik erbij nadacht, spreidde ik mijn handen en gaf te kennen dat ik er klaar voor was. Ze moest lachen en keek me met een tevreden, maar aarzelende blik aan. Ik deed de deur open en ze liep meteen met me mee naar binnen, ging op mijn bezoekersstoel zitten, pakte een schrijfblok en een pen, en keek me vervolgens lieftallig aan.

'Wat wil je vragen?'

Maja bloosde en begon te praten, nog steeds met een brede glimlach op haar gezicht – het leek wel of ze die niet kon tegenhouden: 'Als we met de praktijk beginnen... Wat voor mogelijkheden denkt u dat uw cliënten hebben om te doen alsof? Zou het kunnen dat ze alleen dingen zeggen om u een plezier te doen?'

'Dat is me vandaag overkomen,' glimlachte ik. 'Een cliënte wilde niet worden gehypnotiseerd; ze verzette zich en raakte uiteraard niet onder hypnose – maar deed alsof ze dat wel was.'

Maja leek nu minder onzeker. Ze boog zich voorover, tuitte haar lippen en vroeg: 'Deed ze alsof?'

'Ik merkte het natuurlijk wel.'

Vragend fronste ze haar wenkbrauwen.

'Hoe?'

'Om te beginnen zijn er duidelijke uiterlijke tekenen van hypnotische rust – het belangrijkste is dat iemands gezicht alle gemaaktheid verliest.'

'Kunt u dat nader verklaren?'

'Als je wakker bent, heeft zelfs de meest ontspannen persoon een geconcentreerd gezicht: je houdt je mond dicht, de spieren in je gezicht werken samen, je kijkt op een bepaalde manier enzovoort... Maar iemand die onder hypnose is heeft dat allemaal niet. Zijn mond gaat open, zijn kin gaat omlaag, zijn blik is loom... Je kunt het niet goed omschrijven, maar zoiets weet je.'

Het leek alsof ze iets wilde vragen, dus ik zweeg even, maar ze schudde haar hoofd en vroeg mij verder te gaan.

'Ik heb uw rapporten gelezen,' zei ze. 'En uw hypnosegroep bestaat niet alleen uit slachtoffers – dat wil zeggen, mensen die zijn blootgesteld aan inbreuken op hun privacy – maar ook uit daders, mensen die anderen vreselijke dingen hebben aangedaan.'

'Het brein van een slachtoffer en een dader werkt in het onderbewustzijn op dezelfde manier en…'

'Bedoelt u…'

'Wacht even, Maja… en in groepstherapeutisch verband is dat een hulpmiddel.'

'Interessant,' zei ze, terwijl ze een aantekening maakte. 'Daar kom ik graag later op terug, maar wat ik nu zou willen weten, is hoe de dader zichzelf tijdens de hypnose ziet – u brengt immers de theorie naar voren dat het slachtoffer de dader vaak vervangt door iets anders, zoals een dier.'

'Ik heb nog niet kunnen onderzoeken hoe de dader zichzelf ziet en wil me niet wagen aan speculaties.'

Ze hield haar hoofd schuin en vroeg: 'Maar u heeft wel een vermoeden?'

'Ik heb een cliënt die…'

Ik zweeg en moest aan Jussi Persson denken, de man uit de provincie Norrland, die zijn eenzaamheid droeg als een afschuwelijke, zelfveroorzaakte last.

'Wat wilde u zeggen?'

'In de hypnose keert die cliënt terug naar een jachttoren. Het is alsof zijn geweer hem stuurt; hij schiet reeën af en laat ze gewoon liggen. Als hij wakker is, ontkent hij dat die reeën er zijn, maar hij vertelt dat hij meestal in die toren op een berin zit te wachten.'

'Zegt hij dat als hij wakker is?' vroeg ze met een glimlach.

'Hij heeft een huis in Västerbotten.'

'O, ik dacht dat hij hier woonde,' merkte ze op.

'Die beer is vast echt,' zei ik. 'Het wemelt daar van de beren. Jussi heeft verteld dat een grote berin een paar jaar geleden zijn hond heeft gedood.'

We zaten elkaar zwijgend aan te kijken.

'Het is al laat,' zei ik toen.

'Ik heb nog een heleboel vragen over.'

Ik spreidde mijn handen.

'Dan moeten we elkaar vaker zien.'

Ze keek me aan. Ik kreeg opeens een eigenaardig warm gevoel toen ik merkte dat haar lichte huid een rozige tint kreeg. Er was iets schalks tussen ons, een combinatie van ernst en goedlachsheid.

'Mag ik u een glaasje aanbieden als dank voor de moeite? Er is een heel gezellig Libanees…'

Ze zweeg abrupt toen mijn telefoon ging. Ik verontschuldigde me en nam op.

'Erik.'

Het was Simone. Ze klonk gestrest.

'Wat is er?' vroeg ik.

'Ik… Ik ben aan de achterkant van ons huis, op het fietspad. Het lijkt wel of er iemand bij ons heeft ingebroken.'

Er bekroop me een ijskoud gevoel. Ik dacht aan de plak die voor onze voordeur had gelegen: het oude strafwerktuig met het ronde houten plaatje.

'Wat is er gebeurd?'

Ik hoorde Simone moeizaam slikken. Op de achtergrond speelden een paar kinderen; misschien waren ze op het voetbalveld, want ik hoorde een fluitje en geschreeuw.

'Wat is dat voor lawaai?' vroeg ik.

'Niets, een schoolklas,' zei ze verbeten. 'Erik,' vervolgde ze toen snel, 'Benjamins terrasdeur is opengebroken en het raam is ingeslagen.'

Vanuit mijn ooghoek zag ik dat Maja Swartling opstond en geluidloos vroeg of ze weg zou gaan.

Ik knikte haar toe en haalde spijtig mijn schouders op. Ze stootte per ongeluk tegen de stoel aan, die over de grond schraapte.

'Ben je alleen?' vroeg Simone.

'Ja,' zei ik, zonder te weten waarom ik loog.

Maja zwaaide en deed de deur zachtjes achter zich dicht. Ik kon nog steeds haar parfum ruiken; het had een eenvoudige, frisse geur.

'Goed dat je niet naar binnen bent gegaan,' vervolgde ik. 'Heb je de politie gebeld?'

'Erik, wat klink je vreemd. Is er iets gebeurd?'

'Los van het feit dat er op dit moment misschien een inbreker bij ons in huis is? Heb je de politie gebeld?'

'Ja, ik heb mijn vader gebeld.'

'Mooi.'

'Hij zei dat hij meteen in de auto zou springen.'

'Je moet verder weg gaan staan, Simone.'

'Ik sta op het fietspad.'

'Kun je het huis zien?'

'Ja.'

'Als jij het huis kunt zien, kan iemand die binnen is jou ook zien.'

'Schei uit,' zei ze.

'Ga naar het voetbalveld, alsjeblieft. Ik kom naar huis.'

Ik stopte achter Kennets smerige Opel, trok de handrem aan, draaide de contactsleutel om en stapte uit. Kennet kwam op me afrennen. Zijn gezicht stond verbeten.

'Waar is Sixan, verdorie?' riep hij.

'Ik heb tegen haar gezegd dat ze op het voetbalveld moest wachten.'

'Goed, ik was bang dat...'

'Ze zou anders naar binnen zijn gegaan. Ik ken haar, dat heeft ze van jou.'

Hij lachte en gaf me een stevige mep op mijn rug.

'Goed om je te zien, knul.'

We liepen om het huizenblok heen naar de achterkant. Simone stond maar een klein stukje van onze tuin vandaan. Vermoedelijk had ze de hele tijd de kapotte deur in de gaten gehouden, die rechtstreeks naar ons schaduwrijke terras leidde. Ze keek op, liep weg bij haar fiets, kwam recht op me af en omhelsde me stevig. Toen keek ze over mijn schouder en zei:

'Hoi, papa.'

'Ik ga naar binnen,' zei Kennet ernstig.

'Ik ga mee,' zei ik.

'Vrouwen en kinderen moeten buiten wachten,' verzuchtte Simone.

We stapten alle drie over de lage heg en liepen over het gras en het terras met de witte kunststof tafel en de vier stoelen.

De traptreden en de metalen raamdorpel lagen bezaaid met glasscherven. Op de vloerbedekking in Benjamins kamer lag een grote steen tussen de scherven en de splinters. We gingen naar binnen en ik bedacht dat ik niet moest vergeten Kennet te vertellen over het strafwerktuig dat we de avond ervoor voor de deur hadden aangetroffen.

Simone liep achter ons aan en deed de plafondlamp van Karlsson op het dak aan. Ze had vuurrode wangen en haar rossige haar lag in losse slierten over haar schouders.

Kennet liep naar de gang, keek in de slaapkamer rechts en in de badkamer. De leeslamp in de tv-kamer was aan. In de keuken was een stoel omvergegooid. We liepen van kamer naar kamer, maar er leek niets te ontbreken of gestolen te zijn. Iemand was op de wc op de benedenverdieping geweest, want de hele vloer lag bezaaid met wc-papier. Kennet keek me bevreemd aan.

'Heb jij met iemand een appeltje te schillen?' vroeg hij.

Ik schudde mijn hoofd.

'Niet dat ik weet,' zei ik. 'Maar ik kom natuurlijk een hoop labiele mensen tegen in mijn werk… net als jij.'

Hij knikte.

'Ze hebben niets meegenomen,' zei ik.

'Papa, is dat gebruikelijk?'

Kennet schudde zijn hoofd.

'Nee, zeker niet als je een raam inslaat. Iemand wilde dat jullie zouden weten dat hij of zij hier is geweest.'

Simone was in de deuropening van Benjamins kamer gaan staan.

'Het lijkt wel of er iemand in zijn bed heeft gelegen,' zei ze zacht. 'Hoe heet dat sprookje ook alweer? Is dat niet "Goudlokje"?'

We liepen snel naar onze slaapkamer en zagen dat er ook iemand in onze bedden had gelegen. De sprei was weggetrokken en het beddengoed was gekreukt.

'Dit is wel heel vreemd,' zei Kennet.

Het was even stil.

'Dat werktuig,' riep Simone opeens.

'Goed dat je het zegt. Ik dacht eraan en toen ben ik het toch weer vergeten,' zei ik, en ik liep naar de hal om de plak van de kapstok te pakken.

'Wat is dat in 's hemelsnaam?' vroeg Kennet.

'Dat lag gisteren bij ons voor de deur,' antwoordde Simone zachtjes.

'Mag ik eens zien?' vroeg Kennet.

'Volgens mij is het een plak,' zei ik. 'Zo'n ding waar ze kinderen mee aftuigden.'

'Goed om ze de discipline bij te brengen,' glimlachte Kennet, en hij voelde eraan.

'Ik vind het maar niets. Het is een akelig idee,' zei Simone.

'Zijn jullie bedreigd, of is er iets wat als dreiging kan worden opgevat?'

'Nee,' antwoordde ze.

'Maar misschien moet je het wel zo opvatten,' zei ik, 'dat iemand vindt dat wij gestraft moeten worden. Ik zag het meer als een slechte grap, omdat wij zo met Benjamin aan het tutten zijn. Ik bedoel, als je niet weet dat Benjamin ziek is, kunnen wij nogal neurotisch overkomen.'

Simone liep naar de telefoon en belde naar de voorschool om te horen of alles goed was met Benjamin.

We brachten Benjamin die avond vroeg naar bed. Ik ging zoals gewoonlijk naast hem liggen om het hele verhaal uit een Afrikaanse kinderfilm, *Kirikou*, te vertellen. Benjamin had die film al diverse keren gezien, maar wilde bijna altijd dat ik het verhaal vertelde als hij moest gaan slapen. Zodra ik een detail vergat, herinnerde hij me eraan en als hij nog wakker was als ik aan het eind was gekomen, moest Simone slaapliedjes zingen.

Nadat hij in slaap was gevallen, maakten we een kan thee en keken we naar een videofilm. We zaten op de bank over de inbraak te praten – dat er niets was gestolen, dat iemand alleen een heleboel wc-papier van de rol had getrokken en in onze bedden had gelegen.

'Misschien een stel jongelui die een plekje zochten om te neuken,' zei Simone.

'Nee, dan hadden ze wel meer rommel gemaakt.'

'Is het niet gek dat de buren niets hebben gemerkt? Adolfsson ziet altijd alles.'

'Misschien heeft híj het wel gedaan,' stelde ik voor.

'In ons bed geneukt?'

Ik moest lachen en drukte haar tegen me aan. Ze rook heerlijk: een vrij zwaar parfum zonder kruiperige zoetheid. Ze trok mij naar zich toe en ik voelde haar slanke, jongensachtige lichaam tegen het mijne. Ik liet mijn handen in haar loshangende blouse glijden, over haar zachte huid. Haar borsten waren warm en hard. Ze kreunde toen ik haar hals kuste; haar hete adem stroomde in mijn oor.

We kleedden ons uit bij het schijnsel van de tv, hielpen elkaar met snelle, zoekende handen, friemelden met kledingstukken, lachten tegen elkaar en kusten elkaar opnieuw. Ze trok me mee naar de slaapkamer en duwde me met gespeelde strengheid op bed.

'Is het nu tijd voor billenkoek?' vroeg ik.

Ze knikte en kwam dichterbij, boog haar hoofd en liet haar haar over mijn benen slepen; ze glimlachte met neergeslagen blik terwijl ze omhoogkroop. Haar krullen vielen naar voren over haar smalle, sproetige schouders. Haar armspieren waren gespannen toen ze schrijlings op me ging zitten. Ze kreeg vuurrode wangen toen ik in haar kwam.

Een paar tellen fladderde de herinnering aan een paar foto's door mijn gedachten. Die foto's had ik een keer gemaakt op een strand op de Griekse eilanden, een paar jaar voordat Benjamin was geboren. We hadden de bus langs de kust genomen en waren uitgestapt op de plek die er volgens ons het mooist uitzag. Toen we begrepen dat het strand volkomen verlaten was, lieten we zwemkleding achterwege. We aten warme watermeloen in de zon en lagen daarna naakt in ondiep, helder water elkaar te strelen en te zoenen. We vreeën die dag vier keer op het strand – steeds lomer en warmer. Simones haar zat in de war van het zoute water en ik kon me haar tong, haar zonnige blik en haar introverte lachje nog goed herinneren. Haar kleine, gespannen borsten, haar sproeten, haar lichtroze tepels. Haar platte buik, navel en roodbruine schaamhaar.

Nu boog Simone zich over me heen en stootte naar achteren en kuste mijn borst en mijn hals. Ze ging steeds sneller ademen, deed haar ogen dicht, greep mij stevig bij mijn schouders en fluisterde dat ik door moest gaan.

Ze bewoog zich steeds sneller en zwaarder, met een bezwete rug en billen. Ze kreunde luidkeels, stootte naar achteren, telkens weer, stopte met trillende dijen, ging weer even door, stopte kermend, snakte naar adem, bevochtigde haar lippen en steunde met haar hand op mijn borst. Toen slaakte ze een zucht en keek in mijn ogen toen ik weer in haar begon te stoten. Ik hield het niet langer tegen, maar spoot mijn zaad in zware, heerlijke golven in haar.

Ik parkeerde mijn fiets bij Neurologie en bleef even staan luisteren naar het getjilp van de vogels in de bomen. Ik zag het tropisme, de beweging van de voorjaarslichte kleuren door de bladermassa's van de bomen en dacht eraan dat ik nog maar kortgeleden naast Simone wakker was geworden en in haar groene ogen had gekeken.

Mijn kamer zag er nog net zo uit als ik hem de vorige dag had achtergelaten. De stoel waarop Maja Swartling me had geïnterviewd stond nog steeds bij het bureau en mijn bureaulamp brandde. Het was pas halfnegen. Ik had tijd genoeg om mijn aantekeningen van de mislukte hypnosesessie met Charlotte van de vorige dag door te nemen. Waarom het zo gelopen was, was vrij simpel: ik had het verloop geforceerd en alleen het doel voor ogen gehad. Dat was een klassieke fout en ik had beter moeten weten; ik was veel te ervaren om zulke fouten te maken. Je kunt een cliënt niet dwingen iets te zien wat hij of zij niet wil zien. Charlotte was de kamer binnengegaan, maar had niet willen opkijken. Dat had genoeg moeten zijn voor die keer; het was al moedig genoeg van haar.

Ik trok mijn witte jas aan, desinfecteerde mijn handen en dacht na over de cliëntengroep. Ik was niet helemaal tevreden met de rol van Pierre; die was enigszins onduidelijk. Hij rende vaak achter Sibel of Lydia aan, had altijd zijn woordje klaar en was humoristisch, maar in de hypnosesituaties erg passief. Hij was kapper en uitgesproken homoseksueel, en wilde later acteur worden. Op het eerste gezicht leidde hij een volkomen normaal leven – buiten één telkens terugkerend detail. Elk jaar met Pasen maakte hij een charterreis met zijn moeder. Dan sloten ze zich op in hun hotel-kamer, dronken zich laveloos en hadden seks met elkaar. Wat die moeder niet wist, was dat Pierre na elke reis in een diepe depressie raakte, met terugkerende zelfmoordpogingen tot gevolg.

Ik wilde bij mijn cliënten niets forceren; ik wilde dat het hun eigen keuze zou zijn om iets te vertellen.

Er werd geklopt. Voordat ik iets had kunnen zeggen, gleed de deur al open en kwam Eva Blau binnen. Ze trok een eigenaardig gezicht, alsof ze probeerde te lachen zonder haar gezichtsspieren te gebruiken.

'Nee, bedankt,' zei ze opeens. 'Je hoeft me niet uit te nodigen voor een souper, ik heb al gegeten. Charlotte is een bijzonder aardig iemand; ze maakt eten voor me, porties voor de hele week, die ik in de vriezer stop.'

'Dat is lief van haar,' zei ik.

'Ze koopt mijn geheimhouding,' verklaarde Eva cryptisch, en ze ging achter de stoel staan waarop Maja de dag tevoren had gezeten.

'Eva, wil je vertellen waarom je hier bent?'

'Niet om je te pijpen, het is maar dat je het weet.'

'Je hoeft niet door te gaan in de hypnosegroep,' zei ik rustig.

Ze sloeg haar ogen neer.

'Ik wist wel dat je me haatte,' mompelde ze.

'Nee, Eva, ik zeg alleen dat je niet verplicht bent om aan de groep deel te nemen. Sommige mensen willen niet gehypnotiseerd worden, anderen zijn niet erg ontvankelijk, hoewel ze het echt willen, en weer anderen...'

'Je haat me,' onderbrak ze me.

'Ik zeg alleen dat ik je niet in die groep kan hebben als je absoluut niet gehypnotiseerd wilt worden.'

'Dat was niet de bedoeling,' zei ze. 'Maar je mag je pik niet in mijn mond steken.'

'Hou op,' zei ik.

'Het spijt me,' fluisterde ze, en ze haalde iets uit haar tas. 'Kijk, dit krijg je van me.'

Ik pakte het voorwerp aan. Het was een foto – een foto van Benjamin toen hij werd gedoopt.

'Lief, hè?' zei ze trots.

Mijn hart ging als een bezetene tekeer.

'Hoe kom je daaraan?' vroeg ik.

'Dat is mijn geheimpje.'

'Geef antwoord, Eva. Hoe kom je daaraan?'

Ze onderbrak me op spottende toon: 'Ikke, ikke, ikke en de rest kan stikken!'

Ik keek opnieuw naar de foto. Hij was afkomstig uit Benjamins fotoalbum. Ik kende hem maar al te goed. Op de achterkant zaten zelfs sporen van de lijm waarmee we hem hadden vastgeplakt. Ik dwong mezelf om rustig te praten, hoewel ik mijn hart in mijn slapen voelde kloppen.

'Ik wil dat je me vertelt hoe je aan deze foto bent gekomen.'

Ze ging op de bank zitten, knoopte zakelijk haar blouse los en toonde mij haar borsten.

'Steek je pik er dan in!' zei ze. 'Dan ben je eindelijk tevreden.'

'Je bent bij mij thuis geweest,' zei ik.

'Jíj bent bij míj thuis geweest,' antwoordde ze opstandig. 'Je hebt me gedwongen de deur open te zetten...'

'Eva, ik heb alleen geprobeerd je te hypnotiseren. Dat is niet hetzelfde als ergens inbreken.'

'Ik héb niet ingebroken,' zei ze snel.

'Je hebt een raam ingeslagen...'

'De steen heeft het raam stukgeslagen.'

Ik werd helemaal murw en dreigde mijn zelfbeheersing te verliezen. Ik stond op het punt woedend te reageren op een ziek en verward iemand.

'Waarom heb je die foto meegenomen?'

'Jíj bent degene die neemt! Jij neemt alleen maar! Wat zou jij ervan zeggen als ik dingen van jóu zou afpakken? Hoe denk je dat dat voelt?'

Ze verborg haar gezicht in haar handen en zei dat ze me haatte. Dat herhaalde ze telkens weer, misschien wel honderd keer voordat ze bedaarde.

'Je moet begrijpen dat ik boos op je word,' zei ze vervolgens beheerst. 'Als je beweert dat ik dingen van je steel. Ik heb je net een heel mooie foto gegeven.'

'Ja.'

Ze glimlachte breed en likte langs haar lippen.

'Je hebt iets van mij gekregen,' ging ze verder, 'en nu wil ik ook iets van jou hebben.'

'Wat dan?' vroeg ik rustig.

'Waag het niet,' zei ze.

'Zeg maar wat…'

'Ik wil dat je me hypnotiseert,' antwoordde ze.

'Waarom heb je een plak bij mij voor de deur gelegd?' vroeg ik.

Ze staarde me leeg aan.

'Wat is een plak?'

'Daar straf je kinderen mee,' antwoordde ik.

'Ik heb niets bij je voor de deur gelegd.'

'Je hebt een oude…'

'Lieg niet!' riep ze uit.

Ze stond op en liep naar de deur.

'Eva, ik schakel de politie in als je niet begrijpt waar de grens ligt, als je niet snapt dat je mij en mijn gezin met rust moet laten.'

'En míjn gezin dan?' vroeg ze.

'Nu luister je naar me!'

'Fascistisch varken!' schreeuwde ze, en ze ging de kamer uit.

Mijn cliënten zaten in een halve cirkel voor me. Het was deze keer gemakkelijk geweest om hen te hypnotiseren. We waren samen heel zacht door het klotsende water afgedaald. Ik ging verder met Charlotte. Haar gezicht was zeer gespannen, ze had diepe wallen onder haar ogen en plooien bij haar kin.

'Het spijt me,' fluisterde Charlotte.

'Tegen wie praat je?' vroeg ik.

Haar hele gezicht vertrok even.

'Het spijt me,' herhaalde ze.

Ik wachtte. Het was duidelijk dat ze nu diep gehypnotiseerd was: ze ademde zwaar, maar stil.

'Je weet dat je veilig bij ons bent, Charlotte,' zei ik. 'Er kan je niets gebeuren, je voelt je goed en bent heerlijk ontspannen.'

Ze knikte bedroefd en ik wist dat ze me hoorde, dat ze mijn woorden volgde zonder de realiteit van de hypnose nog van de werkelijkheid te kunnen onderscheiden. In haar diepe hypnotische toestand was het alsof ze naar een film keek waarin ze zelf meedeed. Ze was publiek én actrice – maar niet in tweeën gedeeld, maar verenigd in één persoon.

'Niet boos zijn,' fluisterde ze. 'Het spijt me, alsjeblieft, het spijt me. Ik zal je troosten. Ik beloof het: ik zal je troosten.'

Ik hoorde de groep om me heen zwaar ademhalen en begreep dat we weer in het spookslot waren. We waren in Charlottes gevaarlijke kamer beland en ik wilde dat ze daar zou blijven. Ik wenste dat ze kracht genoeg zou hebben om op te kijken en iets te zien, een eerste blik zou kunnen werpen op datgene waar ze zo bang voor was. Ik wilde haar helpen, maar wilde deze keer niet mijn misstap van vorige week herhalen en het verloop forceren.

'Het is koud in de gymzaal van opa,' zei Charlotte opeens.

'Zie je iets?'

'Lange vloerstroken, een emmer, een snoer,' zei ze bijna geluidloos.

'Doe eens een stap terug,' zei ik.

Ze schudde haar hoofd.

'Charlotte, je doet nu een stap terug en legt je hand op de deurkruk.'

Ik zag haar oogleden trillen en er drongen een paar tranen door haar wimpers. Ze hield haar handen naakt en leeg op haar schoot, als een oude vrouw.

'Je voelt aan de deurkruk en je weet dat je de kamer op elk moment kunt verlaten,' zei ik.

'Mag dat?'

'Je drukt de deurkruk gewoon naar beneden en loopt naar buiten.'

'Het is het beste als ik gewoon wegga…'

Ze werd opeens stil, bracht haar kin omhoog en tilde vervolgens langzaam haar hoofd op, met haar mond halfopen als een kind.

'Ik blijf nog even,' zei ze zachtjes.

'Ben je alleen daar binnen?'

Ze schudde haar hoofd.

'Ik hoor hem,' mompelde ze, 'maar ik kan hem niet zien.'

Ze fronste haar voorhoofd alsof ze iets probeerde te zien wat onscherp was.

'Er is hier een dier,' zei ze toen opeens.

'Wat voor dier?' vroeg ik.

'Papa heeft een grote hond…'

'Is je vader daar?'

'Ja, hij is hier. Hij staat in de hoek bij de wandrekken. Hij is verdrietig, ik zie zijn ogen. Ik heb papa pijn gedaan, zegt hij. Papa is verdrietig.'

'En de hond?'

'De hond loopt om zijn benen, snuffelt. Hij komt dichterbij, loopt terug. Nu staat hij stil naast hem te hijgen. Papa zegt dat de hond op mij moet passen... Dat wil ik niet, dat zou niet moeten, hij is niet...'

Charlotte haalde diep adem. Ze liep het risico om uit de hypnose te raken als ze zo snel ging.

Er trok een angstige schaduw over haar gezicht en het leek me beter om uit de trance te komen, uit de zwarte zee. We hadden de hond gevonden – ze was gebleven en had naar hem gekeken. Dat was een heel grote stap voorwaarts. Over een tijdje zouden we de vraag oplossen wie die hond eigenlijk was.

Toen we door de watermassa's omhoogdreven, zag ik Marek zijn tanden ontbloten tegen Charlotte. Lydia stak haar hand door een donkergroene wolk van zeewier en zeegras, en probeerde Pierres wang te strelen. Sibel en Jussi deden hun ogen dicht en dreven naar boven. We kwamen Eva Blau tegen, die net onder het wateroppervlak hing.

We waren bijna wakker. De grens tussen de werkelijkheid en de hypnose is altijd onduidelijk en omgekeerd geldt hetzelfde: het stuk terug naar het territorium van het bewustzijn is altijd vaag.

'We nemen nu een pauze,' zei ik, en ik wendde me vervolgens tot Charlotte. 'Voel je je goed?'

'Bedankt,' zei ze, en ze sloeg haar ogen neer.

Marek stond op, vroeg Sibel om een sigaret en ging daarna samen met haar naar buiten. Pierre bleef naast Jussi zitten. Hij keek naar de grond en veegde snel over zijn ogen, alsof hij had gehuild. Lydia stond langzaam op, rekte zich uit en gaapte. Ik bedacht dat ik iets tegen Charlotte moest zeggen – dat ik blij was dat ze ervoor had gekozen om even in haar spookslot te blijven – maar ik zag haar niet meer.

Ik pakte mijn opschrijfboekje om snel wat aantekeningen te maken, maar werd onderbroken toen Lydia naar me toe kwam. Haar sieraden rinkelden zachtjes en ik rook haar muskparfum toen ze naast me ging staan en vroeg: 'Ben ik niet bijna aan de beurt?'

'De volgende keer,' antwoordde ik zonder op te kijken.

'Waarom vandaag niet?'

Ik legde mijn pen neer en keek haar aan.

'Omdat ik met Charlotte verder wil gaan, en daarna met Eva.'

'Volgens mij zei Charlotte dat ze naar huis ging.'

Ik glimlachte tegen Lydia.

'We zullen even afwachten,' zei ik.

'Maar als ze niet terugkomt?' hield Lydia vol.

'Oké, Lydia. Goed.'

Ze bleef een tijdje naar me staan kijken, tot ik mijn pen weer oppakte en begon te schrijven.

'Ik vraag me af of Eva wel in diepe hypnose kan raken,' zei Lydia opeens.

Ik keek weer op.

'Want ze wil eigenlijk haar etherlichaam niet ontmoeten,' ging ze verder.

'Haar etherlichaam?'

Ze glimlachte gegeneerd.

'Ik weet dat u andere woorden gebruikt,' zei ze, 'maar u begrijpt wel wat ik bedoel.'

'Lydia, ik probeer al mijn cliënten te helpen,' zei ik droog.

Ze hield haar hoofd schuin.

'Maar dat zal u niet lukken, hè?'

'Waarom denk je van niet?' vroeg ik.

Ze haalde haar schouders op.

'Statistisch gezien zal een van ons zelfmoord plegen. Een paar zullen er worden opgenomen en...'

'Zo kun je niet redeneren,' probeerde ik uit te leggen.

'Ik wel,' onderbrak ze me, 'want ik wil tot degenen behoren die het redden.'

Ze kwam nog een stapje dichterbij en kreeg opeens een onverwacht wrede blik in haar ogen toen ze zacht zei: 'Volgens mij is Charlotte degene die zelfmoord gaat plegen.'

Voordat ik iets kon zeggen, zuchtte ze en zei ze: 'Ze heeft in elk geval geen kinderen.'

Ik zag Lydia teruglopen naar haar stoel en plaatsnemen. Ik wierp een blik op mijn horloge en begreep dat er meer dan een kwartier was verstreken. Pierre, Lydia, Jussi en Eva waren weer teruggekeerd naar hun plaatsen. Ik riep Marek binnen, die op de gang in zichzelf liep te praten. Sibel stond in de deuropening te roken en giechelde vermoeid toen ik haar vroeg binnen te komen.

Lydia keek me voldaan aan toen ik uiteindelijk moest constateren dat Charlotte niet was teruggekomen.

'Goed,' zei ik, en ik vouwde mijn handen. 'Nu gaan we verder.'

Ik zag hun gezichten voor me. Ze waren er klaar voor. De sessies waren na de pauze eigenlijk altijd beter. Dan was het alsof iedereen weer verlangde naar de diepte, alsof het licht en het geluid daarbeneden ons fluisterend weer uitnodigden om terug te keren.

De inductie had onmiddellijk effect: Lydia was in slechts tien minuten onder diepe hypnose.

We vielen, en ik voelde het lauwe water over mijn huid stromen. Het grote grijze blok was bedekt met koralen. De poliepen met tentakels bewogen zich zwevend in de stroming. Ik zag elk detail, elke lichtgevende, vibrerende kleur.

'Lydia,' zei ik, 'waar bevind je je?'

Ze likte langs haar droge lippen en boog met haar hoofd achterover. Haar ogen waren licht gesloten, maar ze had een geïrriteerd trekje om haar mond en haar voorhoofd was gefronst.

'Ik pak het mes.'

Haar stem was droog en krakend.

'Wat voor mes?' vroeg ik.

'Het gekartelde mes op het aanrecht,' zei ze op een vragend toontje, en daarna zweeg ze even, met haar mond halfopen.

'Een broodmes?'

'Ja,' glimlachte ze.

'Ga door.'

'Ik snijd het pak ijs doormidden. Ik neem de ene helft en een lepel mee naar de bank voor de tv. Oprah Winfrey richt zich tot dokter Phil. Hij zit in het publiek en laat zijn wijsvinger zien. Hij heeft een rood draadje om zijn vinger geknoopt en wil net vertellen waarom, als Kasper begint te schreeuwen. Ik weet dat er niets is; hij probeert me alleen uit te dagen. Hij schreeuwt omdat hij weet dat ik daar verdrietig van word, dat ik wangedrag in mijn huis niet kan uitstaan.'

'Wat schreeuwt hij?'

'Hij weet dat ik wil horen wat dokter Phil zegt. Hij weet dat ik vrolijk word van Oprah… Daarom schreeuwt hij.'

'Wat schreeuwt hij nu?'

'Er zitten twee dichte deuren tussen ons,' zei ze. 'Maar ik hoor dat hij schuttingwoorden naar me roept. Hij roept: "kut, kut, kut…"'

Lydia had vuurrode wangen gekregen en het zweet parelde op haar voorhoofd.

'Wat doe jij?' vroeg ik.

Ze likte weer langs haar lippen en haar ademhaling was zwaar.

'Ik zet het geluid van de tv harder,' zei ze zacht. 'Het is een enorm kabaal. Er klinkt applaus, maar het voelt niet goed. Ik vind het niet leuk meer. Hij heeft het voor me verpest. Het is nu al gebeurd, maar ik zou het wel aan hem moeten uitleggen.'

Met samengeperste lippen glimlachte ze zwakjes. Haar gezicht was bijna wit en het water glinsterde in metaalachtige kolken over haar voorhoofd.

'Doe je dat ook?' vroeg ik.

'Wat?'

'Wat doe je, Lydia?'

'Ik… Ik loop langs de bijkeuken naar de kelder. Er komen gepiep en vreemde zoemende geluiden uit de kamer van Kasper. Het… Ik begrijp niet wat hij nu weer heeft verzonnen. Ik wil eigenlijk weer naar boven, naar de tv, maar ik loop naar de deur, doe hem open en ga naar binnen…'

Ze zweeg. Ze perste water door haar halfgesloten lippen naar buiten.

'Je gaat naar binnen,' herhaalde ik. 'Wáár ga je naar binnen, Lydia?'

Haar lippen bewogen zich zwak. De luchtbelletjes schitterden en verdwenen naar boven.

'Wat zie je?' vroeg ik voorzichtig.

'Kasper doet alsof hij slaapt als ik binnenkom,' zei ze langzaam. 'Hij heeft de foto van oma kapotgemaakt. Hij had beloofd er voorzichtig mee te zijn, want het is de enige foto die ik van mijn moeder heb. Nu heeft hij hem vernield en ligt hij daar gewoon te doen of hij slaapt. Ik bedenk dat ik zondag eens een hartig woordje met Kasper moet spreken; dan nemen we altijd door hoe we ons tegenover elkaar hebben gedragen. Ik vraag me af wat dokter Phil mij voor advies zou hebben gegeven. Ik merk dat ik de lepel nog steeds in mijn hand heb. Als ik erin kijk, zie ik niet mezelf, maar een teddybeer weerspiegeld in het metaal. Die moet hoog aan het plafond hangen…'

Lydia trok opeens pijnlijk met haar mond. Ze probeerde te lachen, maar er kwamen alleen vreemde geluiden. Ze probeerde het opnieuw, maar het klonk niet als een lach.

'Wat doe je?' vroeg ik.

'Ik kijk,' zei ze, en ze keek omhoog.

Opeens gleed Lydia van haar stoel en sloeg ze met haar achterhoofd tegen de zitting. Ik rende naar haar toe. Ze zat op de grond, nog steeds onder hypnose, maar niet meer zo diep. Ze staarde me verward en met bange ogen aan, en ik sprak haar kalmerend toe.

Ik weet niet waarom ik het gevoel had dat ik Charlotte moest bellen. Er was iets wat me verontrustte. Misschien kwam het doordat ik haar in de hypnose had overgehaald om langer in het spookslot te blijven dan ze eigenlijk durfde, dat ik haar trots had uitgedaagd en haar ertoe had aangezet haar blik op te slaan en voor het eerst naar de grote hond te kijken die om haar vaders benen had gelopen. Haar gedrag – de sessie verlaten zonder een verklaring te geven of te bedanken, zoals ze anders altijd deed – maakte me bezorgd.

Toen ik haar mobiele nummer intoetste, had ik meteen al spijt, maar ik wachtte toch tot het gesprek werd doorgeschakeld naar haar voicemail voordat ik ophing.

Na een late lunch bij Stallmästaregården fietste ik terug naar het Karolinska-ziekenhuis. De wind was koel, maar het voorjaarslicht stroomde langs de straten en gevels.

Ik zette de ongerustheid over Charlotte van me af, en bedacht dat ze zo'n enerverende ervaring had gehad dat ik haar een tijdje met rust moest laten. De bladeren op de Noordelijke Begraafplaats wervelden golvend in de wind en het licht.

Vandaag zou Kennet Benjamin ophalen; hij had hem beloofd dat hij mee mocht met een politieauto. Benjamin zou bij hem blijven slapen, omdat ik tot laat zou werken en Simone met een paar vriendinnen naar de opera zou gaan.

Ik had de geneeskundestudente Maja Swartling haar tweede interview toegezegd. Ik merkte dat ik ernaar uitkeek om met haar te praten, want mijn theorieën waren in principe door Charlotte bevestigd.

Ik verliet de spreekkamer en liep door de gang naar mijn eigen kamer. Bij de ingang van het ziekenhuis was het rustig, op een paar oudere dames na die op het gehandicapten- en ouderenvervoer wachtten. Het was mooi weer: verblindend zonlicht en opwaaiend stof. Het leek me een goed idee die avond een rondje te gaan hardlopen zo gauw ik vrij was.

Toen ik bij mijn kantoor kwam, stond Maja Swartling al bij de deur te wachten. Haar volle, roodgestifte lippen spreidden zich in een brede glimlach en de klem in haar koolzwarte haar glinsterde toen ze zich vooroverboog en op haar gebruikelijke humoristische wijze vroeg: 'Ik hoop dat de dokter geen spijt heeft van interview nummer twee.'

'Nee, hoor,' zei ik, en er ging iets onbestemds door me heen toen ik naast haar stond en de deur openmaakte. Onze ogen ontmoetten elkaar en ik zag een onverwachte ernst in haar blik toen ze langs me heen de kamer in liep.

Opeens was ik me bewust van mijn eigen lichaam, van mijn voeten, van mijn mond. Ze begon te blozen toen ze haar map met papieren, een pen en een blocnote pakte.

'Wat is er gebeurd sinds de vorige keer dat we elkaar hebben gezien?' vroeg ze.

Ik bood Maja een kop koffie aan uit de pantry, en daarna begon ik te vertellen over de geslaagde sessie van die ochtend.

'Ik denk dat we de dader van Charlotte hebben gevonden,' zei ik. 'Degene die haar zo ontzettend pijn heeft gedaan dat ze telkens probeert zelfmoord te plegen.'

'Wie is dat dan?'

'Een hond,' zei ik ernstig.

Maja lachte niet. Ze had zich goed ingelezen en wist dat een van mijn theorieën, de meest gedurfde en de meest opvallende, gebaseerd was op de oeroude structuur van de fabel: mensen in een dierengedaante – een van de oudste manieren om dingen te vertellen die anders verboden, verleidelijk of te beangstigend zouden zijn.

Voor mijn cliënten was het een manier om om te gaan met het onbegrijpelijke: dat degene die jou zou beschermen en liefhebben, je juist op de meest vreselijke manier pijn heeft gedaan.

Het was voor mij heel eenvoudig – bijna verraderlijk gemakkelijk – om met Maja Swartling te praten. Ze was ingelezen, maar geen expert. Ze stelde intelligente vragen en kon goed luisteren.

'En Marek Semiovic? Hoe gaat het met hem?' vroeg ze terwijl ze op haar pen kauwde.

'Je kent zijn achtergrond. Hij is tijdens de oorlog in Bosnië als vluchteling naar Zweden gekomen en heeft eigenlijk alleen voor zijn lichamelijke letsel hulp gekregen.'

'Ja.'

'Hij is interessant voor mijn onderzoek, ook al begrijp ik nog niet precies wat er gebeurt, want op grote hypnotische diepte belandt hij altijd in dezelfde ruimte en dezelfde herinnering. Hij wordt gedwongen mensen te martelen – mensen die hij kent, jongens met wie hij als kind heeft gespeeld – maar dan gebeurt er iets.'

'In de hypnose?'

'Ja. Hij weigert verder te gaan.'

Maja noteerde iets, bladerde in haar papieren en keek op.

Ik koos ervoor om niet over Lydia te vertellen – dat ze tijdens de hypnose van haar stoel was gegleden – maar zette in plaats daarvan mijn ideeën uiteen over de vrije wil, die in de hypnose alleen wordt begrensd doordat je niet tegen jezelf kunt liegen.

De tijd verstreek en het was avond geworden. De gang buiten mijn kamer lag er stil en verlaten bij.

Maja stopte haar spullen in een aktetas, sloeg een sjaal om haar hals en stond op.

'De tijd vliegt,' zei ze verontschuldigend.

'Bedankt,' zei ik, en ik gaf haar een hand.

Ze aarzelde, maar toen vroeg ze toch: 'Mag ik dan vanavond op een drankje trakteren?'

Ik dacht na. Simone en haar vriendinnen zouden naar de opera gaan, naar *Tosca*, en ze zou laat thuiskomen. Benjamin sliep bij zijn opa en zelf was ik van plan geweest een groot deel van de avond te werken.

'Dat zou kunnen,' zei ik, met een gevoel dat ik een grens overschreed.

'Ik weet een leuk tentje op Roslagsgatan,' zei Maja. 'Het heet Peterson-Berger. Heel simpel, maar erg gezellig.'

'Goed,' zei ik alleen maar, en ik pakte mijn jas, deed het licht uit en sloot de deur af.

We fietsten langs het Haga-park en het water van Brunnsviken naar Norrtull. Er was bijna geen verkeer. Het was niet later dan halfacht. Het voorjaar weerklonk in het vogelgetjilp in de bomen.

We parkeerden onze fietsen tegenover het parkje bij de oude herberg Claes på Hörnet. Toen we samen naar binnen gingen en de lachende blikken van de gastvrouw ontmoetten, begon ik te twijfelen. Zou ik hier wel moeten zijn? Wat moest ik zeggen als Simone belde en vroeg wat ik aan het doen was? Er sloeg een golf van ongenoegen door me heen – en stroomde verder. Maja was een collega, we wilden ons gesprek voortzetten en Simone was vanavond toch uit met haar vriendinnen? Zij zaten vermoedelijk op dit moment aan de wijn in het restaurant van de opera.

Maja keek verwachtingsvol. Ik kon niet precies begrijpen wat ze hier eigenlijk met mij deed. Ze was stralend mooi, jong en extrovert. Ik was zeker vijftien jaar ouder dan zij, en getrouwd.

'Ik ben dol op hun kippenspiesjes met komijn,' zei ze terwijl ze voor me uit liep naar een tafeltje in het achterste gedeelte van het restaurant.

We gingen zitten en er kwam meteen een vrouw met een kan water naar ons toe. Met haar kin in haar handen keek Maja naar het glas en zei rustig: 'Als we het hier zat worden, kunnen we altijd nog naar mijn huis gaan.'

'Maja, zit je met me te flirten?'

Ze lachte en de kuiltjes in haar wangen verdiepten zich.

'Mijn vader zei altijd dat ik zo ben geboren: als een onverbeterlijke flirt.'

Ik bedacht dat ik niets over haar wist, terwijl zij zich zo overduidelijk had verdiept in alles wat ik had gedaan.

'Was je vader ook arts?' vroeg ik nu.

Ze knikte.

'Professor Jan E. Swartling.'

'De neurochirurg?' vroeg ik, onder de indruk.

'Of hoe je het ook wilt noemen als iemand in het hoofd van een ander zit te wroeten,' zei ze wrang.

Dat was de eerste keer dat de glimlach van haar gezicht verdween.

We aten en ik voelde me steeds meer opgelaten. Ik dronk te snel en bestelde meer wijn. Het was alsof de blikken van het personeel – hun vanzelfsprekende veronderstelling dat we een stel waren – me zenuwachtig maakten. Ik was behoorlijk aangeschoten en keek niet eens op de rekening toen ik mijn handtekening zette, maakte er een prop van en gooide die naast de prullenbak bij de garderobe. Eenmaal op straat, in de hoge, zwoele voorjaarsavond, ging ik er helemaal van uit dat ik naar huis zou gaan. Maar Maja wees naar een portiek en vroeg of ik nog even boven wilde komen, alleen om te zien hoe ze woonde en een kop thee te drinken.

'Maja,' zei ik, 'je bent onverbeterlijk. Je vader heeft volkomen gelijk.'

Ze giechelde en stak haar arm door de mijne.

We stonden vlak tegen elkaar aan in de lift. Ik kon het niet nalaten om naar haar volle, lachende mond, haar hagelwitte tanden, haar hoge voorhoofd en zwarte glanzende haar te kijken.

Ze merkte het en aaide me voorzichtig over mijn wang. Ik boog me voorover en wilde haar net kussen, maar werd tegengehouden toen de lift met een schok tot stilstand kwam.

'Kom,' fluisterde ze, en ze maakte de voordeur open.

Haar flat was heel klein maar erg gezellig. De muren waren geschilderd in een zachte kleur zeeblauw en voor het enige raam hingen witte linnen gordijnen. De kitchenette was fris, met witte plavuizen en een modern gasfornuis. Maja liep ernaartoe en ik hoorde haar een fles wijn openmaken.

'Ik dacht dat we thee zouden drinken,' zei ik toen ze met de fles en twee wijnglazen in haar handen terugkwam.

'Dit is beter voor je hart,' zei ze.

'Goed dan,' antwoordde ik, en ik pakte een glas aan en morste wijn op mijn hand.

Ze veegde mijn hand af met een theedoek, ging op het smalle bed zitten en leunde achterover.

'Gezellig appartement,' zei ik.

'Vreemd om je hier te hebben,' glimlachte ze; ze tutoyeerde me nu. 'Ik bewonder je al zo lang en…'

Opeens vloog ze overeind.

'Ik moet een foto van je maken!' riep ze giechelend. 'De beroemde dokter bij mij thuis!'

Ze haalde haar camera en concentreerde zich.

'Kijk eens ernstig,' zei ze, en ze keek naar me door de zoeker.

Giebelend fotografeerde ze me en spoorde ze me aan te poseren. Ze stak de draak met me, zei dat ik er lekker uitzag en vroeg me mijn lippen te tuiten.

'Wat sexy!' zei ze vrolijk.

'Wordt dit de cover van de *Vogue*?'

'Als ze mij niet kiezen,' zei ze, en ze gaf mij de camera.

Ik stond op, voelde dat ik niet helemaal vast op mijn benen stond en keek naar haar door de zoeker. Ze was achterover gaan liggen op bed.

'Jij wint,' zei ik, en ik nam een foto.

'Mijn broer noemde me altijd "spekkie",' zei ze. 'Vind jij ook dat ik dik ben?'

'Je bent juist ontzettend mooi,' fluisterde ik, en ik zag dat ze rechtop ging zitten en haar trui over haar hoofd trok. Ze droeg een lichtgroene zijden bh over haar weelderige boezem.

'Maak eens een foto,' fluisterde ze terwijl ze haar bh losmaakte.

Ze werd knalrood en glimlachte. Ik stelde scherp, keek in haar pikzwarte, fonkelende ogen, zag haar lachende mond en haar jonge, volle borsten met de lichtroze tepels.

Ik fotografeerde haar terwijl ze poseerde en me gebaarde dichterbij te komen.

'Ik zal een close-up maken,' mompelde ik, en ik ging op mijn knieën zitten. Ik voelde mijn hele lichaam bonken van geilheid.

Ze tilde haar ene borst op. De camera flitste. Ze fluisterde tegen me dat ik dichterbij moest komen. Ik had een enorme erectie, het deed gewoon pijn. Ik bracht de camera omlaag, boog me voorover en nam haar ene borst in mijn mond. Ze drukte hem tegen mijn gezicht. Ik likte en zoog aan de harde tepel.

'Mijn god,' fluisterde ze. 'Jezus, wat lekker!'

Haar huid was dampend heet. Ze knoopte haar spijkerbroek los, trok hem omlaag en schopte hem uit. Ik stond op, bedacht dat ik het niet kon maken om met haar te neuken, maar pakte de camera en maakte nog meer foto's. Ze droeg een lichtgroen slipje.

'Kom nu,' fluisterde ze.

Ik keek weer naar haar door de zoeker; ze glimlachte breeduit en spreidde haar benen. Ik zag haar donkere schaamhaar aan weerskanten van haar slipje.

'Het mag,' zei ze.

'Ik kan niet,' antwoordde ik.

'Volgens mij kun je best,' glimlachte ze.

'Maja, je bent gevaarlijk. Levensgevaarlijk,' zei ik, en ik legde de camera weg.

'Ik weet wel dat ik stout ben.'

'Ik ben een getrouwd man, begrijp je dat?'

'Vind je mij niet mooi?'

'Je bent fantastisch mooi, Maja.'

'Mooier dan je vrouw?'

'Hou op.'

'Maar word je geil van me?' fluisterde ze. Ze giechelde en werd toen serieus.

Ik knikte, deed een paar stappen achteruit en zag haar tevreden lachen.

'Ik mag toch wel doorgaan met mijn interviews?'

'Jazeker,' zei ik, en ik liep naar de deur.

Ik zag dat ze een kushandje in mijn richting wierp, beantwoordde dat, ging de flat uit, haastte me naar beneden en pakte mijn fiets.


's Nachts droomde ik dat ik een steenreliëf aan het bekijken was dat drie nimfen voorstelde. Ik werd wakker doordat ik hardop iets zei, zo hard dat ik mijn eigen stem in de stille, donkere slaapkamer hoorde weergalmen. Simone was thuisgekomen terwijl ik sliep; in haar slaap bewoog ze zich naast me. Ik was klam van het zweet en de alcohol raasde nog steeds door mijn bloed. Buiten reed er een wagen van de gemeentereiniging met zwaaiend knipperlicht en veel kabaal voor het raam langs. Het was stil in huis. Ik nam een tablet en probeerde niet te denken, maar het drong wel tot me door wat er de avond tevoren was gebeurd. Ik had Maja Swartling zo goed als naakt gefotografeerd. Ik had foto's genomen van haar borsten, haar benen, haar lentegroene slipje. Maar we waren niet met elkaar naar bed geweest, herhaalde ik voor mezelf. Ik was over de grens gegaan, maar had Simone niet echt bedrogen. Ik was nu klaarwakker. Zo wakker als wat. Wat mankeerde ik? Hoe had ik me in godsnaam kunnen laten overhalen om Maja naakt te fotograferen? Ze was mooi, verleidelijk. Ik was gevleid geweest door haar. Was dat alles wat ervoor nodig was? Het verbaasde me dat ik een zwak punt bij mezelf had gevonden: ik was ijdel. Niets in mij kon beweren dat ik verliefd op haar was; het was mijn ijdelheid die het zo goed met haar kon vinden.

Ik draaide me om en trok het dekbed over mijn hoofd, en even later was ik weer diep in slaap.

Charlotte was niet op de sessie verschenen. Dat was niet goed; ik had haar vandaag al een vervolgbehandeling willen geven. Marek bevond zich in diepe hypnotische rust. Hij zat in elkaar gedoken; zijn trui spande over zijn bovenarmen en zijn overontwikkelde rugspieren. Zijn haar was gemillimeterd en zijn hoofd zat vol littekens. Hij maakte langzame kauwbewegingen, bracht zijn hoofd omhoog en keek mij met lege ogen aan.

'Ik kan niet ophouden met lachen,' zei hij op luide toon, 'want door die elektrische schokken springt die vent uit Mostar als een stripfiguur in het rond.'

Marek keek vrolijk en bewoog met zijn hoofd op en neer.

'Die knul ligt op de betonnen vloer, donker van het bloed; hij ademt snel, heel snel. Dan kruipt hij in elkaar en begint te janken. Verdomme, ik schreeuw tegen hem dat hij moet opstaan, dat ik hem afmaak als hij niet opstaat, dat ik die hele verdomde bajonet in zijn reet steek!'

Marek zweeg even. Daarna ging hij op dezelfde holle, lichte toon verder: 'Hij komt overeind. Hij kan moeilijk blijven staan. Zijn benen schokken, zijn pik is gekrompen. Hij beeft, vraagt om vergeving, zegt dat hij niets verkeerd heeft gedaan. Ik loop naar hem toe, kijk naar zijn bebloede tanden en geef hem een flinke elektrische schok in zijn hals. Hij stampt op de grond, fladdert met opengesperde ogen in het rond, klapt een paar keer met zijn hoofd tegen de muur. Zijn benen schokken. Ik moet ontzettend lachen. Hij glijdt naar opzij langs de balustrade, er stroomt bloed uit zijn mond, en dan zakt hij op de dekens in de hoek in elkaar. Ik lach naar hem, buig me voorover, geef hem een nieuwe stoot, maar zijn lichaam stuitert alleen maar als een dood varken. Ik roep naar de deur dat de lol eraf is, maar ze komen binnen met de oudere broer van die knul. Hem ken ik wel, we hebben een jaar samengewerkt bij Alumini, de fabriek verderop bij…'

Marek zweeg, met trillende kin.

'Wat gebeurt er nu?' vroeg ik zachtjes.

Hij zweeg een tijdje voor hij verderging: 'De vloer is bedekt met groen gras. Ik kan die jongen uit Mostar niet meer zien; er is daar alleen een heuveltje met gras.'

'Is dat niet vreemd?' vroeg ik.

'Ik weet het niet, ik zie die kamer niet meer. Ik ben buiten, loop over een zomerwei. Het gras is vochtig en koud onder mijn voeten.'

'Wil je terug naar het grote huis?'

'Nee.'

Ik tilde iedereen voorzichtig omhoog uit de hypnose en zorgde dat iedereen zich goed voelde voordat ik het gesprek begon. Marek veegde de tranen van zijn wangen en rekte zich uit. Hij had grote zweetplekken onder zijn armen.

'Ik werd gedwongen. Het was hun ding… Ze dwongen me mijn oude vrienden te martelen,' zei hij.

'Dat weten we,' zei ik.

Hij keek ons schuw en zoekend aan.

'Ik moest lachen omdat ik bang was, want zo ben ik helemaal niet. Ik ben niet gevaarlijk,' fluisterde hij.

'Er is niemand die je veroordeelt, Marek.'

Hij rekte zich opnieuw uit en keek me met een zelfverzekerde blik aan.

'Ik heb vreselijke dingen gedaan,' zei hij terwijl hij aan zijn hals krabde en onrustig draaide op zijn stoel.

'Je werd gedwongen.'

Marek spreidde zijn handen.

'Maar ergens ben ik zo opgefokt,' zei hij, 'dat ik ernaar terugverlang.'

'O ja?'

'Shit!' piepte hij. 'Ik klets maar wat. Ik weet het niet, ik weet niets.'

'Volgens mij herinner je je alles prima,' kwam Lydia opeens met een vriendelijk lachje tussenbeide. 'Waarom wil je het niet vertellen?'

'Hou je bek!' riep Marek uit en hij liep met zijn grote hand geheven naar haar toe.

'Ga zitten!' riep ik.

'Marek, je mag niet tegen me schreeuwen,' zei Lydia rustig.

Hij ontmoette haar blik en bleef staan.

'Sorry,' zei hij met een onzeker glimlachje. Hij streek met zijn hand een paar keer over zijn kruin en ging weer zitten.

In de pauze stond ik met een beker koffie in mijn hand door het open raam naar buiten te kijken. Het was een donkere dag en er dreigde regen. De lucht die binnenstroomde was koud en voerde een zwakke geur van bladeren met zich mee. In de therapieruimte waren mijn cliënten weer naar hun plaatsen gegaan.

Eva Blau was van top tot teen gekleed in het blauw. Ze had haar smalle lippen met blauwe lippenstift bewerkt en haar wimpers met blauwe mascara. Ze leek zoals gewoonlijk rusteloos; ze sloeg haar vest om haar schouders en haalde het er weer af, telkens weer.

Lydia stond met Pierre te praten. Hij luisterde naar haar, terwijl zijn ogen en mond steeds samentrokken. Dat was een tic van hem.

Marek had zijn rug naar me toe gekeerd. Zijn bodybuildersspieren spanden zich toen hij iets in zijn rugzak zocht.

Ik kwam overeind en wenkte Sibel naar binnen, die meteen haar sigaret uitdrukte tegen haar schoenzool en de peuk in het pakje stopte.

'Laten we doorgaan,' zei ik, en ik nam me voor een nieuwe poging met Eva Blau te doen.

Het gezicht van Eva Blau stond gespannen. Er lag een spottend lachje om haar mond met de blauwgestifte lippen. Ik lette erg op haar manipulatieve volgzaamheid. Ze wilde zich niet gedwongen voelen, maar ik had wel een idee hoe ik voor haar zou kunnen benadrukken dat de hypnose vrijwillig was. Het was overduidelijk dat ze hulp nodig had om zich te ontspannen en te kunnen neerdalen.

Toen ik tegen de anderen zei dat ze hun kin op hun borst moesten laten vallen, reageerde Eva onmiddellijk met een brede glimlach. Ik telde terug. Ik voelde de waterval tegen mijn rug, merkte hoe het water mij omsloot, maar bleef alert. Eva zat naar Pierre te gluren en probeerde net zo te ademen als hij.

'Jullie dalen langzaam af,' zei ik. 'Jullie zijn steeds dieper in rust, ontspannen – een aangename zwaarte.'

Ik liep achter mijn cliënten langs, zag hun bleke nekken en ronde ruggen, bleef staan bij Eva en legde een hand op haar schouder. Zonder haar ogen open te doen, bracht ze voorzichtig haar hoofd omhoog en tuitte licht haar lippen.

'Nu praat ik alleen met Eva,' zei ik. 'Ik wil dat jij wakker blijft, maar voortdurend ontspannen bent. Je moet naar mijn stem luisteren als ik tegen de groep praat, maar je mag niet gehypnotiseerd raken. Voel dezelfde kalmte, dezelfde aangename verzonkenheid, maar blijf de hele tijd wakker.'

Ik voelde dat haar schouders zich ontspanden.

'Nu richt ik me weer tot iedereen. Luister naar me. Ik ga nu terugtellen,' ging ik verder. 'En bij elk getal gaan we dieper omlaag en worden we steeds meer ontspannen. Maar Eva, jij gaat alleen maar in gedachten mee. Jij bent de hele tijd bij bewustzijn en wakker.'

Terwijl ik terugkeerde naar mijn plaats, telde ik terug in series en toen ik op mijn stoel voor hen ging zitten, zag ik dat Eva's gezicht mat stond. Ze zag er anders uit. Het was bijna niet te geloven dat dit dezelfde persoon was. Haar onderlip hing omlaag, de vochtige roze binnenkant contrasteerde met de blauwe lippenstift en ze ademde zwaar. Ik keerde me in mezelf, liet los en zonk door het water in een donkere liftschacht. We bevonden ons in een wrak of in een huis dat onder water stond. Er kwam een stroom koel water van onderen op me af. Er stroomden luchtbellen en stukjes zeewier langs.

'Ga maar verder naar beneden – dieper, rustiger,' maande ik voorzichtig.

Na ongeveer twintig minuten stonden we allemaal diep onder water op een vlakke stalen vloer. Er hadden een paar schelpen houvast gekregen op het metaal. Hier en daar waren kleine opeenhopingen van algen te zien. Er kroop een witte krab over het gladde oppervlak. De groep stond in een halve cirkel voor me. Eva's gezicht was bleek en stond vragend. Er kabbelde een grijs licht over haar wangen; het reflecteerde en stroomde.

Haar gezicht zag er naakt uit toen ze zo diep ontspannen was, bijna als dat van een non. Er vormde zich een belletje speeksel tussen haar slap geopende lippen.

'Eva, ik wil dat je rustig praat en blijft staan bij wat je ziet.'

'Aha,' mompelde ze.

'Vertel het aan ons,' probeerde ik. 'Waar bevind je je?'

Ze zag er opeens eigenaardig uit. Het leek alsof ze zich ergens over verbaasde.

'Ik ben weggegaan. Ik loop op het zachte pad met dennennaalden en lange dennenappels,' fluisterde ze. 'Misschien ga ik naar de kanoclub, door het raam aan de achterkant naar binnen kijken.'

'Doe je dat nu?'

Eva knikte en blies als een ontevreden kind haar wangen bol.

'Wat zie je?'

'Niets,' zei ze snel en afwerend.

'Niets?'

'Alleen een klein dingetje... dat ik met schoolkrijt op straat schrijf, voor het postkantoor.'

'Wat schrijf je?'

'Niets bijzonders.'

'Zie je iets door het raam?'

'Nee... alleen een jongen. Ik kijk naar een jongen,' mompelde ze. 'Heel lief, heel schattig. Hij ligt in een klein bed, op een slaapbank. Een man met een witte badstof badjas gaat boven op hem liggen. Het ziet er goed uit. Ik vind het fijn om naar ze te kijken. Ik hou van jongens, ik wil voor ze zorgen, ze kussen.'

Eva zat naderhand met haar mond te trekken. Ze keek iedereen binnen de groep aan met een blik die alle kanten op schoot.

'Ik was niet gehypnotiseerd,' zei ze.

'Je was ontspannen, dat werkt net zo goed,' antwoordde ik.

'Nee, helemaal niet, want ik dacht niet na bij wat ik zei. Ik zei gewoon maar wat. Het betekent niets, het waren alleen maar fantasieën.'

'Bestond die kanoclub niet echt?'

'Nee,' antwoordde ze kortaf.

'Het zachte pad?'

'Dat heb ik gewoon verzonnen,' zei ze onverschillig.

Het was duidelijk dat ze zich bezwaard voelde doordat ze gehypnotiseerd was geweest en dingen had beschreven die ze in het echt had meegemaakt. Eva Blau was iemand die anders nooit iets over zichzelf vertelde wat met de werkelijkheid van doen had.

Marek spuugde stilletjes in zijn handpalm toen hij merkte dat Pierre naar hem zat te kijken. Pierre werd rood en wendde snel zijn blik af.

'Ik ben nooit gemeen geweest tegen jongens,' ging Eva op luidere toon verder. 'Ik ben lief, ik ben een lief iemand, en alle kinderen mogen mij graag. Ik zou graag willen oppassen. Lydia, ik was gisteren bij jou huis, maar durfde niet aan te bellen.'

'Doe dat niet nog een keer,' zei Lydia zachtjes.

'Wat?'

'Naar mijn huis komen,' zei ze.

'Je kunt me vertrouwen,' vervolgde Eva. 'Charlotte en ik zijn al dikke vriendinnen. Ze maakt eten voor me en ik pluk bloemen, die ze op tafel kan zetten.'

Eva's lippen vertrokken zich toen ze zich weer tot Lydia wendde en ze vervolgde: 'Ik heb een speeltje voor je zoontje gekocht, voor Kasper. Het is maar een kleinigheid, een ventilatortje dat eruitziet als een helikopter. Je kunt jezelf met het propellertje verkoeling geven.'

'Eva,' zei Lydia donker.

'Het is totaal niet gevaarlijk. Je kunt je er niet aan bezeren, ik zweer het.'

'Je komt niet naar mijn huis,' zei Lydia. 'Heb je dat gehoord?'

'Vandaag niet, dat gaat niet. Ik ga naar Marek, want die heeft volgens mij gezelschap nodig.'

'Eva, je hebt gehoord wat ik heb gezegd,' zei Lydia.

'Ik red het vanavond toch niet,' glimlachte ze terug.

Lydia's gezicht werd wit en gespannen. Ze stond snel op en ging de kamer uit. Eva bleef zitten en keek haar na.

Simone was nog niet gearriveerd toen ik naar ons tafeltje werd gebracht. Het stond er verlaten bij, met het briefje met onze namen erop in een glas. Ik ging zitten en vroeg me af of ik een drankje zou bestellen voordat ze kwam. Het was tien over zeven. Ik had zelf het tafeltje bij restaurant KB op Smålandsgatan geboekt. Ik was vandaag jarig en voelde me blij. We gingen tegenwoordig nog maar zelden uit samen; zij was druk bezig met haar galerieproject en ik met mijn onderzoek. En als we al een avondje samen hadden, bleven we meestal thuis met Benjamin, lekker op de bank met een film of een televisiespelletje.

Ik liet mijn blik over de bonte afbeeldingen aan de muur glijden. De hele wand hing vol modernistische voorstellingen van slanke, geheimzinnig lachende mannen en weelderige vrouwen. De wandschildering was op een avond na een bijeenkomst van de kunstenaarsclub op de bovenverdieping tot stand gekomen. Het was een samenwerkingsverband van Grünewald, Chatam, Högfeldt, Werkmäster en de andere grote modernisten. Simone wist vermoedelijk precies hoe het was ontstaan, en ik glimlachte bij mezelf toen ik eraan dacht dat ze me een uitvoerig college zou geven over hoe deze beroemde mannen hun vrouwelijke collega's hadden verdrongen en hadden buitengesloten.

Het was tien voor halfacht toen ik een martiniglas Absolutwodka, een paar druppels Noilly Prat en een sliertje limoenschil kreeg. Ik besloot nog even te wachten met bellen en probeerde mijn ergernis te onderdrukken.

Ik proefde van mijn drankje, maar werd toch ongerust. Ik pakte met tegenzin mijn telefoon, toetste Simones nummer in en wachtte.

'Simone Bark.'

Ze klonk verstrooid en haar stem weerkaatste.

'Sixan, met mij. Waar zit je?'

'Erik? Ik ben in de nieuwe ruimte. We zijn aan het schilderen en…'

Het werd opeens stil aan haar kant. Daarna hoorde ik Simone hardop kreunen.

'O nee. Nee! Het spijt me, Erik. Ik ben het helemaal vergeten. Het is al de hele dag een gekkenhuis, met de loodgieter en de elektricien, en…'

'Dus je bent daar nog?'

Ik kon mijn teleurstelling niet verhullen.

'Ja, ik zit helemaal onder het gips en de verf…'

'We zouden samen uit eten gaan,' zei ik mat.

'Ik weet het, Erik. Het spijt me. Ik ben het vergeten…'

'We hebben anders wél een mooi tafeltje,' voegde ik er spottend aan toe.

'Het heeft geen enkele zin op mij te gaan zitten wachten,' zuchtte ze, en hoewel ik hoorde hoe verdrietig ze was, was ik best kwaad.

'Erik,' fluisterde ze in de hoorn. 'Sorry.'

'Het is wel goed,' zei ik chagrijnig, en ik hing op.

Het had weinig zin om ergens anders heen te gaan. Ik had trek en was tenslotte in een restaurant.

Ik wenkte snel de ober en bestelde een voorgerecht: gemarineerde haring met een biertje, met daarna de krokant gebakken eendenborst met uitgebakken spekjes en sinaasappeljus en een glas bordeaux als hoofdgerecht, en ter afsluiting een Gruyère Alpage met honing toe.

'U kunt het andere couvert weghalen,' zei ik tegen de ober, die me medelijdend aankeek toen hij het Tsjechische bier in mijn glas schonk en haring en knäckebröd serveerde.

Had ik mijn blocnote maar bij me, zodat ik tijdens het eten nog iets nuttigs had kunnen doen.

Opeens ging de telefoon in mijn binnenzak. Even dacht ik dat Simone een grapje had gemaakt en dat ze elk moment binnen kon komen, maar dat bleek niet het geval.

'Erik Maria Bark,' zei ik, en ik hoorde hoe vlak mijn stem klonk.

'Dag, met Maja Swartling.'

'O, hallo, Maja,' zei ik kort.

'Ik wilde vragen… Jeetje, wat een herrie is het daar. Bel ik ongelegen?'

'Ik zit bij KB,' zei ik. 'Ik ben vandaag jarig,' voegde ik eraan toe, zonder te weten waarom.

'O, leuk. Gefeliciteerd. Het klinkt alsof je met een groot gezelschap bent.'

'Ik zit hier in mijn eentje,' zei ik kortaf.

'Erik… Het spijt me dat ik geprobeerd heb je te verleiden. Ik schaam me dood,' zei ze zachtjes.

Ik hoorde dat ze haar keel schraapte en daarna probeerde neutraal te klinken toen ze vroeg: 'Ik wilde vragen of je de uitgewerkte aantekeningen van ons eerste gesprek wilt lezen. Ze zijn klaar en ze gaan naar mijn promotor, maar als jij ze eerst wilt lezen, dan…'

'Leg ze maar in mijn postvakje,' zei ik.

We beëindigden het gesprek en ik schonk het laatste bier in mijn glas, dronk het leeg en liet de ober afruimen. Hij kwam bijna meteen terug met de eendenborst en de rode wijn.

Ik at met een neerslachtig leeg gevoel, me maar al te goed bewust van het mechanisme van kauwen en slikken, het ingetogen schrapen van mijn bestek op het bord. Ik dronk mijn derde glas wijn en stelde me voor dat de figuren op de muur mijn cliënten waren. De weelderige dame die innemend haar donkere haar in haar nek bijeengreep zodat haar deinende boezem omhoogkwam, was Sibel. De tengere, angstige man in pak was Pierre. Jussi stond verstopt achter een eigenaardige grijze gestalte en Charlotte zat mooi gekleed en met rechte rug aan een ronde tafel met Marek, die gekleed was in een kinderlijk kostuum.

Ik weet niet hoe lang ik naar de figuren op de muur had zitten staren, toen ik opeens achter me een stem buiten adem hoorde zeggen: 'Godzijdank, je bent er nog!'

Het was Maja Swartling.

Ze glimlachte breeduit en gaf me een knuffel, die ik stijfjes beantwoordde.

'Gefeliciteerd met je verjaardag, Erik.'

Ik rook hoe schoon haar dikke zwarte haar was, en ergens in haar nek had zich een lichte geur van jasmijn verstopt.

Ze wees op de stoel tegenover mij.

'Mag ik?'

Ik had haar moeten afwijzen, moeten zeggen dat ik mezelf had beloofd haar nooit weer te zien. Zij had beter moeten weten en niet hierheen moeten komen. Maar ik aarzelde, want ondanks alles moest ik toegeven dat ik blij was met wat gezelschap.

Ze stond bij de stoel op een antwoord te wachten.

'Ik kan moeilijk nee tegen je zeggen,' zei ik, en ik hoorde hoe dubbelzinnig dat klonk. 'Ik bedoel…'

Ze ging zitten, wenkte de ober en bestelde een glas wijn. Daarna keek ze me scherp aan en legde een doosje bij mijn bord.

'Het is maar een kleinigheidje,' verklaarde ze, en ze kreeg meteen vlammend rode wangen.

'Een cadeautje?'

Ze haalde haar schouders op.

'Iets kleins, het is puur symbolisch… Ik wist immers pas twintig minuten geleden dat je jarig was.'

Ik maakte het doosje open en ontdekte tot mijn verbazing iets wat eruitzag als een minikijkertje.

'Het is een anatomische kijker,' vertelde Maja. 'Die heeft mijn overgrootvader uitgevonden. Volgens mij heeft hij zelfs de Nobelprijs gekregen – maar niet voor die kijker. In die tijd kregen alleen Zweden en Noren de prijs,' voegde ze er verontschuldigend aan toe.

'Een anatomische kijker,' herhaalde ik vragend.

'Hoe dan ook, hij is heel schattig en zo antiek als wat. Het is een stom cadeau, ik weet het…'

'Dat moet je niet zeggen. Hij is…'

Ik keek in haar ogen en zag hoe mooi ze was.

'Wat ontzettend aardig van je, Maja. Heel erg bedankt.'

Ik legde het kijkertje voorzichtig weer in het doosje en stopte dat in mijn zak.

'Mijn glas is nu al leeg,' zei ze verbaasd. 'Zullen we een fles bestellen?'

Het was al laat toen we besloten om verder te gaan bij Riche, vlak bij het koninklijk theater. We vielen bijna om toen we onze jassen bij de garderobe wilden afgeven. Maja leunde op mij en ik schatte de afstand tot de muur verkeerd in. Toen we ons evenwicht hadden hervonden en we het sombere, bloedserieuze gezicht van de garderobejuffrouw zagen, begon Maja zo ontzettend te lachen dat ik haar moest afvoeren naar een hoek van de bar.

Het was druk en warm bij Riche. We dronken elk een gin-tonic, stonden tegen elkaar aan gedrukt, probeerden te praten en begonnen elkaar opeens heftig te zoenen. Ik voelde dat ze met haar achterhoofd tegen de muur aan kwam toen ik me tegen haar aan drukte. De muziek dreunde. Ze praatte in mijn oor en herhaalde dat we naar haar huis moesten gaan.

We renden naar buiten en sprongen in een taxi.

'Naar Roslagsgatan,' zei ze met dubbele tong. 'Roslagsgatan 17.'

De chauffeur knikte en draaide Birger Jarlsgatan in. Het was misschien twee uur en het begon alweer licht te worden. De huizen die langsflitsten, waren bleekgrijs als schaduwen. Maja leunde tegen me aan en ik dacht dat ze wilde slapen, toen ik opeens haar hand in mijn kruis voelde. Ik kreeg onmiddellijk een erectie en ze fluisterde: 'O jee', en lachte zachtjes in mijn hals.

Ik weet niet meer precies hoe we in haar flat zijn gekomen. Ik herinner me dat ik in de lift haar gezicht stond te likken, de smaak van zout en lippenstift en poeder proefde en mijn eigen dronken kop in de vlekkerige liftspiegel ontwaarde.

Maja stond in de hal, liet haar jack op de grond vallen en schopte haar schoenen uit. Ze trok me mee naar het bed, hielp me mijn kleren uit te trekken en wist zich uit haar jurk en haar witte slipje te wurmen.

'Kom,' fluisterde ze. 'Ik wil je in me voelen.'

Ik ging zwaar tussen haar dijen liggen en voelde dat ze ontzettend nat was. Ik zakte gewoon weg in de warmte en haar stevige omsluitende, omhelzende liefdesgrot. Ze kreunde in mijn oor, sloeg haar armen om mijn rug en bewoog zacht met haar heupen.

We neukten rommelig en dronken. Ik werd steeds meer een vreemde voor mezelf, steeds eenzamer en sprakelozer. Ik kwam bijna klaar, bedacht dat ik me moest terugtrekken, maar gaf me er in plaats daarvan gewoon aan over. Ze ademde snel. Ik bleef hijgend liggen, werd slap en gleed uit haar. Mijn hart ging nog steeds als een bezetene tekeer. Ik zag Maja's lippen zich in een merkwaardig lachje plooien, waardoor ik me erg ongemakkelijk begon te voelen.

Ik was misselijk, begreep niet meer wat er was gebeurd en wat ik hier deed.

Ik schoot rechtop in bed.

'Wat is er?' vroeg ze naast me en ze streelde mijn rug.

Ik schudde haar hand van me af.

'Niet doen,' zei ik kort.

Mijn hart bonkte van angst.

'Erik? Ik dacht...'

Ze klonk verdrietig. Ik kon haar niet aankijken, ik was boos op haar. Wat er was gebeurd was natuurlijk mijn fout. Maar het was nooit gebeurd als zij niet zo dwingend was geweest.

'We zijn gewoon moe en dronken,' fluisterde ze.

'Ik moet gaan,' zei ik gesmoord en ik pakte mijn kleren en strompelde naar de badkamer. Die was heel klein en lag vol crèmes, borstels en handdoeken. Er hing een pluizige ochtendjas aan een haak en er bungelde een roze ladyshave aan een zacht dik koord. Ik durfde niet eens naar mijn eigen gezicht te kijken toen ik dat boven het wastafeltje afspoelde, me met een lichtblauw zeepje in de vorm van een roos waste en me vervolgens bevend aankleedde, terwijl ik telkens met mijn ellebogen tegen de muur stootte.

Toen ik naar buiten kwam, stond ze te wachten. Ze had het laken om zich heen gewikkeld en zag er jong en bang uit.

'Ben je boos op me?' vroeg ze, en ik zag haar lippen trillen alsof ze elk moment in huilen kon uitbarsten.

'Ik ben boos op mezelf, Maja. Ik had nooit, nooit...'

'Maar ik wilde het, Erik. Ik ben verliefd op je, merk je dat niet?'

Ze probeerde naar me te glimlachen, maar haar ogen vulden zich met tranen.

'Je mag me nu niet behandelen als een stuk vuil,' fluisterde ze en ze stak haar hand uit om me aan te raken.

Ik stapte opzij en zei dat het een vergissing was geweest; het klonk meer als afpoeieren dan de bedoeling was geweest.

Ze knikte en sloeg haar ogen neer. Tussen haar wenkbrauwen had ze een brede frons en ze keek verdrietig. Ik zei geen gedag, maar liep gewoon de flat uit en sloeg de deur achter me dicht.

Ik liep de hele weg naar het Karolinska-ziekenhuis. Misschien kon ik Simone wijsmaken dat ik alleen had willen zijn en in mijn werkkamer had geslapen.

's Morgens nam ik een taxi van het Karolinska-ziekenhuis naar het huis in Järfälla. Mijn lichaam deed overal pijn. Ik walgde van de alcohol die ik had gedronken en voelde diepe afkeer van alle nonsens die ik had uitgekraamd. Het mocht niet waar zijn dat ik Simone had bedrogen. Het kón niet waar zijn. Maja was knap en leuk, maar verder voor mij volkomen oninteressant. Dus hoe had ik me in godsnaam kunnen laten verleiden om met haar naar bed te gaan?

Ik wist niet hoe ik dit aan Simone moest vertellen, maar dat was toch noodzakelijk. Ik had een misstap begaan, dat is niet meer dan menselijk, maar je kunt elkaar vergeven als je erover praat en het uitlegt.

Ik bedacht dat ik Simone nooit zou laten vallen. Ik zou gekwetst zijn als zij mij bedroog, maar ik zou haar vergeven. Om zoiets zou ik niet bij haar weggaan.

Simone stond in de keuken koffie in te schenken toen ik binnenkwam. Ze had haar versleten oudroze zijden ochtendjas aan. Die hadden we gekocht in China toen Benjamin net een jaar was en Simone en hij met me mee waren gereisd naar een conferentie.

'Wil je ook?' vroeg ze.

'Ja, graag.'

'Erik, het spijt me ontzettend dat ik je verjaardag was vergeten.'

'Ik ben in het Karolinska blijven slapen,' verklaarde ik, en dacht even dat de leugenachtige klank in mijn stem toch wel duidelijk hoorbaar moest zijn.

Haar rossige haar viel over haar gezicht en haar bleke sproeten glansden licht. Ze liep zonder iets te zeggen naar de slaapkamer en kwam terug met een pakje. Ik scheurde het papier er met gespeeld enthousiasme vanaf.

Het was een box met cd's van bebopsaxofonist Charlie Parker met alle opnamen van zijn tweede bezoek aan Zweden: twee concerten in het concertgebouw van Stockholm, twee in dat van Göteborg, een concert in Amiralen in Malmö en een daaropvolgende jamsessie bij de Academische Vereniging, het optreden in het Volkspark in Helsingborg, in de sporthal van Jönköping, het Volkspark in Gävle en uiteindelijk in jazzclub Nalen in Stockholm.

'Bedankt,' zei ik.

'Hoe ziet jouw dag er vandaag uit?' vroeg ze.

'Ik moet terug naar mijn werk,' zei ik.

'Ik dacht,' zei ze, 'misschien kunnen we vanavond hier thuis iets lekkers eten.'

'Graag,' zei ik.

'Het mag alleen niet te laat worden. Morgen komen de schilders al om zeven uur. Waarom moeten die lui altijd zo hondsvroeg komen?'

Ik begreep dat ze een antwoord verwachtte, een reactie of een teken van instemming.

'En je moet toch altijd wachten,' mompelde ik.

'Precies,' zei ze glimlachend terwijl ze een slok koffie nam. 'Wat wil je eten? Misschien die tournedos in port-en-krentensaus, weet je nog?'

'Dat is al een tijd geleden,' zei ik en ik deed mijn uiterste best om niet te klinken alsof ik elk moment in huilen kon uitbarsten.

'Niet boos op me zijn.'

'Dat ben ik ook niet, Simone.'

Ik probeerde tegen haar te glimlachen.

Toen ik in de hal stond, met mijn schoenen al aan en op weg naar de deur, kwam Simone de badkamer uit. Ze had iets in haar hand.

'Erik,' zei ze.

'Ja?'

393

'Wat is dit?'

Ze had Maja's anatomische kijkertje vast.

'O, dat. Dat is een cadeautje,' zei ik, en ik hoorde zelf hoe fout het klonk.

'Mooi, zeg. Ziet er antiek uit. Van wie heb je dat gekregen?'

Ik keerde me om om haar niet te hoeven aankijken.

'Van een cliënt,' zei ik, en ik probeerde verstrooid te klinken terwijl ik deed of ik mijn sleutels zocht.

Ze lachte verbaasd.

'Ik dacht dat artsen niets van hun patiënten mochten aannemen. Is dat niet tegen de regels?'

'Misschien moet ik het teruggeven,' zei ik, terwijl ik de buitendeur opendeed.

Simones blik brandde in mijn rug. Ik had met haar moeten praten, maar was te bang om haar te verliezen. Ik durfde niet en wist niet hoe ik moest beginnen.


We zouden over een paar minuten starten met de sessie. Het rook op de gang sterk naar schoonmaakmiddel. Vochtstrepen in lange slingerende banen gaven aan waar de schrobmachine was geweest. Charlotte haalde me in; ik hoorde haar hakken al voordat ze begon te praten.

'Dokter,' zei ze voorzichtig.

Ik bleef staan en keerde me om.

'Welkom terug.'

'Sorry dat ik ineens weg was,' zei ze.

'Ik vroeg me al af hoe je de hypnose had ervaren.'

'Ik weet het niet,' zei ze glimlachend. 'Ik weet alleen dat ik me deze week vrolijker en zekerder voel dan in jaren.'

'Daar had ik ook op gehoopt.'

Mijn telefoon ging. Ik verontschuldigde me en zag Charlotte om de hoek van de volgende gang verdwijnen. Ik keek op het display. Het was Maja. Ik nam niet op, drukte het gesprek gewoon weg en zag vervolgens dat ze al eerder had gebeld. Zonder de berichten af te luisteren wiste ik alles wat ze op mijn voicemail had ingesproken.

Net toen ik de therapieruimte binnen wilde gaan, werd ik staande gehouden door Marek. Hij versperde de deur en lachte een hol, vreemd lachje.

'Het is heel gezellig hier binnen,' zei hij.

'Wat ben je aan het doen?' vroeg ik.

'Het is een privéfeestje.'

Ik hoorde door de deur heen iemand roepen.

'Laat me erin, Marek,' zei ik.

Hij grijnsde: 'Maar dokter, dat kan nu even niet…'

Ik duwde met mijn volle gewicht tegen de deur. Die vloog open. Marek verloor zijn evenwicht en hield zich aan de deurkruk vast, maar belandde toch op de grond. Hij zat met zijn ene been languit voor zich uit.

'Ik maakte maar een grapje. Jezus, het was maar een geintje.'

Alle cliënten staarden ons aan, verstard in hun bewegingen. Pierre en Charlotte keken ongerust. Lydia wierp ons een blik toe en keerde me vervolgens weer de rug toe. Er heerste een wonderlijke stemming. Sibel en Jussi stonden voor Lydia. Sibel had haar mond open en leek tranen in haar ogen te hebben.

Marek stond op en klopte zijn broek schoon.

Ik constateerde dat Eva Blau er nog niet was, liep naar het statief en begon de camera in te stellen voor de sessie. Ik wilde een panoramaopname maken, zoomde in en testte de microfoon via de koptelefoon. Ik zag Lydia door de cameralens naar Charlotte lachen en hoorde haar tegelijkertijd vrolijk uitroepen: 'Inderdaad! Dat hebben alle kinderen! Mijn Kasper ook, precies hetzelfde. Hij praat over niets anders meer, het is Spiderman voor en Spiderman na.'

'Ik heb begrepen dat iedereen momenteel gek van hem is,' glimlachte Charlotte.

'Kasper heeft geen vader, dus Spiderman is misschien wel een mannelijk voorbeeld,' zei Lydia. Ik hoorde haar lach bulderen in de koptelefoon. 'Maar we hebben het goed samen,' ging ze verder. 'We lachen veel, ook al hebben we de laatste tijd geregeld onenigheid. Het lijkt wel alsof Kasper jaloers is op alles wat ik doe. Hij wil mijn spullen kapotmaken, hij wil niet dat ik aan de telefoon zit, hij heeft mijn lievelingsboek in de wc gegooid, hij schreeuwt dingen... Ik heb het idee dat er iets is gebeurd, maar hij wil niet vertellen wat.'

Charlotte zette een zorgelijk gezicht op, Jussi bromde iets en ik zag Marek een ongeduldig gebaar maken naar Pierre.

Toen ik klaar was met de camera-instellingen ging ik naar mijn stoel en nam plaats. Een paar tellen later was iedereen gaan zitten.

'We gaan weer net zo verder als de vorige keer,' zei ik glimlachend.

'Mijn beurt,' zei Jussi rustig, en hij begon te vertellen over zijn spookslot: zijn ouderlijk huis in Dorotea, Zuid-Lapland. Een klein huis met veel grond tegen Sutme aan, waar de Samen tot in de jaren zeventig in wigwamvormige tenten leefden. 'Ik woon vlak bij het bosmeer Djuptjärnen,' vertelde hij. 'Het laatste stukje voert over oude wegen voor houttransporten. In de zomer komen er jongelui naartoe om te zwemmen. Die vinden Näcken wel spannend.'

'Näcken?' vroeg ik.

'Näcken, de watergeest. Die wordt daar al meer dan driehonderd jaar gezien. Hij zit in Djuptjärnen op zijn viool te spelen.'

'Maar jij hebt hem nog nooit gezien?'

'Nee,' zei hij met een brede grijns.

'Wat doe je daar het hele jaar in het bos?' vroeg Pierre grinnikend.

'Ik koop oude auto's en bussen op, repareer ze en verkoop ze door. Het erf lijkt wel een schroothoop.'

'Is het een groot huis?' vroeg Lydia.

'Nee, maar wel groen... Die ouwe heeft het een keer in de zomer opgeschilderd. Het heeft een merkwaardige lichtgroene kleur. Ik weet niet wat hij van plan was. Misschien had hij die verf wel van iemand gekregen...'

Hij deed er het zwijgen toe en Lydia glimlachte naar hem.

Het was vandaag lastig om de groep ontspannen te krijgen. Misschien was ikzelf wel verstrooid vanwege Maja, of omdat ik bang was dat ik te heftig op de provocatie van Marek had gereageerd. Maar ik kreeg bijna het idee dat er binnen de groep iets was gebeurd, iets waar ik niets van wist. We moesten diverse keren naar de diepte en weer terug voordat ik voelde dat iedereen als een zwaar ovaal peillood in de afgrond viel.

Jussi's onderlip schoof naar voren; zijn wangen hingen omlaag.

'Ik wil dat je denkt dat je in de jachttoren bent,' zei ik.

Jussi fluisterde iets over de terugslag tegen zijn schouder, de pijn die bleef hangen.

'Zit je nu in de jachttoren?' vroeg ik.

'Er ligt rijp op het hoge gras in het weiland,' zei hij zacht.

'Kijk eens om je heen. Ben je alleen?'

'Nee.'

'Wie is daar?'

'ik zie een ree tegen de zwarte bosrand. Ze blaft; ze zoekt haar jong.'

'Maar in de toren. Ben je alleen in de toren?'

'Ik ben altijd alleen met mijn buks.'

'Je had het over de terugslag – heb je al geschoten?' vroeg ik.

'Geschoten?'

Hij maakte een gebaar met zijn hoofd alsof hij een richting aanduidde.

'Eén dier ligt stil,' zei hij zachtjes. 'Al een paar uur. Maar het andere spartelt nog een beetje in het bloederige gras – steeds vermoeider.'

'Wat doe je?'

'Ik wacht. Het schemert als ik opnieuw beweging aan de bosrand zie. Ik richt op de ene hoef, maar bedenk me en richt in plaats daarvan op het ene oor, op de zwarte snuit, de knie. Nu voel ik de terugslag opnieuw. Volgens mij heb ik zijn poot eraf geschoten.'

'Wat doe je nu?'

Jussi ademt zwaar en met lange tussenpozen.

'Ik kan nog niet naar huis,' zegt hij uiteindelijk. 'Dus ik loop naar de auto, leg de buks op de achterbank en neem de schop mee.'

'Wat ga je daarna doen?'

Hij neemt een lange pauze alsof hij nadenkt over mijn vraag. Daarna antwoordt hij zachtjes: 'Ik ga de dieren begraven.'

'Wat doe je daarna?' vroeg ik.

'Als ik klaar ben is het inmiddels pikdonker. Ik ga naar de auto en drink wat koffie uit mijn thermobeker.'

'Wat doe je als je thuiskomt?'

'Ik trek mijn jas en schoenen uit in de bijkeuken.'

'Wat gebeurt er?'

'Ik zit op de bank voor de tv, de buks ligt op de grond. Hij is geladen, maar ligt een stukje verderop, voor de schommelstoel.'

'Wat doe je, Jussi? Is er niemand thuis?'

'Gunilla is vorig jaar vertrokken. Pa is al vijftien jaar dood. Ik ben alleen met de schommelstoel en de buks.'

'Je zit op de bank voor de tv,' zei ik.

'Ja.'

'Gebeurt er iets?'

'Hij is nu naar mij toe gekeerd.'

'Wie?' vroeg ik.

'De buks.'

'Die op de grond ligt?'

Hij knikte en wachtte. Zijn mond was gespannen.

'De schommelstoel kraakt,' zei hij. 'Hij kraakt, maar laat me deze keer met rust.'

Opeens had Jussi's harde gezicht weer een zachtere uitdrukking gekregen, maar zijn blik was nog steeds glazig, ver weg en in zichzelf gekeerd.

Het was tijd voor een pauze. Ik haalde hen uit de hypnose en wisselde met iedereen een paar woorden. Jussi mompelde iets over een spin en sloot zich vervolgens af. Ik ging naar het toilet, Sibel verdween naar de rookruimte en Jussi ging zoals gewoonlijk bij het raam staan. Toen ik terugkwam, had Lydia een trommel saffraanbeschuitjes tevoorschijn gehaald, die ze ronddeelde.

'Ze zijn helemaal ecologisch,' zei ze, en ze maakte een gebaar naar Marek dat hij er best meer dan één mocht pakken.

Charlotte glimlachte en knabbelde een stukje van de rand.

'Heb je ze zelf gebakken?' vroeg Jussi met een onverwacht glimlachje dat zijn zwaarmoedige, krachtige gezicht een mooie glans gaf.

'Ik had bijna geen tijd gehad,' zei Lydia, terwijl ze lachend haar hoofd schudde. 'Ik belandde in een ruzie op de speelplaats.'

Sibel grinnikte hardop en werkte haar beschuitje in een paar happen naar binnen.

'Kasper natuurlijk. Toen we vanochtend naar de speelplaats gingen – dat doen we altijd – kwam er een moeder naar me toe die me vertelde dat Kasper haar dochter met een schop op haar rug had geslagen.'

'Shit!' fluisterde Marek.

'Toen ik dat hoorde, werd ik helemaal koud vanbinnen,' zei Lydia.

'Wat doe je in zo'n situatie?' vroeg Charlotte beleefd.

Marek nam nog een beschuitje en keek Lydia al luisterend zo aan dat ik me afvroeg of hij verliefd op haar was.

'Ik weet het niet. Ik heb tegen haar gezegd dat ik dat serieus opvat. Ja, ik was behoorlijk van slag. Maar ze zei dat het niet zo erg was; het was vast een ongelukje.'

'Ja,' zei Charlotte. 'Kinderen doen ook vaak van die wilde spelletjes.'

'Maar ik heb beloofd dat ik met Kasper zou praten en dat ik hem zou aanpakken,' ging Lydia verder.

'Goed zo,' zei Jussi knikkend.

'Ze zei dat Kasper een schattig ventje leek,' vervolgde Lydia.

Ik ging op mijn stoel zitten en bladerde in mijn opschrijfboekje. Ik wilde graag zo snel mogelijk verdergaan met de hypnose. Lydia was weer aan de beurt.

Ze ontmoette mijn blik en glimlachte voorzichtig. Iedereen zweeg verwachtingsvol en ik begon met mijn werk. De ruimte vibreerde van onze ademhaling. Een donkere stilte, steeds dichter; hij volgde onze hartslag. We daalden met elke uitademing af. Na de inductie leidden mijn woorden hen naar beneden en na een tijdje richtte ik me tot Lydia met de woorden: 'Je gaat dieper, daalt voorzichtig af. Je bent heel ontspannen, je armen zijn zwaar, je benen zijn zwaar en je oogleden zijn zwaar. Je ademt langzaam en luistert naar mijn woorden zonder tegenvragen te stellen. Je bent omsloten door mijn woorden. Je bent veilig en volgzaam. Lydia, je bevindt je op dit moment vlak bij datgene waar je niet aan wilt denken, waar je nooit over praat, waar je je van afwendt, wat altijd verborgen ligt naast het warme licht.'

'Ja,' antwoordde ze zuchtend.

'Je bent daar nu,' zei ik.

'Ik bent er heel dichtbij.'

'Waar ben je op dit moment, waar bevind je je?'

'Thuis.'

'Hoe oud ben je?'

'Zevenendertig.'

Ik keek haar aan. Spiegelingen en reflecties trokken over haar hoge, gladde voorhoofd, haar kleine mond en bijna ziekelijk wit-bleke huid. Ik wist dat ze twee weken geleden zevenendertig was geworden. Ze was niet ver teruggegaan in de tijd zoals de anderen, slechts een paar dagen.

'Wat gebeurt er? Wat is er aan de hand?' vroeg ik.

'De telefoon…'

'Wat is er met de telefoon?'

'Hij gaat, hij gaat opnieuw. Ik pak hem en hang meteen weer op.'

'Je kunt rustig zijn, Lydia.'

Ze zag er moe uit, misschien bezorgd.

'Het eten wordt koud,' zei ze. 'Ik heb in melkzuur ingemaakte groente gemaakt, en linzensoep, en ik heb brood gebakken. Ik wilde voor de tv eten, maar dat gaat natuurlijk niet…'

Haar kin trilde even.

'Ik wacht, kantel de luxaflex en kijk op straat. Er is daar niemand, er is niets te horen. Ik ga aan de keukentafel zitten en eet wat warm brood met boter, maar heb geen trek. Ik ga weer naar de kelderverdieping. Het is zoals gewoonlijk vrij fris daarbeneden. Ik zit op de oude leren bank en sluit mijn ogen. Ik moet me concentreren, ik moet krachten opdoen.'

Ze zweeg. Er vielen stroken zeegras naar beneden tussen ons in.

'Waarom moet je krachten opdoen?' vroeg ik.

'Om het aan te kunnen… Om te kunnen opstaan, langs de rode lamp van rijstpapier met Chinese tekens erop en het blad met geurkaarsen en geslepen stenen te lopen. De vloerstroken die meegeven en kraken onder het zeil…'

'Is er iemand daarbeneden?' vroeg ik Lydia zachtjes, maar ik had daar meteen spijt van.

'Ik pak de stok, duw de bobbel in het zeil naar beneden om de deur te kunnen opendoen, adem rustig, ga naar binnen en doe de lamp aan,' zegt ze. 'Kasper knippert met zijn ogen vanwege het licht, maar blijft liggen. Hij heeft in de emmer geplast. Het ruikt sterk. Hij heeft zijn lichtblauwe pyjama aan. Hij ademt snel. Ik prik met de stok door de tralies heen in zijn zij. Hij kermt, schuift een stukje op en gaat rechtop zitten in de kooi.

Ik vraag of hij zich heeft bedacht en hij knikt verwoed. Ik schuif zijn bord met eten naar binnen. De stukjes kabeljauw zijn gekrompen en donker geworden. Hij kruipt naar voren en eet ervan. Ik word blij en wil net zeggen dat het goed is dat we elkaar begrijpen, als hij overgeeft op de matras.'

Lydia's gezicht vertrok in een getergde grimas.

'Ik dacht nog wel dat…'

Haar lippen waren gespannen en ze trok haar mondhoeken omlaag.

'Ik dacht dat we klaar waren, maar…'

Ze schudt haar hoofd.

'Ik snap het niet…'

Ze likte langs haar lippen.

'Begrijpt u hoe dat voelt voor mij? Snapt u dat? Hij zegt dat hij spijt heeft. Ik zeg dat het morgen zondag is, sla mezelf in mijn gezicht en roep hem toe dat hij moet kijken.'

Charlotte keek Lydia door het water heen met bange ogen aan.

'Lydia,' zei ik, 'nu moet je de kelder verlaten, zonder dat je bang of boos bent. Je moet je kalm en beheerst voelen. Ik ga je langzaam uit deze diepe ontspanning naar de oppervlakte tillen, naar de duidelijkheid, en dan praten we over wat je net hebt verteld. Alleen jij en ik, voordat ik de anderen uit de hypnose haal.'

Zachtjes en vermoeid morde ze wat.

'Lydia, luister je naar me?'

Ze knikte.

'Ik tel terug, en als ik bij één ben, doe je je ogen open en ben je helemaal wakker en bij bewustzijn. Tien, negen, acht, zeven. Je stijgt langzaam naar de oppervlakte, je bent helemaal ontspannen en voelt je goed. Zes, vijf, vier… Je doet bijna je ogen open, maar blijft op je stoel zitten. Drie, twee, één… Nu doe je je ogen open en ben je helemaal wakker.'

We keken elkaar aan. Lydia's gezicht had iets waardoor het opgedroogd leek. Dit was niet iets waarmee ik rekening had gehouden. Ik was nog helemaal ijskoud van wat ze had verteld. Als de wet op de geheimhouding moest worden afgewogen tegen de meldingsplicht, was dit een overduidelijk geval waarin mijn zwijgplicht niet langer van kracht was, omdat een derde partij onmiskenbaar in gevaar was.

'Lydia,' zei ik, 'begrijp je dat ik de autoriteiten moet inschakelen?'

'Waarom?'

'Door wat je net hebt verteld.'

'Hoezo dan?'

'Begrijp je dat niet?'

Ze trok haar lippen naar binnen.

'Ik heb niets gezegd.'

'Je hebt beschreven hoe…'

'Hou op,' kapte ze me af. 'U kent mij niet. U heeft niets met mijn leven te maken. U heeft het recht niet om u te bemoeien met wat ik in mijn eigen huis doe.'

'Ik heb het vermoeden dat je kind…'

'Godverdomme!' riep ze, en ze beende het vertrek uit.

Ik had naast een grote sparrenhaag geparkeerd, zo'n honderd meter van Lydia's grote houten huis aan Tennisvägen in Rotebro. De ambtenaar van de kinderbescherming was akkoord gegaan met mijn verzoek om bij het eerste huisbezoek mee te gaan. Mijn aangifte bij de politie was met enige scepsis ontvangen, maar had uiteraard tot een vooronderzoek geleid.

Er reed een Toyota langs, die voor het huis stopte. Ik stapte uit en liep naar de stevig gebouwde vrouw toe en gaf haar een hand. Ze was klein van stuk.

Er staken vochtige reclamefolders van Clas Ohlson en de Elektragigant uit de brievenbus. Het lage hek stond open. We liepen over het pad naar het huis. Ik merkte op dat er helemaal geen speelgoed in de kleine, slecht onderhouden tuin lag. Er was geen zandbak, er hing geen schommel in de oude appelboom, er stond geen fiets met zijwieltjes op de oprit. De luxaflex voor alle ramen was dicht. Er hingen dode planten in plantenhangers. Een ruwstenen trap leidde naar de buitendeur. Ik meende een beweging te zien achter het gele, ondoorzichtige raam. De ambtenaar van de kinderbescherming belde aan. We wachtten, maar er gebeurde niets. Ze gaapte, keek op haar horloge, belde opnieuw aan en voelde vervolgens aan de deurkruk. De deur zat niet op slot. Ze deed hem open en we keken in een kleine hal.

'Hallo?' riep de vrouw. 'Lydia?'

We gingen naar binnen, trokken onze schoenen uit en kwamen via een deur in een gang met roze behang op de muren en schilderijen met mediterende mensen met felle gloria's om hun hoofden. Er lag een roze telefoon op de grond naast een haltafel.

'Lydia?'

Ik deed een deur open en zag een smalle trap die naar een kelder leidde.

'Het is hierbeneden,' zei ik.

De ambtenaar liep achter me aan de trap af naar het kleine souterrain. Er stonden een oude leren bank en een tafel met een blad van bruine tegels. Op een dienblad stonden een paar geurkaarsen tussen geslepen stenen en stukjes glas. Er hing een dieprode lamp van rijstpapier met Chinese tekens aan het plafond.

Ik probeerde met kloppend hart de deur naar de tweede ruimte open te maken, maar die bleef steken op een grote bobbel in het zeil. Ik drukte de bult met mijn voet omlaag en ging naar binnen, maar er was daar geen kooi. Er stond alleen een fiets midden in de kamer. Hij stond ondersteboven en het voorwiel was eraf gehaald. De reparatiespullen lagen naast een doosje van blauwe harde kunststof. Stukjes rubber, solutie, dopsleutels. Een van de glanzende bandenlichters zat onder de rand van de band geklemd en tegen de spaken gespannen. Opeens kraakte het plafond en begrepen we dat er iemand door de kamer boven ons liep. Zonder iets te zeggen haastten we ons de trap weer op. De deur naar de keuken stond op een kier. Ik zag dat er boterhammen en kruimels op de gele linoleumvloer lagen.

'Hallo?' riep de ambtenaar.

Ik ging naar binnen en zag dat de koelkastdeur openstond. In het bleke schijnsel van de verlichting stond Lydia daar, met neergeslagen ogen. Pas na een paar seconden ontdekte ik het mes in haar hand: een lang, gekarteld broodmes. Haar arm hing slap langs haar lichaam. Het lemmet schitterde trillend langs haar dij.

'Je mag hier niet zijn,' fluisterde ze, en ze keek mij opeens aan.

'Oké,' zei ik, en ik liep achteruit in de richting van de deur.

'Zullen we even gaat zitten? Dat praat wat makkelijker.' merkte de ambtenaar van de kinderbescherming neutraal op.

Ik deed de deur naar de gang open en zag Lydia langzaam naderbij komen.

'Erik,' zei ze.

Toen ik de deur dicht wilde doen, kwam Lydia snel op me af. Ik rende de gang door naar de hal, maar de deur zat op slot. Lydia kwam al jammerend snel dichterbij. Ik trok een andere deur open en struikelde een televisiekamer binnen. Lydia kwam achter me aan. Ik liep tegen een fauteuil op en rende verder naar de balkondeur, maar daar was geen beweging in te krijgen. Lydia rende met het mes op me af. Ik verschool me achter de eettafel. Zij liep achter me aan. Ik maakte nog een rondje om de tafel en boog toen af.

'Het is jouw schuld,' zei ze.

De ambtenaar kwam de kamer in, helemaal buiten adem.

'Lydia!' zei ze streng. 'Nu is het uit met die nonsens.'

'Het is allemaal zíjn schuld,' zei Lydia.

'Hoe bedoel je?' vroeg ik. 'Wát is mijn schuld?'

'Dit,' antwoordde Lydia, en ze haalde het mes langs haar hals.

Terwijl het bloed over haar schort en haar blote voeten spatte, keek ze mij aan. Haar mond trilde. Het mes viel op de grond. Haar ene hand zocht steun. Ze zakte in elkaar en bleef als een zeemeermin zitten.

Annika Lorentzon glimlachte opgelaten. Rainer Milch reikte over de tafel heen en schonk Ramlösa in. Het koolzuur maakte een sissend geluid. Zijn koningsblauwe manchetknoop met goud fonkelde.

'Je begrijpt wel waarom we zo snel mogelijk met je wilden praten,' zei Mälarstedt terwijl hij zijn stropdas schikte.

Ik keek naar de map die ze me hadden overhandigd. Daarin stond dat Lydia een aanklacht tegen mij had ingediend.

Ze beweerde dat ik haar had aangezet tot een zelfmoordpoging, door haar te dwingen verzonnen dingen te bekennen. Ik werd door haar aangeklaagd omdat ik haar zou hebben gebruikt als proefkonijn en haar onder diepe hypnose valse herinneringen zou hebben aangepraat. Ik zou haar van het begin af aan nietsontziend en cynisch ten overstaan van de anderen hebben lastiggevallen, tot ze helemaal gebroken was.

Ik keek op van de papieren.

'Dit is toch niet echt waar, hè?'

Annika Lorentzon wendde haar blik af. Holstein zat met zijn mond open en zijn gezicht was volkomen uitdrukkingsloos toen hij zei: 'Het is jouw cliënte. Het is niet niks wat ze beweert.'

'Maar dat is toch flauwekul?' zei ik verontwaardigd. 'Je kunt iemand helemaal geen herinneringen aanpraten onder hypnose. Ik kan mensen naar een herinnering toe leiden, maar hun niets wijsmaken... Het is net als een deur: ik leid ze naar deuren, maar ik kan die niet zelf openmaken.'

Rainer Milch keek me ernstig aan.

'Alleen de verdenking al zou de doodklap kunnen zijn voor je onderzoek, Erik, dus je begrijpt vast de ernst van de zaak wel.'

Ik schudde geïrriteerd mijn hoofd en zei: 'Ze vertelde iets over haar zoon wat me ernstig genoeg leek om de autoriteiten in te schakelen. Dat ze op deze manier zou reageren, was…'

Ronny Johansson onderbrak me abrupt: 'Maar ze heeft helemaal geen kinderen, staat hier.' Hij tikte met zijn wijsvinger op de map.

Ik snoof minachtend en Annika Lorentzon wierp me een eigenaardige blik toe.

'Erik, het is niet bepaald in je voordeel om in deze situatie zo arrogant te doen,' zei ze zacht.

'Maar als iemand gewoon loopt te liegen…' zei ik boos.

Ze boog zich voorover over tafel.

'Erik,' zei ze langzaam, 'ze heeft nooit kinderen gehad.'

'Niet?'

'Nee.'

Het werd stil in de kamer.

Ik zag de belletjes in het mineraalwater naar de oppervlakte stijgen.

'Ik begrijp het niet. Ze woont nog in haar ouderlijk huis,' probeerde ik zo rustig mogelijk uit te leggen. 'Alle details klopten. Ik kan me niet voorstellen…'

'Jij kunt het je niet voorstellen,' kapte Milch me af, 'maar je had het toch bij het verkeerde eind.'

'Mensen kúnnen onder hypnose niet op die manier liegen.'

'Misschien was ze niet gehypnotiseerd?'

'Jawel, dat was ze wél. Dat kun je zien aan iemands gezicht.'

'Het maakt niet uit, de schade is al aangericht.'

'Als ze geen kinderen heeft… Ik weet niet,' vervolgde ik. 'Misschien had ze het over zichzelf. Ik heb dit nooit eerder meegemaakt, maar misschien heeft ze een eigen jeugdherinnering op die manier bewerkt.'

Annika onderbrak me: 'Het kan best zijn zoals jij zegt, maar dat doet er niets aan af dat jouw cliënte een serieuze zelfmoordpoging heeft gedaan waar ze jou de schuld van geeft. We stellen voor dat je verlof neemt terwijl wij deze zaak onderzoeken.'

Ze glimlachte flauwtjes naar me.

'Het komt wel goed, Erik, daar ben ik van overtuigd,' vervolgde ze vriendelijk. 'Maar op dit moment moet je gewoon een stap terug doen tot we dit hebben uitgezocht. We kunnen het ons gewoon niet veroorloven de kranten hiervan te laten meegenieten.'

Ik dacht aan mijn andere cliënten, aan Charlotte, Marek, Jussi, Sibel, Pierre en Eva. Dat waren geen mensen die ik van de ene dag op de andere aan hun lot kon overlaten. Ze zouden zich in de steek gelaten voelen, bedrogen.

'Dat kan ik niet,' zei ik zachtjes. 'Ik heb niets verkeerd gedaan.'

Annika gaf me een klopje op mijn hand en suste: 'Het komt wel goed. Lydia Evers is klaarblijkelijk labiel en verward. Het belangrijkste is nu dat we volgens het boekje te werk gaan. Jij stopt een tijdje met je hypnoseactiviteiten en wij maken onze eigen beoordeling van de situatie. Ik weet dat je een goede arts bent, Erik. Ik ben er zoals gezegd zeker van dat je over…' – ze haalde haar schouders op – '… over een halfjaar misschien alweer verder kunt met je groep.'

'Een halfjaar?'

Verontwaardigd stond ik op.

'Ik heb cliënten die op me rekenen. Ik kan hen niet zomaar aan hun lot overlaten.'

Annika's vriendelijke glimlach ging als een nachtkaars uit. Haar gezicht werd gesloten en ze klonk geïrriteerd toen ze zei: 'Je cliënte heeft een onmiddellijke schorsing van jouw activiteiten geëist. Bovendien heeft ze aangifte gedaan bij de politie. Dat is voor ons geen kattenpis. We hebben in je activiteiten geïnvesteerd en als zou blijken dat je onderzoek niet aan de verwachtingen voldoet, moeten we maatregelen nemen en je op non-actief stellen.'

Ik wist niet wat ik moest antwoorden. Ik kreeg alleen maar zin om in lachen uit te barsten.

'Dit is absurd!' was het enige wat ik wist uit te brengen.

Daarna keerde ik me om om te vertrekken.

'Erik!' riep Annika me achterna. 'Begrijp je niet dat dit een goede kans is?'

Ik bleef staan.

'Maar jullie geloven die onzin over aangeprate herinneringen toch niet?'

Ze haalde haar schouders op toen ze antwoordde: 'Dat is niet het belangrijkste. Het belangrijkste is dat wij ons aan de regels houden. Neem verlof van het hypnosegebeuren en zie dit als een aanbod voor een schikking. Je kunt doorgaan met je onderzoek, je kunt in alle rust werken, zolang je maar geen hypnosetherapie geeft terwijl wij bezig zijn met het onderzoek…'

'Wat bedoel je eigenlijk? Ik kan niet iets toegeven wat niet waar is.'

'Dat eis ik ook niet.'

'Zo klinkt het anders wel. Een verzoek tot verlof komt over als een bekentenis.'

'Zeg dat je verlof neemt,' beval ze stijfjes.

'Dit is te gek voor woorden,' zei ik lachend, en ik liep de directiekamer uit.

Het was laat in de middag. Na een kort regenbuitje scheen de zon in de plassen. Het rook naar bos, natte aarde en vermolmde wortels toen ik een rondje om het meer rende, denkend aan wat Lydia had gedaan. Ik was er nog steeds van overtuigd dat ze de waarheid had gesproken tijdens de hypnose – maar hoe precies? Welke waarheid had ze eigenlijk verteld? Vermoedelijk had ze een daadwerkelijke, correcte herinnering beschreven, maar had ze die in de verkeerde tijd geplaatst. In de hypnose is het nóg duidelijker dat het verleden geen verleden tijd is, herhaalde ik voor mezelf.

Ik vulde mijn longen met de koele, frisse voorzomerlucht en spurtte het laatste stukje door het bos naar huis. Toen ik de straat in kwam, zag ik dat er een grote zwarte auto naast onze oprit was geparkeerd. Twee mannen stonden rusteloos bij de auto te wachten. De een spiegelde zich in de glanzende lak terwijl hij met snelle bewegingen een sigaret rookte. De ander maakte foto's van ons huis. Ze hadden mij nog niet gezien. Ik minderde vaart en vroeg me af of ik nog zou kunnen omkeren, maar net op dat moment ontdekten ze me. De man met de sigaret trapte vlug zijn peuk uit; de ander richtte snel zijn camera op mij. Ik was nog steeds buiten adem toen ik dichterbij kwam.

'Erik Maria Bark?' vroeg de man die had staan roken.

'Wat willen jullie?'

'Wij zijn van de avondkrant *Expressen*.'

'*Expressen?*'

'Ja, we zouden u een paar vragen willen stellen over een van uw cliënten…'

Ik schudde mijn hoofd.

'Dat zijn geen dingen die ik met buitenstaanders bespreek.'

'Aha.'

De blik van de man gleed over mijn rood aangelopen gezicht, mijn zwarte sweater, mijn flodderige broek en muts. Ik hoorde de fotograaf achter me hoesten. Er vloog een vogel boven onze hoofden, die in een perfecte boog werd weerspiegeld in het dak van de auto. Ik zag de lucht boven het bos betrekken. Misschien dat er die avond meer regen zou komen.

'Er verschijnt een interview met uw cliënte in de krant van morgen. Ze zegt vrij ernstige dingen over u,' zei de verslaggever kort.

Ik keek hem aan. Hij had een sympathiek gezicht. Hij was van middelbare leeftijd en een beetje dik, zonder dat het direct opviel.

'U heeft nu de kans voor een weerwoord,' voegde hij er zacht aan toe.

Er brandde geen licht in ons huis. Simone was vast nog in haar galerieruimte in de stad. Benjamin was nog op de voorschool.

Ik glimlachte naar de man en hij zei eerlijk: 'Anders wordt haar versie van het verhaal onweersproken afgedrukt.'

'Het zou niet in me opkomen om me uit te spreken over een cliënt,' verklaarde ik langzaam. Ik liep langs de twee mannen heen naar de oprit, maakte de buitendeur open, ging naar binnen en bleef in de hal staan tot ze wegreden.


De volgende ochtend ging al om halfzeven de telefoon. Het was Annika Lorentzon.

'Erik, Erik,' zei ze geagiteerd, 'heb je de krant gezien?'

Simone ging rechtop zitten en keek me ongerust aan. Ik maakte een afwerend gebaar en liep met de telefoon naar de hal.

'Als het om haar aantijgingen gaat, begrijpt iedereen natuurlijk wel dat het leugens zijn…'

'Nee,' onderbrak ze me schel. 'Dat begrijpt níet iedereen. Veel mensen zien haar als een weerloos, zwak en kwetsbaar iemand, een vrouw die het slachtoffer is geworden van een buitengewoon manipulatieve, eerzuchtige, onserieuze arts. De man die ze volledig vertrouwde, aan wie ze dingen heeft toevertrouwd, heeft haar verraden en misbruik van haar gemaakt. Dát is wat er in de krant staat.'

Ik hoorde haar zwaar ademhalen in de hoorn. Ze klonk hees en moe toen ze doorging: 'Dit schaadt al onze activiteiten, dat begrijp je toch wel?'

'Ik schrijf wel een repliek,' zei ik kort.

'Dat is niet voldoende, Erik. Ik ben bang dat dat ontoereikend is.'

Ze laste een korte pauze in, waarna ze vlak zei: 'Ze is van plan ons voor de rechter te slepen.'

'Dat wint ze nooit,' brieste ik.

'Je ziet nog steeds de ernst van de situatie niet in, hè, Erik?'

'Wat zegt ze dan?'

'Koop die krant nu maar. En daarna moet je gaan bedenken hoe je dit gaat aanpakken. Je wordt vanmiddag om vier uur bij het bestuur verwacht.'

Toen ik mijn gezicht op de voorpagina's zag, was het alsof mijn hartslag vertraagde. Het was een close-up met mijn muts op en in mijn sweater. Mijn gezicht was rood aangelopen en ik zag er haast apathisch uit. Ik stapte met trillende benen van de fiets en kocht zwijgend een krant. De middenpagina werd gesierd door een foto van een onherkenbaar gemaakte Lydia. Ze zat in elkaar gedoken met een teddybeer in haar armen. Het hele artikel ging erover dat ik, Erik Maria Bark, haar had gehypnotiseerd, haar als proefkonijn had gebruikt en haar had achtervolgd met beweringen over misbruik en misdrijven. Ze had volgens de verslaggever gehuild en verklaard niet geïnteresseerd te zijn in een schadevergoeding. Geld zou nooit kunnen vergoeden wat ze had meegemaakt. Ze was volkomen in de vernieling geholpen en had dingen bekend die ik haar tijdens diepe hypnose in de mond had gelegd. Het toppunt van mijn bemoeienis was wel geweest dat ik haar huis was binnengestormd en haar had aangespoord zelfmoord te plegen. Ze had alleen maar dood gewild, zei ze. Het was alsof ze lid was geweest van een sekte waarvan ik de leider was en waarin ze geen eigen wil meer had gehad. Pas toen ze in het ziekenhuis lag, had ze eindelijk vraagtekens durven zetten bij de manier waarop ik haar had behandeld. Nu eiste ze dat ik anderen nooit meer zoiets zou kunnen aandoen.

Op de volgende pagina stond een foto van Marek uit mijn cliëntengroep. Hij was het met Lydia eens en zei dat mijn activiteiten levensgevaarlijk waren en dat ik voortdurend zieke dingen verzon, die mijn cliënten vervolgens onder hypnose moesten bekennen.

Verderop op de pagina kwam de deskundige Göran Sörensen aan het woord. Ik had nog nooit van de man gehoord, maar hij veroordeelde mijn hele onderzoek, stelde hypnose gelijk aan seances en zinspeelde erop dat ik mijn patiënten vermoedelijk drogeerde om hen te laten doen wat ik wilde.

Het werd leeg en stil in mijn hoofd. Ik hoorde de klok aan de keukenmuur tikken en af en toe reed er een auto langs op straat. Het bos verhief zich dicht en donker achter ons huis.

De deur ging open en Simone kwam binnen. Toen ze de krant had gelezen, was haar gezicht lijkbleek.

'Wat gebeurt er?' fluisterde ze.

'Ik weet het niet,' zei ik, en mijn mond was kurkdroog.

Ik zat daar maar in het luchtledige te staren. Stel dat mijn theorieën onjuist waren geweest? Stel dat hypnose niet werkte bij diep getraumatiseerde mensen? Stel dat het waar was dat mijn wil naar hen uitlekte en hun eigen herinneringenstructuur vertroebelde? Volgens mij was het niet mogelijk dat Lydia onder hypnose een kind zag dat er niet was. Ik was ervan overtuigd geweest dat ze een daadwerkelijke herinnering beschreef, maar daar begon ik nu aan te twijfelen.

Het was een eigenaardige ervaring om het korte stukje van de ingang naar de lift te lopen die naar de kamer van Annika Lorentzon ging. Niemand van het personeel wilde mij in de ogen kijken. Toen ik langs mensen kwam die ik kende en met wie ik altijd omging, keken ze alleen maar gestrest en beklemd, wendden hun gezicht af en spoedden zich weg.

Zelfs de geur in de lift was vreemd. Het rook naar verrotte bloemen en ik moest denken aan begrafenissen, regen, afscheid.

Toen ik uit de lift kwam, glipte Maja Swartling snel langs me heen. Ze deed alsof ze me niet zag. In de deuropening van de kamer van Annika Lorentzon stond Rainer Milch me op te wachten. Hij deed een stap opzij en ik ging naar binnen en groette.

'Erik, Erik, ga zitten,' zei hij.

'Bedankt, ik blijf liever staan,' zei ik kort, maar ik had onmiddellijk spijt. Ik vroeg me af wat Maja Swartling hier in godsnaam had gemoeten. Misschien was ze ondanks alles naar het bestuur toe gekomen om mij te verdedigen. Zij was in feite een van de weinigen die echt grondige kennis over mijn onderzoek bezaten.

Annika Lorentzon stond voor het raam aan de andere kant van de kamer. Ik vond het onbeleefd van haar en merkwaardig dat ze me niet begroette. In plaats daarvan stond ze met haar armen om haar lichaam heen verbeten naar buiten te kijken.

'We hebben je een grote kans gegeven, Erik,' zei Peder Mälarstedt.

Rainer Milch knikte.

'Maar je hebt geweigerd je terug te trekken,' zei hij. 'Je weigerde vrijwillig een stap terug te doen voor de duur van ons onderzoek.'

'Ik kan het heroverwegen,' zei ik zachtjes. 'Ik kan…'

'Dat is nu te laat,' onderbrak hij. 'We hadden ons daar eergisteren mee moeten verdedigen, vandaag zou alleen maar pathetisch zijn.'

Annika Lorentzon nam het woord.

'Ik…' zei ze zwak en zonder zich naar mij om te keren. 'Ik moet vanavond in *Rapport* uitleggen hoe we jou je gang hebben kunnen laten gaan.'

'Maar ik heb niets fout gedaan!' zei ik. 'De bespottelijke aantijgingen van een cliënte kunnen wetenschappelijk onderzoek van jaren toch niet in de war schoppen, talloze behandelingen die altijd vlekkeloos zijn verlopen…?'

'Het gaat niet om maar één cliënt,' onderbrak Rainer Milch me. 'Het zijn er meer. Bovendien hebben we nu een deskundige die zich over je onderzoek heeft uitgesproken…'

Hij schudde zijn hoofd.

'Is dat die Göran Sörensen, of hoe hij ook heette?' vroeg ik geïrriteerd. 'Ik heb nog nooit van die man gehoord en hij weet er zo te horen niets van.'

'We hebben een contactpersoon die jouw werk al jarenlang bestudeert,' verklaarde Rainer terwijl hij aan zijn hals krabde. 'Zij zegt dat er geen enkel bewijs bestaat dat jouw theorie klopt. Ze zegt dat bijna al je theorieën luchtkastelen zijn, dat je het belang van je cliënten volkomen uit het oog verliest om gelijk te krijgen.'

Ik stond perplex.

'Hoe heet die expert van jullie?' vroeg ik uiteindelijk.

Ze gaven geen antwoord.

'Heet ze toevallig Maja Swartling?'

Annika Lorentzon kreeg een kleur als een boei.

'Erik,' zei ze, en ze keek me eindelijk aan. 'Je bent vanaf vandaag geschorst. Ik wil je niet langer in mijn ziekenhuis hebben.'

'Maar mijn cliënten dan? Ik moet ervoor zorgen dat…'

'Die zullen worden overgeplaatst,' kapte ze me af.

'Dat zal hun geen goed doen…'

'Dat heb je dan aan jezelf te wijten,' zei ze op luide toon.

Het was doodstil in de kamer. Frank Paulsson stond met zijn gezicht afgewend. Ronny Johannson, Peder Mälarstedt, Rainer Milch en Svein Holstein zaten uitdrukkingsloos voor zich uit te kijken.

'Nou…' zei ik leeg.

Een paar weken geleden had ik nog in dezelfde kamer gestaan en nieuwe middelen voor mijn onderzoek toegewezen gekregen. En nu was alles afgelopen, in één klap.

Toen ik door de hoofdingang naar buiten kwam, stormden er meteen een paar mensen op me af. Een lange blonde vrouw duwde een microfoon met het opschrift *Rapport* in mijn gezicht.

'Dag,' zei ze kordaat. 'Kunt u er iets over zeggen dat een van uw cliënten, ene Eva Blau, vorige week is opgenomen voor psychiatrische dwangverpleging?'

'Waar hebt u het over?'

Ik wendde me af, maar de cameraman liep met de televisiecamera achter me aan. De zwarte glinstering van de lens zocht me. Ik keek naar de blonde vrouw, zag het naamplaatje op haar borst – STEFANIE VON SYDOW –, zag haar witte gehaakte muts en de hand die de camera naar zich toe wenkte.

'Vindt u hypnose nog steeds een goede vorm van behandeling?' vroeg ze.

'Ja,' antwoordde ik.

'Dus u gaat ermee door?'

Het witte licht van de hoge ziekenhuisramen aan het eind van de gang weerspiegelde in de gedweilde vloer van de afdeling gesloten Psychiatrie van het Söder-ziekenhuis. Ik kwam langs een lange reeks afgesloten deuren met rubber strips aan de onderkant en afgebladderde verf aan beide kanten. Ik bleef staan bij kamer nummer B39 en zag dat mijn schoenen droge sporen in de glimmende film op de vloer hadden achtergelaten.

Uit een aangrenzende kamer was luid gebonk hoorbaar, zwak gehuil en vervolgens stilte. Ik bleef even staan om mijn gedachten te ordenen voordat ik op de deur klopte, de sleutel pakte, hem in het slot stak en omdraaide, en naar binnen ging.

Ik nam een geur van boenwas mee naar de dampen van zweet en braaksel in de donkere patiëntenkamer. Eva Blau lag op bed met haar rug naar mij toe. Ik liep naar het raam om het rolgordijn een stukje op te trekken, maar het mechaniek bleef hangen. Vanuit mijn ooghoek zag ik dat Eva zich wilde omkeren. Ik trok weer aan het rolgordijn, maar liet per ongeluk los en het schoot met een harde klap omhoog.

'Het spijt me,' zei ik. 'Het leek me hier zo donker.'

Eva Blau zat in het plotselinge, scherpe licht met verbitterde omlaag getrokken mondhoeken en een gedrogeerde blik naar me te kijken. Mijn hart ging als een bezetene tekeer. Het puntje van Eva's neus was afgesneden. Ze zat me met een kromme rug en met een bloederig verband om haar hand aan te staren.

'Eva, ik ben meteen gekomen toen ik het hoorde,' zei ik.

Ze sloeg voorzichtig met haar gebalde vuist op haar buik. De ronde wond van haar afgesneden neus glom rood in haar gekwelde gezicht.

'Ik heb geprobeerd jullie te helpen,' zei ik, 'maar ik begin te begrijpen dat ik het bijna in alles mis had. Ik dacht dat ik iets belangrijks op het spoor was gekomen, dat ik begreep hoe hypnose werkte, maar dat was niet zo. Ik heb er niets van begrepen, en het spijt me dat ik jullie niet heb kunnen helpen, niemand van jullie.'

Ze wreef met de rug van haar hand over haar neus en de wond boven haar mond begon te bloeden.

'Eva? Waarom heb je jezelf dit aangedaan?' vroeg ik.

'Dat komt door jou, het is jouw schuld,' riep ze opeens uit. 'Alles is jouw schuld. Je hebt mijn leven kapotgemaakt, me alles afgepakt wat ik heb!'

'Ik begrijp dat je boos op me bent omdat...'

'Hou je bek!' snauwde ze. 'Jij begrijpt er niets van. Mijn leven is verwoest en ik zal jouw leven ook verwoesten. Ik kan op mijn beurt wachten, ik kan ontzettend lang wachten, maar ik zál wraak nemen.'

Daarna begon ze luidkeels te roepen, met wijd open mond, hees en uitzinnig. De deur vloog open en dokter Andersen kwam binnen.

'Je zou buiten wachten,' zei hij zenuwachtig.

'Ik heb de sleutel gekregen van de verpleegkundige, dus ik dacht...'

Hij trok me de gang op en deed de deur weer op slot.

'De patiënte is paranoïde en...'

'Nee, dat geloof ik niet,' onderbrak ik hem glimlachend.

'Dat is mijn beoordeling, van mijn patiënte,' zei hij.

'Ja, neem me niet kwalijk.'

'Ze eist honderd keer per dag dat we haar deur op slot doen en de sleutel wegbrengen in de sleutelkast.'

'Ja, maar...'

'En ze heeft gezegd dat ze tegen niemand getuigt, dat we haar elektrische schokken kunnen geven en kunnen laten verkrachten, maar dat ze niets vertelt. Wat heb je eigenlijk met je cliënten gedaan? Ze is bang, ontzettend bang. Het is niet normaal dat je naar binnen bent gegaan...'

'Ze is bóós op me, maar niet báng voor me,' onderbrak ik hem met stemverheffing.

'Ik hoorde haar schreeuwen,' zei hij.

Na het bezoek aan het Söder-ziekenhuis en de ontmoeting met Eva Blau reed ik naar de televisiestudio en vroeg ik of ik Stefanie von Sydow kon spreken, de verslaggeefster van *Rapport* die me eerder die dag een uitspraak had willen ontlokken. De receptioniste belde een redactieassistente en overhandigde me de telefoon. Ik zei dat ik bereid was een interview te geven als ze daar belangstelling voor hadden.

Even later kwam de assistente naar beneden, een jonge, kortharige vrouw met een intelligente blik.

'Stefanie kan u over tien minuten ontvangen,' zei ze.

'Mooi.'

'Ik zal u naar de make-up brengen.'

Toen ik na het korte interview thuiskwam, was het overal donker in huis. Ik riep, maar er kwam geen reactie. Simone zat op de bank voor de tv op de bovenverdieping. De tv stond uit.

'Is er iets gebeurd?' vroeg ik. 'Waar is Benjamin?'

'Bij David,' antwoordde ze toonloos.

'Wordt het geen tijd dat hij naar huis komt? Wat heb je gezegd?'

'Niets.'

'Maar wat is er? Zeg eens iets, Simone.'

'Waarom zou ik? Ik weet niet wie je bent,' zei ze.

Ik voelde dat mijn lichaam zich spande, kwam dichterbij en probeerde haar haar uit haar gezicht te strijken.

'Blijf van me af!' snauwde ze, en ze draaide haar hoofd weg.

'Wil je niet praten?'

'Of ik wil praten? Het is mijn zaak niet,' zei ze. 'Jíj had moeten praten, je had mij die foto's niet zelf moeten laten vinden, zodat ik voor gek stond.'

'Foto's? Wat voor foto's?'

Ze maakte een lichtblauw envelopje open en schudde er een paar foto's uit: ik zag mezelf poseren in de flat van Maja Swartling en daarna een serie foto's van haar, slechts gekleed in een lichtgroen slipje. Haar donkere haar lag in slierten over haar grote witte borsten. Ze keek vrolijk, met rood doorlopen ogen. Er waren een paar foto's met al dan niet wazige beelden van een borst. Op een van de foto's lag ze met haar benen wijd.

'Sixan, ik zal proberen...'

'Ik kan geen leugens meer verdragen,' onderbrak ze me. 'Niet nu in elk geval.'

Ze zette de tv aan, zapte naar *Rapport* en belandde midden in de rapportage over het hypnoseschandaal. Annika Lorentzon van het Karolinska-universiteitsziekenhuis wilde zolang het onderzoek nog liep geen commentaar geven, maar de verslaggever had zijn huiswerk goed gedaan en toen hij begon over het enorme bedrag dat het bestuur Erik Maria Bark onlangs had toegekend, voelde ze zich onder druk gezet.

'Dat was een vergissing,' zei ze zachtjes.

'Wát was een vergissing?'

'Erik Maria Bark is voorlopig geschorst.'

'Voorlopig?'

'In het Karolinska-ziekenhuis zal hij niet meer hypnotiseren,' zei ze.

Daarna zag ik mijn eigen gezicht in beeld; ik zat met een bange blik in de televisiestudio.

'Gaat u door met hypnotiseren bij andere ziekenhuizen?' vroeg de verslaggeefster.

Ik zag eruit alsof ik haar vraag niet begreep en schudde bijna ongemerkt mijn hoofd.

'Erik Maria Bark, vindt u hypnose nog steeds een goede vorm van behandeling?' vroeg ze.

'Ik weet het niet,' antwoordde ik zwak.

'Gaat u ermee door?'

'Nee.'

'Nooit meer?'

'Ik zal nooit meer iemand hypnotiseren,' antwoordde ik.

'Is dat een belofte?' vroeg de verslaggeefster.

'Ja.'

# 38

## *Woensdagochtend 16 december*

Erik schrikt op en de hand waarmee hij het bekertje vasthoudt, maakt een tegenbeweging en er spat koffie op zijn jasje en op de manchet van zijn overhemd.

Joona kijkt hem vragend aan en trekt een tissue uit het doosje Kleenex op het dashboard.

Erik kijkt door het raam naar het grote geelhouten huis, de tuin en het grasveld met de enorme Winnie de Poeh-pop met de opgetekende snijtanden.

'Is ze gevaarlijk?' vraagt Joona.

'Wie'

'Eva Blau?'

'Misschien,' antwoordt Erik. 'Ik bedoel, ze kan heel goed gevaarlijke dingen doen.'

Joona zet de motor uit. Ze maken hun veiligheidsgordels los en doen de portieren open.

'Reken nergens op,' zegt Joona met zijn melancholieke Finse accent. 'Liselott Blau heeft misschien niets met Eva van doen.'

'Nee,' antwoordt Erik afwezig.

Ze lopen het pad met tegels van leisteen op. Er wervelen kleine ronde sneeuwvlokken door de lucht – het lijkt wel hagel. Als je omhoogkijkt, is het net of er een witte sluier, een melkachtige nevel voor het grote houten huis hangt.

'Maar we moeten voorzichtig zijn,' zegt Joona, 'want dit kan het spookslot zijn.'

Op zijn symmetrische, vriendelijke gezicht breekt een zwakke glimlach door.

Erik blijft midden op het pad staan. Hij voelt dat de natte stof om zijn pols koud is geworden. Er hangt een geur van oude koffie om hem heen.

'Het spookslot is een huis in het voormalige Joegoslavië,' zegt hij. 'Het is een flat in Jakobsberg en een gymzaal in Stocksund, een lichtgroen huis in Dorotea enzovoort.'

Hij moet wel lachen als hij Joona's vragende blik ziet.

'Het spookslot is niet een specifiek huis, maar een term,' verklaart Erik. 'De hypnosegroep noemde het het spookslot: de plaats waar ze hun trauma hebben opgelopen.'

'Ik geloof dat ik het begrijp,' zegt Joona. 'Waar was het spookslot van Eva Blau?'

'Dat is nou net het probleem,' antwoordt Erik. 'Zij was de enige die haar spookslot niet kon vinden. Ze beschreef nooit een centrale plaats, in tegenstelling tot de anderen.'

'Misschien is het hier,' oppert Joona terwijl hij op het huis wijst.

Met grote passen lopen ze het pad op. Erik tast in zijn zak naar het doosje met de papegaai. Hij is misselijk; het is alsof hij nog steeds is bedwelmd door zijn herinneringen. Hij krabt aan zijn voorhoofd en wil een tablet hebben. Hij verlangt naar een tablet, het maakt niet uit wat voor een, maar hij weet dat hij nu helder moet blijven. Hij moet stoppen met die pillen, het kan zo niet langer. Hij kan zich niet langer verstoppen en hij moet Benjamin vinden voor het te laat is.

Erik drukt op de bel, hoort de zware klank door het massieve hout heen weerklinken en moet zichzelf dwingen om de deur niet open te rukken, naar binnen te rennen en om Benjamin te roepen. Joona staat met zijn ene hand in zijn jas. De deur wordt opengedaan door een jonge vrouw met een bril, rood haar en een hele serie kleine littekens op beide wangen.

'We zijn op zoek naar Liselott Blau,' zegt Joona.

'Dat ben ik,' zegt ze afwachtend.

Joona kijkt naar Erik en begrijpt dat de roodharige vrouw niet degene is die zich heeft uitgegeven voor Eva Blau.

'We zoeken eigenlijk naar Eva,' zegt hij.

'Eva? Welke Eva? Waar gaat het om?' vraagt de vrouw.

Joona toont zijn politiepenning en vraagt of ze even binnen

mogen komen. Maar ze wil hen niet binnenlaten en Joona vraagt haar daarom een jas aan te trekken en naar buiten te komen. Even later staan ze op het harde bevroren gras te praten terwijl de damp uit hun monden komt.

'Ik woon alleen,' zegt ze.

'Het is een groot huis.'

De vrouw trekt een zuinig mondje als ze antwoordt: 'Ik ben niet armlastig.'

'Is Eva Blau familie van u?'

'Ik ken geen Eva Blau. Dat heb ik toch gezegd.'

Joona laat drie foto's zien van Eva die hij van de geconverteerde video-opname heeft uitgeprint, maar de roodharige vrouw schudt alleen haar hoofd.

'Kijk eens goed,' zegt Joona ernstig.

'U hoeft mij niet te vertellen wat ik moet doen,' snauwt ze.

'Nee, maar ik verzoek u om…'

'Ik betaal uw salaris,' onderbreekt ze hem. 'Uw salaris wordt van mijn belastinggeld betaald.'

'Kijkt u alstublieft nog even naar die foto's,' verzoekt hij.

'Ik heb haar nooit gezien.'

'Het is belangrijk,' dringt Erik aan.

'Voor jullie misschien,' zegt de vrouw, 'maar voor mij niet.'

'Ze noemt zich Eva Blau,' vervolgt Joona. 'Blau is een vrij ongebruikelijke naam in Zweden.'

Erik ziet op de bovenverdieping opeens een gordijn bewegen. Hij rent naar het huis en hoort de twee anderen hem naroepen. Hij spurt naar binnen, de hal door, kijkt om zich heen, ziet de brede trap en beent met grote passen naar boven.

'Benjamin!' roept hij, en hij blijft staan.

De gang loopt in twee richtingen, met deuren naar slaapkamers en badkamers.

'Benjamin?' vraagt hij zachtjes.

Ergens kraakt de vloer. Hij hoort dat de roodharige vrouw op de benedenverdieping naar binnen komt gestoven. Erik probeert na te gaan voor welk raam hij het gordijn had zien bewegen en slaat snel rechts af naar de deur helemaal aan het eind van de gang. Hij probeert hem open te maken, maar voelt dat hij op slot zit. Erik buigt zich voorover en kijkt door het sleutelgat naar binnen. De sleutel zit erin, maar hij meent een beweging van donkere weerspiegelingen in het metaal te zien.

'Doe open!' zegt hij met stemverheffing.

De roodharige vrouw is de trap op gelopen.

'U mag hier niet komen,' roept ze.

Erik doet een stap naar achteren, trapt de deur in en gaat naar binnen. De kamer is leeg: er staat een groot onopgemaakt bed met roze lakens. Op de grond ligt oudroze vloerbedekking en op de garderobekastdeuren zitten rookkleurige spiegels. Er staat een camera op een statief op het bed gericht. Hij loopt naar binnen en maakt de garderobekast open, maar daar zit niemand in. Hij keert zich om, kijkt naar de zware gordijnen en de fauteuil, en buigt zich vervolgens voorover. Hij ziet iemand in het donker onder het bed in elkaar duiken: bange, schuwe ogen, smalle dijen en blote voeten.

'Kom eronderuit,' zegt hij streng.

Hij steekt zijn hand onder het bed, krijgt een enkel te pakken en trekt een naakte jongeman tevoorschijn. De jongen probeert iets uit te leggen, hij praat snel en geestdriftig tegen Erik in een taal die klinkt als Arabisch, terwijl hij een spijkerbroek aanschiet. Het dekbed op het bed beweegt. Een andere jongen kijkt eronderuit en zegt op harde toon iets tegen zijn makker, die onmiddellijk zwijgt. De roodharige vrouw staat in de deuropening en herhaalt met trillende stem dat hij haar vrienden met rust moet laten.

'Zijn ze minderjarig?' vraagt Erik.

'Mijn huis uit!' tiert ze.

De andere jongen heeft het dekbed om zich heen geslagen. Hij pakt een sigaret en kijkt Erik lachend aan.

'Eruit!' schreeuwt Liselott Blau.

Erik loopt door de gang en gaat de trap af. De vrouw volgt hem op de voet; ze schreeuwt met hese stem dat hij naar de hel kan lopen. Erik verlaat het huis en loopt het leistenen pad af. Joona staat op de oprit te wachten, zijn getrokken wapen verborgen onder zijn jas. De vrouw blijft in de deuropening staan.

'Dit mag helemaal niet!' roept ze. 'Dat is niet toegestaan. De politie moet een huiszoekingsbevel hebben om zo naar binnen te gaan.'

'Ik ben niet van de politie,' roept Erik terug.

'Maar… ik ga aangifte doen.'

'Doe dat!' zegt Joona. 'Ik kan uw aangifte opnemen als u dat wilt, want ik ben zoals gezegd van de politie.'

# 39

## Woensdagmiddag 16 december

Voordat ze op Norrtäljevägen komen, gaat Joona aan de kant van de weg staan. Er passeert een vrachtwagen met stuivend steengruis. Hij haalt een papiertje uit zijn jaszak en zegt: 'Ik heb nog vijf Blaus in Stockholm en omgeving, drie in Västerås, twee in Eskilstuna en één in Umeå.'

Hij vouwt het papiertje weer op en glimlacht bemoedigend naar Erik.

'Charlotte,' zegt Erik zachtjes.

'Er is geen Charlotte bij,' zegt Joona terwijl hij een vlek van de achteruitkijkspiegel poetst.

'Charlotte Cederskiöld,' antwoordt Erik. 'Zij was aardig tegen Eva. Ik geloof dat Eva in de tijd van de hypnosesessies een kamer bij haar had.'

'Waar vinden we die Charlotte, denk je?'

'Ze woonde tien jaar geleden in Stocksund, maar...'

Joona heeft het nummer van de politie al ingetoetst.

'Hoi, Anja. Ja, jij ook. Weet je, ik heb het telefoonnummer en adres nodig van ene Charlotte Cederskiöld. Ze woont in Stocksund, in elk geval een tijdje geleden. Ja, graag. Oké, wacht,' zegt hij, en hij pakt een pen en schrijft iets op een bonnetje. 'Dank je wel.'

Hij zet zijn linkerrichtingaanwijzer aan en draait de rijbaan weer op.

'Woonde ze er nog?' vraagt Erik.

'Nee, maar we hebben toch geluk,' antwoordt Joona. 'Ze woont in de buurt van Rimbo.'

Erik voelt pijnsteken van ongerustheid in zijn maagstreek. Hij weet niet waarom haar verhuizing uit Stocksund beangstigend aanvoelt – misschien is dat juist wel een goede zaak.

'Husby säteri, een landgoed,' zegt Joona, en hij duwt een cd in de cd-speler.

Hij mompelt dat dit de muziek van zijn moeder is en zet voorzichtig het volume hoger.

'Saija Varjus,' roept hij.

Hij schudt bedroefd zijn hoofd en zingt mee:

'Dam dam da da di dum…'

De neerslachtige muziek weergalmt door de auto. Wanneer het lied is afgelopen, zwijgen ze even, waarna Joona zacht en bijna verbaasd zegt: 'Ik hou niet meer van Finse muziek.'

Hij schraapt een paar keer zijn keel.

'Ik vond het een mooi lied,' zegt Erik.

Joona glimlacht en kijkt hem snel van opzij aan als hij zegt: 'Mijn moeder was erbij toen ze in Seinäjoki koningin van de tango werd…'

Als ze de brede en drukke Norrtäljevägen verlaten en bij Sätuna weg 77 op gaan, valt er een felle natte sneeuw. Het wordt vanuit het oosten donker en de boerderijen waar ze langs komen, worden in de schemering langzaam steeds donkerder.

Joona trommelt op het dashboard. De elektrisch verwarmde lucht stroomt suizend uit de ventilatieopeningen. Erik voelt zijn voeten vochtig worden van de eigenaardige warmte in de auto.

'Eens even kijken,' zegt Joona bij zichzelf, terwijl hij door het buurtje heen rijdt naar een rechte smalle weg tussen berijpte akkers door. In de verte is een groot wit huis zichtbaar achter een hoge afrastering. Ze parkeren voor de open hekken en lopen het laatste stuk ernaartoe. Een jonge vrouw in een leren jack staat het grindpad te harken. Ze kijkt verschrikt als ze dichterbij komen. Er rent een golden retriever om haar benen.

'Charlotte!' roept de vrouw. 'Charlotte!'

Er komt een vrouw om het immense huis heen lopen; ze sleept een zwarte vuilniszak achter zich aan. Ze is gekleed in een roze donzen bodywarmer en een dikke grijze trui, een versleten spijkerbroek en kaplaarzen.

Charlotte, denkt Erik. Ze is het echt.

Weg is de slanke, koele vrouw met de elegante kleding en het verzorgde korte pagekapsel. De vrouw die hun tegemoetkomt, ziet er volstrekt anders uit. Haar haar is lang en helemaal grijs, en zit in een dikke vlecht. Haar gezicht zit vol lachrimpeltjes en is niet opgemaakt. Ze is mooier dan ooit, denkt Erik. Als ze hem in het oog krijgt, trekt er als het ware een warme gloed over haar gezicht. Ze kijkt eerst zeer verbaasd en dan verschijnt er een brede glimlach op haar gezicht.

'Erik,' zegt ze, en haar toon is dezelfde als altijd: diep, welluidend en warm.

Ze laat de vuilniszak los en pakt zijn handen.

'Ben je het echt? Wat heerlijk om je weer te zien.'

Ze begroet Joona en daarna blijft ze hen even stil staan aankijken. Een stevig gebouwde vrouw doet de buitendeur open en kijkt om de hoek. Ze heeft een tatoeage op haar hals en draagt een uitgezakt zwart sweatvest met een capuchon.

'Heb je hulp nodig?' roept ze.

'Vrienden van me!' roept Charlotte, en ze gebaart afwerend. Ze kijkt glimlachend naar de forse vrouw als ze de deur weer dichtdoet.

'Ik heb… Ik heb het landgoed omgebouwd tot vrouwenhuis. Er is zoveel plaats, dus ik vang vrouwen op die er even uit moeten, of hoe je dat ook moet zeggen. Ze kunnen hier logeren. We koken samen, verzorgen de stal… tot ze het gevoel hebben dat ze het zelf weer aankunnen en weer iets voor zichzelf willen doen. Het is allemaal heel ongecompliceerd.'

'Dat klinkt goed,' zegt Erik zacht.

Ze knikt en maakt een uitnodigend gebaar naar de deur.

'Charlotte, we moeten Eva Blau zien te vinden,' zegt Erik. 'Herinner je je haar nog?'

'Natuurlijk weet ik nog wie dat was. Ze was mijn eerste gast hier. Ik had de kamers in de vleugel en…'

Ze onderbreekt zichzelf.

'Wat gek dat je over haar begint,' begint ze opnieuw. 'Eva belde me vorige week nog op.'

'Wat wilde ze?'

'Ze was boos,' zegt Charlotte.

'Ja...' zucht Erik.

'Waarom was ze boos?' vraagt Joona.

Charlotte haalt diep adem. Erik hoort de wind tussen de kale boomstammen tekeergaan. Hij ziet dat er iemand heeft geprobeerd om van het beetje sneeuw dat er is gevallen een sneeuwpop te maken.

'Ze was boos op Erik.'

De schrik slaat hem om het hart als hij aan het scherpe gezicht van Eva Blau denkt, aan haar agressieve stem, haar knipperende ogen en de afgesneden punt van haar neus.

'Je had beloofd om nooit meer iemand te hypnotiseren, maar opeens, een week geleden, begon je weer. Het stond op elke voorpagina, het was voortdurend op tv. Er waren natuurlijk veel mensen verontwaardigd.'

'Ik moest wel,' zegt Erik, 'maar het was een uitzondering.'

Ze neemt zijn hand in de hare. Die is warm en zacht.

'Je hebt mij geholpen,' fluistert ze. 'Die keer toen ik... weet je nog?'

'Ik weet het nog,' zegt Erik zachtjes.

Charlotte lacht hem toe.

'Dat was voldoende. Ik ben het spookslot in gegaan, heb opgekeken en gezien wie mij pijn hadden gedaan.'

'Ik weet het.'

'Dat was zonder jou nooit gebeurd, Erik.'

'Hoewel ik...'

'Er is hier binnen iets geheeld,' zegt ze met een hand op haar hart.

'Waar is Eva nu?' vraagt Joona.

Charlotte fronst licht haar voorhoofd.

'Toen ze werd uitgeschreven, is ze naar een flat in het centrum van Åkersberga verhuisd en heeft ze zich aangesloten bij de Jehova's getuigen. We hadden de eerste tijd vrij veel contact. Ik heb haar geholpen met geld, maar daarna hebben we elkaar uit het oog verloren. Ze dacht dat ze achtervolgd werd, had het erover dat ze bescherming moest zoeken – over het kwaad dat haar achternazat.'

Charlotte blijft voor Erik staan.

'Je ziet er verdrietig uit,' zegt ze dan.

'Mijn zoon is verdwenen, Eva is ons enige spoor.'

Charlotte kijkt hem bezorgd aan als ze zegt: 'Ik hoop dat het goed komt.'

'Hoe heet ze – weet jij dat?' vraagt Erik.

'In het echt, bedoel je? Dat zegt ze tegen niemand. Misschien weet ze het zelf niet eens.'

'Oké.'

'Maar ze noemde zich Veronica toen ze belde.'

'Veronica?'

'Van "Veronica met de zweetdoek", daar komt het vandaan.'

Ze omhelzen elkaar kort en daarna haasten Erik en Joona zich terug naar de auto. Wanneer ze richting Stockholm rijden, hangt Joona alweer aan de telefoon. Hij heeft hulp nodig om ene Veronica op te sporen in het centrum van Åkersberga, en een adres van de Jehova's getuigen, een Wachttoren-genootschap of een Koninkrijkszaal.

Erik hoort Joona praten terwijl een zware uitputting hem bekruipt. Hij denkt aan de herinneringen, hoe die hem hadden overvallen, en voelt zijn ogen langzaam dichtgaan.

'Ja, Anja, ik heb een pen in de aanslag,' hoort hij Joona zeggen. 'Västra Banvägen... Wacht even, Stationsvägen 5. Oké, bedankt.'

Erik wordt wakker als ze een lange heuvel langs een golfbaan af rijden. Hij heeft het gevoel dat de tijd zichzelf in de staart heeft gebeten.

'We zijn er bijna,' zegt Joona.

'Ik was in slaap gevallen,' zegt Erik, voornamelijk tegen zichzelf.

'Eva Blau heeft Charlotte gebeld op dezelfde dag dat jij voorpaginanieuws was,' zegt Joona peinzend.

'En de volgende dag werd Benjamin gekidnapt,' zegt Erik.

'Omdat iemand jou weer in het vizier had gekregen.'

'Of omdat ik mijn belofte had verbroken om nooit meer te hypnotiseren.'

'In dat geval is het mijn schuld,' zegt Joona.

'Nee, dat was...'

Erik zwijgt, want hij weet niet precies wat hij moet zeggen.

'Het spijt me,' zegt Joona, met zijn blik op de weg gericht.

Ze passeren een discountzaak met ingeslagen ruiten. Joona tuurt in zijn achteruitkijkspiegel. Een vrouw met een hoofddoek is bezig de glassplinters op te vegen.

'Ik weet niet wat er met Eva is gebeurd toen ik haar als cliënte had,' zegt Erik. 'Ze verwondde zichzelf en werd helemaal paranoide. Ze gaf mij en mijn hypnose overal de schuld van. Ik had haar nooit in de groep moeten opnemen, ik had nooit iemand mogen hypnotiseren.'

'Maar je hebt Charlotte wél geholpen,' brengt Joona ertegen in.

'Daar lijkt het wel op,' zegt Erik zachtjes.

Net na de rotonde passeren ze een spoorwegovergang, slaan bij de sporthal links af, rijden over een rivier en blijven bij de grote grijze woonhuizen staan.

Joona wijst naar het handschoenenkastje.

'Kun je mij mijn pistool weer even geven?'

Erik doet het kastje open en geeft hem het zware wapen. Joona controleert de loop en het magazijn, en ziet erop toe dat het pistool vergrendeld is voordat hij het in zijn zak steekt.

Ze haasten zich over de parkeerplaats en passeren de binnentuin met schommels, een zandbak en een klimrek.

Erik wijst op de portiekdeur, kijkt omhoog en ziet snoeren met knipperende lampjes en schotelantennes op bijna alle balkons.

Er staat een oude vrouw met een rollator achter de afgesloten deur van het trappenhuis. Joona klopt aan en zwaait vrolijk. Ze kijkt hen aan en schudt haar hoofd. Joona houdt zijn politielegitimatie voor het raam, maar ze schudt opnieuw haar hoofd. Erik zoekt in zijn zakken en vindt een envelop met bonnetjes die hij bij het salariskantoor had moeten afgeven. Hij loopt naar het raam, klopt ertegen en houdt de envelop omhoog. De vrouw loopt daarop onmiddellijk naar de deur en drukt op de knop van het elektrische slot.

'Is dat de post?' vraagt ze krakend.

'Expresbrief,' antwoordt Erik.

'Er is hier zo veel gehuil en geschreeuw,' fluistert de vrouw, tegen de muur gedrukt.

'Wat zegt u?' vraagt Joona.

Erik kijkt op het bewonersoverzicht; Veronica Andersson woont op de eerste verdieping. Het smalle trappenhuis is vergeven van de rode graffiti. Er komt een stank uit de stortkoker. Ze blijven voor de deur met de naam ANDERSSON staan en bellen aan. De hele trap zit onder de moddersporen van kinderlaarzen.

'Bel nog eens,' zegt Erik.

Joona doet de brievenbus open en roept dat hij een brief van de *Wachttoren* voor haar heeft. Erik ziet hoe het hoofd van de commissaris terugdeinst als door een drukgolf.

'Wat is er?'

'Ik weet het niet, maar ik wil dat jij buiten wacht,' zegt Joona met een gespannen blik.

'Nee,' antwoordt Erik.

'Ik ga alléén naar binnen.'

Achter een van de deuren op de eerste verdieping valt een glas kapot. Joona haalt een etui tevoorschijn met twee dunne stalen voorwerpen. Het ene heeft een gebogen punt en het andere lijkt op een heel smalle sleutel.

Alsof Joona Eriks gedachten heeft gelezen, mompelt hij dat het volkomen legaal is om zonder huiszoekingsbevel een appartement binnen te gaan.

'Goede redenen zijn voldoende, volgens de nieuwe wetgeving,' zegt hij.

Hij heeft net het eerste instrument in het sleutelgat gestoken als Erik aan de deur voelt; die zit niet op slot. Er golft een enorme stank naar buiten als ze de deur opendoen. Joona trekt zijn wapen en maakt een kort gebaar naar Erik om buiten te wachten.

Erik hoort zijn hart bonzen in zijn borst; hij hoort het bloed suizen in zijn oren. De stilte is verschrikkelijk onheilspellend. Hier is Benjamin niet. Het licht in het trappenhuis gaat uit en de duisternis komt op hem af rollen. Die is niet helemaal zwart, maar zijn ogen hebben er moeite mee vaste punten te vinden.

Joona staat opeens voor hem.

'Ik denk dat je maar mee naar binnen moet komen, Erik,' zegt hij zachtjes met zijn Finse dialect.

Ze gaan naar binnen en Joona steekt de plafondlamp aan. De deur naar de badkamer staat wijd open. De stank van verrotting is ondraaglijk. In de verweerde badkuip zonder water ligt Eva Blau. Haar gezicht is gezwollen en er kruipen vliegen rond haar mond; ze zoemen in de lucht. Haar blauwe blouse is opgekropen; haar buik is opgezet en blauwgroen. Langs beide armen lopen diepe zwarte sneden. De stof van haar blouse en haar blonde haar zitten vastgeplakt in het gestolde bloed. Haar huid is bleekgrijs en er is over haar hele lichaam een duidelijk bruin netwerk van aderen zichtbaar. Het stilstaande bloed in het bloedvatenstelsel is gaan ontbinden. Er is een opeenhoping van maden zichtbaar in haar ooghoeken en rond haar neusgaten en mond. Het bloed is uit het afvoerputje naar boven gekomen en er is een beetje op de badmat gelopen. De franje en de randen zijn donker gekleurd. Er ligt een bebloed keukenmes naast het lichaam in het bad.

'Is zij het?' vraagt Joona.

'Ja. Dat is Eva.'

'Ze is al minstens een week dood,' zegt hij. 'Haar buik is sterk gezwollen.'

'Ik begrijp het,' antwoordt Erik.

'Zij is dus niet degene geweest die Benjamin heeft meegenomen,' constateert Joona.

'Ik moet nadenken,' zegt Erik. 'Ik dacht…'

Hij kijkt door het raam naar buiten en ziet het lage stenen gebouw aan de overkant van het spoor. Eva kon de Koninkrijkszaal vanuit haar raam zien. Hij bedenkt dat dat uitzicht haar vermoedelijk een gevoel van geborgenheid heeft gegeven.

# 40

## *Donderdagochtend 17 december*

Simone voelt opeens dat er een druppel bloed uit haar onderlip komt. Ze heeft zichzelf zonder het te merken gebeten. Ze heeft al haar energie nodig om haar gedachten op een rijtje te krijgen. Haar vader is aangereden op straat en ligt sinds een paar dagen in een donkere kamer in het St.-Görans-ziekenhuis. Niemand heeft tot nu toe kunnen vaststellen hoe ernstig het is. Het enige wat ze weet, is dat de klap dodelijk had kunnen zijn. Ze heeft vreselijke hoofdpijn. Ze is Erik kwijt, ze is Benjamin misschien kwijt, en nu is er ook nog kans dat ze haar vader kwijtraakt. Ze weet niet voor de hoeveelste keer, maar ze pakt opnieuw haar mobiele telefoon, controleert of hij het doet en stopt hem daarna in het buitenvak van haar tas, waar ze hem gemakkelijk kan pakken als hij tegen alle verwachtingen in mocht overgaan.

Daarna buigt ze zich over haar vader en legt zijn deken goed. Hij slaapt, maar er is niets te horen. Kennet Sträng is vermoedelijk de enige man ter wereld die niet snurkt als hij slaapt; dat heeft ze al vaak gedacht.

Hij heeft een krijtwit verband om zijn hoofd. Daaronder is een donkere schaduw zichtbaar: een blauwe plek die over zijn ene wang loopt. Hij ziet er anders uit met die immense bloeduitstorting, zijn opgezwollen neus en een mondhoek die alleen maar omlaag hangt.

Maar hij is niet dood, denkt ze. Hij leeft nog, absoluut. En Benjamin ook. Dat weet ze, dat móet.

Simone loopt wat heen en weer. Ze was eergisteren van Sim Shulman thuisgekomen en had haar vader nog gesproken vlak voordat het ongeluk was gebeurd. Hij had gezegd dat hij Wailord had gevonden en dat hij naar een plaats zou gaan die de Zee heette. Dat was ergens op Loudden.

Simone kijkt weer naar haar vader. Hij is diep in slaap.

'Papa?'

Ze heeft meteen spijt. Hij wordt niet wakker, maar er trekt een gekwelde uitdrukking over zijn slapende gezicht. Simone voelt voorzichtig aan het wondje op haar onderlip. Haar blik valt op een adventskandelaar. Ze kijkt naar haar schoenen in de blauwe schoenbeschermers. Ze denkt aan een middag jaren geleden, toen Kennet en zij haar moeder hadden zien zwaaien en daarna in haar groene Fiatje hadden zien verdwijnen.

Simone huivert, de hoofdpijn bonkt tegen haar slapen. Ze trekt haar vest dichter om zich heen.

Opeens hoort ze Kennet zachtjes kreunen.

'Papa,' zegt ze, als een klein kind.

Hij doet zijn ogen open. Ze kijken wazig, niet echt wakker. Zijn ene oogwit is bloeddoorlopen.

'Papa, ik ben het,' zegt Simone. 'Hoe voel je je?'

Zijn blik gaat langs haar heen. Ze wordt opeens bang dat hij haar niet kan zien.

'Sixan?'

'Ik ben hier, papa.'

Ze gaat voorzichtig naast hem zitten en pakt zijn hand. Hij sluit zijn ogen weer, en zijn wenkbrauwen trekken samen alsof hij pijn heeft.

'Papa?' vraagt ze zachtjes. 'Hoe voel je je?'

Hij probeert haar een klopje op haar hand te geven, maar dat lukt niet zo best.

'Ik ben gauw weer op de been,' rochelt hij. 'Wees maar niet ongerust.'

Het wordt stil. Simone probeert haar gedachten weg te drukken, probeert haar hoofdpijn niet te voelen, probeert de voortrazende ongerustheid te onderdrukken. Ze weet niet of ze hem in deze toestand wel durft te pushen, maar de paniek dwingt haar een poging te doen.

'Papa?' vraagt ze zachtjes. 'Weet je nog waar we het over hadden vlak voordat je werd aangereden?'

Hij staart haar vermoeid aan en schudt voorzichtig zijn hoofd.

'Je zei dat je wist waar Wailord was. Je had het over de zee, weet je nog? Je zei dat je naar de zee zou gaan.'

Kennets ogen lichten op. Hij doet een poging rechtop te gaan zitten, maar zakt kreunend weer achterover.

'Papa, vertel het me. Ik moet weten waar het is. Wie is Wailord? Wie is dat?'

Hij doet zijn mond open, en zijn kin trilt wanneer hij fluistert: 'Een... kind... Het is... een kind...'

'Wát zeg je?'

Maar Kennet heeft zijn ogen alweer gesloten en lijkt haar niet langer te horen. Simone loopt naar het raam en kijkt uit over het ziekenhuisterrein. Het tocht. Er loopt een vieze rand langs het glas. Wanneer ze ertegenaan ademt, ziet ze even de afdruk van een gezicht in het beslagen raam. Iemand anders heeft precies daar tegen het glas geleund.

De kerk aan de overkant van de weg is donker. Het licht van de straatlantaarns weerspiegelt in de zwarte boogramen. Ze bedenkt dat Benjamin aan Aida had geschreven dat ze Nicke niet naar de zee mocht laten gaan.

'Aida,' zegt ze zachtjes. 'Ik ga met Aida praten, en deze keer moet ze me alles vertellen.'

Nicke doet open als Simone bij Aida aanbelt. Hij kijkt haar vragend aan en wrijft over zijn lippen.

'Hoi,' zegt ze.

'Ik heb nieuwe kaarten,' vertelt hij enthousiast.

'Wat leuk,' antwoordt ze.

'Het zijn meidenkaarten, maar sommige zijn heel sterk.'

'Is je zus thuis?' vraagt Simone en ze geeft Nicke een paar klopjes op zijn arm.

'Aida! Aida!'

Nicke rent de donkere hal in en verdwijnt ergens in het huis.

Simone blijft wachten. Dan hoort ze een eigenaardig pompend geluid, er rinkelt iets en na een tijdje ziet ze een magere vrouw met een kromme rug op haar afkomen. Ze trekt een karretje achter zich aan met daarop een zuurstoffles. Er loopt een slangetje van de fles naar de vrouw, dat via dunne, doorzichtige kunststof buisjes zuurstof in haar neusgaten pompt.

De vrouw klopt met haar smalle vuist op haar borst.

'Em… fyseem,' fluistert ze, waarna haar kreukelige gezicht zich vertrekt in een hese, inspannende hoestaanval. Wanneer ze is uit-gehoest, maakt ze een gebaar naar Simone dat ze binnen moet komen. Ze lopen samen door de lange, donkere hal tot ze in een woonkamer komen die vol staat met zware meubels. Tussen een stereotoren met een glazen deur en een laag tv-meubel zit Nicke op de grond met zijn Pokémon-kaarten te spelen. Aida zit op de bruine bank, die staat ingeklemd tussen twee grote palmen.

Simone herkent haar nauwelijks. Ze heeft helemaal geen make-up op. Ze heeft een lief gezicht, heel jong en broos. Haar haar is glanzend geborsteld en zit in een keurige paardenstaart.

Ze reikt naar een pakje sigaretten en steekt met bevende handen een sigaret op als Simone de kamer binnenkomt.

'Hoi,' zegt Simone. 'Hoe is het?'

Aida haalt haar schouders op. Het lijkt alsof ze heeft gehuild. Ze neemt een trekje, pakt een groen schoteltje en houdt dat onder haar sigaret, alsof ze bang is dat ze as op de meubels morst.

'Ga… zitten…' fluistert de moeder tegen Simone, die plaats-neemt op een van de brede fauteuils die zich verdringen naast de bank, de tafel en de palmen.

Aida tipt haar sigaret af op het groene schoteltje.

'Ik kom net uit het ziekenhuis,' zegt Simone. 'Mijn vader is aan-gereden. Hij was op weg naar de zee, naar Wailord.'

Nicke vliegt opeens op. Zijn gezicht is knalrood geworden.

'Wailord is boos – heel boos, heel boos.'

Simone wendt zich tot Aida, die omstandig moet slikken en daarna haar ogen sluit.

'Wat is er aan de hand?' vraagt Simone. 'Wat is dat allemaal met Wailord?'

Aida maakt haar sigaret uit en zegt daarna met onvaste stem: 'Ze zijn verdwenen.'

'Wie?'

'Een stel dat ontzettend gemeen tegen ons was, tegen Nicke en mij. Ze waren verschrikkelijk. Ze zouden mij pakken, ze zouden een...'

Ze zwijgt en kijkt naar haar moeder, die een snuivend geluid maakt.

'Ze zouden... Ze zouden mijn moeder op de brandstapel gooien,' zegt Aida langzaam.

'Kloot... zakken...' fluistert haar moeder vanuit de andere fauteuil.

'Ze gebruiken namen van Pokémon. Ze heten Azelf, Magmortar of Lucario; ze wisselen soms, het is niet te volgen.'

'Met z'n hoevelen zijn ze?'

'Ik weet het niet, misschien maar vijf,' antwoordt ze. 'Het zijn kinderen. De oudste is van mijn leeftijd, de jongste is vast niet ouder dan zes. Maar ze besloten dat iedereen die hier woonde ze iets moest geven,' zegt Aida, en ze kijkt Simone voor het eerst aan. Haar ogen zijn amberkleurig en mooi en helder, maar staan vol angst. 'De kleine kinderen moesten snoep en pennen geven,' gaat ze met een dun stemmetje verder. 'Ze moesten hun spaarvarkens omkeren om geen klappen te krijgen. Anderen gaven hun hun spullen, hun mobiele telefoons en Nintendo-spelletjes. Ze hebben mijn jas, ze kregen sigaretten. En Nicke, die sloegen ze alleen maar. Ze pakten alles af wat hij had, ze waren zó gemeen tegen hem.'

Haar stem sterft weg en ze krijgt tranen in haar ogen.

'Hebben zij Benjamin?' vraagt Simone haar op de man af.

Aida's moeder wuift met haar hand: 'Die... jongen... is... niet... goed...'

'Geef antwoord, Aida,' zegt Simone geschrokken. 'Je moet antwoord geven!'

'Schreeuw niet... tegen... mijn dochter...' fluistert de moeder.

Simone schudt haar hoofd naar haar en zegt nogmaals, nog scherper: 'Je móet me vertellen wat je weet! Hoor je dat?'

Aida slikt weer uitvoerig.

'Ik weet niet zoveel,' zegt ze uiteindelijk. 'Benjamin is tussenbeide gekomen. Hij zei dat we die jongens niets moesten geven.

Wailord ging door het lint. Hij zei dat het oorlog was en eiste een heleboel geld van ons.'

Ze steekt een nieuwe sigaret op, neemt met trillende handen een trekje, tipt de as voorzichtig op het groene schoteltje af en gaat daarna verder: 'Toen Wailord te weten kwam dat Benjamin ziek was, gaf hij die kinderen naalden om hem te bekrassen…'

Ze zwijgt en haalt haar schouders op.

'Wat is er gebeurd?' vraagt Simone ongeduldig.

Aida bijt op haar lip en trekt een sliertje tabak van haar tong.

'Wat is er gebeurd?'

'Wailord is gewoon gestopt,' fluistert ze. 'Opeens was hij verdwenen. De andere jongens heb ik gezien, die hadden het pas nog op Nicke gemunt. Nu volgen ze iemand die zich Ariados noemt, maar ze zijn gewoon in de war en wanhopig sinds Wailord is verdwenen.'

'Wanneer was dat? Wanneer is Wailord verdwenen?'

'Volgens mij,' Aida denkt na, 'volgens mij was het vorige week woensdag. Dus drie dagen voordat Benjamin verdween.'

Haar lippen beginnen te trillen.

'Wailord heeft hem gepakt,' fluistert ze. 'Wailord heeft iets vreselijks met hem gedaan. Nu durft hij zich niet meer te vertonen…'

Ze begint luid en krampachtig te huilen. Simone ziet haar moeder met moeite overeind komen, de sigaret uit haar hand pakken en hem langzaam op het groene schoteltje uitmaken.

'Verdomd… monster…' fluistert de moeder, en Simone bedenkt dat ze geen idee heeft op wie ze doelt.

'Wie is Wailord?' vraagt ze opnieuw. 'Je moet me vertellen wie dat is.'

'Ik weet het niet,' roept Aida uit. 'Ik weet het niet!'

Simone haalt de foto tevoorschijn van het grasveld en de struiken tegen het bruine hek die ze in de computer van Benjamin had gevonden.

'Kijk hier eens naar,' zegt ze streng.

Aida kijkt met een gesloten gezicht naar het printje.

'Wat is dat voor plek?' vraagt Simone.

Aida haalt haar schouders op en kijkt haar moeder even kort aan.

'Geen idee,' zegt ze dan toonloos.

'Maar jij hebt die foto naar Benjamin gemaild,' brengt Simone er geïrriteerd tegen in. 'Hij kwam van jou, Aida.'

De blik van het meisje dwaalt weer af naar haar moeder, die met de sissende zuurstoffles aan haar voeten zit.

Simone zwaait nogmaals met het papier voor haar gezicht.

'Kijk ernaar, Aida. Kijk nog eens. Waarom heb je dit naar mijn zoon gestuurd?'

'Dat was gewoon een geintje,' fluistert ze.

'Een geintje?'

Aida knikt.

'Zoiets van: zou jij hier willen wonen?' zegt ze futloos.

'Ik geloof je niet,' constateert Simone verbeten. 'Nu spreek je de waarheid!'

De moeder komt weer overeind en zwaait naar haar:

'Vuile zigeuner… mijn huis uit, nu…'

'Waarom lieg je?' vraagt Simone, terwijl Aida haar eindelijk weer aankijkt. Het meisje kijkt bijzonder verdrietig.

'Het spijt me,' fluistert ze met een klein stemmetje. 'Sorry.'

Op weg naar buiten komt Simone Nicke tegen. Hij staat in het donker in de hal in zijn ogen te wrijven.

'Ik heb geen kracht, ik ben een waardeloze Pokémon.'

'Natuurlijk heb je wel kracht,' zegt Simone.

# 41

## *Donderdagmiddag 17 december*

Als Simone de ziekenhuiskamer van Kennet binnenkomt, zit hij rechtop in bed. Zijn gezicht heeft wat meer kleur gekregen en hij kijkt alsof hij wist dat zij net op dat moment over de drempel zou stappen.

Simone loopt naar hem toe, buigt zich voorover en legt voorzichtig haar wang tegen die van hem.

'Weet je wat ik heb gedroomd, Sixan?' vraagt hij.

'Nee?' zegt ze glimlachend.

'Ik heb van mijn vader gedroomd.'

'Van opa?'

Hij lacht zachtjes.

'Kun jij je dat voorstellen? Hij stond in de werkplaats, bezweet en vrolijk. "Mijn jongen", dat was het enige wat hij zei. Ik ruik nog steeds de diesellucht…'

Simone slikt. Er zit een harde, pijnlijke brok in haar keel. Kennet schudt voorzichtig zijn hoofd.

'Papa,' fluistert Simone. 'Papa, weet je nog waar we het over hadden vlak voordat je werd aangereden?'

Hij kijkt haar ernstig aan, en opeens is het alsof zijn scherpe, stroeve blik weer begint te leven. Hij probeert overeind te komen, maar beweegt zich te snel en valt weer terug in de kussens.

'Help me eens, Simone,' zegt hij ongeduldig. 'We hebben haast, ik kan hier niet blijven.'

'Weet je nog wat er is gebeurd, papa?'

'Ik weet alles nog.'

Hij wrijft in zijn ogen, schraapt zijn keel en steekt daarna zijn handen uit.

'Hou me vast,' gebiedt hij, en als Simone hem deze keer tegen-houdt, slaagt hij erin rechtop te gaan zitten en zijn benen over de rand te slingeren.

'Ik moet mijn kleren hebben.'

Simone loopt snel naar de kast en haalt ze. Ze zit net op haar hurken zijn sokken aan te trekken als de deur opengaat en er een jonge arts binnenkomt.

'Ik moet weg,' zegt Kennet korzelig tegen de man nog voor hij goed en wel binnen is.

Simone komt overeind.

'Dag,' zegt ze, en ze geeft de jonge arts een hand. 'Simone Bark.'

'Ola Tuvefjäll,' antwoordt hij, en hij kijkt gegeneerd als hij zich tot Kennet wendt, die net bezig is zijn broek dicht te knopen.

'Ja, hallo,' zegt Kennet, zijn overhemd in zijn broek stoppend. 'Het spijt me dat we niet kunnen blijven, maar we bevinden ons in een noodsituatie.'

'Ik kan u niet dwingen,' meent de arts, 'maar u moet wel heel voorzichtig zijn, gezien de klap die uw hoofd te verduren heeft gekregen. U voelt zich nu misschien een hele piet, maar u moet weten dat er over een minuut of over een uur complicaties kun-nen ontstaan, die morgen misschien pas merkbaar zijn.'

Kennet loopt naar de wastafel en plenst koud water over zijn gezicht.

'Het spijt me, zoals gezegd,' zegt hij, terwijl hij rechtop gaat staan, 'maar ik moet naar de zee.'

De arts kijkt hen vragend na als ze zich door de gang spoeden. Simone probeert te vertellen over haar bezoek aan Aida. Als ze op de lift wachten, ziet ze dat Kennet steun moet zoeken bij de muur.

'Waar gaan we heen?' vraagt Simone en voor de verandering protesteert Kennet niet eens als zij achter het stuur plaatsneemt. Hij gaat gewoon naast haar zitten, doet zijn gordel om en krabt onder het verband aan zijn voorhoofd.

'Je moet me vertellen waar we heen moeten,' zegt ze als hij geen antwoord geeft. 'Hoe kom je daar?'

Hij kijkt haar met een eigenaardige blik aan.

'Naar de zee... Ik moet even nadenken.'

Hij leunt achterover, sluit zijn ogen en is heel even stil. Ze begint net te denken dat ze een fout heeft begaan, want haar vader is overduidelijk ziek en moet weer terug naar het ziekenhuis. Maar dan doet hij zijn ogen open en zegt: 'Je rijdt Sankt Eriksgatan uit, de brug over en dan bij Odengatan rechtsaf. Recht naar beneden naar het Östra-Station. Daar volg je Valhallavägen in oostelijke richting helemaal tot Filmhuset; dan neem je Lindarängsvägen. Die rijd je helemaal uit tot de haven.'

'Wie heeft er nou een tomtom nodig?' zegt Simone lachend als ze zich door het drukke verkeer op Sankt Eriksgatan wurmt, op weg naar Västermalmsgallerian.

'Ik vraag me af…' zegt Kennet peinzend, maar hij zwijgt meteen weer.

'Wat?'

'Ik vraag me af of die ouders het wel weten.'

Simone kijkt hem zijdelings aan terwijl de auto de Gustav Adolfskerk passeert en ze een glimp opvangt van een lange rij kinderen gekleed in koormantels. Ze houden allemaal een kaars in hun hand en lopen langzaam door de hoofdingang naar binnen.

Kennet schraapt zijn keel en herhaalt: 'Ik vraag me af of die ouders wel doorhebben waar hun kinderen mee bezig zijn.'

'Afpersing, intimidatie, geweld en bedreiging,' antwoordt Simone vermoeid. 'De lievelingetjes van mama en papa.'

Ze moet denken aan die keer dat ze naar Tensta was geweest, naar de tatoeagezaak. De kinderen die een meisje over de balustrade hadden gehouden. Ze waren helemaal niet bang geweest; ze waren juist intimiderend, gevaarlijk. Benjamin had geprobeerd haar tegen te houden, zodat ze niet naar die jongen op het metrostation toe zou gaan. Ze begrijpt nu dat dat een van hen moet zijn geweest. Hij was vermoedelijk een van degenen met Pokémonnamen.

'Wat hebben de mensen toch?' vraagt ze retorisch.

'Wat er met mij gebeurde was helemaal geen ongeluk, Sixan. Ik werd voor een auto geduwd,' zegt Kennet scherp. 'En ik heb gezien wie het deed.'

'Werd je geduwd? Door wie?'

'Het was een van hen, een kind, een meisje.'

Achter alle zwarte ramen van Filmhuset brandt elektrische kerstverlichting – tientallen lichttrapjes. Er ligt natte sneeuw op straat als Simone Lindarängsvägen in draait. Er hangen zware, dikke wolken boven Gärdet, en het ziet eruit alsof het elk moment kan gaan regenen. Arme hondenbezitters en hun ongelukkige viervoeters die daar net lopen, denkt ze. Door de regen zal het ook wel gaan dooien.

Loudden is een landtong even ten oosten van de Stockholmse vrijhaven. Aan het eind van de jaren 1920 werd de landtong een oliehaven, met bijna honderd olietanks. Het gebied bestaat uit lage bedrijfspanden, een watertoren, een containerhaven, schuilkelders en kades.

Kennet haalt het verkreukelde visitekaartje tevoorschijn dat hij in de portefeuille van de jongen had gevonden.

'Louddsvägen 18,' zegt hij, en hij gebaart dat Simone moet stoppen. Ze rijdt een geasfalteerd gedeelte op dat wordt omheind door hoge metalen hekken.

'We lopen het laatste stukje,' zegt Kennet, en hij maakt zijn gordel los.

Ze lopen tussen enorme tanks door en zien smalle trappen die zich als serpentines om de cilindervormige gebouwen heen slingeren. Er zijn roestplekken zichtbaar op de lasnaden tussen de gebogen platen en de bevestigingen van de trappen en de leuningen.

Het is gaan regenen. Niet hard, maar de regen is wel koud. Als de druppels tegen het metaal slaan, geeft dat een harde, onheilspellende klank. Het wordt al bijna donker en dan zullen ze niets meer zien. Er lopen smalle paden tussen de grote, op elkaar gestapelde containers – gele, rode en blauwe. Er is nergens straatverlichting. Ze zien alleen tanks, laad- en losplaatsen, lage kantoorbarakken en, dichter naar het water toe, de eenvoudige kadebebouwing met kranen, hellingen, aken en droogdokken. Er is een smerige Ford-pick-up voor een lage loods geparkeerd, die haaks op een groot magazijn van golfplaat staat. Op het donkere raam van de loods is met half weggevaagde plakletters te lezen: DE ZEE. De kleinere letters eronder zijn los gekrabd, maar het woord is in het stof nog steeds leesbaar: *Duikclub*. De zware deurgreep hangt naast de deur.

Kennet wacht even, luistert en trekt vervolgens voorzichtig de deur open. Het is donker in het kleine kantoor. Het enige wat er staat, zijn een bureau, een paar klapstoelen met kunststof zitting en een paar verroeste zuurstofflessen. Aan de muur hangt een ge-kreukte poster van exotische vissen in smaragdgroen water. Het is duidelijk dat hier geen duikclub meer zit; misschien bestaat hij niet meer, is hij failliet of verhuisd.

Een van de ventilatieroosters begint te zoemen en de binnen-deur maakt een klikkend geluid. Kennet houdt een vinger voor zijn lippen. Ze horen duidelijke voetstappen. Ze lopen snel naar voren, doen de deur open en kijken in een groot magazijn. In het donker rent er iemand weg. Simone probeert iets te zien. Kennet loopt een stalen trap af, zet de achtervolging in, maar slaakt op-eens een kreet.

'Papa?' roept Simone

Ze kan hem niet zien, maar hoort zijn stem. Hij vloekt en roept naar haar dat ze voorzichtig moet zijn.

'Ze hebben prikkeldraad gespannen.'

Er klinkt een metaalachtig geluid op de betonvloer. Kennet heeft het weer op een lopen gezet. Simone rent achter hem aan; ze klimt over het prikkeldraad en loopt de grote ruimte in. De lucht is koud en vochtig. Het is donker en het is lastig om je te oriënte-ren. Verderop zijn snelle voetstappen te horen.

Er valt wat licht van een schijnwerper op een containerkraan door een vuil raam naar binnen. Opeens ziet Simone iemand naast een vorkheftruck staan. Het is een jongen met een mas-ker voor zijn gezicht – een grijs masker van stof of karton. Hij heeft een metalen pijp in zijn hand, loopt rusteloos te stampen en kruipt in elkaar.

Kennet nadert de jongen en schiet langs de stellingen.

'Achter de truck!' roept Simone.

De jongen met het masker rent naar voren en gooit de pijp in Kennets richting. Hij draait rond en vliegt precies over Kennets hoofd.

'Wacht, we willen alleen met je praten!' roept Kennet.

De jongen doet een metalen deur open en rent naar buiten. De deur dreunt. Er valt wat licht naar binnen. Kennet is al bij de deur.

'Hij ontsnapt,' fluistert hij.

Simone rent achter hem aan, maar glijdt uit op de natte laadsteiger en ruikt de stank van vuilnis. Ze krabbelt weer overeind en ziet haar vader langs de kade hollen. Door de natte sneeuw is de grond spekglad geworden en als Simone achter hen aan vliegt, glipt ze bijna over de rand. Ze rent en ziet de twee gedaanten vóór zich en de afgrond náást zich. De zwarte, halfbevroren ijsschotsen stoten tegen de kade.

Ze weet dat wanneer ze zou struikelen en erin zou vallen, het niet lang zou duren voor het ijskoude water haar zou verlammen; ze zou als een steen naar de bodem zakken met haar dikke jas en haar laarzen vol koud water.

Ze moet denken aan de journaliste die samen met haar vriendin de dood vond toen ze van de kade af reed. De auto zonk als in een fuik recht naar beneden, werd opgeslokt door het losse bodemslijk en verdween. Cats Falk heette ze, bedenkt Simone.

Ze is buiten adem en trilt van de stress en de inspanning. Haar rug is drijfnat van de regen.

Het lijkt erop dat Kennet de jongen uit het oog heeft verloren. Hij staat dubbelgevouwen op haar te wachten. Het verband om zijn hoofd is losgeraakt en hij hijgt amechtig. Er loopt een straaltje bloed uit zijn neus. Zijn longen gieren. Er ligt een kartonnen masker op de grond. Het is half opgelost door de regen en als de wind er vat op krijgt, komt het los en waait het over de rand.

'Shit, shit, shit!' zegt Kennet als zijn dochter bij hem is.

Ze lopen terug, terwijl het om hen heen steeds donkerder wordt. De regen is afgenomen, maar in plaats daarvan is het hard gaan waaien. De wind giert om de grote golfplaten gebouwen. Ze passeren een langwerpig droogdok en Simone hoort de wind van onderaf donker zingen. Langs de rand hangen tractorbanden aan roestige kettingen bij wijze van ladder. Ze kijkt omlaag in het immense, door explosieven tot stand gebrachte gat. Een enorm bassin zonder water, met ruwe bergwanden, versterkt met beton en gewapend met staalband. Vijftig meter lager zien ze een gegoten betonvloer met hoge opstaande randen.

Er slaat een zeil in de wind en het licht van een kraan flikkert over de loodrechte wanden van het droogdok. Simone ziet opeens iemand daarbeneden achter een betonnen richel zitten.

Kennet merkt dat ze blijft staan en keert zich vragend om. Zonder iets te zeggen wijst ze omlaag naar het droogdok.

De in elkaar gedoken gedaante rent weg en is niet meer te zien.

Kennet en Simone rennen naar de smalle trap langs de wand. De gedaante komt overeind en begint naar iets toe te rennen wat eruitziet als een deur. Kennet houdt zich aan de leuning vast, rent de steile trap af, glijdt uit, maar hervindt zijn evenwicht. Er hangt een zware, scherpe lucht van metaal, roest en regen. Ze gaan verder naar beneden, vlak langs de wand. In de diepte van het droogdok horen ze voetstappen echoën.

Het is nat op de bodem. Simone voelt het koude water haar laarzen binnendringen en ze heeft het koud.

'Waar is hij heen?' roept ze.

Kennet begeeft zich tussen de opstaande randen die zijn aangebracht om het schip op zijn plaats te houden wanneer het water wordt weggepompt. Hij wijst naar de plaats waar de jongen is verdwenen. Er is geen deur, zoals ze dachten, maar een soort ventiel. Kennet kijkt naar binnen, maar ziet niets. Buiten adem veegt hij zijn nek en voorhoofd af.

'Kom eruit!' hijgt hij. 'Nu is het genoeg geweest.'

Ze horen een zwaar en ritmisch gekras. Kennet kruipt in het ventiel.

'Doe voorzichtig, papa.'

Er kraakt iets en daarna begint de sluisdeur te piepen en te knarsen. Plotseling hoort ze een oorverdovend gesis en Simone begrijpt wat er gaat gebeuren.

'Hij laat er water in lopen,' roept ze.

'Er is een ladder hier binnen,' hoort ze Kennet brullen.

Met een immense druk spuiten er dunne stralen ijskoud water door de minimale gleuf tussen de sluisdeuren het droogdok in. Het metaalachtige gekraak houdt aan en de deuren glijden nog wat verder open. Het water klettert naar beneden. Simone rent naar de trap. Het ijzige water stijgt tot haar knieën en ze worstelt zich erdoorheen. Het licht van de hijskraan flakkert over de ruwe wanden. Het water stroomt snel; het kolkt naar binnen en trekt haar naar achteren. Ze komt tegen een groot stuk metalen beslag aan en haar ene voet wordt gevoelloos van de pijn. Het zwarte water dondert in grote hoeveelheden omlaag. Ze huilt bijna als ze de steile trap bereikt en begint te klimmen. Na een paar sporten keert ze zich om. Ze kan haar vader in het donker niet zien. Het water is boven het ventiel in de wand uit gestegen. Het kraakt schreeuwend. Bibberend werkt ze zich verder naar boven. Haar adem brandt in haar longen. Dan hoort ze het gedonder van het razende water steeds verder afnemen. De poorten gaan weer dicht en de vloed houdt op. Ze heeft geen gevoel meer in haar hand die de metalen leuning vasthoudt. Haar kleren zijn zwaar en spannen over haar dijen. Simone komt boven en ontwaart Kennet aan de andere kant van het droogdok. Hij zwaait naar haar en leidt een jongen in de richting van de oude duikclub.

Simone is doorweekt, haar handen en voeten zijn ijskoud. Ze blijven bij de auto op haar staan wachten. Kennet kijkt vreemd afwezig uit zijn ogen. En de jongen staat daar gewoon met hangend hoofd voor hem.

'Waar is Benjamin?' roept Simone al voordat ze bij de auto is.

De jongen zegt niets. Simone pakt hem bij de schouders en keert hem om. Ze is zo ontsteld als ze zijn gezicht ziet dat ze een kreet niet kan onderdrukken.

Er is een stuk van de neus van de jongen af gesneden.

Het lijkt alsof iemand heeft geprobeerd de wond te hechten, maar met veel haast en zonder medische kennis. Zijn blik is volkomen apathisch.

De wind giert. Ze gaan alle drie in de auto zitten en Simone zet de motor aan om het warm te krijgen. Onmiddellijk beslaan de ruiten. Ze vindt wat chocola, die ze aan de jongen geeft. Het wordt doodstil in de auto.

'Waar is Benjamin?' vraagt Kennet.

De jongen kijkt omlaag. Hij kauwt op de chocola, slikt.

'Nu vertel je alles – hoor je dat? Jullie hebben andere kinderen geslagen en hun geld afgepikt.'

'Ik ben gestopt,' fluistert hij.

'Waarom mishandelden jullie andere kinderen?' vraagt Kennet.

'Dat is gewoon zo gekomen toen we…'

'Gewoon zo gekomen? Waar zijn de anderen?'

'Geen idee. Hoe moet ik dat weten? Misschien hebben ze nu andere groepen,' zegt de jongen. 'Jerker heeft een andere groep, heb ik begrepen.'

'Ben jij Wailord?'

De lippen van de jongen trillen.

'Ik ben gestopt,' zegt hij slapjes. 'Ik zweer het: ik ben ermee gestopt.'

'Waar is Benjamin?' vraagt Simone schel.

'Ik weet het niet,' zegt hij. 'Ik zal hem nooit meer pijn doen, ik beloof het.'

'Luister naar me,' gaat Simone door. 'Ik ben zijn moeder, ik móet het weten.'

Maar ze wordt onderbroken doordat de jongen zachtjes heen en weer begint te wiegen. Hij huilt doordringend en snikt telkens weer: 'Ik zweer het, echt… Ik zweer het… echt waar. Ik zweer het…'

Kennet legt zijn hand op Simones arm.

'We moeten met hem naar het ziekenhuis,' zegt hij hol. 'Hij heeft hulp nodig.'

# 42

## *Donderdagavond 17 december*

Kennet zette Simone af op de kruising tussen Odengatan en Sveavägen en reed vervolgens het korte stukje naar het Astrid Lindgren-kinderziekenhuis.

Een arts onderzocht onmiddellijk de algemene conditie van de jongen en besloot hem op te nemen voor verpleging en ter observatie. Hij had uitdrogingsverschijnselen en leed aan ondervoeding, had geïnfecteerde wonden op zijn lichaam en enkele lichte bevriezingsverschijnselen van tenen en vingers. De jongen die zich Wailord had genoemd, heette eigenlijk Birk Jansson en woonde bij een pleeggezin in Husby. De autoriteiten werden ingeschakeld en er werd contact opgenomen met de voogden van de jongen. Toen Kennet wilde vertrekken, begon Birk te huilen en zei hij dat hij niet alleen wilde blijven.

'Alstublieft, alstublieft,' fluisterde hij, en hij hield zijn hand voor de plek waar zijn neus had gezeten.

Kennets hart ging als een hamer tekeer; het was duidelijk overbelast. Hij had nog steeds een bloedneus na zijn looppas en bleef in de deuropening staan.

'Ik kan hier bij je blijven wachten, Birk, maar op één voorwaarde,' zei hij.

Hij ging op een groene stoel naast de jongen zitten.

'Je moet me alles vertellen over Benjamin en zijn verdwijning.

Het duurde twee uur voordat de ambtenaar van de kinderbescherming er was. In die tijd probeerde Kennet, die steeds duizeliger werd, de jongen aan het praten te krijgen, maar het enige wat hem duidelijk werd, was dat iemand Birk dusdanig de stuipen op het lijf had gejaagd dat hij ermee was gestopt Benjamin te pesten. Hij leek niet eens te weten dat Benjamin was verdwenen.

Toen Kennet vertrok, hoorde hij de ambtenaar van de kinderbescherming en de psycholoog praten over plaatsing in de justitiële jeugdinrichting Lövsta in de provincie Södermanland.

In de auto belt Kennet Simone en vraagt of ze goed is thuisgekomen. Ze zegt dat ze een tijdje heeft geslapen en dat ze overweegt een stevige grappa in te schenken.

'Ik ga met Aida praten,' zegt Kennet.

'Vraag haar dan naar die foto van dat gras en dat hek. Er klopt iets niet.'

Kennet parkeert zijn auto in Sundbyberg op dezelfde plaats als de vorige keer, vlak bij de kiosk. Het is koud en er dwarrelen wat sneeuwvlokken op de bestuurdersstoel als hij het portier opendoet. Hij ziet Aida en Nicke onmiddellijk. Het meisje zit op het bankje bij het geasfalteerde voetpad achter de flat dat naar het smalle gedeelte van het Ulvsunda-meer leidt. Aida zit naar haar broer te kijken. Nicke laat haar iets zien; het lijkt of hij het op de grond laat vallen en het daarna weer vangt. Kennet blijft even naar hen staan kijken. Door hun manier van doen, hun samenspel of het feit dat ze bij elkaar hun toevlucht hebben gezocht, stralen ze iets heel eenzaams uit; ze lijken in de steek gelaten. Het is bijna zes uur. Strepen licht van de stad reflecteren in het donkere meer ver weg tussen de woonhuizen.

Kennet voelt de duizeligheid en zijn blik wordt even wazig. Voorzichtig steekt hij de gladde weg over en loopt over het bevroren gras naar het meer.

'Hallo daar,' zegt hij.

Nicke kijkt op.

'Jij bent het,' roept hij, en hij rent op Kennet af en drukt hem tegen zich aan. 'Aida,' zegt hij gejaagd. 'Aida, dit is hem, die oude man!'

Het meisje schenkt Nicke een flets, onrustig lachje. Het puntje van haar neus is rood van de kou.

'Benjamin?' vraagt ze. 'Hebben jullie hem gevonden?'

'Nee, nog niet,' zegt Kennet, terwijl Nicke lachend om hem heen springt.

'Aida!' roept Nicke. 'Hij is zo oud dat ze zijn pistool hebben afgepakt...'

Kennet gaat naast Aida op het bankje zitten. De bomen staan dicht op elkaar en bladerloos in donkere groepen om hen heen.

'Ik ben gekomen om te vertellen dat Wailord is uitgeschakeld.'

Aida kijkt hem sceptisch aan.

'De anderen zijn geïdentificeerd,' zegt hij. 'Het waren vijf Pokémons, nietwaar? Birk Jansson heeft alles bekend, maar hij heeft niets met de verdwijning van Benjamin te maken.'

Bij Kennets woorden is Nicke blijven staan en hij begint vrolijk te schreeuwen.

'Heb jij Wailord overwonnen? Echt?' vraagt hij.

'Ja,' zegt Kennet streng. 'Hij is weg.'

Nicke begint op het voetpad te dansen. Zijn enorme lichaam dampt van de warmte in de koude lucht.

Opeens blijft hij staan, kijkt Kennet aan en zegt: 'Jij bent de sterkste Pokémon, jij bent Pikachú! Jij bent Pikachú!'

Zielsgelukkig omhelst Nicke Kennet. Aida tovert een glimlach op haar gezicht, maar wordt opeens knalrood.

'Maar Benjamin?' vraagt ze.

'Zij hebben hem niet ontvoerd, Aida. Ze hebben misschien een hoop ellende veroorzaakt, maar ze hebben Benjamin niet.'

'Zij móeten het wel zijn, dat kan niet anders.'

'Dat geloof ik niet,' zegt Kennet.

'Maar...'

Kennet pakt het printje uit Benjamins computer, de foto die Aida hem had gestuurd.

'Nu moet je me eens vertellen wat dit voor plaats is,' zegt hij vriendelijk, maar streng.

Ze wordt bleek en schudt haar hoofd.

'Ik heb beloofd het niet te zeggen,' antwoordt ze zachtjes.

'Bij levensgevaar gelden beloften niet, hoor je me?'

Maar ze perst haar lippen op elkaar en wendt haar gezicht af. Nicke komt naar hem toe en kijkt op het papier.

'Die heeft hij van zijn moeder gekregen,' zegt hij blij.

'Nicke!'

Aida kijkt haar broer kwaad aan.

'Maar dat ís toch zo?' zegt die verontwaardigd.

'Wanneer leer je nu eens je mond te houden?'

Kennet roept: 'Sst.' Dan vervolgt hij: 'Heeft Sixan die foto aan Benjamin gegeven? Wat bedoel je, Nicke?'

Maar Nicke kijkt angstig naar Aida, alsof hij op toestemming wacht om die vraag te beantwoorden.

Ze schudt haar hoofd naar haar broer. Kennet voelt zijn hoofd hameren op de plaats van de fractuur: een hard en aanhoudend gebonk.

'Geef eens antwoord, Aida,' zegt hij met gespeelde kalmte. 'Ik kan je zeggen dat het fout is om in deze situatie te zwijgen.'

'Maar die foto heeft hier niets mee te maken,' zegt ze getergd. 'Ik heb Benjamin beloofd om het aan niemand te vertellen.'

'Nu zeg je wat die foto voorstelt!'

Kennet hoort zijn eigen stem schel weerkaatsen tussen de huizen. Nicke kijkt bang en verdrietig. Aida perst haar lippen halsstarrig nog stijver op elkaar.

Kennet dwingt zichzelf te kalmeren. Hij hoort zelf hoe onvast zijn stem klinkt als hij probeert uit te leggen: 'Aida, luister goed. Benjamin gaat dood als we hem niet vinden. Hij is mijn enige kleinkind. Ik moet gewoon alles onderzoeken wat hem dichterbij kan brengen.'

Het wordt doodstil. Dan wendt Aida zich naar hem toe en zegt gelaten, met tranen in haar stem: 'Wat Nicke zei was waar.'

Ze moet een paar keer slikken voor ze verdergaat: 'Zijn moeder heeft hem die foto gegeven.'

'Hoe bedoel je?'

Kennet kijkt naar Nicke, die uitvoerig zit te knikken.

'Niet Simone,' zegt Aida, 'maar zijn échte moeder.'

Kennet voelt misselijkheid opkomen. Zijn hele borstkas doet opeens pijn. Hij probeert een paar keer diep adem te halen en hoort zijn hart tekeergaan. Hij bedenkt nog net dat hij op het punt staat een hartinfarct te krijgen als de pijn weer wat afneemt.

'Zijn échte moeder?' vraagt hij.

'Ja.'

Aida haalt een pakje sigaretten uit haar rugzak, maar krijgt niet de kans er een op te steken, omdat Kennet het pakje zacht van haar afpakt.

'Je moet niet roken,' zegt hij.

'Waarom niet?'

'Je bent nog geen achttien. Je mag niet eens tabak kopen.'

Ze haalt haar schouders op.

'Oké, het doet me eigenlijk toch niks,' zegt ze kortaf.

'Mooi,' besluit Kennet, en hij vindt zichzelf ontzettend traag van begrip. Hij zoekt in zijn geheugen naar feiten rond Benjamins geboorte. De beelden flitsen voorbij: Simones gezicht, rood van het huilen na een miskraam. En dan die midzomer dat ze gekleed was in een groot, gebloemd gewaad. Ze was hoogzwanger. En hij had haar opgezocht in het ziekenhuis. Vol trots had ze haar zoon getoond. 'Hier is ons ventje,' had ze glimlachend en met trillende lippen gezegd. 'Hij zal Benjamin heten, zoon van geluk.'

Kennet wrijft verwoed in zijn ogen, krabt onder het verband en vraagt: 'Hoe heet zijn… echte moeder dan?'

Aida kijkt uit over het meer.

'Dat weet ik niet,' antwoordt ze vlak. 'Maar ze heeft Benjamin zijn echte naam verteld. Ze noemde hem voortdurend Kasper. Ze was heel lief en wachtte hem na schooltijd altijd op. Ze hielp hem met zijn huiswerk, en volgens mij kreeg hij ook geld van haar. Ze vond het heel erg om niet bij hem te zijn.'

Kennet houdt de foto omhoog en vraagt: 'En dit dan, wat is dit?'

Aida werpt een korte blik op het printje.

'Dat is het familiegraf. Het familiegraf van Benjamins echte familie. Zijn familie ligt daar.'

# 43

## *Donderdagavond 17 december*

De weinige uren licht zijn al voorbij en de stad is weer gehuld in nachtelijke duisternis. Voor bijna alle ramen aan de overkant brandt een adventsster. Het cognacglas met Italiaanse grappa dat op de lage salontafel in de woonkamer staat, verspreidt de verzadigde geur van druiven. Simone zit midden op de parketvloer naar een paar schetsen te kijken. Nadat ze op de kruising tussen Sveavägen en Odengatan was afgezet, was ze naar huis gelopen, had haar natte kleren uitgetrokken, zich in een deken gewikkeld en was gaan liggen. Ze was op de bank in slaap gevallen en was pas wakker geworden toen Kennet belde. Daarna was Sim Shulman gekomen.

Nu zit ze slechts gekleed in haar ondergoed op de grond, drinkt grappa, die brandt in haar maag, en legt de schetsen naast elkaar. Vier gelinieerde vellen die een kunstinstallatie vertegenwoordigen die hij voor de kunsthal van Tensta wil maken.

Shulman zit met de tentoonstellingsmaker van de kunsthal aan de telefoon. Hij loopt al pratend door de kamer. Het gekraak van de parketvloer onder zijn voeten verstomt plotseling. Simone merkt dat hij zo is gaan staan dat hij tussen haar dijen kan kijken; ze kan het duidelijk voelen. Ze legt de schetsen op elkaar, pakt het cognacglas, neemt een slokje en doet alsof ze Shulmans aandacht niet opmerkt. Ze beweegt haar benen wat uit elkaar en stelt zich voor dat zijn brandende blik zich een weg naar binnen zoekt. Hij praat nu langzamer en wil het gesprek afronden. Simone gaat op haar rug liggen en sluit haar ogen. Ze wacht op hem en voelt de prikkelende hitte van haar onderlijf, de bloedstuwing. Shulman is uitgepraat. Hij komt naderbij; ze houdt haar ogen dicht en spreidt haar benen nog wat verder. Ze hoort de rits van zijn gulp open-gaan. Opeens voelt ze zijn handen om haar heupen. Hij rolt haar op haar buik, trekt haar op haar knieën, doet haar slipje omlaag en neemt haar van achteren. Daar is ze niet echt op voorbereid. Ze ziet haar eigen handen voor zich, met gespreide vingers op het ei-ken parket. Haar nagels, de aderen op haar handruggen. Ze moet zich schrap zetten om niet voorover te vallen als hij in haar stoot, hard en eenzaam. De zware geur van de grappa maakt haar mis-selijk. Ze zou Shulman willen vragen op te houden, om het op een andere manier te doen. Ze zou opnieuw willen beginnen in de slaapkamer – samen, écht. Hij zucht zwaar, komt klaar, trekt zich terug en loopt naar de badkamer. Ze trekt haar broekje weer omhoog en blijft op de grond liggen. Een eigenaardige krachte-loosheid wil het voortdurend van haar overnemen; die wil haar gedachten, haar hoop, haar vreugde doven. Ze maakt zich niet langer druk om dingen die niet met Benjamin te maken hebben.

Pas wanneer Shulman gedoucht heeft en met een handdoek om zijn heupen naar buiten komt, staat ze op. Haar knieën doen pijn, maar ze probeert te glimlachen als ze langs hem heen loopt en draait de deur van de badkamer achter zich op slot. Haar onder-lichaam schrijnt als ze onder de douche gaat staan en terwijl het warme water haar haar natmaakt en langs haar nek, schouders en rug loopt, wordt ze overvallen door een grote eenzaamheid. Ze zeept zich in en wast zich uitvoerig, spoelt zich langdurig af en richt haar gezicht naar de zachte stralen.

Door het geruis in haar oren hoort ze gebonk en ze begrijpt dat er op de badkamerdeur wordt geklopt.

'Simone!' roept Shulman. 'Je telefoon gaat.'

'Hè?'

'Je telefoon.'

'Neem maar op,' zegt ze en ze draait de kraan dicht.

'Nu gaat de bel ook nog,' roept hij.

'Ik kom.'

Ze pakt een schoon badlaken uit de kast en droogt zich af. De badkamer staat vol warme damp. Haar ondergoed ligt op de vochtige tegelvloer. De spiegel is beslagen en ze ziet zichzelf als een grijs spook zonder gelaatstrekken, een gedaante van klei. Het ventilatierooster tegen het plafond maakt vreemde geluiden. Simone weet niet waarom al haar zintuigen opeens gespitst raken als voor een groot gevaar, en waarom ze voorzichtig en geluidloos de badkamerdeur opendoet en naar buiten kijkt. De flat straalt een beangstigende stilte uit. Er is iets niet pluis. Ze vraagt zich af of Shulman is weggegaan, maar durft niet te roepen.

Opeens hoort ze een fluisterend gesprek. Misschien uit de keuken, denkt ze. Maar met wie zit hij te fluisteren? Ze probeert het onbestemde angstige gevoel van zich af te schudden, maar dat lukt niet. De vloer kraakt en door de kier van de badkamerdeur ziet Simone iemand snel langslopen over de gang. Het is Shulman niet, maar een veel kleiner iemand: een vrouw met een flodderig trainingspak. Ze komt terug vanuit de hal en Simone heeft geen tijd om zich terug te trekken. Hun ogen ontmoeten elkaar in de smalle opening; de vrouw verstijft en Simone ziet haar ogen groot worden van schrik. De vrouw schudt snel haar hoofd en loopt door naar de keuken. Haar sportschoenen laten bloedsporen na op de vloer. Opeens raakt Simone in paniek. Haar hart gaat tekeer en ze begrijpt dat ze weg moet zien te komen uit de flat. Weg! Ze doet de badkamerdeur open en sluipt de gang door in de richting van de hal. Geluidloos probeert ze zich te verplaatsen, maar ze hoort haar eigen ademhaling en de vloer die kraakt onder haar gewicht.

Er is iemand in zichzelf aan het praten en in de keukenlades aan het rommelen. Ze hoort gerammel en gerinkel.

Door het donker ziet Simone in de hal iets groots en hobbeligs op de grond liggen. Het duurt een paar tellen voor ze begrijpt wat het is: Shulman ligt op zijn rug voor de voordeur. In vermoeide stromen vloeit er bloed uit een wond in zijn hals. De donkerrode plas bedekt bijna de hele vloer. Shulman ligt met trillende oogleden naar het plafond te staren. Zijn mond hangt slap open. Naast zijn hand, tussen de schoenen op de deurmat, ligt haar telefoon. Ze bedenkt dat ze hem moet pakken, de flat uit moet rennen en de politie en een ambulance moet bellen. Het verbaast haar dat ze niet begon te gillen toen ze Shulman zag liggen. Opeens hoort ze voetstappen in de gang. De jonge vrouw komt terug. Ze beeft over haar hele lichaam, bijt voortdurend op haar lip en probeert kalm te blijven.

'We kunnen er niet uit, de deur zit op slot,' fluistert de vrouw.

'Wie heeft dat…'

'Mijn broertje,' onderbreekt ze.

'Maar waarom…'

'Hij dacht dat het Erik was. Hij zag het niet, hij denkt…'

Met een enorm kabaal klettert er een keukenla op de grond.

'Evelyn? Wat ben je in godsnaam aan het doen?' roept Josef Ek. 'Kom je nog terug of hoe zit het?'

'Verstop je!' fluistert de vrouw.

'Waar zijn de sleutels?' vraagt Simone.

'Hij heeft ze in de keuken,' zegt ze, en ze loopt daar snel naar terug.

Simone glipt door de hal naar de kamer van Benjamin. Ze ademt hijgend en probeert haar mond dicht te doen, maar krijgt dan onvoldoende lucht. De vloer kraakt onder haar voeten, maar Josef Ek staat in de keuken zo hard te praten dat hij het niet lijkt te merken. Ze loopt naar de computer van Benjamin en zet hem aan, hoort hoe de ventilator begint te brommen en te suizen, en loopt snel terug. Net als ze de badkamer weer in schiet, hoort ze het welkomstmelodietje van het besturingssysteem.

Met bonkend hart wacht ze een paar tellen: dan gaat ze de badkamer uit, kijkt in de lege gang om zich heen en haast zich vervolgens naar de keuken. Daar is niemand. De vloer is bezaaid met bestek en bloederige schoenafdrukken.

Ze hoort Josef en Evelyn in Benjamins kamer rondscharrelen. Josef vloekt binnensmonds en smijt een paar boeken op de grond.

'Kijk onder het bed,' roept Evelyn met een bang stemmetje.

Gebonk, het krat met mangastripboeken wordt verschoven en Josef briest dat er daar niemand ligt.

'Help eens nadenken,' zegt hij.

'In de kast,' stelt ze snel voor.

'Wat is dit, verdomme?' roept Josef uit.

De sleutel van de deur ligt op de eiken tafel. Simone pakt hem en rent zo stil als ze kan terug naar de hal.

'Wacht, Josef,' hoort ze Evelyn roepen. 'Misschien zit hij in de andere kast.'

Er valt een glas kapot en zware voetstappen denderen door de gang.

Simone stapt over Shulmans lichaam heen. Zijn vingertoppen bewegen zich zwak. Ze steekt de lange sleutel in het veiligheidsslot. Haar hand bibbert enorm.

'Josef!' roept Evelyn wanhopig. 'Kijk eens in de slaapkamer! Volgens mij is hij daar!'

Simone draait de sleutel om en hoort het slot klikken wanneer Josef Ek opeens de hal in komt rennen en haar aanstaart. Zijn keel maakt een rochelend geluid. Simone staat met de sleutel te hannesen; haar hand glijdt weg en ze draait de sleutel om. Josef heeft een vleesmes in zijn hand. Hij aarzelt en komt dan snel op haar af. Simones handen beven zo dat ze de deurkruk niet omlaag krijgt.

De jonge vrouw rent de hal in, slingert zich om Josefs benen en probeert hem vast te houden; ze roept naar hem dat hij moet wachten. Met een slappe beweging haalt hij uit met het mes en raakt haar hoofd. Ze begint te kermen. Hij loopt verder, en Evelyn moet zijn benen wel loslaten. Simone weet de deur open te krijgen en struikelt het trappenhuis in. Het badlaken glijdt van haar af, Josef komt dichterbij, maar blijft even staan en kijkt naar haar naakte lichaam. Achter hem ziet Simone dat Evelyn snel met haar hand door het bloed van Shulman op de grond veegt. Ze smeert het op haar gezicht en hals, en zakt vervolgens in elkaar.

'Josef, ik bloed!' roept ze. 'Lieveling…'

Ze hoest en zwijgt, en blijft voor dood op haar rug liggen. Josef keert zich naar haar om en ziet haar bebloede lichaam.

'Evelyn?' vraagt hij angstig.

Hij keert terug naar de hal, en wanneer hij zich over haar heen buigt, ziet Simone opeens het mes in Evelyns hand. Hoe het omhoogschiet, als uit een primitieve val. Ze steekt het lemmet met veel kracht tussen twee van zijn ribben en zijn lichaam wordt helemaal stil. Hij houdt zijn hoofd scheef, valt op zijn zij en blijft vervolgens doodstil liggen.

# 44

*Vrijdag 18 december, 's ochtends vroeg*

Kennet loopt door de gang van het Danderyds-ziekenhuis. Hij passeert twee vrouwelijke politieagenten, die met elkaar zitten te fluisteren. In de kamer achter hen ziet hij een jong meisje op een stoel zitten. Ze staart in de lucht. Haar gezicht zit onder het bloed; haar haar lijkt ook vol opgedroogd bloed te zitten. Hij ziet zwarte klonters op haar witte hals en borstkas. Onbewust en kinderlijk heeft ze haar voeten een beetje naar binnen gedraaid. Hij neemt aan dat het Evelyn Ek is, de zus van seriemoordenaar Josef Ek. Alsof ze hem in gedachten haar naam heeft horen uitspreken, tilt ze haar hoofd op en kijkt ze hem recht aan. Haar ogen hebben zo'n eigenaardige uitdrukking – een mengeling van pijn en shock, spijt en triomf – dat het er bijna obsceen uitziet. Kennet wendt instinctief zijn gezicht af met het gevoel dat hij een privéaangelegenheid heeft aanschouwd, iets waar een taboe op rust. Hij huivert en zegt snel tegen zichzelf dat hij blij is dat hij met pensioen is, dat hij niet degene is die naar Evelyn Ek toe hoeft te gaan en een stoel hoeft te pakken om haar te verhoren. Wat zij te vertellen heeft over haar jeugd met Josef Ek zou niemand zijn hele leven met zich mee mogen dragen.

Een geüniformeerde man met een grauw, lang gezicht staat voor de gesloten deur van de kamer van Simone op wacht. Kennet herkent hem uit de tijd dat hij nog werkte, maar weet zich niet meteen zijn naam te herinneren.

'Kennet,' zegt de man. 'Alles goed?'

'Nee.'

'Dat heb ik begrepen.'

Kennet herinnert zich opeens hoe hij heet – Reine – en dat zijn vrouw vlak na de geboorte van hun eerste kind onverwacht was overleden.

'Reine,' zegt Kennet, 'weet jij hoe Josef bij zijn zus is binnengekomen?'

'Het lijkt erop dat ze gewoon de deur heeft opengedaan.'

'Vrijwillig?'

'Niet bepaald.'

En dan vertelt Reine dat Evelyn tegen hem heeft verklaard dat ze midden in de nacht wakker was geworden, naar de voordeur was gelopen en door het spionnetje naar de politieman, Ola Jacobsson, had gekeken, die op de trap zat te slapen. Bij de aflossing had ze hem aan zijn collega horen vertellen dat hij kleine kinderen had. Ze had hem niet wakker willen maken, maar was naar de bank teruggekeerd en had nogmaals de foto's bekeken in het album dat Josef in de verhuisdoos had gelegd. De foto's waren onbegrijpelijke glimpen uit een leven dat allang niet meer bestond. Ze had het album weer in de doos gestopt en erover zitten piekeren of ze van naam zou veranderen en naar het buitenland kon vluchten. Toen ze naar het raam liep en door de openingen tussen de luxaflex naar buiten keek, had ze gemeend beneden iemand op de stoep te zien staan. Ze had haar hoofd meteen teruggetrokken, had even gewacht en toen weer naar buiten gekeken. Het sneeuwde behoorlijk en ze kon niemand meer zien. De straatlantaarn die tussen de huizen hing, schommelde door de harde wind heen en weer. Ze had kippenvel gekregen en was naar de voordeur geslopen, had haar oor tegen het hout gelegd en geluisterd. Ze had het gevoel dat er iemand vlak achter de deur stond. Josef droeg altijd een bepaalde geur met zich mee: een geur van woede, van brandende chemicaliën. Evelyn dacht opeens dat ze die lucht rook. Misschien verbeeldde ze het zich, maar ze was toch bij de deur blijven staan, zonder door het spionnetje naar buiten te durven kijken.

Na een tijdje had ze zich naar voren gebogen en gefluisterd: 'Josef?'

Het was stil buiten. Ze wilde net de flat weer in lopen toen ze hem vanaf de andere kant van de deur hoorde fluisteren: 'Doe eens open.'

Ze probeerde niet hoorbaar te snikken toen ze antwoordde: 'Ja.'

'Dacht je dat je zou ontkomen?'

'Nee,' fluisterde ze.

'Je moet gewoon doen wat ik zeg.'

'Dat kan ik niet…'

'Kijk door het spionnetje naar buiten,' onderbrak hij haar.

'Dat wil ik niet.'

'Doe het toch maar.'

Ze was bevend naar de deur gelopen en had het trappenhuis door de groothoeklens gezien. De politieman die op de trap had zitten slapen zat daar nog steeds, maar onder hem op de overloop verspreidde zich een donkere plas bloed. Zijn ogen waren gesloten, maar hij ademde nog – heel snel. Opeens ontdekte Evelyn Josef – hij hield zich schuil buiten het ronde beeld van het spionnetje in de deur. Hij drukte zich tegen de muur, maar sprong vervolgens omhoog en sloeg hard met zijn hand tegen het spionnetje. Evelyn deinsde achteruit en struikelde over haar schoenen in de hal.

'Doe open!' zei hij. 'Anders is die smeris er geweest. Daarna bel ik aan bij de buren en maak ik ze koud. Ik begin bij deze deur hiernaast.'

Evelyn had zich erbij neergelegd, want ze kon niet meer. Haar hoop was vervlogen toen haar verstand haar had gezegd dat ze nooit aan Josef zou kunnen ontkomen. Ze had met trillende handen de deur opengemaakt en haar broer binnengelaten. Ze kon alleen maar denken dat ze liever zelf zou sterven dan dat hij weer iemand zou vermoorden.

Reine verklaart het verloop van de gebeurtenissen zo goed hij kan op grond van wat hij heeft gehoord. Hij neemt aan dat Evelyn de gewonde politieman had willen helpen en nieuwe moorden had willen voorkomen, en dat ze daarom de deur had opengedaan.

'Jacobsson redt het wel,' zegt hij. 'Ze heeft hem gered door haar broer te gehoorzamen.'

Kennet schudt zijn hoofd.

'Wat is er toch met de mensen?' vraagt hij retorisch.

Reine krabt vermoeid aan zijn voorhoofd.

'Ze heeft in elk geval jouw dochter gered,' zegt hij.

Kennet klopt voorzichtig op de deur van Simones kamer en doet hem vervolgens een stukje open. De gordijnen zijn dicht en het licht is uit. Hij tuurt in het donker. Op een bank bespeurt hij een vorm die zijn dochter zou kunnen zijn.

'Simone?' vraagt hij zachtjes.

'Hier ben ik, papa,' klinkt het vanaf de bank.

'Wil je het zo donker hebben? Of zal ik het licht aandoen?'

'Ik kan niet meer, papa,' fluistert ze na een tijdje. 'Ik kan niet meer.'

Kennet loopt op de tast over de vloer, gaat op de bank zitten en slaat zijn armen om zijn dochter heen.

Ze begint luid en hartverscheurend te snikken.

'Op een keer,' fluistert hij terwijl hij haar bemoedigende klopjes geeft, 'toen ik met mijn patrouillewagen langs het kinderdagverblijf kwam waar jij zat, zag ik je op de binnenplaats staan. Je stond met je gezicht naar de omheining toe te huilen. Het snot liep uit je neus. Je was nat en vies en het personeel deed niets om je te troosten. Ze stonden alleen maar volkomen onverschillig met elkaar te praten.'

'Wat heb je gedaan?' fluistert Simone.

'Ik ben gestopt en ben naar je toe gelopen.'

Hij glimlacht bij zichzelf in het donker.

'Je stopte meteen met huilen, pakte mijn hand en ging met me mee.'

Hij zwijgt even.

'Kon ik je nu maar gewoon bij de hand pakken en je mee naar huis nemen.'

Ze knikt, leunt met haar hoofd tegen hem aan en vraagt daarna: 'Heb je nog iets over Sim gehoord?'

Hij aait haar over haar wang en vraagt zich even af of hij de waarheid zal zeggen of niet. De arts had bruusk verklaard dat Shulman veel te veel bloed had verloren. Hij had zwaar hersenletsel opgelopen en er was geen redden meer aan. Hij zou nooit meer uit zijn coma ontwaken.

'Ze weten het nog niet precies,' zegt hij voorzichtig. 'Maar…' Hij zucht. 'Het ziet er niet best uit, lieveling.'

Ze schudt van het huilen.

'Ik kan niet meer, ik kán niet meer,' jammert ze.

'Ach, meisje, kom maar… Ik heb Erik gebeld. Hij is onderweg.'

Ze knikt.

'Bedankt, papa.'

Hij geeft haar weer bemoedigende klopjes.

'Ik kan echt niet meer,' fluistert Simone nogmaals.

'Niet huilen, lieverd.'

Maar ze huilt luid en jammerend.

'Ik kan niet meer…'

Op hetzelfde moment gaat de deur open en doet Erik het licht aan. Hij loopt rechtstreeks naar Simone toe, gaat aan de andere kant naast haar zitten en herhaalt telkens weer: 'Godzijdank, jij hebt het overleefd.'

Simone drukt haar gezicht tegen zijn borstkas.

'Erik,' zegt ze half verstikt in zijn jas.

Hij aait haar over haar hoofd. Hij ziet er doodmoe uit, maar zijn blik is helder en scherp.

Ze bedenkt dat hij naar thuis ruikt, hij ruikt naar haar gezin.

'Erik,' zegt Kennet ernstig, 'je moet iets belangrijks weten. Jij ook, Simone. Ik heb zojuist met Aida gesproken.'

'Zei ze iets?' vraagt Simone.

'Ik wilde ze vertellen dat wij Wailord en de anderen hadden ontmaskerd,' zegt Kennet. 'Ik wilde niet dat ze nog langer bang zouden hoeven zijn.'

Erik kijkt hem vragend aan.

'Het is een lang verhaal. Dat komt wel als we tijd hebben, maar…' Kennet haalt diep adem en zegt dan met een stroeve, vermoeide stem: 'Iemand heeft een paar dagen voordat hij is verdwenen contact met Benjamin opgenomen. Ze gaf zich uit voor zijn echte, biologische moeder.'

Simone maakt zich los van Erik en kijkt Kennet aan. Ze veegt het snot van haar neus en vraagt met een stem die licht en breekbaar klinkt van al het huilen: 'Zijn échte moeder?'

Kennet knikt.

'Aida vertelde dat de vrouw hem geld had gegeven en hem had geholpen met zijn huiswerk.'

'Dit is niet normaal!' fluistert Simone.

'Ze had hem zelfs een andere naam gegeven.'

Erik kijkt naar Simone. Daarna kijkt hij naar Kennet en vraagt hem door te gaan.

'Ja,' zegt Kennet, 'Aida vertelde dat die vrouw die zei dat ze zijn moeder was, beweerde dat hij in werkelijkheid Kasper heette.'

Simone ziet Eriks gezicht verstarren. Ze voelt een steek van ongerustheid en is opeens klaarwakker.

'Wat is er, Erik?' vraagt ze.

'Kasper?' vraagt Erik. 'Noemde ze hem Kasper?'

'Ja,' bevestigt Kennet. 'Aida wilde eerst niets zeggen. Ze had Benjamin blijkbaar beloofd dat...'

Dan onderbreekt hij zichzelf. Erik is lijkbleek geworden en het lijkt alsof hij elk moment kan flauwvallen. Hij doet een paar stappen naar achteren, struikelt bijna over de tafel, loopt tegen een fauteuil aan en rent vervolgens de kamer uit.

# 45

## *Vrijdagochtend 18 december*

Erik rent de trappen af naar de centrale hal van het ziekenhuis, wringt zich tussen een groep jongelui met bloemen door en vliegt over de smerige vloer langs een oude man in een rolstoel. De vochtige matten kletsen onder zijn voeten als hij de deuren naar de hoofdingang openduwt. Hij spurt de stenen trap af zonder zich druk te maken om de plassen en de bruine sneeuwbrij, rent voor een bus langs de straat over, door de lage bosjes naar de bezoekersparkeerplaats. Hij heeft de sleutel al in zijn hand als hij langs een rij smerige voertuigen naar zijn auto draaft. Hij rukt het portier open, gaat zitten, start en rijdt zo hard achteruit dat hij de zijkant van de auto naast hem schampt.

Zijn ademhaling is nog steeds gejaagd als hij Danderydsvägen op rijdt in westelijke richting. Hij rijdt zo snel hij kan, maar mindert vaart als hij de Edsbergs-school nadert. Langzaam passeert hij die, dan pakt hij zijn telefoon en belt Joona.

'Het is Lydia Evers!' schreeuwt hij bijna.

'Wie?'

'Lydia Evers heeft Benjamin,' zegt hij vervolgens ernstig. 'Ik heb over haar verteld. Zij was degene van die aangifte.'

'We gaan haar meteen checken,' zegt Joona.

'Ik ben al onderweg.'

'Geef me een adres.'

'Een huis aan Tennisvägen in Rotebro, het nummer weet ik niet meer, maar het is een rood huis, vrij groot.'

'Wacht daar ergens op me.'

'Nee, ik ga nu meteen.'

'Doe nou geen domme dingen.'

'Benjamin gaat dood als hij zijn medicijn niet krijgt.'

'Wacht op mij…'

Erik beëindigt het gesprek, racet door Norrviken, langs het spoor naar het langgerekte meer, voert bij de gistfabriek een roekeloze inhaalmanoeuvre uit en voelt zijn hart in zijn slapen bonzen als hij bij de Coop Forum omlaag rijdt.

Hij zoekt zijn weg door de villawijk, parkeert bij dezelfde bomenhaag als waar hij tien jaar geleden stond toen de ambtenaar van de kinderbescherming en hij bij Lydia op huisbezoek zouden gaan. Als hij het huis vanuit de auto ziet, kan hij zijn eigen aanwezigheid van toen bijna voelen. Hij herinnert zich nog dat er helemaal niets in het huis wees op de aanwezigheid van een kind: geen speelgoed in de tuin, niets wat erop duidde dat Lydia moeder was. Aan de andere kant hadden ze binnen amper om zich heen kunnen kijken. Ze waren alleen de trap naar de kelder af gelopen en weer terug, en toen was Lydia met het mes in haar hand achter hem aan gekomen. Hij weet nog precies hoe ze had gekeken toen ze het lemmet langs haar hals had gehaald; ze had hem constant aangekeken.

Er is hier in tien jaar tijd niet veel veranderd. De pizzeria is vervangen door een sushibar, en in elke tuin staat wel een grote trampoline vol herfstbladeren en sneeuw. Erik haalt de sleutel niet uit het contact. Hij laat de auto gewoon zo achter en rent de helling op. Hij loopt het laatste stukje op een draf, doet het hek open en gaat de tuin in. Er ligt vochtige sneeuw op het hoge gele gras. Aan de kapotte dakgoot hangen glinsterende ijspegels. Dode planten schommelen in plantenhangers. Erik rukt aan de deur, maar die zit op slot. Hij kijkt onder de mat. Een paar pissebedden schieten onder de natte rechthoek op de betonnen trap vandaan. Zijn hart gaat als een bezetene tekeer. Erik tast met zijn vingers boven de deur, maar vindt geen sleutel. Hij loopt om het huis heen, pakt een kantsteen uit het bloemperk en gooit daarmee het ruitje van de terrasdeur in. Het buitenste glas gaat kapot, maar de steen stuitert terug in het gras. Hij pakt hem opnieuw en gooit harder. Nu ligt de hele ruit eruit. Erik loopt er snel naartoe, doet de deur open en beent een slaapkamer in. De muren hangen vol schilderijen van engelen en de Indiase goeroe Sathya Sai Baba. Erik loopt verder naar de gang.

'Benjamin!' roept hij. 'Benjamin!'

Hij roept zijn zoon hoewel hij ziet dat het huis verlaten is: alles is donker en er is geen beweging, het ruikt muf, naar oude lappen en stof. Hij haast zich in de richting van de hal en doet de deur naar de keldertrap open. Er komt hem een heftige stank tegemoet: een lucht van as, verkoold hout en verbrand rubber. Hij rent naar beneden, struikelt op een tree, stoot zijn schouder tegen de muur en hervindt dan zijn evenwicht. De verlichting doet het niet, maar in het licht van de hoge ramen ziet hij dat er in de kelderruimte brand heeft gewoed. De vloer onder hem kraakt. Veel is zwart, maar sommige meubels lijken nog intact. De tafel met het blad van geglazuurde tegels is alleen wat beroet, maar de geurkaarsen op het blad zijn gesmolten. Erik vindt zijn weg naar de deur die naar de andere kelderruimte leidt. Die zit los in zijn scharnieren en de binnenkant is volkomen verkoold.

'Benjamin,' zegt hij met bange stem.

Er dwarrelt as in zijn gezicht en hij knippert met prikkende ogen. Midden op de vloer staan de restanten van iets wat eruitziet als een kooi die groot genoeg is voor een mens.

'Erik!' roept iemand van boven.

Hij blijft staan luisteren. De muren kraken. Verbrande delen van de plafondplaten vallen omlaag. Hij loopt langzaam naar de trap. Op enige afstand is hondengeblaf te horen.

'Erik!'

Het is de stem van Joona. Hij is binnen. Erik loopt de trap op. Joona kijkt hem ongerust aan.

'Wat is er gebeurd?'

'Er is brand geweest in de kelder,' antwoordt Erik.

'Is dat alles?'

Erik maakt een onduidelijk gebaar naar de kelder en vervolgt: 'De restanten van een kooi.'

'Ik heb een hond bij me.'

Joona haast zich door de gang naar de hal en doet de deur open. Hij wenkt de geüniformeerde hondengeleidster, een vrouw met haar donkere haar in een stevige vlecht. De zwarte labrador volgt haar op de voet. Ze begroet Erik met een hoofdknik, vraagt hun buiten te wachten en gaat daarna voor de hond zitten en begint tegen het dier te praten. Joona probeert Erik mee naar buiten te krijgen, maar geeft het op als hij inziet dat dat hem toch niet zal lukken.

De glanzende zwarte hond loopt geconcentreerd door het huis, snuffelt overal aan, ademt snel en zoekt verder. Zijn buik gaat hijgend op en neer. Het dier doorzoekt systematisch kamer voor kamer.

Erik staat in de hal. Hij is misselijk, voelt opeens dat hij moet overgeven en gaat naar buiten. Er staan twee politiemannen bij een patrouillebus te praten. Erik loopt door het hek over de stoep in de richting van zijn auto, blijft staan en haalt het doosje met de papegaai en de inboorling uit zijn zak. Hij blijft ermee in zijn hand staan, en loopt vervolgens naar een putje en schudt de inhoud door de opening in het putdeksel. Het klamme zweet staat op zijn voorhoofd, hij bevochtigt zijn lippen alsof hij na een lange stilte iets wil zeggen en laat vervolgens het doosje ook vallen. Als het het wateroppervlak bereikt, hoort hij een plons.

Wanneer hij terugkeert naar de tuin, staat Joona nog steeds buiten. Hij kijkt Erik aan en schudt zijn hoofd. Erik gaat naar binnen. De hondengeleidster zit op haar hurken en klopt de labrador op zijn flank.

'Zijn jullie in de kelder geweest?' vraagt Erik.

'Uiteraard,' antwoordt ze zonder hem aan te kijken.

'In de binnenste kamer?'

'Ja.'

'De hond kan door al die as misschien niets ruiken.'

'Rocky ruikt nog een lijk onder water op zestig meter diepte,' zegt ze.

'En levende mensen?'

'Als er iets was geweest, had Rocky het gevonden.'

'Maar jullie zijn nog niet buiten geweest,' zegt Joona, die opeens achter Erik staat.

'Ik wist niet dat dat moest,' antwoordt de hondengeleidster, terwijl ze Joona aankijkt.

'Dat moet,' gebiedt hij kort.

Ze haalt haar schouders op en komt overeind.

'Kom,' zegt ze met donkere stem tegen de labrador. 'Kom. Ga je mee naar buiten? Zullen we buiten gaan kijken?'

Erik loopt met hen mee naar buiten. Ze gaan de trap af en om het huis heen. De zwarte hond draaft heen en weer over het verwilderde gras, snuift rond de waterton, waar een ondoorzichtig vlies van ijs op het oppervlak is gevormd, en zoekt rond de oude fruitbomen. Het is somber en bewolkt. Erik ziet dat in een boom in de tuin van de buren gekleurde feestverlichting brandt. De lucht is koud. De politiemannen zijn in het busje gaan zitten. Joona blijft de hele tijd bij de vrouw en de hond in de buurt, en wijst af en toe in een bepaalde richting. Erik loopt achter hen aan naar de achterkant van het huis.

Opeens herkent hij de heuvel helemaal achter in de tuin. Dat is de plaats waar de foto is genomen, denkt hij. De foto die Aida naar Benjamin had gestuurd voordat hij verdween. Erik ademt zwaar. De hond snuffelt rond de composthoop, loopt verder naar de heuvel, ruikt daar, hijgt, loopt nog een rondje, snuffelt in de lage bosjes en aan de achterkant van het bruine hek, keert terug en haast zich verder rond een mand voor tuinafval en een kleine kruidentuin. Stokjes met zakjes geven aan wat er in de verschillende rijen is ingezaaid. De zwarte labrador jankt onrustig en gaat vervolgens plat op de natte, losgewoelde aarde liggen. Hij trilt van opwinding, en het gezicht van de vrouw staat heel verdrietig als ze hem prijst. Joona keert zich abrupt om, komt aanrennen en gaat voor Erik staan; laat hem niet naar het akkertje gaan. Erik heeft geen idee wat hij roept en wat hij probeert te doen, maar Joona weet hem daar weg te krijgen, de tuin uit.

'Ik moet het weten,' zegt Erik met trillende stem.

Joona knikt en zegt zachtjes: 'De hond heeft aangegeven dat er een stoffelijk overschot van een mens in de aarde ligt.'

Erik zakt op het trottoir tegen een elektrakastje in elkaar. Zijn voeten, zijn benen en zijn hele lichaam verdwijnen. Hij ziet de politiemensen elk met een schop uit het busje komen en sluit vervolgens zijn ogen.

Erik Maria Bark zit in zijn eentje in de auto van Joona Linna. Hij kijkt door de voorruit uit over Tennisvägen. De zwarte boomkruinen vangen het licht van de hangende straatverlichting op. Zwarte, sprietige takken tegen een zwarte winterhemel. Zijn mond is droog, zijn gezicht en zijn hoofd doen pijn. Hij fluistert iets bij zichzelf, gaat daarna de auto uit, stapt over het lint waarmee het gebied is afgezet en loopt om het huis heen door het hoge bevroren gras.

Joona staat naar de geüniformeerde mannen met hun spaden te kijken. Ze werken in verbeten stilte, met bijna mechanische bewegingen door. Het hele akkertje is afgegraven; het is nu een groot, rechthoekig gat. Op een stuk plastic liggen kledingresten vol aarde en beenderen. Het geluid van de spaden gaat door. Dan stuit het metaal op steen. De politiemannen stoppen en rechten hun ruggen. Met zware, onwillige stappen komt Erik langzaam dichterbij. Hij ziet Joona zich omkeren; hij grijnst over zijn hele vermoeide gezicht.

'Wat is er?' fluistert Erik.

Joona loopt hem tegemoet, kijkt hem aan en zegt: 'Het is Benjamin niet.'

'Wie is het dan?'

'Dat lichaam ligt hier al minstens tien jaar.'

'Een kind?'

'Misschien vijf jaar oud,' zegt Joona en de rillingen lopen over zijn rug.

'Dus Lydia had tóch een zoon,' mompelt Erik zacht.

# 46

## *Zaterdagochtend 19 december*

Het sneeuwt hard – natte sneeuw. Een hond rent op een uitlaatplek naast het hoofdbureau van politie heen en weer. Hij blaft enthousiast, springt zielsgelukkig rond tussen de sneeuwvlokken, hapt ernaar en schudt zijn vacht. Eriks hart verkrampt als hij naar het dier kijkt. Hij, begrijpt hij, is vergeten hoe het is om gewoon te *zijn*. Hij is vergeten hoe het is om niet voortdurend aan een leven zonder Benjamin te denken.

Hij voelt zich niet lekker en zijn handen trillen van de onthoudingsverschijnselen. Hij heeft al bijna vierentwintig uur geen pillen geslikt en heeft de hele nacht geen oog dichtgedaan.

Wanneer hij naar de hoofdingang van het hoofdbureau van politie loopt, moet hij denken aan de wandkleden van oude weefsters die Simone hem een keer op een tentoonstelling over vrouwenhandwerk had laten zien. Wat die vrouwen hadden gemaakt had dezelfde kleuren als de lucht tijdens dit soort dagen: bewolkt, compact, mistig grijs.

Simone staat op de gang voor de verhoorkamer te wachten. Wanneer ze Erik ziet aankomen, loopt ze hem tegemoet en pakt zijn handen. Op de een of andere manier is hij dankbaar voor dat gebaar. Ze ziet er bleek en beheerst uit.

'Je hoeft er niet bij te zijn,' fluistert ze.

'Kennet zei dat jij dat graag wilde,' antwoordt hij.

Ze knikt vaag.

'Ik ben alleen zo…'

Ze zwijgt en kucht een beetje.

'Ik ben alleen zo kwaad op je geweest,' zegt ze dan gelaten. Haar ogen zijn vochtig en roodomrand.

'Ik weet het, Simone.'

'Jij hebt in elk geval je pillen,' zegt ze scherp.

'Ja,' antwoordt hij.

Ze wendt zich van hem af en staart door het raam naar buiten. Erik ziet haar tengere lichaam, haar armen stijf om haar bovenlijf geslagen. Ze heeft kippenvel, want er komt een koude wind door de ventilatiesleuven onder het raam door. De deur van de verhoorkamer gaat open en een stevige vrouw in politie-uniform roept hen zachtjes binnen.

'Goedemorgen. Jullie kunnen nu binnenkomen.'

Ze glimlacht hartelijk met glanzend roze lippen.

'Ik ben Anja Larsson,' zegt ze tegen Erik en Simone. 'Ik zal de getuigenverklaring opnemen.'

De vrouw geeft hun een goedverzorgde, ronde hand. Ze heeft lange, roodgelakte nagels met glitters erop.

'Dat leek me wel leuk voor de kerst,' zegt ze vrolijk over haar nagels.

'Mooi,' antwoordt Simone afwezig.

Joona Linna zit al binnen. Hij heeft zijn colbertje over de leuning van zijn stoel gehangen. Zijn blonde haar zit in de war en ziet er ongewassen uit. Hij heeft zich niet geschoren. Als ze tegenover hem gaan zitten, kijkt hij Erik ernstig en in gedachten verzonken aan.

Simone schraapt zachtjes haar keel en neemt een slokje water. Als ze het glas neerzet, raakt ze even licht Eriks hand aan. Ze kijken elkaar aan en hij ziet dat haar lippen een geluidloos 'sorry' vormen.

Anja Larsson zet de digitale cassetterecorder tussen hen in op tafel, drukt de opnametoets in, controleert of het rode lampje brandt en noemt daarna kort en bondig de tijd, de datum en de namen van de aanwezigen op. Daarna last ze een korte pauze in, houdt haar hoofd scheef en zegt met lichte, vriendelijke stem: 'Oké, Simone, we willen graag van jou horen wat er eergisteravond bij jou thuis in de flat aan Luntmakargatan is gebeurd.'

Simone knikt, kijkt naar Erik en slaat vervolgens haar ogen neer.

'Ik... Ik was thuis en...'

Ze zwijgt.

'Was je alleen?' vraagt Anja Larsson.

Simone schudt haar hoofd.

'Sim Shulman was bij me,' zegt ze op neutrale toon.

Joona maakt een aantekening op zijn schrijfblok.

'Kun je zeggen hoe je denkt dat Josef en Evelyn Ek bij jullie zijn binnengekomen?' vraagt Anja Larsson.

'Ik weet het niet precies, want ik stond onder de douche,' vertelt Simone langzaam. Ze krijgt even een vuurrood gezicht. Haar rode kleur verdwijnt bijna meteen weer, maar geeft haar wangen daarna een levendige glans.

'Ik stond onder de douche toen Sim riep dat de bel ging... Nee, wacht. Hij riep dat mijn mobiele telefoon ging.'

Anja Larsson herhaalt: 'Je stond onder de douche en hoorde Sim Shulman roepen dat je mobiele telefoon ging.'

'Ja,' fluistert Simone. 'Ik vroeg of hij wilde opnemen.'

'Wie belde er?'

'Dat weet ik niet.'

'Maar hij nam op?'

'Volgens mij wel. Ja, ik weet het bijna zeker.'

'Hoe laat was het toen?' vraagt Joona opeens.

Simone schrikt op, alsof ze hem nog niet eerder heeft opgemerkt en zijn stem niet herkent.

'Geen idee,' antwoordt ze verontschuldigend met haar gezicht naar hem toe.

Hij glimlacht niet, maar houdt aan: 'Ongeveer?'

Simone haalt haar schouders op en antwoordt verwezen: 'Vijf uur.'

'Niet vier uur?' vraagt Joona.

'Hoe bedoel je?'

'Ik wil het gewoon weten,' antwoordt hij.

'Jullie weten dit allemaal al,' zegt Simone tegen Anja.

'Vijf dus,' zegt Joona, en hij noteert de tijd.

'Wat deed je voordat je onder de douche ging?' vraagt Anja. 'Het is soms gemakkelijker om je tijden te herinneren als je de hele dag doorneemt.'

Simone schudt haar hoofd. Ze ziet er doodmoe uit, bijna afgestompt. Ze kijkt Erik niet aan. Hij zit met hamerend hart naast haar.

'Ik wist niet…' begint hij opeens, en dan zwijgt hij weer.

Ze kijkt hem snel aan. Hij doet zijn mond weer open: 'Ik wist niet dat Shulman en jij een…'

Ze knikt.

'Ja, Erik. Dat was het geval.'

Hij kijkt naar haar, naar de politievrouw en naar Joona.

'Sorry dat ik je onderbrak,' hakkelt hij.

Anja richt zich op inschikkelijke toon weer tot Simone.

'Ga door. Vertel ons wat er gebeurde. Sim Shulman riep dat er werd gebeld…'

'Hij ging naar de hal en…'

Simone zwijgt even en daarna corrigeert ze zichzelf opnieuw: 'Nee, zo was het niet. Ik hoorde Sim iets zeggen van: "Nu gaat de bel ook nog." Toen ik klaar was met douchen, droogde ik me af, deed voorzichtig de deur open en zag…'

'Waarom voorzichtig?' vraagt Joona.

'Pardon?'

'Waarom deed je de deur voorzichtig open en niet gewoon zoals anders?'

'Ik weet het niet. Ik voelde… Er hing iets in de lucht, het voelde dreigend aan… Ik kan het niet uitleggen…'

'Had je iets gehoord?'

'Volgens mij niet.'

Simone staart voor zich uit.

'Ga door,' verzoekt Anja.

'Ik deed de deur een klein stukje open en zag een meisje. Er stond een jonge vrouw in de gang. Ze keek me aan; ze leek bang en gebaarde dat ik me moest verstoppen.'

Simone fronst haar voorhoofd.

'Ik liep naar de hal en zag Sim daar… op de grond liggen… Er was zo veel bloed en het stroomde nog steeds. Zijn oogleden trilden en hij probeerde zijn handen te bewegen…'

Simone is nu moeilijk te verstaan en Erik merkt dat ze haar

uiterste best doet om niet in tranen uit te barsten. Hij zou zijn vrouw willen troosten, haar steunen, haar hand pakken of haar omhelzen, maar hij weet niet of ze hem zou afstoten of boos zou worden als hij dat zou doen.

'Zullen we een pauze nemen?' vraagt Anja vriendelijk.

'Ik… Ik…'

Simone onderbreekt zichzelf en brengt met trillende handen het glas water naar haar mond. Ze slikt moeizaam en wrijft in haar ogen.

'De buitendeur zat op slot – op het veiligheidsslot,' vervolgt ze met vastere stem. 'Het meisje zei dat hij de sleutel in de keuken had, dus ik sloop naar de kamer van Benjamin en zette de computer aan.'

'Je zette de computer aan. Waarom?' vraagt Anja.

'Ik wilde dat hij zou denken dat ik daar binnen was, dat hij het geluid van de computer zou horen en daarheen zou rennen.'

'Over wie heb je het?'

'Over Josef,' antwoordt ze.

'Josef Ek?'

'Ja.'

'Hoe wist je dat hij het was?'

'Dat wist ik toen nog niet.'

'Ik begrijp het,' zei Anja. 'Ga verder.'

'Ik zette de pc aan en verstopte me vervolgens in de badkamer. Toen ik hoorde dat ze naar de kamer van Benjamin gingen, sloop ik naar de keuken en pakte de sleutel. Het meisje probeerde Josef voortdurend voor de gek te houden; ze zei dat hij op verschillende plaatsen moest gaan zoeken om hem te vertragen. Ik kon ze horen, maar ik geloof dat ik tegen het schilderij in de hal stootte, want opeens kwam Josef achter me aan. Het meisje probeerde hem tegen te houden. Ze ging aan zijn benen hangen en…'

Simone moet uitvoerig slikken.

'Ik weet het niet… Hij wist zich los te maken. Toen deed het meisje alsof ze gewond was. Ze smeerde zich in met het bloed van Sim, ging op de grond liggen en deed alsof ze dood was.'

Het is even stil. Simone klinkt alsof ze moeite heeft met ademhalen.

'Ga door, Simone,' spoort Anja haar nogmaals zachtjes aan.

Simone knikt en vertelt kort: 'Josef zag haar liggen en liep terug, en toen hij vooroverboog, stak ze hem met het mes in zijn zij.'

'Heb je gezien wie Sim Shulman heeft neergestoken?'

'Josef.'

'Heb je dat ook gezien?'

'Nee.'

Het wordt stil in de kamer.

'Evelyn Ek heeft mijn leven gered,' fluistert Simone.

'Wil je hier nog iets aan toevoegen?'

'Nee.'

'Dan bedank ik je voor de medewerking en verklaar ik het verhoor voor beëindigd,' rondt Anja af, en ze steekt een glinsterende hand uit om de cassetterecorder uit te zetten.

'Wacht,' zegt Joona. 'Wie had er gebeld?'

Simone kijkt hem slaapdronken aan. Het is alsof ze hem weer was vergeten.

'Wie belde jou op je gsm?'

Ze schudt haar hoofd.

'Ik weet het niet. Ik weet niet eens waar mijn telefoon gebleven is. Ik…'

'Dat komt wel goed,' zegt Joona rustig. 'Die vinden we wel.'

Anja Larsson wacht even, kijkt hen vragend aan en zet daarna de cassetterecorder uit.

Simone staat zonder iemand aan te kijken op en loopt langzaam door de deur naar buiten. Erik knikt Joona toe en gaat vervolgens achter haar aan.

'Wacht,' zegt hij.

Ze blijft staan en keert zich om.

'Wacht. Ik wil alleen…'

Hij zwijgt als hij haar naakte, kwetsbare gezicht ziet, haar lichtbruine sproeten, haar brede mond en haar lichte groene ogen. Zonder iets te zeggen omhelzen ze elkaar, vermoeid en verdrietig.

'Meisje,' zegt hij. 'Meisje.'

Hij kust haar rossige krullen.

'Ik weet het niet meer,' fluistert ze.

'Ik kan vragen of ze hier een kamer hebben, zodat je even kunt rusten.'

Simone maakt zich voorzichtig los en schudt haar hoofd.

'Ik moet achter mijn mobiele telefoon aan,' zegt ze ernstig. 'Ik moet weten wie me heeft gebeld toen Shulman opnam.'

Joona komt de verhoorkamer uit, met zijn colbertje over zijn schouder.

'Is die telefoon hier op het hoofdbureau van politie?' vraagt Erik.

Joona knikt naar Anja Larsson, die op weg is naar de liften een stukje verderop op de gang.

'Dat zou Anja moeten weten,' antwoordt hij.

Erik wil net achter haar aan rennen als Joona hem met een handgebaar tegenhoudt. Hij haalt zijn telefoon tevoorschijn en toetst een kort nummer in.

Ze zien dat de vrouw blijft staan en opneemt.

'We hebben wat papieren van je nodig, lieverd,' zegt Joona op luchtige toon.

Ze keert zich met een enigszins nors gezicht om en ze lopen in haar richting.

'Anja was een echte sportvrouw toen ze hier begon,' zegt hij. 'Ze kon zwemmen als de beste – vlinderslag. Ze werd achtste op de Olympische Spelen in…'

'Wat heb je voor papier nodig? Wc-papier?' roept Anja.

'Doe niet zo chagrijnig, alleen omdat…'

'Je roddelt te veel.'

'Ik geef alleen maar hoog over je op.'

'Ja, ja,' zegt ze glimlachend.

'Heb jij het overzicht van de spullen die naar het lab zijn gestuurd?'

'Dat is nog niet klaar – je moet maar even gaan kijken beneden.'

Ze lopen met haar mee naar de liften. De liftkooi kraakt als ze omlaag gaan. Anja stapt op de tweede verdieping uit en zwaait naar hen vlak voordat de deuren dichtgaan.

Op de administratie op de begane grond zit een lange man die Erik doet denken aan een familielid. Ze lopen snel door een lange gang met deuren, prikborden en brandblussers in plexiglazen kasten. Op de laboratoriumafdeling is het aanzienlijk lichter en de meeste medewerkers dragen een witte jas. Joona schudt een dikke man de hand, die zich voorstelt als Erixon en hun de weg wijst naar een andere kamer. Op een tafel met een stalen blad, in het witte, warme licht van een ingewikkeld armatuur, liggen diverse voorwerpen uitgestald. Erik herkent ze. Twee keukenmessen met zwarte vlekken die in twee verschillende metalen schalen liggen. Hij ziet een bekende handdoek, de mat uit de hal, diverse paren schoenen en Simones mobiele telefoon in een plastic hoesje. Joona wijst op de telefoon.

'Daar zouden we graag even naar willen kijken,' zegt hij. 'Is die al klaar?'

De dikke man loopt naar de lijst die tussen de voorwerpen ligt. Hij kijkt het papier door en zegt aarzelend: 'Volgens mij wel. Ja, die telefoon is uitwendig klaar.'

Joona haalt het toestel uit het plastic hoesje, droogt het af met wat papier en geeft het onbekommerd aan Simone. Ze klikt naar de ingekomen gesprekken, mompelt iets, slaat haar hand voor haar mond en onderdrukt een kreet als ze op het display kijkt.

'Het… Het was Benjamin!' hakkelt ze. 'Het laatste gesprek was van Benjamin afkomstig.'

Ze verdringen zich om de mobiele telefoon. Benjamins naam knippert een paar keer, waarna de batterij van de telefoon ermee ophoudt.

'Heeft Shulman met Benjamin gesproken?' vraagt Erik met stemverheffing.

'Ik weet het niet,' antwoordt ze benauwd.

'Maar hij nam toch op? Dat is het enige wat ik vraag.'

'Ik stond onder de douche, en ik denk dat hij de telefoon heeft opgenomen voordat hij…'

'Je kunt verdomme toch wel zien of het een gemiste oproep is of…?'

'Het wás geen gemiste oproep,' onderbreekt ze hem. 'Maar ik weet niet of Shulman iets kon horen of zeggen voordat hij de deur voor Josef opendeed.'

'Ik wil niet kwaad tegen je doen,' zegt Erik geforceerd kalm, 'maar we moeten weten of Benjamin iets heeft gezegd.'

Simone wendt zich tot Joona en vraagt: 'Worden alle mobiele gesprekken tegenwoordig niet bewaard?'

'Ja, maar het kan weken duren om daarachter te komen,' antwoordt hij.

'Maar…'

Erik legt een hand op Simones arm en zegt: 'We moeten met Shulman praten.'

'Dat gaat niet, die ligt in coma,' reageert ze geschokt. 'Ik heb toch gezegd dat hij in coma ligt?'

'Kom mee,' zegt Erik tegen Simone, en hij verlaat de ruimte.

# 47

## *Zaterdagmiddag 19 december*

Simone zit naast Erik in de auto. Nu eens kijkt ze even in zijn richting, dan weer door de voorruit naar buiten. Ze zoeven over de weg met de bruine sneeuwbrij in het midden. De auto's voor hen bewegen zich in eindeloze knipperende rijen. De straatlantaarns flitsen monotoon langs. Ze zegt niets over de rommel op de achterbank en op de grond aan haar voeten: lege waterflesjes, frisdrankblikjes, een pizzadoos, kranten, bekertjes, servetjes, lege chipszakjes en snoeppapiertjes.

Erik rijdt soepel in de richting van het Danderyds-ziekenhuis, waar Sim Shulman in coma ligt, en hij weet precies wat hij gaat doen als hij aankomt. Hij werpt een blik op Simone. Ze is afgevallen en haar mondhoeken hangen verdrietig en ongerust omlaag. Zelf voelt hij zich bijna beangstigend scherp. Hij ziet de gebeurtenissen de laatste dagen helder en duidelijk voor zich. Hij meent de omstandigheden te begrijpen rond datgene wat hem en zijn gezin is overkomen. Voordat ze Kräftriket passeren, het gebied aan Brunnsviken met universitaire gebouwen en een restaurant, begint hij het Simone uit te leggen.

'Toen we begrepen dat Josef niet degene kon zijn die Benjamin hád ontvoerd, zei Joona tegen mij dat ik in mijn geheugen moest graven,' zegt hij voor zich uit. 'En ik begon terug te zoeken in het verleden naar iemand die zich op mij wilde wreken.'

'Wat heb je gevonden?' vraagt Simone.

Vanuit zijn ooghoek ziet hij dat ze naar hem kijkt, waaruit hij opmaakt dat ze bereid is te luisteren.

'Ik vond de hypnosegroep die ik had achtergelaten... Dat is pas tien jaar geleden, maar ik denk nooit meer aan hen, het was een afgesloten hoofdstuk,' zegt hij. 'Maar nu ik het me probeerde te herinneren, was het alsof die groep nooit was verdwenen, maar gewoon een tijdje aan de zijlijn had staan wachten.'

Erik ziet Simone knikken. Hij praat door, probeert de theorieën te verklaren die hij rond de hypnosegroep had gehad, de spanningen die er tussen de leden waren geweest, zijn eigen pogingen om de zaken in evenwicht te houden en het vertrouwen dat was beschaamd.

'Toen alles was mislukt, heb ik beloofd om nooit meer iemand te hypnotiseren.'

'Ja.'

'Maar toen Joona me ervan overtuigde dat dat de enige manier was om Evelyn Ek te redden, heb ik mijn belofte verbroken.'

'Denk je dat alles wat ons is overkomen daaraan ligt: dat je hem hebt gehypnotiseerd?'

'Ik weet het niet...'

Erik zwijgt even en zegt daarna dat het een sluimerende haat tot leven kan hebben gewekt, een haat die misschien alleen werd beheerst door de belofte die hij had gedaan om nooit meer iemand te hypnotiseren.

'Herinner je je Eva Blau nog?' vervolgt hij. 'Ze had de ene psychose na de andere. Je weet dat ze me bedreigde, dat ze zei dat ze mijn leven zou verwoesten.'

'Ik heb nooit begrepen waarom,' zegt Simone zacht.

'Ze was bang voor iemand. Ik zag het als paranoia, maar ik weet nu wel bijna zeker dat ze daadwerkelijk werd bedreigd, en wel door Lydia.'

'Ook paranoïde mensen kunnen worden vervolgd,' zegt Simone.

Erik rijdt het uitgestrekte terrein van het Danderyds-ziekenhuis op. De regen slaat tegen de voorruit.

'Misschien was ze zelfs door Lydia in haar gezicht gesneden,' zegt hij, bijna alleen tegen zichzelf.

Simone schrikt op.

'Was ze in haar gezicht gesneden?' vraagt ze.

'Ik dacht dat ze dat zelf had gedaan, want dat is vrij gebruikelijk,' zegt Erik. 'Ik dacht dat ze zelf de punt van haar neus had afgesneden, in een wanhopige poging iets anders te voelen, om niet te hoeven voelen wat haar écht pijn deed...'

'Wacht even,' onderbreekt Simone hem geschrokken. 'Was haar neus afgesneden?'

'De punt van haar neus.'

'Mijn vader en ik hebben ook een jongen gevonden bij wie de punt van zijn neus eraf was gesneden. Heeft papa dat verteld? Iemand had die jongen bedreigd, hem bang gemaakt en hem verwond omdat hij Benjamin had getreiterd.'

'Dat is Lydia geweest.'

'Is zij degene die Benjamin heeft gekidnapt?'

'Ja.'

'Wat wil ze?'

Erik kijkt haar ernstig aan.

'Je kent al een deel van het verhaal,' zegt hij. 'Lydia had onder hypnose bekend dat ze haar zoon Kasper in een kooi in de kelder had opgesloten en dat ze hem dwong verrot voedsel te eten.'

'Kasper?' herhaalt Simone.

'Toen jullie vertelden wat Aida had gezegd, dat een vrouw Benjamin Kasper noemde, wist ik dat het Lydia was. Ik ben naar haar huis in Rotebro gegaan en heb ingebroken, maar er was daar niemand. Het was verlaten.'

Hij rijdt snel langs de rijen geparkeerde auto's, maar het is daar overvol, dus hij stuurt het parkeerterrein weer af, naar de hoofdingang.

'Er was brand geweest in de kelder, maar het vuur was vanzelf uitgegaan,' gaat Erik verder. 'Ik neem aan dat de brand was aangestoken, maar de restanten van een grote kooi waren nog te zien.'

'Maar er wás toch geen kooi?' zegt Simone. 'Het was toch bewezen dat ze nooit kinderen had gehad?'

'Joona heeft er een lijkhond bij gehaald en die heeft in de tuin een tien jaar oud stoffelijk overschot van een kind gevonden.'

'O mijn god,' fluistert Simone.

'Ja.'

'Dat was toen...'

'Ik denk dat ze het kind in de kelder heeft vermoord toen ze begreep dat ze ontmaskerd was,' zegt Erik.

'Dus jij had de hele tijd gelijk,' zegt Simone zacht.

'Dat lijkt er wel op.'

'Wil ze Benjamin vermoorden?'

'Ik weet het niet… Ze vindt vermoedelijk dat het allemaal mijn schuld was. Als ik haar niet had gehypnotiseerd, had ze het kind kunnen houden.'

Erik zwijgt en denkt aan Benjamins stem toen hij hem belde. Hoe hij zijn best had gedaan om niet bang te klinken, en wat hij had gezegd over het spookslot. Hij moet het spookslot van Lydia hebben bedoeld. Daar was ze zelf opgegroeid, daar had ze haar gewelddaden gepleegd en daar was ze vermoedelijk zelf ook blootgesteld aan ernstige vergrijpen. Als ze Benjamin niet had meegenomen naar het spookslot, kon ze hem overal mee naartoe hebben genomen.

Hij zet de auto voor de hoofdingang van het Danderyds-ziekenhuis, sluit hem niet af en betaalt al evenmin parkeergeld. Ze haasten zich langs de sombere en met sneeuw gevulde fontein, passeren een paar kleumende rokers in ochtendjassen, rennen door de sissende deuren en nemen de lift naar de afdeling waar Sim Shulman ligt.

Er hangt een zware geur van alle bloemen in de kamer. In vazen voor het raam staan grote, geurende boeketten. Er ligt een stapel kaarten en brieven van onthutste vrienden en collega's op tafel.

Erik kijkt naar de man in het ziekenhuisbed: zijn ingevallen wangen, zijn neus, zijn oogleden. De te regelmatige beweging van zijn buik volgt het zuchtende ritme van de beademingsmachine. Hij verkeert in een permanent vegetatieve toestand, wordt door de apparaten in de kamer in leven gehouden en zal daar nooit meer buiten kunnen. Er is via een snee in zijn hals een beademingsbuisje in zijn luchtpijp ingebracht. Hij krijgt voeding via een Witzelse fistel, een sonde rechtstreeks in de maagzak, met een steunplaat op de buik.

'Simone, je moet met hem praten als hij wakker wordt en…'

'Je kunt hem niet wakker maken,' onderbreekt ze hem met

schelle stem. 'Hij ligt in coma, Erik. Zijn hersenen zijn beschadigd door het bloedverlies. Hij zal nooit meer wakker worden, hij zal nooit meer praten.'

Ze veegt de tranen van haar wangen.

'We moeten weten wat Benjamin tegen...'

'Hou op!' roept ze, en ze begint heftig te snikken.

Een verpleegkundige kijkt naar binnen. Ze ziet dat Erik Simones bevende lichaam omarmt en laat hen met rust.

'Ik ga hem een injectie met zolpidem geven,' fluistert Erik in haar haar. 'Dat is een krachtig slaapmiddel dat mensen uit een comateuze toestand kan wekken.'

Hij voelt dat ze haar hoofd schudt.

'Waar héb je het over?'

'Het werkt maar heel even.'

'Ik geloof je niet,' zegt ze aarzelend.

'Het slaapmiddel vertraagt de activiteit in de hersenen die zijn coma veroorzaken.'

'Wordt hij dan wakker? Bedoel je dat?'

'Hij zal nooit beter worden. Hij heeft zwaar hersenletsel opgelopen, Sixan, maar met dit slaapmiddel zal hij misschien een paar tellen bijkomen.'

'Wat moet ik doen?'

'Soms kunnen patiënten die het krijgen toegediend een paar woorden zeggen, soms ook alleen maar kijken.'

'Mag dat wel?'

'Ik ben niet van plan om om toestemming te vragen. Ik doe het gewoon en jij moet met hem praten als hij wakker wordt.'

'Schiet op dan,' zegt ze.

Erik loopt snel weg om de spullen te halen die hij nodig heeft. Simone gaat bij Shulmans bed staan en pakt zijn hand. Ze kijkt naar hem. Zijn gezicht is rustig. De donkere, krachtige trekken zijn door de ontspanning bijna gladgestreken. Zijn anders zo ironische, sensuele mond heeft geen uitdrukking meer. Zelfs de ernstige frons tussen zijn zwarte wenkbrauwen is niet meer te zien. Ze streelt zachtjes zijn voorhoofd. Bedenkt dat ze zijn werk zal blijven exposeren en dat een echt goede kunstenaar nooit kan sterven.

Erik komt terug. Zonder iets te zeggen loopt hij naar Shulman toe, en met zijn rug naar de deur stroopt hij zakelijk de mouw van diens ziekenhuishemd op.

'Ben je zover?' vraagt hij.

'Ja,' antwoordt Simone. 'Ik ben er klaar voor.'

Erik pakt de spuit, sluit hem aan op het infuus en injecteert daarna langzaam de geelachtige vloeistof. Die vermengt zich olie-achtig met het heldere vocht dat de patiënt krijgt toegediend en verdwijnt vervolgens in de richting van de naald aan de binnen-kant van Shulmans elleboog en in zijn bloedbaan. Erik stopt de spuit in zijn zak, knoopt zijn jas los en verplaatst vervolgens de elektroden van Shulmans borst op zijn eigen borst; hij haalt de klem van diens wijsvinger, doet die om zijn eigen vinger en neemt vervolgens Shulmans gezicht in zich op.

Er gebeurt helemaal niets. Shulmans buik gaat met behulp van de beademingsmachine regelmatig en mechanisch op en neer.

Erik heeft een droge mond en krijgt het koud.

'Zullen we gaan?' vraagt Simone na een tijdje.

'Nog even wachten,' fluistert Erik.

Zijn horloge tikt langzaam. Een bloem voor het raam laat traag een kroonblad vallen; het ritselt als het op de grond belandt. Er slaan een paar regendruppels tegen het raam. Ze horen een vrouw lachen in een kamer verderop.

Het lichaam van Shulman maakt een vreemd sissend geluid, als een zwak briesje door een halfgesloten raam.

Simone voelt het zweet vanonder haar oksels langs haar lichaam lopen. Ze voelt zich gevangen in de situatie. Eigenlijk zou ze de ka-mer uit willen rennen, maar ze kan haar blik niet van Shulmans keel afhouden. Misschien verbeeldt ze het zich, maar ze meent opeens dat de krachtige slagader in zijn hals sneller klopt. Erik ademt zwaar en wanneer hij zich over Shulman heen buigt, ziet ze dat hij zenuwachtig is: hij bijt op zijn onderlip en kijkt weer op zijn horloge. Er gebeurt verder niets.

De beademingsmachine sist metaalachtig. Er loopt iemand langs op de gang. De wielen onder een wagentje knarsen. Dan wordt het weer stil in de kamer. Het enige geluid is afkomstig van het ritmische werk van de machine.

Opeens horen ze een zwak gekrabbel. Simone begrijpt niet waar het vandaan komt. Erik heeft een paar stappen opzij gedaan. Het gekrabbel gaat door. Simone ziet in dat het van Shulman moet komen. Ze komt dichterbij en ziet dat zijn wijsvinger zich over het strakgespannen laken beweegt. Haar hartslag neemt toe en ze wil net iets tegen Erik zeggen als Shulman zijn ogen opendoet. Hij staart haar met een wonderlijke blik aan. Zijn mond vormt zich tot een bange grimas. Zijn tong beweegt zich moeizaam en er loopt wat speeksel van zijn kin.

'Ik ben het, Sim. Ik ben het,' zegt ze, en ze pakt zijn hand in de hare. 'Ik moet je een paar heel belangrijke dingen vragen.'

Shulmans vingers trillen langzaam. Ze weet dat hij haar ziet. Dan rollen zijn ogen plotseling naar achteren, zijn mond verstrakt en de aderen in zijn slapen bollen op.

'Jij hebt mijn telefoon opgenomen toen Benjamin belde, weet je dat nog?'

Erik, die Shulmans elektroden op zijn borst heeft, ziet op het scherm hoe zijn eigen hartritme wordt opgevoerd. Shulmans voeten trillen onder het laken.

'Sim, hoor je me?' vraagt ze. 'Ik ben het, Simone. Kun je me horen, Sim?'

Zijn blik keert terug, maar glijdt onmiddellijk naar opzij. In de gang zijn snelle voetstappen te horen. Een vrouw roept iets.

'Je hebt mijn telefoon opgenomen,' herhaalt ze.

Hij knikt zwakjes.

'Het was mijn zoon,' gaat ze verder. 'Het was Benjamin…'

Zijn voeten beginnen weer te schudden, zijn ogen rollen naar achteren en zijn tong glijdt uit zijn mond.

'Wat zei Benjamin?' vraagt Simone.

Shulman slikt en kauwt langzaam. Zijn oogleden zakken omlaag.

'Sim? Wat zei hij?'

Hij schudt zijn hoofd.

'Zei hij niets?'

'Niet…' fluistert Shulman.

'Wat zeg je?'

'Niet Benja...' zegt hij bijna geluidloos.

'Zei hij niets?' vraagt Simone.

'Niet hij,' zegt Shulman met lichte, bange stem.

'Hè?'

'Ussi?'

'Wat zeg je nou?' vraagt ze.

'Het was Jussi...'

Shulmans lippen beven.

'Waar was hij?' vraagt Erik. 'Vraag waar Jussi zat.'

'Waar was hij?' vraagt Simone. 'Weet je dat?'

'Thuis,' antwoordt Shulman licht.

'Was Benjamin daar ook?'

Shulmans hoofd zakt naar opzij. Zijn lippen worden slap en zijn kin plooit zich. Simone kijkt gespannen naar Erik. Ze weet niet wat ze moet doen.

'Was Lydia daar ook?' vraagt Erik.

Shulman kijkt op, maar zijn ogen glijden weg.

'Was Lydia daar?' vraagt Simone.

Shulman knikt.

'Zei Jussi iets over...'

Simone zwijgt wanneer Shulman begint te jammeren. Ze tikt hem zachtjes op zijn wang en hij kijkt haar plotseling aan.

'Wat is er gebeurd?' vraagt Shulman opeens volkomen helder, en vervolgens zakt hij terug in zijn coma.

# 48

## *Zaterdagmiddag 19 december*

Anja komt Joona Linna's kamer binnen en overhandigt hem zwijgend een map en een kopje warme *glögg*, een soort Zweedse bisschopswijn. Hij kijkt op en ziet haar ronde, roze gezicht. Voor de verandering glimlacht ze niet naar hem.

'Ze hebben het kind nu geïdentificeerd,' deelt ze kort mede en ze wijst op de map.

'Bedankt,' zegt Joona.

Er zijn twee dingen waar hij een hekel aan heeft, bedenkt hij terwijl hij de bruine kartonnen map bekijkt. Het ene is een zaak te moeten opgeven, je terugtrekken van ongeïdentificeerde lichamen, onopgeloste verkrachtingszaken, berovingen, gevallen van mishandeling en moord. En het tweede dat hij verafschuwt, zij het op een heel andere manier, is wanneer de onopgeloste zaken alsnog worden opgelost, want als de oude raadsels worden ontrafeld, is dat zelden op een manier die je zelf had gewild.

Joona Linna slaat de map open en begint te lezen. Daar staat dat het kinderlijkje dat in de tuin van Lydia Evers is gevonden een jongen was. Hij was vijf jaar toen hij om het leven werd gebracht. Een fractuur op zijn hoofd, aangebracht met een stomp voorwerp, is de vermoedelijke doodsoorzaak. Bovendien is er een aantal genezen en halfgenezen verwondingen op het skelet aangetroffen die duiden op herhaalde mishandeling van een grover soort. 'Slaag?' heeft de gerechtsarts er met een vraagteken bij geschreven. Mishandeling, zo grof dat die botbreuken en barsten in het skelet heeft veroorzaakt. Met name de rug en de armen lijken te zijn blootgesteld aan geweld met een zwaar voorwerp. Diverse gebrekssymptomen op het skelet duiden er bovendien op dat het kind honger heeft geleden.

Joona kijkt even door het raam naar buiten. Hier kan hij maar niet aan wennen, en hij heeft zichzelf beloofd dat, mocht de dag komen dat hij er toch aan gewend is geraakt, hij zal stoppen bij de recherche. Hij strijkt door zijn dikke haar, moet een paar keer slikken en keert daarna terug naar het rapport.

Het kind is dus geïdentificeerd. Hij heette Johan Samuelsson en is dertien jaar geleden als vermist opgegeven. De moeder, Isabella Samuelsson, was naar eigen zeggen samen met haar zoon in de tuin toen binnen de telefoon ging. Ze had de jongen niet mee naar binnen genomen, en in de twintig, dertig seconden waarin ze had opgenomen, had geconstateerd dat er niemand aan de lijn was en weer had opgehangen, was het kind verdwenen.

Johan was twee jaar toen hij verdween.

Hij was vijf toen hij werd gedood.

Daarna had zijn stoffelijk overschot tien jaar in de tuin van Lydia Evers gelegen.

De geur van de glögg in het kopje is opeens misselijkmakend. Joona staat op en zet het raam op een kier. Hij kijkt omlaag naar de binnentuin van het hoofdbureau van politie, de sprietige takken van de bomen bij het huis van bewaring en het glimmende natte asfalt.

Lydia heeft het kind drie jaar bij zich gehad, denkt hij. Drie jaar geheimhouding. Drie jaar mishandeling, honger en angst.

'Gaat het, Joona?' vraagt Anja terwijl ze haar hoofd om de deur steekt.

'Ik ga naar die ouders toe,' zegt hij zachtjes.

'Dat kan Niklasson ook doen,' zegt Anja.

'Nee.'

'De Geer?'

'Dit is mijn zaak,' zegt Joona. 'Ik ga zelf…'

'Ik begrijp het.'

'Kun jij ondertussen wat adressen voor me checken?'

'Natuurlijk,' antwoordt ze met een glimlach. 'Doe ik voor je.'

'Het gaat om Lydia Evers. Ik zou willen weten waar zij de laatste dertien jaar heeft gewoond.'

'Lydia Evers?' herhaalt ze.

Hij is somber gestemd als hij zijn bontmuts opzet, zijn winter-jack aantrekt en vertrekt om Isabella en Joakim Samuelsson mede te delen dat hun zoon Johan helaas is gevonden.

Anja belt hem als hij net de stad uit rijdt.

'Dat is snel,' zegt hij, en hij probeert blij te klinken. Maar dat lukt nu ook al niet.

'Lieve schat, dit is mijn wérk,' kwettert Anja.

Hij hoort haar ademhalen. Er vliegt een zwerm zwarte vogels op van een besneeuwde akker. Vanuit zijn ooghoek zien ze eruit als zware druppels. Hij krijgt de neiging om hardop te vloeken als hij aan de twee foto's van Johan denkt die in de map zaten. Op de ene foto is hij een lachend kereltje met haar dat alle kanten op staat, gekleed in een politie-uniform. En op de andere: botresten op een metalen tafel, keurig voorzien van nummertjes.

'Godverdegodver...' moppert hij bij zichzelf.

'Hallo!'

'Sorry, Anja, er was een andere auto die...'

'Oké, oké. Maar ik hou er niet van als je vloekt.'

'Nee, dat weet ik,' zegt hij vermoeid. Hij heeft geen puf voor gekibbel.

Anja lijkt eindelijk te begrijpen dat hij niet in de stemming is voor grapjes, dus zegt ze neutraal: 'Het huis waar het stoffelijk overschot van Johan Samuelsson is gevonden, is het ouderlijk huis van Lydia Evers. Ze is daar opgegroeid en dat is altijd haar enige adres geweest.'

'Had ze geen familie? Ouders? Broers of zussen?'

'Wacht, ik zal het je voorlezen. Het is niet zo... De vader is altijd onbekend geweest en de moeder is overleden. Het lijkt erop dat die niet eens zo lang de voogdij over Lydia heeft gehad.'

'Geen broers of zussen?' vraagt Joona opnieuw.

'Nee,' zegt Anja, en hij hoort haar in de papieren bladeren. 'Ja-wel!' roept ze dan. 'Ze had een broer, maar die schijnt al jong te zijn gestorven.'

'Toen was Lydia – hoe oud was ze toen?'

'Ze was tien jaar.'

'Heeft ze altijd in dat huis gewoond?'

'Nee, dat heb ik niet gezegd,' brengt Anja ertegen in. 'Ze heeft ook ergens anders gewoond, diverse keren zelfs...'

'Waar dan?' vraagt Joona geduldig.

'Ulleråker, Ulleråker, Ulleråker.'

'Het krankzinnigengesticht?'

'Dat heet psychiatrische kliniek. Maar: ja.'

Op dat moment rijdt Joona het straatje in Saltsjöbaden in waar de ouders van Johan Samuelsson nog steeds wonen. Hij ziet hun huis onmiddellijk: een roodbruin houten pand uit de achttiende eeuw met een puntdak. Er staat een gehavend speelhuisje in de tuin, waarachter je het zwarte water kunt vermoeden.

Joona wrijft over zijn gezicht voordat hij uitstapt. Hij haat dit. Het geharkte grindpad is netjes omzoomd met stenen. Hij loopt naar de deur en belt aan. Wacht, brengt zijn hand omhoog en belt opnieuw aan. Uiteindelijk hoort hij binnen iemand roepen.

'Ik doe wel open.'

Het slot ratelt en een tienermeisje duwt de deur open. Haar ogen zijn zwaar opgemaakt en ze heeft paarsgeverfd haar.

'Hallo,' zegt ze aarzelend, terwijl ze Joona aanstaart.

'Mijn naam is Joona Linna,' zegt hij. 'Ik ben van de rijksrecherche. Zijn je vader en moeder thuis?'

Het meisje knikt en draait zich om om te roepen, maar inmiddels staat er al een vrouw van middelbare leeftijd achter in de hal Joona aan te staren.

'Amanda,' zegt ze met een bange stem, 'vraag hem... vraag hem wat hij wil.'

Joona schudt zijn hoofd.

'Ik wil liever niet hier op de stoep hoeven zeggen wat ik te zeggen heb. Mag ik binnenkomen?'

'Ja,' fluistert de moeder.

Joona stapt naar binnen en doet de buitendeur achter zich dicht. Hij kijkt naar het meisje; haar onderlip is gaan trillen. Daarna kijkt hij naar de moeder, Isabella Samuelsson. Ze staat met haar handen tegen haar borst gedrukt en haar gezicht is lijkbleek.

Joona haalt diep adem en zegt zachtjes: 'Het spijt me enorm,

493

maar we hebben het stoffelijk overschot van Johan gevonden.'

De moeder drukt haar gebalde vuist tegen haar mond en jammert. Ze zoekt steun tegen de muur, maar glijdt weg en zakt op de grond.

'Papa!' roept Amanda. 'Papa!'

Er komt een man de trap af rennen. Wanneer hij zijn vrouw huilend op de grond ziet zitten, blijft hij opeens even staan. Alle kleur trekt weg uit zijn lippen en zijn gezicht. Hij kijkt naar zijn vrouw, naar zijn dochter en daarna naar Joona.

'Johan,' zegt hij alleen maar.

'We hebben zijn stoffelijk overschot gevonden,' antwoordt Joona zacht.

Ze gaan naar de woonkamer. Het meisje heeft haar armen om haar moeder heen geslagen, die vertwijfeld zit te huilen. De vader lijkt nog steeds opvallend rustig. Dat heeft Joona eerder meegemaakt: dat mannen – en soms vrouwen, ook al is dat niet zo gebruikelijk – niet noemenswaardig lijken te reageren en gewoon doorgaan met praten en vragen stellen. Ze krijgen een bepaalde klank in hun stem: een leegte als ze naar de details informeren. Joona weet dat dat geen kwestie is van onverschilligheid. Het is een gevecht, een vertwijfelde poging om het moment uit te stellen waarop de pijn komt.

'Hoe hebben jullie hem gevonden?' fluistert de moeder tussen haar huilbuien door. 'Waar?'

'We zochten naar een ander kind bij iemand die werd verdacht van ontvoering,' zegt Joona. 'Onze hond kwam iets op het spoor... Hij gaf een plek aan in de tuin... Volgens de uitspraak van de gerechtsarts was Johan tien jaar dood.'

Joakim Samuelsson kijkt op.

'Tien jaar?'

Hij schudt zijn hoofd.

'Maar,' fluistert hij, 'Johan is dertien jaar geleden verdwenen.'

Joona knikt en voelt zich volkomen uitgeput als hij uitlegt: 'We hebben reden om aan te nemen dat degene die jullie kind heeft ontvoerd, hem drie jaar gevangen heeft gehouden...'

Hij kijkt naar zijn knieën en doet zijn best om rustig over te komen als hij weer opkijkt en vervolgt: 'Johan is drie jaar gevangengehouden voordat de dader hem om het leven bracht. Hij was vijf toen hij overleed.'

Nu stort de vader in. Het is pijnlijk om te zien. Hij staart Joona aan, terwijl zijn gezicht zich samentrekt en de tranen over zijn wangen biggelen, zijn openstaande mond in. Wilde snikken snijden door de lucht.

Joona kijkt om zich heen. Hij ziet de ingelijste foto's aan de muren en herkent de foto van de tweejarige Johan in zijn politiepakje uit de map. Daarnaast hangt een communiefoto van het meisje. Er hangt ook een foto van de ouders waarop ze lachend een pasgeboren baby omhooghouden. Hij slikt en wacht even.

Hij haat dit echt. Maar hij is er nog niet.

'Ik wil graag nog één ding weten,' zegt hij, en hij wacht geduldig af tot ze zover zijn dat ze begrijpen wat hij zegt. 'Ik moet vragen of een van jullie ooit van ene Lydia Evers heeft gehoord.'

De moeder schudt verward haar hoofd. De vader knippert een paar keer met zijn ogen en zegt daarna snel: 'Nee, nooit.'

Amanda fluistert: 'Is dat… Is dat degene die mijn grote broer heeft meegenomen?'

Joona kijkt haar aandachtig aan.

'We denken van wel,' antwoordt hij.

Als hij opstaat, zijn zijn handpalmen vochtig van het zweet dat aan alle kanten van zijn lichaam druipt.

'Het spijt me,' zegt hij opnieuw. 'Het spijt me echt ontzettend.'

Hij legt zijn visitekaartje voor hen op tafel en geeft hun het telefoonnummer van een maatschappelijk werker en van een lotgenotencontactgroep.

'Bel me als jullie nog iets bedenken of alleen even willen praten.'

Hij is al op weg naar de deur als hij vanuit zijn ooghoek de vader ziet opstaan, die zegt: 'Wacht… ik moet het weten. Hebben jullie haar nu opgepakt? Zit ze vast?'

Joona klemt zijn kaken op elkaar als hij zich omkeert, zijn handen spreidt en antwoordt: 'Nee, we hebben haar nog niet opgepakt. Maar we zullen haar vinden. Dat duurt niet lang meer. Dat weet ik wel zeker.'

Zo gauw hij weer in de auto zit toetst Joona het nummer van Anja in. Ze neemt bij de eerste keer overgaan op.

'Ging het goed?' vraagt ze.

'Zoiets gaat nooit goed,' antwoordt Joona verbeten.

Het is even stil aan de andere kant.

'Bel je voor iets speciaals?' vraagt Anja dan.

'Ja,' zegt Joona.

'Je weet dat het zaterdag is, hè?'

'Die man liegt,' gaat Joona door. 'Hij kent Lydia. Hij zei dat hij nooit van haar had gehoord, maar dat was gelogen.'

'Hoe weet je dat hij loog?'

'Zijn ogen… Zoals hij keek toen ik het vroeg. Ik heb gelijk, dat weet ik zeker.'

'Ik geloof je. Jij hebt toch altijd gelijk?'

'Ja, dat klopt.'

'En als je jou niet gelooft, moet je ertegen kunnen dat jij op een gegeven moment zegt: "Wat heb ik je gezegd?"'

Joona grijnst bij zichzelf.

'Jij kent me zo langzamerhand wel een beetje, zo te horen.'

'Wilde je nog iets anders zeggen dan dat je altijd gelijk hebt?'

'Ja, dat ik naar Ulleråker ga.'

'Nu? Je weet dat het vanavond kerstbuffet is, hè?'

'Is dat vanavond?'

'Joona,' zegt Anja vermanend, 'het personeelsfeest, het kerstbuffet in Skansen. Dat ben je toch niet vergeten?'

'Moet ik daarheen?' vraagt Joona.

'Ja,' antwoordt Anja beslist. 'En je zou toch naast mij komen zitten?'

'Als je na een paar glaasjes maar niet te handtastelijk wordt.'

'Daar kun je best tegen.'

'Wil je iets voor me doen? Zou je naar Ulleråker willen bellen en willen zorgen dat er daar iemand is met wie ik over Lydia kan praten? Dan mag je vanavond bijna alles met me doen wat je wilt,' zegt Joona.

'Ik ga meteen bellen,' roept Anja vrolijk, en ze hangt op.

# 49

## *Zaterdagmiddag 19 december*

De steen in Joona Linna's maag is bijna verdwenen als hij in de vijfde versnelling over de natte sneeuw op de E4 naar Uppsala zoeft. Het psychiatrisch ziekenhuis van Ulleråker is nog steeds in gebruik, ondanks de grote besparingen in de geestelijke gezondheidszorg van begin jaren 1990 – hervormingen genoemd – toen een groot aantal psychisch zieke mensen zichzelf maar moest zien te redden nadat ze hun hele leven in een instelling hadden gewoond. Ze kregen woonruimte aangeboden, maar werden daar al snel uit gezet omdat ze nooit eerder rekeningen hadden betaald of zelf op brandende fornuizen en het afsluiten van deuren hadden moeten letten. Het aantal patiënten dat was opgenomen nam af, maar het aantal dak- en thuislozen nam navenant toe. De grote financiële crisis sloeg toe in Zweden als gevolg van de koerswisseling van de nieuwe liberalen, en opeens hadden de provincies geen geld meer om deze mensen op te vangen. Vandaag de dag zijn er nog maar een paar psychiatrische instellingen in gebruik in Zweden, en Ulleråker is er daar een van.

Anja heeft zoals gewoonlijk goed werk verricht. Wanneer Joona door de hoofdingang binnenkomt, ziet hij al aan de blik van het meisje bij de receptie dat hij wordt verwacht.

Het enige wat ze zegt is: 'Joona Linna?'

Hij knikt en toont zijn politiepenning.

'Dokter Langfeldt verwacht u. Eerste verdieping, eerste kamer rechts op de gang.'

Joona bedankt haar en loopt de brede stenen trap op. Ver weg hoort hij gebonk en geschreeuw.

Het ruikt naar sigarettenrook en ergens is het geluid van een tv te horen. De ramen zijn voorzien van tralies. Buiten ligt een kerkhofachtig park met verregende, zwart geworden struiken en door vocht aangetaste klimplantenrekken waarin knoestige planten zich omhoogslingeren. Het ziet er somber uit, vindt Joona, en hij zegt tegen zichzelf dat dit eigenlijk geen plek is om te genezen; het is een plek om te worden opgeborgen. Hij komt op de overloop en kijkt om zich heen. Aan de linkerkant, achter een glazen deur, ligt een lange, smalle gang. Hij staat even na te denken waar hij dat eerder heeft gezien, tot het hem begint te dagen dat het bijna een identieke kopie van de Kronobergs-gevangenis is. Rijen gesloten deuren, hangende metalen handgrepen. Het hang-en-sluitwerk. Er komt een oude vrouw in een lange jurk door een van de deuren naar buiten. Ze kijkt hem door het glas heen strak aan. Joona knikt kort in haar richting en doet vervolgens de deur naar de andere gang open. Daar ruikt het sterk naar schoonmaakmiddel: een bijtende lucht die doet denken aan chloor.

Dokter Langfeldt staat al in de deuropening te wachten wanneer Joona bij zijn kamer komt.

'De politie?' vraagt hij retorisch, en hij steekt een brede, vlezige hand naar Joona uit. Zijn handdruk is verrassend zacht, misschien de zachtste die Joona ooit heeft gevoeld. Dokter Langfeldt vertrekt geen spier als hij met een zuinig gebaar zegt: 'Komt u binnen.'

De werkkamer is verbazingwekkend groot. Zware boekenkasten gevuld met identiek ogende ordners bedekken de wanden. Er staan geen snuisterijen in de kamer en er hangen geen schilderijen of foto's. De enige afbeelding is een kindertekening op de deur: een poppetje getekend met groen en blauw krijt, zoals kinderen van een jaar of drie altijd mensen afbeelden. Een gezicht – met ogen, een neus en een mond – met meteen daaraan vast sprietige armen en benen. Het lijkt of het poppetje geen lichaam heeft, maar het hoofd is ook als lichaam te zien.

Dokter Langfeldt loopt naar zijn bureau, dat bijna volledig is bedekt met stapels papieren. Hij haalt een telefoon van een ouder model van de bezoekersstoel en maakt opnieuw een ingetogen handbeweging naar Joona, die het gebaar interpreteert als een aansporing om te gaan zitten.

De arts kijkt hem achterdochtig aan. Zijn gezicht is vermoeid en gegroefd. Zijn trekken hebben iets levenloos, bijna alsof hij lijdt aan aangezichtsverlamming.

'Fijn dat u tijd kon vrijmaken,' zegt Joona. 'Het is tenslotte weekend en...'

'Ik weet wat u wilt vragen,' onderbreekt de arts hem. 'U wilt informatie over Lydia Evers, mijn patiënte.'

Joona doet zijn mond open, maar de arts steekt een hand op.

'Ik neem aan dat u bekend bent met zaken als zwijgplicht en geheime informatie met betrekking tot ziektegevallen,' vervolgt Langfeldt, 'en bovendien...'

'Ik ken de wet,' onderbreekt Joona hem op zijn beurt. 'Wanneer het misdrijf dat wordt onderzocht meer dan twee jaar gevangenisstraf zou opleveren, dan...'

'Ja, ja, ja,' zegt Langfeldt.

De blik van de arts is niet ontwijkend, maar alleen doods.

'Ik kan u natuurlijk oproepen voor verhoor,' zegt Joona vriendelijk. 'De officier van justitie is op dit moment bezig met een formeel verzoek tot inhechtenisneming van Lydia Evers. Dan zullen wij uiteraard ook het patiëntendossier opvragen.'

Dokter Langfeldt tikt met zijn vingertoppen tegen elkaar en likt langs zijn lippen.

'Dat is het 'm juist,' zegt hij. 'Ik wil alleen...' Hij onderbreekt zichzelf en vervolgt dan: 'Ik wil gewoon een garantie hebben.'

'Een garantie?'

Langfeldt knikt.

'Ik wil dat mijn naam hierbuiten blijft.'

Joona kijkt Langfeldt aan en begrijpt opeens dat die levenloosheid in feite angst is.

'Dat kan ik niet beloven,' zegt hij nors.

'Als ik het u vraag?'

'Ik ben een stijfkop,' verklaart Joona.

De arts leunt achterover. Zijn mondhoeken trekken een beetje: het enige teken van nervositeit of leven dat hij tot nu toe heeft vertoond.

'Wat wilt u weten?' vraagt hij.

Joona buigt zich voorover en antwoordt: 'Alles. Ik wil altijd alles weten.'

Een uur later verlaat Joona Linna de kamer van de arts. Hij werpt snel een blik op de tegenoverliggende gang, maar de vrouw in de lange jurk is verdwenen, en als hij de stenen trap af rent, ziet hij dat het buiten inmiddels helemaal donker is. Van het park en de klimplantenrekken is niets meer te zien. Het meisje van de receptie is blijkbaar al naar huis. De balie is verlaten en de buitendeur zit op slot. Het is doodstil in het hele gebouw, hoewel Joona weet dat de instelling honderd patiënten huisvest.

Hij huivert wanneer hij weer in zijn auto stapt en de grote parkeerplaats voor de inrichting af rijdt.

Er is één ding dat hem stoort. Iets wat hem door de vingers dreigt te glippen. Hij probeert zich het punt te herinneren waarop het hem was begonnen te storen.

De arts had een ordner gepakt, eenzelfde soort exemplaar als de andere ordners die de planken vulden. Hij had op de voorkant getikt en gezegd: 'Hier is ze.'

De foto van Lydia toonde een vrij knappe vrouw met halflang hennakleurig haar en een merkwaardige oogopslag: onder haar smekende blik kolkte een enorme razernij.

De eerste keer dat Lydia ter behandeling werd opgenomen, was ze pas tien jaar oud geweest. De reden voor de opname was dat ze haar broertje, Kasper Evers, had gedood. Op een zondag had ze hem met een houten stok de hersens ingeslagen. Tegen de arts had ze gezegd dat haar moeder haar had gedwongen haar broertje op te voeden. Lydia had de verantwoordelijkheid voor Kasper als haar moeder werkte of sliep en het was haar taak om hem te tuchtigen.

Lydia werd opgenomen en de moeder werd veroordeeld tot gevangenisstraf wegens kindermishandeling. Kasper Evers was drie jaar oud geworden.

'Lydia is haar familie kwijtgeraakt,' fluistert Joona, en hij zet de ruitenwissers aan voor het opspattende water van een tegemoetkomende bus.

Dokter Langfeldt had Lydia alleen behandeld met sterk angstdempende psychofarmaca en ze had helemaal geen therapie gehad. Hij meende dat ze onder grote dwang van haar moeder had gehandeld. Door zijn oordeel werd Lydia in een open inrichting voor jeugddelinquenten geplaatst. Toen ze achttien was, was ze uit de registers verdwenen. Ze was naar haar oude huis teruggekeerd en had daar samengewoond met een jongen die ze in de inrichting had leren kennen. Vijf jaar later dook ze weer op in de papieren toen ze op de gesloten afdeling voor psychiatrische verpleging werd opgenomen, volgens een inmiddels afgeschafte wet, omdat ze herhaalde malen een kind op een speelplaats had geslagen.

Dokter Langfeldt kreeg haar nu weer als patiënte in de kliniek, maar dit keer viel ze dus onder de forensisch psychiatrische verpleging gekoppeld aan de zogenoemde 'bijzondere ontslagtoetsing', die onder andere inhield dat beslissingen over bijvoorbeeld verlof of beëindiging van de zorg door een administratieve rechter moesten worden onderzocht.

De arts had op norse en afstandelijke toon verteld dat Lydia naar een speelplaats was gegaan, een bepaald kind had uitgezocht, een jongen van een jaar of vijf, die ze bij de anderen vandaan had gelokt en daarna had geslagen. Ze was diverse malen naar de speelplaats gekomen voordat ze haar te pakken hadden gekregen. De laatste mishandeling was zo ernstig geweest dat het kind in levensgevaar verkeerde.

'Lydia heeft hier zes jaar in de psychiatrische kliniek gezeten. Ze is voortdurend onder behandeling geweest,' had Langfeldt verklaard, en hij had vreugdeloos geglimlacht. 'Ze gedroeg zich voorbeeldig. Het enige probleem met haar was dat ze voortdurend allianties vormde met andere patiënten. Ze vormde groepen om zich heen. Groepen van wie ze volledige loyaliteit eiste.'

Ze vormde een gezin, bedenkt Joona nu, en hij rijdt in de richting van Fridhemsplan als hij zich opeens het personeelsfeest in Skansen herinnert. Hij overweegt even om gewoon te doen of hij het is vergeten, maar beseft dat hij het aan Anja verplicht is om erheen te gaan.

Langfeldt had zijn ogen dichtgedaan en zijn slapen gemasseerd, en was toen verdergegaan: 'Na zes jaar zonder incidenten mocht Lydia beginnen met verlofdagen.'

'Waren er helemaal geen incidenten?' had Joona gevraagd.

Langfeldt had nagedacht.

'Er was één ding, maar dat kon nooit worden bewezen.'

'Wat was dat?'

'Er was een patiënte die een verwonding had opgelopen in haar gezicht. Ze had zichzelf in haar gezicht geknipt, beweerde ze, maar het gerucht ging dat Lydia Evers dat had gedaan. Zover ik me herinner was het alleen geroddel, een slag in de lucht.'

Langfeldt had zijn wenkbrauwen opgetrokken alsof hij nu verder wilde gaan met zijn uiteenzetting.

'Ga door,' had Joona gezegd.

'Ze mocht terugverhuizen naar haar ouderlijk huis. Ze stond nog steeds onder behandeling. Ze gedroeg zich goed. Er was geen reden om eraan te twijfelen dat ze serieus weer beter wilde worden. Na twee jaar was het tijd om haar behandeling te beëindigen. Ze koos een therapievorm die in die tijd modern was. Ze ging in groepstherapie bij...'

'Erik Maria Bark,' had Joona ingevuld.

Langfeldt had geknikt.

'Het lijkt erop dat die hypnose niet zo goed voor haar was,' had hij hautain gesteld. 'Het eindigde ermee dat Lydia een zelfmoordpoging deed. Ze kwam voor de derde keer bij mij...'

Joona Linna had de arts onderbroken: 'Had ze u verteld over die instorting?'

Langfeldt had zijn hoofd geschud en geantwoord: 'Voorzover ik weet, was het allemaal de schuld van die hypnotiseur.'

'Bent u zich ervan bewust dat ze aan Erik Maria Bark de moord op een kind had opgebiecht?' had Linna nors gevraagd.

Langfeldt had zijn schouders opgehaald.

'Dat heb ik gehoord, ja, maar een hypnotiseur kan volgens mij mensen van alles laten bekennen.'

'Dus u heeft haar bekentenis niet serieus genomen?' had hij gevraagd.

Langfeldt had dunnetjes geglimlacht.

'Ze was een wrak. Je kon niet eens een gesprek met haar voeren. Ik moest haar elektroshocks geven, zware neuroleptica – het was een hele klus om haar sowieso weer enigszins te helen.'

'Dus u heeft niet eens geprobeerd te onderzoeken of haar bekentenis ergens op gebaseerd was?'

'Ik nam aan dat het om schuldgevoelens over haar broertje ging,' had Langfeldt streng geantwoord.

'Wanneer hebt u haar laten gaan?' had hij gevraagd.

'Twee maanden geleden,' had Langfeldt gezegd. 'Ze was zonder meer genezen.'

Joona was opgestaan en zijn blik was opnieuw op de enige afbeelding in de kamer gevallen: de tekening van het poppetje die op de deur hing. Een lopend hoofd, had hij opeens bedacht. Alleen hersenen, geen hart.

'Dat bent u,' had Joona gezegd, en hij had op de tekening gewezen. 'Toch?'

Dokter Langfeldt had verward gekeken toen Joona de kamer uit ging.

Het is vijf uur 's middags en de zon is twee uur daarvoor ondergegaan. Het is koud buiten, en aardedonker. De weinige straatlantaarns geven een nevelig licht. Onder aan de berg waarop Skansen ligt, kun je de stad vermoeden – als rokerige lichtvlekken. In de oude handwerkateliers vangt hij een glimp op van de glasblazer en de zilversmid. Joona loopt langs de kerstmarkt. Er branden vuren, paarden briesen, er worden kastanjes gepoft. Kinderen rennen door het stenenlabyrint, sommige staan warme chocolademelk te drinken. Er is muziek, hele gezinnen dansen rond een hoge kerstboom op de ronde dansvloer in de openlucht.

Zijn telefoon gaat en Joona blijft voor een kraampje met worst en rendiervlees staan.

'Ja. Met Joona.'

'Met Erik Maria Bark.'

'Hallo.'

'Ik denk dat Lydia Benjamin heeft meegenomen naar het spookslot van Jussi. Dat ligt ergens buiten Dorotea, in de provincie Västerbotten, in Lapland.'

'Dat dénk je?'

'Ik weet het bijna zeker,' antwoordt Erik fel. 'Er gaan vandaag geen vliegtuigen meer die kant op, en je hoeft ook niet mee, maar ik heb voor morgenochtend drie tickets geboekt.'

'Goed,' zegt Joona. 'Zeg, kun je een sms'je sturen met alle gegevens over die Jussi? Dan neem ik contact op met de politie van Västerbotten.'

Wanneer Joona langs een van de smalle grindpaden naar restaurant Solliden loopt, hoort hij achter zich gelach van kinderen. Hij huivert. Het mooie, gele restaurant is versierd met lichtguirlandes en dennentakken. In de eetzaal staat een kerstbuffet opgediend. Het beslaat maar liefst vier lange tafels, en zodra Joona binnenkomt, ziet hij zijn collega's al zitten bij de grote ramen die een fantastisch uitzicht bieden over het water van Nybroviken en het eiland Södermalm, met pretpark Gröna Lund aan de ene kant en het Vasa-museum aan de andere.

'Hier zitten we!' roept Anja.

Ze gaat staan en zwaait naar hem. Joona is blij met haar enthousiasme. Hij heeft na het bezoek aan de arts bij Ulleråker nog steeds een onaangenaam gevoel in zijn lijf.

Hij begroet iedereen en gaat daarna naast Anja zitten. Carlos Eliasson zit tegenover hem. Hij heeft een kerstmuts op en knikt Joona vrolijk toe.

'We hebben er vast een paar genomen,' zegt hij vertrouwelijk, en zijn anders zo vaalbleke huid heeft een gezond kleurtje gekregen. Anja probeert haar hand onder Joona's arm te wurmen, maar hij staat op en zegt dat hij eerst iets te eten gaat halen.

Hij loopt tussen de tafels met pratende en etende mensen door en kan onmogelijk in de juiste kerststemming komen. Het is alsof een deel van hem nog steeds in de woonkamer bij de ouders van Johan Samuelsson zit. Of dat hij zich nog in de psychiatrische kliniek bevindt, de stenen trap bij Ulleråker op loopt, naar de afgesloten deur die naar de lange, gevangenisachtige gang voert.

Joona pakt een bord van de stapel, gaat in de rij voor de haring staan en bekijkt zijn collega's van een afstandje. Anja heeft haar ronde, hobbelige lijf in een rode angorajurk geperst. Ze heeft haar winterlaarzen nog aan. Petter zit druk met Carlos te praten; hij heeft zijn hoofd pas geschoren en zijn kruin glimt onder de kroonluchters.

Joona legt maatjesharing, gewone ingelegde haring en in mosterd ingelegde haring op zijn bord, en blijft dan weer even staan. Hij kijkt naar een vrouw van een ander gezelschap. Ze draagt een lichtgrijze strakke japon en wordt door twee meisjes met een mooi kapsel naar de tafel met zoetigheid geleid. Een man in een bruingrijs pak loopt er met een kleiner meisje in een rood jurkje snel achteraan.

De aardappels in de kleine messing pan zijn op. Joona moet een behoorlijke tijd wachten totdat er een serveerster met een schaal met dampende aardappels komt. Zijn favoriete gerecht, de Finse koolraapschotel, is nergens te bekennen. Joona loopt balancerend met zijn bord tussen de politiemensen door, die nu al aan hun vierde ronde van het kerstbuffet bezig zijn. Aan tafel zingen vijf technisch rechercheurs brallend een drinklied, hun puntige glaasjes in de lucht gestoken. Hij gaat zitten en voelt meteen de hand van Anja op zijn been. Ze glimlacht hem toe.

'Je hebt zelf gezegd dat ik aan je mocht frunniken,' zegt ze plagerig. Ze buigt zich voorover en fluistert luid: 'Ik wil vanavond de tango met je dansen.'

Carlos hoort haar en roept: 'Anja Larsson, jij en ík gaan de tango dansen!'

'Ik dans met Joona,' zegt ze beslist.

Carlos houdt zijn hoofd scheef en lalt: 'Ik zal een nummertje trekken.'

Anja tuit haar lippen en nipt aan haar bier.

'Hoe was het bij Ulleråker?' vraagt ze Joona.

Hij trekt een grimas en Anja vertelt over een tante van haar daar die niet erg ziek was, maar die daar helemaal werd platgespoten omdat dat het gemakkelijkst was voor het personeel.

Joona knikt en wil net een hap van zijn koudgerookte zalm nemen als hij zich bedenkt. Hij herinnert zich opeens wat hij voor belangrijks van Langfeldt te weten was gekomen.

'Anja,' zegt hij, 'ik heb een politierapport nodig.'

Ze begint te giechelen.

'Toch niet nú?' vraagt ze.

'Morgen dan, maar zo vroeg mogelijk.'

'Wat voor rapport?'

'Van een mishandelingzaak. Lydia Evers werd opgepakt omdat ze een kind op een speelplaats had mishandeld.'

Anja heeft een pen opgediept en schrijft op het bonnetje dat voor haar ligt.

'Het is morgen zondag, ik wilde uitslapen,' moppert ze.

'Tja, dat moet maar wachten.'

'Ga je dan met me dansen?'

'Beloofd,' fluistert Joona.

Carlos zit op een stoel in de garderobe te slapen. Petter en zijn gezelschap zijn naar de stad vertrokken om de avond bij Café Opera voort te zetten. Joona en Anja hebben beloofd ervoor te zorgen dat Carlos fatsoenlijk thuiskomt. In afwachting van de taxi lopen ze vast naar buiten; de koude lucht doet hun goed. Joona leidt Anja naar de dansvloer en waarschuwt haar voor de dunne ijslaag die hij op het hout onder hen meent te voelen.

Ze dansen en Joona neuriet zachtjes: 'Milloin, milloin, milloin…'

'Trouw met me,' fluistert Anja.

Joona geeft geen antwoord. Hij denkt aan Disa en haar weemoedige gezicht. Hij denkt aan hun jarenlange vriendschap en dat hij haar altijd moet teleurstellen. Anja gaat op haar tenen staan en probeert in zijn oor te likken. Hij beweegt voorzichtig zijn hoofd een stukje opzij.

'Joona,' piept Anja, 'wat dans je goed.'

'Weet ik,' fluistert hij, en hij klopt haar liefkozend op haar rug.

Het ruikt buiten naar houtvuur en glögg. Anja drukt zich steeds dichter tegen hem aan en hij bedenkt dat het nog lastig kan worden om Carlos naar de taxistandplaats te krijgen. Het wordt zo langzamerhand tijd om de richting van de roltrap op te gaan lopen.

Op dat moment gaat zijn telefoon. Anja kreunt hardop van teleurstelling. Hij doet een paar stappen opzij en neemt op: 'Met Joona Linna.'

'Dag,' zegt een geforceerde stem. 'Met Joakim Samuelsson. Je was eerder vandaag bij ons...'

'Ja, ik weet wie je bent,' zegt Joona.

Joakim Samuelsson had grote ogen opgezet toen hij naar Lydia Evers had gevraagd.

'Ik vraag me af of we elkaar zouden kunnen zien,' zegt Samuelsson. 'Ik heb iets te vertellen.'

Joona kijkt op zijn horloge. Het is halftien.

'Zou dat nu kunnen?' vraagt Joakim, en hij voegt er niet ter zake doend aan toe: 'Mijn vrouw en mijn dochter zijn naar mijn schoonouders. Ik heb de auto.'

'Dat is prima,' zegt Joona. 'Kun je over drie kwartier bij het hoofdbureau van politie zijn, de ingang aan Polhemsgatan?'

'Ja,' zegt Joakim en hij klinkt oneindig vermoeid.

'Het spijt me, moppie,' zegt Joona tegen Anja, die midden op de dansvloer op hem staat te wachten, 'maar dat wordt geen tango meer vanavond.'

'Je weet niet wat je mist,' antwoordt ze nukkig.

'Ik kan niet tegen drank,' verzucht Carlos als ze hem naar de roltrap en de uitgang leiden.

'Als je maar niet gaat kotsen,' zegt Anja bruusk, 'want dan eis ik loonsverhoging.'

'Anja, Anja!' maant Carlos beledigd.

Joakim zit in een witte Mercedes aan de overkant van de straat, tegenover de ingang van het Zweedse Korps Landelijke Politie-diensten. De binnenverlichting brandt en zijn gezicht ziet er moe en eenzaam uit in het sombere schijnsel. Wanneer Joona op het raam tikt, schrikt hij op alsof hij diep in gedachten verzonken was.

'Hallo,' zegt hij, en hij opent het portier. 'Kom erin.'

Joona neemt plaats op de passagiersstoel en wacht. Het ruikt vaag naar hond in de auto. Over de achterbank ligt een harige deken uitgespreid.

'Weet je,' zegt Joakim, 'als ik aan mezelf denk, aan hoe ik was

507

toen Johan werd geboren, dan is het net alsof ik aan een volslagen vreemde denk. Ik had een vrij beroerde jeugd, heb in een jeugdinrichting gezeten en was pleegkind geweest… Maar toen ik Isabella leerde kennen, ben ik mijn leven gaan beteren. Ik ging studeren. In het jaar dat Johan werd geboren, haalde ik mijn ingenieursexamen. Ik weet nog dat we op vakantie gingen. Ik was nooit eerder op vakantie geweest. We gingen naar Griekenland. Johan kon net lopen en…'

Joakim Samuelsson schudt zijn hoofd.

'Dat is lang geleden. Hij leek ontzettend veel op mij… dezelfde…'

Het wordt stil in de auto. Er rent een natte grijze rat over het donkere trottoir op weg naar de bosjes. Daar is voldoende voor hem te halen.

'Wat wilde je me vertellen?' vraagt Joona na een tijdje vriendelijk.

Joakim wrijft in zijn ogen alsof hij opeens doodmoe is.

'Weet je zeker dat Lydia Evers het gedaan heeft?' vraagt hij met zwakke stem.

Joona knikt.

'Dat is vrijwel zeker,' antwoordt hij.

'Tja,' fluistert Joakim Samuelsson, en hij kijkt Joona met een gegroefd gezicht aan.

'Ik ken haar,' zegt hij simpelweg. 'Ik ken haar heel goed. We hebben samen in de jeugdinrichting gezeten.'

'Kun jij begrijpen waarom ze Johan heeft ontvoerd?'

'Ja,' zegt Joakim Samuelsson, en hij slikt moeizaam. 'Daar, in de inrichting… Lydia was pas veertien toen ze ontdekten dat ze zwanger was. Ze werden natuurlijk doodsbang, dus ze dwongen haar abortus te plegen. De zaak moest in de doofpot worden gestopt, maar… Er ontstonden een heleboel complicaties: een zware infectie in de baarmoeder die zich verspreidde naar de eierstokken. Maar ze kreeg penicilline en werd weer beter.'

Joakims handen trillen als hij ze op het stuur legt.

'Na de inrichting ging ik met Lydia samenwonen. We woonden in haar huis in Rotebro en ze probeerde zwanger te worden. Daar was ze helemaal door geobsedeerd. Maar dat lukte niet. Ze ging naar een gynaecoloog om zich te laten onderzoeken. Ik zal nooit vergeten dat ze terugkwam van dat bezoek en vertelde dat ze onvruchtbaar was na die abortus.'

'Jij had haar in de inrichting zwanger gemaakt,' zegt Joona.

'Ja.'

'Dus je was haar een kind schuldig,' zegt Joona, bijna tegen zichzelf.

# 50

*Zondagochtend 20 december,*
*de vierde adventszondag*

Het sneeuwt hevig, er vallen dichte vlokken uit de donkere lucht. De gebouwen van het vliegveld zijn helemaal wit en overal liggen opgewaaide sneeuwhopen. De landingsbanen worden keer op keer geveegd door sneeuwschuivers die voortdurend heen en weer rijden. Erik staat bij het grote raam naar een lint van koffers te kijken, die via een band een groot vliegtuig in rollen.

Simone komt met koffie en een schoteltje met Lucia-broodjes en peperkoekjes aan lopen. Ze zet de twee koffiekopjes voor Erik neer en knikt daarna in de richting van het immense raam dat uitkijkt op de vliegtuigen. Ze zien een stel stewardessen die op weg zijn naar een vliegtuig. Ze dragen allemaal een rode puntmuts en lijken veel last te hebben van de natte sneeuw onder hun schoenen.

Op de vensterbank van de vliegveldcafetaria staat een mechanische Kerstman ritmisch met zijn heupen te wiegen.

De batterijen zijn blijkbaar bijna op en zijn bewegingen worden steeds schokkeriger. Erik kijkt Simone aan. Ze fronst spottend haar wenkbrauwen bij de aanblik van de obscene bewegingen van de Kerstman.

'We krégen die broodjes en koekjes,' zegt ze, en ze staart vervolgens in het luchtledige. Daarna herinnert ze het zich: 'De vierde adventszondag, het is vandaag de vierde advent.'

Ze kijken elkaar aan zonder te weten wat ze moeten zeggen. Opeens schrikt Simone op. Ze kijkt gekweld.

'Wat is er?' vraagt Erik.

'Het stollingspreparaat,' zegt ze met verstikte stem. 'We hebben vergeten… Als hij daar is, als hij leeft…'

'Simone, ik…'

'Er heeft te veel tijd tussen gezeten… Hij kan vast niet meer op zijn benen staan…'

'Simone, ik heb het,' zegt Erik. 'Ik heb het bij me.'

Ze kijkt hem met rode ogen aan.

'Echt waar?'

'Kennet heeft me eraan helpen herinneren. Hij belde vanuit het ziekenhuis.'

Simone denkt aan hoe ze Kennet naar huis had gereden, hem uit de auto had zien stappen, waarna hij voorover in de sneeuwbrij was gevallen. Ze had gedacht dat hij was gestruikeld, maar toen ze uit de auto sprong om hem op te trekken, was hij nauwelijks aanspreekbaar geweest. Ze had hem naar het ziekenhuis gebracht, waar ze hem op een brancard hadden gelegd. Zijn reflexen waren zwak geweest en zijn pupillen hadden traag gereageerd. De arts had gedacht dat het een combinatie was van de nawerkingen van zijn hersenschudding en overbelasting.

'Hoe is het met hem?' vraagt Erik.

'Hij sliep gisteren toen ik daar was, maar de arts denkt niet dat het ernstig is.'

'Mooi,' zegt Erik. Hij kijkt naar de mechanische Kerstman en pakt daarna zonder iets te zeggen het rode kerstservetje en hangt dat over hem heen.

Het servetje blijft ritmisch heen en weer wiegen, als een spook. Simone begint opeens te lachen en de kruimels van haar peperkoekje belanden op Eriks jack.

'Sorry!' piept ze. 'Het ziet er gewoon zó ziek uit. Een gestoorde seks-Kerstman, die…'

Ze krijgt een nieuwe lachaanval en zit dubbelgevouwen van het lachen aan tafel. Daarna begint ze te huilen. Na een tijdje zwijgt ze, snuit haar neus, veegt haar gezicht af en drinkt haar koffie op.

Haar mond begint weer te trekken op het moment dat Joona Linna naar hun tafeltje toe komt.

'De politie van Umeå is nu onderweg,' zegt hij onomwonden.

'Heb je radiocontact met ze?' vraagt Erik meteen.

'Ik niet. Ze staan in verbinding met…'

Joona zwijgt abrupt als hij het servetje over de dansende Kerstman ziet hangen. Er steken een paar bruine plastic laarzen onderuit. Simone wendt haar hoofd af, haar lichaam begint te schudden van het lachen, of het huilen, of een combinatie van allebei. Het klinkt alsof ze zich heeft verslikt. Erik staat snel op en trekt haar mee.

'Laat me los,' zegt ze tussen de stuiptrekkingen door.

'Ik wil je alleen maar helpen, Simone. Kom, we gaan naar buiten.'

Ze doen een deur naar een balkon open en staan vervolgens in de koude buitenlucht.

'Het gaat zo wel weer, dank je,' fluistert ze.

Erik veegt de sneeuw van de balustrade en legt haar ene pols tegen het koude metaal.

'Het wordt straks wel beter,' herhaalt ze. 'Straks… beter.'

Ze sluit haar ogen en wankelt. Erik vangt haar op. Hij ziet dat Joona hen vanuit de cafetaria zoekt met zijn blik.

'Simone, gaat het?' vraagt Erik fluisterend.

Ze staart hem aan.

'Niemand gelooft me als ik zeg dat ik zo moe ben.'

'Ik ben ook moe, ik geloof je.'

'Maar jij hebt je pillen.'

'Ja,' antwoordt hij zonder zich te verdedigen.

Simones gezicht vertrekt en Erik voelt opeens warme tranen langs zijn wangen lopen. Misschien komt het doordat hij is gestopt met al zijn pillen dat hij geen bescherming meer heeft en weerloos is.

'Ik heb de hele tijd,' gaat hij met trillende lippen verder, 'maar één ding gedacht: hij mag niet dood zijn.'

Ze staan doodstil in elkaars armen. De sneeuw valt in donzige vlokken over hen heen. Een glanzend grijs vliegtuig stijgt in de verte met een zwaar gebulder op. Wanneer Joona op het raam van de balkondeur tikt, schrikken ze allebei op. Erik doet de deur open en Joona komt naar buiten. Hij schraapt zijn keel.

'Ik vind dat jullie moeten weten dat we het stoffelijk overschot bij het huis van Lydia hebben geïdentificeerd.'

'Wie was het?'

'Het was Lydia's kind niet… De jongen is dertien jaar geleden uit zijn ouderlijk huis ontvoerd.'

Erik knikt en wacht. Joona zucht diep als hij vervolgt: 'Resten van ontlasting en urine tonen aan…' Hij schudt zijn hoofd. 'Die tonen aan dat het kind daar vrij lang heeft gewoond, vermoedelijk drie jaar, voordat hij om het leven is gebracht.'

Het wordt stil. De sneeuw valt ruisend en donker over hen heen. Vliegtuigen bulderen op afstand, op weg naar de hemel.

'Met andere woorden, je had gelijk, Erik… Lydia had een kind in een kooi dat ze als haar eigen kind beschouwde.'

'Ja,' antwoordt Erik geluidloos.

'Ze doodde de jongen toen ze begreep wat ze onder hypnose had verteld, wat dat inhield en wat dat zou betekenen.'

'Ik heb echt gedacht dat ik het mis had en dat heb ik ook geaccepteerd,' zegt Erik dof terwijl hij over de winterse landingsbaan uitkijkt.

'Ben je daarom gestopt?' vraagt Joona.

'Ja,' antwoordt hij.

'Je dacht dat je het mis had en beloofde om nooit meer iemand te hypnotiseren,' zegt Joona.

Simone veegt trillend over haar voorhoofd.

'Lydia kreeg jou in het oog toen je je belofte verbrak. Ze kreeg Benjamin in het oog,' zegt ze zachtjes.

'Nee, ze moet ons de hele tijd hebben gevolgd,' fluistert Erik.

'Lydia is twee maanden geleden ontslagen uit Ulleråker,' zegt Joona. 'Ze heeft Benjamin voorzichtig benaderd – misschien was ze terughoudend door jouw belofte om nooit meer iemand te hypnotiseren.'

Joona bedenkt dat Lydia Joakim Samuelsson schuldig vond aan de abortus die ze in de jeugdinrichting had moeten ondergaan – en die tot onvruchtbaarheid had geleid – en dat ze daarom zijn zoon, Johan, had genomen. En daarna meende Lydia dat de hypnose van Erik de reden was dat ze Johan had moeten ombrengen; daarom had ze Benjamin ontvoerd toen Erik weer met hypnotiseren begon.

Eriks gezicht staat bloedserieus en hard en gesloten. Hij doet zijn mond open om te verklaren dat hij vermoedelijk Evelyn het leven heeft gered door zijn belofte te verbreken, maar ziet daarvan af wanneer er een politieassistent naar hen toe komt.

'We moeten nu gaan,' zegt de man kort. 'Het toestel vertrekt over tien minuten.'

'Heb je met de politie in Dorotea gesproken?' vraagt Joona.

'Ze kunnen geen contact krijgen met de patrouille die naar het huis is gestuurd,' antwoordt de politieman.

'Waarom niet?'

'Geen idee, maar ze zeggen dat ze het al een klein uur aan het proberen zijn.'

'Jezus, dan moeten ze toch versterking sturen?' zegt Joona.

'Dat heb ik ook gezegd, maar ze wilden afwachten.'

Wanneer ze de korte afstand afleggen naar het vliegtuig dat op hen staat te wachten om hen naar Zuid-Lapland te brengen, naar het vliegveld van Vilhelmina, voelt Erik opeens een eigenaardige opluchting: hij heeft de hele tijd gelijk gehad.

Hij heft zijn gezicht op naar de sneeuw. Die stuift en wervelt, licht en zwaar tegelijk. Simone keert zich om en pakt zijn hand.

# 51

## *Donderdag 17 december*

Benjamin ligt op de grond te luisteren hoe het gebogen onderstel van de schommelstoel plakkerig kraakt op het glimmende zeil. Zijn gewrichten doen nu erg veel pijn. De schommelstoel wiegt langzaam heen en weer. Het kraakt en de wind waait over het golfplaten dak. Plotseling zingt de grove veer op de deur naar het voorportaal metaalachtig. Er zijn zware voetstappen te horen op de gang. Iemand stampt zijn laarzen schoon. Benjamin tilt zijn hoofd op, maar de hondenriem spant om zijn nek als hij probeert te zien wie er de kamer binnenkomt.

'Lig!' mompelt Lydia.

Hij brengt zijn hoofd weer omlaag, voelt opnieuw de lange, ruwe franje van het kleed tegen zijn wang en de droge geur van stof in zijn neus.

'Over drie dagen is het de vierde advent,' zegt Jussi. 'We zouden peperkoekjes moeten bakken.'

'De zondagen zijn voor tucht, en nergens anders voor,' zegt Lydia, en ze blijft schommelen.

Marek grinnikt ergens om, maar zwijgt abrupt.

'Lach jij maar,' zegt Lydia.

'Het was niets.'

'Ik wil dat mijn familie blij is,' zegt Lydia zacht.

'Dat zijn we ook,' antwoordt Marek.

De vloer is koud, de muren trekken koud op, de stofwolken tussen de snoeren achter de tv warrelen rond. Benjamin heeft nog steeds alleen zijn pyjama aan. Hij moet denken aan toen ze bij het spookslot van Jussi waren gearriveerd. Er had toen al sneeuw gelegen en sindsdien heeft het afwisselend gesneeuwd en gedooid, en is de sneeuw weer opgevroren. Hij was door Marek door een wagenpark tot voor het huis gebracht, tussen oude, ondergesneeuwde bussen en opgestapelde autowrakken door. Hij had op blote, brandende voeten door de sneeuw gelopen. Het was alsof hij door een slotgracht liep, tussen de grote, met sneeuw overdekte auto's op het erf door. Binnen had licht gebrand en Jussi was met het jachtgeweer over zijn arm naar buiten gekomen, maar toen hij Lydia in het oog had gekregen, was het of alle kracht uit hem was weggevloeid. Ze werd niet verwacht en was niet welkom, maar hij zou geen weerstand bieden en zich gewoon onderwerpen aan haar wil, zich voegen zoals vee zich voegt. Hij had alleen maar zijn hoofd geschud toen Marek naar hem toe was gekomen en hem het geweer had afgepakt. Daarna hadden ze voetstappen in het voorportaal gehoord en was Annbritt naar buiten gekomen. Jussi had gemompeld dat hij met haar samenwoonde en dat ze haar moesten laten gaan. Toen Annbritt de hondenriem om Benjamins nek had gezien, was ze spierwit weggetrokken en had ze geprobeerd terug te lopen naar het huis en de deur dicht te doen. Marek had haar tegengehouden door de loop van het geweer tussen de deuropening te steken en grijnzend te vragen of ze mochten binnenkomen.

'Zullen we het over het kerstdiner hebben?' vraagt Annbritt nu met onzekere stem.

'Haring en hoofdkaas zijn het belangrijkste,' zegt Jussi.

Lydia zucht geïrriteerd. Benjamin kijkt omhoog naar de goudkleurige plafondventilator met de vier eveneens goudkleurige lampen. De schaduwen van de stilstaande bladen lijken op grijze bloemen op het witgeschilderde houtvezelplaat.

'De jongen wil vast wel gehaktballetjes,' zegt Jussi.

'We zien wel,' antwoordt Lydia.

Marek spuugt in een bloempot en kijkt naar buiten. Het is aardedonker.

'Ik lust zo langzamerhand wel wat,' zegt hij.

'We hebben een heleboel elanden- en reeënvlees in de vriezer,' antwoordt Jussi.

Marek loopt naar de tafel, graaft wat in het broodmandje, breekt een stukje knäckebröd af en steekt het in zijn mond.

Wanneer Benjamin opkijkt, geeft Lydia een ruk aan de riem. Hij hoest en gaat weer liggen. Hij heeft honger en is moe.

'Ik heb binnenkort mijn medicijn nodig,' zegt hij.

'Het gaat prima zo,' antwoordt Lydia.

'Ik moet één injectie per week hebben, en er is meer dan een week verstreken sinds...'

'Stil!'

'Ik ga dood als ik niet...'

Lydia trekt zo hard aan de riem dat Benjamin kermt van de pijn. Hij begint te huilen en ze trekt nogmaals om hem stil te krijgen.

Marek zet de tv aan. Die kraakt enorm. Een stem ver weg zegt iets. Misschien is het een sportuitzending. Marek zapt tussen de zenders zonder beeld te krijgen en zet de tv daarna uit.

'Ik had het toestel uit het andere huis moeten meenemen,' merkt hij op.

'We hebben hier in het noorden geen kabel,' zegt Jussi.

'Je bent gestoord,' zegt Lydia.

'Waarom doet die schotelantenne het niet?' vraagt Marek.

'Geen idee,' zegt Jussi. 'Het waait soms vrij hard. Hij hangt vast scheef.'

'Ga hem dan maken.'

'Doe het zelf!'

'Schei uit met dat gezanik,' zegt Lydia.

'Er is toch alleen maar shit op de tv,' moppert Jussi.

'Ik vind *Let's Dance* leuk,' zegt Marek.

'Mag ik even naar de wc?' vraagt Benjamin zacht.

'Plassen doe je buiten,' zegt Lydia.

'Oké,' antwoordt hij.

'Neem hem mee naar buiten, Marek,' zegt Lydia.

'Dat doet Jussi,' antwoordt hij.

'Hij kan zelf toch wel gaan?' vindt Jussi. ' Ontsnappen kan hij niet. Het is vijf graden onder nul en diepe...'

'Ga met hem mee,' commandeert Lydia. 'Ik pas zolang wel op Annbritt.'

Benjamin wordt duizelig als hij rechtop gaat zitten. Hij ziet dat

Jussi de riem van Lydia heeft overgenomen. Zijn knieën zijn stijf en hij voelt pijnscheuten in zijn dijbenen als hij begint te lopen. Elke stap is ondraaglijk, maar hij klemt zijn kiezen op elkaar om stil te zijn. Hij wil Lydia niet storen en haar niet ergeren.

In de gang hangen diploma's aan de muren. Het licht is afkomstig van een messing wandlamp met glazen bollen van matglas. Er staat een plastic zak van de ICA met de tekst KWALITEIT, ZORG, SERVICE op het kurkkleurige zeil.

'Ik moet poepen,' zegt Jussi, en hij laat de riem los. 'Blijf in het voorportaal wachten als je terugkomt.'

Jussi wrijft over zijn buik, verdwijnt puffend naar de wc en doet de deur achter zich op slot. Benjamin kijkt achterom, ziet de brede rug van Annbritt door de spleet van de deur en hoort Marek praten over Griekse pizza.

Aan een haak in de gang hangt Lydia's mosgroene donzen jack. Benjamin doorzoekt haar zakken, vindt de sleutels van het huis, een goudkleurige portemonnee en zijn eigen mobiele telefoon. Zijn hart begint sneller te kloppen als hij ziet dat de batterij van de telefoon vol genoeg is voor minstens één gesprek. Hij sluipt door de zelfsluitende deur naar het voorportaal, langs de deur van de voorraadkast de verdovende kou in. De ontvangst is slecht. Hij loopt blootsvoets een stukje de geveegde sneeuwgang in die naar de houtopslag leidt. Het is pikdonker. Hij vermoedt de ronde sneeuwformaties van de oude bussen en auto's op het erf. Zijn handen zijn verstijfd en bibberen van de kou. Het eerste nummer dat hij tegenkomt, is Simones mobiele nummer. Hij belt het en drukt bevend de telefoon tegen zijn oor. Hij hoort de eerste krakende signalen overgaan als de deur van het huis opengaat. Het is Jussi. Ze kijken elkaar aan. Benjamin komt niet op het idee om de telefoon te verbergen. Hij zou misschien moeten wegrennen, maar weet niet waarheen. Jussi komt met grote stappen op hem af. Zijn gezicht is bleek en opgejaagd.

'Ben je klaar?' vraagt hij met luide stem.

Jussi loopt naar Benjamin toe, kijkt hem in de ogen, het is een overeenkomst, hij pakt de telefoon van hem af en loopt verder in de richting van de houtschuur, net op het moment dat Lydia naar buiten komt.

'Waar zijn jullie mee bezig?' vraagt ze.

'Ik ga nog een paar blokken halen,' roept Jussi, en hij verstopt de telefoon onder zijn jack.

'Ik ben klaar,' zegt Benjamin.

Lydia staat nog steeds bij de deur en laat Benjamin binnen.

Zo gauw Jussi in de houtschuur komt, kijkt hij op de telefoon en ziet dat er 'mama' op het lichtblauwe display staat. Ondanks de kou ruikt het er naar hout en hars. In de schuur is bijna geen hand voor ogen te zien. Het enige licht is afkomstig van de telefoon. Jussi drukt het toestel tegen zijn oor en hoort op dat moment dat er iemand opneemt.

'Hallo,' zegt een man. 'Hallo?'

'Erik?' vraagt Jussi.

'Nee, ik ben…'

'Je spreekt met Jussi. Kun je een bericht aan Erik doorgeven? Het is belangrijk. We zijn in Lapland, bij mij thuis, Lydia en Marek en ik, en…'

Jussi wordt onderbroken doordat degene die de telefoon heeft opgenomen het opeens uitschreeuwt. Hij hoort gebonk en gekraak. Er hoest iemand, een vrouw huilt jammerend, en dan wordt het stil. De verbinding is verbroken. Jussi kijkt naar de telefoon, bedenkt dat hij iemand anders moet proberen en begint tussen de nummers te bladeren, als de batterij er ineens mee ophoudt. De telefoon valt uit op het moment dat de deur van de houtschuur wordt opengerukt en Lydia naar binnen kijkt.

'Ik zag je aura door de kieren in de deur. Hij was helemaal blauw,' zegt ze.

Jussi verbergt de telefoon achter zijn rug, stopt hem in zijn zak en begint hout in de mand te laden.

'Ga naar binnen,' zegt Lydia. 'Dit doe ik.'

'Bedankt,' antwoordt hij, en hij gaat de schuur uit.

In de sneeuwgang op weg naar het huis ziet hij de ijskristallen op de sneeuw glinsteren in het licht van de ramen. Het kraakt droog onder zijn laarzen. Hij hoort iets of iemand zich achter hem schokkerig voortslepen, in combinatie met een hijgend, zuchtend geluid. Jussi kan nog net aan zijn hond denken, Castro. Hij herinnert zich de tijd dat Castro een pup was. Hoe hij onder de lichte verse sneeuw op muizen jaagde. Jussi glimlacht bij zichzelf wanneer hij door de klap op zijn achterhoofd vooroverstruikelt. Hij zou op zijn gezicht zijn gevallen als de bijl niet in zijn achterhoofd vastzat en hem terugtrok. Hij staat stil, met zijn armen slap langs zijn lichaam. Lydia wrikt de bijl los. Jussi voelt het bloed langs zijn nek en rug lopen. Hij valt op zijn knieën en rolt op zijn rug om weer op de been te komen. Zijn gezichtsveld krimpt snel, maar in zijn laatste bewuste seconden ziet hij Lydia de bijl boven hem opheffen.

# 52

## *Zondagochtend 20 december, de vierde adventszondag*

Benjamin zit ineengedoken tegen de muur achter de tv. Hij voelt zich griezelig draaierig en hij kan zijn blik maar moeilijk ergens op fixeren. Maar het ergste is de dorst. Hij heeft nog nooit in zijn leven zo veel dorst gehad. Zijn honger is onderdrukt – niet verdwenen, maar is aanwezig als een zeurende, vage pijn vanuit zijn darmen. Die wordt echter volkomen verdrongen door de dorst, de dorst en de pijn in zijn gewrichten. Het is net of die dorst hem verstikt, alsof zijn keel vol wonden zit. Hij kan bijna niet meer slikken, want er zit geen speeksel meer in zijn mond. Hij denkt aan de dagen op de vloer in dit huis. Lydia, Marek, Annbritt en hijzelf zitten alleen maar in de enige gemeubileerde kamer in het huis, zonder iets te doen.

Benjamin luistert naar de sneeuw die op het dak tikt. Hij denkt aan de manier waarop Lydia in zijn leven was gekomen. Op een dag was ze achter hem aan komen rennen toen hij van school naar huis liep.

'Je bent iets vergeten,' had ze geroepen, en ze had hem zijn muts gegeven.

Hij was blijven staan en had haar bedankt. Toen had ze hem met een vreemde blik aangekeken en vervolgens gezegd: 'Jij bent Benjamin, toch?'

Hij had haar gevraagd hoe ze zijn naam wist. Toen had ze hem over zijn haar geaaid en gezegd dat zij hem op de wereld had gezet.

'Maar je doopnaam is Kasper,' had ze gezegd. 'Ik zal je Kasper noemen.'

En toen had ze hem een lichtblauw gebreid babypakje gegeven. 'Dat heb ik voor je gemaakt toen je in mijn buik zat,' had ze gefluisterd.

Hij had gezegd dat hij Benjamin Peter Bark heette en dat hij haar kind niet kon zijn. Het was nogal triest geweest en hij had geprobeerd om rustig en vriendelijk met haar te praten. Ze had glimlachend geluisterd en daarna alleen maar melancholiek haar hoofd geschud.

'Vraag het je ouders maar,' had ze gezegd. 'Vraag hun of je hun echte kind bent. Je kunt het hun vragen, maar ze zullen de waarheid niet vertellen. Ze konden geen kinderen krijgen. Je zult merken dat ze liegen. Dat doen ze omdat ze bang zijn dat ze jou zullen verliezen. Je bent niet hun echte kind. Ik kan je vertellen over je echte achtergrond. Je bent van mij. Dat is de waarheid. Zie je niet dat we op elkaar lijken? Mensen hebben mij gedwongen je af te staan.'

'Maar ik ben niet geadopteerd,' had hij gezegd.

'Ik wist het wel... Ik wist wel dat ze je het niet hadden verteld,' had ze gezegd.

Hij had nagedacht en opeens beseft dat wat ze zei, best waar kon zijn.

Lydia had hem glimlachend aangekeken.

'Ik kan het niet bewijzen,' had ze weer gezegd. 'Je moet op je eigen gevoel afgaan, je moet het zelf voelen. Dan zul je merken dat het waar is.'

Ze waren uit elkaar gegaan, maar hij had haar de volgende dag alweer teruggezien. Ze waren samen naar een lunchroom gegaan en daar hadden ze lang zitten praten. Ze had verteld dat ze was gedwongen hem af te staan, maar dat ze hem nooit was vergeten. Ze had elke dag sinds hij was geboren en haar was afgenomen aan hem gedacht. Ze had elke minuut van haar leven naar hem verlangd.

Benjamin had alles aan Aida verteld en ze hadden afgesproken dat Erik en Simone er niets van mochten weten voordat hij erover had nagedacht. Hij wilde Lydia eerst leren kennen, wilde eerst bedenken of het waar zou kunnen zijn. Lydia bleef met hem in contact via de e-mail van Aida. Ze had haar e-mailadres gekregen en hem de foto van het familiegraf gestuurd.

'Ik wil dat je weet wie je bent,' had ze gezegd. 'Hier rust jouw familie, Kasper. Op een dag zullen we er samen heen gaan, alleen jij en ik.'

Benjamin was haar bijna gaan geloven. Hij wilde haar geloven, want ze was spannend. Het was een vreemde gewaarwording dat er met zo veel verlangen naar hem was uitgekeken en dat hij zo geliefd was. Ze had hem dingen gegeven, kleine herinneringen aan haar eigen jeugd: geld, boeken en een camera, en hij had haar tekeningen gegeven, dingen die hij als kind had gespaard. Ze had er zelfs voor gezorgd dat die Wailord hem niet meer lastigviel. Op een dag had ze hem domweg een papier overhandigd, geschreven door Wailord, waarin hij beloofde dat hij nooit meer in de buurt van Benjamin en zijn vrienden zou komen. Dat zouden zijn ouders nooit voor elkaar hebben gekregen. Hij was steeds meer gaan denken dat zijn ouders – degenen in wie hij zijn hele leven had geloofd – leugenaars waren. Hij had zich eraan geërgerd dat ze nooit met hem praatten, nooit echt toonden wat hij voor hen betekende.

Hij was zo ontzettend dom geweest.

Toen was Lydia erover begonnen dat ze bij hem thuis wilde komen, om bij hem te zijn. Ze had zijn sleutels willen hebben. Hij had niet helemaal begrepen waarom. Hij had gezegd dat hij haar kon binnenlaten als ze aanbelde. Toen was ze boos geworden. Ze had gezegd dat ze hem zou moeten straffen als hij niet gehoorzaamde. Hij was stomverbaasd geweest, dat weet hij nog wel. Ze had gezegd dat ze, toen hij nog klein was, zijn adoptie-ouders al een strafwerktuig, een plak, had gegeven als teken dat ze verwachtte dat ze hem goed zouden opvoeden. Daarna had ze gewoon zijn sleutels uit zijn rugzak gevist en gezegd dat ze zelf wel uitmaakte wanneer ze haar kind zou komen opzoeken.

Op dat moment was hij gaan begrijpen dat ze niet helemaal normaal was.

Toen ze hem de volgende dag had staan opwachten, was hij naar haar toe gegaan en had zo rustig mogelijk gezegd dat hij zijn sleutels terug wilde en dat hij haar nooit meer wilde zien.

'Maar Kasper,' had ze gezegd, 'natuurlijk krijg jij je sleutels terug.'

Ze had ze hem gegeven. Hij was weggelopen en ze was achter hem aan gekomen. Hij was blijven staan en had gevraagd of ze niet had begrepen dat hij niets meer met haar te maken wilde hebben.

Benjamin kijkt omlaag naar zijn lichaam. Hij ziet dat er een grote blauwe plek op zijn knie is ontstaan. Als mama dat had gezien, zou ze hysterisch zijn geworden, denkt hij.

Marek staat zoals gewoonlijk voor het raam naar buiten te kijken. Hij haalt zijn neus op en spuugt op het raam in de richting van het lichaam van Jussi, dat buiten in de sneeuw ligt. Annbritt zit in elkaar gedoken aan tafel. Ze probeert niet te huilen; ze slikt, schraapt haar keel en hikt. Toen ze naar buiten was gekomen en had gezien dat Lydia Jussi om het leven bracht, had ze net zo lang geschreeuwd tot Marek het geweer op haar had gericht en had gezegd dat hij haar zou neerknallen als ze nog één kik zou geven.

Lydia is in geen velden of wegen te bekennen. Benjamin komt overeind, gaat zitten en zegt met zijn hese stem: 'Marek, er is iets wat je moet weten…'

Marek kijkt Benjamin met ogen als zwarte peperkorreltjes aan, gaat vervolgens op de grond liggen en begint opdrukoefeningen te doen.

'Wat moet je, sukkel?' vraagt hij steunend.

Benjamin slikt met zijn zere keel.

'Jussi vertelde me dat Lydia van plan is jou dood te maken,' liegt hij. 'Ze zou eerst hém pakken, daarna Annbritt en dan jou.'

Marek gaat door met zijn opdrukoefeningen en komt daarna zuchtend overeind.

'Wat ben je toch een grappenmaker.'

'Dat zei hij,' zegt Benjamin. 'Ze wil alleen míj. Ze wil alleen met mij zijn. Echt waar.'

'Natuurlijk,' zegt Marek.

'Ja, Jussi zei dat ze had verteld wat ze zou doen, dat ze met hem zou beginnen en nu is hij…'

'Hou je bek!' snauwt Marek.

'Dus jij gaat gewoon op je beurt zitten wachten?' vraagt Benjamin. 'Ze geeft geen zier om jou. Ze vindt dat wij een betere familie zijn, zij en ik.'

'Heeft Jussi echt gezegd dat Lydia me gaat vermoorden?' vraagt hij.

'Ik zweer het, ze zal…'

Marek lacht luidkeels en Benjamin zwijgt.

'Ik heb alles al gehoord wat mensen kunnen zeggen om hun pijn te verzachten,' zegt hij grijnzend. 'Alle beloften en alle schijnbewegingen, alle afspraken en trucs.'

Marek keert zich onverschillig om naar het raam. Benjamin zucht en probeert iets anders te verzinnen wat hij kan zeggen als Lydia binnenkomt. Haar smalle mond is gespannen. Ze is bleek en houdt iets achter haar rug.

'Er is alweer een week verstreken. Het is weer zondag,' verklaart ze plechtig en ze sluit haar ogen.

'De vierde advent,' fluistert Annbritt.

'Ik wil dat we ons allemaal ontspannen en nadenken over de afgelopen week,' zegt ze langzaam. 'Jussi heeft ons drie dagen geleden verlaten. Hij behoort niet meer tot de levenden, zijn ziel reist in een van de zeven hemelwielen. Hij zal voor zijn verraad door zijn toekomstige incarnaties worden gestraft en in stukken worden gescheurd. Hij zal worden herboren als slachtdier en als insect.'

Ze zwijgt.

'Hebben jullie nagedacht?' vraagt ze na een tijdje.

Iedereen knikt en Lydia lacht tevreden.

'Kasper, kom eens hier,' zegt ze zachtjes.

Benjamin probeert op te staan. Hij doet zijn best om niet te grimassen van de pijn, maar toch vraagt Lydia: 'Je trekt toch geen gekke bekken naar mij, hè?'

'Nee,' fluistert hij.

'Wij zijn een familie die elkaar respecteert.'

'Ja,' antwoordt hij met tranen in zijn stem.

Lydia glimlacht en haalt het voorwerp tevoorschijn dat ze achter haar rug verstopt had. Het is een schaar, een grove kleermakersschaar met brede bladen.

'Dan is het geen probleem voor jou om je bestraffing in ontvangst te nemen,' zegt ze rustig, en ze legt de schaar met een onbewogen gezicht op tafel.

'Ik ben nog maar een kind,' zegt Benjamin, zwaaiend op zijn benen.

'Sta stil!' buldert ze. 'Dat het nou nooit eens goed is, dat je het nou nooit, nóóit eens begrijpt! Ik doe alle mogelijke moeite, werk me kapot om te zorgen dat mijn familie het goed heeft. Dat we schoon en heel zijn. Ik wil alleen maar dat we het goed hebben.'

Met zijn gezicht naar de grond gewend huilt Benjamin – zware, hese snikken.

'Zijn we geen familie? Zijn we niet één?'

'Ja,' snikt hij. 'Ja, we zijn één.'

'Waarom gedraag je je dan zo? Je sluipt achter onze ruggen, verraadt ons en houdt ons voor de gek, besteelt ons, roddelt over ons en verpest alles… Waarom doe je zo tegen mij? Je neus overal in steken, roddelen, ieders hielen likken?'

'Ik weet het niet,' fluistert Benjamin. 'Het spijt me.'

Lydia pakt de schaar. Ze ademt nu zwaar en haar gezicht is bezweet. Haar wangen en hals zitten onder de rode vlekken.

'Je krijgt straf zodat we dit achter ons kunnen laten,' zegt ze op zakelijke toon.

Ze kijkt van Annbritt naar Marek en weer terug.

'Annbritt,' zegt ze. 'Kom hier.'

Annbritt, die naar de muur heeft zitten staren, komt aarzelend dichterbij. Haar blik is gespannen en haar ogen schieten alle kanten op. De punt van haar smalle kin trilt.

'Knip zijn neus af,' zegt Lydia.

Annbritt wordt vuurrood. Ze kijkt Lydia aan, kijkt vervolgens naar Benjamin. Daarna schudt ze haar hoofd.

Lydia slaat haar hard op haar wang. Ze pakt Annbritt bij haar stevige bovenarm en duwt haar naar Benjamin toe.

'Kasper heeft zijn neus ergens in gestoken en jij gaat zorgen dat hij dat nooit meer kan doen.'

Annbritt wrijft afwezig over haar wang en pakt daarna de schaar. Marek komt naar hen toe, neemt Benjamins hoofd in een stevige houdgreep en keert diens gezicht naar Annbritt. De schaar glimt metaalachtig en hij ziet het nerveuze gezicht van de vrouw, de tics rond haar ogen en mond, haar handen die beginnen te trillen.

'Komt er nog wat van?' buldert Lydia.

Annbritt staat met de opgeheven schaar voor Benjamin en huilt openlijk.

'Ik heb hemofilie,' piept Benjamin. 'Ik ga dood als je dat doet. Ik heb hemofilie!'

Annbritts handen trillen als ze de schaar in de lucht voor hem dichtklapt en hem op de grond laat vallen.

'Ik kan het niet,' snikt ze. 'Dat gaat niet... Ik krijg pijn in mijn handen van die schaar, ik kan hem niet vasthouden.'

'Wij zijn een familie,' zegt Lydia streng en vermoeid, terwijl ze zich moeizaam vooroverbuigt en de schaar oppakt.

'Je gehoorzaamt en respecteert mij – hoor je dat!'

'Hij doet pijn aan mijn handen, dat zeg ik toch! Die schaar is te groot voor...'

'Hou je mond!' kapt Lydia haar af, en ze slaat haar met de ogen van de schaar hard op haar mond. Annbritt kermt, doet een stap opzij, zoekt onzeker steun bij de muur en drukt haar hand tegen haar bebloede lippen.

'De zondagen zijn voor tucht,' zegt Lydia hijgend.

'Ik wil niet,' smeekt ze. 'Alsjeblieft... ik wil niet.'

'Kom nu,' zegt Lydia ongeduldig.

Annbritt schudt alleen maar haar hoofd en fluistert iets.

'Wat zei je? Zei je "kut" tegen mij?'

'Nee, nee,' huilt ze, en ze steekt haar hand uit. 'Ik zal het doen,' snikt ze dan. 'Ik zal zijn neus afknippen. Ik zal jullie helpen. Het doet geen pijn, het is zo voorbij.'

Lydia geeft haar voldaan de schaar. Annbritt loopt naar Benjamin toe, geeft hem een klopje op zijn hoofd en fluistert snel: 'Niet bang zijn. Schiet op, loop zo snel weg als je kunt.'

Benjamin kijkt haar vragend aan en probeert haar bange blik en trillende mond te doorgronden. Annbritt brengt de schaar omhoog, maar keert zich naar Lydia en steekt haar zonder echte kracht. Benjamin ziet Lydia zich verweren tegen de aanval, ziet Marek haar stevige pols vangen, haar arm strekken en die bij de schouder breken en uit de kom trekken. Annbritt schreeuwt het uit van de pijn. Benjamin is de kamer al uit als Lydia de schaar van de grond oppakt, naar Annbritt toe loopt en schrijlings over haar borst gaat zitten. Annbritt schudt haar hoofd heen en weer om te ontkomen.

Wanneer Benjamin via het koude voorportaal in de bijtende kou op de trap naar buiten komt, hoort hij het geschreeuw en gehoest van Annbritt.

Lydia veegt het bloed van haar wang en kijkt om zich heen waar de jongen is gebleven.

Benjamin loopt snel de sneeuwgang in.

Marek haalt het jachtgeweer van de muur, maar Lydia houdt hem tegen.

'Dit is goed voor hem,' zegt ze. 'Kasper heeft geen schoenen aan en draagt alleen zijn pyjama. Hij komt wel terug bij mama als hij het koud krijgt.'

'En anders gaat hij dood,' zegt Marek.

Benjamin eet sneeuw en maakt zich niet druk om de pijn als hij tussen de rijen voertuigen door rent. Hij glijdt uit, maar komt weer overeind, rent een stukje en voelt zijn voeten niet meer. Marek roept hem iets achterna vanuit het huis. Benjamin weet dat hij niet voor hem weg kan rennen; hij is te klein en te zwak. Hij kan zich het best in het donker verstoppen en daarna, als de rust is weergekeerd, de weg zoeken naar het meer. Misschien is er daar wel een sportvisser met zijn krukje en zijn boor aan het ijsvissen. Jussi had verteld dat Djuptjärnen pas een week geleden was dichtgevroren, de winter was zacht begonnen.

Benjamin moet blijven staan. Hij luistert naar voetstappen, rust met zijn hand op een roestige pick-up, kijkt omhoog naar de zwarte bosrand en loopt daarna rechtdoor. Hij houdt dit niet lang meer vol, want zijn hele lichaam brandt van de pijn en de kou. Hij struikelt en kruipt onder het stijve zeil dat over een tractor heen hangt, kruipt verder door het ijzige gras eronder, onder de volgende auto door, en komt daarna overeind. Hij begrijpt dat hij tussen twee bussen in staat. Op de tast loopt hij verder. Bij een van de bussen staat een raam open. Hij slaagt erin op het grote wiel te klauteren en zich door de opening naar binnen te wurmen. Hij zoekt zich een weg in het donker en op een van de zitplaatsen vindt hij diverse oude kleden, waar hij zich in wikkelt.

# 53

## *Zondagochtend 20 december, de vierde adventszondag*

Het roodgeschilderde gebouw van het vliegveld van Vilhelmina ligt er desolaat bij in het uitgestrekte witte landschap. Het is pas tien uur in de ochtend, maar de duisternis van de schemering is compact deze zondag, de vierde advent. De betonnen landingsbaan wordt verlicht door grote schijnwerpers. Na een vlucht van anderhalf uur rollen ze nu langzaam in de richting van de terminal.

In de aankomsthal is het warm en verbazingwekkend aangenaam. Door de luidsprekers klinkt kerstmuziek en vanuit een zaakje dat een combinatie lijkt van een krantenkiosk, een informatiebalie en een cafetaria stroomt de geur van koffie. Voor de winkel hangen brede rijen met zogenaamd Samisch handwerk: broodmesjes, Lapland-mokken en ransels van gevlochten berkenbast. Simone staart leeg naar een paar Samische mutsen op een rek. Ze voelt even een steek van weemoed dat deze oeroude jagerscultuur heeft moeten herleven in de vorm van kleurrijke mutsen met rode kwasten voor hebberige toeristen. De tijd heeft het sjamanisme van de Samen verdrongen; mensen hangen de magische drum, de *meavrresgárri*, thuis boven de bank aan de muur en de rendierhouderij dreigt een toeristische attractie te worden.

Joona haalt zijn telefoon tevoorschijn en toetst een nummer in, terwijl Erik op een taxibus wijst die bij de verlaten uitgang staat te wachten. Joona schudt zijn hoofd en begint met stijgende irritatie met iemand te praten. Erik en Simone horen aan de andere kant een blikkerig gebrom. Wanneer hij zijn telefoon inklapt, heeft zijn gezicht een gesloten uitdrukking. Zijn ijzig glanzende ogen staan ernstig en gespannen.

'Wat is er?' vraagt Erik.

Joona probeert door het raam naar buiten te kijken.

'De politiemensen die naar het huis zijn vertrokken, hebben nog niets van zich laten horen,' zegt hij verstrooid.

'Dat klinkt niet best,' zegt Erik zacht.

'Ik moet met het politiebureau praten.'

Simone probeert Erik mee te trekken.

'Daar kunnen we toch niet op wachten?'

'Dat doen we ook niet,' antwoordt Joona. 'We krijgen een auto – die had hier al moeten zijn.'

'Jeetje,' verzucht Simone. 'Het duurt allemaal zo ontzettend lang.'

'De afstanden hier in het noorden zijn anders,' zegt Joona met een scherpe blik in zijn ogen.

Simone haalt haar schouders op. Ze lopen naar de uitgang, en als ze door de deuren naar buiten lopen, slaat een andersoortige, droge kou hun tegemoet.

Opeens stoppen er twee donkerblauwe auto's voor hen en twee mannen in knalgele uniformen van de bergreddingsbrigade stappen uit.

'Joona Linna?' vraagt een van hen.

Joona knikt.

'Wij moesten een auto voor u afleveren.'

'De bergreddingsbrigade?' vraagt Erik onthutst. 'Waar is de politie?'

De ene man rekt zich uit en merkt op: 'Er is hier in het noorden niet altijd zo'n groot verschil. De politie, de douane, de bergreddingsbrigade – we werken samen zoals het uitkomt.'

De andere man doet ook een duit in het zakje: 'We hebben weinig mensen, nu met de kerst en zo...'

Ze blijven zwijgend staan. Erik kijkt inmiddels wanhopig. Hij doet zijn mond al open om iets te zeggen, maar Joona is hem voor.

'Hebben jullie iets gehoord van de patrouille die naar het huis is gegaan?' vraagt hij.

'Niet sinds zeven uur vanochtend,' antwoordt de ene man.

'Hoe lang duurt het om daar te komen?'

'Nou, je moet wel rekenen op zo'n twee uur als je naar Sutme moet.'

'Tweeëenhalf,' voegt de andere eraan toe. 'Met al die sneeuw.'

'Welke auto is voor ons?' vraagt Joona ongeduldig, en hij loopt weg in de richting van een van de auto's.

'Tja, geen idee,' antwoordt de ene man.

'Geef ons maar de auto met de meeste benzine erin,' zegt Joona.

'Moet ik de benzinemeter checken?' vraagt Erik.

'In de mijne zit zevenenveertig liter,' zegt de ene man snel.

'Dan heb jij tien liter meer dan ik.'

'Mooi,' zegt Joona, terwijl hij het portier opendoet.

Ze gaan in de voorverwarmde auto zitten. Joona neemt de sleutels van de man in ontvangst en vraagt Erik vervolgens de coördinaten op de gloednieuwe gps-ontvanger in te toetsen.

'Wacht!' roept Joona de mannen na, die op weg zijn naar de andere auto.

Ze blijven staan.

'De patrouille die vanochtend naar het huis is vertrokken, waren dat ook mensen van de bergreddingsbrigade?'

'Ja, allemaal.'

Ze rijden in noordwestelijke richting langs het Volgsjö op weg naar het Brännbäcks-gebied en daarna, maar een paar kilometer verder, komen ze op de E45. Ze rijden tien kilometer over een rechte weg naar het westen en komen daarna op de bochtige weg die hen ruim tachtig kilometer verder zal leiden. Het is een slingerend stuk ten zuiden van het bergmassief Klimpfjäll in de richting van het natuurreservaat Daimadalen.

Ze rijden in stilte. Als ze Vilhelmina ver achter zich hebben gelaten en op de weg naar Sutme zijn gekomen, merken ze dat de hemel om hen heen lichter lijkt te worden. Een opmerkelijk en zacht schijnsel zorgt voor beter zicht. Ze kunnen de contouren van de bergen en de meren om hen heen vermoeden.

'Kijk,' zegt Erik. 'Het wordt licht.'

'Dat wordt het hier in weken niet,' antwoordt Simone.

'De sneeuw vangt het licht op dat door de wolken komt,' zegt Joona.

Simone leunt met haar voorhoofd tegen de ruit. Ze rijden door besneeuwde bossen, die worden afgewisseld door gigantische witte gebieden met kaalslag, donkere moerassen en meren die net grote weilanden lijken. Ze passeren borden met namen als Jetneme, Trollklinten en de uitgestrekte rivier Långseleå. In het donker bevroeden ze een wonderschoon meer dat volgens het bordje Mevattnet heet, met steile oevers, kaal en stijf bevroren, donker glinsterend in het sneeuwlicht.

Na een rit van bijna anderhalf uur, nu eens recht in noordelijke richting, dan weer naar het westen, wordt de weg smaller; hij helt bijna omlaag in het gigantische Borgasjö. Ze bevinden zich nu in de gemeente Dorotea en naderen de Noorse grens, en hoge, puntige bergen torenen hoog boven hen uit. Plotseling komt hun een auto tegemoet rijden. Hij knippert met zijn koplampen. Ze dimmen hun groot licht, rijden naar de kant van de weg en stoppen. Ze zien dat de andere auto ook blijft staan en een stukje terugrijdt, naar hen toe.

'De bergreddingsbrigade,' zegt Joona droog als ze zien dat het net zo'n auto is als die van hen.

Joona doet het raampje omlaag en een ijskoude, sissende lucht zuigt de warmte uit de auto.

'Zijn jullie die Stockholmers?' roept een van de mannen in de auto met een sterk Fins accent.

'Ja, dat klopt,' antwoordt Joona in het Fins. 'Die stadse lui.'

Ze lachen kort en daarna gaat Joona verder in het Zweeds:

'Zijn jullie degenen die naar het huis zijn geweest? Ze konden jullie niet te pakken krijgen.'

'Radioschaduw,' zegt de man. 'Maar het was zonde van de benzine. Er is daar helemaal niets.'

'Niets? Geen sporen rond het huis?'

De man schudt zijn hoofd.

'We hebben de sneeuwlagen geïnspecteerd.'

'Pardon?' zegt Erik.

'Het heeft vijf keer gesneeuwd sinds de 12de, dus we hebben in vijf sneeuwlagen naar sporen gezocht.'

'Goed werk,' zegt Joona.

'Daarom duurde het zo lang.'

'Maar er is daar niemand geweest?' vraagt Simone.

De man schudt zijn hoofd.

'Niets sinds de 12de, zoals gezegd.'

'Shit,' zegt Joona zachtjes.

'Gaan jullie mee terug?' vraagt de man.

Joona schudt zijn hoofd.

'Nee, we zijn helemaal uit Stockholm gekomen, dus we draaien nu niet om.'

De man haalt zijn schouders op.

'Tja, jullie moeten doen wat jullie willen.'

Ze zwaaien en verdwijnen in oostelijke richting.

'Radioschaduw,' fluistert Simone. 'Maar Jussi belde toch…'

Ze rijden zwijgend verder. Simone denkt hetzelfde als de anderen: dat deze reis een fatale vergissing kan zijn, dat ze misschien in tegenovergestelde richting zijn gelokt, naar een kristallen wereld van sneeuw en ijs, naar moerassen en duisternis, terwijl Benjamin heel ergens anders is, zonder bescherming, zonder stollingspreparaat. Misschien leeft hij niet eens meer.

Het is midden op de dag, maar zo ver naar het noorden, diep in de bossen van de provincie Västerbotten, is de dag in deze tijd van het jaar net nacht. Het is een ondoordringbare nacht zonder enig sprankje licht. Een nacht die zo machtig en streng is dat hij erin slaagt de schemering van december tot januari bijna te verdringen.

Ze komen bij het huis van Jussi. De duisternis is compact en zwaar. De lucht is ijzig, roerloos en broos. Ze lopen het laatste stukje over de harde ijslaag op de sneeuw. Joona trekt zijn wapen en bedenkt dat het lang geleden is dat hij echte sneeuw heeft gezien en het droge gevoel van strenge kou in zijn neus heeft gevoeld.

Er liggen drie kleine huizen in een U-vorm tegen elkaar. De sneeuw heeft een weelderige dakbedekking aangebracht en sneeuwduinen tegen de muren geblazen, helemaal tot aan de kleine ramen. Erik kijkt om zich heen. De parallelle wielsporen van de auto van de bergreddingsbrigade zijn duidelijk zichtbaar, evenals de voetsporen van de mannen rond de gebouwen.

'O, mijn god,' fluistert Simone, en ze wil naar de gebouwen rennen.

'Wacht!' zegt Joona.

'Er is hier niemand. Het is verlaten, we zijn…'

'Het ziet er verlaten uit,' onderbreekt Joona haar. 'Dat is het enige wat we weten.'

Simone wacht huiverend terwijl Joona over de knerpende sneeuw naar de huizen loopt. Hij blijft bij een van de kleine horizontale ramen staan, buigt zich voorover en ontwaart een houten kist en een paar vloerkleden op de grond. De stoelen staan omgekeerd op de eettafel en de deur van de lege, donkere koelkast staat open.

Simone kijkt naar Erik, die zich opeens wonderlijk begint te gedragen. Hij loopt met abrupte bewegingen door de sneeuw, veegt over zijn lippen, gaat midden op het erf staan en kijkt diverse malen om zich heen. Ze wil net vragen wat er is, als hij luid en duidelijk verklaart: 'Dit is het niet.'

'Nee, er is hier niemand,' antwoordt Joona vermoeid.

'Ik bedoel…' zegt Erik met een vreemde, bijna schelle toon in zijn stem. 'Ik bedoel: dit is het spookslot niet.'

'Wat zeg je nou?'

'Het is het verkeerde huis. Het spookslot van Jussi is lichtgroen. Ik heb het hem horen beschrijven. Er is een voorraadkast in de hal, een plaatijzeren dak met roestige spijkers, een schotelantenne vlak tegen de nok aan, en het erf staat vol oude auto's, bussen en tractoren…'

Joona spreidt zijn handen en antwoordt: 'Dit is zijn adres. Hier staat hij ingeschreven.'

'Maar het is de verkeerde plek.'

Erik doet weer een paar stappen in de richting van het huis. Daarna kijkt hij Simone en Joona ernstig aan en houdt koppig vol: 'Dit is niet het spookslot.'

Joona vloekt en pakt zijn mobiele telefoon, maar vloekt nog harder als hij bedenkt dat ze zich in radioschaduw bevinden.

'Ik denk niet dat we hier in de buurt iemand tegen zullen komen, dus we moeten maar rijden tot we weer signaal krijgen,' zegt hij, en hij gaat in de auto zitten. Ze rijden achteruit op de inrit en willen net de landweg weer op rijden als Simone een donkere gedaante tussen de bomen ontwaart. Hij staat doodstil met zijn armen naast zijn lichaam naar hen te kijken.

'Daar!' roept ze. 'Daar verderop staat iemand.'

De bosrand aan de overkant van de weg is compact en donker. De sneeuw ligt samengeperst tussen de stammen en de bomen zijn zwaar en overbelast. Ze stapt uit, hoort Joona naar haar roepen dat ze moet wachten. Het groot licht weerkaatst in de ramen van het huis. Simone probeert iets te zien tussen de bomen. Erik weet haar in te halen.

'Ik zag iemand staan,' fluistert ze.

Joona stopt, trekt snel zijn wapen uit zijn jack uit en loopt achter hen aan. Simone snelt naar de bosrand. Ze ziet de man opnieuw tussen de bomen, iets verder weg.

'Hallo, wacht!' roept ze.

Ze doet een paar stappen, maar blijft staan als ze zijn blik vangt. Het is een oude man met een gegroefd en kalm gezicht. Hij is heel klein, en reikt amper tot haar borst, en hij is gekleed in een dikke, stijve anorak en een spijkerbroek. Hij heeft een mintgroene mobiele telefoon in zijn hand, die hij dichtklapt en in zijn zak stopt.

'Neem me niet kwalijk,' zegt Simone.

Hij geeft zacht antwoord, maar ze begrijpt niet wat hij zegt. Daarna slaat hij zijn ogen neer en mompelt nog iets. Erik en Joona komen voorzichtig dichterbij. Joona heeft zijn wapen inmiddels weer opgeborgen.

'Het klinkt alsof hij Fins praat,' zegt Simone.

'Wacht,' zegt Joona, en hij richt zich tot de man.

Erik hoort dat Joona zich voorstelt, ziet hem naar de auto wijzen en hoort hem vervolgens Jussi's naam noemen. Hij spreekt Fins, op een rustige en kalme manier. De oude man knikt even en haalt een pakje sigaretten tevoorschijn. Daarna speurt hij de lucht af, terwijl hij tegelijkertijd luistert. Hij schudt een sigaret uit het pakje, kijkt ernaar, vraagt iets aan Joona met een zachte en melodieus klokkende stem, krijgt een paar antwoordzinnen en schudt daarna spijtig zijn hoofd. Hij kijkt Erik en Simone vol medeleven aan. Wanneer hij hun een sigaret aanbiedt, heeft Erik voldoende tegenwoordigheid van geest om er een aan te pakken en de plastic aansteker met het plaatje van Betty Boop erop even te lenen. De Same scheurt de filter van zijn sigaret, brengt de sigaret naar zijn mond en steekt hem aan. Simone hoort hem iets omstandig aan Joona uitleggen. Hij breekt een takje van een boom en trekt een paar strepen in de sneeuw. Joona staat over de sneeuwkaart gebogen, wijst en vraagt. Hij haalt een blocnote uit zijn binnenzak en neemt de kaart over. Simone fluistert: 'Bedankt' als ze naar de auto terugkeren. De man keert zich om, wijst naar het bos en verdwijnt via een pad tussen de bomen.

Ze lopen snel terug naar de auto. De portieren hebben opengestaan en de stoelen zijn zo koud geworden dat het pijn doet aan hun ruggen en dijen.

Joona geeft Erik het papiertje waarop hij de aanwijzingen van de oude man heeft overgenomen.

'Hij sprak een vreemd Umesamisch, dus ik begreep niet alles. Hij had het over het terrein van de familie Kroik.'

'Maar kende hij Jussi?'

'Ja, als ik het goed heb begrepen, heeft Jussi ook een ander huis, een jachthut, die nog verder het bos in ligt. Er komt eerst een meer aan de linkerkant. We kunnen doorrijden tot een plek met drie grote stenen die zijn opgericht ter herinnering aan het oude zomerverblijf van de Samen. Daarna is de weg niet verder sneeuwvrij gemaakt. Van daaruit moeten we in noordelijke richting lopen tot we een oude caravan zien.'

Joona kijkt Simone en Erik met een ironische blik aan en voegt eraan toe: 'Hij zei dat als we door het ijs van Djuptjärnen zakken, we iets te ver zijn gelopen.'

Na veertig minuten minderen ze vaart en blijven staan voor de drie zusterstenen, die de gemeente Dorotea heeft laten uithakken en oprichten. De koplampen maken alles grijs en werpen schaduwen over het geheel. De stenen lichten een paar tellen op en verdwijnen dan weer in het donker.

Joona parkeert de auto langs de bosrand en merkt op dat hij

hem vermoedelijk zou moeten camoufleren – een paar takken, compleet met zijtakken, bladeren of naalden, zou moeten afsnijden – maar daar hebben ze geen tijd voor. Hij werpt een blik omhoog naar de sterrenhemel en zet er vervolgens stevig de pas in. De andere twee lopen achter hem aan. De harde ijslaag ligt als een zware, stijve plaat op de hoge, poreuze sneeuw. Ze lopen zo zacht als ze kunnen. De aanwijzingen van de oude baas kloppen: na een halve kilometer zien ze een verroeste caravan onder de sneeuw. Ze buigen af en zien dat de weg belopen is. Daarbeneden ligt een huis, omsloten door de sneeuw. Er komt rook uit de schoorsteen. In het licht van de ramen lijken de buitenmuren mintgroen.

Dit is het huis van Jussi, denkt Erik terwijl hij om zich heen kijkt. Dit is zijn spookslot.

Op het ruime erf ontwaren ze grote, donkere contouren. Het met sneeuw overdekte wagenpark vormt een wonderlijk labyrint.

Ze bewegen zich langzaam en met knerpende voetstappen in de richting van het huis. Ze lopen over de krappe paden tussen de opgestapelde sloopauto's, lijnbussen, combines, ploegen en scooters door, die allemaal zijn bedolven onder de sneeuw.

Opeens zien ze een gedaante die snel langs het raam in het huis loopt. Er gebeurt daar iets, de bewegingen zijn gehaast. Erik kan niet langer wachten en rent weg in de richting van het huis. Hij heeft maling aan de consequenties. Hij móet Benjamin vinden, en daarna mag alles wat hem betreft instorten. Simone rent hijgend achter hem aan. Ze komen dichterbij en blijven aan de rand van een sneeuwvrij gemaakte gang staan. Tegen het huis staan een sneeuwschep en een bootvormig sleetje van aluminium. Ze horen een verstikte kreet. Snel, spartelend gebons. Er kijkt iemand door het raam naar buiten. Er breekt een tak af in het bos. De deur naar de houtschuur slaat dicht. Simone ademt snel. Ze naderen het huis. Degene voor het raam is verdwenen. De wind suist door de boomtoppen. Dunne sneeuw stuift over de harde ijslaag op de sneeuw. Opeens wordt de deur opengegooid en worden ze verblind door licht. Iemand staat te schijnen met een sterke zaklamp. Ze knijpen hun ogen tot spleetjes en beschermen ze met hun handen om nog iets te kunnen zien.

'Benjamin?' roept Erik vragend.

Wanneer de lichtkegel afdaalt naar de grond, ziet hij Lydia voor hen staan, met een grote schaar in haar hand. Het licht van de zaklamp rust op een zittende gedaante in de sneeuw. Het is Jussi. Zijn gezicht is ijzig blauwgrijs en zijn ogen zijn gesloten. Er steekt een bijl in zijn borst en hij is overdekt met bevroren bloed. Simone staat zwijgend naast Erik en hij hoort aan haar korte, bange ademhaling dat zij het lijk ook heeft gezien. Op hetzelfde moment merkt hij dat Joona niet bij hen is. Hij moet een andere weg hebben genomen, denkt Erik. Hij zal Lydia van achteren besluipen als ik haar maar lang genoeg kan bezighouden.

'Lydia,' zegt Erik. 'Leuk om je weer te zien.'

Ze staat stil naar hen te kijken, zonder iets te zeggen. De schaar glimt in haar hand en wiegt losjes heen en weer. Het schijnsel van de lamp schittert op de grijze ondergrond van de gang.

'We zijn gekomen om Benjamin op te halen,' verklaart Erik rustig.

'Benjamin,' antwoordt Lydia. 'Wie is dat?'

'Dat is mijn kind,' zegt Simone half verstikt.

Erik probeert naar haar te gebaren dat ze zich stil moet houden. Misschien ziet ze het, want ze doet een stapje naar achteren en probeert haar ademhaling onder controle te krijgen.

'Een ander kind dan mijn eigen kind heb ik niet gezien,' zegt Lydia zachtjes.

'Lydia, luister naar me,' zegt Erik. 'Als wij Benjamin krijgen, gaan we weg en vergeten we dit. Ik beloof je dat ik nooit meer iemand zal hypnotiseren…'

'Maar ik heb hem niet gezien,' herhaalt Lydia, en ze kijkt naar de schaar. 'Alleen mijn Kasper en ik zijn hier…'

'Laat ons… Laat ons hem alleen zijn medicijn geven,' smeekt Erik, en hij merkt dat zijn stem is gaan trillen.

Lydia bevindt zich nu in een ideale positie, bedenkt hij koortsachtig: ze staat met haar rug naar het huis toe. Joona hoeft daar alleen maar omheen te lopen om haar van achteren te overmeesteren.

'Ik wil dat jullie nu vertrekken,' zegt ze kort.

Erik meent dat hij iemand ziet bewegen bij de rij voertuigen schuin achter het huis. Hij voelt even iets van opluchting. Maar opeens krijgt Lydia iets waakzaams in haar blik. Ze brengt de zaklamp omhoog en schijnt over de sneeuw in de richting van de houtschuur.

'Kasper heeft zijn medicijn nodig,' dringt Erik aan.

Lydia doet de lamp weer omlaag. Haar stem is stram en kil.

'Ik ben zijn moeder, ik weet heus wel wat hij nodig heeft,' zegt ze.

'Je hebt helemaal gelijk,' antwoordt Erik snel. 'Maar als je ons Kasper wat medicijn laat geven… dan kun jij hem opvoeden en hem terechtwijzen. Het is immers zondag en…'

Erik zwijgt onbedoeld als hij de gedaante achter het huis dichterbij ziet komen.

'Op zondag,' gaat hij verder, 'dan overdenk je toch altijd…'

Er komen twee personen om het huis heen lopen. Joona beweegt zich stram en onwillig in hun richting. Achter hem loopt Marek; hij port met een jachtgeweer in Joona's rug.

Lydia grijnst en stapt vanuit de sneeuwgang op de ijslaag.

'Schiet ze neer,' zegt ze kort, en ze knikt naar Simone. 'Zij eerst.'

'Er zitten maar twee patronen in het geweer,' antwoordt Marek.

'Doe wat je wilt, áls je het maar doet,' zegt ze.

'Marek,' zegt Erik, 'ik ben geschorst, ik had je willen helpen om…'

'Hou je bek,' onderbreekt hij Erik.

'Je begon te vertellen over wat er in het grote huis op het platteland in Zenica-Doboj was gebeurd.'

'Ik kan je laten zien wat er daar gebeurde,' zegt Marek, en hij kijkt Simone met glanzende kalme ogen aan.

'Doe het nou maar,' zucht Lydia ongeduldig.

'Ga liggen,' zegt Marek tegen Simone. 'En trek je spijkerbroek uit.'

Ze verroert zich niet. Marek richt het geweer op haar en ze deinst achteruit. Erik komt dichterbij en Marek richt snel op hem.

'Ik schiet hem in zijn buik,' zegt Marek. 'Dan mag hij toekijken als wij ons amuseren.'

'Doe het nou maar,' zegt Lydia.

'Wacht!' roept Simone, en ze begint haar broek los te maken.

Marek spuugt in de sneeuw en loopt naar haar toe. Hij lijkt niet precies te weten wat hij moet doen. Hij kijkt naar Erik en zwaait met het geweer in zijn richting. Simone kijkt hem niet aan. Hij richt het geweer op haar – richt de loop op haar hoofd en daarna op haar buik.

'Niet doen!' zegt Erik.

Marek laat het geweer weer zakken en komt naar Simone toe. Lydia loopt achteruit. Simone begint haar spijkerbroek en haar ondergoed uit te trekken.

'Hou het geweer vast,' zegt Marek zachtjes tegen Lydia.

Ze komt langzaam dichterbij, als ze tussen de met sneeuw bedekte voertuigen een gebrom horen. Dan een metaalachtig getik, diverse malen. Joona hoest. Het getik gaat door, en opeens weerklinkt er gebulder. Het is een motor die wordt aangezet, het scherpe geluid van werkende zuigers. Onder de ijslaag gaat een fel licht aan. De hele grond onder hen wordt stralend wit. De motor komt ronkend op toeren, de versnellingsbak kraakt en er komt een gigantische hoeveelheid sneeuw omhoog. Een oude lijnbus met een groot dekzeil vol sneeuw op het dak komt vanuit de hoge sneeuwwal aandenderen, breekt het ijs open en rijdt recht op hen af.

Wanneer Marek zijn blik op de bus richt, komt Joona pijlsnel naar voren. Hij pakt de loop van het geweer beet. Marek blijft het vasthouden, maar moet een stap naar voren doen. Joona slaat hem hard op zijn borst en probeert zijn benen onder hem vandaan te schoppen, maar Marek valt niet. Hij probeert in plaats daarvan het geweer rond te draaien. De kolf raakt Joona hoog op zijn hoofd en glijdt over zijn kruin. Marek heeft zulke koude vingers dat hij zijn greep om het wapen verliest. Het tolt door de lucht en belandt voor Lydia op de grond. Simone wil erheen rennen, maar Marek grijpt haar bij haar haar en trekt haar terug.

De bus is vast komen te zitten tegen een smalle spar; de motor dreunt. De uitlaatgassen en omgewoelde sneeuw hebben het voertuig in mist gehuld. De voorste deur van de bus gaat telkens met een sissend geluid open en dicht.

Het toerental neemt weer toe, de boom zwaait heen en weer en de sneeuw valt van de donkere takken. De bus blijft volhardend tegen de boom stoten en schraapt telkens, dof en metaalachtig, een stuk van de bast weg. De wielen draaien met rinkelende sneeuwkettingen rond.

'Benjamin!' schreeuwt Simone. 'Benjamin!'

Achter de voorruit van de rokende bus is het verwarde gezicht van Benjamin te zien. Er loopt bloed uit zijn neus. Lydia rent met het geweer van Marek naar de bus. Erik spurt erachteraan. Lydia werkt zich door de deur naar binnen en roept iets naar Benjamin; ze slaat met de kolf en duwt hem weg van de bestuurdersplaats. Erik haalt het net niet. De bus rolt naar achteren, draait scherp naar opzij en begint ratelend de heuvel af te rijden, in de richting van het meer. Erik schreeuwt naar Lydia dat ze moet stoppen en rent er in de wielsporen en de geul van opgebroken ijs achteraan.

Marek wil Simones haar maar niet loslaten. Ze gaat tekeer en probeert zijn greep open te breken. Joona glijdt snel naar opzij; hij brengt zijn schouder omlaag, draait met zijn lichaam, slaat met zijn gebalde vuist van onderaf en raakt Marek met veel kracht in zijn oksel. Mareks arm fladdert alsof hij is losgeraakt. Zijn greep op Simones haar verslapt en ze rukt zich los. Op dat moment ziet ze de grote schaar in de sneeuw liggen. Marek slaat met zijn andere hand, maar Joona houdt hem in toom en duwt met zijn volle lichaamsgewicht Mareks rechterelleboog schuin naar zijn hals, zodat zijn sleutelbeen met een doffe knak in tweeën breekt. Marek valt schreeuwend op de grond. Simone werpt zich op de schaar, maar Marek trapt haar in haar buik. Hij krijgt de schaar te pakken en zwaait hem met zijn ene nog goede arm in een wijde boog naar achteren. Simone slaakt een kreet en ziet het gezicht van Joona vertrekken wanneer de schaar zich in zijn rechterdijbeen boort. Het bloed spat omhoog op de sneeuw. Joona weet echter overeind te blijven staan; hij heeft de handboeien al in zijn hand en slaat Marek ermee boven zijn linkeroor. Het is een harde klap. Marek blijft doodstil zitten. Hij staart alleen maar vragend voor zich uit en probeert iets te zeggen. Er stroomt bloed uit zijn oor en neus.

Joona buigt zich hijgend over hem heen en slaat zijn slappe armen in de boeien.

Erik rent met raspende ademhaling in het donker achter de bus aan. Hij ziet de rode achterlichten vóór zich, en iets verder naar voren fladdert het bleke schijnsel van de koplampen over de bomen. Hij hoort een klap wanneer de ene zijspiegel afbreekt tegen een boom.

Erik bedenkt dat de kou zijn zoon beschermt. Door temperaturen onder het vriespunt gaat zijn lichaamstemperatuur een fractie omlaag, voldoende om Benjamins bloed dikker te maken en misschien voldoende om te zorgen dat hij het redt hoewel hij gewond is.

Het terrein achter het huis loopt schuin af. Erik struikelt, maar komt weer overeind. Bosjes en heuvels gaan schuil onder de sneeuw. De bus is een schaduw in de verte, een silhouet met een wazig schijnsel om zich heen.

Hij vraagt zich af of Lydia zal proberen langs het strand te rijden en dan om het meer heen naar de oude weg voor houttransporten. De bus remt af, maar hij ziet hem het ijs op draaien. Hij schreeuwt tegen haar dat ze moet stoppen.

Het uiteinde van een stuk touw dat achter de bus aan sleept, blijft tussen de planken van de steiger steken en rukt het zeil van het dak van de bus.

Erik nadert het zwemstrandje, waar het naar diesel ruikt. De bus is al twintig meter op het ijs.

Hij glijdt onder aan het talud uit, volkomen buiten adem, maar rent door.

Plotseling blijft de bus staan. Met een keel die is dichtgeschroefd door paniek ziet Erik hoe de rode achterlichten omhoog worden gericht, alsof iemand langzaam opkijkt.

Het ijs dreunt en kraakt enorm. Hij blijft bij de strandlijn staan en probeert iets te zien. Erik begrijpt dat het ijs is bezweken en dat de bus erdoor is gezakt. De wielen draaien naar achteren, maar maken het wak alleen maar groter.

Erik rukt de reddingsboei op de zwemsteiger naar zich toe en rent met hamerend hart het ijs op. Door de verlichting in de nog steeds drijvende bus doet het geheel denken aan een stolp van matglas. Hij hoort geplons. Zware ijsschotsen worden in stukken gebroken en draaien in het zwarte water rond.

Erik meent een wit gezicht in het kolkende water achter de bus te zien.

'Benjamin!' schreeuwt hij.

Er ontstaan boeggolven, die het ijs onder zijn voeten spekglad maken. Hij slaat snel de lijn die aan de reddingsboei vastzit om zijn middel en legt er een stevige knoop in om hem niet te verliezen. Dan gooit hij de reddingsboei van zich af, maar hij kan in het donkere water niemand meer zien. De motor, die voor in de bus zit, draait op volle toeren. Het rode schijnsel van de achterlichten verspreidt zich over de ijsbrij en de sneeuw.

De voorkant van de bus zinkt dieper weg, zodat alleen het dak nog zichtbaar is. De koplampen verdwijnen onder water. De motor is niet meer te horen. Het wordt bijna stil. Het ijs kraakt, het water borrelt zachtjes. Plotseling ziet Erik dat Benjamin en Lydia zich allebei in de bus bevinden. De bodem helt. Ze verplaatsen zich naar achteren. Benjamin klemt zich vast aan een stang. Het dak bij de bestuurdersplaats bevindt zich bijna op het niveau van het ijs. Erik haast zich naar het wak en springt op de bus. Onder hem schommelt het hele gevaarte vervaarlijk. Hij hoort Simone ver weg iets roepen; ze is inmiddels bij het strand aangekomen. Erik kruipt naar het dakraam, komt overeind en trapt het eruit. De glassplinters kletteren op de stoelen en de vloer. Het enige waar hij aan kan denken, is dat hij Benjamin de zinkende bus uit moet zien te krijgen. Hij klautert naar beneden, hangt aan zijn armen en slaagt erin zich met zijn voeten op de rugleuning van een zitplaats naar binnen te werken. Benjamin is verstijfd van schrik. Hij heeft alleen een pyjama aan. Er stroomt bloed uit zijn neus en uit een wondje op zijn wang.

'Papa,' fluistert hij.

Erik volgt zijn blik naar Lydia. Die staat helemaal achter in de bus, in het gangpad, met een gesloten uitdrukking op haar gezicht. Ze heeft het geweer vast, er zit bloed rond haar mond. De bestuurdersplaats ligt onder water. De bus zinkt nog verder en de bodem helt steeds meer. Er stroomt voortdurend water door de rubber lijsten van de middelste deuren naar binnen.

'We moeten de bus uit!' roept Erik.

Lydia schudt alleen maar langzaam haar hoofd.

'Benjamin,' zegt hij, terwijl hij Lydia blijft aankijken, 'klim boven op me en dan door het dakluik naar buiten.'

Benjamin geeft geen antwoord, maar doet wat Erik zegt. Hij komt op onvaste benen naar hem toe, klimt op een zitting en daarna op Eriks rug en schouders. Wanneer hij met zijn handen het open luik bereikt, brengt Lydia het geweer omhoog en schiet. Erik voelt geen pijn, alleen een schok tegen zijn schouder, die zo krachtig is dat hij omver wordt geworpen. Pas wanneer hij weer opstaat, voelt hij de pijn en het warme bloed dat uit de wond stroomt. Benjamin hangt aan het dakluik. Erik loopt gewoon naar hem toe en helpt hem met zijn nog functionerende arm omhoog, hoewel hij ziet dat Lydia het geweer opnieuw op hem richt. Benjamin is al op het dak als het volgende schot weerklinkt. Lydia mist. De kogel vliegt langs Eriks heup, door een groot raam naast hem, dat verbrijzelt. Er stroomt ijskoud water naar binnen. Alles gaat nu heel snel. Erik probeert het dakluik te bereiken, maar de bus kantelt en hij belandt onder water.

Door de shock van de kou verliest hij een paar tellen zijn bewustzijn. Hij spartelt in paniek met zijn benen, laat zich naar de oppervlakte drijven en vult zijn longen met lucht. De bus begint langzaam en metaalachtig krakend het zwarte water in te zinken. Hij kantelt. Erik krijgt een klap tegen zijn hoofd en bevindt zich weer onder water. Het dreunt in zijn oren en hij wordt omsloten door een onbegrijpelijke kou. Door het raam ziet hij de koplampen in de diepte van het bosmeer schijnen. Zijn hart bonkt in zijn borst. Zijn gezicht en zijn hoofd worden samengeperst. Het water is zo verdovend koud dat hij zich niet kan bewegen. Hij ziet Lydia onder water; hij ziet dat ze zich vasthoudt aan een stang, met haar rug tegen de achterbank van de bus geklemd. Hij ziet het open dakluik en het raam dat is weggeschoten. Hij weet dat de bus zinkt, weet dat hij eruit moet zwemmen, dat er haast bij is, dat hij moet vechten, maar zijn armen werken niet mee. Hij is bijna gewichtloos, maar heeft geen gevoel in zijn benen. Hij probeert zich te verplaatsen, maar kan zijn bewegingen niet op elkaar afgestemd krijgen.

Erik ziet nu dat hij is omgeven door een wolk van bloed uit de wond op zijn schouder.

Plotseling ontmoet hij Lydia's blik. Ze kijkt hem rustig in de ogen. Allebei hangen ze stil in het koude water elkaar aan te kijken.

Lydia's haar golft met de bewegingen van het water mee en er stromen luchtbelletjes uit haar neus; het is net een parelsnoer.

Erik moet ademhalen, want zijn keel wordt dichtgeknepen, maar hij verzet zich tegen de strijd van zijn longen om zuurstof binnen te halen. Zijn slapen bonken en er flitst een wit licht door zijn hoofd.

Zijn lichaamstemperatuur is zo laag dat hij dreigt het bewustzijn te verliezen. Hij hoort een schelle toon in zijn oren, luid en slingerend.

Erik denkt aan Simone, aan dat Benjamin het zal redden. Het voelt als een droom om zo vrijelijk rond te drijven in het ijzige water. Met een opmerkelijke helderheid ziet hij in dat dit het moment van zijn dood is en zijn maag krimpt ineen van angst.

Hij is alle besef van richting kwijt, alle besef van zijn eigen lichaam, van licht en donker. Het water voelt meteen warm aan, bijna heet. Hij bedenkt dat hij zo meteen zijn mond open moet doen en gewoon moet toegeven, het einde gewoon moet laten komen; dan zullen zijn longen zich met water vullen. Nieuwe, vreemde gedachten jagen door zijn hoofd als er plotseling iets gebeurt. Hij voelt dat het touw om zijn middel wordt aangetrokken. Hij was vergeten dat hij het lange touw, dat aan de reddingsboei vastzat, om zich heen had geknoopt. Nu is het ergens aan vast blijven zitten. Hij wordt zwaar naar opzij getrokken. Hij kan het niet tegenhouden, want hij heeft geen kracht meer. Zijn slappe lichaam wordt onverbiddelijk rond een paal getrokken en daarna schuin omhoog het dakluik door. Zijn achterhoofd bonkt ergens tegenaan, hij verliest een schoen en dan is hij buiten in het zwarte water. Hij wordt opgetild en ziet hoe de bus zonder hem naar de diepte zakt. Hij vermoedt dat Lydia in de stralende kooi geluidloos naar de bodem van het meer verdwijnt.

# 54

## *Donderdag 24 december*

Simone, Erik en Benjamin rijden een grauw Stockholm binnen, waar het inmiddels donker is. Er hangt regen in de lucht en de stad is gehuld in een bijna purperachtige nevel. In alle kerstbomen en aan alle balkons hangen snoeren met kleurige lampjes. Voor de ramen hangen kerststerren en in de etalages staan Kerstmannen tussen glinsterende kerstversiering.

De taxichauffeur die hen bij Hotel Birger Jarl afzet, draagt een kerstmuts. Hij zwaait somber naar hen via de achteruitkijkspiegel, en ze zien dat hij een plastic Kerstman op het taxibordje op het dak heeft gemonteerd.

Simone kijkt naar de lobby van het hotel en naar de ramen van het restaurant, die donker zijn, en merkt op dat het misschien gek is om in een hotel te gaan zitten als je maar tweehonderd meter van je huis bent.

'Maar ik ga echt onze flat niet meer in,' besluit ze.

'Uiteraard niet,' zegt Erik.

'Nooit meer.'

'Ik ook niet,' zegt Benjamin.

'Wat zullen we gaan doen?' vraagt Erik. 'Naar de film?'

'Ik heb trek,' zegt Benjamin zacht.

Erik was behoorlijk onderkoeld geweest toen de helikopter bij het ziekenhuis van Umeå was aangekomen. De schotwond was niet ernstig; de half ontmantelde kogel was dwars door zijn linkerschouderspier gegaan en had de buitenkant van het bot van zijn bovenarm maar oppervlakkig beschadigd. Na de operatie had hij een kamer gedeeld met Benjamin, die was opgenomen voor medicatie, behandeling en herstel van zijn vochtbalans omdat hij was uitgedroogd. Benjamin had geen ernstige bloedingen gehad en had zich snel hersteld. Al na een dag in het ziekenhuis was hij gaan zeuren dat hij naar huis wilde. Eerst wilden Erik en Simone daar niet aan. Ze wilden dat hij zou blijven ter observatie in verband met zijn ziekte, en ze wilden ook graag dat hij iemand zou zien die hem zou kunnen helpen om alles wat hij had meegemaakt te verwerken.

Psychologe Kerstin Bengtsson kwam gespannen over en leek niet helemaal te begrijpen aan welke gevaren Benjamin blootgesteld was geweest. Toen ze Erik en Simone ontmoette, nadat ze drie kwartier met Benjamin had gesproken, had ze kortaf beweerd dat de jongen het naar omstandigheden goed maakte, dat ze moesten afwachten en hem tijd moesten gunnen.

Erik en Simone vroegen zich af of de psychologe hen alleen had willen geruststellen, want zij begrepen ook wel dat Benjamin hulp nodig had. Ze zagen dat hij in zijn geheugen zocht – alsof hij al had besloten bepaalde zaken buiten beschouwing te laten. Ze vermoedden dat hij zich zou afsluiten voor alles wat er was gebeurd als hij alleen zou worden gelaten.

'Ik ken twee uitstekende psychologen,' zei Erik. 'Ik zal met ze gaan praten zo gauw we thuis zijn.'

'Mooi.'

'Hoe gaat het met jou?' vroeg Erik.

'Ik heb gehoord over een hypnotiseur, die...'

'Voor hem moet je oppassen.'

'Dat weet ik,' zei Simone glimlachend.

'Maar even serieus,' vervolgde hij. 'We zullen dit allemaal moeten verwerken.'

Ze knikte en haar blik werd dromerig.

'Arme Benjamin,' zei ze teder.

Erik ging weer in zijn bed naast Benjamin liggen en Simone nam plaats op de stoel tussen de twee bedden in. Ze keken naar hun zoon, die bleek en mager in bed lag. Ze keken naar zijn gezicht, net zo onverzadigbaar als toen hij net was geboren.

'Hoe is het met je?' had Erik voorzichtig gevraagd.

Benjamin had zijn gezicht afgewend en door het raam naar buiten gekeken. Het donker maakte het glas tot een vibrerend spiegelbeeld toen de wind tegen de ruit blies.

Toen Benjamin zich met hulp van Erik op het dak van de bus had gewerkt, had hij het tweede schot gehoord. Hij was uitgegleden en bijna in het water gevallen. Op dat moment had hij Simone aan de rand van het grote wak zien staan. Ze had naar hem geschreeuwd dat de bus ging zinken en dat hij op het ijs moest zien te komen. Benjamin had de reddingsboei in het zware deinende water achter de bus zien drijven en was gesprongen. Hij had hem te pakken gekregen, was erop gaan liggen en naar de kant gezwommen. Simone lag op het ijs en was naar de rand getijgerd. Ze had hem weten te bereiken en hem in de reddingsboei getrokken, en had hem een stuk van het wak af weten te krijgen. Ze had haar jack uitgetrokken en dat om hem heen geslagen, had hem omhelsd en verteld dat er een helikopter onderweg was.

'Maar papa is daar nog,' had Benjamin gejammerd.

De bus was snel daarop gezonken. Hij verdween krakend onder water en het werd donker. Er ontstonden behoorlijke golven en grote luchtbellen borrelden omhoog. Simone was opgestaan en had gezien dat de ijsschotsen in het deinende water weer op hun plaats schoven.

Ze was in elkaar gezakt en had Benjamin stevig tegen zich aan gedrukt, toen er opeens aan zijn lichaam werd getrokken. Hij werd uit haar armen gerukt, probeerde overeind te krabbelen, maar gleed uit. Het touw van de reddingsboei liep in een strakke lijn over het ijs en daarna het water in. Benjamin werd naar het wak toe getrokken. Hij verzette zich hevig, gleed op zijn blote voeten en schreeuwde het uit. Simone wist hem te pakken te krijgen en samen strompelden ze dichter naar de kant.

'Dat is papa,' had Benjamin naar Simone geroepen. 'Hij had dat touw om zijn buik!'

Ze had een hard en verbeten gezicht gekregen. Ze had de boei vastgepakt, haar armen eromheen geslagen en haar hakken tegen het ijs geduwd. Benjamins gezicht vertrok van de pijn toen ze steeds dichter naar het wak gleden. Het touw stond zo strak gespannen dat er een dof geluid hoorbaar was toen het over de rand van het ijs gleed. Maar toen was de situatie opeens anders geworden: het was nog wel zwaar om aan het touw te trekken, maar ze konden zich naar achteren bewegen, weg van het wak. Daarna was er bijna helemaal geen weerstand meer geweest. Ze hadden Erik door het dakluik van de bus getrokken en daarna was hij snel naar de oppervlakte gedreven. Een paar tellen later had Simone hem op het ijs weten te trekken. Daar lag hij, plat op zijn buik te hoesten en naar adem te snakken, terwijl een rode vlek zich onder hem verspreidde.

Toen de politie en een ambulance bij het huis van Jussi waren gearriveerd, hadden ze Joona liggend in de sneeuw aangetroffen, met een provisorisch drukverband om zijn dij en een schreeuwende, brullende Marek naast zich. Jussi's blauwe, bevroren lijk zat met een bijl in zijn borst voor de trap. De politie en de bergreddingsbrigade hadden één overlevende in het huis aangetroffen: Jussi's vriendin Annbritt, die zich in de kast in de slaapkamer had verstopt. Ze zat onder het bloed en was achter de hangende kleren als een kind in elkaar gekropen. Het ambulancepersoneel had haar op een brancard naar de wachtende helikopter gebracht voor acute behandeling tijdens de vlucht.

Twee dagen later gingen duikers van de hulpdiensten het wak in om het lichaam van Lydia te bergen. De bus had op zijn zes wielen op zestig meter diepte gestaan alsof hij daar bij een halte stilstond om passagiers mee te nemen. Er was een duiker door de voorste deur naar binnen gegaan. Hij had met zijn lamp op de lege plaatsen geschenen. Het geweer lag op de grond, helemaal achter in de gang. Pas toen de duiker het licht omhoog had gericht, had hij Lydia gezien. Ze was naar boven gedreven en lag met haar rug tegen het plafond van de bus gedrukt; haar armen hingen omlaag en haar nek was gebogen. De huid van haar gezicht was al aan het loslaten. Haar rode haar golfde zachtjes in de bewegingen van het water; haar mond was ontspannen en haar ogen waren gesloten alsof ze sliep.

Benjamin had geen idee waar hij zich de eerste dagen na de ontvoering had bevonden. Het kon zijn dat Lydia hem naar haar huis had meegenomen of naar Marek, maar hij was nog steeds zo onder invloed geweest van het verdovingsmiddel waarmee hij was geïnjecteerd dat hij niet goed had kunnen volgen wat er was gebeurd. Misschien had hij meer injecties gekregen toen hij weer bij kennis was gekomen. De eerste etmalen waren alleen maar donker en waren volkomen uit zijn herinnering gewist.

Hij was in de auto op weg naar het noorden bij bewustzijn gekomen, had zijn mobiele telefoon gevonden en was erin geslaagd Erik te bellen voordat hij was betrapt. Ze moesten in de cabine van de auto zijn stem hebben gehoord.

Daarna waren de lange en akelige dagen aangebroken. Eigenlijk hadden Erik en Simone hem alleen brokstukken weten te ontfutselen. Ze hadden begrepen dat hij in het huis van Jussi met een hondenriem om zijn nek op de grond had moeten liggen. Te oordelen naar zijn toestand toen ze in het ziekenhuis kwamen, had hij dagen geen eten of drinken gehad. Zijn ene voet vertoonde bevriezingsverschijnselen, maar zou weer herstellen. Hij was er met hulp van Jussi en Annbritt in geslaagd te vluchten, had hij verteld, en daarna was hij even stil geweest. Na een tijdje had Benjamin verteld dat Jussi hem had gered toen hij had geprobeerd naar huis te bellen, en dat hij de sneeuw in was gerend en Annbritt had horen schreeuwen toen Lydia haar neus had afgeknipt. Benjamin was tussen de oude auto's gekropen, had bedacht dat hij zich moest verstoppen en had zich door een open raam in een van de besneeuwde bussen gewurmd. Daar had hij een paar vloerkleden en een beschimmelde deken gevonden, die hem hoogstwaarschijnlijk van de bevriezingsdood hadden gered. Hij was daarbinnen in slaap gevallen, opgerold op de bestuurdersplaats. Hij was een paar uur later wakker geworden door de stemmen van zijn vader en moeder.

'Ik wist niet dat ik nog leefde,' had Benjamin gefluisterd.

Daarna had hij Marek hen horen bedreigen en had hij opeens gezien dat de sleutel in het contactslot van de bus stak. Zonder erbij na te denken had hij geprobeerd te starten. De koplampen waren vanzelf aangegaan en hij had de motor schor en uitzinnig horen loeien toen hij vaart had gezet naar de plaats waar Marek zich vermoedelijk bevond.

Benjamin had gezwegen en er waren een paar grote tranen in zijn wimpers blijven hangen.

Na twee dagen in het ziekenhuis van Umeå was Benjamin zover aangesterkt dat hij weer kon lopen. Hij ging met Erik en Simone mee om Joona Linna op te zoeken, die op de postoperatieve afdeling lag. Hij was vrij ernstig gewond geraakt aan zijn dijbeen door de schaar waarmee Marek hem had bewerkt, maar na drie weken rust zou hij vermoedelijk weer de oude zijn. Toen ze binnenkwamen, zat er een knappe vrouw met een zachte blonde vlecht over haar schouder hem voor te lezen. Ze stelde zich voor als Disa, Joona's vriendin sinds jaar en dag.

'We hebben een leesgroep en ik moet toch zorgen dat hij bijblijft,' zei Disa in haar Finland-Zweeds, en ze legde het boek neer. Simone zag dat ze Virginia Woolfs *Naar de vuurtoren* las.

'Ik heb een flatje van de bergreddingsbrigade kunnen lenen,' zei Disa lachend.

'Jullie krijgen politie-escorte vanaf Arlanda,' zei Joona tegen Erik.

Simone en Erik probeerden dit af te wimpelen. Ze wilden alleen zijn met hun zoon en niet nog meer politiemensen zien. Toen Benjamin op de vierde dag tijdens de doktersronde uit het ziekenhuis werd ontslagen, had Simone onmiddellijk vliegtickets voor de thuisreis geboekt en was ze daarna koffie gaan halen. Maar voor het eerst was de ziekenhuiscafetaria gesloten geweest. En in de conversatiekamer waren alleen een kan appelsap en een paar beschuitjes te vinden. Ze ging naar buiten om te kijken of er ergens een koffietentje was, maar alles was doods en verlaten. De stad had desondanks iets vredigs. Ze liep tot het spoor en bleef daar even staan kijken. Ze volgde de glimmende rails met haar blik, de sneeuw op de bielzen en de spoordijk. Ver weg in het donker vermoedde ze de brede Umeälv, gestreept door wit ijs en zwart, glinsterend water.

Pas nu begon ze zich een beetje te ontspannen. Het was voorbij. Ze hadden Benjamin weer terug.

Nadat ze op Arlanda waren geland, hadden ze Joona Linna's politie-escorte zien staan, evenals een tiental geduldig wachtende journalisten met hun camera's en microfoons in de aanslag. Zonder iets tegen elkaar te zeggen hadden ze een andere uitgang gekozen, waren langs de mensenmenigte geslopen en hadden een taxi genomen.

Nu staan ze aarzelend voor Hotel Birger Jarl in Stockholm. Ze lopen een stukje over Tulegatan en verder over Odengatan. Ze blijven op de hoek bij Sveavägen om zich heen staan kijken. Benjamin draagt een veel te groot trainingspak, afkomstig van de afdeling Gevonden Voorwerpen van de politie, een muts – een Samische toeristenvariant – die Simone op het vliegveld voor hem had gekocht, en een paar krappe, traditioneel geborduurde wollen wanten. De wijk Vasastan oogt troosteloos, er is geen mens op straat. Alles ziet er gesloten uit. Het metrostation, de bushaltes, de donkere restaurants – alles rust in een serene stilte.

Erik kijkt op zijn horloge. Het is vier uur 's middags. Een vrouw spoedt zich over Odengatan met een grote zak in haar handen.

'Het is de dag voor Kerstmis,' zegt Simone opeens. 'Het is vandaag de dag voor Kerstmis.'

Benjamin kijkt zijn ouders verbaasd aan.

'Dat verklaart waarom iedereen "vrolijk kerstfeest" zegt,' zegt Erik grijnzend.

'Wat zullen we doen?' vraagt Benjamin.

'Dáár zijn ze open,' zegt Erik.

'Wat zeggen jullie van een kerstdiner bij McDonald's?' vraagt Simone.

Het begint te regenen. Er komt een dunne, ijzige neerslag uit de lucht terwijl ze zich naar het restaurant onder aan Observatorielunden haasten. Het is een lelijk, laag gebouw dat onder de okerkleurige cirkel van de stadsbibliotheek zit ingeklemd. Er staat een vrouw van in de zestig achter de toonbank. Er zijn geen andere gasten in het hamburgerrestaurant.

'Ik zou wel trek hebben in een glas wijn,' zegt Simone. 'Maar dat zullen ze hier wel niet hebben.'

'Een milkshake,' zegt Erik.

'Vanille, aardbeien of chocola?' vraagt de vrouw chagrijnig.

Simone kijkt alsof ze hysterisch moet lachen, maar ze dringt haar aanval terug en zegt met geforceerde ernst: 'Aardbeien. Ik neem natuurlijk aardbeien.'

'Ik ook,' zegt Benjamin.

De vrouw toetst de bestelling met korte, korzelige bewegingen in.

'Is dat alles?' vraagt ze.

'Neem van alles een beetje,' zegt Simone tegen Erik. 'Wij gaan vast zitten.'

Benjamin en zij lopen samen tussen de lege tafeltjes door.

'Een tafeltje bij het raam,' fluistert ze lachend tegen Benjamin.

Ze gaat naast haar zoon zitten, drukt hem tegen zich aan en voelt de tranen over haar wangen lopen. Buiten ziet ze het lange, merkwaardig geplaatste bassin. Er staat zoals gewoonlijk geen water in en het ligt vol troep. Een eenzame skateboarder laveert met veel lawaai tussen de plekken ijs door. Op een bankje naast het kabelbaantje aan de buitenkant van de speelplaats achter de Economische Hogeschool zit een vrouw. Naast haar staat een leeg boodschappenkarretje. De autoband van het kabelbaantje deint in de harde wind.

'Heb je het koud?' vraagt ze.

Benjamin geeft geen antwoord. Hij blijft met zijn gezicht tegen haar aan liggen en staat zelfs toe dat ze keer op keer zijn haar kust.

Erik zet zwijgend een dienblad op tafel, loopt terug en pakt het tweede blad, waarna hij gaat zitten en allerlei doosjes, pakketjes en papieren bekertjes van het blad haalt en op tafel zet.

'Lekker, zeg,' zegt Benjamin, en hij gaat rechtop zitten.

Erik overhandigt hem een Happy Meal-speeltje.

'Vrolijk kerstfeest,' zegt hij.

'Dank je wel, papa,' zegt Benjamin glimlachend terwijl hij naar de plastic verpakking kijkt.

Simone neemt haar zoon in zich op. Hij is ontzettend mager geworden. Maar dat is niet het enige, denkt ze. Het is alsof er nog steeds een last op zijn schouders drukt, iets wat zijn gedachten bezighoudt, iets wat hem dwarszit en bezwaart. Hij is er nog niet helemaal bij. Het is alsof hij in zichzelf is gekeerd, denkt ze, alsof hij naar zijn spiegelbeeld in een donker raam kijkt.

Wanneer ze Erik zijn hand ziet uitsteken en zijn zoon over zijn wang ziet aaien, schiet ze weer vol. Ze wendt zich af en fluistert 'sorry'.

'Zullen we proberen iets te eten?' vraagt Erik.

Benjamin vouwt net het papier van een grote hamburger open als Eriks mobiele telefoon gaat. Hij ziet op het display dat het Joona is.

'Vrolijk kerstfeest, Joona,' antwoordt hij.

'Erik,' zegt Joona aan de andere kant van de lijn. 'Zijn jullie alweer terug in Stockholm?'

'We zitten net aan ons kerstdiner.'

'Weet je nog dat ik zei dat we je zoon zouden terugvinden?'

'Ja, dat weet ik nog.'

'Jij twijfelde daar soms aan toen we...'

'Ja,' beaamt Erik.

'Maar ik wist dat het goed zou aflopen,' gaat Joona verder, met zijn serieuze Finse stem.

'Daar was ik niet van overtuigd.'

'Ik weet het, dat heb ik gemerkt,' zegt Joona. 'Daarom moet ik iets tegen je zeggen.'

'En dat is?'

'Wat heb ik je gezegd?' zegt hij.

'Pardon?'

'Ik had gelijk – toch?'

'Ja,' antwoordt Erik.

'Vrolijk kerstfeest,' zegt Joona, en hij beëindigt het gesprek.

Erik zit even verbaasd voor zich uit te staren en kijkt dan naar Simone. Hij ziet haar doorschijnende huid en haar brede mond. Ze heeft de laatste tijd talloze zorgrimpeltjes rond haar ogen gekregen. Ze glimlacht naar hem en hij volgt haar blik wanneer ze naar Benjamin kijkt.

Erik neemt zijn zoon langdurig in zich op. Zijn keel schrijnt van de ingehouden tranen. Benjamin zit met een ernstig gezicht patat te eten, in gedachten verzonken. Zijn ogen staren leeg voor zich uit. Hij zit vastgezogen in zijn herinneringen en in het vacuüm daartussen. Erik strekt zijn gezonde arm en knijpt voorzichtig in de vinger van zijn zoon. Benjamin kijkt op.

'Vrolijk kerstfeest, papa,' zegt Benjamin glimlachend. 'Hier, je krijgt een paar frietjes van me.'

'Zullen we het eten meenemen naar opa?' zegt Erik.

'Meen je dat?' vraagt Simone.

'Het is toch helemaal niet leuk om met kerst in het ziekenhuis te liggen?'

Simone belt glimlachend een taxi. Benjamin loopt naar de vrouw bij de kassa en vraagt om een grote zak om alles in te doen.

Wanneer hun taxi langzaam over Odenplan rijdt, ziet Erik zijn gezin weerspiegeld in het raam. Tegelijkertijd ziet hij de gigantische opgetuigde kerstboom op het plein. Ze rijden er als in een rondedans langs: de boom die hoog en majestueus boven hen uittorent, met zijn honderden lampjes die omhoogslingeren naar de glanzende ster.